施蛰存
译文全集

上海人民出版社

华东师范大学出版社

出版说明

　　施蛰存先生（1905—2003）是20世纪中国文学史上杰出的作家、翻译家、中国古典文学研究家和金石碑帖研究家。用他自己的生动比喻，就是他的一生开了四扇窗。

　　文学翻译是施蛰存先生所开四窗中的西窗。他一直十分看重文学翻译，把1890年—1919年这一时期视为中国文化史上继翻译佛经以后的第二次翻译高潮。《中国近代文学大系·翻译文学集》也正是在他力主和亲任主编之下方得以编辑出版。而他自己从踏上新文学创作之路开始，就一直致力于文学翻译，在整个20世纪中国文学史上，他是翻译外国文学作品最多的作家之一。

　　施蛰存先生翻译外国文学的国别之多、时间跨度之大和体裁之广，都出乎我们的想象。他先后翻译了古希腊、奥地利、德国、法国、英国、意大利、西班牙、俄国（以及后来的苏联）、瑞典、挪威、丹麦、荷兰、波兰、匈牙利、捷克、保加利亚、美国、以色列、印度等国作家的作品，时间跨度从文艺复兴时期一直到20世纪，作品体裁则包括长中短篇小说、诗歌、散文、剧本、儿童文学和文艺评论。这在中国现代文学翻译家中都是极为少见的。

由于复杂的历史原因，施蛰存先生的文学翻译作品，不少单行本初版以后就一直未能重印，许多散见于报刊的单篇更从未结集。而今在施蛰存先生后人的支持下，我们编辑出版《施蛰存译文全集》，不仅收入已经搜集到的他的丰富多样的文学翻译，还收入他的史学翻译等，以较为全面地展示在20世纪中国译坛辛勤耕耘半个多世纪的施蛰存先生的翻译实绩。

《施蛰存译文全集》包含小说卷、诗歌卷、散文评论卷、戏剧卷、史传卷。各卷所收作品，单行本在前，集外篇在后，按原作者国别归类，并基本按照译文的初版时间排序。

《施蛰存译文全集》所据底本，大多出版年代较早，文字及标点使用存在与现今通用规范相违之处。为体现文献价值及时代特色，反映现代汉语翻译作品的语言流变，对于此类问题均未作改动，只改正明显的排印错误。

书中所涉译名，多与现今通用译名不符，均保留原文，不作改动与统一。原作者的通用译名在编者所加图片说明及版本说明中标注，其余不另作说明。

书中脚注，由编者所加者标为"编注"，其余均为译作中的原注。书中内文插图，均为所据底本的原书插图。

所据底本脱字、漫漶处，在书中以"□"表示。

《施蛰存译文全集》的编辑出版，受到海内外专家学者及各界热心人士的大力协助，在此致以衷心的感谢。

施蛰存先生的译文散见于各处，且发表时间跨度较大，给我们的材料收集及编辑工作带来难度。虽已尽力，疏漏与错误在所难免，还请读者谅解与指教。

施蛰存译文全集
总目

小说卷

诗歌卷

散文 评论卷

戏剧卷

史传卷

施蛰存
译文全集

史传卷

I

蓬皮杜传

◈

尼日尔史

上海人民出版社
华东师范大学出版社

施蛰存，摄于 1980 年 7 月

梅里·布隆贝热尔（1906—1978），法国作家

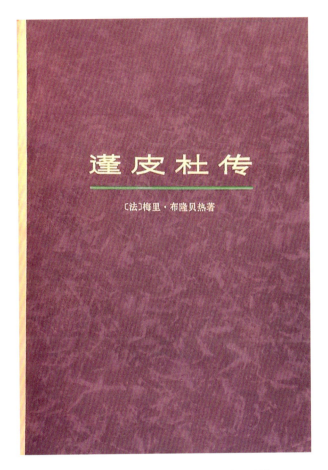

蓬皮杜传

[法]梅里·布隆贝热著

《蓬皮杜传》，上海人民出版社 1973 年 7 月版

尼 日 尔 史

埃德蒙·塞雷·德里维埃著

上海人民出版社

《尼日尔史》，上海人民出版社 1977 年 6 月版

目　录

蓬皮杜传

〔法国〕梅里·布隆贝热 著

《蓬皮杜传》，1973 年 7 月上海人民出版社初版，由上海师范大学历史系、上海外国语学院法语教研组和上海人民出版社编译室法文组共同翻译，施蛰存为译者之一。

　　因原书未说明译者分工，故本书据初版本完整收录。

译者说明

本书原名《蓬皮杜的秘密的命运》，是关于蓬皮杜的一本传记，1965年秋由巴黎法亚尔出版社出版。作者梅里·布隆贝热，是法国资产阶级新闻记者。他根据多方搜罗得来的材料，写了这本有关蓬皮杜的政治活动和私人生活的传记。据《蓬皮杜》一书作者皮埃尔·鲁阿内说，蓬皮杜曾对这本传记表示不满。但是，这本书在1965年出版，实际上是为担任法国总理已达三年的蓬皮杜作宣传的。这一年是戴高乐总统任期届满的一年。当时，法国人民对戴高乐七年来的执政感到失望。戴高乐在这年的总统大选中，经过两轮的选举，才以微弱的多数重新当选。这种情况，也造成了作为戴高乐助手的蓬皮杜的地位岌岌可危。正是在这种背景下，这本《蓬皮杜传》出版了。

本书详细叙述了蓬皮杜的家庭环境以及从一个中学教师变为法国"第二号人物"的经过，刻划了他周围的亲友、同学、同僚以及政敌的面貌。值得注意的是，本书着重描写了蓬皮杜与戴高乐的关系以及戴高乐是如何培养蓬皮杜成为自己的继承人的。作者根据自己的资产阶级观点，对于现任法国总统蓬皮杜的历史，提供了一些参考资料。

本书由上海师范大学历史系、上海外国语学院法语教研组和上海人民出版社编译室法文组部分同志翻译。全部注释均为译者所加。

1973 年 7 月

目　次

前 言
蓬皮杜之谜

从表面看，乔治·蓬皮杜在生活道路上的发展好象是坐在气垫上似的。在他面前，大门都打开着。他的一生仿佛是一篇神话。他毫不费力地考进师范大学①，毕业时考第一，主考老师遗憾地说："他是一个最不用功的学生。"作为教师，他想做分外的事，投身到火热的解放运动中去。一位朋友介绍他进了戴高乐将军的办公厅。又一位朋友使他进了最高行政法院，但他不懂法律。两年后，同僚们推举他担任他们的组织的总秘书。戴高乐请他紧密合作，这样他就成了法兰西共和国的幕后谋士。一个偶然的机会使他进入路特希尔德银行。他连期票也分辨不清，然而却做到总经理。他和5月13日事件②无关，而戴高乐将军却委任他为总统办公厅主任——类似副总理。后

---

① 一译巴黎高等师范学校。
② 指 1958 年 5 月 13 日阿尔及利亚法国将领哗变，成立"救国委员会"事件。

来他又回到银行……戴高乐再次把他召在身边，领导政府，虽然他没有当过议员或部长，也不是议会里的人。他深得戴高乐将军的信任，很可能有一天会做到共和国总统。

一位大实业家曾向我们说："您准备写一本有关我们时代非常人物的传记么？最奇特的成功者就是这位好象受到阿拉伯奇迹帮忙的人。伟大的成就来源于顽强的雄心，坚定的意志，狂热的工作。蓬皮杜一生就是在技术至上、专家当权的时代里以审美者超然的姿态走过来的……假使您发现他的秘诀，请把它介绍给青年的一代！"

这个建议很诱人。何况依靠蓬皮杜的活动，第五共和国有了新的进展方式。

一些知道内幕的人不难作出解释：

"根本没有什么谜。这种难以理解的成功，全靠主子的宠爱。戴高乐先使蓬皮杜成为查案官，既而任他为内阁总理，让他在电视上露面，只要戴高乐愿意，明天就能使他进入总统府。金口玉言！戴高乐叫他做红衣主教，也没有什么办不到！"

这一解释，对于蓬皮杜这个人并不比脱氧核糖核酸的发现对于生命和灵魂问题有更多的揭示。法国历史上有过君主把宠臣捧为首相和红衣主教的例子。这些事，到现在还有人谈论。

大家观察着乔治·蓬皮杜，想看出什么是他的动力。在电视里，他是一个体面的男子，年纪还轻，身体健壮，妇女们在他身上看到一种迷人的美，这种美的诱惑力在拉丁区曾使他的朋友塞达·桑戈尔 ① 惊奇。善良的相貌，统治者的高鼻子，奥弗涅农民的浓密眉毛，一种大资产阶级从容不迫的风度，文艺复兴时代的人喜欢享乐的眼睛，具有吸引、窥探、刺激力量的含蓄深邃的眼神，谈吐井井有条，沉着稳重，抉择果断，给人的印象是一位"正人君子"。在戴高乐的庇护下，戴高乐主义由于他而摆脱了夸耀冒险行动的倾向，他从西奈 ② 走下来，语言彬蔚，态度和善。弗朗索瓦·莫里亚克曾写道，这是一头披着毛皮、温良和蔼、缩起利爪的老猫王。

执政三年，稍见消瘦，眉毛也稀了。原来是肥胖的身躯，现在，却显著地露出了他强劲的颚骨。深深的眼窝，高高的鼻梁，从下面向上看，才能将这座花岗石般的建筑物分辨得清，平看，正如电视观众所看到的那样，是一圈宽阔的光环。

还有一件东西是电视观众看不见的，那就是总理在电视上拿掉的一直叼在嘴里的金黄色烟丝的烟卷，烟使得他眯缝起左眼来，露出一种心不在焉的嘲笑神态。他的沉着与和蔼的态度不是装出来的。乔治·蓬皮杜在最紧急的情况下，神经从不紧张。对他来说，根本就没有紧急的情况。

如果他生气，也只有他亲近的人才看得出。这时他面色发白，眼神严峻，象一道光那样强烈。他很少粗声大气地讲话，对于女秘书也从不疾言厉色，然而他是一个专权的暴君。

他的朋友莫里斯·兰斯曾说："这个人是从土里长出来的，

---

① 现任塞内加尔总统。
② 据圣经记载，上帝曾在西奈的山脚下，授与摩西十诫。

是一个象树木那样的人，象山洞那样的人，上面有一层苔藓，深处有阴暗的壁洞。也是一个用水果象征的人，象阿钦博迪 ① 的人物一样。面孔上表现的是单纯、饱满和丰腴，实际上是个使人不安的多疑的人。有些人，让人看了发冷，而他则使人感到安全可靠。

"他好象是和弗朗索瓦一世 ②、拉伯雷 ③ 同时代的人，是七星诗社 ④ 的人，文化水平很高，热爱诗歌，喜欢绘画、音乐，酷爱一切美好的东西，生来熟悉外交和政治事务，既爱享乐，又爱冒险，而仔细谨慎则象一个佛罗伦萨的王公。

"一个大家都熟悉而又不为人了解的人，很难和他推心置腹。没有人能象他那样用简单扼要的语言谈论最复杂的问题，办公室里日常生活中的电话，他一概不接。自信心很强，相信自己的命运，一切保密，首先对有关自己的事保密。难道是谨慎、谦虚、假装的腼腆、艺术家的敏感么？是出于政治上的警惕么？他是一个不存幻想的心理学家。用不着跟他解释，他明了一切。他熟悉事物的动机，具有巫术家的直觉。"

有人对蓬皮杜的情趣产生怀疑。他的办公桌上没有一张纸，没有一件公文，只有一包烟。给来访者的印象是无事可干。以懒惰闻名，完全没有说错，他是经过长期培养的有解脱

---

① 阿钦博迪（1527—1593）：意大利画家，擅寓意画，常用花朵、水果、贝壳、鱼类组成画面，象征人物。

② 弗朗索瓦一世：1515 年至 1547 年的法国国王。

③ 拉伯雷（1494—1553）：法国文艺复兴时期作家，代表作有《巨人传》。

④ 七星诗社：文艺复兴时期法国诗歌的一个流派，由七位诗人组成，曾发扬人文主义思想，推动了法国诗歌的发展。

精神的闲散人物。

但是空无一物的办公桌正足以说明他的工作方法，一种非比寻常的工作技术。他要看公文，公文立刻就到，而且附有注释。他的答案都是现成的，工作速度比别人快四倍。公文边上批一句话就解决问题，马上就退了回去。总理的办公方法，是永远不让桌子上和头脑里有任何积压的东西。他要为自己制造空闲。

人们在他身上发现的另一种情趣是他长期以来所标榜的没有个人野心。

有人说："只有一种深思熟虑、不择手段的野心，才能如此有把握地只需跳几跳就从中学教员跃到国家元首的位置上。"

乔治·蓬皮杜说："我一生中，自己拿主意不过只有三四次，结婚、离开大学为戴高乐将军工作、脱离政府机关和政治进入私人企业……其他都不是我自己作主的……"

"现在呢？"

"政治使我厌倦。过去我有兴趣，因为可以利用政治做一些事情！"

有人问戴高乐将军："蓬皮杜是怎样一个人？"

"一个神秘的人！"

无论如何，是一个能扮演各种人物的人。

乔治·蓬皮杜为人善变，是一个聪慧的弗雷果利[1]，是居伊·路特希尔德所遇见的"最讲现实、最讲实惠的人"，他在

_____

[1]　弗雷果利（1867—1936）：意大利演员，以变化多端、能演各种人物而得名。

银行里编过一本《诗集》，通过优美动人的篇章表现了诗的精华。是在圣特罗佩游荡的萨夏·迪斯泰尔与贝尔纳·比费^①之间的一个波希米亚人；一个穿着睡衣、在家里墙上糊花纸的家长；一个在作家兼拍卖估价员莫里斯·兰斯和画商雷蒙·科尔迪埃之间的审美者；国防委员会将军中的一位军事家；雅克琳·德·里贝斯和巴斯特·瓦莱里·拉多教授之间的社交家；一个喜欢生活享受的人，一个爱好戏剧，欣赏妇女的美、考究的衣饰，喜欢各种艺术各种时髦的人，晚上离开总理府后到电影中心看让·吕克·戈达尔^②的片子的人。他热爱柏拉图^③，从希腊文来读埃斯库罗斯^④的作品。他特别喜爱朴素无华的景色，他在洛特省卡雅尔克^⑤旷野地区购置了一所荒废的田庄，跟他的妻子、亲近的朋友作为一个勤学的农民在这里的羊群当中度过闲暇的时光，有时下下棋，有时到荒地去散步。

　　他的朋友皮埃尔·拉扎雷夫说："他不是公职人员而是一位政治家。他对国家的非凡的观点使戴高乐为之惊奇。他是一位官员，却不是传统的演说家。他不喜欢对议会中的常客讲话，他不知道说什么好。在议会讲坛上，他使过去议会中的雄辩术、修辞学都成为过时的东西。一位报馆主编的孩子们打开电视机时，坐在远处的父亲听到辩论的声音，问他们是什么节

---

① 贝尔纳·比费：法国当代画家。
② 让·吕克·戈达尔：法国当代导演，新潮派电影的代表。
③ 柏拉图（公元前428—347）：古希腊唯心主义哲学家。
④ 埃斯库罗斯（公元前525—456）：古希腊三大悲剧家之一。
⑤ 卡雅尔克：法国洛特省城名。

目。他们回答说：是一出政治的老戏。

"一个新的声音出现时，孩子们纠正说：'不对，今天是国民议会开会的日子，蓬皮杜讲话了。'

"他是一位无法比拟的朋友，他很重视友谊，他的一部分力量就是从友谊来的，是一颗赤诚的心。总理往往突然来到医院看望一个贫穷失业的生病朋友，使所有的病房都感到惊讶。但是他却是个多疑的人，不易接近，他经常保持警惕，不让人阿谀他、逢迎他，喜欢做一个幕后谋士，既不相信记者，也不愿意受到他们的欢迎。"

他是一位恪尽职守、有责任感的公务员，严于律己，而又令出必行。他以荷马的英雄人物为表率，忠实到了深入骨髓的地步，他比任何人都更能适应戴高乐派的思想体系；他还是个精明的政治家，当部长们不耐烦的时候，他懂得要放宽，在关系紧张的时候，他会缓和。他是一个好丈夫，让妻子带到圣特罗佩去，在那里他会碰到一些无情的爱打听他们生活的杂闻记者。安德烈·马尔罗说他是个老猫王，但不同于塔莱朗[①]；工于心计，但忠诚正直，对政治上的卑鄙手法容易发怒。

他是一个有组织性的懒人，工作的速度比别人快四倍，但是从来没有一分钟、一张纸被他看作是不必要的。

不论以什么面目出现，他都是非常从容，非常"自然"，人们不禁在想，什么时候才是他的真面目。

瓦莱里·吉斯卡尔·德斯坦的朋友们把蓬皮杜看作是"法

---

① 塔莱朗（1754—1838）：法国资产阶级外交家。

国的肯尼迪"，他们说："作为政府要人，他过于善良，过分礼貌，过分解脱了。他不象克列孟梭①、不象戴高乐那样，生来就带着荣誉和顽强的统治欲望。如果做上国家元首，他必须使自己更强硬才行。"

马尔罗还说过："乔治・蓬皮杜有一个少有的、很大的优点，就是明智，正象有些少见的演员，能表演得恰如其分，终于获得惊人的成就。"

总统府一位官员说道："如果他做了国家元首，最难办到的就是再找一个蓬皮杜当总理。"

乔治・蓬皮杜的秘密，这个有两层底细、三层底细的人到目前为止之所以经常成功，必须追溯他的经历才能找到。可能在很长的时间内，人们还会谈论他。我们必须从蒙布迪夫那个小孩子的时代谈起。

---

① 克列孟梭（1841—1929）：法国政治家，历任内政部长、总理等职，有"老虎"总理之称。

一、蓬皮杜家的三代：佃户、教员家庭、
一个三岁就识字的男孩

　　一张铺着三层垫子的床上，躺着一个身体细小的、体重只
有三十五公斤的老妇人，面色象一只发斑的青苹果，在教训两
个高个子的男人。这两个人穿着粗布褂子，木头鞋，留着金黄
色的长胡子，栗色的头发，样子活象古代的高卢人。他们手里
拿着赶牛人的帽子，态度很恭敬。

　　"走过来，"老妇人愤怒地说话了。

　　两个男人挨近床边，朝着老妇人弯下腰去。她每人给了一
耳光。挨打的是她两个儿子，一个三十五岁，一个四十岁。

　　"现在好好地听我告诉你们，"被人称作玛丽亚努的老太太
操着土话愤怒地说。

　　她名叫玛丽亚讷·蓬皮杜，是总理的曾祖母。她生性刚
强，创下了这个家族：孙子做了教员，曾孙做了政府总理。

　　老太太生于1811年。她在洛特省的贝索尼堡前面看见过

宪兵把奈伊元帅[①]解到特隆基埃尔监狱去，后来在巴黎天文台附近执行了死刑。

这个矮小的女人四十四岁就守了寡，带着四个孩子，最大的只有十二岁。她自己种地，一个人干着三个男人的重活。

她对蓬皮杜这个姓很自豪，在朗格多克的语言里，"蓬皮杜"意思就是"疾走如风的神仙"。

玛丽亚讷 · 蓬皮杜租来的地越来越多。她患了风瘫病，还在床上指挥着放牛、养猪、播种和收获。

她把一家人都留在自己身边，替他们操劳一切。

她是洛特省和康塔尔省边界上莫尔附近诺卡兹家的佃户。她种的地是"夏泰涅雷"图尔萨克的圣朱利安村最大的一处产业。她带着两个儿子耕种这块田地，大的名叫皮埃尔，人称皮埃鲁，后来接替他母亲种地，弟弟叫让，人称让图，做他哥哥的管家。手下有两个助手。

这位管家后来就是总理的祖父。

诺卡兹家的侯爵们在奥弗涅省是享有盛名的。他们的城堡在大革命中被农民烧毁，现在还在农庄旁边留下一大堆废墟，成了总理的父亲小莱昂以及他的兄弟、堂兄弟的迷人的世界，那里充满着贵夫人、骑士、行吟诗人等等童年幻想的幽灵。

夏泰涅雷，地处偏僻，但物产富饶。

莱昂 · 蓬皮杜到了老年身体仍很健壮，而且记忆和知识都

---

① 米歇尔 · 奈伊（1769—1815）：拿破仑手下名将，滑铁卢之战失败后，被波旁王朝处死。

很丰富。他曾经说道："我不知道为什么，连那里的花也比别处的香。我们家四周围墙上早开的紫罗兰，象花房一样芬芳。春天，栗树开花成簇，蜜蜂群集。河里鱼虾充斥，树林中长满了木耳蘑菇。来自树上的特产是栗子，晚上放在火炉里发出象打枪一般的爆炸声。城堡中许多地下室里饲养的鹅，是我们冬季的腊味。宰两三头猪就够一年吃的了。只有过复活节和圣诞节，才到肉铺里去买肉。不过，星期天，锅里总有鸡，烤炉里总有鸭。我父亲烘制够吃一个星期的面包，我姑母揉的面是一半稞麦、一半小麦混合的。我从来没有吃过比这更香的面包。按照不同的菜肴，我们有时吃当天做的荞麦饼和薄饼。奶牛供给牛奶和奶油；胡桃树的胡桃可榨油；苹果树的苹果可做美味的苹果酒。

"这是个穷地方，但好吃的东西却是不少。没有钱，也可以在那里过活。我父亲做他哥哥的管家，每年虽然只有二百五十金法郎的收入，但只有买烟时才需要花钱。人们还种麻。老姑母一面看管家畜，一面纺线。这样布也有了。此外，还用羊毛去调换呢绒。"

土话称为"大师傅"的管家让图的老婆是个裁缝。她出嫁时给丈夫带来一千金法郎的陪嫁，外加她的缝纫机和手艺。让图当时的积蓄是两千金法郎。老婆在附近打日工，一家人穿的衣服也都是她做的。

夫妻二人住在栗树林里一座孤单的小屋里，葡萄藤爬满了房顶，小屋离1887年莱昂·蓬皮杜出生的"马蒂内田庄"不远。

　　由于母亲一早就出去做活，莱昂就到诺卡兹田庄去，在"老奶奶"玛丽亚努的看管下，跟堂兄弟、堂姐妹们一道玩。"老奶奶"不识字，也不会写，但是她的账目都在她的脑袋里，一家人都在她的心窝里。

　　莱昂七岁时已经成了老师和祖母骄傲的对象了。他拿到什么东西都要看，广告、历本、零乱的账单；借来的书，更是如饥似渴地阅读。他渴望知道一切，充满了幻想。他父亲和伯父都怪他经常心不在焉。

　　一到春天，他就和其他小同学一样不上学，回家看牛、喂猪、拾栗子，帮助做地里的活；一直到诸圣节①才回学校。但是莱昂却一天到晚让人找，因为他总是躲在塔楼里坐在古时弓箭手瞭望敌人的石凳上看书、幻想，把交给他的牲口忘得一干二净。最肥的一只猪掉在井里，他也不理会，幸亏有人及时地把它捞出来。不过，祖母总是偏护他。这孩子，将来一定是个有学问的人。谁也不懂的事情，他都知道。不应当压制他的天赋。

　　老师儒瓦先生是教会学校一个脱离神职的教士，一个自由主义者，但是和本堂神父很要好。他不大劝人叛教，却劝人多受教育。他把茹尔·瓦莱斯②的作品借给小莱昂看，还借给他别的会激起社会正义热情的作品。他乐意代莱昂寻找老师。他劝说莱昂的父母把小莱昂送到穆拉的高级小学去，然后再到奥

---

①　十一月一日。
②　茹尔·瓦莱斯（1832—1885）：巴黎公社作家，著名作品有《万特拉三部曲》。

里亚克去读师范。莱昂小学毕业时成绩很好。

莱昂初次领了圣体，穿上了他的第一双新皮鞋。

后来他说道："我很快就把皮鞋脱下来了。还是穿木头鞋舒服。跑起来，把鞋一脱就行。"

老师也来劝说了。蓬皮杜家的人有些慌，拿不定主意。当时的教育制度，对于农民还有些不习惯。母亲生病。莱昂的弟弟还小。让图缺少助手。再说，读书也要花钱。

老师替莱昂辩护道："他会让猪掉在井里的，也会让牛乱跑。我保险他会得到奖学金。我会使他考上的。"

理由充足。玛丽亚努躺在床上，心里表示同意。她弱小的身躯、低微的声音最后作了决定。

莱昂·蓬皮杜在穆拉读完两年高小之后，经过奖学金考试，以第一名考进奥里亚克的师范学校。他见书就读，简直成了一口装满了知识的井。他的记性和智慧使老师们惊奇。毕业时考第一，服了一年的兵役后回到穆拉做小学教员。

这所学校的男女教员都住在一座宿舍里。青年教师宿舍的对面，住着一位少女，面色有点苍白，上装镶着花边，配着"羊腿"式的袖子，容貌不凡，举止有如大家闺秀。一双明亮的大眼睛仿佛占据了整个面孔。

莱昂·蓬皮杜粗短身材，红红的脸，焕发着农村的健康美，黑头发，嘴上长着青年人稀稀拉拉的胡须——一种凯尔特人[①]后代所特有的相貌——常常隔着门听见女教师咳嗽。

---

① 欧洲最早的民族。

莱昂·蓬皮杜在教书工作上抱有很大的雄心，每天工作到很晚。他在准备做高小的西班牙语教师。他想参加师资考试。尽管他工作到深夜，他还是朝着门口伸长耳朵听听有没有咳嗽的声音。

莱昂·蓬皮杜在奥里亚克读书的时候，女教师玛丽·路易丝·夏瓦尼亚克也在那里。不过，他不认识她。她那时是女子师范学校的学生，而他则在男师。

她肺部不好。当莱昂一向她表示关心时，她就告诉他了。在奥里亚克时，她有一个同学因为肺病被隔离在病房里，不能上课，考试时急得要死。于是每天晚上，玛丽·路易丝就带着自己的功课跟她一起学习。

有人对她说："小姐，这很危险。你的朋友会把病传染给你的。"

"可是总得有人为她补习功课呀！"

果然，玛丽·路易丝·夏瓦尼亚克也咳嗽起来了。

她对她的邻居莱昂说："假使再发生同样的情况，我还是照样做。"

她沉默寡言，可是她说话都是经过考虑的、中肯的。这是一个有个性、有思想的人。

他向她求婚，她迟疑不决。

"会不会遗传给孩子？"

他向她述说他知道的许多例子，父母生肺病而孩子却非常健康。至于他自己，他的身体象三合土一样结实。

暑假时，他跑到蒙布迪夫去向她父母求婚。

　　五十三年以后，由于戴高乐将军委任一个没没无闻的人为总理，蒙布迪夫突然出了名。蒙布迪夫是一个海拔一千米的小村，紧靠沃日山一座典型的松林，座落在坎坷不平、一望无际的山坡上，俯视着康塔尔的山丘、树林和葱绿的草原，村庄散布在绿色的盆地里，活象圣诞节的玩具。

　　几座茅屋正在把草编的房顶换成石板、瓦片或铅皮。通到这里的小路，蜿蜒在多草的群山和康塔尔与多姆山边界上已熄灭的火山之间。

　　这座小镇几乎没有什么历史。教堂是 1848 年建造的，镇公所和学校是 1865 年建立的。第二帝国为了照顾小学生上学，尤其是注意到本地居民突然致富，同意给以自治的时候，蒙布迪夫在孔达县里还只是峡谷里一条山路的十字路口上的一个偏僻地方。

　　有一天，研究地名的专家会讨论到蒙布迪夫的来源和意义。字义学的专家们对于高卢的字源意见不一，有的说蒙布迪夫的意思是"乌鸦山"，有的说是"胜利山"。还有人说，凯尔特字的来源与此毫无关系。这是本地的名字，意思是"牛山"。

　　实际上，根本不是什么山，顶多不过是一片高地的斜坡，在利穆赞①的尽头，处于奥弗涅山区两座火山质岩石之间的深处。

　　这是 1909 年晴朗的季节，莱昂·蓬皮杜未来的岳父，布商艾蒂安·夏瓦尼亚克从十三公里以外驾车来到孔达-圣阿芒

————————————————

　　①　利穆赞：法国中部高原的西部地区。

丹车站来接莱昂。莱昂下车时，镇上一片节日气象。象在大城市一样，车马如流，有头戴帽子、服装鲜艳的妇女，有身穿礼服的男人。还看到戴呢帽和大礼帽的。

蒙布迪夫有布商三十家，这时正以崭新的面貌炫耀他们的富裕。

一百年以前，这里的布商还仅仅是奥弗涅的布贩，他们从中世纪以来，一到秋天就把牲口关进马棚里，留下老婆看管牲口，自己背着货物，步行到圣东日、阿基坦、昂儒、旺代，售卖勒普伊的花边和历书。后来，逐渐贩卖呢绒，他们背的货物更重了，游乡赶集，推销埃尔伯夫的布匹。北方的棉织品，突然使他们的生意发达起来。到本世纪初叶，他们已经有马车来装载衣饰、台毯、床单一类的商品了。厂商也肯把货物赊给他们。棉布比麻织品便宜。待嫁的少女购置棉布、花布准备做衬衫和裙子。

这里有一座崭新的白色别墅，绿色的百叶窗，是本地最美的房子，在这个资产阶级的门庭中住着一家古老的人家，这就是夏瓦尼亚克家。房子对面就是教堂旁边的水泉和圣女贞德的雕像。

这里的一切都很方便。水泉是本地唯一供水的地方。夏瓦尼亚克家的妇女认为自己家里就是一个理想的瞭望台，她们知道今天谁家的女人在这里洗衣服，哪一位少女在这里梳洗打扮，还可以看见那些不守规矩的女人，她们乘旁边的人一转身，就把人家桶里的水倒在自己桶里，不肯等着排队。

年轻的求婚者受到了不好不坏的接待。这时，他当然已有了一个职业，但是没有钱，而玛丽·路易丝却是有"遗产"可继承的。夏瓦尼亚克家的人对于家里的财产很自豪。玛丽·路易丝的祖父是个马贩子，周围一两百里内，要是治疗一下淋巴质的马，或者在集市上鉴别一下可以培养成奶牛的小牝犊，那谁也比不上他。他搜罗本地的牲口，赶十来匹到利摩日——法国中部最大的集市——去换回别的牲口。到了晚年，他骑着马手里拿着赶牛棒，带着一个赶牛的和他的儿子艾蒂安一起去赶集。

他为人精明能干，把对着他家的广场那一面的一座咖啡馆也买了下来。无论如何，任何生意经，即使不胜其烦也是有利可图的。在柜台上，他搞了一个问讯处，长期服务。

他的儿子，也就是玛丽·路易丝的父亲艾蒂安，更喜欢经营布匹。他有一辆马车，因为样子是那种两翼可以放下来的市场马车，人们称之为"送灵车"。他整整一冬就带着自己的老婆和一个伙计，赶着这辆车参加夏朗特的集市，参加从昂古莱姆到拉罗歇尔的集市，从一个集市到另一个集市，挨门挨户地做生意。农庄里的人都是他的主顾。

和所有的布商一样，一到夏天，他就衣冠楚楚地回到他的山村里来了。如果他不再出门去做生意，那就是他跟死去的亲人在小坟地上有了约会了。

艾蒂安·夏瓦尼亚克着实赚了一笔钱：二十万金法郎，而且存放到可靠的地方：俄国银行！

夏瓦尼亚克一家人都是布商。儿子卡米耶和父亲一样也卖布。一个妹妹嫁的也是个布商，昂德罗。总理的表兄表弟都是布商，一个在佩皮尼昂，另一个在圣洛，还有一个在特鲁瓦。时间一久，他们都开起店来，除了布匹还做别的买卖。

蒙布迪夫到处响着金币银币的声音。在这个金银世界里，年轻的教员不过是一个思想进步的穷知识分子。但是，在这些没有文化的人当中，他也感到有一种对知识的尊重。居住在这座阔绰的别墅里的四个孩子当中，两个为家庭增光的女孩子都是教师。一个是欧拉莉——乔治·蓬皮杜亲爱的姨婆欧拉莉，家里的暴君，她一生中有二十五年在阿尔及利亚做附属于米利亚纳的市立小学校长，是一个继承了她那个做马贩子的父亲的权威和口才、一样能说会道的女人。另一个则是沉默寡言、弱不禁风的玛丽·路易丝。

简言之，夏瓦尼亚克家的人并不反对他们的女孩子嫁给一个教员，只是他们希望一位更有钱的教员。

"爸爸，你知道，他不久就会做中学教师。有一天，可能去教中学！"

"不错，但是要在俄国企业里有存款，那该多好……"

玛丽·路易丝请了一年假，想在结婚之前把身体养好。

婚礼是在1910年9月24日举行的。礼服，大礼帽，作为一个乡村的婚礼，莱昂·蓬皮杜认为够隆重的了。新妇的健康好象已经恢复。来参加婚礼的只有莱昂的父亲让图。母亲病重，一个月后，仅仅见到儿媳妇一面就去世了。

婚后不几天，莱昂就通过了做高小西班牙语教师的考试。不过，空欢喜了一场。没有实缺，他没有拿到聘书，只好仍在穆拉做教员。他的妻子在病假中丢了职位，后来在离开穆拉几公里的另一个学校找到了工作。

蜜月也没有放慢自修者狂热的努力。他不停止地准备高小语文教师的考试，一般来说，准备这种考试，在圣克鲁需要两年。晚上，莱昂·蓬皮杜步行到他妻子那里，早晨在返校途中，一面走一面温习考试的项目。

年终，在莱昂参加考试的日子里，玛丽·路易丝回到自己的娘家。她已经怀孕，想让孩子生在她自己的老家，生在她祖母的家里。

1911 年 7 月 5 日，乔治·蓬皮杜在蒙布迪夫二楼上那间大房间里出世了，通往房间的楼梯被欧拉莉婆姨用蜡打得光滑发亮，上楼梯就得冒摔断脖子的危险。

做爸爸的怀着双重的喜悦回来了。既生了个儿子，考试又得到成功。他有了任高小语文教师的证书。但他还要参加中学教师的考试，大学教师的考试。

他和那位做过教会学校教士的儒瓦先生一样，也是自由主义者。不过，他的婚礼是在教堂里举行的，他也没有反对他的孩子在 8 月 14 日那一天由舅舅、舅妈、表兄、表姐隆重地护送到教堂里去受洗。

至于莱昂的心愿和下定的决心，就是让他的孩子有自己当初所没有的便利，免得孩子要象自己一样为了取得中学教师的席位要进行一场斗争。他要把孩子培养成一个完美无缺的教师。

乔治·蓬皮杜生在蒙布迪夫，可是他的命运却注定在学校里。他不是蒙布迪夫直接的继承者，而是一个比市立学校还要高一级的成功者。他的父母都是教员，而且是教员中的佼佼者，他们要做教师，对于孩子，他们只有一种思想，就是使他成为大学教授。当孩子长到七岁的时候，有邻居问他说：

"你大了做什么？"

他回答说："上师范大学"，他也不知道"上师范大学"是什么意思。

等到为了满足父母的期望，不知不觉地读完师范大学以后，就算到头。他只须让生命推着往前走就是了。

后来将成为蒙布迪夫名人的这个娃娃，被兴高采烈地抱回绿色百叶窗的别墅里，教母是布商朱丽·夏瓦尼亚克，教父是布商卡米耶·夏瓦尼亚克。

有人写到他随着年岁的增长，保持了一种秘密的武器，这就是夏瓦尼亚克家的作风，那位做过马贩子、咖啡馆老板、调理牲口的、巧嘴的买卖人——外曾祖父的作风和那个能说会道、精明能干的外祖父的作风。

他从夏瓦尼亚克家一定还继承了讲现实、求实际和懂得金钱万能的作风。后来他在维护国家钱财的时候的那种严厉态度，使财政部的督察也感到吃惊。可是他的慷慨、细致，以及购买好东西时花钱的不在乎，也常常使表兄们惊奇。

工作迅速，一手多能，办事之快和成功之速，使那个对蓬皮杜姓氏如此自豪的老奶奶一直想到他真是疾走如风的神仙。

他对诗的爱好，对文学、对美的兴趣，使人们不禁会想起他父亲，那个在诺卡兹倒塌的塔楼里幻想骑士、行吟诗人和贵夫人的穿木头鞋的小孩，不过，当时只是一些虚妄的空想。

未来的总理出世不久，他父亲就被任为阿尔比高级小学的语文教师兼西班牙语教师。

"阿尔比！多么走运啊，"他心里感到惊奇。"我要认识让·饶勒斯 ① 了！"

莱昂·蓬皮杜在奥里亚克的师范学校里曾受到社会主义理论的吸引，曾醉心于饶勒斯这个有口才的人所享有的巨大的声望。

他的妻子得到一个女子高小代课教师的位置。她是以数学见长而闻名的。她在那里教了二十年的数学，而且教得很好，一直到健康使她不得不离开学校时为止。

玛丽·路易丝·蓬皮杜又咳嗽起来了，不敢让孩子吃自己的奶，所以她从教过书的穆拉附近一个农村里雇了一个奶妈到蒙布迪夫来。

一对年轻夫妇 9 月里动身到阿尔比去，顺路把奶妈送回去，并把孩子托给她。因为外祖母要陪丈夫出外卖布，不能照管。未来的总理最初的几个月就是在奶妈家里度过的。西班牙语教师来到阿尔比的萨尔旺·德·萨利斯街 30 号一座新粉刷的白色小房子里，雇了一个保姆，帮助家务，自己便又钻进书堆里去了。

他决定一面教书一面继续自修西班牙语，直到大学教师的程度。他还一个人自修拉丁文——rosa（玫瑰花），De Viris（茹尔·凯撒的《高卢战记》）——一般学生一年读完的书，他

---

① 让·饶勒斯（1859—1914）：法国社会党活动家，做过议员，1914 年被暗杀。

一个月就读完了。星期三和星期四，他乘火车到图卢兹去听那里大学里西班牙研究的首创人欧内斯特·梅里美的课。1913年，他得到了教授中学西班牙语的正式资格。

莱昂·蓬皮杜从六岁起就从未间断过看书学习。到了近八十岁的高龄，人们还看见他读原文的《神曲》①。他不承认自己会说意大利话，但是在七十岁时，他还作为消遣学过意大利语法和词汇。他从自修得来的百科知识，使他成了类似皮克·代拉米朗多勒②的人物。他什么都读，而且记忆力非常好。他三十年以来就在汇编一本西班牙语词典，累积了几十万张卡片。他本人也成了全家查询的活字典。

"别找了，我去问爸爸，"当人们查一句引文的确切来源，或是一个找不到的材料时，未来的政府首脑总是这样说。

假使莱昂·蓬皮杜不是因为儿子做了总理，而自己又不是那样谦虚，他很可能会成为一位电视上的风头人物。他的女儿马德莱娜，和她的哥哥一样，也取得了教师的资格，在巴黎克洛德·莫内中学任教师，女婿是亨利·多梅尔，也是教师（后来在蓬皮杜内阁担任过国民教育部长）。莱昂在电视里参加游艺节目，"问答节目"。他回答问题比别人快。在最近一次比赛中，获胜者有四个问题答不出。总理的父亲一下子就把所有问题都答出来了。

年老以后，使他感到自豪的，不是他的儿子。儿子从来不

---

① 《神曲》：意大利人但丁（1265—1321）的作品。

② 皮克·代拉米朗多勒（1463—1494）：意大利学者，以知识渊博闻名一时。

用功，投考师范大学时，用功到仅仅录取的程度，毕业时考第一，但后来不做教师也是使他难过的。他自豪的倒是在一些小孙女中，有一个聪明和知识都特别出众。

　　未来的总理于1912年由奶妈抱着来到阿尔比，这时他父亲已从凯撒的《高卢战记》读到维吉尔[1]的作品了。

　　他在父母批改学生作业的灯光底下开始学走步。对于书，他表现了和他父亲同样的如饥似渴的爱好。他真的把书撕碎，一口一口地往嘴里塞。两岁的时候，他母亲给他看一本有图画的书——一本看图识字——用编织绒线的针指着字给他看。小孩毫不费力地都记得住。他父亲毫无困难地使他学会了辨认读音和单词。

　　乔治·蓬皮杜三岁的时候就识字了。大人把他送到幼儿园，那里的老师杜朗小姐把他看作是一个奇材。当其他小孩还只会在院子里用泥土做馒头的时候，他已经需要看有插图的书了。

　　夏天，父母把他带回蒙布迪夫度假期。但是他的城市，他度过童年和青年时代的城市，和他最早的记忆有密切联系的城市，是阿尔比，是那座粉红色的城市，法国的佛罗伦萨。他骑着第一部自行车跑过的是朗格多克地方的路。后来，很长的时间，因为出生地点的缘故，听到别人说他是奥弗涅人，他都感到奇怪。蓬皮杜家的故乡离洛特省很近，老奶奶就是那里的人，他后来回过卡雅尔克的老家。是盖内戈街上卖画的

---

① 维吉尔（公元前70—19）：古罗马诗人。

雷蒙·科尔迪埃带他去的，他在那里购买了一处无人居住的田庄。

一个使他的小耳朵感到新鲜的名字，一个他最早听到的大人物的名字，就是饶勒斯。饶勒斯在议会里讲话的时候，西班牙语教师的喉咙感到兴奋、发热。

当时，一轮充满希望的红日在阿尔比的地区升起，这就是让·饶勒斯这位长着大胡须的宣教者传播的社会主义。饶勒斯在阿尔比中学哲学班做教师，在一次颁奖大会上作过他那出名的对青年的演讲：所谓新"山上训谕"①。他的妻子是阿尔比人，他自己是阿尔比旁边卡尔莫的议员，那个地区是矿区，矿工的地区，1895 年发生过激烈的罢工。

他雄辩的口才使群众陶醉。在阿尔比，多数人、市政府的人、议员，都是激进党。全市都赞同建立的"工人玻璃厂"，是一次尝试，一件人们以为可以照亮未来的历史壮举。玻璃工人自己造厂，他们自己既是工人，又是职员，又是管理人员。看门人就是厂里的会计，他把自己的女儿嫁给了一个年轻的积极分子，后来跟这个人住过爱丽舍宫，这就是樊尚·奥里约夫人。人们可以带着家属去看那些既是工人又是老板的人，他们光着上身，在炉子前面吹玻璃瓶子。进门时，人们在一个小盒子里扔一点钱，捐献给合作社，就象每星期在教堂门口扔两个铜板给那些被父母送去喂猪的小女孩一样。

从养猪场赎回来的小女孩，将来儿女很多，这些儿女既抱

---

① 耶稣曾对其门徒作"山上训谕"。

怨猪瘦，又抱怨资本主义的传教士多管闲事。但在阿尔比，玻璃厂工人却衷心欢迎大家的支持。

饶勒斯的社会主义是人道主义的，工党式的，并没有多少马克思主义。这一派在政治斗争上虽然激烈，在阶级斗争上却是温和的。

西班牙语教师作为一个无名的听众，热情地在省里听这位卡尔莫议员的演说。1912 年，他加入了社会主义小组——社会党的地方组织，负责人珀斯博斯克是一位老战士，1895 年卡尔莫大罢工时期的老将。

有一天，一位年轻的律师皮埃尔·埃斯基拉在蓬提埃咖啡馆把莱昂·蓬皮杜介绍给饶勒斯，实现了莱昂很久以来的愿望。

后来，莱昂退休以后曾说道："当时我很激动，我怎么回答他的客气话，现在已经说不出来。那一天，我们在阿尔比维冈大街上兜了好几圈。

"以后我在大会上又见过饶勒斯，我还追随了他在 1914 年春季的竞选活动。只是我们的关系没有进一步发展。我当时是一个年轻的积极分子，还很胆小。有人说饶勒斯曾想要我做他的秘书，这纯粹是传说。

"说 1914 年劳动节游行时，我举着红旗走在工人玻璃厂工人队伍的前列，这也是传说。我的同事达朗才享有这种权利，因为他是社会主义小组的书记。"

法国政治史上一件重要的创举倒是莱昂·蓬皮杜干的，那就是十年之后左翼联盟组织的成立。

1914年7月，大战爆发，阿尔比遭到了惨重伤亡。和平主义者饶勒斯以为冲突可以避免，在报上发表了他的观点。后来他在巴黎他主编的《人道报》印刷厂旁边的新月咖啡馆里被刺。检查机关禁止发表这项消息。动员令发布了。三天以来，莱昂随时有被征调的可能，因此把妻子和孩子一起送回蒙布迪夫。这时饶勒斯遇刺的消息已在城中传开。饶勒斯夫人已经得到通知。

莱昂·蓬皮杜打电报给他的妻子，虽然经过检查，但还是发出去了，电文是："饶勒斯被刺，我应征入伍。"

蓬皮杜夫人哭着从绿色百叶窗的别墅里跑出来。她拿着电报给她母亲和在场的堂姐妹看。

"莱昂要打仗去了，饶勒斯被人害了！"

小乔治不明白为什么母亲哭得这样厉害。

蓬皮杜夫人为雄辩的演说家去世而悲伤。但她对政治从不关心。她哭是因为丈夫出征，因为他和她同样感到一切都完了。他第二年就要参加大学讲师的考试，而且几乎都准备好了。

再过几个星期，她还有得哭哩：法国穿红裤的军队开进了阿尔萨斯省，解放了米卢兹（只解放了几天），莱昂于8月19日在前线米卢兹附近越过迪登海姆的草原时，腿上中弹受了重伤。后来被送到后方，说是要锯腿。一位男护士跳过来拥抱他，原来是科斯家的孩子，他是诺卡兹地主的儿子，他找人把莱昂送到医院里，保住了莱昂的腿。

饶勒斯是和平主义者，蓬皮杜是饶勒斯主义者，但他是个战士。他在医院里住了一年半，一站起来就参加了东方军的义勇队。他想利用打仗的机会到向往的东方希腊去。因为受过伤，不能参加步兵行军，他改变了军种，参加了机动高炮部队，开到了萨洛尼卡。一个爱旅行的战士，打过仗，热爱美学，开过炮，又作过人文主义的研究，一路上穿过巴尔干半岛，到过君士坦丁堡、索非亚、布加勒斯特，一直到1919年5月才回来。

有一张乔治·蓬皮杜在战争时期四岁时的照片，当时他是家里的小王子。一身雪白的海军领的服装，穿着皮鞋，可爱的小脸，坚强的眼神，戴一顶钟形的草帽，手里拿着一根小手杖。

总理最早的记忆就是把全部精力都用在他身上的妈妈和他亲热地单独在一起的时候，就是在比奇街市立小学刚上学、后来成了那里最优秀的学生的时候，就是祖母星期天望完弥撒之后来看他们一起去吃奶油蛋糕的居伊点心店。

在阿尔比，乔治四岁半时，在罗什居德公园的黄杨树丛里跟一个北方逃难来的小孩捉蜗牛玩，这个大眼睛的小孩名叫罗贝尔·皮若尔，他在战争中失去了父亲，后来在乔治童年和青年时代一直做他的忠实伴侣。皮若尔比乔治大一岁，但是他已经被这位小弟弟的果敢、想象力和活泼迷住了。

每年夏天，小乔治都到蒙布迪夫外祖母家里过暑假，跟昂德罗家的表哥们、还有村里年龄和他相仿的两三个小孩一起玩，特别是小米夏莱，他后来做过本地的市长。

总理说："今天的蒙布迪夫充满了朝气，而过去却是空虚的。"

锻炼脚力的斜坡草原和狭窄的小路，小溪，瀑布，砍了树顶的下面长满常春藤的橡树，长着青苔的小桥，盖着苔藓的岩石，长满地衣的大树，孩子们爬树，跳蹦，捉青蛙。把青蛙捉住，轻轻在头上敲一下，把它弄晕了再剥皮，然后扔到网里，到河沟里去钓虾，用两个手指头捉虾，就不会被它挟住了。如果害怕，就钻到浓密的树林里去捉松鼠。

东方军炮兵的归来，给大家带来了喜悦，并且举行了祭礼。

他恢复了高级小学的课程，重新又为大学讲师的考试作准备。他又回到图卢兹大学里去听课。萨尔旺·德·萨利斯街上的房子忽然间觉得太小了。蓬皮杜家里又生了一个小女儿马德莱娜。此外，莱昂的父亲也来了。

诺卡兹的管家，土话叫作"大师傅"的那个人无事可做了。他的老婆死了多年，哥哥皮埃尔也离开诺卡兹退休了。皮埃尔的儿子安托南 1916 年死在松姆，几乎和地主的儿子、他最要好的朋友同时死去的。弗雷德里克当了飞机师……（晚年在桑利做书商及古玩商）。他现在也到莱昂家里来了。

因此需要搬家。蓬皮杜搬到车站附近、铁路和马路交叉处后面的一条新辟的马路上。房子的外表不太好看，但宽敞得多，是砖加石头造的，开间大，光线足，还有一座大花园，就在粉红色教堂的钟楼下面。

让图可以在花园里种菜、养鸡，以免有寄人篱下之感。傍晚，中世纪的钟楼的颜色由红变紫，再变成赭色。一连串的彩色变换……但是，新居带来了使人担心的开销。

这时，有人向教师提出一个兼职，就是在女子师范学校教西班牙语。同时，另一个不称心的事是蓬皮杜夫人的身体又不好了。她的咳嗽又厉害起来，寒热终日不退。数学课耗尽了她的气力，她教不下去了。两处教书的工作也不允许莱昂继续做大学讲师考试的准备。他理智地放弃了这个计划，心里十分难过。

把未能实现的雄心今后寄托在儿子身上吧。乔治将来一定会做到大学讲师。他会进师范大学。他条件具备，唾手可得。

父亲寄托在儿子身上的希望，就是完成高一级的学业，这也是蓬皮杜夫人所迫切希望的。她的乔治应该成功，因为不如此便对不起自己。

蓬皮杜夫人生来便是一位有责任感的妇女。她那循规蹈矩的道德并不是来自宗教。她母亲是个遵守教规的人。她却不是，但也不反教。她不是教会学校里出来的。她不带孩子去望弥撒。小学教师中那些自由主义者深信不疑的道德理论，那些怀着"理性的真理"的教育家和教师想培养一个既不迷信又有道德和爱国思想的新的民族的理论，她都听到过。不过，她却是从自己身上吸取力量，来振作她那为奥里亚克患肺病的小姑娘而牺牲的衰弱的身体。后来有人说，这真是一位不信宗教的圣人。人们也许还可以说，这个女人不声不响地做了她应当做的事。

医生们向她保证说，她女儿吃她的奶毫无危险，她就把自己最后的一点力气都用在小马德莱娜身上。

她竭尽心力照顾乔治。乔治是个瘦弱的孩子，她很为他担心，要他晚上八点半钟一定睡觉。她督促他做功课，要他背书。这孩子学习起来，却是惊人的轻而易举。只是，他生性自恃，上课不专心，爱在外面玩。其实，他倒是个出色的学生，聪慧不凡，只是不爱用功。他喜欢读象保尔·费瓦尔①的作品一类的惊险小说。有时候不得不打耳光，才能叫他坐下来用功。可是孩子并不怨恨，他对母亲是很尊敬的。

他父亲到蓬提埃咖啡馆打扑克牌时听到不少关于他的事。莱昂的同事们向做父亲的诉苦，因为乔治对老师恶作剧，往老师的椅子上抹胶水，上德文课时，念些幽默的讲解引同学们发笑。

做教师的父亲对儿子大发雷霆，他是班里最年幼的一个，但又几乎总是考第一。父亲骂他不用功，这倒是实际情况。但是乔治不大肯接受教训。已经是全班第一了，为什么还要多用功呢？每年年底，他不需要多费气力就会带回来七八个第一名的奖品。

蓬皮杜先生抱怨道："一个教师的儿子是个懒货，多好看！"

有人说道："你不公道。他的翻译棒极了。"

"即使翻译是第一，也决不是棒极了，而是相反！他真不配得到第一名。他消化一本书象喝一杯水一样。这称不起是记忆力，而是一块海绵。他没有学过的一课书，只要听别人背一遍就背得出。但是如果老师第一个问的是他，或者在他之前背书的背不出来，他就完蛋了。要成功，可不能这样啊。"

----

① 保尔·费瓦尔（1817—1887）：法国惊险小说作家。

放学以后，乔治不回家，他跟同学们去玩。有时，回来以后被父亲踢两脚，关到楼下的房间里做功课，把他看的《海底两万浬》①抢走，要他坐下来做希腊文翻译。但是那张桌子有一个抽屉，于是他把《百万公主》放在拉开的抽屉里又读起来。他一听见父亲的脚步声，只须往桌子上一扒，抽屉就自己关上了。

然而这座光线明亮的房子却相当忧郁，鸦雀无声。家里的人不敢笑，也不敢大声说话。蓬皮杜夫人辞去了女子高小的职务，提早退休了。夜里她咳嗽得很厉害，而且吐血。她丈夫整夜在她旁边的一张沙发上照顾她。有时一连陪她半个月。

病人整天躺在一张躺椅上，连夏天也盖着毯子，她伸出瘦长怕冷的手把毯子拉到自己身上，滑到地下的时候，小马德莱娜或者保姆就悄悄地给她拾起来。

乔治的朋友轻轻地走进这家人家，会看到女主人明亮的眼睛，浓密的头发，还是很有气派。在毯子底下逐渐憔悴的侧影，流露出费德里科·加西亚·洛尔卡②悲剧里的人物的庄严。

西班牙语教师虽然被看作是一个严厉的父亲，但实际上是一个忠厚善良的好人。他把乔治的《三剑客》③抢走，是要他读维吉尔或者《物理学》，但是也让他读《弗拉卡斯上尉》④、

---

① 茹尔·凡尔纳的科学冒险小说。
② 费德里科·加西亚·洛尔卡（1899—1936）：西班牙悲剧诗人和作家。
③ 大仲马的小说。
④ 泰奥菲尔·戈蒂埃的小说。

《高老头》①、《巴玛修道院》②，还给他买了一辆自行车。

这一家的"特征"是患病的女主人在躺椅上一点声音都听得到，她注意着儿子的来去，检查他的功课，要他汇报他的作文。她一看到他，发烧的大眼睛里就闪出火一样的亮光。她关心他的进步，他的饮食，他的游戏，以及和老师"无谓的争吵"。有时她要人仲裁，于是做父亲的一巴掌就解决了问题。不过，是她看到一切，想到一切，为了一个远景，这就是乔治的学业，做大学教授，她对他的唯一希望。

他妹妹，马德莱娜·多梅尔夫人后来曾说："我哥哥继承了父亲的智慧和母亲的严肃和刚强。"

因为管得很严，乔治有时让他的同学和父母的朋友感觉到他很难忍受这种约束。他是个早熟的孩子，个性很早就形成了。他是班里最年幼的，但是最成熟、最出色的学生。

莱昂·蓬皮杜这位信仰社会主义的教师，是宽容的，他并不反对儿子去听宗教教理课——和其他课程一样，乔治也是第一名——也不反对他初领圣体。有一张初领圣体时的照片，乔治戴着臂绶，站在驻校教士卡巴内神父的身边，面孔已经有点成人的样子了。

在学习上，他不仅有惊人的消化力，而且当他没有做功课时，他只须请一位同学把功课让他看一眼，随便看上一眼，然后扒在窗口上涂它两页，照样可以得到最好的分数。他除了得

---

①　巴尔扎克的小说。
②　司汤达的小说。

到父母的指导之外，在中学里，因为班上学生人数不多，老师有时间注意每一个学生的进步，因此，他获益不浅。第三班甲组的希腊文课上只有两个学生，简直象是个别教授的课目。

西班牙语教师身体健壮，金黄色的髭须被烟熏成深红色，他为了排遣家里的忧虑，常常跟朋友到塔尔纳河边去钓鱼。于是钓竿、网兜、钓鱼的故事都成了家里的主要谈话资料。

晚上，乔治·蓬皮杜有时陪父亲去张贴社会党的传单。

东方军的炮手复员以来，感到社会主义小组缺乏生气，党的工作也毫无起色。工会运动的领袖阿尔贝·托马继饶勒斯之后做了卡尔莫的议员。可是不久，他就被调到日内瓦去主持国际联盟建立的国际劳工局去了。1920年的图尔代表大会把工人国际法国支部分裂为共产党和社会党。"民族主义集团"在国民议会里取得了胜利，虽然后来不得人心。

在省矿工工会联合会的书记菲厄的鼓励下，西班牙语教师同老战士珀斯博斯克、积极分子康伯福一起，试图把当地的支部恢复起来。

菲厄有一个儿子在中学和乔治同班，是他的最大的竞争者。这一个身强力壮，结结实实，工作起来象一条牛耕地一样，他和西班牙语教师那个不用功的儿子不但在各门学科上争夺第一名，而且还和他争夺少女的青睐。两个人的对立全校闻名。他们甚至在院子里打架。到学期结束颁发奖品的时候，闹得还要厉害。全校学生都希望夺得的金纸糊的硬纸板荣冠，他们俩轮流地到主席台上去拿。路易·菲厄的支持者看见菲厄拿到八个第一名和第二名奖品，掌声鼓得震天响。支持蓬皮杜的人起先紧张得要命，最后还是在狂热的喜悦中压倒对方。乔治也同样获得八个奖，但比对方多一个第一名的奖品。

于是开始了一场高音的争吵，雄鸡般的战斗。

但是他们的父辈，除了政治见解不同，没有别的对立。1924年的大选快到了。社会党工人倾向于一个无产阶级的阵线，但是这个阵线很有可能被中间派和右派击败。

莱昂·蓬皮杜和阿尔比改良派的朋友们则寄希望于各共和政党的和解。因为饶勒斯的关系，塔尔纳联合会很受重视。在阿尔比举行了一次联合会议。尽管卡尔莫坚强的联合会拒不表态，西班牙语教师和他的支持者还是使一项赞同左翼联盟的提案得到通过。他们决定由后来在巴黎竞选失败的保罗·邦库尔带头以左翼联盟的名义在塔尔纳参加竞选。

左翼联盟参加了竞选。《时报》在阿尔比人的主使下，以两栏的篇幅，报道了这次重大的政治事件。

以保罗·邦库尔为首的一批候选人当选了。左翼联盟以胜利者的姿态进入议会。

莱昂·蓬皮杜说："我没有想到外省一个小教师的活动，竟有一天能够对国家政治的演变上起作用。我并不为此感到自豪，而是感到惊奇！"

莱昂·蓬皮杜没有政治野心。他为人腼腆，不善词令。这次竞选成功后，他甘心自行引退，让出身于一个有名望的旧世家的洛朗·康布利夫医生——他由于激进党市长的反对没有获得医院主任医师的位置——来担任这里的社会党小组的领导。他后来被选为议员，又被选为市长，莱昂·蓬皮杜因此做了他的市参议员。

能干的医生使右派和社会党联合起来选他，使激进党一败涂地。后来在维希政府时期，他同马塞尔·德阿、阿德里安·马尔凯等人又搞了一个新社会党，使某些马克思主义者远远背离了自己的立场。

这种向右的转变，使莱昂·蓬皮杜担心，他以市参议员的身份，得意地做了当时开始闻名的图卢兹·洛特雷克①纪念馆的领导人。

1936年，为了避开危及他的社会党小组的斗争，尤其是为了让女儿马德莱娜可以不离开父母在巴黎继续读大学，从而可以参加大学讲师的考试，他要求到首都去工作。他得到了不久改为拉瓦西埃中学的西班牙语教师的位置。

这时，乔治·蓬皮杜进了第二班。对他的全班同学来说，这是值得怀念的一年，但对他来说，是他接触到诗歌的神奇的一年。

一批法文、拉丁文、希腊文的教师象一阵风似的都走了，接着来的是一个古怪的矮个子先生，圆滚滚的，头上戴着一顶圆呢帽，是牛津大学的拜占庭史教授吕西马克·俄科诺摩斯。这个希腊人说起古希腊文来声调好象小丑富提②，说起拉丁文来又好象一位东正教的神父，教法文却用的是自己一套方法，即在课堂上让学生演高乃依和拉辛的悲剧。蓬皮杜把《熙

---

① 图卢兹·洛特雷克（1864—1901）：法国画家，大部分作品保存在阿尔比。
② 富提（1864—1921）：法国马戏团小丑，原英国籍，死于巴黎。

德》①里《决斗》一场戏搬上了舞台，用木管喇叭伴奏。他的同学演出了《费德尔》②，结果却成了一出滑稽的脱衣舞，把课堂闹得乱糟糟。

真是祸不单行，中学里遭了一场火灾。

后来来了一位新教员梅卡迪埃先生，这位教员把第二班的学生吸引住了。他向学生讲了拉辛诗中的音律，波特莱尔和魏尔伦③的艺术魅力。他的希腊文班上只有三个学生，即蓬皮杜、皮若尔和社会主义联盟书记的儿子路易・菲厄——后来当选过塔尔纳议员，他们是班上的前三名。学校已被焚毁，梅卡迪埃先生就在教堂的更衣所里上课。他把更衣所和希腊文班变成了魔术师的舞台。每个学生负责准备三分之一的课文。课程的进度比原定的加快了三倍，后来学到了课程以外的忒俄克里托斯④的作品、《阿多尼斯⑤节日妇女赞》，他们把这些诗读得象电台的广播节目那样生动活泼。蓬皮杜以及班里的同学狂热地攻读希腊文。他们成了教师的朋友，经常到他家度过难忘的夜晚，听他谈论热拉尔・德・内尔瓦⑥，象征主义作家，巴那斯派诗人⑦。

---

①　《熙德》：法国十七世纪作家高乃依的悲剧。

②　《费德尔》：法国十七世纪作家拉辛的悲剧。

③　波特莱尔、魏尔伦是法国十九世纪末期象征派诗人。

④　忒俄克里托斯：公元前三世纪古希腊诗人，牧歌的创始者。

⑤　阿多尼斯为希腊神话中的美少年，爱神阿佛罗狄忒的情人。阿多尼斯狩猎时受伤致死，爱神异常悲痛，诸神深受感动，特准他每年复活六个月与爱神团聚。

⑥　热拉尔・德・内尔瓦（1808—1855）：法国作家。

⑦　1866年在巴黎成立的资产阶级诗人团体，鼓吹"为艺术而艺术"。

另一位教师加德拉先生，也很能吸引学生。这位脸上受过重伤的教师以抒情的方式讲授历史，给过去的史料增添一种迷人的现实感。

梅卡迪埃先生在图卢兹市政大厦的拱廊下面曾经说道："乔治·蓬皮杜十四岁时就是一个惹人喜爱的、不同凡响的孩子，是我从未见过的班里最出色的高材生。细高个儿，脚步缓慢，浓浓的黑发，密密的眉毛，注视的、狡狯的眼神、常常流露出心不在焉的神色。

"蓬皮杜！思想又开小差了！我怎么说来着？

"他如梦初醒。但是我最后的话，他还是可以一个字一个字地说出来。

"他生来聪慧。同学们也都是好样的：特别是他那个身强力壮的对手路易·菲厄，后来和他一样也取得了教师的资格，做过阿尔比的学监，新办的技术学校开幕时，曾在那里迎接过已做了总理的蓬皮杜。在读书时路易·菲厄每年都是和他竞争优等奖的。此外，还有他那位温和、腼腆的朋友罗贝尔·皮若尔，这个人精明可爱。他们都比蓬皮杜用功。但是蓬皮杜的成绩却超过他们。

"这个家伙，居然做到了总理①！——我后来不得不承认这个事实。

"我常常感觉到他虽然表面上不用功，而实际上用功，甚至偷偷地用功。我知道有一次他离开一群正在召开一次有趣的

---

① 法语"总理"与"第一"是同一个词。

集会的同学，去准备他的历史课。结果第二天，他知道的比课本上、教室里讲过的还要多。他一定是参考了一些不是必读的书。"

梅卡迪埃先生这些宽大的看法，和他中学同学的说法有些不同。他们说他不是偷着用功，而是尽可能地不用功。不过，他喜欢读书，为了兴趣，而不是为了炫耀。

蓬皮杜从小很有礼貌，不过，喜欢取笑，甚至讽刺，常对老师搞点恶作剧。知识渊博的拉加斯先生喜欢有问必答，蓬皮杜就设下圈套叫他上当。蓬皮杜还在黑板上编写四行诗的绝句，结尾处都以谐音或双关语影射老师的姓氏。

放学以后，乔治·蓬皮杜就赶快回家，跟他的朋友罗贝尔·皮若尔一起用功。

罗贝尔·皮若尔后来做了德拉吉尼安中学的教员，他曾经说："他父亲对我这个严肃的孩子很信任，认为我可以激发他儿子读书的兴趣，并使他不离开作业和功课。

"事实并非如此。我们尽快地把功课做完，以便从事更崇高的活动。乔治高声朗诵诗句，朗诵最多的是波特莱尔的诗。他当时朗诵——现在还能背诵——好象非读诗就不能过日子似的：声音有点单调，失掉了诗的抑扬顿挫，但却制造了必不可少的激情。

"他对于诗有着狂热的感情。他在这方面的兴趣几乎没有改变。1961 年，他在他那本《诗集》的序文里一开头就写道：'我幼年时，有人曾向我预言，对于诗的热爱会过去的，可是到了中年，这种热爱依然存在。'这句话是他那博学的父亲取笑他时对他说的：'这种热爱会过去的'。可是毕竟没有过去。
1961年出版的《诗集》和1929年出版的《诗集》区别不大。
缪塞①、勒孔特·德·利尔②的作品多了，内尔瓦、梵乐希③、
阿波利内尔④的作品少了，对于后几位诗人的兴趣是后来才形
成的。

"我们热衷于拉辛、马拉美⑤、魏尔伦，尤其热衷于波特莱
尔。蓬皮杜1962年的一篇文章使他成了一位波特莱尔派的银
行家。其实，他应当是一位成了银行家的波特莱尔派。

"我们热烈讨论我们阅读的书。乔治每天读一本，常常读
两本。什么都读，亚历山大·仲马⑥、伏尔泰⑦、皮埃尔·洛
蒂⑧、亚森·罗平⑨、巴勒斯⑩、让·雅克·卢梭⑪、方托马⑫……
青少年喜欢的小说：《如死一般强》⑬、《恶魔》⑭、《倒行逆施》⑮、
茹尔·瓦莱斯的《童年》等等……

---

① 缪塞（1810—1857）：法国浪漫主义诗人。
② 勒孔特·德·利尔（1818—1894）：法国诗人。
③ 梵乐希（1871—1945）：法国象征派诗人和理论家。
④ 阿波利内尔（1880—1918）：法国超现实主义诗人。
⑤ 马拉美（1842—1898）：法国象征派诗人。
⑥ 即大仲马。
⑦ 伏尔泰（1694—1778）：法国启蒙运动创始人之一。
⑧ 皮埃尔·洛蒂（1850—1923）：法国小说家。
⑨ 亚森·罗平：勒布朗侦探小说中的人物。
⑩ 巴勒斯（1862—1923）：法国作家。
⑪ 让·雅克·卢梭（1712—1778）：法国启蒙思想家、哲学家、文学家。
⑫ 方托马：侦探小说里的人物。
⑬ 《如死一般强》：莫泊桑的小说。
⑭ 《恶魔》：法国作家巴尔贝·多雷维利的短篇小说集。
⑮ 《倒行逆施》：法国作家于伊斯芒斯的小说。

"莱昂·蓬皮杜也是个爱读书的人，我们从他那里发现了新书：《斗牛者》①、《多尔热伯爵的舞会》、《贝拉》，特别是后一本使我们看到了吉罗杜②的文彩。在发现陀思妥耶夫斯基③以前，我们特别喜爱司汤达和普鲁斯特④。

"在乔治的成长过程中，马塞尔·普鲁斯特是四、五个对他影响最大的作家之一。沉湎于圣日尔曼郊区、《盖芒特那边》⑤描写的华贵生活，他都着了迷。

"我们对饶勒斯也很着迷。他对青年们的演说是乔治取之不尽的思想源泉。现在更是如此，我认为他坚信雄辩家饶勒斯的说法：勇敢，就是'实现理想，理解现实'。

"他的社会主义思想来自家庭的传统，尤其是出自内心的感情。看到人类的痛苦，他感到无法容忍。他从社会主义里找到了解决人类痛苦的答案。

"我们的消遣方法，按照马拉美的说法，主要是'在马路上，骑着我们喜爱的交通工具，亮闪闪的、不停转动的车轮在我们两腿间唤起幻想'。换句话说，就是骑自行车，这是一种过时的娱乐。但是我们利用它到过科尔德⑥，姆瓦萨克⑦，看到过中世纪的遗迹。"

---

① 《斗牛者》：法国作家亨利·德·蒙泰朗的小说。
② 吉罗杜（1882—1944）：法国小说家、剧作家。
③ 陀思妥耶夫斯基（1821—1881）：俄国小说家，作品有《罪与罚》等。
④ 马塞尔·普鲁斯特（1871—1922）：法国颓废派小说家。
⑤ 《盖芒特那边》：普鲁斯特的小说。
⑥ 科尔德：塔尔纳省省会，仍保持着中世纪的面貌。
⑦ 姆瓦萨克：塔尔纳-加伦省省会。

高中会考那一年，蓬皮杜让路易·菲厄获得了优等奖，因为他在上课时玩过牌。但是在全国会考时，他的希腊文翻译得了一等奖，主考者是后来做过教育部长的勒内·比耶雷斯（翌年，希腊文翻译二等奖获得者为雅克·苏斯戴尔，三等奖获得者为莫里斯·舒曼）。总学监凯鲁曾经说过，蓬皮杜那篇获得最高分数的翻译，既以精细确切见长，文辞又简洁华美。

这个一等奖的获得，给莱昂·蓬皮杜带来了学监的正式访问，替乔治挣得了二十五公斤的红色精装书籍，还有希腊研究学会发的五百法郎奖金。最后，特别是从父亲的斥责中解脱出来：他成了一个大人物了。

他的同学们都说："乔治父亲的耳光对乔治是最好的礼物。象他那样爱玩，不管多用功，高中会考也过不了关。"

他的朋友皮若尔说："他会在别的行业上成功的。他并不想干教书这一行。但是他的天赋特厚，在十四岁上，我就知道他有一天肯定是个了不起的人物。"

乔治·蓬皮杜读哲学并不专心。师大的老师以及成了名的同学们后来都看到他并不爱好先验论，也不关心形而上学。

有人拿这些问题问他时，他说道："不对。精神领域的问题几乎是我经常关心的问题。即以哲学来说，我最喜爱的是柏拉图。相反，现代哲学家，从柏格森①算起，倒不怎么吸引我。我认为他们都在玩弄文字，认为这样就可以成为观念……至于形而上学，问题是弄明白我们是从哪里来，到哪里去，这

---

①　柏格森（1889—1941）：法国唯心主义哲学家。

个问题对我并不陌生，只是格里奥累先生并没有给我解决。"

格里奥累先生是乔治的哲学老师，但他爱动物胜于逻辑学、心理学、形而上学，他把整个班级的学生都组织到保护动物协会的大军里。早晨，他到菜场去替别人杀鸡，免得笨手笨脚的人杀鸡不得法叫鸡受罪。他老婆星期天买只小母鸭准备午餐，他为这只幼小的家禽在未尝到结婚的乐趣之前就被人吃掉而激动异常。他为母鸭买了一只公鸭，让它们尝到这种乐趣，但是，公鸭和母鸭对于这位教授向它们提供的快乐，无动于衷。

"鸭子需要一个游水的地方！"

蓬皮杜和皮若尔被叫到教授的花园里掘一个池塘供鸭子嬉水……

后来，这位动物的朋友在罗讷河里为了救一只落水的猫自己淹死了。

乔治在城里散发加入保护动物协会的表格，继承了格里奥累先生那些把戏。

"我用牛奶喂我那只灰猫……"

他在黑板上写道："喂！我跟我的灰猫同饮菊花酒。"

有一天教师向学生揭露了这个下意识的人的恶作剧，他坐到头一排课桌那里点起了一根香烟。

"蓬皮杜先生，你实在使我惊奇！"

抽烟的学生说道："我这是受了下意识的作用。课文的兴趣使我分心走意……"

教室里使学生分心的另一个原因是，有十个女学生参加了男生的哲学班。这十个人里面有一个会考不及格的巴黎女学生，她是到外省来重读的。每天早晨，一辆汽车把这十个女学生送到年轻的哲学家这里来。

那个巴黎的女学生婀娜多姿地走下车来，一头金黄头发，每天换一套衣服，完全是首都的派头。整个中学都轰动了。

乔治·蓬皮杜兴奋异常。他本来是个态度随便的青年，身材修长，面貌清秀，浓密的眉毛，含蓄的眼神，和与他年纪相仿的学生比起来，他更显得沉着、冷静、有威望、有文化。他背得出一万行诗。他不久前还读了《大莫尔纳》①，并有新的体会。

同学们都觉得他和蔼、有礼，丝毫不因为成绩好而自负。同学们做不出作业的时候，他就把自己的拿出来给他们去参考。但是，他还是意识到自己是有才能的。

他对那些女生说："如果有人要我做一小时有关中国'夏朝'的演讲，我也会毫无困难地不经准备就讲。"

然而，他并不是一个健谈的人，也不卖弄自己和自己的才能。他的朋友皮若尔可能是唯一知道他的本事的人。他不说一句话，就能影响人。他引起了很多阿尔比女孩子的注意，可是他眼睛里只有那个巴黎女学生。

宿舍里一位女舍监为了讨他喜欢，什么都肯干。她向女学生说：

"星期四郊游，我们要走木屋街。"

"小姐，为什么要走木屋街呢?"

---

① 《大莫尔纳》：阿兰·富尔尼埃的小说。

"因为乔治·蓬皮杜在那里等那个巴黎女学生。"

当女学生们走过的时候，乔治扒在窗口上看。过后，他骑上自行车赶上她们，小皮若尔也跟在后面，他在女学生前面跳跃、打转、翻跟斗，后来回到家里，再等着看女学生返校时从他家门口走过。

晚上，女学生郊游回来上自修的时候，乔治扒到窗口张望那个巴黎女学生。玻璃窗上突然出现人影，使整个自修室都惊动起来。

有一天，他穿上那个巴黎女学生一位女朋友的大衣、半统靴、戴着她的帽子，来到会客室，请求会见那位来自巴黎的住宿生。女看门的觉着他的样子不大对头。他尖着喉咙说道：

"我是她妹妹！"

女看门的端详着他那装模作样的样子，嘟囔着说："作为一个巴黎学生的妹妹，你的样子可有点特别！"但是她还是去通报了。

在这时期中，阿尔比的大教堂对他也很有魅力：中世纪的红砖建筑，装饰着文艺复兴时代的雕塑，又经过佛兰德人和意大利人的美化，巍然屹立在塔尔纳河畔和古老的桥上，宛如佛罗伦萨的阿尔诺河上的市政大厦。小皮若尔跟着他爬上钟楼三百六十五级的环形楼梯，欣赏阿尔比城的阿尔诺式的风光，贝尔比亚宫的空中花园，背诵维雍① 和龙沙② 的诗，在十五世

---

① 维雍（1431—1463 或 1489？）：法国中世纪最后的抒情诗人。
② 龙沙（1524—1585）：法国文艺复兴时期诗人，曾主持七星诗社。

纪的景色中领会一下行吟诗人的激情。回到家里，再读一页饶勒斯的文章。很多人到阿尔比游览，仿佛阿尔比是在意大利似的。

有两个比他们小一两岁的女学生常常跟他们一起玩，一个是第三班的学生安德烈·巴尔萨，长就了一种典型美，现在任母校阿尔比女子中学的校长，为两千学生创造过去所缺乏的幸福条件；另一个是他们的朋友苏珊·雅格诺。

安德烈谈论吉罗杜，谈《间奏曲》①，谈《特洛伊战争不会发生》②。蓬皮杜有兴趣地听着，有点带着取笑的神气，象一群少女中间一个友好的大哥哥。可是他们美好的友谊没有超出一起喝喝茶的范围，因为乔治·蓬皮杜从来不跳舞。

有时他跟她们打打网球，他的反手球很有力，可是打不了多久，他就坐下来聊天。他新近发现了柏蒂切里③的艺术作品《春天》和《美神出海》。他沉醉在普鲁斯特的作品里。他戴上单眼镜，少女们看了觉得他的样子真象斯旺④，随随便便地讲个笑话，引句成语，运用省略和含蓄的句子，象一个精于饮食的人在欣赏绝妙的时刻：曙光、夕阳、微带害怕心情的少女嗔怒或果敢的表情。

星期天，在他那出色的伙伴陪同下，容光焕发，骑着自行车到四十公里以外的巴尔萨先生家里去——巴尔萨先生当时是

① 音乐家舒曼的乐曲。
② 《特洛伊战争不会发生》：吉罗杜的两幕剧作。
③ 柏蒂切里（1444—1510）：意大利文艺复兴时期画家。
④ 斯旺：普鲁斯特小说中的主人公。

拉巴斯坦斯的教师——去吃鹅肝、炸土豆、猪心、还喝利穆的白葡萄酒，欣赏好客的主人的健谈。他十六岁就是个长于社交的人了，爱好音乐，欣赏考究、美丽的摆设，古代的家具和妇女的衣饰。

第二次中学会考到了。那位巴黎女学生从距离二十米的座位上向我们这位出色的哲学家送来失望的秋波。他用蝇头小字在一张粉红色稿纸上写了一道题目的答案，揉做一团，飞快地弹了过去。现在要看投射的技术了。监考的老师正好站在诗人与他心目中的小姐之间，而小纸团却要靠指头弹送到二十米远的地方去。

教师看见一个粉红的纸团在自己面前飞过，他向着发射的地方转过身来。全体考生都在埋头做自己的考卷。乔治有意地向别处转过头去，纸团飞过去了。通过眉目传情，求爱者继续鼓励对方。

那个巴黎女学生在哲学考试上得到一个意想不到的好分数。但是依然没有通过考试，因为别的科目太差了。而乔治会考是过关了，但是没有分数。

他向几个好朋友说："我只有一小时为我自己做题目，哪里有工夫去推敲。"

不久，在他十七岁那年，他向惊愕万状的父母说他要结婚。不过，他们的激动不久就过去了，因为很快就从巴黎传来了坚决反对的声音。那个巴黎女学生的父亲，是一位名教授，对此事进行了调查。

"这个男孩是一个有小聪明的懒货。将来不会有出息！是一个充满幻想的调皮捣蛋鬼！"

这个充满幻想的调皮捣蛋鬼却跟着父亲去参加由保罗·邦库尔主持的地方政治会议。在主席台上，工人、矿工，把邦库尔当作巴黎名律师让·饶勒斯的接班人。这人是个小矮个，面孔长得象罗伯斯庇尔①——他们叫他小罗伯斯庇尔——一头白发，活象盒子里跳出来的小鬼头，一个长着头发的小鬼头。他穿着一双后跟很高的鞋子，一旦站起来发言，政治家的聪慧和雄辩家的艺术就同时表现出来。高中毕业生被征服了。他并不是象群众那样被邦库尔的口才迷住，吸引他的是这个人的智力。保罗·邦库尔什么都懂，什么问题都能解释，不管他到哪里去演讲，乔治·蓬皮杜总是骑着自行车跟在他后面跑。

他在图卢兹得到一个进大学预科班的奖学金。他想通过骑车爬蒙布迪夫附近的山丘，把谈恋爱时感到的痛苦忘掉。面对帕万湖清澈如镜的湖水，周围一圈在夕阳光照下发出红色的松树林，他背诵起《恶之华》②来。

> 德拉克罗瓦③，恶魔出没的血湖，
>
> 笼罩在长青的松林深处，
>
> 在忧郁的天空下，奇特的号角声
>
> 象韦柏④抑制的哀鸣那样漫步……

------

① 罗伯斯庇尔（1758—1794）：法国资产阶级革命时期的著名革命家。

② 《恶之华》：波特莱尔的诗集。

③ 德拉克罗瓦（1798—1863）：法国浪漫主义画家。

④ 韦柏（1786—1826）：德国作曲家，浪漫主义歌剧创始者。

由于上年男女同班引起一些问题，到 1929 年 10 月，阿尔比的中学就把男女生分开了。乔治·蓬皮杜乘火车来到图卢兹。在预科里，他又碰到了过去形影不离的好朋友罗贝尔·皮若尔，竞争者兼朋友的让·菲厄①，还有一个塔尔贝人、曾在会考中比他略逊一筹的勒内·比耶雷斯，他是希腊文翻译的二等奖获得者，未来的教育部长。

乔治·蓬皮杜在图卢兹还遇到他那位了不起的历史老师加德拉先生，他那受过伤的面孔和讲课时的那股热情足以使课本里的死人复活起来。

皮若尔曾经说："跟这位老师，我们不是在上历史课，而是置身于历史中。仿佛一幅壁画，明朗、生动，象巨型的钟摆在摆动。路易十五以新的面目浮现在我们眼前，他被一位有能力的律师恢复了名誉。我们和百日王朝的近卫军一齐痛哭。在德雷菲斯事件②中，我们自己成了示威者。幽默的逸史及时恢复了塔莱朗或梯也尔的真实面貌。

"我们带着作者的紧张心情走出教室，被课文感动得疲劳、心碎。我们真想把老师的话全部记下来。等到下一次历史课，我们根本就不用复习，因为我们已经记住了！"

九年以后，加德拉先生被任命为巴黎路易大帝中学的教

---

① 疑为路易·菲厄。

② 德雷菲斯事件：1894 年法国军事当局诬告德雷菲斯出卖国防机密，判他终身苦役。后查明出卖机密者另有其人，但法国军事当局拒绝翻案，结果引起群众强烈不满，导致民主力量和反动势力之间的政治斗争。

师。10月的一个早晨，他提着旅行箱，带着受过伤的面孔，怀着青春的热忱，走进学校。校门口有人等他，原来是乔治·蓬皮杜，他在加德拉以前受任来到巴黎，几年以来已经是他的同行了。

乔治说："我早就要感谢您了，您把这样巨大的热情放在教课上和我们的心里。我对历史的爱好，就是从您来的。"

"年轻的朋友，您不知道，是您的眼神打动了我啊！"

乔治·蓬皮杜离开图卢兹时，获得希腊文翻译、拉丁文翻译、历史、德语、古代史五个头等奖，一个法语作文二等奖。

在他的资料档案里是这样写的："可以升师范大学……可惜太爱说话！"他不大用功。依他看，图卢兹不过是预科的预备科，或者说，预科的预科。他申请一个到巴黎的奖学金，于是被指派到路易大帝中学。

二、师范大学的第一名，主考教师遗憾地说：
"他是一个最不用功的学生。"

1930 年 10 月初，乔治·蓬皮杜怀着惶惶不安的心情，从奥斯特利茨车站下了车。他不久便要和巴黎的高材生、经过选拔的外省各大城市的学生——全都是经过考试、优等奖的获得者、会考的胜利者——进行竞争了……

他进的那个班级里，刚走不久、进入师范大学的人的名字还在回响着：布拉西亚、巴代什、塔拉格朗。这个塔拉格朗后来成了作家，笔名是"蒂埃里·莫尔尼埃"、"梅尔"，龚古尔文学奖金的获得者。

老学生对新生最大的侮辱莫过于公开把新生当作"可怜的胎儿"、"轻浮的笨蛋"、"乡下佬"来对待。

可是不久，他就惊讶地发觉自己被这些"天才们"当作和他们同样的人了。还有，因为自己对他们作了一些嘲弄的反驳而被称作"鬼机灵"。他感到其他的外省人和他一样胆怯。不过他的沉着，使他们胆壮起来。同学中有一个头发蓬乱的大个子，名叫勒内·布鲁耶，是圣太田人，会考时得过历史一等奖，拉丁文翻译一等奖，希腊文翻译二等奖，他准备考入师范大学，将来进审计院工作，后来，为戴高乐效忠，担任过法国驻梵蒂冈大使；另一个是爱讲笑话的蒙彼利埃人，名叫彼埃尔·普热，他为认识一个阿尔比人而感到高兴；还有一个面颊丰满、眼神天真的小矮个儿，名叫保罗·居特，即后来赫赫有名的大画家勒纳伊夫。

此外，还有几个参加教师考试的女生，都是走读生，其中特别引人注目的是波莱特·吉莱，也就是后来在报纸上以笔名乔治·辛克莱而闻名的人。老学生一有机会就把一些荒唐可笑的绰号送给新生。容易给人印象的保罗·居特第一个被人起了绰号。他见到波莱特·吉莱，就神魂颠倒。他手里拿着上课用的墨水瓶，看见她就激动得打翻了，把一大滩墨水溅到姑娘脚上。

"墨水元帅！"让·米歇尔·弗朗丹脱口而出。此人是师范大学预科的一个留级生，未来的优秀语法家，在德国占领时期，他是一个爆破能手。

弗朗丹是左派。他和蓬皮杜一发现彼此有共同的政治倾向，二人的关系便立即密切起来。

蓬皮杜特别同情预科里的两个外国学生，他们因为肤色不同，胆小怕羞，总是和白种人离得远远的。一个是列奥波德·塞达·桑戈尔，他是一个富于诗意的塞内加尔人，他念念不忘黑人的处境，是未来塞内加尔共和国总统；另一个名叫范维谦，一个谨小慎微而又敏感的越南东京人，他是未来的越南驻法国大使。不久，蓬皮杜的身边就经常出现神秘的亚洲人和非洲的诗人。对于那些过去使他敬畏的巴黎人，他很快就对他们毫不介意了。十个巴黎人被包围在四十个来自外省和殖民地的人当中，是无法占上风的。

大学预科是一所寄宿学校，大家在激烈的竞争气氛中紧张地准备着大学考试。但又是一间温室，里面都是些热情的青年人，如火如荼地渴求各种知识。

他的同学布鲁耶说："蓬皮杜曾说过：'我最大的过失就在于如饥似渴的求知欲'。即使在课间、吃饭时间或晚上召开的讨论会，蓬皮杜也都一律参加。会上无所不谈：诗的精髓、唯名论、灵魂的存在等等。他参加讨论的次数比任何人都多，因为他好象没事可干。他那漆黑的眼睛带着讽刺的神色，给会场带来金黄色烟丝的烟卷的烟雾，自由思想者的诙谐，青年人的权威。他并不强迫别人发言，而是把离题的讨论引回到问题的实质上来。"

事实上，他不大发挥自己的见解，听得多，讲得少，在群众的争论中，他的态度很象英国人那样冷漠，表现出一个十九岁的孩子所没有的那种分寸和稳健。

他的同学，皮埃尔·普热，未来的驻摩洛哥文化参赞，还记得蓬皮杜的那股诱人的魅力。

"一个花花公子，"有些人议论说。

他抽起"乐根"牌香烟来确实是一支接着一支。对于一个预科的学生来说，真是象大富翁那样阔气。

塞内加尔人列·塞·桑戈尔，象东京人范维谦一样，对蓬皮杜主动向自己表示友好，很为感动。

塞内加尔共和国总统后来叙述道："对我来说，他有这样一个特点，使我很容易认出来。初到外国，看到外国人长得都差不多。预科的白种人几乎都是一个样子。蓬皮杜则与众不同。他长得比别人高，两道浓眉下面有一对机灵而又温和的眼睛，突出的鼻子，丰满的嘴唇，宽大的额骨。他是属于那种'富有魅力的美男子'类型的人。星期四和星期天，我和他出去玩。他在拉丁区很受欢迎。

"为什么他对范维谦和我特别友好呢？是由于好奇心吗？远远不止这一点。他那宽大的心胸使他一见殖民地人民，不论是黑种人还是黄种人，就产生同情。他积极反对殖民主义，反对种族主义。三十年后，在1958年制定宪法时，他在戴高乐将军身边，反对宪法委员会的决定，把海外人民的独立作为副款列入宪法，他还参加为准备埃维昂协定所进行的秘密谈判，这些都不是偶然的。

"在那个时期，我是保皇主义者，拥护自称是一千年以来建成法国的四十位国王的继承人。我曾为盖勒瓦尔人失去贵族身份、为西奈王朝的富贵荣华的衰落而流泪……

"蓬皮杜使我相信了社会主义。和他一样，我每天早晨读《人民报》上刊登的莱昂·布鲁姆的文章。当然，他并没有教我背弃自己的祖先。但是他帮助我打开眼界，使我对于黑人问题有进一步的理解。

"我和他坐在一条板凳上，见他学习是那样轻而易举，使我感到泄气，因为我象老牛耕田那样吃力，我是从深山密林的家乡出来的，只读过课本上一些作家的作品。我知道的很有限。而他，只要读一遍，便把书或笔记本搁下，出去吸烟或者埋头阅读纪德①、德·内尔瓦、韩波②等人的作品去了。他培养我读书的兴趣，引导我阅读普鲁斯特、贝玑③、波特莱尔等人的作品，不要我做课堂作业。因为跟他一样漫无边际地博览各种书籍，所以在考师范大学时就没有及格。不过，我从他那里学到的东西也许要比在老师那里学到的还多些。

"我们一块儿到外面去，他让我看到了巴黎，看到了以塞纳河岸旧书摊、剧院、博物馆、音乐会著称的巴黎。还有许许多多好餐厅以及带有地方风味的小饭馆，如彼埃尔饭馆、阿尔萨斯饭馆。我们不仅跑遍巴黎市区，而且还参观了法兰西岛。我学会欣赏凡尔赛宫、埃姆农维尔、蒙莫朗西这些地方的令人神往的景致。

"我欣赏他那种能消化一切、能一眨眼就领会一切的聪明，还有他那老老实实地求学以及坚强不屈的正直性格。他那种一学便会的特点，令人见了多少有些不好受。在考历史的前夕，他用一小时看了一遍历史书，嘴里一面喊着'烦死了'，一面站起来，离开了自修室，跑出去抽烟，回来以后就全神贯注地读起吉罗杜的小说来。

"我心里在想：'他未免太过份了'。

"但是老师发回考卷时，却又是蓬皮杜考第一。"

在学术方面，政治和戏剧是这位阿尔比人主要的研究

---

① 纪德（1869—1951）：法国作家。
② 韩波（1854—1891）：法国象征主义派诗人。
③ 贝玑（1873—1914）：法国诗人、哲学家。

项目。

他写给留在图卢兹的朋友皮若尔的信，是一封接着一封，他经常是这样开头的：

"我在历史课上给你写信"……"我在上自修时给你写信，因为我别的什么都不想干"……

1930 年 1 月 27 日，他给皮若尔写了一篇有声有色的社会党代表大会的报告，他以保罗·邦库尔的热烈支持者的身份参加了那次会议。

这是《法兰西行动报》在拉丁区很受重视的时期。蓬皮杜参加了"大学共和党和社会党行动同盟"的示威游行，和保皇派的喽罗们动过武。

《法兰西行动报》学生联合会的组织在选举时抢走了投票箱。"爱国青年党"和左派的人奋起应战。

蓬皮杜写道："星期六晚，我们爱国青年党和左派共约三百人聚集在圣母院教堂的空地上，我们跑到学生联合会那里，砸开了铁栅栏。一进到院子里，楼上纷纷扔下石子、椅子、玻璃瓶。燃烧的硫磺从窗口扔下来，氯气到处迷漫……有人受伤，有人窒息。我们用一根梁把大门撞开。消防队来了，警察也来了。一场混战。所有的人都被赶了出来。学生联合会于是变成了历史陈迹。闹得真够呛！要么选举停止进行，要么再闹下去。"

保罗·邦库尔给这位年轻的积极分子送来法兰西喜剧院的票子，还附着一封短信。

蓬皮杜叹惜说："我更希望是摩加多尔戏院或者帝国戏院。"

　　三个月后，这位预科的学生在观看了《任性的玛丽安娜》[①] 这出戏后，自称成了女主角法戈耐蒂小姐的崇拜者了。后来，他对法戈耐蒂的热情又转移到瓦朗蒂娜、泰西埃身上去了。后者在"《安非特里翁 38》[②] 一剧中扮演阿尔克曼娜富有诗意的角色。"

　　在路易大帝中学，师范大学会考的日子已经临近，他却不去用功读书，而是去看普鲁斯特的《回忆起的时间》。

　　有的人说："他是装懒，是个牛皮大王！"

　　又有人说："不！他是一个地地道道的懒货。"

　　总之一句话，他很自以为是。

　　他参加了考试，笔试通过了，第十七名。会考录取人数共三十一人。他的希望不小。但考场周围的流言蜚语，使他听了发楞，有人说，路易大帝中学的学生口试过不了关，只有亨利四世中学的学生才行。他感到泄气，又看起《卡拉玛佐夫兄弟》[③] 来了，口试时心不在焉，结果考了第三十四名。这次失败使他感到痛心。

　　可是第二年，预科的全体同学一开学就都相信蓬皮杜考师范大学一定是前几名。

　　他的朋友皮若尔在阿尔比受不住了，要到巴黎来找他。

　　蓬皮杜回信说："我不能到车站去接你，不过我派一个人

---

　　① 缪塞的剧作。

　　② 指吉罗杜在 1929 年以安非特里翁为主题的剧作，因为以前同主题的文学作品已有 37 部，所以作者将这一个剧作称为《安非特里翁 38》。

　　③ 陀思妥耶夫斯基的小说。

去，包你一眼就可以认出来。"

此人就是桑戈尔。

后来，罗贝尔·皮若尔说："那天早晨到首都，我绝没有想到是一位未来的国家元首受一位未来的政府首脑之托前来接我。"

在路易大帝中学，蓬皮杜享有无容置辩的威信。

他有一种用最简单的方法来解决问题的秉赋。由于他稳健，同学们推选他当中学校务会议的学生代表。他被选为预科的头头，法国首屈一指的师范大学预科的头目。他的地位使他为了青豆售价昂贵，和学校小商店进行斗争，争取到质量好的电流——就是说晚一点熄灯，还和学校当局的种种吝啬作斗争，特别是在假期方面。

1931 年末，他考进了师范大学，笔试第一名，口试后列为第八名。但是，桑戈尔因为跟着蓬皮杜在巴黎乱跑乱逛，考试没有及格。

乌尔姆街① 就是自由的象征。学生象住在旅馆里一样，在学术空气中舒适地生活。住宿生的生活、会考的准备统统都一去不复返了。第一学年，为获得学士学位作准备，自由选择学科。有些师范生仍旧坚守过去死用功和住宿生的习惯。其他一些人则专心研究自己爱好的科目，为实现自己的雄心而奋斗，为登上巴黎大学的讲坛或进入政界，朝着明确的目标而勤奋学习。

---

① 巴黎师范大学所在地。

蓬皮杜无所事事，既无雄心也无壮志。他好象没事可干，也没有什么抱负。

过去和他同过学、现任法国驻波恩大使馆文化顾问的皮埃尔·穆瓦齐说道："他一踏进校门，便出了名，因为他的姓读起来令人发笑，又因为几乎无人不知他那出奇的懒惰。在为新生起'绰号'的活动中，他的名声比别人更引人注目。"

老学生不知道问他多少次：

"你是哪里生的？"

"蒙布迪夫！"

"不对，胡扯。"

他从床上被拖起来的次数比别人更多，夜间一次又一次地被牵到花园里、地窖里去进行滑稽的夜游，他还听凭老学生对他进行无理取闹，罚他到自然科学实验室去和史前期的大哺乳动物遗骸一次又一次地接吻。他对自己的名声给他带来的种种麻烦一点也不生气，他忍受着没完没了的捉弄，从不发脾气。

政治、文艺、宗教小组成立了，小教堂也建成了。望弥撒的人特别多。这些人都是"弥撒迷"。比利埃尔主持一个激进党的小组。苏斯戴尔在阿姆斯特丹-普莱耶委员会的里韦教授的影响下，组织了一个极左派学习小组。瓦耳德隆是未来的"黑白社"的社长，常和布拉西亚以及皮托埃夫夫妇来往，他还领导着一个文艺小组。

蓬皮杜还是一个对这些活动不太清楚的外省人。他自由独立，什么组织也不参加。

他和一群朋友过着师范生的生活，是有才智的公子哥儿才能过的"神仙生活"。他过的是"文化大财主"的生活,财富由他使用,年纪才二十岁,不愁吃不愁住,享有各种各样的自由,不需要遵守任何规章制度,也没有必修的课程。这位阿尔比人比别人富有,比别人空闲的时间多四倍。他没有明确的目标,花在学习上的时间比别人少四倍。他有时和这些人、有时和那些人分享自由时间,在同学们的眼里,他的生活是丰富多彩的。

在巴黎大学,他只听他所喜欢的课程,特别是一位希腊学专家保罗·马宗的课。马宗先生的教授法比其他许多人要高明得多。在"咖啡宫"的平台上,他和鼎鼎大名的冷面滑稽家普热一起欣赏皮埃尔·贝纳尔主编的《鸭鸣报》,还不时地向行人卖弄他的腹语术来引人发笑。

他到圣日耳曼-德-普雷一带的画廊去闲逛。他开始爱上了现代画,着手收集超现实主义派的作品和不出名的抽象派作品。如马克斯·埃尔斯特等画家,他们的名字日益引起重视。他和弗朗丹在酒市的一家小酒馆里吃饭。弗朗丹这个人,从各方面看,不论是血统、坦率和喜欢夸耀的性格、宽阔的嘴巴,都象一个十足的火枪手。蓬皮杜还到马恩河上去划船,或者在"咖啡宫"里去玩纸牌。酒吧间的两个伙计,乔治和米歇尔,对这两位常客热情得无法形容,他们一定要一位正在咖啡馆的后面墙上作壁画的艺术家,把这两个客人画进去,使他们永垂不朽,但最后只画了弗朗丹,还给他加上浓密的八字胡须。蓬皮杜到"吕多"去找桑戈尔和皮若尔打乒乓球,把他们都打败了。他们说是因为他的胳膊比他们的长,善于把球打在网边上。

还有些同学在学校里用功学习希腊文的翻译或中世纪史，而蓬皮杜则去看戏，到各种不同的剧院去看戏：摩加多尔戏院、法兰西喜剧院、阿特利埃剧院、香榭丽舍剧院、帝国戏院或蒙帕纳斯剧院。他对雷蒙·鲁洛着了迷，对吕德米拉、皮托埃夫崇拜，对阿尔让蒂娜热爱。他要是不到剧院去看戏，不到路纳派克游乐场去玩，就是去看电影。他爱看勒内·克莱尔①的片子。他一连八次去看帕布斯特②的《四分钱的歌剧》，迷醉于马基的悲调、巴尔巴拉的歌唱——欣赏它讽刺人类可怜处境的诗意和现实主义。

皮若尔说："我相信在短短的三年内，我们就可以把所有的片子一个不漏地看完，包括枯燥无味的东西。"

在乌尔姆街上，用功的学生，电灯很晚才关，可是，蓬皮杜却在蒙帕纳斯咖啡馆的平台上，快活地发挥他的雄辩术，对新出版的两部小说：《黑夜尽头的行程》特别是《人的希望》③进行争辩，一直辩论到凌晨三点钟。他有办法找到时间看书，看一切的书。

他对政治活动的兴趣也非常大，他参加所有的政治集会，特别喜欢参加矛盾很尖锐的会议。

皮若尔说："我们到比利埃会议厅去参加《法兰西行动报》

---

① 勒内·克莱尔：法国著名电影导演、剧作家及演员。
② 帕布斯特：德国电影导演。
③ 《黑夜尽头的行程》是法国作家塞林纳 1932 年发表的小说；《人的希望》是法国作家安德烈·马尔罗 1933 年发表的小说。

召开的会议。卓越的莱昂·都德在演讲结束时，高呼：'德国的灭亡万岁！英国的灭亡万岁！法兰西万岁！'

"'国王万岁！'参加会议的人大声呼喊。

"'老鼠万岁！'[①] 我们也大声叫喊，但不让别人看到是我们喊的。

"我们刚从举行和平大会的瓦格拉姆大厅里出来，就遭到一阵棍棒的毒打，蓬皮杜毫不费力地脱了险。"

"好啊！你的腿毕竟比我的长，"浑身是伤的皮若尔从后面赶上他的朋友，呻吟着说。

蓬皮杜在师范大学象斗牛的爱好者一样注视着社会上的政治活动。他带着好奇心观察议会的策略，喜欢笔战，欣赏各政党的策略象欣赏下棋时施展的棋艺一样；他父亲在法国西南部积极地支持保罗·邦库尔，经过认真思考后蓬皮杜也拥护他。这位法国社会党右翼的首领、塔尔纳省的议员，反对左派和莱昂·布鲁姆，为社会党人参加政府和参加国防部的领导提出要求。对蓬皮杜来说，社会党是一个有理智的党。

他参加议会的大辩论，听取一系列重大事件在乌尔姆街上所引起的辩论，如杜美总统的遇刺、日本人在满洲的登陆、斯达维斯基事件、国际联盟的垂亡、希特勒上台等等，蓬皮杜听取这些辩论，但自己却不怎么发言，因为他怕说话。

这位无忧无虑的师大学生忙于各式各样的活动。其中有一项特别紧急，那就是个人收支的平衡。学校给的钱少得可怜，

---

① 国王（roi）与老鼠（rat）读音相近。

因此蓬皮杜和他的朋友手头都很紧，尤其是因为他过于大手大脚。弗朗丹的父亲帮助他们解决经济困难。他是一位教师，他还养着一群"貘"；这是乌尔姆街的黑话，意思是指一批需要个别补习功课的学生。为了替人补课，贩卖知识，蓬皮杜非常准时，这在他的同学中是不易做到的。他上课讲得清楚明了，所以很受欢迎。不过，他收学生，以可以解决他的额外开支为准，再多他就不收了。

钱赚得容易，花得也毫无顾忌。他经常两袖清风，但是从不感到穷困。他可以毫不在乎地一手向弗朗丹借钱，一手又借给普热一百法郎。

皮若尔说："我听说他当总理后，在他领导下的国家预算保持平衡，我感到很惊奇，因为过去他本人的收支很少是平衡的。"

"他是一个在生活的道路上游手好闲的人，"说这种话的人是一群已经走上轨道的严肃认真的师范生。

实际上，这位阿尔比人的"放荡不羁"是经过他本人严格地安排的。他有特殊的安排时间和保留空闲的本事。他规定一项工作计划，给自己留出自由活动的时间。他的课程规划是在他的聪明的基础上订出来的，因为别人需要几小时才能理解的东西，他只要一小时就能解决了。他的同学要一个星期才能吃透的论文，他只要一个晚上就懂了。一门学科有十五部必读的书，他只要略为过目就可以抓住要点。对他来说，学习不是用时间来计算的，而是以思想集中的程度来衡量的。这是他的朋友布鲁耶说的。

如果说他是懒汉，那么他是一个有组织的懒汉。他在学习上所花的时间仅限于通过考试，把节省下来的时间都用在及时行乐上。

有一次，他的同学发现他的学士文凭早在路易大帝中学求学时就已拿到一半了。

一个看到他两手插进口袋、拖着懒散的步子出去的人评论说："他又去玩牌了"。实际上，他是由于学术上的好奇才去听政治学院的课的。他要是不去上课，就看油印的讲义。三年后，有人还看到他在准备师资考试时，在笔试和口试之间，慌慌张张地复习政治学院的油印讲义。他们这时才知道，他原来瞒着别人在用功，他的政治学院的文凭和师资证书是同时得到的。

"他是一个花花公子兼享乐主义者"。不修边幅的理工科师范生这样评论他。因为蓬皮杜衣冠楚楚，和他们正好是一个鲜明的对比。他们说："过这样奢侈的生活，没有钱怎么行！"

蓬皮杜和普热的补课学生付起学费来很慷慨。再说他们二人又是住在一个"窝"里的，所以他们二人晚上可以穿着礼服出去。用绳子当裤带系在腰上而感到自豪的数学系同学，看到他们二人的穿戴，都把他们当作享乐派看待。

他们的礼服给他们带来了代表乌尔姆街参加《两大陆评论》杂志在联合俱乐部举行的宴会的可能。在这天的晚会上，他们是仅有的两个青年人。站在一边大声介绍来客的人，对院士、公爵、部长、名作家的到来，总是拉开嗓门郑重其事地报名字，而见这两人走进大厅时，只是随便地念了一下他们的名字。两个师范生在低声耳语，批评那些法兰西学院院士和文学界的名人。不过，他们还是很激动的，在上点心时，他们跑到保罗·梵乐希那里请他在一张菜单上签个名。

"大师，"蓬皮杜这样称呼《海滨墓园》的作者①。

"你把我当作基督吗？"②诗人不以为然地说。

乌尔姆街上进行的辩论会，常常占用白天和晚上的大部分时间。蓬皮杜虽然主持辩论会，但好象与己无关。

他不是一个健谈的人，事实上，他很少讲话，但是，这位机灵的奥弗涅人，很会启发别人讲话。作为一个自由主义者，他反对一切排斥"主义"的人。他在表现年轻人那种自认为绝对正确的观点的同时，也毫不犹豫地修改武断的见解。

皮埃尔·穆瓦齐说："他最使人喜欢的一点，是讲起话来适可而止，从不罗唆，也不自吹自擂。他从来不让人家感觉到他是在教训人，他一点也不卖弄学问，也不想突出自己，为人沉着，循循善诱，和蔼可亲。"

勒内·布鲁耶还记得：蓬皮杜讲话时用的不是台词，而是简练的词句。

大家对战争的实质展开了讨论。

"……有什么了不起，大不了是一个死？"一个对战争问题发表高见的哲学家断言道。

"这句话的含义很广，可以从零到无限大！"蓬皮杜脱口说

---

① 《海滨墓园》是保罗·梵乐希有名的诗。

② "大师"与"师傅"在法语为同一个词，故梵乐希在这里引圣经的典故：圣经上听耶稣布道的人常以"师傅"称耶稣。

出这样一句评语。

只有他亲近的朋友，才听到过他三言两语地谈起他的家庭，知道他的母亲在生病，他的妹妹越长越漂亮。

他的很多同学在态度上表现出远大的个人抱负，可是蓬皮杜的表现是"谦和地、审慎地"享受现实，他的这种态度使周围的人感到惊奇。他跟秋波送情的年轻姑娘们一块出去玩的事，从来不对任何人讲，但姑娘们都夸耀自己的胜利。蓬皮杜对少女向他卖弄风情的事，守口如瓶。朋友们见到他头脑那样的灵活，从他擅长翻译希腊文和拉丁文，一直到历史、诗歌、戏剧，他都是那样地应付自如，无不口服心服。

皮埃尔·穆瓦齐说："当时，我们每人都估计他将来一定会在教育界飞黄腾达。但如果有人说他将来一定是一位银行家、内阁总理，那不会有人相信。他艺术家的习气太重了，太散漫了，不宜做这种工作。人们认为他可以当大学教授或学院院长，但绝不是政治家的料子。我们对勒内·比耶雷斯的看法就不同。大家都认为他将来会当部长，苏斯戴尔会当政党的领袖。"

罗贝尔·皮若尔说："我是知道的。当然我不能说他将来做什么，但是我从小就肯定他将来一定是一个人物。"

有人责备蓬皮杜过着享乐主义者的生活。

他回答说："不错，我喜欢生活。不过，我能分辨生活的价值。"

他顺利地通过学士学位考试这一关，还得到巴黎大学两项证书。

　　师大一年级忙于准备学士考试，二年级是最轻松的一年，三年级将是师资会考。

　　蓬皮杜把诗歌放在首位，耳朵里响着一万行诗，头脑里在琢磨着写什么题材好。

　　"你不愿意使比利时人高兴么？"他的一位很有风趣的老师福蒂纳·斯特罗斯基这样问他。"维尔哈伦①的朋友们为给他们的同胞出版一本诗集，设立了一项奖学金。我也知道维尔哈伦不是波特莱尔……不过，总不能每天都发现波特莱尔啊……"

　　在巴黎大学求学的抒情诗人桑戈尔，受到蓬皮杜的影响，非常崇拜《灯塔》的作者。

　　塞内加尔共和国总统回忆说："现在，我的耳边还响着他那低沉、暗哑而单调的音调在给我背诵着《恶之华》。简直象念经一样，和塞内加尔魔术师的音调没什么两样。是标准的朗诵法。我听了后，大为感动，因此我的大学毕业论文就是论波特莱尔诗中的异国情调。"

　　出版作品，这对二十岁的人是有诱惑力的。维尔哈伦，这位用 C 小调写弗兰德旋律的音乐家当然不一定比勒果菲克②的布列塔尼悲歌高明多少。后来，蓬皮杜在他编选的法国诗集中只有一页篇幅选了维尔哈伦的《大时钟》：

　　　　"橡木匣，挂墙头，

---

　　① 维尔哈伦（1855—1916）：比利时象征派诗人。
　　② 勒果菲克（1863—1932）：法国诗人，作品富有布列塔尼气息。

　　黑色边，似棺柩，

　　针移动，岁月逝，

　　大时钟，令人愁……"

　　蓬皮杜写了一篇介绍维尔哈伦的文章，但却不是在这位诗人的作品中寻求诗的音韵声律。他的名字第一次上了报，他获得了维尔哈伦奖金。比利时报纸发表文章为他那本小册子捧场。

　　他的礼服和普热的礼服是师范大学晚会上绝无仅有的，因此他们博得了社交的名声。大学的舞会于是让他们负责组织，为此，他们才能有机会生平第一次到爱丽舍宫，亲手把邀请参加舞会的请帖递到共和国总统阿尔贝·勒布伦先生的手里。

　　普热负责组织文艺节目，蓬皮杜负责供应糕点糖果。

　　供应精制小点心的问题，并不象想象的那样简单。为了选择糕点，蓬皮杜得到那些支持晚会的夫人们的协助。这些人都是出身于法兰西学院著名人物的家庭，都是各自有特别喜欢的糖果，都认为拿这些糖果去招待参加舞会的大人物自己也有面子。

　　普热碰到的是别的烦恼。他非常喜欢玛格丽特·莫雷诺，她后来演《夏约的疯子》给人留下了难忘的印象。普热请她在文艺晚会上表演节目，她刚跨进巴黎大学的校门，就看见共和国的卫队，手举军刀，在等待共和国总统的光临，她愤怒地回过身来指责普热说：

　　"你为什么不早对我讲？我还以为是一群学生搞化装舞会哩！我准备了说说笑笑的节目。现在我只好回去睡觉了！"

　　有一位演唱家，普热对他寄予很大希望，但是他在上台阶时，把踝骨折断了。最后只剩下一位歌手，还是同学给他推荐的，并说他很高明。此人擅长唱爱国歌曲，专门唱给孩子们听的，老实说，他只会唱《桑布尔-默兹》。

这个节目虽然只有感人的音调，但是国家元首——他是默兹人——听了倒有些感触。

"人们怪这些师范生思想不正。这真是对青年人的诽谤！……"

1933 年 8 月，蓬皮杜和皮若尔到奥地利去旅行，奥地利正好面临被希特勒德国"合并"的危险。在因斯布鲁克，他们走进一家咖啡馆，乐队就奏起《马赛曲》来。他们一时站住了，感到非常得意，后来考虑了一下，才坐下来。乐队演奏完毕，也没有去注意游客的表情，继续演奏舒曼的《两个近卫军》，这首曲子里也有法国国歌的基调。

他们第二次经过慕尼黑时，想参观一下皮纳哥戴克画廊，他们冒着雨下了火车，正碰上一支规模巨大的拥护希特勒的游行队伍。纳粹的军队在拥挤的人群中走过，街上插满了旗帜。罗姆在大屠杀前夕，大喊"合并"，实际上就是奥地利的灭亡，激起了群众的愤怒。

这两个准备参加师资考试的人走进一家很大的酒店去吃午饭，里面坐满了穿军服的人。这些人的眼里都充满着敌意。他们印象最深的是，这种组织性。德国法西斯党的党徽是宣传的杰作，也是他们军队的宣传代表作。当晚，有上百辆的火车离开慕尼黑。他们所乘的快车推迟三小时才开车，但他们仍然准时到达斯特拉斯堡。

　　他们的钱花光了，连午饭也吃不上，他们只好坐在邮局的台阶上、在残缺不全的威廉一世和俾斯麦的塑像下面，等待电汇。汇款到后，他们松了一口气，又到处去游逛。

　　蓬皮杜一边在大教堂的钟楼下面吃中饭，一边高声说道："为了世界和平，必须把这个希特勒和他的宣传以及他的军队统统消灭掉，但是，在未消灭掉以前，他会干出多少坏事啊！"

　　以后几个月，左派和平主义者还不能意识到法西斯的抬头意味着什么，真使这位师范生太苦恼了。

　　"这样的军事观点，会把我们引向深渊，"他在信中给朋友这样写道。

　　1934 年 2 月 6 日发生了一次以流血的骚动而告终的惊人暴行，这时，他带着消沉的意志，手里拿着保罗·邦库尔给他的票子，去旁听议会开会。在会议进行中，说不定暴徒会来袭击会场。挑衅者向协和广场上的示威者开枪……政权不稳所引起的混乱在议会里充分地暴露出来……慕尼黑协定的影子已出现在地平线上。不久，乔治·蓬皮杜从感情上和党派断绝了关系。他不愿看到自己的前途被卷到政治大动乱的旋涡里去。

　　再过几个星期，就要参加师资会考了，……和蓬皮杜同住一个房间的普热——有时需要安慰被他朋友冷淡的漂亮姑娘——现在却惊奇万分地望着他的朋友在那里从凌晨一时到四时复习功课。

　　"这门课，我会了，幸亏我选了政治学院的课，让我有点事情做做！"他一边说着，一边在翻阅笔记本。

　　会考的日子到了，他比别人提前一小时交卷。

"这样草草了事，将来要吃大亏的，"一个有妒忌心的同学低声说。

"你真的那么有把握，连再看一遍考卷都不需要吗?"一位监考的老师问他。

"磨时间没有用处!"阿尔比人回答说，一面走出考场，一面从口袋里取出一支"乐根"牌香烟。

结果，他考取第一名，文科第一名，跟四十年前的爱德华·赫里欧一样。

"先生，没办法，我们只好让你得第一名。不过我们非常遗憾，因为在全体师范生中，你是最不用功的!"在总督学加斯蒂内尔主持下的考试委员会的一位主考这样对蓬皮杜说。

来向他道喜的朋友真不少，但他闷闷不乐，因为在乌尔姆街度过的丰富多采的岁月使他留恋不舍，在这期间，他可以随心所欲地爱好一切。

他说道:"我完了。教教 Rosa 玫瑰的变格，也许教教翻译西塞罗，讲点柏拉图……现在，恐怕这就是我的命运了。"

文学院的希腊文学教席对他颇有诱惑力。不过希腊文的教席，一般只有雅典学校出来的人担任，而且是专攻考古学的，但是他喜欢希腊文学甚于考古学。面对这样一个古怪的规定，他感到自己的前途黯淡、渺茫。

灰心丧气的情绪很快就过去了。不管怎样，他相信总有一天，可以让自己随心所欲地干他所喜欢的一行。

可是，这个师资考试第一名的人还不知道，在他父亲和第一流老师对他精心培育、给他装了满脑子的学问后，虽然他没有明确的奋斗目标，但可以根据他的好奇心所指引的道路，毫不费力地在人生的旅途上通行无阻地前进。

蓬皮杜过去在路易大帝中学的老师、总学监加斯东·凯鲁说："文科教育虽然没有明确的培养目标，但是路路相通，因为，它是基本功，特别是通过古代语言的学习，可以学会推理的本领，通过翻译原文和比较人与人的思想，可以丰富感情，提高判断力。教书工作可以进入一个广阔的天地，只要你不被教师的工作束缚了手脚。

"蓬皮杜不是一个用功的学生，但是，他聪明过人。虽然，正如有人所说的那样，他不及别人用功，但他肯定比别人思考得多。"

总理的新闻部长阿兰·佩雷菲特——他是在蓬皮杜之后在这个著名学府读书的——把师范大学的编年史汇集起来，以《乌尔姆街》作为书名出版。1963 年总理为这本书写了再版序言，他这样写道：

"师范生是天生的，就象骑士是天生的一样。会考不过是一种正式授衔典礼。

"也不要以为，师范生是命中注定享有出众的地位。大部分的学校都是通向远大前途的大门。师范大学并不是这样。即使有例外，也不过是说明了这样一个规律，即在我们这座巴别塔① 上，每一层都要注定有几个师范生。但是，师范生的天职

---

① 《圣经》《创世记》称：大洪水后，挪亚的后裔自东方迁至巴比伦，找到了平原，于是建造城塔，塔顶通天。上帝因其骄傲，使造塔的人，言语混乱，终于四散。

是留在底层。

"他的王国不在人世间。他一生下来，正如吉罗杜承认的那样，是属于幽灵的社会的。不管他和荷马，还是柏拉图、维吉尔或笛卡儿①、拉辛、波特莱尔的关系如何，都无济于事。

"在日常生活中，师范生总显得是个外行。他对当前社会的一套习惯很不熟悉，使他窘态百出，在这个世俗的世界里，他感到很不自然，笨手笨脚，想起来就心烦，于是，他只好用讽刺和傲慢来保护自己，有时，还装模作样地把自己装扮成犬儒主义者，其实他并不是那样的人，他什么都相信，盲目地相信一切。如果说他信神，那他的信仰就和帕斯卡②一样，如果说他相信科学，他的那种天真就象勒南③。他象高乃依那样相信荣誉，象拉辛那样相信爱情。他象米什莱④那样相信法国和人类。他象伏尔泰那样相信自由，象卢梭那样相信平等。他相信传统和进步，相信哲学家的共和国，相信人民的政府。他最相信的是思想的现实。师范生是柏拉图的信徒。他那种几乎使意识形态占主导地位的信仰狂，幸而有同样热烈的容忍精神来平衡。他及时地想到自己是一种世界信仰的传教士，这种信仰的真正庙宇就是先贤祠。"

蓬皮杜考取了教师资格后和勒内·布鲁耶一起到圣梅克桑去。勒内·布鲁耶是他同期考取大学的同学，他打算到审计院

---

① 笛卡儿（1596—1650）：法国哲学家。
② 帕斯卡（1623—1662）：法国数学家、哲学家。
③ 勒南（1823—1893）：法国作家。
④ 米什莱（1798—1874）：法国作家和历史学家。

去工作。他们二人都上过军训班，这是师范大学的必修课。他们准备到军营去服兵役。部队却把他们安置在庭院不大的康克洛的修道院里。军人都害怕师范生那种爱吵架的精神，不让他们接近见习军官，把他们放在神学院修士、财政督察员、小学教师、法科学生和艺术家的圈子里，这样一来，他们就不会闹事了。

作为兵营的修道院成了一种俱乐部，在那里，象在学生时代一样，可以和好朋友一起玩。早上军事体育课，对知识分子来说，是最好的休息，下午骑马、穿着炮兵练刺杀的奇怪服装，然后吃牡蛎喝白葡萄酒，又开始了无休止的争论。这时，步兵军官教材成了有趣的议论和分析的对象，这是一个能使人们得到休息的学习项目。

布鲁耶说："在各个场合中，蓬皮杜象鱼在水里一样与任何人都能融洽相处，跟小学教师、神学院的修士、艺术家、财政督察员，还跟一些冒着违背军纪的军官接近。他在和大家闲谈中，避免发表太明显的意见，每次谈话都是在微笑中结束的。从他的微笑的表情上，可以看出他的意见的倾向性。

"他对心理反应的感觉特别灵敏，象昆虫的触须那样敏感。"

蓬皮杜对朋友们的热心相当突出，值得一提。他的不平凡的一生很能说明这个问题。

他和蒙雷米的一位财政督察员交上了朋友，这个人后来到海关总管理处工作，他和未来的最高行政法院法官格雷古瓦结交，后来就委托格雷古瓦在国有化的企业中组织了用自己的名字命名的委员会，结识了马亚尔，马亚尔后来是阿歇特出版社的文学部主任。

六个月以后，他取得军官级别，荣获军官的头衔，使他有权选择驻扎地。他要求到克勒蒙菲朗去，因为他的朋友弗朗丹刚在那里结婚不久。

他写信给弗朗丹说："根据我对你的认识，你的夫人一定会做菜。我要到你家来住六个月。"

军队里的作息时间和蓬皮杜的放任生活很不适应，早晨，他不喜欢起早。他的一排人早就出发操练去了，他才来到兵营。他坐出租汽车在多姆山坡上追赶他们，但一点也没有丧失他镇定自若的态度。

三、流浪生活和伦敦广播

1935年10月，学校开学了。乔治·蓬皮杜被任为马赛圣夏尔中学法文-拉丁文-希腊文教师。

第三班甲组学生看见一个冷静沉着的青年——这位师范毕业生当时刚满二十四岁——走进教室，穿着短上衣，肥大的裤脚（当时流行这种式样），不戴帽子，手里没有拿皮包，也没有书，嘴角上却叼着一根香烟，一点也不象教师，因此学生都把他当做是一个走错教室的哲学班的学生。

他从一张课桌上拿起一本书，随手拉过一把椅子，在第一张课桌旁边坐下来，翻开一页——仿佛是随便翻的——读了几行诗，接着就讲起高乃依来。他仿佛没有备课便信口开河地讲起来。坐在教室后边的学生站起来看这位老师，因为他跟他们认识的任何一位教师都不相同。但是，他们很快就坐下了。这个举止随便的人有一种无情的目光，粗看是一个和善的人，可是有时候也会突然变得非常严厉。叼在嘴角上的香烟熏得他眯起左眼，仿佛对着你看。他的神态仿佛不是好惹的。

德拉歇，一个比别的孩子更活泼的学生引起了他的注意，这个学生后来在马赛奥林匹克运动会上当上了足球的守门员。他用闲谈的口气问了德拉歇几个问题。显然，他对最有知识、反应最快的学生感到兴趣。如雷蒙·隆起初做宣誓的市场过磅员，后来当过省长，在他没有担任《政府公报》负责人之前还当过他的老师的办公厅主任；又如后来在外交部任职的洛里耶。蓬皮杜对不留心听课的学生则很不客气，往往弄得他们很难堪。他上课与传统的教学方式不同，他的课非常引人入胜，但看上去并不严肃。

下课以后，学生们对新老师的态度议论纷纷。

"这不是一个职业教师，"有人说。"今年学校请不到教师，所以不得不找一个记者来应付。"

"无论如何，他对卖狗皮膏药可不是门外汉。"

"他根本瞧不起人！"

他改的作业也令人惊讶。只在几个最严重的错误上用铅笔画几道。在边上批上两三个字，往往用的是讽刺语。

"他可用不着费神！"

去年第四班的教师在作业的每一行上都用红笔写满密密麻麻的小字。

不过这种完全靠口头讲授的教学法，生动活泼，说明这是根据仔细推敲出来的经验。这位教师虽然改作业敷衍了事，但在课堂上却对每一个学生的功课都提出精辟的见解，击中要害，往往毫不留情。省督学对第三班甲组学生的丰富知识感到惊奇。这一班学生期终考试成绩优异，几乎所有的学生都升入第二班。

　　他们从来没有想到在这位青年教师的课堂上吵闹，因为他那双锋利、威严的黑眼睛不允许抗辩，一看到学生胡闹，他的目光就突然变得咄咄逼人。

　　他的同事听到有人说他对一个不肯用功的懒学生突然变得非常严厉，便这样议论说："我们这位年轻的同事对思想上懒惰的学生，好象是不肯轻易放过的。"

　　在这期间，乔治·蓬皮杜的生活有了新的内容。

　　有一天，他在巴黎卢森堡公园五月初刚抽出嫩芽的树下漫步时，碰到一群朋友，中间有·个年轻的姑娘。这个突然的相遇使他紧张得连气也透不过来。克洛德·卡乌尔高高的个儿，苗条的身材，象精心雕刻出来的轮廓，金黄色的长发随风拂动，披着一件"战壕雨衣"，她是法科一年级的新生。

　　他们俩并肩地走开，旁若无人。她是马延省贡蒂埃堡一位乡村医生的女儿。据说她的父亲是全省脾气最坏的人。尽管如此，他的两个女儿的性格还是象昂热人那样温柔和蔼，略微一笑，就露出两个酒窝。克洛德的妹妹雅基，长得和她一样。

　　克洛德长得文雅、大方。虽然年纪很轻，可是比起同年的姑娘她却显得老练得多了，已经懂得处世。这是因为她早年丧母，不但要料理贡蒂埃堡的家务，还要照顾她的妹妹。师范生听说她自己开汽车，也并不感到奇怪。蓬皮杜一家是买不起汽车的。但是象她这样的一位姑娘没有汽车怎么行呢？

　　他引用一首诗来形容她，但记不起来了。克洛德发现他喜欢诗。诗引导他们尝到了"爱情的甘泉"。

"您不写诗吗？"她这样问他，也许心里希望有一天能启发他写一些情诗吧。

"诗人不爱别人写的诗。而我呢，我和诗人的气味相投。不过上天保佑，千万别让我写诗！"

蓬皮杜确实没有写过诗。由于他对写诗的要求很高，所以他生怕写出来的东西连他自己也不满意。

克洛德喜欢拉马丁[①]。可是他却谈论圣约翰·波斯[②]、阿拉贡[③]、米肖[④]、布雷东[⑤]、科克托[⑥]等人的作品。

他知道那一天是他一生中最重要的时刻，于是马上便拿定了主意：他要娶克洛德·卡乌尔。凑巧这个姑娘也有同样的想法。他们只是在一个问题上存在着严重的分歧：他认为贝多芬天下第一，而克洛德却更喜欢莫扎特。

他把他的打算告诉了他的父母，他们觉得很突然。他母亲已经在这以前给他找到一个未婚妻了。

"……她很会烧菜，"蓬皮杜的母亲强调指出。

"如果一定要一个很会烧菜的妻子，"他回答说，"那就去找一个女厨子好了！"

不久以后，在一个假期里，他和克洛德·卡乌尔到克勒蒙菲朗他的朋友弗朗丹夫妇家里订了婚。

---

① 拉马丁（1790—1869）：法国浪漫主义诗人。
② 圣约翰·波斯：法国诗人兼外交官，1960 年诺贝尔奖金获得者。
③ 阿拉贡：法国当代诗人、小说家。
④ 米肖（1899—　）：在法国的比利时诗人。
⑤ 布雷东（1896—1966）：法国超现实主义作家。
⑥ 科克托（1899—1963）：法国诗人、作家。

卡乌尔一家是布列塔尼富裕的资产阶级。这个家族中有布雷斯特的工业家，南特和昂热的大学教授和医生，还有在雷东的地主。克洛德的舅父阿尔弗雷德·乌萨伊埃先生早年做过大西洋邮船公司的经理。另外一个做过司法官的舅舅弗雷特·达米古尔先生，十年以后做了最高法院的检察官。

卡乌尔医生丧妻多年，以后一直过着独身生活，现在是贡蒂埃医院和圣约瑟夫养老院（养老院的花园和医生家的花园只隔一道墙）的主任医师，三十年来他是当地生意最好的医生。不过他是一个脾气很古怪的人，又是一个无政府主义的知识分子，桀骜不驯，在他两个女儿和病人面前，完全是家长式的作风，特别是病人，几乎对他怀有一种神圣不可侵犯的畏惧。

他有一个同学，勒阿弗尔的住院医生，在画像时把他画成牧羊神。这幅肖像和医生非常相像，头上有着牧羊神的两只小角，一直挂在奥尔维利埃的蓬皮杜家里。不过，老医生那种苦修人的瘦削的面颊、一撮短短的胡子和威严的目光，看上去倒更象德富科神父①。

他象熊一般鲁莽无理，从来不接受任何人的邀请。他只招待他那两个可以打碎家里任何东西的女儿的朋友和处境不幸的儿童吃饭。他的花园是邻近的居民和孩子们的游戏场所，特别是对孩子们和他的两个喜爱家畜的女儿吸引力最大，他的女儿，简直把花园变成动物园了。她们把病人为了感谢医生送到厨房里来的小羊、鸭子和母鸡统统收养起来。花园里最重要的

---

① 德富科（1853—1916）：法国传教士，曾为法帝国主义在北非的殖民地效劳。

一位客人是一头公羊，它原来是一头小山羊，样子很可爱，现在已经养得很老了。

这位老式的乡村医生真是上天派来的一个好人。他不计较个人得失，从不催收诊费，也不积攒一个铜板。这是一位很受欢迎的内科、外科兼产科医生，到家里来的病人很多。门诊间隔壁的饭厅就是永远不断病人的候诊室。

放假的时候，乔治·蓬皮杜来探望他的未婚妻。医生带他一起出诊。教师对他未来的岳父的幽默和富于文学修养的谈吐颇为欣赏。病人都认为，卡乌尔是一位最新式的医生。在全省里，他第一个买汽车，第一个造浴室，第一个安装爱克斯光设备。他的汽车上有一间小型手术室和一个随身带的接生箱。在农庄里，他罩上一件白工作衣，穿着靴子就出诊，为被刈草机轧伤了大腿的病人开刀。他为传染病患者紧急治疗，为产妇接生。他看到克洛德的未婚夫喝了几口病人送来的烈性饮料，辣得直皱眉头，感到很有趣。

老保姆玛丽·博德尔是这个家庭里的台柱，两个女孩子很喜欢她，称她为"好妈妈"。这个老佣人十二岁就到医生家来工作了，第一次世界大战刚结束卡乌尔太太去世，她做了管家，象对待自己的亲生女儿一样抚养这两个女孩子，事事迁就两个任性的女孩子，家中事无巨细，都由她一个人操持，从来不要人家帮助。

卡乌尔医生这个无神论者虽然谩骂顽固的迷信者，可是在他的医院和养老院里做护士的修女们却很喜欢他，"好妈妈"带着他的两个女儿去学《教理问答》、望弥撒，他也不过问。

未婚妻的妹妹雅基，象姐姐一样有一头金黄色的头发，正在雷恩读书。雅基生气地瞧着这位教师，因为他不但抢走了她的姐姐，而且还抢走了她的保护者、她的同伴、她的亲密的朋友。但过了不久她就和他和解了。后来在假期里，她时常到马赛来看望新婚夫妇，因为她当时正为当历史教师作准备。

"自从有了乔治，"她俏皮地说，"我原来以为失去了一个姐姐，现在反而找到了一个哥哥。"

"在这个人身上，"她补充说，"并没有什么明显的天赋说明他是一个天才。但是，他和别人不同之处是他具有一系列想不到会集中在一个人身上的优点：善良和体贴把他和朋友们终身结合在一起，正确的判断力和别人身上所没有的那种锐利的眼光，最后是对诗、对文学和一切美的东西的爱好。同时一个讲究实际的头脑帮助他从实际出发和解决一切困难。他怀念无限忠于他的朋友。他不但忠于不得志的人，跌倒过的人，还忠于他对他们的看法，他这样做，比奉承讨好他们更有益处。"

婚礼是在圣约瑟夫养老院的教堂里举行的，主婚的神父是不信教的医生的挚友。伴送新郎和新娘的队伍只要从这个花园到另一个花园就行了。参加婚礼的人很多，有各式各样的人：卡乌尔一家，蓬皮杜的大学朋友，贡蒂埃堡的全体修女和一群从来不付诊费的老乡。

对新婚夫妇来说，马赛既是度蜜月的城市，又是他们过无拘无束生活的地方。

善于选购雅致的小玩意儿的圣夏尔中学教师蓬皮杜，非常爱他的妻子，他经常到商店的橱窗里去找她喜欢的东西，有一个月的月初，他给妻子买了一套用品（包括帽子、手提包和皮鞋），几乎把一个月的薪水全部花光。

煤气收帐员揿门铃了。房间太小，主人一时无法脱身，只好躲在壁橱里。他认为克洛德生得那么漂亮，如果不到最好的服装店给她做衣服，就太对不起造物主了。她生来不是穿坏东西的人呐。

这个年轻女人的诚挚、坦率、运动员的活泼和愉快赢得了她丈夫的朋友们的欢心。

"这个女人和他正好是一对，"他的朋友皮若尔说得不错。

那些中学生很喜欢她，她的丈夫在课堂上树立的威信，其中有一部分应该归功于这个金黄色头发的秀丽的女人。她每天下课时来接他，两人挽着手臂一起逛古玩店，买他喜欢看的书或者去看电影。

"她太漂亮了，而他太多情，可惜结了婚！"学生都有这种看法。

乔治·蓬皮杜在家里改作业，他躺在安乐椅里，脚搁在留声机旁边的壁炉台上，一只耳朵听唱片或者听年轻的妻子讲她怎样在明媚的马赛又发现了美丽风景的经过。

蓬皮杜刚到马赛就在教师们中间交了几个知心朋友。最令人惊奇的是德文教师让·保尔·德·达德耳桑，全圣夏尔中学都说他是冒失鬼。这是一位有才气的诗人——不幸年纪很轻就死了，后来有人替他出版了一本诗集《若纳斯》——他每天夜里都写一部新的小说，一口气写上才华横溢的五、六页，不过以后就没有下文了。他本人就是小说里的人物。这是一个你意想不到的、最快乐、最随便的人，他到了上课的时候才起床，在出租汽车里穿衣服——可惜马赛的出租汽车没有洗澡间，他不能在汽车里洗澡。他时常在他住的那幢房子的信箱前面停下来，更改信封上的姓名。一个女房客每天收到的信，名字都被人用铅笔改成梅尔德累·杜卡妮沃①，她气得不得了，跑到达德耳桑太太那里去告状：

"这些共产党人真可怕！"

"达德"给修改作业找到一个快速处理法：垃圾箱。他感觉到生活中有一股凌驾于他之上的力量贯穿他的心灵，从他留下的这几行诗中可以证明他的这种感觉：

> 上帝涌进我们心房，
> 象水母穿过海洋，
> 时而收缩，时而膨胀，
> 一模一样……

谨慎的幽默家乔治·蓬皮杜，对他同事的那种丰富的幻想、联珠炮似的俏皮话、诗的灵感、滑稽的想法、有趣的见解和顺口胡诌的奇谈感到惊讶。达德耳桑喜欢蓬皮杜的批判精神，从来不含恶意，而且一针见血，喜欢他超脱的优越感，还喜欢他和自己受的教育相同。

达德耳桑虽然学识渊博，可是懒得惊人。他对教育下的定

① 意思是狗与小牛之类。

义是:"什么都懂,可是什么也没有学会。"他当时正在翻译
《欧洲光谱分析》的作者德国哲学家赫尔曼·冯·凯泽林①的
作品。这位作家是俾斯麦的孙女婿,后来希特勒把他当作危险
分子,指定他居住在铁血首相俾斯麦的宫堡里,不许外出,每
次会客不得超过五个人……达德耳桑还在钻研凯泽林的另一部
著作:《从受苦到满足》。这本书需要的不是翻译,而是要进行
一番改写工作。乔治·蓬皮杜于是帮助他改写,并对日耳曼民
族崇高思想的发展作了一些阐明。

快乐的德文教师经常和这位哲学家的儿子曼弗雷
德·冯·凯泽林,一个同他一样不拘小节的十八岁青年在一
起,并且一起逛马赛的老码头,坐在散特腊平台上看滑稽
戏——一种俄罗斯舞,舞蹈者嘴里咬着刀子,两只怕人的眼珠
转来转去——这种舞蹈,比我们所想象的还要正经得多的马赛
人看了不禁大惊,而蓬皮杜夫妇看了却放声大笑。

天天象过节日一样的马赛,乔治·蓬皮杜看得眼花缭乱,
他经常和达德耳桑,以及另外几个同事象皮埃尔·吉拉和皮埃
尔·科洛特等人一起沿着老码头,从高尔尼希逛到古德,从不
感到疲倦。

"达德"把他的朋友带到马赛文学家的一个小小文艺社团
"南方手册俱乐部"去,介绍他和巴拉尔、马塞尔·布里翁、
阿尔洛、贝尔坦等人认识。他在俱乐部里无拘无束,可是蓬皮
杜总是很拘谨,不大开口。巴拉尔时常请他们参加大作家的讲

---

① 凯泽林(1880—1946):德国哲学家。

演会，请他们和蒙泰朗一起吃晚饭。达德耳桑把自己的朋友介绍给蒙泰朗，但这位作家心不在焉，听了三遍才听清楚凯泽林这个人名。

"总不能和聋子一起吃饭吧！"达德耳桑说完就撇下巴拉尔和他的客人，把他的朋友们拉到自己家里去了。

达德耳桑当时还没有服兵役，过了很久才去应征。

一位后来做了科学院院士的作家在蓬皮杜夫妇家里吃晚饭时就服兵役问题对达德耳桑说：

"我多么羡慕您，年轻人，到兵营里去寻找自己的青春啊！"

"您替我去好了，"达德耳桑回答说。

"我的作品怎么办？"

"啊！您知道，那不过是八天的事！"

达德耳桑夫妇时常闹经济恐慌，有时煤气断了，他们就到蓬皮杜家里去吃饭。这两对夫妻都是巴赫的崇拜者，经常到格里尼扬街"圣殿"去听根据圣马太写的《受难曲》。

在马赛，我们的阿尔比人经常和他形影不离的朋友，梯也尔中学的教师罗贝尔·皮若尔见面——并不完全是出于偶然。两人见面时，象过去一样立即展开精彩的辩论，有时达德耳桑也参加。在复活节假期里，桑戈尔也来和他的朋友们聚会，他也参加了《南方手册》的编辑工作。

做了六个月的私人补习教师，乔治·蓬皮杜买到了一辆塞耳塔卡特尔牌汽车（雷诺汽车公司的最新产品），他们把它命名为"达利拉"，这是因为碰巧有一天这辆车子气喘吁吁地追赶一辆珊耳松①的缘故。"达利拉"每个星期天都满载着兴致勃勃的游客去逛普罗旺斯：普罗旺斯的埃克斯以及画家塞尚特别爱画的阿尔勒和蒙马儒尔的田野，还有博家夫妇——他们常常喜欢到这里来，还有马诺斯克——他想在这里找到吉奥诺②，此外还有马尔提格——在这里，他们又遇见了弗朗丹夫妇，这一对夫妇是在克勒蒙菲朗下车，到帕斯卡尔去吃鱼蟹羹的。

星期日晒晒太阳，在文艺问题上争论争论，好不快活，傍晚他们只好在卡讷比埃尔路上推着汽车往回走，因为汽油没有了，钱也用光了。

这些游客中一个小姑娘最幸福，她既真正了解蓬皮杜，找到了充满阳光的地方，又懂得生活的乐趣，她就是比蓬皮杜小十岁的妹妹马德莱娜。她也打算参加教师资格考试，她后来嫁给一位教师多梅尔，后来她在巴黎克洛德·莫内中学任教。

在阿尔比那幢幽静的房子里，小姑娘陪伴着她那生病在床的母亲，她几乎不认识已经过着独立生活的大哥了。只记得放暑假时在蒙布迪夫她和她的表妹在一起玩，而她的大哥和大表哥却跑到树林中去剥青蛙皮。现在是她一生中第一次欢度真正的假期，坐着汽车兜风，听到开怀的笑声，领略这对快乐的年轻夫妻和大学生毫无拘束的谈话。

蓬皮杜夫妇时常和他们的朋友一起到贡蒂埃堡度假期。

在图尔教书的列·塞·桑戈尔，带着一口图尔口音，也到

---

① 珊耳松与圣经上大力士参孙字音相近。据圣经所载，达利拉是出卖参孙的妓女。
② 吉奥诺：法国当代小说家，马诺斯克人。

贡蒂埃堡来和他们一起度假期。

这位塞内加尔诗人使他的主人感到为难。早上四点钟他便起床做体操。他是一个狂人，连在假期里也不能使他放弃他的工作制度。象别人陶醉在酒里一样，他陶醉在诗里，永远为黑人的处境感到烦恼。

"总有一天我要解放我的人民！"他预言道。

"桑戈尔，你的黑人问题真讨厌！"陶醉在悠闲生活中但仍然多思多虑的蓬皮杜说。

他对这位非洲人的尊敬和友谊与日俱增。

"在我们当中只有桑戈尔能够实现他十八岁时立下的理想！"他有一天这样说。

"伟大的一生，就是成年时实现青年时代的梦想，"皮若尔吟咏维尼的诗句。

圣夏尔中学的学生，至少是那些爱戴这位不拘小节的老师的学生都感到高兴：他们升到第二班还是这位老师教课，到了毕业班也还是他教。蓬皮杜跟着这班学生走，并且受到学校领导的重视。

他爱上了普罗旺斯，希望能在埃克斯-昂-普罗旺斯这个以矿泉水著名的城市工作，他暗中托人替他在文学院里找一个教师的位置。因为文学院的待遇比中学好得多。尽管他不把金钱看得很重，但是他总是为不能让他的妻子过更宽裕的生活而感到难过。

既然不能到大学去开希腊文课——我们上面已经说过，这个位置是规定给雅典学院的考古学家的——他选中作家巴尔贝·多雷维利作为他写法国文学论文的题目。

这个选题使他的朋友们，特别是即将到埃克斯文学院做教授的历史学家皮埃尔·吉腊耳感到惊奇。

皮埃尔·吉腊耳说："巴尔贝是一个极端派，一个想引人注意，甚至强迫人注意的极端派。相反的，蓬皮杜却是一个正统派，一个倾向明智的人。也许是巴尔贝的时髦派作风引起他的兴趣，象波特莱尔（象普鲁斯特）引起他的兴趣那样。

"当时还看不出他会有一天进入政界。他对政治有兴趣，但总是保持着一定的距离。那时期我的思想比他左得多，我后来为了政治上的原因和他断绝了关系。

"我认为他会终身从事高等教育工作的……应该说句公道话，他是早期抵抗运动的参加者。这一点是他一生中的转折点。

"作为桑戈尔的朋友，桑戈尔对殖民地问题的反应使他深有感触。后来我看到蓬皮杜跟着戴高乐执行非殖民化政策，并不感到奇怪。

"他不信教，但是他赞赏天主教，赞赏天主教抵抗风暴的姿态，欣赏天主教那些庄严的建筑和钦佩它适应环境的本领，天主教在世上的成就比它的神秘更能触动他的心。

"我当时对他评价很高，现在还是这样，虽然以后没有再见到他。

"我们每个星期都在一起吃饭，一起出去玩，有时一星期聚会几次，我们时常在达德耳桑家、在我家、在他家或者在卡塔郎饭店见面。

"给人印象最深的是他那从容不迫、充满自信的特点。

"他给人一个根本不工作的感觉。其实他很快就把工作做完了，身上没有留下任何工作过的痕迹。虽然从不自命不凡，但是他非常相信自己。正象我们对马勒布朗士①评价的那样：他不需要任何人的帮助。

"他另外一个特点是快活，虽然不是欣喜若狂，然而确实是快活的。生活使他满意。他的乐观精神和他那对待生活的从容态度很协调。"

现在在埃克斯学院教书的皮埃尔·科洛特说："他在我们这些朋友当中，很少讲话，身材魁梧，象奥弗涅一样巍然屹立在法国外省中间。他身上有一股吸引人的力量。他的妻子和蔼可亲，两人感情很好。

"下课以后，我们经常到马克斯·多尔穆瓦路他家里去喝杯葡萄牙酒，听听唱片，消除一天的疲劳。

"乔治是我们这一代人，我觉得他的智力比别人成熟得早。他的智力给人一种能够摸得到的感觉。尤其是看到他和当时已经成为历史学家的皮埃尔·吉腊耳交换意见时，他那渊博的知识总是用之不尽、取之不竭，就象掌上的工具一样得心应手，我实在佩服之至。"

但是，乔治·蓬皮杜没有完成他的论文。是懒惰，还是没有耐性呢？事实是，作为一个天赋很高的学者——他给《诗选》写的那篇序言就是一个证明——他总是好象更爱在《人

---

① 马勒布朗士（1638—1715）：法国唯心主义哲学家。

间喜剧》^①里闲荡，而不高兴把巴尔扎克的笔拿过来去描人间喜剧。

他的时间都用在和朋友们去玩、结伴出游和论述贝尔热雷先生^②上去了。私人补习的学生也占用了他一部分时间。他替学生补课，是为了让他心爱的妻子生活过得舒适一些。

他的职业只使他满意一半。他对待学生总是和和气气的，但对得意忘形、打乱他上课的顽皮的学生也很严厉。当他能和学生们一起避开那规定的课程时，他对学生尤其和蔼亲切。

有时候他叫一个学生：

"隆，请坐在我的位子上，给我们念一段《诺克医生》^③！"

他坐在学生的凳子上欣赏朱尔·罗曼的喜剧。他特别喜欢这个作家。

大家感到他有点象热尔法尼翁^④，和所谓"善意的人们"在精神上有着血缘关系。

他感觉到他在别的地方干别的工作，可能做得更好，但也说不出要干什么。

他无所事事。现在，对他来说，圣夏尔中学好象一条死胡同。

研究巴尔贝·多雷维利的论文仍旧放在桌上未完成，等待

---

① 《人间喜剧》：是法国小说家巴尔扎克作品的总称。

② 贝尔热雷先生：法国小说家法朗士《当代史话》里的人物，是一个学识渊博、怀疑一切的学者典型。

③ 《诺克医生》：法国作家朱尔·罗曼的剧本。

④ 热尔法尼翁：是朱尔·罗曼的长篇小说《善意的人们》中的主人公之一。

大学教师的位置，时间又可能很长。他突然申请调到巴黎去。在巴黎，总是一切都有可能做到的，他可以从事文学活动，也许能够找到另外一条路。

关于这一次申请调动工作，乔治·蓬皮杜后来回忆起来，似乎是除结婚以外，他生平采取的第一次重要的决定。这是他一生中所作的三、四个重大决定之一，象离开大学进入戴高乐的办公厅，以后又离开政界转入"私人企业"一样。

"除了这少有的几次以外，我从来不追求什么。事情都是自己来到我身上的，"他以后对一个朋友说。

他绝不对命运有所强求。他总是听任他那吉星高照的命运去安排。他乐观，相信形势的发展总是对他有利，相信自己总有好运，所有这一切，长期以来，对他来说，好象就是一种宗教信仰。

他曾对他从前马赛的学生说："隆，你要随遇而安，不要去强使形势发展！"

1938年，乔治·蓬皮杜被调到凡尔赛中学：在他前进的路程上，这是一次跳跃。凡尔赛中学是一所有名的学校。但是象从前一样，运气又来帮忙了。他还没有来得及在凡尔赛宫附近找到房子，巴黎亨利第四中学的一位文学教师因为学生起哄，提议要和他对调工作。

二十七岁的青年教师竟然在法国第一流中学里得到了教师的席位。

"我最大的长处是运气好！"总理总是这样说。

他的父亲被调到拉瓦西埃市立中学教西班牙文，和他同时来到巴黎。这所学校后来也改为国立中学。

这位饶勒斯的老朋友对他儿子的飞快升级很为自豪。

"我更希望成为一个装饰美术师或者艺术评论家，"乔治回答他说。

"你永远不会做个严肃的人！做教师是世界上最高贵的职业！你已经成功了，可是还不满足！"

当时还是能找到房子的时代。房租刚开始不受限制，街角上贴满了召租的条子。蓬皮杜夫妇在军事学校附近约瑟·玛丽亚·德埃雷迪亚路三间朝南的房间里安顿下来。

重新回到巴黎，两人极为高兴，他们漫步街头，逛旧书店、古玩店。他们结识了许多艺术家，买了许多当时还没有名的"抽象派"画，后来"抽象派"使画商发了大财。象尼古拉·德·斯塔埃尔、马内西埃，都是这一派画家。他们俩跑小酒店，看戏，坐在楼上后座，有时到利普饭店吃酸菜。

这位亨利第四中学的教师遇到了和他同时在圣梅克桑受军训的马亚尔——当时他正在阿歇特出版社编辑《沃布尔代勒古典丛书》。

这位同学要求他编几本有序言和注释的古典作品小册子：《布里达尼库斯》、《泰纳文选》两册、《安德烈·马尔罗文选》等。

他时常带他的妻子和朋友们到瓦尔海滨一个叫做圣特罗佩的地方度假期，当时这个地方还不是一个时髦的地方。

1939年8月，他在意大利边境阿尔卑斯步兵第141团后备部队服兵役。他是在圣夏尔中学教书时分配到马赛的这个步兵团里的。

宣战了，但宣而不战。第141步兵团在格拉斯接到动员令，编入阿尔卑斯军的后备部队。但是当时墨索里尼只限于用咒骂"轰炸"协约国。10月，该团开赴洛林福巴突出地带的格罗·雷代香，离马奇诺防线很远。

蓬皮杜少尉出征打仗绝对相信自己的命运，相信他能够从战场上平安归来，所以始终兴致勃勃。他会说德语，因此被派在马奈斯上校身边做情报军官，上校是第一流的军官，和联络官马赛人乔治·西耳旺德尔友谊很深。

第141团开进德国，到处碰到游击队、埋伏、奇袭血战。村庄都撤空了，但是埋了地雷，挖了陷阱，到处都伪装起来。推开每一扇门都会引起榴弹爆炸，碰一碰每一张希特勒挂像都会引起爆炸。情报官天天巡视前线哨所，审问俘虏。

一阵炮火袭击阵地时，他还站住不动，仿佛弹片打不到他身上似的。讷拉团长因此很生气，但是毫无办法。

皮若尔听到他的学生小讷拉谈这件事，马上意识到这是他的蓬皮杜。

总之，他坚决相信命运，认为生活只会给他带来幸福。

有一天，大家在军官食堂吃饭的时候，一位军官问马奈斯上校：

"上校，如果您受了伤而又没有军阶较高或者资历较深的人在场的话，您指定谁来代替您呢？"

"蓬皮杜！他是一块磐石！"

这是这位未来的总理第一次被人视为"继位人"。

这时候，这个损失惨重的马赛步兵团被召回国境线上。

1940年初的一个下雪天，第141团被调到阿尔萨斯的比特舍附近的前线。没有战斗、只有小接触的冬天，对士兵和军官的士气来说，是一个严重的考验。为了避免发胖，蓬皮杜经常骑马。

1940年4月，该团突然从前线撤下来，被调到布列塔尼的朗迪维肖。它本来应该在后来被提升为拉特尔军的指挥人员的格勒尼埃上校指挥下乘船开赴挪威。但由于5月10日德军的进攻而未能起程。第141团于是乘火车东上。5月16日，列车停留在布尔歇。

"命令！准备下车战斗！"

"不可能吧！"

敌人象霹雳一样冲过来了，人们还以为火车是向来因河左岸开呢。

但是141团马上爬上巴黎运输公司的长途汽车。在向索姆进军途中，遇到了第九军的溃军，士兵面色憔悴，衣衫褴褛。141团停留在杭姆参加战斗，立即遭到敌军装甲部队的袭击。马赛人浴血奋战，顶住了敌人的进攻，接着在一队雷诺坦克支持下从杭姆反攻，准备和向杜埃挺进的部队会师。他们在索姆河进行了三个星期的激烈战斗。

6月6日，德军大举进攻。开始时敌军在杭姆前线被我军击退，但是别处的防线被突破。6月7日傍晚，接到退却的命令。兵团秩序井然地边战边退，从贡比涅、克雷皮·昂·瓦路瓦、马恩河、塞纳河、卢瓦尔河上的絮利、步臧塞，最后停留在让·吉罗杜喜欢描写的加尔汤珀河上，离利摩日不远的上维也纳的内克松，一路不停地还击。步兵团得到战争十字勋章。乔治·蓬皮杜也获得同样的勋章。

停战的时候，军官立刻就分为两派，一派是维希派，一派是抗战派。蓬皮杜中尉是围着 6 月 25 日捡到的一架收音机听伦敦广播的人中间的一个。他马上感到自己是一个戴高乐派。许多人抑郁不安，但是对他来说，一切都不成问题，他从内心深处确信德国一定会垮台。

他激烈地反对他那些站在元帅①一边的上司，和他们断绝了一切关系。

乔治·蓬皮杜通知他的妻子到上维也纳来找他。他暗自思忖是不是应该到伦敦去找戴高乐。"伦敦人"的作风和语调征服了他，他无法想象这个人面貌如何，但是在电台上的戴高乐就是希望的声音，挑战的声音啊。

"我永远不会相信，"他后来写信给他的一个朋友说，"法兰西将沦为弱小的国家，象西班牙那样走向没落！"

但是复员令解散了步兵团。蓬皮杜找不到能够带他去伦敦的熟人。

"你不是一个青年人了，"他的妻子对他说。"无论如何，我们在这里也无事可干。还是回巴黎吧。"

_____

① 指贝当（1856—1951）。1940 年任总理，对德投降，组织卖国的维希政府；1945 年以通敌罪被判死刑，后改处无期徒刑，死于狱中。

他们重新回到占领下的首都。

"注意！注意！……这里是伦敦。法国人对法国人广播……"

砰！砰！砰！……砰！来人是看门人。"奥弗涅的邮包。如果您有一点牛油，我们的一个女邻居可以给您一点生火炉的木屑……"

砰！砰！砰！……砰！"您不认识我。我是安德烈的朋友爱德华的朋友。您今天夜里有没有一张空床让一个小伙子睡一夜？这个小伙子因为姓布洛克这个倒霉的姓而受到德国人的追捕……"

砰！砰！砰！……"您可以给一个没有姓名的朋友留一张床吗？也可说他有好几个名字。只住两天！"

砰！砰！砰！……"这是一卷传单。千万要收藏好！"

乔治·蓬皮杜在亨利第四中学参加了一个教师抵抗小组，后来成了"大学民族阵线"，不过他不知道这个组织的倾向是同情法国共产党的。

他成了收转信件的人，并掩护过原步兵团的一个参加"秘密军"外围组织的伙伴。

但是他只是偶然地和抵抗运动的基层组织进行过极少的接触，这可能是他从来没有到自由区去过的缘故；在自由区，在参谋部所在地，建立关系比较方便。他自己没有和德国人发生过任何关系，他从来没有申请过任何证件。

他崇拜在地下战斗的人，他需要和高级人员进行接触，但是这样的机会他只遇到一次。他遇到了在师大时认识的让·卡瓦耶。但是卡瓦耶几乎马上就被捕了。

蓬皮杜不知不觉地宣扬自己拥护戴高乐的感情，变成了一位蹩脚的秘密工作者。在家里，他把最新伦敦消息告诉他的朋友们和他遇到的任何人。

1941年，他叫学生在教室里张贴一张俄国前线地图。每天早上有一个学生按照战争的进展把一个个小旗插在地图上。上课时，教师先讲一篇时事评论，这篇评论使人感觉到德军的胜利不可避免地要带来灾难，但是如果德军失败的话，灾难更为深重。

在隔壁教室里，未来的总督察弗朗索瓦在黑板上写字，所有的"t"字都加一横，于是都变成了洛林十字①。

蓬皮杜教的这一班学生就是"忠诚"的体现。他正在为殖民地学院培养学生。

全班都是爱国的学生，只有两个人例外。这两个"德军合作分子"中的一个后来参加了法国志愿军团②。但是在四十个学生中间，六个在游击队里牺牲了。

1941年，和蔼的教师罗贝尔·皮若尔在马赛不知道应该采取什么态度好，只好袖手旁观。

他经常收到从巴黎非交战区寄来的明信片，明信片上最多写十个字。其他任何联系都中断了。

"对粮食的需要代替了对金钱的需要，"蓬皮杜这样写道。

---

① 洛林十字（╫）：是当时自由法国的标记。
② 法国志愿军团：指法国被占领时参加德军进攻苏联的法奸军队。

"鱼儿进网了!"1941年底另一张明信片上说。

"呵!"皮若尔对自己说,"蓬皮杜是戴高乐派!"

一连几个月,皮若尔收到的非交战区明信片几乎都是谈捕鱼的事。

"鱼儿马上要下油锅了!"1942年11月20日斯大林格勒酣战时,一张明信片这样说。

1942年,蓬皮杜家里添了一个儿子阿兰,后来皮若尔做了孩子的教父。年轻的爸爸每天早上手插在衣袋里,没有簿子,没有书,没有笔记簿,嘴里叼着一根烟,到校总是迟到。每十天只有一张二十支香烟的配给券。在上课以前,他不得不用他配给的牛油、面包、糖去换婴儿烤火的木柴和他自己抽的香烟。他瘦得象一头野猫,双颊下陷,但是不能不抽烟!

他想出了一个节约体力的教学法。临下课的时候,他问:

"明天谁讲解课文?"

经常总有四、五个人举手,举手的人中间总有班里第一名学生雅克·帕托——他后来进了总理办公厅工作。蓬皮杜坐在教室尽头听学生讲课。他听了以后纠正几个错误,再作一些解释。

这个教学法不但对无精打采的老师有好处,而且能够让学生养成发言的习惯,强迫他们克服自己的胆怯,训练他们应付考试。这个方法后来产生了非常良好的效果。

有一天有人敲门了。一个头戴一顶扁平军帽的德国军官看到自己受到冷淡的招待,感到非常诧异。原来他是和从前一样冒失、一样反纳粹的曼弗雷德·冯·凯泽林,现在是《柏林日报》的战地记者。蓬皮杜说明了自己拥护戴高乐的感情，他也说明了他对希特勒的仇恨。

几天以后，在蒙马特一家小酒店里，这次穿着便服的战地记者凯泽林听到两个德国党卫军军官用轻蔑的口气谈论犹太人。

"请庄重点，先生们，我是葡萄牙犹太人！"

殴斗扫荡了小酒店。凯泽林被送到斯大林格勒，他在那里丢掉了一条腿，另外一条腿也丧失了作用。战争结束后，他回到他父亲开办的"智慧学院"去了。

乔治·蓬皮杜的朋友到巴黎来看他，想从他的乐观精神里汲取一些温暖。他们发现他瘦得象一副骨头架子，可是信心百倍。他是靠音乐、香烟、阅读和希望生活的。

皮若尔从马赛赶来参加他的教子小阿兰的洗礼。他大为惊讶，看到他儿童时代的伙伴仍然和从前一样富有毅力、魄力和独立精神，但是他自己会不会丧失批评精神呢？

他只用戴高乐的名义起誓。他那令人害怕的批评精神，怎样会为了一个他从来没有见过的将军轻易地抛弃掉呢？

"法国的精神优势是不容争辩的，"蓬皮杜对他说。"要保持这个优势首先需要全国获得暂时的恢复。我们要攀登的可是一个又高又陡的山坡啊！但是这位军人所说的话倒有些是真的，因为很快使我们登上这个山坡的就是这个人！"

蓬皮杜夫妇带着皮若尔到法兰西喜剧院去看《缎鞋》①。为

---

① 法国外交家兼作家保罗·克洛代（1868—1955）的剧作。

了避开那些坐在楼下前座的穿着铜绿色德军制服的人，他们坐的是楼上后座。

他们约好等军服改换了颜色以后，再到这个剧院来看这出戏。1945年，他们又到这里来了，而演出的还是同样的演员。只有一个女演员换了：因为她的保护者被清洗了。

四、将军找人

　　1944 年 6 月，蓬皮杜的学生全部参加了索伦游击队。过了两天，他们就被一个巴黎高等工艺学校的应考生出卖了。其中七个加入了一支由四十八人组成的法国国内武装部队，因在森林中遇到德国兵的突然袭击而被俘。敌人命令他们五人一组，排好，用机枪把他们打死。

　　其中有一个名叫施门德的，侥幸没有死。他站在最后一排的右面，他注意到机枪是从左面扫过来的，子弹还没有扫到他身上，他就和战友们同时应声倒下。他用两手蒙住脸倒下去，关键的一枪只打断他一只手臂。德国兵去找卡车来收尸，等他们回来，只剩下四十七具尸体。施门德死里逃生，已经跑掉了。

　　法军登陆了。解放近在旦夕。1944 年 7 月，和蓬皮杜同事的一个共产党员通知他，盖世太保要抓他。那天晚上，蓬皮杜没有回家睡觉。

　　盖世太保另有任务……如果说为殖民地学院培养学生的教师没有被捕，那么他的几个同事都被捕了，其中就有让·巴龙，师范大学的秘书长，他后来被流放到布痕瓦尔德。

住在马延的博丹夫人，卡乌尔医生的妹妹，蓬皮杜夫人的姑妈原来是昂热中学的教师，后来被捕，死在拉文斯布吕克。

卡乌尔医生的家被德国人占了，他依旧说些挑战的话，女儿们为他担心。

这位好心的医生先是在他自己家里，后来就在他家隔壁的养老院——他是那里的主治医师——里安置了他女婿的母亲莱昂·蓬皮杜夫人。她的肺病很严重，需要特别营养，可是在巴黎是办不到的。勇敢的病人于 1945 年 12 月死在她儿子的怀抱中。后来葬在蒙布迪夫的老家坟地里，墓上简单地立了一块灰色的大石碑。

1944 年 8 月，武装起来的巴黎起义了。一些居民带着武器——蓬皮杜不知道他们是属于哪一个组织的——到他家里来找他。他们一起去包围军事学校。他们爬到屋顶上，看见院子里和窗口上的穿绿色军服的人就开枪。人越来越多，连摩托车也有了。

蓬皮杜弄到一辆小卡车，准备参加袭击巴黎警察总局的战斗。他把卡车停在议会大道上。可是警察局里的警察起义了，升起了洛林十字旗，战斗还没有开始，就已经结束了。

在慷慨激昂的人群中，蓬皮杜看见戴高乐将军从香榭丽舍大街上走过来，这是一个不能不使人感动的场面，即使后来在银幕上见了也不能不为之激动。阿尔比人热泪盈眶，这在他一生中是难得的一次。

首都在沸腾。护送法国和美国军队穿过市区的狂欢的人群，因戴高乐的到来而引起的热情和激动使成千上万的市区和郊区人民不能恢复他们的日常工作。人们沉湎在激动中，陶醉在行动、报仇和复兴的狂热中。

乔治·蓬皮杜和群众分享这种兴奋的心情。大家都在谈论即将成立的真正的、永恒的新共和国。蓬皮杜兴奋之余决定抛弃教书的工作。他要投入战斗。到什么岗位上去呢？他也不知道。但肯定是跟着戴高乐……

让·保罗·德·达德耳桑穿着一身伞兵制服，从伦敦回来。他叫蓬皮杜到新闻部去报到，因为他所属的伞兵部队认为为了谨慎起见，最好搞一个战地通讯记者。达德耳桑给他的朋友们分配工作，丝毫也不考虑自己是否有这样大的权力。

蓬皮杜的另一个朋友埃米尔·拉丰，是内政部的秘书长，要他到内政部去工作。凡是和蓬皮杜来往过的人对他都有这样一个印象：为人能干、稳健、具有威信。

在解放时期的动荡中，人们在寻找新人、有才干的人，以便使正在组成的队伍发挥作用。

去当省长吗？在博沃广场上有人推荐他去担任这个职务。去负责复兴新闻事业吗？弗里德兰大街的人已经跟他谈过了。他跑去找他在路易大帝中学读书时的同学勒内·布鲁耶。抗战时期，他一直和布鲁耶保持联系。布鲁耶经过师资考试以后，曾准备进审计院工作，后来他加入让纳内领导的组织——成员都是激进派。在慕尼黑时期，他认识了皮杜尔；1943年便参加了由皮杜尔领导的全国抗敌委员会。后来，米歇尔·德勃雷（共和国在曼恩-罗亚尔省的专员）把他介绍给戴高乐将军。他被派到国防部任办公厅副主任。蓬皮杜还不知道将要担任什么新的工作，也不懂得什么是办公厅，于是，他写信给布鲁耶，向他吐露了自己的心情。布鲁耶说这封信写得很好，感人肺腑，而且是经过一番思考的。他立即回信：

"立刻到圣多米尼克街来找我。"

两个老同学一见面就拥抱起来了。

布鲁耶说道："你留在这里跟我们一起工作，至于干什么，我也不知道。班子是临时搭起来的，这个班子正在形成。目前，我和加斯东·巴勒维斯基合作，他是戴高乐将军的办公厅主任"。

这时，戴高乐将军把布鲁耶叫去，对他说：

"我要和大学打交道，我需要一位有大学出身的人负责和教育部联系，一位会写文章的有教师资格的人。"

戴高乐很重视毕业证书。但这并不意味着他认为文凭是十全十美的凭证。

"你是有教师资格的，而且会写文章。从今天起，你就是将军办公厅的人。"布鲁耶对蓬皮杜讲。

蓬皮杜采取的第一个正式行动是行使一次特赦权。他坐在陆军部楼下一间小办公室里办公。这时，有一个来访者求见司法部的委员。这位委员不在，来人等得不耐烦了，找到蓬皮杜。此人名叫安东尼，是建筑部部长多特里亲密的助手。多特里是铁路上工作的人，和铁路工人的关系很好。有一个工人错误地参加过保安队①。现在要枪毙了，多特里派安东尼来为这

---

① 第二次世界大战期间法国沦陷时的敌伪组织。

个工人求情。

"你的那个保安队员是不是干过许多坏事？"

"他是执行命令……"

"是为了要救他一条命，对吗？好吧，多特里，就这样办吧！"

蓬皮杜在香榭丽舍大街只是远远地看到过戴高乐。现在和这位民族解放者在一起工作，确是富有吸引力和激动人的。他的主要工作是制订教育改革方案。不久，又有了一个新任务，负责和新闻部取得联系。接着，他在内政部当上了布鲁耶的助手。

蓬皮杜迷信于自己的命运，是有他的道理的。

"人们很可能立刻就给我一个活动性很大的岗位，就象当初有人在博沃广场上向我建议的那样，我可能就当上省长。"蓬皮杜后来讲道。

"我的运气是被派到政府中担任一个不为人注意的工作，这样便给了我一个广见博闻，并可以学习到很多东西的好机会。"

在这以前，蓬皮杜一直是在等候分配工作，等候命运给他分配的天职。他为自己没有最后选定一个工作以及现在能有机会为一位众望所归的人服务而感到高兴。

蓬皮杜对戴高乐着了迷，他一生中没有比想到跟戴高乐在一起工作更感到自豪的了。还没有接近戴高乐就已经着了迷，这无疑是出于复兴祖国的爱国心，但也是由于对文学的爱好。这位震动全国的神话般的人物，对他来说，简直是荷马史诗中的一位英雄。

办公厅里有四位委员。在一个半月里，乔治·蓬皮杜一次也没有见过戴高乐将军，但是听到很多有关他的事。只有办公厅主任加斯东·帕莱夫斯基，副主任路易·瓦隆，还有布鲁耶和负责外交事务的比兰·戴·罗齐埃等人才见得到戴高乐将军。

蓬皮杜说："1944年，这位民族英雄在法国蒙上了一层神秘的色彩。他在伦敦度过的四年，是象征希望的四年。在进入现实生活之前，在还没有进入本国历史之前，他就已经成了传奇式的人物了。"

他作为抗战政府的首脑，一进入巴黎就直接到国防部来，在他的周围有一股极不寻常的气氛。他好象圣殿里的上帝一样，看不见，摸不着，给人一种神圣的感觉。在他之前，没有任何政治家象他那样引起人们这样的感觉。

在国防部，各个部门都对他充满着敬畏。

一个星期六的下午，蓬皮杜正在值班。电话铃响了。"将军找人。"

加斯东·帕莱夫斯基还没有回来，布鲁耶又不在，他只好去了。真是平地一声雷……乔治·蓬皮杜怀着诚惶诚恐的心情走进金黄色的大办公室，正好遇上将军在发脾气，他训斥的不是蓬皮杜，而是将军那些助手。蓬皮杜故作镇定，解释了两句，便退了出来。他的耳边还响着戴高乐将军在不能克制自己时，爱用当兵的语言讲的话。蓬皮杜很害怕，感到自己象个小孩子一样。

没有多久，临时政府的首脑为了去主持巴黎科学院的一次开幕典礼，召见担负国民教育工作的负责人，因为这个负责人要跟他一起去参加典礼。这次接见蓬皮杜的戴高乐是一位彬彬有礼的、开朗的、和蔼可亲的将军。只有在接见他认为是努力工作的人，他的态度才这样的和善。这位取得教师资格的人只用了五分钟就把有关大学目前的思想状况、将会遇到什么人以及开学典礼的仪式等，简单扼要地向戴高乐作了介绍。戴高乐将军听了介绍后很满意，不过并没有作声。

此后，蓬皮杜曾多次被政府首脑叫去一起工作。戴高乐好象很欣赏他，欣赏他善于抓住问题实质的能力、工作兢兢业业、提出的意见具体。

蓬皮杜对他的一些朋友说："这位冷面人，不喜欢讲废话，很谦逊、很善良，只要他相信你，他的态度就完全出乎你的意料。"

负责新闻兼教育工作的委员要负责创办好几种报纸，特别是《世界报》。

战前的几种大报，在德军占领期间，都停刊了，或者没有被允许复刊。报纸的工场也都被没收了。共产党人占了一大批印刷所，发行了上百种各种类型的报纸，在外省垄断了宣传工作。

恢复自由的新闻事业是当务之急。新闻部长，皮埃尔·亨利·泰让曾努力放宽新闻用纸的配给。巴黎解放的当天和第二天，在靠枪杆子占领的印刷所里印出来的报纸，由于纸张缺乏，版面小得可怜。泰让为了帮助经他批准发行的报纸，拨给报馆一百万张补助用纸和一百万张付现款的纸张。另外，还拨给了一家印刷厂。

但是，泰让是国内抵抗运动出身的部长。参加国内抗敌运动的人对来自伦敦或阿尔及尔的人不是那么欢迎，尤其是对一些没有参加过地下斗争的、代表传统势力的著名人士更加不热情。可是，国家元首仍旧要给这些人工作机会。

戴高乐希望报纸尽快复刊，特别是希望出版政治性的大型报刊，要有一份象过去的、现在已不能再出版的《时报》那样的风格、笔调、那样大发行量和那样资本雄厚的报纸。首都是不能缺少这样一份规模宏大、消息又较集中的报纸的。

在这个问题上，争论是很激烈的。

在敌人占领时期，许多参加抗敌运动的人幻想有一家自由的、正派的、经费宽裕的报纸，发誓要关闭法国钢铁委员会的机关报以及不但接受法国政府的、而且还接受其他组织津贴的《时报》。许多热心的爱国者——不完全是专业人员——创办的新报纸对于一个有权有势的竞争者登上报坛十分担心。大家都抢着要控制这家新的《时报》，无论从哪方面来看，它都是令人羡慕的舆论工具，它的报道对政界和干部都有很大的影响。野心勃勃的竞争者从不同的角度上向反对自己的集团进攻。

国防部也希望恢复《画报》和历史悠久的《巴黎回声报》——这是反映保守党观点的报纸。但是，在巴黎解放时期一片混乱中，以上两种报刊都找不到印刷的地方。

戴高乐办公厅的委员的工作是非常费神的。他必须对法国抗敌运动控制下的新闻部进行密切监督和严加管制。但是，如果他行使只有国家元首对于部长才有的职权，他就不得不冒很大的、甚至有不利于临时政府团结的危险。

他象演员一样，很巧妙地应付了这样一个难以应付的局面。一方面他和米歇尔·德·布瓦西厄建立私人交情，布瓦西厄是泰让的办公室主任，又是1940年以来泰让的战友；另一方面，他又和新闻部建立了互相信任的关系。他先为他想要做的事提出建议，并在提出之前，就设法使他的建议得到赞同。他先取得人家的谅解，然后再谈工作，从来不滥用职权，以势压人，使人感到不愉快。

最难的是为新创办的《世界报》找一个适当的领导人。此人必须是一位正直的人，既非伦敦派又非阿尔及尔派，既不参加任何党派又不是实业家，而且还是一位抵抗运动的人，他既不受任何党派的束缚，具有名记者的声望，但又有一定的独立性，不至于被人家怀疑他是和某人有关系，特别是怀疑他和戴高乐有关系，他绝对不能是戴高乐的发言人或半官方的评论员。

总之，用米歇尔·德·布瓦西厄的话来讲，要找一个新的孤僻的人。不过这样的人是找不到的，直至在大家的推荐下找到了不合群又不偏不倚的于贝尔·伯夫·梅里。这位个性很强的人在勇敢的法学教授勒内·库尔坦和一位能使资产阶级放心的具有名望的丰克·布朗达诺的协助下负责报馆工作。

最后决定，乔治·乌达尔去领导新办的《画报》，维吉埃和德·谢维尼上校共同负责《巴黎回声报》。

主管国民教育的蓬皮杜负责抓教育改革工作计划。但是，战争还在继续，教育改革还不是急待解决的问题，于是，他私下处理一些次要而又困难的工作。例如，戴高乐要发给会考中头几名学生的奖品问题。他没有经费，向书店订购书籍不付钱不行，他只好把几只赛弗尔花瓶卖掉去买书……尽管这个政府很穷，可是国营瓷器制造厂①还是不得不接待临时政府元首派来出售瓷器的人。

蓬皮杜陪同戴高乐将军到学校去发奖。他的得意远远超过当初他自己领奖的时候。

勒内·布鲁耶每天要为将军写些政治时事综合报道。他实在太忙了，因此要"会动笔头"的蓬皮杜来代笔。

写政治时事摘要是锻炼文笔的好机会。蓬皮杜善于选择一些需要报道的事实，善于写简洁的文章，善于写摘要。总统办公厅里象这一类公文往往有披着一层乐观的薄纱的倾向。蓬皮杜则不然，他客观地、坦率地、具体地把一些糟糕的事实统统写进摘要里。天知道，在这个政府刚刚成立、新官上任、什么都缺、共产党参加政府后到处企图争夺领导权的时期，还会没有糟糕的事情！

蓬皮杜写的评论，有时在办公厅里引起争论。但是将军对这样一个头脑清醒的、现实主义的助手有了初步的认识。办公厅主任，加斯东·帕莱夫斯基经常和他接触。

他担任的是内政和选举法。他开始为外界所注意。《鸭鸣报》错误认为 1945 年的比例选举制是蓬皮杜发明的，这种制

---

① 巴黎附近一家著名的瓷器厂。

度使议会成了单一政党制，促成了戴高乐的离职。实际上，蓬皮杜是反对这种制度的，并说明他反对的理由："我对于数学一窍不通！"

办公厅的重要成员，让·多内迪厄·德·瓦布勒，政府的未来的秘书长，对蓬皮杜特别有好感，使他的朋友感到惊讶。他在走廊里看见人，就拉住人家的袖子，向人家"兜售蓬皮杜"。

他对人家说："您不体会到他是办公厅里最出色的人么？"

他提议给他一个比教师更符合他的行政上的职务。他劝蓬皮杜对最高行政法院提出申请。

"可是，我从来没有读过法律啊！"

"办好案件，不需要有法学士的学位。"

1945 年 12 月的一次内阁会议——即蓬皮杜母亲在贡蒂埃堡逝世的那一天——决定只要有出缺就委任乔治·蓬皮杜为查案官。但是国民议会议长樊尚·奥里约也有一个候选人，即他自己的办公厅主任。于是，戴高乐将军这位助手的委任又往后推迟了八个月。

1946 年 1 月，选举后在议会里出现了反对戴高乐所主张的宪法的集团，戴高乐将军突然在内阁会议上简短地宣告他将辞职。他向惊异万分的部长们表示感谢——莫里斯·多列士也在内——和他们一一握了手，一声不响地扬长而去。

在国防部，加斯东·帕莱夫斯基向办公厅的成员告别。

乔治·蓬皮杜轮到最后。

他向帕莱夫斯基说道："您要知道，在我写的评论里，我表现了一定的独立见解。但这并不妨碍我对您的忠诚。今后，你要成立什么组织把我也算在内。"

忠于朋友，以诚相待，是蓬皮杜性格中的主要特点。

戴高乐将军在一个月前就准备辞职了。……他离开了国防部，到布洛涅森林的私人住宅和家人团聚。不久，他又离开布洛涅森林，先搬到马利住进一幢向文化部租来的房子。在这里，他可以在森林里作长时间的散步。后来，他到科隆贝隐居起来，这里有更广阔的天地。

他的助手们都散了。更低的岗位是随时可以找到的。大多数都分散在古安总理组成的内阁各部门里。古安内阁仓促地组成是为了填补戴高乐将军离职后留下的空白。

将军成了传奇中的人物。要想从传奇中走出来，恐怕是办不到的。蓬皮杜在给一位朋友写信时说道：过去的十五个月都用在接近和了解当代最伟大的人物上，对我来说，是相当值得的。

最高行政法院的委任状，他在 1946 年 9 月才拿到。在这之前，他在亨利·安格朗领导下的旅游局里找到了一个临时工作。

1946 年，游览旅行不是一个行业，而是一个幻想。旅馆被征用，汽车凭证供油，铁路的桥梁被破坏，汽油要配给等等……总之，法国人羡慕打了败仗的意大利人，羡慕他们居然还有小摩托车可以代步。

问题还不在于为法国人恢复旅行游览，而是开辟美元的来源。和艾蒂安·比兰·戴·罗齐埃在戴高乐办公厅共过事的埃尔潘到了勒阿弗尔港，跟几个躲在雨伞下的海关人员在废墟上一同欢迎"自由轮"。这是美国战后第一艘游客船，是一艘尚未改装过的军舰。这只船给他们带来了饭店需要的面包、食糖和肉的供应券。

蓬皮杜是旅游局的局长。他根据讲究实际的精神组织人力向旅馆老板发放购物证，便于他们购买床单和毛巾。他还给旅游局搭了一个临时班子。他和旅游局驻纽约的未来代表菲利普·德·克鲁瓦赛建立了联系。蓬皮杜还领导编写了关于时装和艺术的精彩小册子，从而为巴黎恢复了它在这方面的声誉。

重振巴黎的声誉有待进一步工作。蓬皮杜和奢侈品工业、和手工艺品工业打起交道来了，他使旺多姆广场重新繁荣热闹起来，使高级服装店再度兴隆。著名服装店克里斯蒂昂·迪奥尔发行了一种新的时装杂志《New-look》(《新时装》)，在全世界风行一时，使巴黎成了世界时装的权威。蓬皮杜还举办展览会，为外省的博马尼埃一类的豪华饭店主持开幕典礼。在凭票购物的年代里，这不能不算是一件头等大事，它使地中海国家近五十位驻外使节能够前来庆祝他们的文化。

1948年蓬皮杜在加利埃拉博物馆举办"英国文化八百年"展览会。开幕时，他还邀请未来的英国女王伊丽莎白和爱丁堡公爵前来剪彩，对蓬皮杜来说，这是一次很大的胜利，他为此得到了荣誉勋章。

政府抓住举办展览会的机会，正式对外宣传法国庞大的旅行游览事业的新生，并邀请英国公主和她的未婚夫参观爱丽舍宫。

这是蓬皮杜从事许多工作中的一个方面，知道的人不多。这不过是他忙碌的一生的一个片段罢了。

1946 年 9 月，临时政府的前任委员进入最高行政法院工作了。乔治·皮杜尔内阁的司法部长亨利·泰让执行 1945 年 12 月内阁会议的决定，任命蓬皮杜为诉讼司的查案官。

他打算辞去旅游局的职务。可是安格朗恳切地挽留他，并给他充分的时间让他自由安排自己的工作。

踏进故宫内的最高行政法院铺着地毯的走廊，已经不做拉丁文和希腊文教师的蓬皮杜感到十分紧张。他不是法学家，也没有读过法科。当然，他并不是第一个没有经过考试、没有学过法律就被派到高等司法机关去工作的人。按照传统惯例，这个如同过去的御前咨询会议的机关有四分之一的席位是由国家指定给省长和高级官员的，然后再根据他们的资历分别委派他们担任陪审官、查案官或法官。但一般说来，这种被推荐的人员都很熟悉官方档案、行政管理技术、行政事务应遵守的规定、灵活运用各种手续不致于太公开地违反规定的种种办法，对这一套经验，中学教师一点也不懂。

诉讼司是一个最没有油水、最受约束的部门，也无法弄虚作假……更没有希望买什么礼物送给老婆。只有专搞这一行的法学家才对这个部门感兴趣。诉讼司也要受理控告市长滥用职权禁止游行的上诉，还要审查陪审员中是否有利用贿赂被提升的，此外还要向不愿领养老金的部长了解情况，或者向不同意消防队员的服务年限可以代替服兵役的年限的省长了解情况……诉讼司还要针对药剂师协会强迫药房晚上提前关门采取措施，制定新的规定；另外，还要讨论有关军用汽车肇祸或冲进区办小学的操场以及如何赔偿损失的问题。最后，诉讼司还要处理堆积如山的上诉案件，这些上诉都是来自解放后被清洗的公务人员的。

控诉形形色色滥用职权的人，由于他们的上诉没有得到及时审理，劲头也就不大了。诉讼司每年只处理四千件讼案，而每年却有五万七千件案子在等待处理！审判工作落后了十二年，甚至十八年。

政府委员阿吉德请新上任的查案官参观路易十四住过的、现已成了断瓦残垣的故宫。路易十四和他的一些宠臣过去就是在这里生活的；摄政王也曾在这里过着荒淫无耻的生活；号称"平等的菲利浦"也在这里住过，他虽然赞成把他的堂兄弟路易十六判处死刑，然而他本人也没有逃过上断头台的命运；也就是在这里，路易-菲利浦发动了1830年的革命，登上了国王的宝座；玛蒂德公主，拿破仑第三的堂妹，也在这里住过。昔日的故宫，今天遗留下的痕迹已寥寥无几了，只有一座玛蒂德公主用过的小教堂，路易十四用过的客厅，摄政王用过的饭厅；饭厅是一座圆形的建筑物，四周都是柱廊，一座高大的壁炉，精雕细刻的壁板，边上还装有暗梯。预审起诉委员会就设在当年每天晚上王公贵族在这里吃山珍海味的地方。正是在这里，当初是一间宽敞华丽的大厅，里面藏着寡廉鲜耻的美人。一回忆起过去的这些场面，有时也不免会打断严肃的沉思。

最高行政法院的大厅是各司聚会的场所。国家元首在这里坐的椅子比别人要高得多。大厅的建筑唤起了外国游客的导游的丰富想象力。

墙上画着一幅幅1900年式的现实主义寓言的壁画，画上歌颂"现代人的活动"；代表公共工程的，有填土工人正在为协和广场铺路面；代表农业的，有象歌剧里的收割者；代表脑力劳动的，有一位颈上围着围巾正在布洛涅森林寻找蘑菇的老绅士……

新上任的查案官请别人介绍如何根据惯例行事。

法律知识是次要的。他仅限于细读马塞尔·瓦利讷教授的八百页的讲义，没有翻阅正式的课本。

查案官着手书面预审。他一面研究自从御前会议成立以来的判例和有关案件的判决书，一面根据律师的自相矛盾的结论，草拟一份书面报告。他制订的一目了然的表格为调查研究提供许多方便。主要的一条是不要触犯传统习惯。一件重大案件不是根据它的严重性和危害的大小，而是根据对法律曲解的程度，每一更动，根据修改的程度，都意味着审判小组要开会讨论。会议是越来越多。

乔治·蓬皮杜坐在一张办公桌前面。一位女秘书手捧案卷，从他身边走过，给他留下三、四册卷宗，然后继续在办公室里东送几卷西送几卷。蓬皮杜的一个同事，让·乌尔狄克斜着眼睛偷看这位新官，见到他对临时给他送来的上诉卷宗表现出的那种积极性，简直象渴望已久的样子，大为惊异。他自言自语地说：

"这位一身多能的师范生，要在我们面前显示他的聪明才干，是个不折不扣的师范大学的高材生。他大概从不考虑工作给他带来的困难。诉讼司的工作是一个严峻的考验，一个无情的实习阶段。如果没有富有经验的判断力、对工作缺乏热情，一定会在这里打破饭碗"。

预审委员会在等待新官上任。他写的第一个报告是有关工业技术学院要求废除会考的问题。不过废除的理由不够充分。

刚上任的新官写的这份报告，文字优美动人，他以幽默的笔法，巧妙地从各方面把问题讲清楚。是一篇可喜的小品文。

"真想不到……你认识这个青年人吗？一个临时法学家能写出这样精彩的报告，确实不坏。"布方多主任感叹地问。

蓬皮杜毫不费力地就学会了法学推理，能迅速地对上诉案件进行分析，使曾经做过教授的主任先生感到非常惊讶。

他为人和蔼可亲又喜欢开玩笑，深受同事们的欢迎，所以两年后大家推选他担任他们的一个组织的秘书长。

事实上，这位被同事认为热衷于工作的带着漫不经心的神气的查案官，正在忙着别的事情。

他已经成了戴高乐将军亲密的助手了。

五、一位异常忙碌的幕后谋士

1946 年 1 月临时政府首脑辞职之后，不久就给乔治·蓬皮杜提供一个效忠的机会。

让·多内迪厄·德·瓦布勒曾任内阁阁员，是教师蓬皮杜的朋友，原来在纪念戴高乐夭折的幼女（为了医治她的生理缺陷，她的父母付出无数心血，担过无数心事）而成立的安娜·戴高乐基金委员会担任司库；这个委员会由戴高乐夫人主持，是专为接纳身患同样疾病的幼女的。多内迪厄·德·瓦布勒因被任为驻突尼斯的法律顾问，向戴高乐夫人推荐蓬皮杜接替司库的职务，戴高乐夫人同意了。

这位旅游局局长于是来到了科隆贝，听候戴高乐夫人安排工作。那时她正在为建立一个寄宿舍兼疗养院的经济问题感到为难。蓬皮杜去韦科尔察看了院址，立即忙于布置房屋设备，组织管理机构，经常留心保存一定的燃料储备，还要物色一个园丁，签发向巴黎的定货单和支付到期的单据。

蓬皮杜靠了他实事求是的精神，使一切问题全都迎刃而解。戴高乐夫人简直把蓬皮杜看作是一个魔术师，后来就把他当作她丈夫的一个朋友来看待了。

同时，这位慈善事业的司库开始听任将军的调遣，完成一切委派给他的任务。当时，将军正感到气愤，因为报纸上登载说有人把1940年6月以来军队欠将军的一大笔欠饷发给了他。

乔治·蓬皮杜打电话给古安内阁的国防部长米歇雷，也是个戴高乐派，提出抗议并为之辟谣。

"将军没有收到、也不想接受任何欠饷。亲爱的朋友，请你把这件事公布一下。"

后来，乔治·蓬皮杜会见过将军两、三次。蓬皮杜的慎重品德和当机立断解决实际问题的才能，赢得将军的赏识和戴高乐夫人的特别器重。

1946年，原临时政府的首脑继续左右法国的政局。他虽然提出辞职，但坚信通情达理的政党，特别是被称为"忠诚党派"的人民共和党，一定会将他召回来。然而，各政治集团却很快地团结起来组成了古安内阁。

将军说："要支配几个职务。"

戴高乐在贝叶发表关于宪法计划的演说时，乔治·蓬皮杜在场；在这个计划中，把强有力的总统行政权，同政府对国民议会负责制——这是议会制度的特点——结合起来。将军在埃皮纳尔演说时，要求法国人投票反对规定国民议会制度的宪法——这在后来的公民投票中只以极其微弱的多数被通过。

向戴高乐表示效忠的信件潮水一般地涌来，呼吁戴高乐采取行动。1947年4月7日，他在斯特拉斯堡发起组成法兰西人民联盟，主要负责人是安德烈・马尔罗、加斯东・帕莱夫斯基和雅克・苏斯戴尔，由苏斯戴尔任总书记。

这个联盟是在索耳费里诺街 5 号一所象蜂窝一样热闹的房子里组织它的种种活动的。乔治・蓬皮杜既然不属于政界人物，没有被安排在干部的队伍里。事实上，他对于诸如卑躬屈膝、残酷争斗、阴险地打击对手这类政治活动毫不感兴趣。他甚至觉得在集会上发言也是力所不及的。他从来没有加入过法兰西人民联盟，后来也没参加保卫新共和联盟。他的性格的特点是，讨厌被别人拉进固定的组织，以致必须服从不是由自己选定的权威。不妨说，这是某种爱好独立的高贵品质。不管怎样，他是一个没有政治野心的人。

可是，加斯东・帕莱夫斯基却联合戴高乐派的智囊和一些多少赞成戴高乐观点的名人组织了一个研究团体，讨论如何促进改革。他请蓬皮杜担任秘书长。一种类似专门研究未来计划的戴高乐派政治研究院就这样在旺多姆广场上诺埃尔・科瓦尔的寓所里成立了，后来才把会址迁到大学街 69 号。在安德烈・马尔罗、勒内・加皮唐、雷蒙・阿隆、阿尔班・夏朗东、米歇尔・德勃雷、路易・瓦隆、雅克・福卡尔等人之间，展开了有声有色的辩论。

加斯东・帕莱夫斯基说："蓬皮杜是这一群师大学生集会中的灵魂。我以把他引向最高政治的道路上而感到自豪。他从未因此对我有意见。"

同时在 1947 年设立了由米歇尔・德勃雷发起的行政管理高级研究中心。最高行政法院院长卡森指定乔治・蓬皮杜代表该院参加这个组织。德勃雷领导的研究小组特别受到两位参加者的鼓舞，那就是雷蒙·兰东和乔治·蓬皮杜。

这些官方辩论并不能使这位查案官背离戴高乐派高级研究的方向。在大学街，蓬皮杜是戴高乐派政治研究委员会的核心人物，这个委员会探讨摆在以法兰西人民联盟为支柱的未来政府面前的实质问题。他同米歇尔·德勃雷和雅克·福卡尔一起拟定了国家第 13 号文件，就是说，从解放以来一直讨论到第十三次的宪法整理文稿。为起草这一文件，蓬皮杜查阅过几十本有关民主政府的二百一十四种书面资料。

说也奇怪，在 1958 年，对国家第 13 号文件，谁也没有想起它，谁也没有拿来应用……

但是，戴高乐将军却一直在关注着这些工作。宪法是戴高乐政治斗争中的重要工具。

1948 年 3 月间，当将军前往贡比涅视察期间，乔治·蓬皮杜从路易·瓦隆那里获悉，他将出任戴高乐办公厅主任。

几天以后，蓬皮杜果然被戴高乐亲自召唤到索耳费里诺街。

"我需要有个人同我一起工作，但必须是法兰西人民联盟以外的人。你将担任我们刚在大学街设置的办公厅主任。我并不想搞一个智囊团，但也许需要两三个私人助手。

"还有一件事，你重新负责编写那些综合报告，象过去每天晚上送到圣多米尼克街我那里一样。这些东西对我有用。"

戴高乐对于这些每日报告表示满意，还是第一次。这些报告曾经引起他注意到这位"善于写作的教师"的诚实可靠、判断正确和谨慎机智。

戴高乐把这件事通知了最高行政法院院长勒内·卡森。以前在伦敦时，卡森实际上是在戴高乐领导下负责最高法院和国际事务法律专家委员会的唯一人物。

勒内·卡森向乔治·蓬皮杜说："我很同意你去那里，但有两个条件：你还得继续'查案'；至于有关将军那一方面的任务应当慎重保密。"

慎重原是这位康塔尔人的一种天赋品德。由于蓬皮杜能够保持这种品德，以致在最高行政法院里的大部分同事们都不知道他在索耳费里诺桥那边所干的工作。

就是由于这一慎重保密的特点，使蓬皮杜被召唤去执政的时候，对于他的飞黄腾达，除了几个参与过戴高乐计划的人预料到以外，大部分法国人都在寻思这个从天上落到总理府里的教师究竟是一个什么样的人物。

在他的异乎寻常的小心谨慎之中，也许还夹杂着一些腼腆的成分，但这无疑多半是出于谦逊。蓬皮杜绝不是一个自夸的人。他认为与其炫耀自己，还不如显得神秘。扮演一个宫廷顾问或者一个幕后的谋士那是得心应手的，但是要登上政治舞台，他就急于想躲藏起来。至少在长时期内他还是这样一个人。

蓬皮杜在将军身边所起的作用，起初那些戴高乐派没有觉察到。他的办公地点就在大学街的一所公寓里，房间里只陈设一些简单的白木家具，离法兰西人民联盟虽然不远，但蓬皮杜却完全避开了那儿的喧闹。在同一所公寓里，雅克·福卡尔则同他的编辑——几个"黑人"、真正的黑人——主编戴高乐派的海外公报《致法兰西联盟的信》。

曾经当过将军私人秘书的克洛德·莫里亚克，也同时主编法兰西人民联盟出版的一本文学和政治杂志《精神的自由》，由于主编的高超思想和文风，使刊物的流通范围不广。

在这个不为大众所知的公寓里，在一些安静的合作者之间，将军的办公厅主任每天同他的主人联系，安排好戴高乐所希望会见的议会领袖和知名人士。同时，蓬皮杜还给要求拜会戴高乐的党派领袖和关怀戴高乐的外国大使安排会见时间。在将军那里不断来往的有激进党人、社会党人、人民共和党人、独立党人。有的试图劝说这位原临时政府首脑不要进行冒险，有的是同戴高乐商订协议或同盟的。

在 1947 年到 1954 年之间，乔治·蓬皮杜是戴高乐最亲密的助手。他是平凡的、谨慎的、胆小的。但是不久他在法兰西人民联盟里所起的作用则变得十分重要，虽然他没有什么头衔。尽管他在正式场合、在议会里、在公共场所一向不露面，但他很快就被最高阶层视为头号人物，视为"伟大的夏尔"的直接代言人。

政治人物要求会见将军的时候，要由蓬皮杜联系。某一问题需要将军亲自干预并表示意见的话，要通过蓬皮杜向将军转达。随着时间的推移，蓬皮杜越来越多地吸收了戴高乐的思想观点，并取得了戴高乐的信任，因此蓬皮杜往往也能解决一些问题。

蓬皮杜善于区别哪些是不重要、无需送去劳驾科隆贝的隐

士的问题，哪些是需要引起戴高乐注意的重大问题。如果隐瞒
这些问题，戴高乐是不会宽恕的。

办公厅主任在政治运动内部之所以拥有极大威信，主要是
由于他个人努力工作的结果。法兰西人民联盟中存在着一些性
质不同的倾向，聚集着具有各种不同派别的人，蓬皮杜在这些
倾向之间，在这些人之间，正好是一个调停人。

法兰西人民联盟总书记苏斯戴尔，占据着比蓬皮杜更高的
地位，连戴高乐也称他为"苏斯戴尔先生"，对他丰富的人种
学知识表示尊敬。帕莱夫斯基可以为自己长期的、英勇的工作
而感到自负。安德烈·马尔罗是被将军倚为左右手而使将军自
豪的人。沙邦-戴尔马当过抵抗运动的将军。瓦隆是一个具有
暴烈性格的左倾人物。克里斯蒂昂·伏歇是巴黎地区的代表。
此外还可举出不少人。这些人意见分歧，经常对立。

克里斯蒂昂·伏歇指出："蓬皮杜决不搞他个人的一套。
他不属于任何派系。为了调和不断扩大的班子，蓬皮杜只搞将
军的一套。

"他平息事故，调解对立的争吵，减少磨擦，纠正错误。

"他保护戴高乐的引退，免得他受到无谓的干扰。他象美
国高级'智囊团'中那样的'政治调停者'。他的性情总是极
其平稳的。他对大家笑脸相迎、谈笑风生，我从未看到他发过
怒。他的平易稳重令人尊重，他的坚毅无畏反映出一种优秀品
质，从而使他得到威信。这是我所认识的最'规矩'的人。人
们在蓬皮杜的身上找不到一点谬误，也不用担心他会对人进行
暗算。他痛恨搞欺诈、不诚实、不忠诚。如果他反对你，你也

会知道的；如果他怨恨你，那你也会知道。他决不在暗地里搞阴谋。"

假使换了别人，恐怕一天要有六十个小时才能象蓬皮杜那样同时处理那么多的工作：他是政界巨头的办公厅主任——这位巨头随时可能重掌政权，虽然这是一种假设，就当时来讲，并不排斥这种假设；他是大规模政治运动的仲裁者；一位在职的查案官、旅游业和美化巴黎的主管人，行政管理高级研究中心的积极参加者、政治研究院的秘书。

蓬皮杜把他的工作日程安排得如此巧妙，使得这个多面手尽管干了这么多的活动却仍能保持着神态悠闲和举止轻松。

上午九点钟，蓬皮杜就在大学街准备接听将军的电话，或者到科隆贝去会见将军。他把他的秘书内格雷尔小姐喊来，这位小姐银铃般的笑声从不停止，她后来就没有再离开过他。他整天在他的办公室、法兰西人民联盟和将军身旁这三个地方不停地奔跑。每星期挤出几小时溜到最高行政法院去一下，还得花上一些时间接见、赴约、去分发案卷。他要挤出下午休息的时间每月办七、八个案件。幸亏已把行政管理高级研究中心的任务结束了。但是，他还负责旅游局的工作，常常到歌剧院大街去，晚上还得举行宴会，展开社交活动，这就是他作为复兴首都的主管人必须承担的事。

蓬皮杜每晚总要大宴宾客，引起警局的注意——情报机关在严密监视着所有戴高乐将军的合作者。后来有一天蓬皮杜在警局发现自己的档案上这样写着：

"蓬皮杜每天晚上都大摆筵席，饱醉而归，习以为常。"

这些话使他不由得产生了这样的感想：

"这是诬蔑，当然，受诬蔑者自己是不会相信的。但是别人又会怎样呢？"

1949 年，乔治·蓬皮杜摆脱了旅游局的工作。这是因为人们请他担任了第七个职务：到政治学院讲学。

政治学院主持人要求乔治·蓬皮杜主讲以下一种课程：历史、地理、经济学或宪法。

蓬皮杜回答说："随便哪一种都可以。"

"那么就全部担任吧！"

他接受了。

这三门课程哪一门他都不专。可是，虽然没有搞过宪法，但是编写过国家第 13 号文件。历史原是他爱好的功课之一。政治经济地理使他可以坐在房间里漫游世界。经济学，他有意再去进行钻研。

这个讲座不受拘束，蓬皮杜觉得很高兴，年轻的学员欣赏他的表达才能和他那仿佛在知识园地里信步漫游的讲学方式。

他的威信不久便确立了，国立行政学院请他参加考试委员会。

当时在法兰西人民联盟里有一种热烈和乐观的气氛。没有人对这些事情再表示怀疑：即国民议会中所玩弄的徒劳无功的党派游戏和病入膏肓的内阁危机使法国人民感到厌恶，在第一次举行选举征求民意时就会召回共和国的创建者重新执政。人们正在索耳费里诺街积极准备 1951 年的选举，每一个选区都设置了法兰西人民联盟委员会，并在各区间商量协调的问题。

戴高乐将军在巡视中到处唤起广大听众的热情。

在法兰西人民联盟的各种会议上，蓬皮杜参加了选举程序和组织选举运动等方面的工作。他研究政治地理，探索每一选区各党派力量的对比情况、秘密的同盟以及时分时合的党派组织。这是一种将来有一天对他十分可贵的经验。

在大学街办公厅主任的简朴的办公室里，他比许多人都更能估计戴高乐将军在政治领域里有多大的力量。当然，全国人民，有的期望、有的害怕未来选举的浪潮可能使那位伟大人物重新出任国家元首。可是，报界还在将军担任临时政府首脑的时候就不是一直都忠于他的，如今支持法兰西人民联盟的就更少了。全部政府机器和各党派都动员起来反对将军返任。一般说来，上层人物和议员对于将军的事业感到气愤，因为将军越过了传统的党派组织，直接向人民发出呼吁，这样会使他们失去在地方上的影响。

若干出入于政府的熟人看到幕后的谋士即将登台，嗅出未来政府的首脑就要落在这个人身上，也就是说，他将象英国在野党那样的"影子内阁"的首领。

他们猜错了。如果联盟得胜的话，计划中的内阁——虽然将军的意向总是莫测高深、无从预知的——将由联盟总书记雅克·苏斯戴尔担任总理，阁员将有马尔罗、沙邦-戴尔马、瓦隆、伏歇等人；米歇尔·德勃雷也将参加内阁，但是离得稍远些，因为他是参议员。

然而人们却很羡慕乔治·蓬皮杜取得将军的信任，问他受到将军如此长久的宠遇到底有什么秘密。

"他是采取什么态度和行动才能在将军身边呆这么久？生活在将军身边难道不需要和将军意见永远一致、并避免一切矛盾吗？"

蓬皮杜回答说："这样说真愚蠢。起初，事情确是相当复杂。要有象戴高乐那样对民族利益的绝对忠诚，才能从他那里获得完全的信任和好感。但是，将军早在伦敦时就表现了他的折衷主义了。他把绝不相同的一批人，诸如传统派、正式的军官、有文凭的知识分子、反对传统习惯者以及造反的知识分子，全都团结在他周围。

"人们可能认为，一定要和戴高乐一样地说话，这是错误的。将军所需要的是：同别人交换意见，试图让交谈的人看到新的远景，使心中的意图具体化。将军憎恶故意的对立，鼠目寸光的阻力，因为这种阻力遏制新生的思想和求知的努力。但是他欣赏别人提出问题，欣赏别人提醒他可能遭到的阻碍，欣赏别人向他提示危险的所在。应该让将军自己思考。别人对他提出的建议，有时他会采纳作为自己的意见；也许他会对这种建议表示欣赏，如果能够引起他另一种想法的话。

"将军喜欢从事件中、从他的立场所引起的反应中得到教益。他知道适可而止。他看得远，比他的大多数同时代人看得更远。当我们已经谈完主要的问题以后，就不应该再坚持令人不快的相反的意见，必须懂得善于转到另一种想法上去。

"他喜欢他的助手们不仅仅是一些执行者，而且从根本上同意他的意见并且愿意和他一道去寻求最好的办法。"

1951年的选举即将来临，有的人害怕这次选举是戴高乐派掀起的一次浪潮，有人则迫不及待地期望它的举行。为了防止落选，各党派想出一种竞选的办法，即把同一选区的候选人选票合并在一起计算，这样，各党派之间的临时同盟便正式形成一种制度，同盟的党派获得的选票都计算在它们中间取得优势的政党选票之内。

法兰西人民联盟本来也是可以利用这个时机的，因为各地区向联盟建议良好做法的着实不少。但由于戴高乐的严格，由于他蔑视"派别活动"，由于各党派搞权宜之计，联盟在大多数选区内不能同不接受将军所主张的宪法的"政客"讲联合。

然而索耳费里诺街的人们都怀着极大的希望。除安德烈·马尔罗外，联盟所有的领袖全都参加了竞选。有人劝蓬皮杜也当一个候选人，但蓬皮杜拒绝了。

"我不习惯搞政治活动。老实告诉你，政治活动使我厌烦。"

可是，蓬皮杜尽管不是候选人，却参加了未来国民议会议员的内定工作。在科隆贝举行的拟定各省候选人名单的会议上，蓬皮杜坐在"圣父之右"①，和苏斯戴尔"先生"、克里斯蒂昂·伏歇、雅克·博梅尔并列。

在竞选的最后几天里，由于全体候选人都分别到自己的选区去了，只有蓬皮杜仍在索耳费里诺街确保日常事务的进行，他替大家作出决定。人们在联盟中看到，苏斯戴尔和一些其他负责人对蓬皮杜也是特别信任的。

---

① "圣父"，指戴高乐。

投票结果，国民议会中有 120 名法兰西人民联盟的席位，比预期的少一半。人们仍然在索耳费里诺街举行庆祝。联盟有这样大的一个议会党团，也是不容忽视的。

有人说："一次大胜利。"

乔治·蓬皮杜则在送给将军的每日报告中这样概括说："一次大失败。"

联盟党团在议会里的席数毕竟太少了，不足以使戴高乐重掌政权。所有党派都联合起来反对他。要改变政治风气、要彻底修改宪法的这些希望都已落空。不管法兰西人民联盟怎样反对，原来的"体制"仍可以照常运用。联盟的党团有瓦解的危险。在政权的诱力下，要永远做反对派是很吃力的。

蓬皮杜倒是希望将军暂时引退，以便议会制度一旦失灵，将军变得更为伟大，再一次成为救世主。

但戴高乐认为他的责任就是继续留任，至少以联盟的领袖的身份进行遥控。

蓬皮杜作为办公厅主任的职务复杂起来了。几乎所有联盟的重要人物都已成了议员，具有新的资格后，这些人就不遵守规定的纪律了。人民代表不知有多少的事情要向将军报告……

另一方面，选举以后，联盟的经济情况十分拮据。一大堆账单有待处理，印刷所、广告公司、会场出租者、汽车行要求的付款大约共达八千万法郎。

乔治·蓬皮杜把两个在竞选时期派到外省去的人调回来帮助他：一个是奥利维埃·吉夏尔，他是个身材高大、头脑冷静的青年，一个优秀的外交家，担任办公厅助理；另一个是罗歇·弗雷，他负责同蓬皮杜一起来结算欠账。少数工商业家组成一个小组协助募集捐款。有一个不惜牺牲的戴高乐派工业家博泽尔（出产博泽尔、马莱特拉牌去污剂的）把他的家产捐给了联盟。

位于塞纳河滨旧市府区桑斯大厦附近的一些路易十三时代的房子经过修葺充作官员的宿舍。于是年轻的最高行政法院查案官便抓住机会搬了一次家，他偕同妻儿离开了原在约瑟·玛丽亚·德·埃雷迪亚街仅占三个房间的狭窄旧居，迁入座落在夏勒马涅街的宽敞得多的新居。

乔治·蓬皮杜愿意做个好家长。他爱他的妻子，对儿子很关心，对岳父和内兄弟都很热情，与朋友永保友谊，他同越来越多的亲友欢聚一堂而感到舒服。他从来不喜新厌旧。他和作家、艺术家有深厚的友谊。同克洛德·莫里亚克见了一次面就成了他的朋友。蓬皮杜同马尔罗一家十分亲密。阿兰和《人的希望》一书的作者[①]的几个儿子是好朋友。预科的同学、师大的同学、马赛中学的同事，甚至他喜欢的过去的学生，都是他家里的常客。

蓬皮杜在夏勒马涅街家里接待了他的岳父卡乌尔医生，他现在是老而多病，但他不肯治疗，而且还振振有词地说他不相信医生。

每当周末总是到夏勒马涅街蓬皮杜家作客的有蓬皮杜夫人十分亲密的妹妹雅基和年轻的妹夫弗朗索瓦·卡斯泰。

---

① 指马尔罗。

雅基获得了历史学学士的学位，虽在准备做教师，但她还不曾学会"阶级斗争"，这种斗争是教师们必须对学生展开的。她在大学城担任干事，负责组织课余活动，她认识了一个身体健壮在图卢兹长大的学生，这个人是高级军医卡斯泰的儿子，也就是最早开辟太平洋和南大西洋空中航线的路易·卡斯泰的侄子。

这个学习政法的大学生弗朗索瓦·卡斯泰，二十岁时曾在意大利度过一个短时期，他跟着朱安将军曾在摩洛哥狙击兵团里服役。在一次攻入敌境的战役中，卡斯泰担任副排长，他是这次战役中少数幸存的法国人中的一个。当时是为了从背面爬上卡森峰，突破盟军称之为不可逾越的"居斯塔夫防线"。

朱安将军曾对蒙哥马利说："我去！我就是要越过它！"

一万六千门大炮和三个团的兵力部署在战线上，面对着混凝土的围墙。一百五十个人对修道院后面的费托峰发动了进攻。他们在那里坚持了两天。

卡斯泰说："我们留在那里是因为下不来了。"

但是，经过相当长的时间才说服了盟军：既然一百五十名法国人和摩洛哥人能够突破"居斯塔夫防线"，别人自然也可以打过去。

这个穿越卡森峰的人又回去继续读政治学去了。

老师问他："你是不是尽到了职责？"

卡斯泰思索好几天才回答了这个问题。

对于卡斯泰为了争取文凭而进行的艰苦奋斗，雅基曾给以鼓励。

卡斯泰和雅基在 1947 年结了婚。在旺多姆广场碰到的一个偶然机会使原任公职的卡斯泰当上了旺多姆委员会的主任，后来又做了高等珠宝商的代理人和卡隆香水厂经理。

每到周末，在夏勒马涅街或者乡下，蓬皮杜和卡斯泰这两个连襟总是玩纸牌或打木球，以此为乐，两人是旗鼓相当的对手。卡斯泰责备蓬皮杜的三代人——祖父、父亲和儿子——在游戏中作弊。蓬皮杜玩游戏时非常专心，决不让对手得胜。同蓬皮杜下一盘棋也是一场很吃力的鏖战……

乔治·蓬皮杜在星期日要准备政治学院的课，他备课有自己一套独特的方式。家里总是亲朋满座。莱昂·蓬皮杜先生同卡乌尔医生以及他自己的女儿和女婿多梅尔玩桥牌。克洛德、雅基、弗朗索瓦·卡斯泰同七、八个朋友在聊天，孩子们在玩皮球。

在客厅的一角，重新上课的老教师深陷在一只沙发椅里，在膝盖上乱涂乱写。他的脚边有一架电唱机在播送《D 调赋格》。他的周围杂乱地摊放着一些他要随手参考的书籍。他一边听着巴赫的乐曲，一边注意着在远处人们的谈话，有时也插嘴讲几句笑话。在他周围打着的小皮球跳到他的头上，他好象根本没有觉到一样。

半小时后，蓬皮杜站起来，收拾起书本，关上电唱机，备课就算完了。接着他叫人把《桑-洛》纸牌拿来，再进行一场大战。

克洛德·蓬皮杜有时偶然建议来一次野餐。克洛德是一个多面手的妇女，和她丈夫一样多才多艺。这位家庭主妇没有帮手独自管家，每星期请两次客，由于她的烹饪术相当高明，她的丈夫说她做的红焖兔肉、烤小竹鸡、絮泽特式煎饼，可以和小酒店里他所喜爱的菜肴媲美。

蓬皮杜夫人也是一位颇有生活兴致的妇女，她爱好节日、晚会、划船、打网球、打扮自己。她是个聪明伶俐的妻子，她的丈夫乐于去装饰打扮她，因此使妻子快乐、舒适就成为他追求的唯一目标了。

尽管她很爱运动，并不因此妨碍她的求知欲，她在夏勒马涅街家里从头至尾地读完了《古兰经》，弄清楚这究竟是怎么一回事。

蓬皮杜一家不很富裕，到了月底总是感到有点拮据。克洛德却能够在招待客人时显得相当阔绰，因为她心灵手巧，使人感觉不到她所费的心力。

六、"你一直在路特希尔德那里工作吗？"
"工作不多，好象是经理那样的人。"

　　1953年春，乔治·蓬皮杜和雅克·苏斯戴尔被召到科隆贝，戴高乐将军为自己的一个问题征询他们的意见，这个问题是：他应该领导法兰西人民联盟呢，还是暂时摆脱一切政治活动？

　　雅克·苏斯戴尔是法兰西人民联盟总书记，戴高乐派议员的领袖，这个集团在议会里反对历届内阁，主张召回戴高乐将军重新领导政府。

　　乔治·蓬皮杜是将军的私人顾问、办公厅主任，是戴高乐的心腹。"解放法国的人"这时正在为自己创造的事业遭到挫折而消沉失望。

　　一年前，人们曾经认为法兰西人民联盟的创造者应该继续充当这个组织的领袖。在连续发生内阁危机期间，法兰西人民联盟有一百三十名议员，这个数字使得人们不能不时常考虑到它的作用。尤其是，将军对于舆论有极大的影响，人们无法完全忘怀他。

人民共和党——即原来的"忠诚派"——的领袖乔治·皮杜尔，于1952年初要求乔治·蓬皮杜为他安排一次与将军秘密会晤。查案官亲自用汽车把他送到科隆贝。

法兰西人民联盟和人民共和党联合起来，就几乎可以成为议会的多数派。但是这两个人在欧洲问题上没有达成协议。

共和国总统樊尚·奥里约面对这个无法无天但又无所作为的议会——它无法解决印度支那战争、通货膨胀、财政危机和戴高乐所反对的欧洲防务集团这一系列问题——感到手足无措。一天夜里，他邀请一个为公众所不熟悉的独立派人士安托万·比内来组阁。这位圣夏蒙市长立刻坐着他的小汽车，戴着他那顶小呢帽，在凌晨三时赶到爱丽舍宫铁栏前，可是进不去。他也没有能在议会里凑成一个多数派。

向戴高乐求援是不是不可避免的呢？不，三十名法兰西人民联盟的议员背离了自己的党，投票赞成比内。1953年5月，政府就要签署北大西洋公约组织，亦即在美国保护下建立欧洲军队的条约。

雅克·苏斯戴尔到戴高乐的乡间宅邸设法说服将军继续斗争。胜利已经在望。被种种弱点所损害的议会制度，寿命已经不长了。各个政党本身四分五裂，不能作出任何决定。

与此相反，乔治·蓬皮杜却劝戴高乐引退。这些分裂的党派在一件事上是始终一致的，那就是阻止戴高乐执政。将军运用自己的威望，这是给国家保留一种强大的储备力量，要继续领导议会里这个派别。他要成为一种救援力量，等待法国有朝一日需要他的时候加以使用。

1953 年 5 月 6 日，戴高乐交给乔治·蓬皮杜一个摆脱政治活动的声明，要他转发给新闻界。

"因此，从大战起我所进行的努力……至今未能达到目标。要重新团结起来……唉！只有在出现严重危机的形势下，最高的法则才能再次拯救祖国和政权。现在还只是空想的时期。现在必须为拯救祖国做好准备。"

将军办公厅主任的作用减少了。乔治·蓬皮杜打算把最高行政法院的工作作为自己真正的事业。

在诉讼司工作一个时期以后，最高行政法院的成员不难转到行政司去，在那里往往没有什么工作，可以参加政治活动，在别的领取薪金的官方委员会里起积极作用，甚至被调到一些建设性的岗位上去。乔治·蓬皮杜很想转入公共工程司，为了使国家现代化，在那里是大有作为的。

有人回答他说："由于你同戴高乐将军的关系，很难把你任命到制定法律和政府法令的部门。"

"这种说法真荒谬。最高行政法院里的人有各式各样的政治色彩。如果每换一次政府就得改组最高行政法院那还了得……"

"况且，布方多院长非常重视你。诉讼司也离不开你。"

"如果诉讼司离不开我，我可以离开它！"

乔治·蓬皮杜想找一个可以起作用的岗位，以便施展他的创造力和想象力。在国家机关和国有化企业里是不乏这类职务的。但是，他对将军的忠诚，使他无法进入政府工作。顽固的戴高乐派有不容易被人宽恕的缺点。他必须颇不容易地取得宽恕才行。

其实对他来说，这并不是个问题。

法兰西人民联盟解散了。戴高乐已经放弃了他那个议会党团，这个党团变成了社会共和党的党团。

然而戴高乐并不是完全引退。乔治·蓬皮杜在安托万·比内被苏斯戴尔搞垮以后，又把比内介绍给戴高乐。

戴高乐在科隆贝继续写他的回忆录[①]。可是并没有脱离政治舞台。

每星期三，他由德·博纳瓦尔上校陪同，坐着他那辆十五匹马力的旧汽车，行驶距离首都二百二十五公里的路程，到巴黎拉佩鲁斯旅社主持他召开的会议。

乔治·蓬皮杜等待着将军的到来。他始终负责他的政治联系工作。他在将军身边和法兰西人民联盟一些忠实的领导人一起开会。这种始终不渝的忠诚绝不是从私利出发的，因为办公厅主任不再认为多党制度还会向将军求援，这种忠诚使戴高乐念念不忘。

和人们所说的相反，乔治·蓬皮杜并没有参加回忆录的编写工作。这是戴高乐用他那出色而沉郁的笔调，在他的乡间宅邸里写出来的。

但是，第一卷《召唤》写完之后，他把稿子交给安德烈·马尔罗一份，给乔治·蓬皮杜一份。

---

① 指戴高乐的《战争回忆录》。

这位过去做过教师的人为文笔的风格所感动，为文章的力量所折服。对他来说，又多了一个敬佩的原因。

退隐的将军请他的两位读者一起来到科隆贝，问他们"是不是值得出版？"

蓬皮杜被委托去物色出版商。

1954年4月，他在家里约见了他选定的作为竞争对手的三个出版商：普隆、加利马尔和罗贝尔·拉丰，给他们看了一下他刚收到的第一卷最后定稿。

普隆出版社出版过福煦、霞飞、彭加勒、克列孟梭、劳合·乔治等人的回忆录。出版社经理莫里斯·布代尔答应给予出版社在法国从未向任何作家提供过的优越条件。蓬皮杜给了他经戴高乐同意的优先权，还同《巴黎竞赛画报》接洽刊登摘要的事项。

在此期间，他的命运改变了方向。

因为在国家机关得不到自己感兴趣的活动机会，查案官产生了"进入私人企业"的念头。他决定放弃公职并不是无遗憾的。

他曾在教育界任职七年。

在最高行政法院也工作七年。

他除了国家以外，从来没有想到要为别人工作。

他在戴高乐派内部所遇到的人当中，只认识两三个工商界的人。在由罗歇·弗雷组织的商人小团体里——1951年选举后成立，旨在协助法兰西人民联盟开辟财源、收集资金——他认识了路特希尔德银行"代理人"勒内·菲荣……"代理人"

在银行界已经不是象过去那样担任重要的职位。然而，拉菲特街的银行对这个古老的称号，仍然保持着它过去的含义。

勒内·菲荣同蓬皮杜一样，也是大学出身的人。年轻的居伊·德·路特希尔德曾经是他的学生，后来请他来银行工作，成了居伊的得力助手。作为戴高乐派，菲荣对政治发生过兴趣，曾在法兰西联盟的议会中任加蓬地区的代表。当上这个代表并不是没有风险的。加蓬地区的选举人并不把纸上的诺言当作儿戏。一个没有履行义务的议员，曾经被选民放在炉子上烤熟，然后全家把他吃掉！这真是一个监督官员的好办法，可以给民主政治增加活力，而这种活力正是民主政治所缺少的。

勒内·菲荣是一个严肃的银行家，很守信用，因为他在加蓬是主持宴会的，而不是充作加蓬人吃的肉食。不过他很希望当参议员。乔治·蓬皮杜后来在他的竞选运动中支持过他。

菲荣向他的朋友建议，介绍他进路德希尔特银行。

"可是我从来没有股票，也从来不看证券市场的牌价。我分不清期票和汇票。我对金融是一窍不通。"

"看得出来你是不懂金融的。不过，这个问题并不复杂。技术人员会拿卷宗给你看，使你掌握你所需要知道的内部情况。只要有从想象的情况中去辨别可能的情况和从真实的情况中去辨别似是而非的情况的判断力就行。而且，我想为你安排一些同你的行政才能完全相称的职务：一个秘书长的职务，佩纳罗亚①分行的秘书长。"

---

① 佩纳罗亚是西班牙铅矿所在地，路特希尔德银行在那里拥有巨大的财产。

乔治·蓬皮杜接受了。

勒内·菲荣把他介绍给居伊·德·路特希尔德。查案官想，自己是进入法国最大的商业银行了。一个穿号衣的传达员领着他穿过一个一个装有护墙板的过道，走过一系列挂着画像的走廊，路特希尔德的全部家族都在那里了。

走廊的尽头，一间浅灰色的办公室里，有一位温文尔雅、彬彬有礼的年轻人：居伊男爵。

男爵解释说："我们这里是一家大银行吗？不，只不过是一家大银行的影子罢了。我父亲在第一次大战后实际上已经把银行结束了。这里只剩下一个家族遗产的管理处。一个《睡美人》①的古堡！我想恢复它的活力，我们在缓慢地前进。"

这家著名的银行在上世纪曾经是一个传奇式的企业，1880年后经营失利。由于1914年大战，它同伦敦的分行分开了，因为分行给它带来了英国企业的色彩。

当时，路特希尔德家族还控制着全部铁路企业以及无数的附属单位。居伊男爵的父亲曾任北方铁路和一些大铁路系统管理委员会的董事长。铁路营业的逐年亏损，1937年的国有化，法国国营铁路公司的创立，使他们的股份变成了债务，只留下车站餐厅、山区旅社的业务经营。银行从此进入沉睡状态，成了一个负责国外许多投资的管理处，主要的业务是国外的矿业：佩纳罗亚和里约-坦托②。

---

① 《睡美人》：法国童话作家和诗人贝洛（1628—1703）的一篇童话。
② 里约-坦托：西班牙铜矿所在地。

从解放起，居伊男爵在他的堂兄弟阿兰和埃利的协助下，生气勃勃地开始致力于企业活动，在全世界赢得了新式企业的响亮名声。

他对开采毛里塔尼亚的铁矿有兴趣，这个铁矿，从 1947 年起，由美国的"福比希尔"公司进行设计，此后就一直搁了下来。他亲自到世界银行去谈判，从而打开了这一庞大企业的大门。这项企业需要在撒哈拉修建六百公里的铁路，建造一座城市，以及以铁矿闻名的古罗堡①，还有艾蒂安港；所有这些，都需要大量的资金。他同美国资本合作，创办了"米费马"公司。他还念念不忘非洲其他的一些矿藏，这些矿藏，人们刚刚开始发现它们的重要性。

在同乔治·蓬皮杜的最初几次会晤中，他对这位师大学生的想象力、机智和适应能力感到吃惊。唯一的缺陷使他感到不便的是，蓬皮杜不会说英语。

乔治·蓬皮杜对于在拉菲特街所碰到的机遇是抱怀疑态度的。

他认为，实业家们寻求读过理科的师大学生的协作是很自然的。科学研究的发展促使他们这样做。具有大学理科教师资格的人，有着比工艺学校学生更为聪明灵敏的声名，不管是真是假。可是一个文科教师……

在他家里，他的夫人、姨妹——他们小小的家庭议会——却为取得路特希尔德银行的一个秘书长头衔而动心，而自豪。

---

① 古罗堡：今名伊季勒。

　　但是事情拖延下来了，许给蓬皮杜的佩纳罗亚秘书长的职位没有空缺。

　　蓬皮杜辞去了查案官，于1954年2月1日进入路特希尔德财团工作，但在候缺的情况下只挂一个北方铁路公司经理的名义，算不了什么。

　　在"老板"办公室隔壁的办公室里，他开始了不十分明确的工作。有一些案卷交给他。一桩银行拖延几年未处理的有关船舶和货运的争讼案件。这个案件牵涉到巨额的款项。蓬皮杜理出案件的症结，找到切实可行的解决办法，通过谈判，取得了合理的解决。

　　他对银行业务的建设性活动发生了兴趣。他发现银行主要干的是管理借款的行当，专门制造连锁反应。银行家不太冒险，可是要承担责任，支持别人从事的业务。

　　他的朋友克里斯蒂昂·夏瓦农来看望他，奇怪这么一个来自最高行政法院、极有组织才能、担负过重大责任的人，却不能在拉菲特街发挥更重要的作用。

　　蓬皮杜回答他说："我在这里担任一些工作，不过，这无疑是一种机遇。解放以后，出于偶然的原因使我待在将军身边，处于国务活动的中心，而不是在某一个岗位上担负责任。在这里，我没有被委派担任一种也许我没有能力来担任的领导职务，而把我安排在财团事业中的一个不明显的位置上，我倒可以观察一切，学习一切。"

　　他参加各种行政会议。其实，这些活动并没有真正的重要性。人们交给他的股票，不过是在参加讨论时为银行条例所要求的入场证而已，可是他在这些讨论中却表现了银行家向导人的见识。

他那具有远见的报告和敏锐的判断力，给他带来不断增高的威望。他所取得的信任引起了别人的嫉妒。他又一次感到奇怪，自己在从事没有受过训练的活动中竟会如此驾轻就熟。

虽然如此，他还是感到适应工作的困难。

他曾经说："在工作中，我不善于就明确的利润问题进行推理。我很难使自己具有企业家的头脑。我只是尽力不做同一般利益相抵触的事。在私营企业中有两种人，一种人渴望发财，另一种人则为别人而工作。我是大企业中的工作人员之一，经手上百万的巨额钱财，而自己却没有一分钱。"

居伊·德·路特希尔德打算把银行业务转向非洲方面发展，他请乔治·蓬皮杜在米歇尔·帕斯托陪同下，和他一起到那里去作一次旅行。米歇尔·帕斯托是"经理和装备有限公司"的董事长，他在非洲经营航海、码头和运输业务。他们访问了塞内加尔、加蓬、法属刚果、比属刚果、利比里亚和几内亚。

非洲还未曾勘探的宝藏，引起了全世界矿业公司的注意。勘矿人员在非洲——一个贫穷的大陆——地下发现了磷酸盐、铝矾土、铀、煤和铁的矿藏。

这次旅行后不久就出现一个为开发非洲资源提供资金的重要企业：科菲梅尔公司。

在这次"生意人"的旅行中，作为新手的银行家和著名家族的首脑建立了密切的私人关系。这位首脑对师大毕业生的全部品德和学问印象很深，也为这位才华横溢的人所具有的多方面的才能而惊讶，他既关心 1975 年铀的消耗量，同时也对抽象派艺术、医学和室内音乐有兴趣。蓬皮杜在甲板上游戏、玩纸牌、玩中国牌，始终保持着青年人的活泼。他把保持健康的万应灵药介绍给居伊男爵：治疗一切疾病的阿司匹灵。

居伊男爵经常这样说："作为一个银行的领导人，并不需要是技术人员。专家，总是找得到的。技术人员从来不成为问题。管理银行也不一定非专家不可，只是要有坚强的头脑。"

1954 年 7 月，居伊·德·路特希尔德因为一个分行"海外银行"给他带来一些麻烦，突然要乔治·蓬皮杜去领导这家分行。

"海外银行"在拉菲特路的另一边，战后不久才创立，是为应付几乎所有国家的汇兑管制制度所产生的困难，向进出口业提供资金的。正如银行家说的那样，这是一个国际"阀门"，可以向各方面输送货物和资金……"海外银行"在速度上已经输了一筹，因为交换和信贷的正常周转已经恢复。它在各国之间对各种货币进行十分复杂的交易活动，主要是用出口货值来支付进口货值。

这种交易所具有的技术性，对一个外行人来说，是相当讨厌的。

但是，居伊·德·路特希尔德信任这个奥弗涅人善于钻研的才能——这个人对什么都有兴趣——特别欣赏他小心翼翼的实践精神，即他称之为"农民式的不可思议的现实主义"的那种东西。

　　居伊男爵说道："我从来没有遇见过象这个知识分子这样脚踏实地！"

　　实际上，乔治·蓬皮杜可能没有完全体会到正在开动的机器的微妙的地方。可是他学到了实践的方法，如果不是属于机器方面，至少是属于机械师方面的实践。此外，他还改组了这个企业。

　　小说家米歇尔·德·圣比埃尔在文学上成名之前，曾在"海外银行"负责与官方的联系工作，同监管每一项交易的行政机关打交道。

　　他说："新经理上任时，我们四、五个专家商量好用一种不曾受过专业训练的人所无法掌握的、严格的术语向他提出目前业务情况的报告。让他经受一次考验。

　　"乔治·蓬皮杜却笑了起来：

　　"'我完全无计可施了。'

　　"他非常诙谐地同我们谈业务，谈'海外银行'在路特希尔德财团中和分行中的困难。他是很聪明的。他说得我们也笑起来了。从这时起，每一个人都习惯于用富于幽默的态度提供业务情况。三年中，我们从不间断地同他谈谈笑笑。

　　"他要求严格，但从不使人讨厌。我在这家银行里只工作半天，这使他很不高兴。他把我当作有点寄生性质的局外人，直到他了解我的工作方法以后，才同意我这样做。

　　"说真的，他从来未下过苦功深入到技术问题中去，况且关于套购货币和期货交易这类业务原是非常复杂的。他对这些没有兴趣。

　　"显然他感觉到在我们这里是暂时的。对他来说，'海外银行'不过是一块跳板。他还有另外的一面，即有时有些高级知识分子那种令人难受的地方，他确信自己无需精通一门技术，照样可以成功，只要手下有必要的技术人员就行。由于某种异乎寻常的成就所鼓舞，以及他那高人一等的思想意识，他往往不屑于掩饰他对自己的才能所有的感觉。

　　"但是，对于他那总经理的工作，他是认真、严肃、热情、迅速地完成的。工作繁忙的日子，他都看作是失败的日子。

　　"他意识到这是个集体工作，所以态度很严肃。当两位同事没有事先请示他而冒冒失失地搞了一项对银行来说显然是灾难性的交易时，我看到他非常不满，特别是非常反感——一个感觉敏锐的人的反感。他承担了他作为经理的责任，保护了这两个鲁莽的人，但是他为这两个助手犯了缺乏组织观念的错误，犯了缺乏忠诚的错误，而感到真正的痛苦。他是个严守规矩的人。

　　"当他开始担任领导工作时，银行营业在速度上输了一筹，因为经济上的交易逐渐正常化。原来需要一套麻烦复杂的手续来经营进出口业务，重新成为一种正常的贸易，可是仍受到目光短浅的技术主义行政机关条条框框的束缚。在新的经济条件下，得由一个商人来促使'海外银行'有新的发展。蓬皮杜不是一个商人。还有，一家传统的商行，在银行集团里是没有地位的。'海外银行'终于由一位无可非议的经理十分正确地结束掉了，他穿过拉菲特街，走进了路特希尔德银行的智囊团。

　　"我每天和他一起工作达三年之久，我对这位经理所得到的印象是，他不是一个实业家，也不是一个勤奋的人，可是他是那么聪明，毫无疑问，如果有兴趣的话，他一定会掌握他所蔑视的实用技术。

"他从不紧张，总是'从容不迫'，并亲切地对待下属，我从来没有看见他对秘书发脾气，只有对高级职员，他会说严厉的话。一般地说，他是一个老实人，可是突然之间会狠狠地盯你几眼。他自然而然地会令人敬畏，但他希望被人爱戴。很少人能有他那样的机智。

"他常常从商谈业务转而谈论文学、古代的家具、绘画和戏剧。他在刹那之间就成为生活的享受者。这是一个有着各种生活情趣的人，一个有着强烈癖好的人，一个善于玩赏饶有趣味的事物的人，甚至连恶作剧也觉得有趣。可能不是一个绝对善良的人，但他既不爱报复，也不恶意待人。

"我以后始终是他的朋友，虽然我们的政治见解是完全对立的。当我为了请求大赦到他那里去进行一次紧急交涉时，他很好地接待了我。假如他具有我们那样的政治见解，即我认为正确的政治见解，一定会成为一位伟大的内阁总理。

"他是一个伟大的实业家吗？我认为并不是这样。在实业方面他懂得不多。可是他勇往直前。他肯定是一位伟大的大使，一位在一个重要的政治集团中进行政治联系工作的伟大的领导人。"

"海外银行"同路特希尔德银行的联系并不是很密切的，可是总经理每天上午都去参加路特希尔德银行的会议。

蓬皮杜说："参加银行的会议使我逐渐对财团所面临的问

题发表我的意见，无疑的，这也是后来建议我参加这家银行工作的原因。"

那时期，勒内·菲荣为献身于政治事业而离开了银行。乔治·蓬皮杜没有什么确定的名义，却慢慢地在路特希尔德家族那里承担起菲荣的责任来。

"你一直在那家银行工作吗？"克里斯蒂昂·夏瓦农有一天碰到他时这样问他。

"工作不多。好象是经理那样的人！"

他的地位越来越巩固。他参加使银行业务重新活跃的工作，参加由拉菲特街控制的一些公司的改组工作，参加显然是最重要的不含铁的金属矿物出口集团的改组工作。他同居伊·德·路特希尔德的关系越来越密切了。

他支持路特希尔德家族向非洲发展。居伊男爵希望法国能继续参加勘探工作，采矿的机构——贝希奈和法国铝公司特别对几内亚的铝土矿有兴趣，因为铝的消耗量每十年增加一倍——计划了一种提供资金的方式：一家拥有巨大力量的投资公司，依靠国家信贷的支持，在采矿开始时承担5%到10%的资金，享受国家同意给予的利润保证：这也是创设科菲梅尔公司时所使用的办法，然后同巴黎银行合伙分摊资金，至于经理则由一位与雅克·德·富希埃的两个企业无关的当代金融界的先进人物充任。

乔治·蓬皮杜从利润的角度对许多要求开采的矿藏进行审查。

后来他说："我弄错了，非洲的许多投资，除了对'米费马'的投资以外，都是令人沮丧的。"

他拒绝参加经营不动产，这种活动虽能获利，但不可能保持诚实，甚至对组成一些可靠的公司，他都是抱这样的态度。

拉菲特街的同事们对于乔治·蓬皮杜在他们上面所起的作用的重要性，看法很不一致。

对一部分人来说，是蓬皮杜在居伊·德·路特希尔德的庇护下，重新把银行恢复起来的，蓬皮杜是居伊最亲密的合伙者，是他使银行又成为具有巨大活力的企业活动的中心。

对另一些人来说，蓬皮杜不过是一个陪衬人物，他在拉菲特街既没有留下一项事业、一套策略，也没有留下什么动人的回忆。银行的业务，在他以前早就存在，他并未对此有所补充。在他们看来，银行并不是他施展才略的一种行业。他在那里感兴趣的是人事安排，而不是日常的实际事务。

这些人说，这家依仗居伊男爵恢复的银行，具有一个健全的组织和一个优秀的专家集团。他们认为，业务方面的技术使这位师大学生感到烦恼。领导一家象巴黎银行那种真正的银行业务的活动，他是难以忍受的。

但是对路特希尔德家族来说，他们并不关心赚钱，他们办银行，只当做一种时髦的体育运动，把银行看作他们活动的第一个重要基地，他们从来不公布资产损益表——他们的公司是一个家族集体的名字——信用比效率更重要。

找一个象蓬皮杜那样的知识分子合作，是他们对那个生活舒适的有教养的人物的社会的重视，这个社会发挥人们的技术特长是有一套十分漂亮的配方的。

尤其是，这家著名的银行——在上世纪是极其庞大的——在解放后重新恢复业务活动，同巴黎银行相比，不过是小巫见大巫罢了。

他们说："蓬皮杜从来不是路特希尔德家族的人，他提出的一个先决条件是，不同官方部门打交道，特别是他曾经在那里担任过职务并可能给予他某种便利的部门。"

他们还说："对他来说，在银行里这些经验肯定是很宝贵的。

"他在路特希尔德银行并没有发财，尽管在那里生活很舒服，他也没有使路特希尔德发财。他从来没有为自己搞过投机。他严格地满足于一个私营机关工作人员的待遇。但是，他对金融界和工业界——从外面看是了不起的——熟悉后，使他的看法没有过去那样复杂了。他认为那些参加银行会议的人只是一些庸才；除了个别很能干的人以外，实业界主要是干一些卑鄙龌龊的勾当；财富往往掩盖着贫穷；组成一个政府委员会的十二名高级官员、财政督察、国务参事中，有希望看到八个有才智的人，可是在十二名银行董事中，必须花很大的力气才能找出四个有才智的人来。"

这种看法，使那些最接近最高领导的人大为愤慨。

他们说："乔治·蓬皮杜肯定没有能力替一个证券机关的职员到贴现银行去核对信贷价值。他对这方面完全不懂。

"居伊男爵以家族和家族遗产的名义，为重建一个五十年来停止活动的银行作出了贡献。这是一种智慧，一种创造性的想象力。他的工作是有理想的。

"在蓬皮杜身上，他发现一个完全可以代替他的人：这个人办事和说话同样敏捷，有一种建设性的想象力；是一个扎实的实行家。居伊提出新的理想，但得挖掘、寻找和说服金融界的合伙人，路特希尔德家族的财富毕竟是有限的，得挑选技术人员兴办企业。蓬皮杜有极其广泛的社会关系，有敏锐的嗅觉去发现合适的人。他建立公司，推动它们的业务。他管着近十种企业。

"在他离开银行三年以后，我们还在为他和路特希尔德共同创办的巨大事业进行工作，如旅游事业金融公司（这个公司主要向地中海俱乐部、絮佩-梅热夫和其他地方投资）、一个不动产投资公司、一个农产品生产和经销公司。"

银行——他也不是毫不关心——为乔治·蓬皮杜提供了继续在政治学院教书的时间。他利用这种时间同他的夫人一起跑裁缝店，逛画廊、古玩店，参观展览会。

他等待着能搬到圣路易岛去住。

他们在贝顿码头找到了召租的一套四个房间的公寓。窗户正对着塞纳河的圣热纳维埃弗桥和沐在夕阳里的圣母院，塞纳河的另一边就是银塔饭店。

这位银行的高级职员借了钱搬进他租来的公寓，帮助他的夫人装饰公寓内部，同她一起去买家具、镜子、小摆设，挑选料子来缝制象修女穿的长袍那样的套子来罩住她那些圆桌。

他们去剧院，跑小饭店。他们接待作家、艺术家和熟悉绘画艺术的人：莫里斯·德律翁、朱里安·格拉克、亨利·凯费莱克、菲利普·德·克鲁瓦塞、让·多尔梅松（大画商）、雷蒙·科尔迪埃、让-路易·巴罗和马德莱娜·勒诺、罗朗·帕蒂与齐齐·让梅尔、克莱尔·莫特、雅克·夏佐等等……

他们到1958年才认识弗朗索瓦兹·萨冈 [①]。

他们经常同马尔罗一家见面，桑戈尔每次路过巴黎，也和他们见面。

每月一次，他们请一些师大同学聚餐。

他们打网球，参加冬季运动——乔治·蓬皮杜曾在运动中伤过一条腿——被邀请去打猎。为了度假，他们在圣特罗佩租了一座别墅，每年离开港口和人群越来越远，远到天边为止：一个只有坐船才能去的"水上别墅"。弗朗索瓦·卡斯泰来看他的连襟，看到了庞普洛纳海滨，他感到这个地方好象很熟。他回忆起原来是1944年的一个早晨，他随着第一军在这里登陆的地方。

乔治·蓬皮杜四十岁才学游泳。这位做了银行家的师大毕业生，穿着游泳衣在海滩上打球，同穿着实业家整整齐齐的衣服在拉菲特街开会时同样自然，同样自在。当他穿着短裤在平台上，坐在阿纳贝耳和萨夏·迪斯泰尔中间进餐的时候，他把挂在椅子上的一条领带拿过来系在脖子上。这是一个滑稽的形象，后来一家画报把这张照片发表了，曾引起很大的轰动。

这位路特希尔德银行的经理在刮脸的时候，会对着镜子露出微笑。他没有失去青年人的朝气和自由的思想。他依然和原

---

① 当时风行的资产阶级女作家。

来一样。

克洛德的舅父乌赛伊先生——原大西洋轮船公司的经理——为了让他们度周末，曾把塞纳-瓦兹省乌当附近奥维利埃的一所古老的乡村别墅"白宫"送给外甥女。乔治·蓬皮杜做志愿装修工人，星期六指挥泥水匠和裱糊匠工作，在装着护壁板的房间里裱糊花纸，还安置了一张弹子台。

他热爱花卉，自以为懂得修剪蔷薇和覆盆子，亲自挑选种子和接枝。可是他细心照料的植物总显得萎靡不振，和卖花的人预言的姿态恰恰相反。蔓生的蔷薇不肯向上爬。低矮小巧的花草长得象大树。高大的郁金香总是贴着地面。任何反常的变化都不能动摇蓬皮杜根深蒂固的乐观精神。

克洛德的一个女朋友答应送给她一头纯种的小狗。但后来发现这头小狗是一只奇怪的混合种。

蓬皮杜说："没关系，说不定长大了就会……"

七、5 月 13 日的办公厅主任与
当天的事件无关

　　乔治·蓬皮杜到科隆贝去见被遗忘的戴高乐将军，向他汇报自己所进行的政治接触。他会见将军，也是一种特殊的待遇，他可以欣赏将军装设的"肖像画廊"：有《奥德赛》中的传奇英雄，但形象有如他想象中的荷马史诗中的英雄（赫克托或优里赛斯，如果没有战马、盔甲，可能就是不好看的人）；有的表现为人类历史、为世界未来开拓无限远景的思想家；有的表现为文学家（有博絮埃 [①] 的气息，又有尚福尔 [②] 的辞藻），这个文学家的格言、他对遇到的名人写下的印象、用幽默的笔调——有时非常尖刻——写的讽刺文章和小故事，如果一个新闻记者躲在桌毯下面把它记录下来，一定会发大财；有的表现为从不停止施展政治策略的人；有的表现为杰出的无与伦比的

---

　　① 博絮埃（1627—1704）：法国作家。
　　② 尚福尔（1741—1794）：法国作家。

巨人，具有伟大的胸怀，受到种种怨恨，但宽宏大量，绝不计较，重视事物和风格，但样样有条不紊。

对于象蓬皮杜这样一个深藏不露的作家，波特莱尔式的精神和艺术的爱好者，科隆贝的访问，是一个取之不尽的写作源泉。

故意隐居的戴高乐说的话往往是忧郁的。他一面背诵维尼的诗句，一面遥遥地指着他希望作为墓地的地方，在那里，将矗立起一个四面八方都可以望见的洛林大十字，他愿意拿它作为纪念自己的唯一建筑物。

可是，作为作家的戴高乐却充满着活力。作为政治家的戴高乐穿着退休者的乡下服装，始终保持着警惕。

将军已经预见1953年国家到了再不能抱幻想的时期，那时需要他出来拯救，现在他毫不抱幻想，坚定不移地、秘密地作着准备。

他工作着，大量地阅读，为了未来而武装自己。

已成为大实业家和政治学院教师的蓬皮杜，在当时国际潮流的漩涡中，在总是起伏不定、不可捉摸的经济活动中，是将军的一个向导。

米歇尔·德勃雷同将军不断通信交换意见，这些信件既涉及到日常的政治，也涉及到正在发生的变化，还涉及到我们的旧体制所需要的改革。德勃雷是一个主张政府集中管理经济的改革家。

在法兰西人民联盟时期，乔治·蓬皮杜曾攻击过米歇尔·德勃雷的计划主义。他把戴高乐有关国家秩序化的观点作为自己的观点，国家应该推进全民族的活动，还应该对这些活动加以制约。

作为一家拥有国际利益的商业银行领导人的蓬皮杜，他颇能以权威性的措施，真正卓有成效地来判断政府集中管理经济的办法，但是根据他在商业上的经验，他还是采取了极其谨慎的态度。后来他与皮埃尔·马塞一起，希望社会经济发展计划不仅是官员们的计划，而且要和企业主、工会和各有关部门共同磋商，成为"协作的经济"。

蓬皮杜向将军介绍了许多书本上学不到的、报纸上看不到的现实问题。

他的新经验和同样吸引着政治学院青年学生的表达才能，博得了戴高乐更多的接见和赋予更多的权力。后来戴高乐也就以信任的态度利用蓬皮杜的知识。

在推行比内计划的时候，在几年后的布鲁塞尔协议戏剧性的讨论中，人们都会看到蓬皮杜。他在共和国总统的庇护下，一面支持农业部长埃德加·皮萨尼，一面在国际利益各种复杂的情况中，担负着领航人这个决定性的角色。

"啊！你又到拉布瓦塞里①去朝圣了？"人们问蓬皮杜。

"朝圣？"他大为惊讶。他是去拜访"当代最伟大的人物"。决不是什么朝圣。

蓬皮杜仍然是一个忠诚的名誉办公厅主任。五年期间对那些期待着将军突然重新上台的"不可制服者"每月一次的聚

---

① 拉布瓦塞里是戴高乐在科隆贝双教堂的宅邸的名称。

餐，他从不缺席。这些人是：成了徒有虚名的法兰西人民联盟总书记雅克·福卡尔，他在依附于隐居中的戴高乐的影子内阁里是个乐队指挥，他的朋友们忖度，将军不久肯定就会重新上台，他是不是为了坚定别人的信心而在演喜剧；德·博纳瓦尔上校，他是将军的副官，每逢星期三在拉佩鲁斯旅社门口迎接来呼吸一下巴黎空气的退隐者；奥利维埃·吉夏尔，他演的是福卡尔那样的角色，在法兰西人民联盟末期曾代替过蓬皮杜的角色；格扎维埃·德·博兰古，这是一名旧军官，由于只有他有"私人秘书"这个头衔而感到自豪；此外还有"政治家"，如：安德烈·马尔罗、埃德蒙·米歇雷、雅克·苏斯戴尔、沙邦-戴尔马和戴雷诺瓦，米歇尔·德勃雷也不时前来参加，他老是大发脾气。

有两次，这些"不可制服者"曾想，历史的大门即将重新打开。

1956年底，在远征苏伊士所激起的风暴中，总理居伊·摩勒和国防部长布尔热-莫努里曾向将军征求过意见。这就证明：自由法兰西的首脑正是国家的"救星"。那时奠边府战役正发出新的警报，但是"电路没有接通"——事情没有成功。

1958年初，第四共和国对于阿尔及利亚悲剧一筹莫展。早在1956年，选民就把一个多数派选进了国民议会，以便实现停火。那时的政府首脑居伊·摩勒来到阿尔及尔，把任务交给卡特鲁将军，但是却遭到了西红柿的袭击。各政党分歧很大，任何解决阿尔及利亚问题的办法都得不到多数的支持。阿尔及尔政权操在示威者手中，阴谋活动层出不穷。在部队里，人们谈论的唯一话题便是"骚动"。

通向科隆贝的道路突然热闹起来了。阿尔及利亚事务部部长罗贝尔·拉科斯特，一些重要的"黑脚"①、将军们、议员们都纷纷转向 6 月 18 日的人物②。

1958 年 3 月，将军接待了乔治·蓬皮杜的来访。将军送他到门口时，又和他谈了几句话：

"我信任你。也许我会需要你……哦！我并没有看错。现行体制的那些人挡住我的路，直至最终出轨为止。某些迹象使我估计到，我重新上台势将不可避免。局势正在恶化……"

蓬皮杜似乎有些茫然……召唤这位天命的人物出来执政，对他来说似乎是难以置信的。他对重新披甲上阵从事政治的前景并不乐意。当然，他永远不会拒绝为将军效劳，但是他已经开始了一种新的生涯。而且事情很顺利，连他自己也感到惊奇。无论从哪一方面说，政治生活对于他都是不愉快的，甚至是厌烦的：阴谋、残酷、扰乱家庭生活、日夜的操劳……

作为路特希尔德银行的领导人，消息应该是很灵通的，但蓬皮杜比起共和国总统、内阁总理、议会领袖们以及戴高乐来，知道的事情就少得多了。

确实，这年春天，阿尔及尔在沸腾。但是，任何人也没有想到 5 月 13 日以后将出现的情况：非洲军军官准备暴动，巴

---

① 法国本土的人称阿尔及利亚法国血统的人为黑脚。
② 指戴高乐，他曾在 1940 年 6 月 18 日首次在伦敦电台号召法国人民继续对德军作战。

黎的军事学校发生骚乱，校级军官俱乐部成立，在皮埃尔·拉加亚尔德鼓动下，阿尔及尔分裂分子蠢蠢欲动；戴高乐分子之间竟相从事秘密活动；国防部长沙邦-戴尔马派遣德尔贝克往阿尔及尔平息军人的愤怒和开导搞阴谋活动的分裂分子，使他们听从科隆贝发出的呼吁；苏斯戴尔极力奔走组成一个强大的组织、支持"法国人的阿尔及利亚"的主张；米歇尔·德勃雷秘密动员情报系统、未来的救国委员会和各行政协作机关等等。

"动起来了。他就要回来了！"前部长米歇雷告诉蓬皮杜。

"我敢同你打赌，随便你赌什么，他是永远不会回来的。"蓬皮杜回答说；他知道戴高乐对重新上台将提出的要求：全民一致、合法性、全权和实行新宪法。

"不久就会实现！"雅克·福卡尔对他说。

"不可能！"蓬皮杜回答。

但是，在内阁危机开始以后二十天，即 5 月 5 日，共和国总统勒内·戈蒂在国民议会中已无力拼凑一个多数派，更无力物色一位政府首脑。于是他就派人问戴高乐出来执政的条件。

在索耳费里诺街，前法兰西人民联盟一小撮人聚集在雅克·福卡尔、奥利维埃·吉夏尔和博内瓦尔上校周围。各式各样的人物，就象听到一声鼓响那样，又重新汇合在一起了，其中有向来习惯于搞地下斗争的人，也有在阿尔及尔搞阴谋活动的人，如：勒弗朗，他是一个热衷于承担秘密使命隐在幕后的老战士；又如拉格诺，1942 年，他曾与埃马纽埃尔·达斯蒂埃一起准备在阿尔及利亚登陆；一天晚上，他与博尼埃·德·拉·夏佩尔以及另外两个自由法兰西的人,在谷仓里,用麦秆抽签的办法来决定谁将在第二天执行处死达尔朗的任务。

在门口,有几个健壮的警卫站岗。

晚上,进进出出的来访者都不回家睡觉。警察已接到警报。传来的消息说有十至十二起的阴谋活动,有的是确凿的,有的是猜想的。所有终身梦想革命的极端分子,此时也跟着来了。

索耳费里诺街的人物,把军政界从事分裂活动的人集中起来,以便把所有敌对的、水火不相容的冒险活动引导到同一个方向去:召唤戴高乐出来执政。奥利维埃·吉夏尔同各内阁阁员、社会党人、独立党人和人民共和党人进行联系,这种联系将是具有决定意义的。在残废军人院的参谋部办公室的一名同盟者德·博福尔将军,在爱丽舍宫和内阁中散布恐怖空气,说阿尔及尔以及西南部的伞兵即将袭击巴黎。他是消息灵通的人。他向上司埃利将军说,他坚持认为阿尔及尔的军队准备哗变,要好好地去控制。

另一方面,他们也向戴高乐作了报告。每天投递员都给将军带来许多情报,这些情报试图对阿尔及尔动乱分子、萨朗办公室、爱丽舍宫、总理府和各省的情况进行分析。但他们对将军却尽可能地隐瞒一些事情,譬如多少与戴高乐派有关的秘密敌对活动;因为这些事情是将军最不愿意知道,也绝不会同意他们去做的。

5月15日,在莱昂·德尔贝克的鼓动下,萨朗在阿尔及尔议事厅阳台上高呼"戴高乐万岁!"于是整个法兰西都把目光转向科隆贝。

蓬皮杜来到索耳费里诺街,面带笑容,目光炯炯,神采奕奕。他这种嘲笑的神态和开的玩笑,把那些阴谋家弄得莫名其妙。

"我们对他那从容不迫的态度感到惊讶,"那些日日夜夜神魂颠倒的表演者这样追述道,"人们处在内战的前夕。阿尔及尔的伞兵每晚都有起飞的可能。戴高乐所要求的条件:合法性、全权、阿尔及利亚人的服从、不承担什么责任等等,都无法实现。蓬皮杜已经泄气了。"

蓬皮杜的态度可以作这样的解释,即戴高乐派突击分子没有事先把他们的秘密活动告诉他,也没有把德勃雷、苏斯戴尔、沙邦和德尔贝克的行动通知他。尤其是他不相信会有这种事。他想这不过是一次小小密谋和策动的小小危机。这些密谋者各自进行活动,不想让将军的亲密顾问知道他们的秘密工作。

"未免太过分了!"两个星期以后,当蓬皮杜得知有许多自己过去并不知道的秘密时这样说道。

蓬皮杜的特性,在很多方面也同样可以在他的态度中看得出来。他是一个勇敢的、甚至不怕风险的光明磊落的人,但不是一个暗中耍手段的人。

引起整个世界焦虑不安的沉寂的三天过去以后,5月19日,将军来到巴黎举行记者招待会。他准备听从国家的安排。乔治·蓬皮杜从这一刻起,确信戴高乐定能取胜。

将军自己也确实坚信这一点，他预料在国民议会中不会遭到左派的反对。

"战斗已经开始了，"将军对索耳费里诺街的人说。"我禁止你们搞任何个人活动。"

"不要干蠢事！"他盯着每个人的眼睛说。

蓬皮杜比过去放心得多了。

对于其他了解内部情况的人来说，要放下心来倒并不太容易。

议会里的反对派没有放下武器，雅克·福卡尔和奥利维埃·吉夏尔都遭到阿尔及尔方面人物——军人和分裂分子——的攻击，这些人要求立即采取行动，扫除议会的障碍。形势一触即发。

将军的一个表兄弟亨利·马约在科西嘉准备暴动，此时象一个被打开的保险阀门，忽然出现在索耳费里诺街，他的到来使戴高乐赢得了几天的时间。从阿尔及尔出发飞往阿雅克修的空军突击队，在整个科西嘉岛上引起了一阵狂热的情绪和轰动，这个突击队将作为向巴黎起飞的伞兵的后备力量。

对于这样一件事，人们怕引起将军的恼怒，没有告诉蓬皮杜。

事变过去以后，在一次宴会上，帕斯特·瓦莱里·拉多教授问蓬皮杜道：

"我亲爱的朋友，请您告诉我们事情的真相，将军怎么知道一切都为他重新上台作好准备的？"

"听来的！"办公厅主任回答说。

　　说到他自己，他也几乎只能说同样的话。

　　没有参加 5 月 13 日事件，后来对于蓬皮杜倒是一件好事，他不会被牵连进去。"卷入"这一事件的军人和阿尔及利亚的分裂分子，后来把凡是与主张"法国人的阿尔及利亚"的人和军事暴动领袖有联系的人都看成叛徒。他们对蓬皮杜倒无所谓，因为他与此事毫无关系。

　　5 月 27 日，蓬皮杜夫人在贝顿码头的家里接到一个电话，邀请她丈夫第二天去拉布瓦塞里参加午餐，蓬皮杜夫人完全了解这次邀请的意义：乔治要做未来的政府首脑和未来共和国总统的办公厅主任了。戴高乐刚刚作出决定。同日清晨，他发出一个象晴天霹雳似的公告："我已开始按照必要的手续建立一个共和国政府。所有的行动，不管来自何方，凡足以影响社会秩序的，都可能导致严重的后果。考虑到各种可能发生的意外情况，我尚未最后批准……"

　　实际上，他在夜里才在圣克鲁与总理弗林姆兰先生会面，弗林姆兰先生不同意辞职，并恳求将军谴责阿尔及尔的哗变，以便取得议会的批准。

　　"如果我谴责这次哗变，我就无法在拯救共和国方面采取任何行动。"将军这样回答他。

　　他们冷淡地分了手，双方只商定一点：各党派领袖要立即进行一次会晤。

　　清晨 5 时，戴高乐才回到寓所。

　　但是在上午 10 时，他为一个紧急通知所惊醒：伞兵已决定于第二天夜里空降。

10 时 45 分，他发出"我已开始按照手续办事"的文告，谴责军队哗变，这就使政府和议会感到满意，为他上台开辟了道路，这真是巧妙的一招。同时，他又阻止了伞兵空降。全国人民松了一口气。夜间，内阁终于辞职。

但是，贝顿码头的人们却以闷闷不乐的心情接受科隆贝发出的邀请。蓬皮杜夫人和她的妹妹不知所措。乔治重返政治生涯是幸福生活、全家周末的团聚、拜访亲戚朋友和假期生活的结束。这无异是对诱人的、愉快的、安逸生涯的放弃。

"你不能拒绝将军的邀请，但你要对我起誓，这仅仅是暂时的。"蓬皮杜夫人大声说。

5 月 28 日，将军邀请的人独自驾驶他的凡尔赛牌汽车向科隆贝飞驰而去。电台报道说总理已于清晨 4 时脸色十分苍白地离开爱丽舍宫去递交政府的辞呈。这时，事情看来很简单，但事实上并非如此。疯狂的反对运动在国民议会中，特别在社会党人和孟戴斯-弗朗斯派那里爆发了。任何人都无法了解到底是怎么一回事。居伊·摩勒保持沉默，皮埃尔·弗林姆兰拒不表态，激怒了抵抗运动分子，他们认为 1940 年的维希事变重演了。巴黎的分裂分子，阿尔及尔的叛乱者和准备暴动的军官，不愿意别人夺走他们手里的武器。

当大权在握的办公厅主任即将到达奥布河畔的巴尔时，两辆黑色波若牌汽车风驰电掣般驶向戴高乐的乡间宅邸，车里坐满了人，手持展开的报纸，正在浏览。这一小小行列仿佛是《人间斗争》电影中的一幕。戴高乐这一天早晨接见萨朗的代表迪拉克将军以及随同前来的一批军官，他们是在黎明时分从阿尔及尔乘飞机来的。

地中海另一边的"革命"者，对于议会的这种犹豫不决，不愿意再等待下去了。萨朗将军在苏斯戴尔的敦促下，不能再拖延伞兵起飞，也不能推迟那急于发动的"复兴事业"的行动，何况，这种行动在本土也在酝酿。因此，必须马上请戴高乐出任公职。

"你们怎样安排呢？"将军带着关切的好奇的神态发问。

迪拉克将军说明了部队的总人数，有两个阿尔及尔来的伞兵团，有即将开到朗布依埃和圣日尔曼-昂-莱的装甲兵，有即将从西南部开上来的化了装的联队，有内政部长动员的共和保安队，他们即将穿上军装参加暴动。一切都已准备就绪。一架直升飞机将到科隆贝来接将军。

"你不觉得力量有点薄弱吗？"

迪拉克将军感到愕然。他是带着内战的风暴下飞机的，可是戴高乐却提出一个微不足道的小问题，使这场恐怖事件烟消云散。

"我没有命令要下达给部队，"将军最后说。"但是我可以告诉他们我的决定：我决不坐暴动者的飞机回巴黎。我要表达的愿望是：让我在和平中出任公职。再见，我的将军！"

共和保安队正在把戴高乐的乡间宅邸封锁起来，在这种仿佛向被包围地区发出最后通牒的紧张气氛中，蓬皮杜驾驶着他的凡尔赛牌小轿车快速地来到了。

他发觉将军非常镇静。昨夜的公告已为将军取得政权打开大门。他会很快把暴动的力量打下去的。吃饭时戴高乐告诉蓬皮杜，他设想在几小时内组织政府。他认为政府应该包括所有的党派，从社会党人到右翼，也包括此刻正在议会讲台上大谈"宁死不屈"的孟戴斯-弗朗斯。

蓬皮杜对当时在职的人物和各政党的立场非常熟悉，他向将军陈述了自己的见解，并稍微表示惊讶的神情，因为对于取得政权还没有做任何准备。议会里人们在想，这位全身武装的"独裁者候选人"即将组织政府了，但他只找到了一个人：蓬皮杜，而蓬皮杜却准备接受所有的人。

"我应该对你说，我的将军，"这位被邀请者对戴高乐说，"我只能在有限的时间内领导你的办公厅。当你就任共和国总统的那一天——无疑是在六个月以后——我就要重新过我的自由生活了。"

要是另一个人，将军或许不大会接受这种时间限制。

但是，在这两个人之间，有一种特殊的关系。乔治·蓬皮杜献身于戴高乐，超出他对"当代最伟大人物"的敬仰和政治上的热情。乔治的朋友克里斯蒂昂·夏瓦农说，这就是象父子般的感情。

在圣多米尼克街，特别是后来在索耳费里诺街，当蓬皮杜作为将军个人最亲密的助手为他效劳时，发现将军穿着黎塞留①那样宽大的甲胄，样子倒很善良；假使是另一个人，他就会说是"一个非常善良的家伙"。

---

① 黎塞留（1585—1642）：曾任法国国王路易十三时期的宰相，主张实行君主专制，致力改革内政。

实际上，蓬皮杜是一个腼腆的人，过去是外省的公费生，是一个由于教育和交游而变为彬彬有礼的奥弗涅人，他通过自我克制、掩饰自己的拘谨来进行社交，并且对自己卓越的才智及其成就怀有自信。他虽然在他感到非常有趣的、既富有社交意味、又充满文学气息的宴会上，占有优越的地位，但依然是一个抑制自己的腼腆的人。

蓬皮杜发现了一个秘密：戴高乐对他有一种亲切的情感，这就使他坚信，他能把将军作为父亲一样来对待，也能象孩子一样同将军谈话。他可能是唯一能发现戴高乐身上盔甲的破绽以后采取这种举动的人，无论如何也是极少数中的一个。

戴高乐对于这种感情也并不是没有感觉。蓬皮杜有些地方令将军满意，这就是象穿着木头鞋的农民的机灵，有如让·诺安曾经说过的那样，这正是"我们的财富"。

将军对他也有一种父亲般的慈爱，出于这种感情，他听取并乐于接受蓬皮杜的不少意见。对于没有相互信任的其他人来说，将军是不乐意听取他们用不同的语气提意见的。

这天下午，乔治·蓬皮杜驱车回家。当他到达贝顿码头时，他的夫人带着一项新闻来欢迎他：

"我刚从无线电里听到戈蒂总统邀请将军今晚来巴黎与议长们会谈。你不知道这个消息吗？连这个也不知道，还到科隆贝去做什么！"

蓬皮杜告辞以后，将军便在乡间宅邸里，接到了爱丽舍宫的电话。

蓬皮杜把奥利维埃·吉夏尔找来了。吉夏尔告诉蓬皮杜，国家元首同前任总统樊尚·奥里约以及国民议会议长社会党人勒·特劳盖和参议院议长蒙内维尔商议，让他们当夜 10 时在秘密地点——圣克鲁公园博物馆——同这位"东山再起的人物"会面，在这同一个秘密地点，这位人物前一天晚上曾与总理举行过会谈。这就使勒·特劳盖后来说：

"当然，这是雾月政变！"

当蓬皮杜在历史的阳台上与戴高乐再次会面时，总统戈蒂正在爱丽舍宫白费口舌地想说服勒·特劳盖去会见将军。

"他同意来看我们吗？不同意？那么好！我晚间已有约会！我还有别的事！"

已经 11 点了。戴高乐焦急起来。他对德·巴克说，他不能再等待了。勒内·戈蒂的办公厅主任焦急不安地向爱丽舍宫打了一个电话。

蓬皮杜劝将军耐心等待。对于第四共和国的政治人物，将军了解得不多。蓬皮杜为将军描述了各种人物和各种立场的情况。电话铃终于响了。勒·特劳盖最后答应与蒙内维尔一起，以共和国总统的名义负责同"独裁的候选人"办交涉。

蓬皮杜没有参加这次 70 分钟的会晤，这是将军与勒·特劳盖这位固执的布列塔尼人面对面的斗争。将军认为"我所能做的一切"就是立即举行公民投票和让议会休会两年；而布列塔尼人则要求戴高乐首先谴责阿尔及尔的叛乱者，然后按照传统的方式要求国民议会授职，最后请求赋予全权。

这位科隆贝人气愤地离开了"令人无法理解的宗派主义者勒·特劳盖"，返回他居住的村子里。他回家后砰地一声关上了大门。

但是第二天晚上 9 点钟，戴高乐又进了爱丽舍宫。

戈蒂总统向议会送交一件重要的咨文，宣布他已召请戴高乐组织政府。

第二天，乔治·蓬皮杜就在拉佩鲁斯旅社的两个房间内为戴高乐进行工作。旅社已急急忙忙地让旅客们搬出去。蓬皮杜要求他的银行给他六个月的假期。

蓬皮杜把这位"预感将要成为总统的人"准备接见的议会党派人物召集起来，这些人都被他的迷人魅力和彬彬有礼所吸引。他使所有参加集会的人都感到满意，被遗忘的人也请了来。

当时将军正为社会党人以及皮埃尔·孟戴斯-弗朗斯和弗朗索瓦·密特朗对他继续抵制的态度所激怒和伤心。他坚持必须在议会中取得几乎一致的支持，象他认为已在全国取得的一样。

当将军同全国二十六个党派领袖举行圆桌会议时，乔治·蓬皮杜正在隔壁房间拟定内阁的名单。

有四名国务部长被列入名单的首位：皮埃尔·弗林姆兰——他是将军第一个提名的，安托万·比内，居伊·摩勒——他在克服了自己党内的最后阻力后，马上表示接受，还有非洲人乌弗埃·博瓦尼。

但接着发生了一个困难。将军曾预先考虑让法兰西银行总裁、自由主义者维尔弗雷德·鲍姆加特纳负责财政，让储蓄银行经理、计划家弗朗索瓦·布洛克·莱内负责经济事务，可就是没有把孟戴斯-弗朗斯拉过来，因为他还没有消除敌对情绪。实际上，将军在退隐期间倒后悔 1944 年没有任命孟戴斯-弗朗斯为财政部长，因为如果当时采用了这个人的严峻措施，就可以避免不断恶化的通货膨胀。

但是法兰西银行总裁愿意保持原来的职务。布洛克·莱内也拒绝接受新职，他认为军人已经围绕着政权闹得够凶了，技术专家就无须再同他们进行竞争。

蓬皮杜把这种不接受入阁的情况告诉了戴高乐，建议让安托万·比内来担任，此人的名字意味着钱库和小资产阶级的信任。

至于外交部，有人提名刚从秘密活动中取得胜利的米歇尔·德勃雷，但将军认为必须亲自主持这一部门，因此外交部只需有一个普通官员来负责就够了。德勃雷将出任司法部长，并负责制定宪法。

第二天早晨，名单还只拟定了一半，而即将就任的总理必须于中午把他的内阁名单提交爱丽舍宫。

"蓬皮杜，还有这个部呢？"将军一面打开办公厅主任的门，一面说。

"苏斯戴尔怎样，我的将军？"

乔治·蓬皮杜预计到在阿尔及尔进行的平息暴乱的工作有困难，他希望能安排前法兰西人民联盟总书记担任一个部长级的职位。但是苏斯戴尔正在阿尔及尔，他是主张一体化的。将军不愿用这个主张来缚住自己的手脚，除非确有把握把阿尔及利亚人争取过来。"你没有看到我们那里有八百万流浪者经常在造反吗？"在科隆贝的时候将军曾这样说过。必须花一个半月的时间，凭借身居国务部长要职的安德烈·马尔罗的声望，由他暂时主管一下克里斯蒂昂·夏瓦农领导的新闻部秘书处，然后才能为苏斯戴尔取得新闻部长的职位。

"怎么？在军人要求下查封一家报纸（《快报》）么？"马尔罗大叫起来。"这些军人真是……在戴高乐领导下侵犯新闻自由是不许可的。第四共和国这样做倒是合适的！"

就是利用这一着，苏斯戴尔后来终于参加了内阁。

"蓬皮杜，外交部谁来做部长呢？我们还有两小时就得提出名单。"

乔治·蓬皮杜与奥利维埃·吉夏尔一起焦急地翻阅外交方面的重要人员名单。一个名字映入他的眼帘，这就是顾夫·德姆维尔，他曾任财政部督察，1943 年到阿尔及尔，当过特派员——也就是临时政府的部长，他是属于第一流的大使的。

关于建筑部，戴高乐希望由克洛迪斯·珀蒂担任，在这个难以应付的部门里，他曾是一个卓越的先驱者。但是克洛迪斯·珀蒂在选举中失败了。起用一个落选的议员，不免带有一种挑衅的意味。那么还有谁呢？

当然是絮德罗了，他是一个有创造性、有威望的建筑部巴黎地区特派专员。但是塞纳省省长佩尔蒂埃安排在谁下面呢？

只剩下一小时就得决定了。佩尔蒂埃是一个了不起的省长。让他做内政部长吧，絮德罗做建筑部长。驻阿根廷大使戈尔尼·让蒂，却成了海外部长，而他自己并不知道。

中午，戴高乐又把名单一行一行地重新看了一遍，仔细推敲了每个名字以后，就将它放进衣袋里。

1958年6月1日，乔治·蓬皮杜正式成为夏尔·戴高乐总理的办公厅主任。

八、内阁总理实习生

乔治·蓬皮杜在仍然动荡着 5 月的恐怖和忧郁气氛、但今后将由戴高乐居住的总理府中一间金色的小办公室里安顿下来。这个办公室里挂满了路易十四时代的壁幔，隔壁就是戴高乐的办公室。

地位还不明确。勒内·戈蒂总统仍然在爱丽舍宫，这个职务的当然继位人只能是内阁总理。但是戴高乐远远不止是内阁总理，他是唯一负责宪政的人。他被授予全权——集政府和议会的权力于一身。这是一个革命的时代。戴高乐的办公厅主任绝不是一个负责传达的官员，也不是传统的内阁总理手下的亲信。虽然蓬皮杜的官衔只是一个办公厅主任，但他类似总统的国务秘书，也有点象内阁副总理。

将军亲自抓了四个方面的重大事务，即形势紧张、一触即发的阿尔及利亚事务以及宪法、外交和国防。其余则在他的控制下交给他手下的人去处理。

乔治·蓬皮杜名义上只是一个几乎不出头露面的办公厅主

任，但他却拥有一种特殊权力，他可以以将军的名义说话。人们不能请戴高乐听电话，而必须由他所信任的蓬皮杜来传话。蓬皮杜具有极大的便宜行事之权。

但是这种非常的权力，是要靠外交手腕来行使的，因为这种权力超出第四共和国时代的许多内阁总理，而部长们又不认为一定要服从它。蓬皮杜访问过许多前任总理，如安托万·比内、弗林姆兰、居伊·摩勒；为了实现戴高乐需要的全国统一，同这些人的合作是必要的。

还有一种似是而非的说法，据说蓬皮杜还得在尊敬的共和国总统勒内·戈蒂和将军之间充当一个缓冲的角色。

戈蒂总统，虽然对戴高乐非常钦佩，并且还是他帮助戴高乐取得政权和事先就决定由戴高乐来继任他的职位的，可是他毕竟是一位精明、尽责的国家元首，事无巨细都要过问。在主持内阁会议的时候，他不放过一个标点符号，即使在一些细节上，他都要仔细过问，对于内阁总理不耐烦的表示，他似乎视若无睹。乔治·蓬皮杜竭力和颜悦色地设法避免触犯勒内·戈蒂的敏感，让他预先有时间去字斟句酌，同时还小心翼翼地防止他没有参加内阁会议而发生的矛盾。幸而会议不多，而且内阁秘书长罗歇·贝兰也能竭尽全力去防止冲突。

安德烈·马尔罗说："对于戴高乐，蓬皮杜就等于那位不可缺少的参谋长贝蒂埃[①]，拿破仑加上贝蒂埃，一切战役都能够得胜。蓬皮杜主要的优点是善于决断。面对一个问题，他非

[①]　贝蒂埃（1753—1815）：法国元帅，拿破仑第一的重要亲信。

常善于毫无偏见地提出确凿的论据。毫无偏见，这是重要的一点。鲜明的论据能使问题获得解决。

"蓬皮杜的思想明朗而正确。他有正确运用语言的才能，这是非常罕见的，即使在成千上万的演员中，具有这种才能的也只有一个雷米和一个嘉班而已。

"说他是贝蒂埃，这就是说，贝蒂埃是一个有灵感的军事家手下的技术助手，一个不为表面数字所迷惑、不为虚构的情况所欺骗的人，在种种虚假的情报中，他能不受蒙蔽，正确地知道精锐部队、长枪队和第 14 旅在什么地方。伟大的统帅就需要有一个参谋长。在一个大变革的时代中展现新的历史概念的国家元首就需要一个有办法的人，这里所说的大变革的时代，就象目前我们这个时代，也象克伦威尔或斯大林那样的人物所统治的时代。

"有人曾说：蓬皮杜应该是一个为戴高乐所利用的人。

"不对。他们是相互配合，相互尊重，因为他们是相辅相成的。"

乔治·蓬皮杜将密切配合戴高乐将军的行动，首先是在制定宪法的战役中。

很少有人怀疑，和蓬皮杜打交道，就是与一位专家打交道。早在十年前，他和米歇尔·德勃雷、雅克·福卡尔一起编制的国家第 13 号文件，就已吸收了将军在贝叶演说中曾经阐明的观点。他早在法兰西人民联盟时期就参加过有关宪法问题的长期争论。

负责制定新宪法并提交由公民投票来决定这个政府内的冲

突，主要是戴高乐将军和居伊·摩勒二人之间的无声的斗争。

勒·特劳盖、樊尚·奥里约以及其他社会党人只是对戴高乐含糊其词地表示同意，他们拒绝戴高乐提议的议会休会两年，只同意他有六个月的全权以制订新宪法，而法国社会党领袖则赞成给予将军以为期两年的全权去结束阿尔及利亚战争，但是不给他以任何制宪的权力。

两年期满，阿尔及利亚事件结束了，戴高乐就该把位置还给第四共和国。

但是法国社会党领袖的朋友们坚不让步，他们作出了不同的决定。将军则巧妙地采取了另外的措施。议员们最关心的是他们自己的席位。他们要求议会能够永远有权确定立法选举的方式。戴高乐对这个要求表示愿意接受，这就使他们非常高兴。就这样，他们投票通过了戴高乐的制宪权，但没有问一问他们的选民对戴高乐是否比对他们更加信任。

居伊·摩勒认为，这个得到最高行政法院支持而制定的新宪法，它的主要问题是政府向国民议会负责的问题。如果内阁可以被推翻，那么这就是共和国制度，如果（象美国那样）不能被推翻，那么，照他看来，这就是独裁制度。

对于他的愿望，戴高乐还是很乐意地赞同的。他完全同意议会可以推翻政府。只有这么一条修正案，这在过去的宪法中也是规定了的，即在议会对政府投不信任票以后，政府可以解散议会，并进行新的选举。

但这里还有一个小小的区别。

在第四共和国时期，政府在提出信任问题时，通常要由政府证明它在议会中是得到多数支持的。内阁总理常要花费大部分时间去奔走于议员之间，争取他们对他投信任票。

在这个讨论中的新条文里，却规定由国民议会来证明议员中是否多数是反对政府的。议员们应该提出弹劾案。在弹劾案交付表决的时候，议员们知道政府首脑已处于少数派地位，总统可以解散议会，把是非曲直交由选民判断。这样，议员们就有失去席位的危险。

戴高乐认为，投票者有所畏惧时，就会开始变为明智。

将军和社会党人的国务部长之间，观点完全不同的地方，正在共和国总统的职权上。

戴高乐，这个对于权力有一个军事观点的人，认为总统即是老板，就象美国一样。总统本身就代表行政权。政府的首脑，就是他。不是一个由议会选出并授予权力的内阁总理，而是只有一个由共和国总统授权并完全从属于他的内阁总理。

居伊·摩勒则认为，总统只应该象法利埃或戈蒂那样，是一个仲裁者。权力应该属于对议会负责的内阁总理，否则就会出现悲剧。如果议会被解散，如果选民把反对政府的多数重新选入议会，那么，总统不是服从就是辞职。无论如何，这是总统和议会之间一场公开的战斗，它有导致独裁政治的危险。

米歇尔·德勃雷要加强总统权力，并降低内阁总理的作用，使其只成为一个单纯的执行者，竭力把这样的条文塞进宪法中。居伊·摩勒则为了把一个做摆设品的总统重新放在壁炉架上，使内阁总理成为行政首脑，而不是单纯的执行者，于是在每字每句上展开斗争。这场斗争是十分激烈的。谘询委员会的会议没完没了。为满足双方的意图而草拟的条文总是模棱两可而且永远是有争论的。

但事情总得有个结束。蓬皮杜找到了一个办法。8月间，经过许多参加制宪的人，精疲力竭地大大争辩了一整天之后，一个人数不多的委员会才在晚上10时开会。委员会包括四位国务部长：居伊·摩勒、弗林姆兰、雅基诺、乌弗埃·博瓦尼，还有司法部长米歇尔·德勃雷和两位最高行政法院的权威人士：院长卡森和秘书长雷蒙·雅诺，以及将军的办公厅主任。开过整整一天的会以后，到晚上10时，雅诺这才拟出一项草案。

战斗重新开始。蓬皮杜不是一个书呆子，而是一个现实主义者，一个头脑清醒的人。其实，议会派和戴高乐派对政府结构本身的意见差不多是一致的。在如何运用这个结构的问题上，他们的意见却是对立的。没有任何人怀疑，不管是什么样的宪法，只要"自由法国"的领袖当国家元首，就总是一个老板。因此，对职权必须加以规定，以便将军能够运用并且完全适合另一位新总统。这就是说，对于能够引起争论的地方要定得含糊一些。将近午夜，那些从早晨起就开始争论的梭伦①们都感到疲乏了。善于玩弄文字的蓬皮杜把折衷的、不明确的词句引用到有关的段落中去，终于使每个人都可以在深夜1时去睡觉。这些不明确的东西使总统制的支持者和反对者同样都可

---

① 梭伦（约公元前638—公元前559）：古代希腊雅典政治改革家、立法家，同时也是诗人。此处指当时参加会议的人。

以接受，这就给了法兰西人一部简要而含糊的宪法。这部宪法正如蓬皮杜所说："在运用者的手里才能明确起来。"

宪法中关于共同体的一章引起了两个非洲人截然不同的看法。一个是乌弗埃·博瓦尼，象牙海岸的领袖、国务部长，他主张把法国同过去的海外领地组成一个庞大的法非联邦国家，有白人、黑人和混血人种的议员和部长。这个联邦和阿尔及利亚合并一起，就可能出现一种和殖民化相反的局面：议会里以三百席非洲议员对四百席法兰西议员。这将成为一个有共产党人参加的非洲人政府。

另外一个非洲人是列·塞·桑戈尔，塞内加尔的领袖、乔治·蓬皮杜的朋友，他打算让自己的国家取得独立，主张每个国家分别通过一些协定，同法兰西联系在一起。

戴高乐将军并不反对联邦，但是他认为这不是唯一的解决办法，应当让这些事和人有时间逐步明朗化。

乔治·蓬皮杜认为：与其把人民限制在一个预先制造的联邦之内，冒着使制度非洲化的风险，还不如让法兰西接受一个它所解放的人民可以自由参加的组合，他支持桑戈尔的观点，反对某些左派的意见，这些人坚决主张保持旧帝国的保护权。在他的干预下，联邦制度没有强写在宪法里面。共同体则仍然是有待于形成的组织。

此外，戴高乐向黑人提出的法非联邦也差一点没有实现。大家都知道，在几内亚极端分子的叫嚣声中，塞古·杜尔在科纳克里的一次敌对的演说中已使这项计划付诸东流。早就应该注意这位莫斯科培养出来的黑人领袖，注意一位部长口袋里的一份已被遗忘的电报，注意总统旅行期间的错误行程。这件事是否应该引为遗憾，还有待分晓……

乔治·蓬皮杜和安德烈·马尔罗、奥利维埃·吉夏尔一起细心地组织公民投票和总统选举的准备工作。卡迪亚克委员会一个有丰富经验的人，法国社会党地方组织的一个书记，他的机智和现实主义作风有助于这些工作的进展。公民投票得到了76%的赞成票。戴高乐获得选举团78.5%的选票，当选为共和国总统。

阿尔及利亚渐渐地、不是没有困难地重新置于共和国的控制之下。最紧急的危机是财政危机。国库空虚，工商业在内战威胁时期就已停滞不前。法郎自从费里克斯·盖伊阿实行贬值以来已丧失了一大部分购买力。贸易差额和结算差额的赤字大得惊人。

无条件的"蓬皮杜主义者"常说："比内计划就是蓬皮杜计划。"

内阁总理回答道："比内计划就象是马恩河战役。许多人都认为它会获得成功。但是如果它失败了，人们也非常清楚是谁使它失败的：可能就是戴高乐将军领导下的比内先生。"

在1958年的财政复兴中，戴高乐将军的办公厅主任曾非常积极地参与其事，这一说法不能说是不真实的。

拥有很高声望的比内来到财政部，当时局势十分危急。1952年，在那已是阴云密布的日子里，这位长着小胡子、戴着小呢帽的圣夏蒙市长曾采取抛出以黄金为担保的公债、拒绝征收新税、冻结投资等措施重建了信用。

他想使用同样的魔术棒，就是同他的名字联系在一起的信用。事实上，6月份发行的戴高乐-比内公债是一个胜利，比内用不征新税、不贬币值并以节约开支等办法编制了他的预算。

但是，财政部里的司长们却找他的麻烦。

他们说："你用发行公债刹住了通货膨胀。但是，情况却比1952年更糟。你没有办法再禁止投资。你不能不承认物价的现实，这就是说，钱已经丧失了它的价值，应该贬值了，而且还应该采取征收新税的措施。"

安托万·比内对贬值和征收新税的提法深为厌恶，他不相信这一套政府集中管理经济的高级技术。他过去曾把弗朗索瓦·布洛克·莱内撵出财政部。

在1958年10月，他秘密组成了一个专家委员会，以雅克·吕夫为首，他对吕夫的自由改革主义是放心的。

乔治·蓬皮杜密切注意着财政和经济问题，他作为银行家的经验赢得了将军的信任。虽然将军对比内表示尊敬，但和右翼政党没有很多的政治关系。

总理办公厅主任有一个第一流的技术专家罗歇·戈策作财政顾问，他长期以来是预算局的总负责人，他和老同僚都有联系。蓬皮杜通过戈策了解专家们讨论的情况，而这些情况是他所不知道的。

在经济事务方面，蓬皮杜本人是一个自由主义者，但他是一个现代自由主义者，他赞成由国家对企业规定方针和进行监督。

抱有古典经济学观点的专家们打算废除按指数折算的办法，取消津贴，恢复物价的真实性。但是，在戈策和蓬皮杜看来，必须对此进行强有力的更有效的干预。物价的真实性牵涉到货币价值的真实性：那就是货币贬值。另一方面，不能放松对经济部门的控制，而不采取社会措施。靠工资过活的人不应当为货币贬值和恢复经济付出代价。

11月底，专家们提出了他们的意见，预算局以极其神秘的方式制订了一项改善国家财政的计划，这是一项使许多政府部门感到痛苦和数百万法国人叫苦连天的计划，其内容是：增加新税，提高国家税率，取消农民重视的按物价指数折算的方式，取消退伍军人的退休金，规定付偿社会保险金的最低限额，取消津贴，实行货币贬值。

蓬皮杜进行干预，以便使工资从1959年2月1日起增加4%，不能增加得更多，借以事先补偿由于货币正式贬值将不可避免地引起物价的上涨（羊毛、棉花、铜、石油，要以更高的价格从国外买进），货币贬值大致为4.5%—6%。

他也支持一项革命措施，即自由贸易额达90%。物价将不再冻结。但来自共同市场的进口货物将可以维持国内的价格。

他主张不要满足于范围狭隘的货币贬值措施。最低限度至少是13%。最高限度可能达到17.50%。为了使政府在几年之内留有余地，他采取最高限度的贬值措施。

这个计划交给了财政部长，使他大吃一惊。

这位部长说："戈策先生，你明白你这是强迫我去干和我的一贯政策相反的事吗？要我这个稳定法郎的人去搞货币贬值么？"

"部长先生，当你认识到某一个时候的有利方面到另一个时候就会变为不利时，你就会提高一步了。"

安托万·比内跑到总理府。

他对乔治·蓬皮杜说："他们要我实行货币贬值。将军的意见如何？"

"将军和你一样。他不喜欢人们触及货币。但是，如果对货币开刀是必要的话，我想他会下决心的！似乎没有别的办法了，我相信你会获得成功的。"

财政部长不把蓬皮杜当作技术人员看待，对他有一定的信任。当内阁办公厅主任对他说："相信我，这将行得通的！"他就满怀信心地走了。

剩下的问题是说服戴高乐。

蓬皮杜必须和许多人配合，共同努力使政府首脑同意不可避免的货币贬值。

专家们和技术人员在财政部长办公室里进行了十分活跃的讨论。为了建立财政平衡，他们所提出的一切措施对将要承担责任的部长来说，一个比一个可恶，一个比一个可恨。

1958 年 12 月 21 日，戴高乐将军被选举团选为共和国总统。

比内计划一直没有决定下来。

圣诞节前夕，整个方案还在争论中。直到傍晚，即将点燃挂着节日礼物的枞树上的灯烛的时候，比内才表示同意，但他感到心灰意懒。

计划中有许多措施，看来会使蓬皮杜严重地不得人心，如取消退伍军人的退休金，他试图要他们放弃，可是没有办到；三千法郎的最低限额社会保险偿还金，很快就取消了……

第二天，比内、吕夫、鲍姆加特纳、蓬皮杜、戈策围绕着戴高乐将军举行了一次秘密会议，决定实行货币贬值的方式。

蓬皮杜同主张全面紧缩开支的吕夫进行了论战，以便使他同意采取一些预防性的措施，如最低限额工资、职员的待遇和工人的工资在一年内增加4%。为了使劳动群众接受这项计划，这个决定是必不可少的。

这时没有一位部长知道这种即将实行的严厉措施。货币贬值要等到12月29日交易所关闭之后才能宣布。在这之前绝对不能泄露出去。

戈策说："我预先提醒您，我的将军，他们会大喊大叫的！"

他们，这是指各部的部长，也是指法国人。而对戴高乐将军来说，是必须好好地考虑的，因为几天之后，他将通过香榭丽舍大街去举行共和国总统就职典礼。

"好吧！戈策先生，让他们大喊大叫吧。不管他们怎样，救人要紧。此外，必须使每一个人具有为恢复法郎的信用而作出牺牲的精神。"

现在该由蓬皮杜来发挥作用了。

第二天宣布货币贬值。将军办公厅主任一个一个地接见各位部长，为的是把他们的"新年礼物"分配给他们：每个人都有不得人心的一份。

退伍军人部长、农业部长、劳工部长、工业部长等等……都大声叫嚷起来。

他们一个接着一个地说："不该让我们承担牺牲。这太不公道了。对其他的人，我可以理解，但是，'我们的人'不应当受到这种待遇。比内的名声要受到影响。全国将起来反对戴高乐！"

乔治·蓬皮杜向他们保证计划一定成功。他们将分享这一次史无前例的胜利。

"你们要拯救法兰西！"

但是愤怒的抗议风暴从各个方面袭来。戴高乐处在包围之中。比内焦虑不安地对付势不可挡的骚动。

一个月后，他仍然处于不幸之中，因为戴高乐将军建立第五共和国第一届内阁时，打算撤换他的职务，由乔治·蓬皮杜担任财政部长。但是蓬皮杜重新回到他的银行去了，只好邀请罗歇·戈策担任财政部长。

"比内先生甘冒一切风险，承担了执行这一'计划'的责任。"戈策回答说。"监督计划的实施也落在他身上。他的名字将有助于获得目前尚难确保的成功。荣誉应当归于他。"

就这样，这位圣夏蒙市长在他任职期间，经过痛苦的考验，终于使"计划"获得成功。这项"计划"以比内的名字命名，正如马恩河战役和霞飞将军的名字分不开一样。

1959年1月8日，将去就任共和国总统职务的戴高乐将军在乔治·蓬皮杜陪同下离开总理府乘车前往爱丽舍宫。

在二十一响礼炮的雷鸣声中，戈蒂总统把他的权力移交给戴高乐将军。

两位总统一起通过香榭丽舍大街前往星广场向无名英雄墓致敬。戴高乐将军和戈蒂总统在凯旋门下分手告别。

第五共和国的第一任总统返回爱丽舍宫时，在戴高乐乘坐的官方汽车里，坐在左边的是乔治·蓬皮杜——一个为群众所不熟悉的人。他的位置，本来应该由参议院议长、共和国的第二号人物来坐。

庆祝典礼的一切仪式都是由戴高乐本人规定的，在官方人士中，人们就戴高乐将军把这种无上的光荣给予在那一天陪同他完成任务的内阁办公厅主任这件事，提出疑问。

为什么不是参议院议长呢？因为两院还没有来得及选举议长。

但为什么不是即将担任总理的米歇尔·德勃雷呢？

正是因为米歇尔·德勃雷当时还不是总理。因为当举行传统的庆典时，国家第二号人物还没有出场，因此将军认为有必要把这个位置给予在革命时期——那天是这个时期的结束——他的得力助手，以此表示敬意。

乔治·蓬皮杜惶恐不安地担心这个分手的日子。他要回到"私人企业"的安静环境中去，让戴高乐去应付处在极为动荡不安中的阿尔及利亚，去对付这些严厉措施所引起的人们的不满和退伍军人的示威游行……

确实，蓬皮杜事先约好从5月27日起，只在将军身边待六个月。然而他心里很难过。这可能是一次永别。他害怕"遗弃"这个难听的字眼。出于他自己的选择，他将失去同具有魅力的人每日接触的机会了。

有些人认为，新的国家元首在建立他的第一届内阁时，打算确定他的最亲近助手的职务——一半是内阁办公厅主任、一半是总理，象以前他在总理府时，在戴高乐手下实际上所起的作用那样。

但是对共和国总统来说，并不存在这个问题。他同议员们有过相当多的斗争。对议会负责的政府首脑应当是一个议员。他在阿尔及利亚问题上，有一项艰巨的工作要处理。可以使人放心的总理应当是一个热心支持"法国人的阿尔及利亚"主张的人。这位在"横越沙漠"时已是戴高乐派的孜孜不倦的演说家的米歇尔·德勃雷，既是议员，又是"法国人的阿尔及利亚"主张的热心支持者。

将军曾邀请蓬皮杜担任财政部长，已经话到嘴边，却没有强调地讲出来。他甚至没有请蓬皮杜担任总统府秘书长，这一位置，有人曾建议他留给他的办公厅主任。

在总理府中充当戴高乐得力助手的蓬皮杜过于有本领、过于重要、过于熟悉政权——但蓬皮杜是一个极其严厉的人物——虽然具有微笑的外交家的外表，也难免和总理的个性发生冲突。财政部的强大的吸引力把所有的重大问题都吸引到它那里。财政部长在决定同意或拒绝向各个部拨款、在审阅所有的案卷时，周围都是高级官员，俨然是部长的太上皇。乔治·蓬皮杜在总统府中的地位之微妙并不亚于财政部。不管愿意与否，所有的案卷都得送到他那里。

蓬皮杜对将军说："最好让我回到'私人企业'去，这在我们之间原是约定了的。"

戴高乐回答他说："我感到遗憾，但我了解你的理由。而且我们会重新在一起工作。我们总有机会！"

这是一句告别的话。

乔治·蓬皮杜离开了乱纷纷的总统府。从这几句话里使他感到将军并不怨恨他——不太怨恨他——有一天还会召他来一起合作的。

蓬皮杜回到总理府，去完成最后一项任务。他应该把总理的职权重新移交给米歇尔·德勃雷——他是戴高乐政权的首任总理、第四共和国的最后一任内阁总理，而且是能够充分行使职权的总理。总理府，他在这里曾经度过不平凡的六个月，现在几乎是空无一人了。他的心情是抑郁的。他恢复了自由的生活，然而每天不和戴高乐在一起，他不免感到若有所失。

第二天，他在巴黎闲逛。街上没有一个人认识他。他在将军身边度过六个月，管理国事，然而却没有一个法国人知道他的名字，也没有一个法国人认识他的面貌，他为此而感到高兴。

戴高乐将军感到——但并不显露出来——他的办公厅主任决定同他分手的坚决。有人传出一些挖苦话和玩笑话——将军即使对于最亲近的人也并非始终是心软的——使人们想到这次分手使将军很难过。当有人向将军建议让蓬皮杜担任财政部长时，据说——其实这种传说是没有根据的——他这样说：

"啊，蓬皮杜？他更喜欢到路特希尔德银行去挣钱去！"

　　玩笑话？失望的友谊？两个人都是一样的神秘人物，为了谨慎起见，他们都掩饰他们的痛苦和感情。戴高乐经常背诵的诗句，就是《狼之死》①中的一节："忍受痛苦，沉默地死去……"

　　Never explain，Never complain，"永不辩解，永不抱怨"，伊顿公学的绅士们所信奉的这句格言也是乔治·蓬皮杜的格言。

　　是不是说，如果蓬皮杜同意的话，从 1959 年起他就可能担任总理呢？这并不是不可能的。当然，挑选米歇尔·德勃雷也是很自然的。

――――――――――――――

　　① 《狼之死》是法国浪漫主义诗人维尼的一首长诗。

九、负有秘密使命的银行经理和
不上任的政治人物

乔治·蓬皮杜重新回到了拉菲特街二楼——路特希尔德财团占用的一层楼——他的办公室兼会客室里,这个大会客室有两扇窗,墙上挂着英国版画。

他这次回来,被委以总经理的职务。八个月以前他担任总经理是没有正式任命的。

当他重新进入路特希尔德银行时,他感到同政界断绝了一切关系。他对家里人是这样说的,全家也为此而高兴。这样就结束了居官时受到的劳累和在总理府的熬夜,也结束了那种没有周末休息、在八月假期还得参加制宪工作的生活。尤其是,他不必再忧虑和操心了;尽管这位将军办公厅主任一直非常乐观,但他在任职期间毕竟也忧虑和操心,使得他在家人中间常常心不在焉。

他的朋友,至少是那些认为他有锦绣前程的朋友们却为此而感到失望。

保卫新共和联盟的一位大人物对他说："你进路特希尔德银行是决心要使你的前途复杂化吗？你真想抓住这个饭碗不放吗？你有一天要参加竞选的。那时共产党人将有机可乘，叫嚷你是代表金融贵族的。"

"这当然很讨厌。不过，一家银行的高级职员并不就是大资本家。我经手的数十亿都不是属于我的。我的职务和任何一家银行的经理完全一样。

"我丝毫也没有因为回到路特希尔德银行而感到羞愧。讲明这一点以后，如果它还意味着我放弃政治活动，那完全是符合我的意愿的。

"我回到私人企业是为了长期待下去。"

"无稽之谈！一旦和戴高乐共过事，你就休想脱身。"

乔治·蓬皮杜的一些朋友肯定他已被通知：等到米歇尔·德勃雷离职，他将接任。

蓬皮杜矢口否认。由于他和将军的谈话总是绝对保密，因此怀疑者仍然保留原有的看法。

其实，前办公厅主任进入私人企业以后，并没有完全离开国家机构。他被任命为制定新宪法的最高机构——宪法委员会的成员。这不仅是一个荣誉职务，而且是政府一个薪给最高的职务。

这一任命使人有些眼红。

有人说："奥弗涅人，没有什么可抱怨的了。既有路特希尔德银行的薪给，又有宪法委员会的报酬……"

但是，除了总出纳以外，蓬皮杜没有向任何人讲，他谢绝领取宪法委员会的报酬，把钱仍旧退还了国库。

这是他高尚品德中一种审慎周到的表现。

他在拉菲特街的表现也是如此。他回来以后，声望更大了。作为原北方铁路投资公司董事长，他取消了董事长和董事的分红。他被任命为十来个由银行领导的公司董事之后，他只是做银行在这些公司里的耳目，分到的红利都转入银行账上。他不参加银行股东和顾客搞的投资活动。银行里传说有人建议他和路特希尔德财团合股，但他拒绝了。他决不让自己去接近能利用自己影响的行政机构。

他有意保持自己作为企业界工作人员的地位。

他放弃宪法委员会的报酬和公司的分红，虽然做得很秘密，但与此有关的人并不欣赏。

他们咕哝着："这是给国家和路特希尔德财团制造坏的惯例！"

宪法委员会设在法兰西喜剧院。

人们拆掉了剧场内的荣誉阶梯、舞会大厅、大沙龙，以及行政官过去的办公室——奥尔良公爵曾将这些行政官迁到故宫去——以便供共和国宪法委员会的"诸贤哲"使用，这个委员会是抵抗运动的一位英雄人物莱昂·诺埃尔大使领导的。

宪法委员会的这些办公室实际上等于最高行政法院的延伸，气氛也非常相似。

宪法委员会包括三名由国家元首任命的成员，三名由参议院议长任命的成员，三名由国民议会议长任命的成员。令人奇怪的是，被任命的贤哲们忘记了他们是由谁指定的，独立的程度比人们想象的还要厉害。在许多情况下，"议长们"反对政府的意见。由蒙内维尔任命的"参议员"则不再激烈地反对政府。当参议院议长控告政府渎职，认为它不合时宜地引用宪法第十一条时，宪法委员会并不站在共和国总统一边。

如果乔治·蓬皮杜早知他将任总理，而且参议院议长（国家第二号人物）将正式控告他渎职的话，他早就会辞去宪法委员会的职务，避免这种无情的审议。

1959年初，这个新成立的国家机构仓促地作出了决定。

它监视选举，核实票数，也必须决定有争议的议员的资格是否有效。向它上诉的十来个案件都很复杂。在1958年以前，由议会自己来宣布议员资格是否有效。根据多数选举制，一个犯有同样错误的议员，如果他是少数派，就宣布他落选，但如果他是多数派，这个机关就宣布他当选。

在一个选区里，整个公墓也会起来把死者的选票投给一名候选人；无疑，这个候选人一定会叫大家为死者多做弥撒的。在另一个选区里，精神病院也会"团结一致"去选举一名平庸的议员。在一个地方，选票会比投票的人还多，"蒙混过关"的奇迹会补上弃权者的虚额。在另一个地方，患深度近视的张贴海报者经常会看错招贴栏，把不属于他们顾主的候选人的海报覆盖掉。

宪法委员会决定选举中哪些是不可饶恕的罪愆，哪些是情有可原的过失。自然，这就要借鉴乔治·蓬皮杜惯用的最高行政法院的方法了。

宪法委员会主席莱昂·诺埃尔说："在一个法律专家的议

会中，蓬皮杜为我们提供了最高行政法院的审议方式，以及奥弗涅人正确的判断力和对事物非常合情合理的看法。这是一个沉着、敏感，而且十分稳重的人。他善于很快地抓住问题的实质。每当我们讨论得难解难分时，我就会看见他那机灵的眼睛在闪动。

"我这时就会说：'我从蓬皮杜的眼光中看到他要向我们提出的解决办法。'

"他的解决办法一向公正，而且确凿有据，阐述得十分精辟。

"在阿尔及利亚哗变和巷战时期，他的镇定自若使我们大家折服。在三年中，我们的会议有时遇到很多的困难。我们从来没有看到他失去镇定、良知和礼貌，也从未失去他的独立精神。这位教师成了法学家以后，从未沾上法学家的怪癖。他丝毫没有教条和成见。我难得碰到这样一位没有思想束缚的人。"

蓬皮杜满意地恢复了轻松的银行生活，恢复了他的生活习惯。

他也恢复了家庭生活和社交活动。

他很关心他的儿子阿兰，这是一个天资聪颖和意志坚强的青年，阿兰已立志当一个诗人、作家。

他的父亲对他说："首先要学会一种专长。如果你有才能，如果有一些东西要写，往后你总可以从事写作。"

这位中学生同意在中学会考后进医科的预科，然后学医。

教师蓬皮杜成了金融家以后，放弃了文学。也许他把文学看得过高了，觉得随随便便地对待简直是对文学的侮辱。

　　他以嘲笑的口吻对拍卖估价人莫里斯·蓝斯说："你怎么敢写作呢?"莫里斯·蓝斯在出售或收集艺术作品，他从中得到启发，也想从事写作。

　　蓬皮杜是巴黎最不正统的银行经理。金融界的风气是举止矜持，衣着考究。这位阿尔比人看到巴黎社会对他开放，就去闲逛观光。他讨厌那些使人烦恼的人，喜欢同那些有教养、有趣的人和优雅的妇女交往。

　　社交界向蓬皮杜夫妇打开了大门。他们每星期至少两次在城里吃晚饭，是"穿戴最考究的巴黎女人"雅克琳·德·里贝斯以及弗朗索瓦兹·萨冈、巴耶夫妇、巴黎歌剧院明星们的朋友。在皮埃尔·拉扎雷夫家里，他们认识了布里吉特·巴多①。

　　蓬皮杜夫人喜欢款待和结识思想卓越的人和时髦的妇女，喜欢在沙龙里听人们最先传播扣人心弦的时事新闻，接触一些尚未透露的时代秘密和有趣的故事，深入了解男女的逸情趣事，真可说是处在"人间喜剧"的中心。读普鲁斯特的作品，是会令人激动的。普鲁斯特以后的时代，对这样一对有教养的、有审美观念的、富有求知欲的夫妇来说，也是富有魅力的。蓬皮杜这位未来的作家——他立志有一天要写出他的回忆录——正在尽情娱乐，积累回忆录的材料。

　　路特希尔德银行的总经理非常受人欢迎。他生性幽默，能引人入胜地讲故事。他那种仿佛是参与其事的人的神情，使听

----

　　①　布里吉特·巴多：法国著名电影女演员。

者兴致盎然。

他一直不断地装潢他的寓所。在家里，他什么事都自己动手，又当铅皮匠，又当织毯工和电工。他的夫人没有他就什么事也干不了。他俩经常出入古玩商店和小摆设商店，尤其是经常光顾画廊。他特别喜欢抽象派的画。

他的朋友贝尔纳·比费看到他带回来一些涂满颜色斑块的油画，就对他说："你为什么不自己画呢？"

他们在圣特罗佩度假时经常乘船出游。朋友们每年要到他们租的房子里来作客。克洛德·蓬皮杜是一位出色的游泳家、网球爱好者、心情舒畅的殷勤主妇，她使丈夫十分得意。后来在 1960 年，他们同儿子阿兰及其一位年轻的女同学到他们向往已久的希腊去旅行。

蓬皮杜一家特别珍惜家庭的团聚。他们在贝顿码头的寓所是全家碰头的地点。奥维利埃别墅主要是他们亲近的朋友周末聚会的场所。

蓬皮杜心满意足。然而他不再象 1958 年 5 月以前那样幸福了。因为他不再有过去那种心情了。他不能对时局无动于衷。他天天注视着将军为结束阿尔及利亚战争所进行的斗争。对于戴高乐在解决法国历史上一个最令人烦恼的问题所经历的各种悲剧，他感到痛苦。他内心模糊地感到仿佛并没有离开将军。

他有时——大概每月一次——作为私人朋友、私人顾问在爱丽舍宫受到接待。共和国总统喜欢在他的听众中试探自己的意见。他的前任办公厅主任就是他的试探对象。

1959 年春，默伦谈判失败。叛乱者的代表们中断了初次谈判，抱怨别人把他们当作不得与外界、报界接触的囚犯，尤其抱怨谈判局限于停火问题，他们认为这样的谈判等于要他们投降。

1959 年 9 月 16 日，戴高乐迈出了重大的一步，宣告给予阿尔及利亚人自决。阿尔及利亚人可以选择他们的前途，甚至独立。蓬皮杜同将军一样认为，这种法国式的解决方案势在必行，而且即使在最坏的情况下，双方还可以保持密切的合作关系，因此这个方案可以使双方都体面地摆脱困境。

但是，戴高乐并没有被执意保持沉默的叛乱者所理解，没有被暴动的阿尔及利亚的法国人所理解，也没有被军队中的骚乱分子所理解。阴谋又重新抬头。这就是 1960 年 1 月发生的巷战，也就是前任办公厅主任密切注意的、恶梦般的事件。在最紧急的时刻，他以忠诚者的身份来到爱丽舍宫，以朋友的身份来到总理府。

一天晚上，将军偕同夫人光临蓬皮杜在贝顿码头的寓所吃晚饭。

克洛德·蓬皮杜为这次款待花了很多心血，但她没有将客人的身份预先告诉厨师和女佣人，因为当时国家元首有被刺的危险。

门铃响了。女佣人去开门，她惊愕地叫了起来，奔回了厨房。

"我以为我发疯了……见鬼！我刚才在门口看到了戴高乐！"

"傻瓜，你让门开着。快去看看是谁！"

"不，我对你说。我看到了戴高乐的幽灵！"

这时候，共和国总统及其夫人径自走了进来。蓬皮杜急忙迎了出去。

"怎么样，满意你的银行吧？"

"很满意，我的将军。"

虽然银行经理不经常会见戴高乐，但他经常看到米歇尔·德勃雷总理、沙邦-戴尔马议长、罗歇·弗雷、愉快的公共工程部长罗贝尔·布隆，蓬皮杜很喜欢同布隆谈笑。

他参加一些讨论，提供意见，但不参加任何决定。他象第四共和国时期卡迪亚克委员会一位激进党实业家那样，是政府的一位常客。

他与米歇尔·德勃雷交情很深，但是没有比这两个人更不相同的了。米歇尔·德勃雷有一种十字军说教者的热忱，工作十分热情。他贪婪地钻研手头的所有文件。他希望一切事情都由自己亲手来做，一切都要从新做起。他十分小心谨慎，凡是可能引起议论的问题他都向共和国总统提出。他工作勤奋，进行很多改革。他的痛苦是一个忧心如焚的爱国者的痛苦，他既要保持法国的阿尔及利亚，又要防止将军犯错误、纠正他的卤莽。但是，他使他的助手们和部长们生活过于紧张，使国家元首过于劳累。

德勃雷的工作热情使蓬皮杜有点难受，正如蓬皮杜的从容不迫、轻松愉快也使米歇尔·德勃雷一样不好受。

这位金融家小心翼翼地处理他同总理之间的蒙上阴影的友

谊。后者被许多来访者弄得很疲劳。一些朋友和政界人士批评政府首脑对将军的阿尔及利亚政策采取拖延态度，指责德勃雷态度不公正，犯了政治错误，他们都来向蓬皮杜抱怨，他们揣测蓬皮杜与爱丽舍宫有私人关系。但蓬皮杜对此拒不插手。

蓬皮杜说："我不能作出判断。我不知道是怎么回事。我没有看到文件。我现在已离开政府，要我干预政府的事，这是不妥当的。"

在一些友好的交谈中，如果他听到有人批评米歇尔·德勃雷，他就为总理辩护，赞扬德勃雷的勇敢和他进行的改革。

他一点也不想进入政界，丝毫也没有取代德勃雷的思想。

当有些杂栏记者提到他与将军定期共进早餐的事时，他感到很气愤，因为无论是戴高乐还是蓬皮杜都没有与人共进早餐的习惯。当他听到内阁小圈子里有人说，他对爱丽舍宫大概每月做一次访问，他与政府成员进行友好会见，这些都是打算当总理候补人所采取的行动时，他感到很气恼。

他重新去政治学院上课。他是国立行政学院考试委员会的成员。他积极参加制宪议会的工作。正因为这个懒人总有空闲的时间，所以他在1960年汇编了一部三十年来念念不忘的《法国诗选》。

全书共有500页，从德尚到艾吕雅……其中大部分的诗他都能背诵。但是，为了不把主要的漏掉，他在星期天还要向妹夫亨利·多梅尔教授请教。篇幅要精选和割爱，卷首有一篇长序，反映了他的爱好，当他谈到他所喜爱的作家时写得象音乐那样娓娓动听，当他批评那些不能感动他的诗匠时显得冷酷无情。

他的序言以及选中的诗文，都是星期天在家里的人娱乐时乱哄哄的气氛中、他不断参加谈话的情况下撰写和抄缮的。

他写道："当我还在童年时，有人预言我对诗的爱好会过去的，可是在'半生'之后，却依然保持着这种爱好。每个人到这个年龄都想总结一下自己的经验，都想把想象中所经历的一切都尽可能地汇集在一本小小的册子里，因此我很自然地想把我喜爱的诗'汇集起来'。

"其实，诗只是诗意的表达方式之一。诗意几乎到处存在。在小说中正如在图画中一样，在风景画中正如在人的本身上一样，有时表现出某种我说不出的幻想的力量，有时还表现出一种独特的洞察力，透入内心深处，使读者和观众悲喜交加，温柔的或绝望的悲哀，甚至兴高采烈，而这些就是诗意之美产生的效果。

"几乎人人都能够领略诗意。几乎所有的主题都寓有诗的意境。有吟咏太阳和浓雾的诗，有歌颂新发现和旧习惯的诗，有抒发希望和悔恨的诗，有慨叹生与死的诗，也有表达幸福和不幸的诗。为了表达诗意，用散文还是用韵文，用雕塑还是用绘画那是无关紧要的。但如果毫无诗意，那还有什么价值呢？荷马、柏拉图以及希腊德尔法的景色都是诗意横溢。亚里士多德和西塞罗仅仅使专家有兴趣。《堂·吉诃德》和《神曲》、莎士比亚的戏剧、陀思妥耶夫斯基的小说都是最富于诗意的作品。正是这些作品使这些作家成为第一流的作家。甚至还有一些人物的生命或著作，因为没有完满结束或者残缺不全而引起了共鸣，由于这种意外的不足而更有诗意。

"阿基里斯①同勒克莱尔②一样，玛丽·斯图亚特③同美丽的奥德④一样，由于过早地死去而成为诗的形象。古罗马的圆剧场由于其断垣残壁而诗意益然。矗立在希腊或西西里天幕下的圆柱也是如此，在荒凉孤寂的诗境中却比令人惊叹地完整保存下来的方宇⑤更有魅力。

"虽然处处存在诗意，但并不禁止人们到诗人中间去寻觅自己特别喜爱的诗意。我所以感到诗的艺术最艰深——无疑是居于一切艺术的首位——这是因为诗人在进行着惊人的冒险，即他立意追求诗意，而其他艺术家只不过是附带地去达到这种意境。例如，对小说家来说，诗意可能是最高的成就或无用的表面装饰，如果没有诗意，在任何情况下也不会立刻受到指责，而对于诗人来说，诗意则是艺术的精华和艺术生命的实质。没有诗意的一幅画、一阕交响乐曲和一本小说，还可以看看、听听和读读。鲁本斯⑥不是诗人，伏尔泰也不是诗人。或许，甚至连巴赫、塞尚基本上也都不是诗人。也就是说，在其他艺术领域中，没有诗意也可以有创作能力和创作成就。但一首缺乏诗意的诗就不可避免地成了僵死的、不能容忍的东西。甚至连伏尔泰那样的大作家也有这种情况。甚至在龙沙和雨果

---

①　荷马史诗《伊里亚特》中描写的希腊英雄。
②　勒克莱尔（1772—1802）：法国将军，拿破仑的妹夫。
③　玛丽·斯图亚特（1542—1587）：苏格兰女王。
④　法国十二世纪的史诗《罗兰之歌》中英雄罗兰的未婚妻。
⑤　指法国尼姆的罗马式建筑。
⑥　鲁本斯（1577—1640）：佛兰德画家。

那样的大诗人的作品中也出现这种情况。在职业小说家中，只要孜孜不倦地工作和具有坚强的毅力就能写出一部可以过得去的作品，有时还会写出一部小小的杰作，而不能写出这样作品的，人数并不多。但可悲的是，多少诗人写过成千上万行的诗，却没有能够把八个、十个或十二个音节连成一行诗，一行真正的诗！连想也没有想到这种情况就死去或将要死去的那些诗人是幸福的。但对另一些诗人来说，又是多么痛苦！多么不公平！最高尚的情感、最有诗意的题材、反复琢磨的音律、精心推敲的韵脚，这一切最后却诞生了一个没有人为之伤感的死胎——一首没有诗意的诗。"

当他对将在十月出版的《诗集》作最后定稿时，这位路特希尔德银行的经理在1961年2月初被相当激动的米歇尔·德勃雷召至总理府。

"将军想让你担负一项使命……噢！我很高兴是你来担任这项使命。阿尔及利亚共和国临时政府要求谈判。你秘密地去试探一下这些人的真正意图。"

几个月来，各种密使在试图与法国政府接触，以恢复已经中断的默伦会谈。

费尔哈特·阿巴斯领导的阿尔及利亚共和国临时政府，通过安托万·比内在瑞士的一些朋友，通过法国驻罗马大使帕莱夫斯基，通过各种渠道试图恢复谈判。

若克斯被任命为负责阿尔及利亚事务部部长。1961年1月8日的公民投票通过了同意阿尔及利亚自决的政策。1月15日，瑞士政府通过路易·若克斯的一位绝对可靠的朋友通知，费尔哈特·阿巴斯及其同事指定的具有充分权力的正式谈判代表已准备进行谈判，但要求对话人是能够以戴高乐名义讲话的、戴高乐将军信得过的代表。他们答应绝对保守秘密。

将军在 1 月 23 日对路易·若克斯说："我们将派人去窥探一下对方情况。我不想指定一位官方人士去进行这次应该绝对保密的侦察。但我的原办公厅主任蓬皮杜是我信得过的代表，他可以由你的办公室官员陪同前去。"

若克斯表示同意。

2 月 8 日，阿尔及利亚共和国临时政府通过伯尔尼政府宣布准备进行会谈。阿尔及利亚事务部的一位参赞克洛德·沙耶先去瑞士作一个试探。乔治·蓬皮杜向他的银行请了一个冬季运动假。

2 月 19 日，蓬皮杜同布律诺·德·勒斯出国。他们的出发是绝对秘密的。

银行家对这个使命并不是一点也没有热情。他是了解将军的政策的。但他对民族解放阵线的人却丝毫没有好感。他也担心会重新卷入政府的纠葛里。

会谈的地点确定在卢塞恩，这是一个官方人士不常去的瑞士外地省份。瑞士政府负责物质上的组织工作：旅馆、车辆、秘密会谈的场所。

2 月 20 日，乔治·蓬皮杜，由布律诺·德·勒斯陪同，同布曼杰勒和阿尔及利亚共和国临时政府驻罗马的非正式使节布拉鲁弗会面。布曼杰勒是巴黎的律师，与一个法国女子结了婚，他的妻子和女儿仍在巴黎，但布曼杰勒是反对法国政府的。

会谈的气氛是冷淡的。与会者点点头便就座。两个阿尔及利亚人特别关心的是想了解巴黎政府的真实意图。戴高乐主张的阿尔及利亚自决，被北非的一些通讯社电讯和报刊文章解释成为百年来在阿尔及利亚已经实行过的公民谘询的翻版。

蓬皮杜插话说："对戴高乐将军的思想作各种解释，是没有用处的。将军的意图是明确的，实行阿尔及利亚的公民谘询是真心诚意的。法国将实现阿尔及利亚自决，如果有可能，法国愿意和民族解放阵线一起来进行，否则法国单独进行。"

从这时起，气氛有所好转。民族解放阵线的代表们第一次明显地感到，在他们面前的法国人承认了阿尔及利亚的现实。

巴黎有人担心，叛乱者的代表徒作空谈，不会工作，争论起来没完没了。

事实上，他们有一批充分准备的文件。

他们对埃维昂谈判所有的项目都经过研究，这些项目是：在阿尔及利亚实行公民投票的保证，选举名单等等，还包括给予阿尔及利亚法国人的某些保证，国籍问题，在一定时期内继续保持法国军队和双方合作的可能性。

蓬皮杜认为，就主要方面来看，法国的立场和叛乱者的立场之间并没有什么不可逾越的鸿沟。

先前在默伦谈判破裂，问题在于是否同意在谈判之前实现停火。这个问题可以通过同时举行的停火谈判和保证阿尔及利亚自决的谈判来加以实现。

毫无疑问，阿尔及利亚共和国临时政府这时是渴望议和的。

最棘手的是撒哈拉问题。在非常健谈的布曼杰勒的谈话中，好象阿尔及利亚人已经掌握了沙漠中神话般的宝库，尤其是天然气。对问题看得十分透彻的金融家向这些幻想当头浇了一盆冷水。

"你过份乐观是错误的！石油和天然气如果在法国、德国和英国，价格都是很高的。但是在沙漠地带，这些东西只值法国人、德国人和英国人所愿付出的价钱。撒哈拉的石油成本很高。在科威特，人们在沙漠中钻一丈深就有原油冒出，而在撒哈拉，钻一口井要花十亿法郎。但法国不放弃它的投资。你们只有同法国合作才能获得资金。"

双方商定于 3 月 15 日举行下一次谈判。

蓬皮杜从卢塞恩带回一份相当乐观的报告，因为进行谈判有了一些可能性。当然，对于撒哈拉将有一些争执。

3 月 5 日 ①，乔治·蓬皮杜返回约定地点，这一次是在纳沙特尔。他感到对话人是冷冰冰的。布曼杰勒虽然还是象上次那样健谈，但似乎有些不安和犹豫不决。布拉鲁弗保持沉默，很少插话，在椅子上转来转去。

这两个代表一定接到了严厉的指令。阿尔及利亚共和国临时政府无疑是在作这样考虑：既然法国人表示愿意谈判，就可以向他们提出更多要求。尤其是经常想到本·贝拉被囚禁在弗雷纳的临时政府，当然担心被他说成是叛徒。

这时，困难的谈判达成了一项协议，双方同意在一个星期

---

① 前面说是 3 月 15 日。

之后举行第三次会谈，确定了谈判的地点和时间，但谈判必须在法国本土上举行，巴黎政府只能在法国本土上处理它自己的事务。

后来担任蓬皮杜内阁国务部长的路易·若克斯说："乔治·蓬皮杜的这一使命是一个转折点。它使阿尔及利亚共和国临时政府听到了戴高乐将军的声音。将军前办公厅主任的威信以及诚意使他们破门而出，甚至敢于触怒发誓要将阿尔及利亚的法国人驱逐出境的本·贝拉。他们有疑虑，怕再度受骗，重新陷入默伦谈判时的境遇。蓬皮杜在他们面前展示了法阿关系的前景——合作。

"这一使命所取得的成就，在当时是迫切需要的。驻在阿尔及利亚的法国军队正在闹分裂。士兵威胁不再服从企图反对政府、进行暴动的军官们的命令。法国在设法结束这种局面。只要还来得及，就应该尽力为阿尔及利亚的法国人'抢救财产'。"

3月30日，政府正式宣布将在埃维昂开始谈判，谈判由国务部长路易·若克斯主持。

然而，一家周刊却泄露了乔治·蓬皮杜的秘密使命。法国"秘密军队组织"继续开展恐怖行动。在路特希尔德银行总经理办公室窗台上爆炸了一枚炸弹。蓬皮杜夫人吓坏了。

"你答应我不要再搞政治了！"

但是，1962年①4月21日星期五到22日星期六的夜里，

①　原书年份有误，应是1961年。

在阿尔及尔发生了一次新的军事政变。夏尔、萨朗、儒奥、泽勒几位将军飞抵白屋机场，鼓动军队进行一次绝望的尝试以阻止筹备中的埃维昂谈判，并企图打倒戴高乐。

这一次，阴谋分子没有再同分裂分子勾结在一起。这一次是军事行动，涉及强占各司令部，尽快组织伞兵部队在巴黎空降以夺取政权。

乔治・蓬皮杜在爱丽舍宫度过了星期日一整天。他是作为朋友来到总统府的，他并不感到紧张。与阿尔及利亚的联系已经中断。在总理府，人们时刻担心着伞兵空降。

将军的命令已经行不通了。戴高乐的军事办公厅主任博福尔将军是拥护"法国人的阿尔及利亚"主张的，他在5月13日将指挥法国本土的暴动和到达的空降部队，他不向军官和部队传达总统的紧急密令：即，在任何借口下都不得服从叛乱者。

路易・若克斯部长和总参谋长奥利埃将军在星期六拂晓秘密乘飞机出发去控制军队干部和行政干部，这时杳无音信。他们的座机在巴利阿里群岛上空受到夏尔的驱逐机截击，但它成功地躲开了，并在一个叛军没有占领的地方着陆。年轻的士兵们聚集在部长周围，建议他向叛乱者进攻。但在犹豫不决的将军中间，不能与巴黎通话的部长和总参谋长，不知道自己是贵宾还是戴着星徽军帽的人的囚犯。

乔治・蓬皮杜是在他的朋友、国家元首办公厅主任布鲁耶的办公室里度过那天早晨的。

戴高乐对这"一小撮将军"无比气愤，但他相信哗变不可能成功。他说，军队是忠于他的，叛乱将要失败。

蓬皮杜对布鲁耶说："将军一旦发表广播演说就足以粉碎哗变。士兵和绝大多数军官是反对暴动的。但如果将军不进行干预，局势就可能恶化，事情就会复杂起来。"

可是，戴高乐不允许国家的威信遭到破坏。他拒绝发表广播讲话。军队应当自己宣布服从国家领导。将军的一些助手也持这样的意见。

然而，效忠宣言迟迟没有发表。听到的消息很少，情况越来越令人不安。到处流传着对阿尔及利亚、法国本土和驻德国的军队中的叛乱者有利的消息。总理府内人心惶惶，总理的军事办公厅主任已去阿尔及利亚参加叛乱，并在那里当上了指挥官。人们感到空军已在动摇。因为，曾经拒绝同夏尔合作、搭机去阿尔及尔的空军参谋长尼科将军，在获悉阿尔及利亚空军司令比戈将军已站在夏尔一边后（当时有人对尼科说全军都采取行动了）也倒向分裂派了。

巴黎周围的驱逐机队将阻止伞兵部队的进军呢，还是支持它的空降？

米歇尔·德勃雷经受着严峻的考验。将军的助手们如雅克·福卡尔、勒弗朗、奥利维埃·吉夏尔都没有离开总理办公室，以便随时协助和支持德勃雷。

蓬皮杜在爱丽舍宫同布鲁耶共进午餐，会见了总统府秘书长德·库塞尔，请他促使戴高乐让阿尔及利亚的部队能够听到将军的命令，以稳定国家局势。

既然将军默不作声，议长沙邦-戴尔马和新闻部长克里斯蒂昂·德·拉·马来讷就对总理施加影响，要他"使全国了解情况并参加行动"。米歇尔·德勃雷准备在晚上通过电视向人民发出呼吁：

"法兰西公民们，请采取一切手段反对空降。步行或乘车到飞机场去……"

政府要把巴黎人民武装起来。宣布将于夜间在巴黎大皇宫分发枪枝。前抵抗运动的成员响应罗歇·弗雷和安德烈·马尔罗的号召，晚上将在内政部组成战斗小组。这是一个紧张的准备迎击伞兵空降的夜晚。但在首都街上出现了异乎寻常的骚动，工会组织宣布第二天举行总罢工，政府方面的人发觉大部分志愿者都是共产党派遣的，就决定暂停分发武器。

蓬皮杜逐步加紧催促布鲁耶、库塞尔，在傍晚时终于使他们改变了主意。最后，布鲁耶回来说："将军将在今晚发表讲话！"

蓬皮杜松了一口气。戴高乐的讲话会挫败哗变。蓬皮杜安心了，这才离开了爱丽舍宫。

但还有一个危险：夏尔的四十架运输机可能在黎明时到达首都，几千名伞兵可能引起西南地区没有军装的队伍的暴动以及驻德国的军队的骚动。这种军事行动不可能取得最后胜利，但可能发生一些悲剧。

总统周围的人士认为，必须采取措施防止空降。空军司令部是不可靠的。二十名驱逐机队长和驾驶员被指名召至爱丽舍宫。他们一个一个地宣誓保卫巴黎和共和国，并在必要时对叛乱的飞机开火。

　　德勃雷向人民发出呼吁。两小时之后，戴高乐将军向军队和全国人民发表广播讲话，禁止部队以任何借口服从叛乱者的命令。

　　萨朗和夏尔只网罗到了为数不多的人员。尼科和阿尔及尔方面得悉空军的誓词，就立即把准备空降的计划取消了。戴高乐的讲话使哗变的希望成为泡影。夏尔抛弃了萨朗，返回法国自首。

　　蓬皮杜一边关掉他的电视机，一边说："1961年不会发生象5月13日的事件①了，因为将军已在爱丽舍宫。"

　　埃维昂会议于1961年6月13日因撒哈拉问题而中断。7月28日，民族解放阵线的代表也中止了在吕格兰堡恢复的谈判。

　　8月，阿尔及利亚的政治局势似乎陷于绝境。有人考虑撇开民族解放阵线去筹建阿尔及利亚人的阿尔及利亚。无意同叛乱者谈判的米歇尔·德勃雷便是这种想法的拥护者。总代表团已迁往罗歇-努瓦，在那里筹备房屋供二、三千名阿尔及利亚议员的制宪议会使用，同时成立一个临时执行机构指挥一支"地方部队"。

　　在政府中，事情的进展并不顺利。总理和主和派的关系极为紧张。米歇尔·德勃雷要求司法部长埃德蒙·米歇雷离职，后者以具有宗教思想和自由精神而出名。

　　"我不能容忍有一个民族解放阵线的司法部长。有他就没

---

　　①　指1958年5月13日在阿尔及尔的法国殖民军将领因反对巴黎政府发动的哗变。

有我!"

米歇雷同另外两名部长一起辞职。

有人说,将军不能离开总理,总理好象是第五共和国的圣茹斯特①。德勃雷在总统的身边是对阿尔及利亚的法国人的利益和军队的正当利益的有力保证,德勃雷自任这种利益的热情的保卫者,他将坚持到底。

德勃雷曾经十次提出过辞职。共和国总统十次耸肩拒绝。他们终于取得了谅解。

但总理不赞成同民族解放阵线谈判。将军一天又一天地说服他:法国的利益要求在阿尔及利亚实现和平。感到苦恼的德勃雷每天都会提出某种理由,表明不可能同叛乱者取得和解。这种争论从 1959 年 1 月以来就一直坚持着。因为德勃雷要捍卫国家的荣誉和戴高乐将军的荣誉,他竭力想使共和国总统采取不妥协的态度,认为这样才能实现法国式的解决。德勃雷还以为自己这样做是对将军最出色的效忠。

米歇尔·德勃雷的工作方式也使政府人士越来越不满。他不仅是一位总理,还干预各部部长的职权。他每天工作十六小时,没有时间接见部长们。他的指示是传达给他们的。晚上十时离开总理府时,他还带了满满一公文皮包的文件在夜里审阅。两年来艰苦的工作,两年来亲身体会到法国的权力逐步在阿尔及利亚退却的精神痛苦,以致他的神经无时不在紧张中。

---

① 圣茹斯特(1767—1794):一译圣鞠斯特。法国资产阶级革命时期雅各宾派领袖之一,为罗伯斯庇尔最亲密的战友和助手,曾参与制定革命政府各项政策。

他的焦虑越来越使将军感到厌烦。他的神经过敏、易于发怒，使他的助手和部长们越来越感到难以忍受。

不过这些人以及国家元首都赞扬德勃雷的信心、勇敢和炽热的感情。这位医学研究院院长的儿子实现医学教育改革是有勇气的。面对阿尔及利亚的将军们和军官们的暴怒、暴动者的枪弹，这位拥护"法国人的阿尔及利亚"主张的殉难者表现了无畏的精神。出于对戴高乐的忠诚，执行一项违反自己心意的政策，同时却又要竭力按照自己的思想感情加以纠正，那就更需要英雄气概了。

但局势已变得十分严重。

米歇尔·德勃雷已不能和财政部长维尔弗里德·鲍姆加特纳和睦相处，德勃雷认为他是个软弱无能的人。

有人说，将军也感到财政部长已不再热烈支持他的政策。在这困难的时刻，将军逐个地征求部长们的意见。

戴高乐带着灰心丧气的声音对维尔弗里德·鲍姆加特纳说："我有时在寻思，我是否能完成我的任务，是不是因为我对于解决阿尔及利亚问题的方案带来了障碍。"

财政部长回答说："我本不应该对你这么讲。但既然你自己这样讲了，我可以向你承认，我也有同样的感觉。"

"那就是说，如果我继续待下去，你还是不会同意我的行动，是这样吗？我早就有些怀疑……"

不久以后，原法兰西银行总裁也向国家元首提出辞职。

1961年8月，乔治·蓬皮杜正在圣特罗佩度假。米歇尔·德勃雷请他到巴黎来要委他为财政部长。

　　大多数部长，尤其是蓬皮杜的朋友安德烈·马尔罗都非常希望他入阁。

　　他天生的威信、他同德勃雷的友谊、他的外交才能都会提高政府的工作效能。作为谈判的拥护者，他领导一个最重要的部，可以补救总理行动的迟缓。

　　蓬皮杜乘火车来了，这是坚决拒绝委任的表示。他向总理解释，他已经与政治分手了；另外，路特希尔德银行经理领导财政部不会不引起非议。

　　有人反驳他说："勒内·梅耶比你先进路特希尔德财团，但他入阁并没有引起非议。"

　　蓬皮杜认为两种情况毫无共同之处。勒内·梅耶是议员，担任的是公共工程部长，而且在当时是由议会来任命政府成员的。

　　蓬皮杜坚持己见，回到了圣特罗佩，一家人都感到轻松。

　　莱昂·蓬皮杜写给在阿尔比的一位朋友的信中提到："有人建议我的儿子在政府中担任一个职务，但他的前途是在银行界。"

　　财政部长的职务改由负责财政事务的国务秘书瓦莱里·吉斯卡尔·德斯坦担任了。

　　蓬皮杜拒绝委任所提出的理由是真诚的。政治生涯使他害怕，也使他厌恶。从路特希尔德银行到财政部的这条笔直的通道可能会引起舆论界的咆哮。但是，事情清楚地摆在面前，米歇尔·德勃雷和乔治·蓬皮杜在个性上是如此不同，他们和总统的关系又如此密切，对当前重大问题的观点更是如此对立，如果其中一个不是迅速迁就另一个，他们就不能合作。

不久后，戴高乐将军作出了关键性的决定。9月5日，他在一次大张旗鼓的记者招待会上对民族解放阵线进行了可怕的威胁：分离阿尔及利亚。他同时还讲到，鉴于北非各国政府的要求，对阿尔及利亚人作出了一个让步，撒哈拉将是阿尔及利亚人的。

谈判一下子就恢复了。由于本·贝拉同他的阿尔及利亚共和国临时政府的"兄弟们"之间的对立而推迟的第二次埃维昂会议终于举行了。即将签订的埃维昂协议是圆满的：以让步换取了对法国人、对法国的利益、对投资的保证。不幸的是，本·贝拉必须"尊重"协议，而这个过激主义者却没有在协议上签字。

不断地有人到拉菲特街向乔治·蓬皮杜报告，说他即将被召去掌握政权。10月，米歇雷来对蓬皮杜说：不好再拒绝了。

蓬皮杜回答说："你真使我为难。"

米歇尔·德勃雷再一次提出辞职后，写信给蓬皮杜，但蓬皮杜仍然拒绝，因为他不想重入政界。

1961年底，沙邦-戴尔马通知他说：

"你将被任命为总理。"

1962年1月，米歇尔·德勃雷亲口告诉他这一消息："你将接任我的职务。"

近2月底，乔治·蓬皮杜被召至爱丽舍宫。

将军对他说："你将领导政府。你没有权利拒绝。如果你拒绝，你将终身后悔莫及……"

　　银行经理很久以来就预料到这次召唤。共和国总统曾多次向他表示，对过去三年内他不在身边而感到遗憾。但这毕竟使他震惊，也觉得任务艰巨。昔日的教师想到自己今后要在新闻摄影机下过日子就深感害怕。他从来不希望得到引人注目的职位。他也丝毫没有追求过这个职务。而且家里……

　　"因为你去年 8 月拒绝担任财政部长，所以现在把吉斯卡尔·德斯坦留下好了。"

　　蓬皮杜还想推迟一下这件无法避免的事。蓬皮杜强调指出，米歇尔·德勃雷立刻离职将会使他很痛苦，不能等到下次选举再调动吗？到那个时候才改组政府显得自然，而且适应彻底改革的气氛，适应随着阿尔及利亚事务的解决而出现的缓和局势。

　　"不要把两件事联系起来。政府是一件事，选举是另一件事！"

　　因为对将军来说，总理只是共和国总统的助手而已，总统可以按照自己的意思予以任命，也可以要求他辞职。但很少人同意将军的这种看法。因为宪法没有规定总理由国家元首罢免这一条款。可是宪法的制定者戴高乐解释说，这个含义是包括在内的。如果总统拒绝召集内阁会议，拒绝签署命令、任命、预算和法案，总理怎么能行使职权呢？他势必要辞职。

　　戴高乐还认为，议会同样不能规定谁当他的总理。他不是英国女王，在英国是由议会的多数票来组成或解散女王陛下的政府的。

　　法国不是英国。在英国，一切都好办。两党轮流执政。时而这个党执政，时而那个党执政。两个党的内阁都已作好了执政准备，执政时间与同届议员们的任期一样长。

在法国，一切都有困难。思想分歧、政治派别同奶酪的牌子一样多。分歧总是保持不变。但政治派别之间，同赛马中三匹马的组合同样复杂，同样多变。如果让这些短暂的组合来为总统任命总理的话，那么就要经常改组政府和改变政策。这是人人一致谴责的议会制。

戴高乐认为，共和国总统领导着国家，在他身边的总理是他的助手，不能是一个党的领袖，不能和其他党派结成联盟、并由其他党派责成他执行某种政策。向议会负责的总理应该形成多数派，但如果国家元首认为必要的话，应该完全有更换总理的自由。他不能让多数派，甚至是他的拥护者所组成的多数派来为他规定一个政府、一项政策。

戴高乐就是在这种精神下任命新总理的，既没有向任何人谘询，也不是因为德勃雷内阁受到国民议会的威胁。

当时在保卫新共和联盟内部有人鼓动解散议会。议会已通过"埃维昂协议"，好象是毫不在意地通过的。一个顽强的反对派立即起来反对建立打击力量。戴高乐派对此非常气愤。阿尔及利亚战争刚刚结束，戴高乐在他的敌手看来就成了无用的人了。风暴已经过去，圣人用不着了……在对"埃维昂协议"的公民投票中，政府将取得胜利。保卫新共和联盟中有人认为——米歇尔·德勃雷也同样认为——在这种胜利的气氛中举行新的选举对戴高乐派十分有利。

报纸上对选举展开了议论，也向戴高乐提出了一些建议。

但将军不作回答。

戴高乐不解散议会有两个很好的原因。他不想再留任德勃雷，德勃雷经过三年紧张工作之后需要休息一下。米歇尔·德勃雷的一些思想并不是一直同将军吻合的。将军也需要松弛一下。但如果非常忠于领袖德勃雷的保卫新共和联盟在它取得公民投票的胜利和得到加强后重新在竞选中获胜，作为戴高乐派的多数派领袖的德勃雷不立即重任总理那才是怪事。

的确，米歇尔·德勃雷也是这样打算的；在他与将军意见分歧时，他已告诉蓬皮杜自己将辞职，让蓬皮杜来担任他的职务。然而，共和国总统多次坚决挽留了他……

戴高乐不解散议会还有一个原因。政府在国民议会拥有的多数派虽已岌岌可危，但还可以维持。戴高乐宁愿把解散议会这一着保留到出现真正危机的时候才使用。否则，如果选举不合他的心愿，如果在解散后的一年中突然发生意料不到的严重危机，宪法将不允许他重新解散国民议会，那么这一年就将非常难以度过。因此他不回答人们的询问。

公民投票是 4 月 8 日举行的，第二天戴高乐对蓬皮杜说："你来领导政府吧。"

1962 年 4 月 8 日的公民投票正如预料的那样是胜利的。第二天是星期一，米歇尔·德勃雷来到爱丽舍宫，主张解散议会。将军向他解释，解散议会要由他的继任者来决定，将军还对他表示感谢，拥抱了他并接受了他的辞呈。一小时以后，将军接见乔治·蓬皮杜，授权他组织新政府。

当时还没有人知道此事。议会走廊里流传的消息说，德勃雷即将辞职，若克斯或蓬皮杜将接替他担任总理。

　　路特希尔德银行经理在拉菲特街提出了辞呈。他当时召集起来的同事看到他既伤心又苦闷。他之所以伤心，那是因为米歇尔·德勃雷将再也不会相信蓬皮杜从前所做的一切都是为了使他继续担任总理。他之所以苦闷，那是因为责任的重担已落在他的肩上，他长期以来徒然作了这样的思想准备：做一个宁静的人，不出头露面。他既不是怀着政治野心长大的，也从未有过这种野心。国家的重任已落在他的肩上，这副担子是会压垮人的。他将成为一个出头露面的政治人物，这也是他所憎恶的。

　　事情发生了突然的变化。国民议会不理解戴高乐的上述推理，只看到总统的权力有多大。三年来受到反对派诽谤的米歇尔·德勃雷——纵然他建议解散国民议会——一下子反而成了议会自由的保卫者。人们断定，他之所以被罢免，是因为他想使体制有更多的自由，想恢复比较民主的议会制观念。

　　星期三，国家元首在内阁会议上宣布，公民投票的结果提出了一些重要的问题。但是到 4 月 13 日星期五才在一次非常内阁会议上宣读米歇尔·德勃雷的辞呈。这样就给乔治·蓬皮杜留有时间去进行他的协商工作。

　　在贝顿码头，蓬皮杜夫人同蓬皮杜一家在听到她的丈夫被任命为总理的消息时，仿佛是恶运降临了。

十、总理的飞黄腾达

一位部长说："戴高乐根本瞧不起我们，所以才派他的秘书来领导我们……"

对蓬皮杜的出任总理，不了解内情的人首先感到惊讶：乔治·蓬皮杜是法国第一任既非议员，亦非前任部长，又非"政界人物"的总理。

评论家们则从历史上去寻找先例。路易·菲利普曾经邀请不属于议会的莫莱伯爵参政，但莫莱伯爵是"抵制改革派"的领袖，曾经做过大臣。

蓬皮杜的情况肯定是史无前例的。

1962 年 4 月 13 日蓬皮杜被任命为总理后，议会为之惊愕不止。不同性质的反对派，把共产党人同"北大西洋公约组织"的保卫者和"大西洋欧洲"的倡导者联合起来，把社会党人和孟戴斯-弗朗斯派同苏斯戴尔派和"秘密军队组织"的支持者联合起来，异口同声地谴责总统未经议会同意就撤换米歇尔·德勃雷内阁的"非常程序"，而且认为任命议会和选举团所不熟悉的将军的私人助手担任总理，是对议员的"挑战"。

有人说，戴高乐把他 1958 年的原办公厅主任安插在总理府，好象又回到 5 月 13 日事件以后国民议会授予他全权的时期了。当时议会在授权以后即行休会，过了六个月，将军就当上了共和国总统。

人们还说，这是向总统专权制度迈出了新的一步。它又一次证明，公民投票只是一种巩固独裁的全民表决而已。

"在米歇尔·德勃雷任总理时期，戴高乐似乎还讲点民主，"《经常的政变》一书的作者弗朗索瓦·密特朗的朋友们这样说，"德勃雷是参议院议员，是经过选举产生的。而蓬皮杜则不过是体现了君主的随心所欲。"

又有人补充说，将军选择的不仅是一个不了解议会程序的人，而是路特希尔德银行的总经理，也就是说，从原则上说，这是法国最不得人心的人，所有的"反对派"都会反对的人。

乔治·蓬皮杜在师范大学时的一位老同学罗贝尔·普热却说，"只有戴高乐才有胆量做得出，不认识乔治的人不可能对将军选中的人表示欣赏。"

"在美国，这样的任命是没有什么可以大惊小怪的。美国总统在国会之外寻找助理，他在实业家、法学家、名教授中进行挑选。而在法国，我们还不习惯兼有总统制和议会制的 1958 年宪法。"

有一些无党派的观察家也赞成共和国总统的这一革新尝试。国家现在缺少伟大的行动家和思想家，因为这些人不愿在年青时代陷入地方选举的事务堆里。

此外，他们也承认这个革新是一场冒险。在美国，起部长作用的总统助理与国会没有关系。在1958年议会制破产后产生的半总统制半议会制的混合制度下，总理应该对国民议会负责。委托一个非议员在议会答辩时捍卫政府的政策，那是冒险的。做一个聪明人是一回事，做一个"护民官"和议会的韬略家则又是一回事。

他们说，这位新手的任务是特别艰巨的，因为随着1962年3月18日的宣告停火，阿尔及利亚的战争结束了，这场战争曾经使戴高乐成为不可缺少的国家元首，使米歇尔·德勃雷成为不可动摇的人物。

任命一个默默无闻的人充任总理出乎国人意料之外。首先他这个姓就令人好笑。在某些大资产阶级的圈子里，消息灵通人士甚至确凿有据地说，这是一个犹太人用的化名！

人们从新总理的传记里知道他的故乡是蒙布迪夫的时候，笑得就更厉害了。"蒙布迪夫的人，怎么会是一个波斯人呢？[①]怎么会出生在蒙布迪夫呢？"

突然进入总理府的神秘人物的初步介绍还将在其他方面引起震惊。

蓬皮杜是一个"普通公民"。

他是第一个不属于国内的抵抗运动老战士称之为"伦敦帮"的担任公职的戴高乐派。他既不是贝当分子说的"抵抗共

---

① 这是孟德斯鸠《波斯人信札》中的一句话，表示人们看到一个来自异域的人流露出来的惊奇。

济会员",也不是解放战士、地下活动的英雄、纳粹迫害的对象;既不是老游击队员,也不是1942—1944年阿尔及尔的策划者;不是1958年阿尔及尔的阴谋者,也不是公开拥护将军的军人,甚至连"保卫新共和联盟"的盟员也不是。

从某种意义上说,这是一个奇怪的人物,一个纯粹的戴高乐派,不属于任何派别。总之,如同许多法国人一样,他看起来是一个戴高乐派,一个新型的人物。

这种看法使不满将军身边的小圈子的人高兴,也使认为议员并不象他们所想象的那样深得人心的人高兴。

蓬皮杜总理的奥弗涅人好好先生的神气和浓眉下闪烁着的精明的眼光,使许多法国人认为他是一个令人安心的人物,是一场恶梦之后的温和政府的首脑。

事实上,新总理是在对议会最有好感的心情下上台的,他使人看到他决心在国民议会寻求最广泛的协助。

作为一个少年时代的社会党人、非殖民化的倡导者和一个自由思想者,他决不会被左派的意见吓倒。他得到总统的支持。在战斗时,总统得到左派的支持比资产阶级保守派的支持更大更多,现在战斗结束了,但是他仍然要在左派中发展拥护政府的多数派。

1962年4月12日星期四,乔治·蓬皮杜在外交部几间会议厅里设置了组织内阁的办公室。

他对这个地点的选择是有深长的意义的,他没有接受"保卫新共和联盟"的内政部长罗歇·弗雷要他去博沃广场的邀请。米歇尔·德勃雷还坐镇在总理府,他在第二天才正式递交辞职书。被瓦莱里·吉斯卡尔·德斯坦占据的罗浮宫有点"独立党"的味道。

外交部长是由一位大使提升的，所以没有政治色彩。

蓬皮杜对戴高乐派保持的距离，使最忠诚的戴高乐派既惊讶又愤怒。对不任命他们中间的人做总理，他们感到意外或者不快。

未来的总理在开始组织内阁时满脸笑容。

可是他却给他在贝顿码头的家庭带来了灾难。蓬皮杜夫人特别反对丈夫当总理。她讨厌政治。她曾为自己所嫁的人而醉心，因为他有独立的精神、逍遥自在、喜爱生活——这是师范生和马赛青年教师的特点。她欣赏蓬皮杜身上的知识分子和运动员的自由习惯，有教养的消遣，轻松的家庭生活，不拘小节的朋友往来，无拘无束的社会交际。她和丈夫过着一种无忧无虑的假期生活。他不是答应过她，从1958年5月到年底为戴高乐将军效劳六个月后，就再也不做政府机关的奴隶了吗？

他从来没有和她谈起过越来越迫切地要他当总理的邀请。

他没有征得她的同意便应允了将军。她决不答应象关在笼子里那样住在总理府，暴露在所有的人的好奇眼光之下，听任政治家的阴谋来摆布。她将在担惊受怕中度日。她的丈夫每天都有可能被暗杀，碰到冲锋枪的扫射和炸弹的爆炸。

在报上出现她丈夫的名字，说他可能继承米歇尔·德勃雷的时候，贝顿码头就接到过好些恐吓电话：

"蓬皮杜，我们要干掉你的狗命！"

"告诉他，如果他答应，他就得送命！"

蓬皮杜于是换了电话号码。

最近他每天早上在去银行上班之前，总要小心地把夹杂在他和他夫人的信件中的"秘密军队组织"的恐吓信挑出来销毁掉。

从这时起，大门口增加了手持冲锋枪的警卫，他们搜查来访者，检查证件。每一个包裹都要掂掂份量，摇一摇，听一听。一只从沃克吕兹省寄来的邮包被小心地打开，里面是乔治·蓬皮杜战时的勤务兵寄来的一串大蒜头。当时"秘密军队组织"的炸弹在巴黎各区爆炸。安德烈·马尔罗窗台上的一枚炸弹把一个无辜的小女孩炸成了残废。以杀死爱丽舍宫的主人为目的的阴谋正在策划中。

"每一个小时我都问自己，我的丈夫是否还活着？"总理夫人说。

蓬皮杜用一句笑话安慰他的妻子，他的镇静使全家恢复了安宁。崇拜父亲的阿兰为他的镇定而自豪。做个总理的儿子倒没有什么"开心"，可是这样一个"无忧无虑"的爸爸倒令人感到很光荣。

新总理只有四十八小时的时间组织内阁，要获得比他的前任还要多的多数派的拥护。除了"保卫新共和联盟"以外，他在各个党派里都有朋友。自从 1958 年以来，他与居伊·摩勒的关系一直很密切，摩勒过去是将军的国务部长。他不想联合公开反对第五共和国的社会党人，对极右派也是如此。但是在这两派之间，他倒想得到最广泛的支持，以建成一个缓和局势的和解的政府，让各个党派的人都担任部长。

　　然而，当时的气氛不欢迎这种各方面讨好的政策。报纸上说："戴高乐主义要实行'巡航状态'了。"所有的政党都坚决反对戴高乐建立打击力量，反对他的欧洲政策和他对待美国的僵硬态度。在这些政党领导人看来，阿尔及利亚战争的结束是摆脱总统制下的总统的好时机，总统使他们丧失了对全国的影响和操纵政府的机会。

　　蓬皮杜希望组织一个中间多数派，但是这个愿望看来很难实现。

　　这位政界的新手仍然怀着天生的乐观心情登上了政治舞台。他第一个电话是打给居伊·摩勒的，口气十分友好。

　　这位社会党领袖也用同样的语气回答了他。

　　"能够和您通电话真是高兴。我正准备来看您。但由于我们的地位，我现在没有多少能使您感兴趣的事可以奉告。"

　　蓬皮杜到埃德加·富尔家里去拜访他，这是他第一次和这位左派人物会面。曾经做过文学教师的蓬皮杜并不隐瞒原总理在五十四岁时还在准备罗马法教师资格的会考对他引起的好感。卓越的埃德加·富尔不久前曾被总统召见。人们曾经议论他可能当总理，可是不久他被任命为将军委派前往北京政府的非正式的使节。他不隐瞒他对戴高乐非常钦佩。如果他接受邀请，这就等于对激进党抛出一根缆绳。新总理请他担任国民教育部长，并负责科学研究。

　　埃德加·富尔受到他的本家莫里斯·富尔①的影响，回答

---

　　① 莫里斯·富尔（1850—1919）：法国作家，政治活动家，曾任国民教育部长。

说："亲爱的，第一次被开除出党，我感到很奇怪，如果第二次再被开除的话，那可有点……但是我非常乐意做您在参议院的私人代表。"

拉拢激进党的企图没有成功。

后来，埃德加·富尔后悔没有接受这次邀请。

"国民教育部再加上科学研究，这照理是很吸引人的。这是伟大的事业，伟大的战斗……我当时不愿意让人认为一个部长的位置就把我迷住了。但是这项工作倒是值得去做的。"

蓬皮杜又在人民共和党方面进行了一次重大的活动，他亲自去邀请皮埃尔·弗林姆兰。弗林姆兰勉强答应带着四个朋友一起参加内阁，他希望能使将军接近欧洲一体化的想法，但没有把握能实现这个希望。他坚持要争取罗贝尔·比隆，因为他喜欢比隆的乐观性格，而且有了他才可以团结人民共和党的左翼。

协助新总理组阁的奥利维埃·吉夏尔与斯特拉斯堡的莫里斯·舒曼通电话，告诉他将要设立一个规模巨大的本土整治部，这是一个很有前途的部门。这种规模是从来没有过的，它包括国家发展计划，大部分的国民经济、建筑和公共工程，约相等于政府全部计划的三分之二。还说莫里斯·舒曼至少可以做专门负责本土整治部的国务秘书。

"保卫新共和联盟"的部长们留任原职，如瓦莱里·吉斯卡尔·德斯坦，这是早已协商好的，还有顾夫·德姆维尔，他是将军外交政策的无可非议的代言人，受到国家元首的几乎是无限的信任。

乔治·蓬皮杜保留了刚接替罗歇罗担任农业部长的埃德加·皮萨尼。他对皮萨尼不太了解，只是因为需要一个参议员而留下了他。不久他就发现这位娶了茹尔·费里[①]的侄孙女的前任省长很有才能，他领导一个"困难重重"的部，他的才干、机智和灵活的外交手腕给他奠定了远大的前程。

埃德加·富尔拒绝担任的国民教育部交给了絮德罗，他在米歇尔·德勃雷政府里担任的是建筑部长。

"总之，您是要我向法国青年推销戴高乐主义吧？"新教育部长说。

组阁工作匆匆忙忙地结束了。蓬皮杜最后只剩下四十个小时了。他应该在星期六上午向总统递交部长名单，而到了11时30分，还缺少一位邮电部长。

奥利维埃·吉夏尔打电话给"保卫新共和联盟"的参议员雅克·马雷特，他正准备带着他的狗出去散步。

"马雷特，你愿意当部长吗？"

"别开玩笑！"

"我说的完全是正经话。蓬皮杜马上就要去爱丽舍宫，如果你同意，名单就全了。"

"那么，如果我的狗急着要早点出去，邮电部长就找不到人当了吗？"

吉夏尔已经挂断了电话，而参议员还是不相信。当他牵着狗回来，看门人——他已经在广播里听到了消息——向新部长

---

① 茹尔·费里（1832—1893）：1880年时任法国总理，推行殖民扩张政策。

祝贺时，他才相信他的朋友奥利维埃·吉夏尔没有拿这种正经事开玩笑。

"你搬到总理府去住吗?"将军问新总理，他希望总理的迁居使人感到内阁的持久性。

"我还在考虑，"总理回答，他不能说服他的妻子搬到瓦雷纳路去，并且他还想保持自己的自由。所以这里有一点实际困难。

几天以后，总统又问蓬皮杜什么时候搬到总理府去。

"我要做的事太多了，将军……"

问过三次以后，将军不再勉强他的总理使用共和国政府的房子和家具了。

为了保持自己相对的独立并且尊重夫人的独立，能够继续看到自己的朋友，蓬皮杜不愿意把自己关在办公大楼里去。

晚上去看看朋友，或者待在家里同儿子聊聊天，听听唱片，到饭店里吃顿饭，看看戏，所有这一切使他觉得生活保持了平衡。

突然升到国家领导人的地位丝毫没有改变他待人接物的方式，他仍旧与老朋友们往来，而且同以前一样亲热。总理府在它的主人身上没有产生任何影响。

警卫人员的保护使他感到讨厌，他采用巧妙的办法摆脱负责他生命安全的内政部长布置的日日夜夜的保护。蓬皮杜乘上他夫人的"波尔什"牌汽车，"甩掉"他的护守天使们乘坐的404型有喷射装置的汽车。他从总理府高速转弯，沿着瓦雷纳路疾驶。他熟练地驾驶着汽车快速前进，在一座房子前停车，从前门进去，后门出来，然后跳上他儿子的四匹马力汽车，这时候他的护守天使们还在盯住那辆"波尔什"牌汽车呢。

但是他不能摆脱其他的束缚。在奥维列埃的"白宫"里，弹子房变成了警卫队和共和保安队的宿舍，警卫人员在餐厅里川流不息。电话机旁终日有人值班，以截取"秘密军队组织"的威吓电话。大门日夜有人守卫，贝顿码头象爱丽舍宫的一个直属机构那样日夜有人巡逻。

乔治·蓬皮杜进入总理府后的第一件事，就是叫人取下办公室里那几个历史人物：黎塞留、科尔贝尔[①]、絮利[②]、马札林[③]的画像。

他说："画像画得不好，这些人物使我害怕。"

他自己带来几幅画，总理府的工作人员见了目瞪口呆，那是几幅抽象派的油画。

"这些画怎样挂，哪一边朝上？"他们问总理。

他在办公室里挂起了一幅相当大的苏拉热的作品，上面画着深浅不同的灰色的粗线条。抽象画派的鉴赏者说这是贝奥西人在拆房子，具有节日的气氛。他在这幅画旁边又布置了一幅十七世纪的挂毯：《摩西遇救图》。

安德烈·马尔罗借给他的一小幅布拉克[④]的静物和1954年6月18日将军的照片挂在一起，照片上的题词是："赠给

---

① 科尔贝尔（1619—1683）：曾继马札林之后任路易十四的首相。
② 絮利（1559—1641）：曾任亨利第四的首相。
③ 马札林（1602—1661）：红衣主教，原籍意大利，曾任路易十四的首相。
④ 布拉克（1882—?）：法国画家，立体画派创始人之一。

我十年来的合作者、伙伴和终身的朋友乔治·蓬皮杜。——夏尔·戴高乐。"

在客厅里路易十五式的办公桌上面的墙上，蓬皮杜挂了一幅尼古拉·德·斯塔埃尔①的红底灰色点画；一幅福特里埃②的画：在白色、灰色和褐色的画面上溅上绿色的油彩；一幅马克斯·欧内斯特③1961年的作品，画的是三个橙黄色的模糊的形状，是木棒、杉树，或者舞蹈演员，鉴赏家可以随便做出不同的解释。

在悬挂着斯尼代尔④画的一些典型的鸟的餐厅里，蓬皮杜挂了一幅贝尔纳·比费强劲有力的玫瑰色丹鹤。他喜欢在政府的镀金家具中间，布置一些他特别喜爱的一般的艺术装饰品。

一位部长问他："在您看来，这些东西表现什么？"

"很难对您讲清楚。您看这幅尼古拉·德·斯塔埃尔的画，对我来说它是严肃，我的性格的本质是严肃认真。我爱好的是质朴无华、崖石重叠的风景，如上普罗旺斯、奥弗涅、科斯。在文学方面，我的弱点是喜欢悲剧。在绘画方面，我既不爱好格勒兹⑤，也不喜欢纳提埃⑥。在爱情方面，容忍今天的青年为所欲为，我是既生气又伤心……"

"您热爱生活么？"

---

① 尼古拉·德·斯塔埃尔（1914—1955）：法国画家。
② 福特里埃（1898—1964）：法国超现实主义派画家。
③ 马克斯·欧内斯特（1891—　）：法国超现实主义派画家。
④ 斯尼代尔（1579—1657）：佛兰德画家。
⑤ 格勒兹（1725—1805）：法国画家，以绘家庭情趣和肖像见称。
⑥ 纳提埃（1685—1766）：法国肖像画家。

"是的，我热爱生活。但对生活的价值和乐趣，我有我自己的等级观点。我在各方面的欣赏和爱好，最后还是归结到严肃的事物上。"

这一天上午他非常自豪。

他的儿子阿兰很有天赋，免考拿到中学毕业文凭。昨天他刚参加了医科考试。

"考得好吗？"父亲问他。

"不知道，但教师对我讲的几句话，使我很高兴。"

"他对我说：'蓬皮杜？这个姓有点熟。啊，对了，你大概是总理的本家吧？你是第一个没有托人来打招呼的人。'"

"保卫新共和联盟"的议员们来向这位没有参加他们的党的总理致敬；他们看到抽象派艺术闯入富丽堂皇的宫殿和古色古香的家具中间来，感到十分气愤。

总理对他们说："卸任以后，我在这里留下来的东西可能就是这几幅画！"

"依我看，他下台以后，首先要清除的也就是这些乱七八糟的东西。"一个有象征性的无条件拥护戴高乐的人公开这样说。

埃德加·富尔以前只做了四十天总理就瘦了十公斤，他曾为了五亿法郎和十张选票而疲于奔命。在第四共和国时期，总理在接待来客时经常被电话打断。现在的总理接见的来客奇怪地看到三刻钟没有一次电话。蓬皮杜和戴高乐一样，不许人叫他听电话，不但如此，他还带着他的客人远离他的办公室和他个人的电话机到一间客厅里，和他们一起坐在沙发上安安静静地谈话。

最初几次会议是在乔治·蓬皮杜的办公室里召开的，他召集部长和他的助手讨论他的就职演说，其中有他的助手奥利维埃·吉夏尔，此人比蓬皮杜更熟悉政界的情况，有负责和议会联系的迪索，还有顾夫·德姆维尔、吉斯卡尔·德斯坦、阿兰·佩雷菲特，等等。

总理准备了一份草稿，他正在提高声音读下去。但是，每个人都进行插话，要求增加一段和自己的部有关的话；建议去掉一节，避免得罪五名议员；增加几句话，这样可以争取十张选票。

新总理接受所有的意见，采纳所有的建议。他对这篇象百衲衣似的报告并不满意。这篇演说也确实不伦不类。

在来到国民议会的时候，我们的教师显然心里很紧张。一想到要抛头露面，要当着大庭广众发表演说，他就感到反感。进入半圆形的议会大厅时，如果没有人护卫，他说不定会走错门的。

议会对他很冷淡，他没有在这里表现出自己的能力。因为他离不开讲稿，两臂象电线杆一样撑在讲台上，弯着身子念他的就职演说。

这一天，议员们发现他既不是演说家，也不是足智多谋的政治家，更不是富有魄力的人。

埃德加·富尔向他建议说："你还是戴一副双光眼镜吧，这样，您可以眼睛向上看听众，如果需要的话，也可以向下看稿子。"

在他下决心经过充分酝酿后不事先写好讲稿就放胆即席演说之前,演说家的这个小小"诀窍"帮了他不少忙。

他后来说:"当我发觉在议会上讲话并不比在存心捣蛋的班级里上课更困难时,我对讲坛就不再紧张了。总的来说,要熟悉自己要讲的东西,而不是需要稿子。要把讲稿背出来,我可没有这么好的记忆力,除非是诗,但是对于我所了解的东西,总是可以临时编出话来的。"

不久,人们在议会里就发现乔治·蓬皮杜反应敏捷,善于反驳,而且往往咄咄逼人。

弗朗索瓦·密特朗和安德烈·尚德纳戈尔后来发现他有点盛气凌人,这是对朋友的怨恨呢,还是刚上任时受到冷淡、曲意结纳而遭到拒绝后的余恨呢?

有经验的人发觉这位新入政界的人物非常敏感,不象乡下来的新手那样反应迟钝。

总理开始在电视中出现。电视使他成为一个有名的政治家,虽然他三年中只举行过十几次"炉边谈话"。第一次在总理府白厅试讲时,他感到很不自然,因为没有谈话的人,于是就采取接见记者的方式。

总理对他的朋友们说:"我在寻找一个简单的表达方法,要使电视观众感觉到仿佛是一个他们可以随时参加的公开辩论。辩论的问题是大家都可能提出的问题。但是我不愿意使这种形式庸俗化,让知识分子感到讨厌。"

这是师范生要费神考虑的一件事。观众往往希望总理不但谈一般的概念，而且谈问题的实质。因为由政府负责人来"清清楚楚地说明当前的问题"，这在法国还是少见的。

乔治·蓬皮杜解释道："我很快就习惯了，电视台的气氛令人安心。电视技术人员根本不管你讲的是什么。观众非常好，他们无法喝你的倒彩……"

晚上出现在电视观众面前的这位新客人，态度和蔼，又很严肃。他经常同观众谈当前的困难，对于令人欢欣鼓舞的远景，他谈得比较少。但是他不进行论战。他说话不带刺，他在电视屏上显得有个性，有份量，音量适中。

《惊人新闻》节目的记者皮埃尔·拉扎雷夫说："甚至他的笨拙也对他有利，虽然他在电视上安排的记者谈话很容易给人看穿……但是这种手法也是令人同情的，因为人们能够猜到他的难处。他说话诚恳，既不卖弄口才，也不自以为高人一等。"

占有电视是一回事，表演得怎样又是另一回事。要使一个平庸的演员演好一个角色，单靠一场戏是不够的。

蓬皮杜电视讲话后收到的信件很能说明问题。电视观众和他治下的百姓象给一个交情极深的老朋友、家庭父兄一样地给他写信。

他们寄照片给他，"使您认识我们，象我们认识您一样"。他们请他签名。总理每天要签名三十多次。他们和他亲切地"讨论问题"，继续进行"那一天"他已开了头的谈话。他们提出意见和建议。他们征求他的意见：一个做父亲的，老伴故世了，女儿每天晚上很晚才回家，不知道该怎么对待她，——女儿已经成年了，——问他应该怎样办？……一个姑娘怀了孕，不敢告诉自己的父母，请他给她出个主意；……另一些人告诉他关于家庭不和的事。有人请他对一个青年指出人生的目的。自然也有人向他要求工作，通常这不是向一位政治家去要求的，比方到有钱人家里当园丁，当家庭教师。

剖析新总理的评论家们，觉得他有激进党总理的忠厚长者的风度，认为他倾向于和解与妥协。

一份周刊这样总结道："原子弹的力量要看掌握它的人的力量。法国的原子弹将取决于掌权者。蓬皮杜是不会使用原子弹的。"

的确，乔治·蓬皮杜有他好好先生的一面，这是出自乐观精神很自然的善意。

在他身上没有政客那种紧张情绪。政客天生要争权，再加上职业的影响，他们没有其他的愿望，只有对政权的野心。

蓬皮杜由衷地向祝贺他的朋友们说：

"将军信任我，我很高兴，而生活竟然给我带来我从来没有想望过的这个地位，又使我吃惊。不过，应该承认，我接受了这个位置，也作了不少的牺牲。……但是，如果有必要的话，我也将高高兴兴地离开这个位置。我还有其他的出路。"

某些观察家认为他是过渡总理，但是他是怀着快乐的心情来学习经验的。

弗朗索瓦·布洛克·莱内当时就说："他给人一个令人安心的印象。一个有钱的人管理国家事务，是不想来发财的。他不需要权力。他用不着牺牲某些事物来保持自己的地位。"

蓬皮杜是以和蔼可亲的非职业政治家的名声上任的。他接待他的部长们的态度首先证实了这个印象，而且在一段时间里使部长们十分高兴。

在米歇尔·德勃雷执政时期，重要的案卷都有两份，部长有一份，总理也有一份，而且总理的一份材料更丰富更详尽。部长来见总理，会发现他已经把要讨论的问题作出了决定，德勃雷事先已经知道对方可能提出的反对理由，他故意显得很专心，但是耐不下心来。一听到和他意见相反的陈述，他的腿、他的胳臂、他的上身以至他的全身都"表示反对"。最后是总理口授指令。

而蓬皮杜却对他的部长说："我亲爱的朋友，我可一点也没有替您作决定的意思，来干您这一行。"

但是，他的合作者在日常工作中却逐渐发现一个和外界传说完全不同的人物。

开会时，总理让每个人发言，大家很快就明白了其中的道理：他对自己不懂的问题从来不开口，他尽量让别人发表意见。他躲在熏得他眯起左眼的香烟的烟雾里，有时仿佛心不在焉，然而在一个小时甚至六个月之后，他会拿出一长串数字来，那是他在似乎陷于沉思的时候记下来的。他是一个特别谨慎的人。

还有一件惊人的事：他有很强的接受能力，他象水泵那样去汲取知识。

一位部长说："乔治·蓬皮杜进行探索工作，象攀登阿尔卑斯山的运动员一样，采取分段进行的方式。他要花两年时间来学会掌握国防事务……"

一位熟悉内幕的阁员反驳道："完全不对，他一上任就象一位法官那样钻到国防部的预算中去了。第二个月，他又着手研究第二次计划拨款法案，但是谁也不知道，他从来没有露过消息。"

总理解释说："一般来说，我的工作是分三个阶段进行的。

"首先，我总的了解一下问题，并不急于解决。我先听取每个人的意见，从各个角度进行研究，从中找出主要实质。一个复杂问题往往可以归纳成两、三个要点就行了。

"然后，我尽最大的努力向有关的负责人解释要点的内容，通常总是根据这些要点作出符合逻辑的决定。

"第三个阶段是：在进行这些讨论时，我有充分的时间考虑，逐渐形成一个成熟的、明确的意见，于是决定一个原则，并且坚持下去。以后除了事实证明这是一个明显的错误以外，什么也不能使我改变主意。

"当然，执行决定的办法可以随着时间的不同而有所改变。"

这样，在周围的人中间便逐渐出现了总理的真正形象，同他们以前想象的激进党的忠厚长者是有天壤之别的。

这个形象是由许多重叠的底片组成的，象刚发明摄影时纳达尔[①]印制的相片一样。它是由截然不同的形象组合成的……

他虽然不象是一个专门搞这项工作的，但是极端负责。他是一个波特莱尔的爱好者，但却象鸷鸟一样用爪守卫着国家的

---

① 纳达尔（1820—1910）：法国摄影师，当时名人的照片差不多全是他拍摄的。

财产。他经常挂在嘴上的一个问题是："这要花多少钱？"这个人总是倾向于赞成财政部长，而不大赞成花钱的部长，因而使某些人怀念起米歇尔·德勃雷来，因为德勃雷作出的决定总是比较慷慨的。

这是一个对理论、空想和思想体系无动于衷的讲究实际的知识分子。

这是一个能使对话者感到无拘无束的外交家，他希望他们一切称心如意。总之，和戴高乐将军比起来，他还是乐意帮助别人的。戴高乐将军往往使他的客人当场出丑。不过，蓬皮杜的友好的眼光有时在香烟的烟雾里会突然变得相当严厉、无情，那是他的敏锐的目光在观察周围的人某些活动的真正动机。

这是一个细腻的人，他对于应该做的和不应该做的都非常敏感，对粗鲁、庸俗和政治上的虚伪容易起反感。他那严肃的本质表现为顽强的决心，不过隐藏在朴实和愉快的外表下，不易觉察罢了。

这是一个"柔中有刚"的人，一个自由主义者。他尊重自由，关心社会正义，随时准备帮助别人，喜欢做圣诞老人。

为保持法律的公正，他在内阁会议上讨论一些次要问题时，态度之激烈引起人们极大的震动。

将军希望恢复勋章的价值（由于大量颁发勋章，荣誉勋章的价值已经大大地降低了），准备以后只颁给有战功的军人，建议另外建立功勋勋章的勋级，奖给在工作中有成就的非军事人员，同时取消了十八种勋章。

总理问道："那么劳动勋章呢？如果取消劳动勋章，您就剥夺了从事平凡工作的劳动者的自豪感。功勋勋章将成为资产阶级的光荣，我知道以后必然是这样！一位司长能够得到的勋章，护士或手工业者休想得到它。"

为了劳动者能得到勋章，蓬皮杜进行了真正的战斗。

在反对军事法庭方面，他的斗争更加坚决了。他认为不应该在两个月之后，而应该在开始预审时就允许被告有辩护律师。

"我们不要忘记掉德雷菲斯事件！"他说。

多亏他的努力，军事法庭的刑事被告才能和平民一样享受正常的辩护权利。

德勃雷的朋友们说："米歇尔·德勃雷和将军一起度过的是艰难困苦的年代，而蓬皮杜来的时候，已经是太平时期了……"

如果将军的前任办公厅主任真的等待阿尔及利亚恶梦结束、太平时代到来以后再上台，那他就错了。因为他上台后，许多困难会很快地相继而来。

相反地，新总理的朋友们却说，正是因为最困难的时期到来了，蓬皮杜才被召到总理府来的：当时正是阿尔及利亚的法国人伤心失望和反对恐怖主义的斗争正在积极进行的时刻。他们说，德勃雷走了，因为国家元首要让社会舆论感觉到，任何人对"法国人的阿尔及利亚"的同情都不能阻止反对暗杀的活动。在议会里，在全法国，另外一个困难时期也要开始了。戴高乐为谋求结束北非的悲剧，所同意的停战随着埃维昂协定的签订也实现了。他们说，现在不需要"停息风暴的圣母"了。所有反对"6月18日的人物"的人，团结起来，准备把他打倒。

内政部长罗歇·弗雷说："公安部门现在正全力镇压恐怖活动。"

但是，在阿尔及尔和瓦赫兰还是一片混乱，象世界末日来临一样。

这两个热闹的北非大城市里的欧洲人不肯投降。"民族解放阵线"六年的恐怖活动使人不得不接受"阿尔及利亚人的阿尔及利亚"。但是暴力也可以推翻历史，得到正规军同情的分裂分子、"秘密军队组织"的军人，企图证明新阿尔及利亚没有他们就不能成立，即使把阿尔及利亚变成血海、变成废墟也在所不惜。

阿尔及尔和瓦赫兰正在组织城市暴动，"秘密军队组织"指挥一切。它通过地下广播、传单和号外传达它的命令，不服从罢市命令的商店都遭到炸弹的袭击和机枪的扫射。电话总局被炸毁。省政府和政府机关受到枪击，穆斯林也开枪射击，枪声四起，接连不断。大学生和中学生带着手枪和手榴弹上课。反"秘密军队组织"的突击队以恐怖还击恐怖，以暗杀还击暗杀。"秘密警察"的队部连同它的武装人员一起被炸。

当局好象无能为力了。治安部队的汽车变成了射击的目标。警察局不得不关闭，因为警察局的武器架上的军械突然被暴动者抢劫一空。屋顶和平台都变成了制高点，暴动者看见阳台上有人就开枪。

克里斯蒂昂·伏歇把阿尔及利亚临时政府安置在筑有防御工事的罗歇-努瓦行政区，刚从弗雷纳监狱出来的阿卜德拉曼·法赖斯任临时政府主席。7 月 1 日的阿尔及利亚公民投票需要进行准备。临时政府在过渡阶段逐步接收埃维昂协定规定的权力。但是"民族解放阵线"的游击部队在内地强取豪夺，富尔盖将军严禁法国军队还击。

总而言之，是一片混乱。即使是在"街垒战"时期、1961年"军事暴乱"时期，阿尔及利亚的形势也没有这样严重。

在罗歇-努瓦，克里斯蒂昂·伏歇至少还可以庆幸有总理在全力支持他。他每天同总理通两、三次电话，后者鼓励他，同意他就地权宜行事。

"无论你采取什么决定，我都支持你！"

乔治·蓬皮杜任总理的初期，还受到另外一些考验：他的政府基础不稳，拥护他的是微弱的多数。在最意想不到的地方，他受到了严重的打击。

将军习惯于在记者招待会召开以前，预先把他讲话的主要内容通知总理。

新政府成立后一个月，1962 年 5 月 15 日，将军把当天下午将要在一千名记者面前发表的声明内容告诉了总理，可是在招待会上，蓬皮杜吓了一跳。

戴高乐出其不意地对斯特拉斯堡的议会——"它已经在被抛弃，停止活动了"——对"一体化"来了一个猛烈的攻击。

总理最爱好诗歌。但是为了讽刺人民共和党极其重视的所谓欧洲议会的形象，引用了拉辛的诗句，使政府的希望成了泡影：政府再也不能争取多数议员的支持了，戴高乐派和国民议会（在国民议会里，支持欧洲一体化的议员占多数）的关系再也不会正常化了。

总理看看弗林姆兰！国务部长脸色铁青。

为什么要这样发作呢？4月上半月，将军以为他要实现欧洲各国政府联盟的政策已经达成了协议。他在都灵会见了意大利总理范范尼，在卡德纳比亚第二次会见了德国总理阿登纳。但是比利时和荷兰不管英国愿意不愿意硬要把它拉进大陆的组织里来，因而明明已经达成的协议又告破产。真令人恼火。尽管人民共和党人在政府里有五位部长，他们仍然在国民议会攻击将军的"外强中干的孤立政策"，于是将军就"欧洲一体化"对他们进行报复。

皮埃尔·弗林姆兰说："真糟糕透了！"

戴高乐对总理说："随他去吧，他们以后会学乖的！"

晚上，人民共和党的五位部长提出辞职。

将军说："这是心血来潮！"

整个晚上，总理都在劝说弗林姆兰及他的朋友们留下来，但是白费口舌。

独立党也命令他们的部长脱离政府，但是，这些部长最后被说服仍留原职。

"欧洲一体化"将人民共和党推到反对派那边，因此赞成蓬皮杜的人比以前赞成米歇尔·德勃雷的人还要少。

"不要灰心，蓬皮杜！政府取得埃维昂协定的胜利后，议会多数派已发生危机，从现在看，解散议会是不可避免的了。"

但是另外一个危机早已出现了。在新总理所能想象的危机中，再没有比这一次更为严重的了。

十一、蓬皮杜与戴高乐

　　1962 年 4 月就任总理的乔治·蓬皮杜是一位传统的政府首脑呢，还是如同反对派所说的那样，是个普通雇员、总统"指挥部的秘书"呢？

　　这个问题值得研究，尤其是因为戴高乐的体制在新宪法通过之后比起以往的体制来，实际上有很大变化。

　　法定制宪人戴高乐将军在 1958 年使议会通过一部措辞含糊的宪法。对这部宪法，一开始就各人有各人的理解。拥护传统的共和国制度的人认为这是执政政府的议会体制。这一点戴高乐将军也承认，总理应当对议会负责而不是对总统负责，总统只应当是仲裁者。

　　但是政府应当有足够的方法对付议会的一意孤行：议会如果推翻内阁，政府有权解散议会，诉诸全民投票，使政府为了保持稳定而拥有打击力量和起决定作用的威慑力量。

　　戴高乐将军当选为总统之后，他的政敌露出一副愤懑的面孔，名义上是总理，实际上，政府就是他本人。

实际上，把共和国的权力交给 6 月 18 日的人物时，每个人都很清楚，他将广泛地使用这些权力，而且这是早在预料之中的，因为问题在于结束阿尔及利亚的殖民化和叛乱，而这些问题唯有他才能解决。

人权同盟的阿尔贝·巴耶说："戴高乐不过是应付一时的困难罢了。"

国家元首遭到谴责的第一项革新是关于"保留权力范围"的问题。

1959 年的"保留权力范围"不过是 1958 年，也就是说"改革时期"遗留下来的那个范围。那时戴高乐是总理和法定制宪人，他让他的办公厅主任乔治·蓬皮杜在他的监督下负责处理政务，而自己则直接处理阿尔及利亚的危机和主要与阿尔及利亚问题有关的军事问题、外交问题以及法兰西共同体问题。

米歇尔·德勃雷担任总理之后，分工负责的制度继续存在。

米歇尔·德勃雷在阿尔及利亚问题上的个人看法并不总是和国家元首的看法相同，在对外政策问题上也是如此。这一点人们已经议论得相当多了。只有在总理保留个人看法的条件下，才有理由实际运用"保留权力范围"，戴高乐才有权直接控制高级将领、武装部部长、外交部长、共同体各国。

埃维昂协定已经签订，米歇尔·德勃雷无疑是希望在新的议会选举——他希望戴高乐派在议会中取得多数——之后，他在 1958 年曾经捍卫过的具有权威的议会制度能在一定程度上实现正常化。他也许希望总理能有较大的独立性，并按照英国的体制，成为多数党的领袖。

但是，戴高乐既不愿意成为英国女王，也不允许议会把一位总理或一党的意志强加给他，因而他召来了乔治·蓬皮杜。

随着乔治·蓬皮杜的到来，仅在实践中存在过的"保留权力范围"很快就消失了。在国家元首和当了总理的前办公厅主任之间，建立了一种新的合作关系。

社会党人尚德纳戈尔说道："'保留权力范围'实际上已扩大到全部国家事务中去了！"

这是一种看法。

蓬皮杜是以一个门生来找老师的心情上台的。他和戴高乐意见完全一致。对他来说，没有什么"保留权力范围"，他和总统在所有的范围中都进行合作。

他不是一位政治家，不需要表明自己是个与总统有别的实体。登上前台演出，他甚至觉得难受。他本来是戴高乐将军的幕后谋士，他很乐于担任这个角色。这并不是因为他没有个性。他个人办事既有魄力，也能服从自己上级的领导。他甚至和戴高乐一样，有军人的等级观念！这也是实业界的等级观念。

他对这位能够给来访者留下深刻印象的将军的高超智力深为钦佩，而且比任何人都更了解他。在他看来，戴高乐担任总统是国家的幸运，因此他从来没有想到应该限制总统的权力范围。他是为了在一切问题上尽最大的可能和戴高乐进行密切合作而来的。

　　他一下子便进入了军界人士称之为对国防问题有最后决定权的"电钮"，即权力的核心。两个脑袋合戴一顶帽子——类似戴高乐将军的军帽，所以他们的想法和决定是无法区别的。

　　反对派抗议说："总理如果无权，怎么能够治理国家？两个头的政府，双头主义是无法接受的！"

　　戴高乐派反驳说："这纯粹是诡辩！只要总理是戴高乐的人就可以接受。米歇尔·德勃雷不是被免职，而是他辞职的。再说，如果总理和总统意见不一致，总统不再签署总理的法令，不再召开国务会议，总理怎么能够治理国家呢？他势必要滚蛋。"

　　对乔治·蓬皮杜来说，事情很简单，在戴高乐将军的领导下，他和戴高乐将军共同执政。如果他和戴高乐将军意见产生不一致时，他只有一个选择：不是服从便是辞职。

　　当戴高乐将军没有征询内阁的意见，便突然对"多国的欧洲"，对"欧洲一体化"问题，采取了引起人民共和党的部长们辞职的立场时，蓬皮杜也没有起来反对。

　　在儒奥将军事件上，蓬皮杜提出过辞职。

　　乔治·蓬皮杜就任总理前三天，1962年4月13日，最高军事法庭判处阿尔及利亚"军事暴乱"副司令、原空军指挥官儒奥将军死刑。儒奥将军在看守严密的监狱里，对期望可以得到赦免已不存幻想。

　　5月23日，判刑的最高军事法庭在审判4月18日逮捕的"秘密军队组织"和1961年暴乱的最高首领萨朗将军。判决是出人意料的：免于死刑，终身监禁。

街头巷尾议论纷纷，有人还说应无罪释放萨朗。戴高乐将军暗中生气。他认为对萨朗从轻量刑，就是以某种方式使军人叛乱合法化，就是同意赦免或者不处分服从萨朗命令的叛乱军官和恐怖分子。

总统撤销了最高军事法庭。但他仍决心处决儒奥，免得将来审判恐怖分子时，执法者援用总统对首犯的宽大。

儒奥向最高法院提出上诉。如果最高法院接受上诉，那就肯定会得到赦免。

一些法学家认为最高军事法庭的决定是不能上诉的，总统当初设立这个法庭，就有这个意图。他不允许上诉。

另一些法学家则认为没有任何法律条文规定不许向最高法院上诉。司法部长让·富瓦耶先生也是抱这种观点的法学家中的一个。

乔治·蓬皮杜坚决反对处决儒奥。

他不是以法学家的身份提出自己的意见，而是以一个普通人和一个政治家的身份提出这个意见的。

他的观点是，判决萨朗之前，即使把儒奥枪毙十次也不为多。判决没有执行，这是因为人们等待着判处萨朗将军的死刑，要让叛乱的首领——最高首领——用他的生命来抵偿用他的名义犯下的罪恶。至少社会舆论认为，可能国家元首也这样认为，如果处死萨朗，儒奥就可能免于死刑。

萨朗免于一死，儒奥的处决就变成是代人抵罪了。这是违背道德的。

总理焦虑不安达半月之久。他的合作者和朋友们发现他神情恍惚，"面色象死人一样"。每当他在戴高乐将军面前影射奥古斯都①的宽宏大量的时候，总是碰到将军愠怒的目光。

"您只看到应该拯救一个人的生命，我看到的是成百上千的生命……国家呢？难道不应该拯救吗？"

儒奥将军从狱里写出一封信，承担了叛乱和恐怖行动的全部责任，号召他的部下停止一切非法活动，并请萨朗将军也作同样的声明。

乔治·蓬皮杜决定发表这封信。

最后，总统要在司法部长提交的有关可以上诉的文件上签署意见的日子终于到来。

总理陪同司法部长来到总统府。

让·富瓦耶先生陈述了接受上诉的理由。接受上诉，实际就意味着同意赦免。

戴高乐一声不响地听着。他向司法部长道谢并送他走了，却把总理留了下来。

蓬皮杜把所有应该宽大的理由又复述了一遍。话里的意思是：如果不能说服将军，他宁愿辞职。

戴高乐站起身来回答说："谢谢您，总理先生。"

在两天中间，乔治·蓬皮杜自以为是已经辞了职的人。他从总统府回来时忧心忡忡，但也觉得了却一桩心事。他已经尽到了责任，决定权不属于他。

当天晚上，蓬皮杜召见了负责改革行政的国务部长路

---

① 奥古斯都（公元前63—公元后14）：罗马帝国皇帝。

易·若克斯。后者在内阁里和总统的心目中是个副总理的角色。

"亲爱的若克斯，明天您要当总理了。我刚才提出了辞职。在儒奥问题上，我不同意戴高乐将军的观点。"

"我明天也当不了总理，因为我的想法和您的一样！"

"那么，去把您的看法告诉他！"

若克斯前往总统府。

"我是来管闲事的，将军……"

"嗯，嗯！"

"但我应该告诉您，我认为不该枪毙儒奥。首先他是个头脑简单的人；其次他是一个在阿尔及利亚出生的法国人；再说，这也是我们的错误，我们把指挥权交给了这样一个人，并使他有可能到阿尔及利亚去。"

"亲爱的若克斯，我是要对国家负责的人。十年以后您也可能当政。将来您也会看到一位将军起来反对共和国，原因是我今天赦免了儒奥。那时您想到我，就不会原谅这件事！我不能改变我的决定。"

然而，第三天，蓬皮杜通过总统办公室获知戴高乐将军不反对受理上诉。这显然意味着他也没有辞职的问题了。

几天以后，戴高乐将军向蓬皮杜解释了他如此决定的理由。是什么理由呢？

据说，戴高乐将军实际上是强迫自己同意不执行判决的，对国家来说，这是姑息养奸。他衡量了姑息的害处，也衡量了总理辞职对国家造成的不利，觉得后者大于前者，于是只好同意。

总理确实是个混合物。宪法规定政府决定和掌握国策，但又规定执行权由总统授与。

一方面，按照戴高乐的想法，总理不过是国家元首的影子和代言人。各部部长是总统的代理人。议员当部长，必须辞去议员职务。总理不是内阁会议的主席，只是首席部长。总理要召开内阁会议，必需有国家元首的书面决定，如果总统不在，内阁会议只能讨论总统所规定的议事日程。

另一方面，总理又是一个重要的人物：国家的第二号人物。他执行总统制定的政策。他是执行政策的人。只要他和总统意见一致，他就可以一直执政。

但他主要是对议会负责的政府首脑，当然也是议会多数派的领袖。

戴高乐将军的推理是以法国是一个多党制国家为依据的。按照他的想法，一个政党不能体现多数派，一个党团也不能体现多数派。乔治·蓬皮杜说："多数派是由全国和议会里一切支持总统行动的人组成的。"

换句话说，戴高乐不愿受某一个政治组织的约束，即使是他自己的政党和他们的同盟者的约束也是如此。总统是由人民选举出来的，他是独立的，和同样由人民选举出来的议会无关。议会无权选举政府首脑。总统可以按照自己的意思组织政府。然后政府在支持国家元首的议员中寻求多数派。

总理不是由竞选中得胜的政党指定给戴高乐的，象在英国指定给女王那样。法国的总理是多数派的领袖，而不是一个组织或暂时结成多数派的集团的领袖。

这个概念不是所有戴高乐派都满意的。保卫新共和联盟内部出现了一股强大的思潮，要把该党变成一个包括中间派组织的群众性大党，该党领袖将能够被选为第一号人物，同时也能够做总理候选人。

换了另外一个总统，也许能够以另一种方式来运用目前的政治机构。总理也可能变得和以往的内阁总理差不多。

但是，无论是蓬皮杜、比内还是德费尔做了爱丽舍宫的主人，都不会同意当傀儡总统的。因此，人们今天称之为"法国式"的，也就是说国家元首绝对统治下的议会民主制度很可能一直存在下去。除非全国多数人起来反对总统本人。

今天的总理和过去的总理究竟有什么主要的区别呢？

过去的总理原则上代表一切，而实际上起的作用不大。议会两院选出总统，但是不许他治理国家，国民议会任命总理，但是不让他有权管理国家。内阁会议是个小型议会，每位部长都代表一部分议员，而议会继续不断地向他指出他在什么条件下才可以留在政府里。在这个小议会里，多数派总是阻止总理采取行动。每一位部长有他自己的政策，只有在他们愿意的时候才服从总理的命令。

总理的大部分时间都是用来在议会里乞讨信任票，和应付四面八方在电话里提出的要求。

各个部不断需要进行调整，以保证政府大体上能保持稳定。调来调去的部长们对政务是熟悉的。不管怎样，行使权力的反正是各部门的领导人。政府只有陷入无能为力的地步，才能保持稳定。由于没有稳定的多数派，任何重大问题都无法解决。

总理的生活真象一场恶梦。

但是，在拥有无条件服从的多数派的戴高乐领导下的总理，可能看起来仅仅是国家机器的一个次要的齿轮。但是总统赋予他的权力比过去总理的权力要大得多。他可以左右各部，这在以往的制度下是没有的。当然，这并不排斥私人之间的对立，势力的斗争，越过总理向最高当局告状。但是，尽管有这些人事纠纷，总理还是握有实权的，而且有大量工作要做：不断仲裁各部之间的纠纷。总理的仲裁就是决定。

各部部长从此能够领导所属各部门了。过去各部门是由"领导人俱乐部"代表行事的。现在部长们的稳定地位，特别是掌握一切重要文件的总理的稳定地位，使各部门领导人参与政府的决定，但不拥有权力。部长的工作增加了，但责任要由上面来承担。

国家事务是否管理得比过去更好呢？

当权派和反对派还在公开争论。政府的效能无疑是提高了。象非殖民化这样一个重大问题，政府也能够解决，并在某些方面获得了巨大的成果。政府为过去无人关心的数百万儿童开办了学校，进行了一些革命措施，如本土整治计划，巴黎中央商场的迁移。要做的事情还很多。然而，行政机构已经臃肿起来了。老百姓感到、议员们有时也感到无法对付，对令人窒息的官僚主义，他们本身也没有保障。那些乱七八糟的规章制度都是用老百姓看不懂的行政语言写成的。

人们不禁要问，总理和国家元首的日常关系是怎样的？

乔治·蓬皮杜上台后的几个月里，当权派圈子里的每一个人都试图用比较蓬皮杜及前任总理的办法来回答这个问题。

一位部长说："米歇尔·德勃雷是个'受苦的戴高乐派'，他总要经过长时间的争辩才勉强同意戴高乐的主张，他只是为了执行这个使他痛苦的主张才离开总统府。

"乔治·蓬皮杜是一位'胜利的戴高乐派'，他不需要作任何努力就能同将军口径一致。他的反应同将军一样。他们的观点相同。总理绝对信任总统的'雷达'。他们用相同的步伐一起前进。

"在阿尔及利亚政策问题上，德勃雷为了实现自己关于法国利益的想法，为了给将军效劳，总是试图缚住将军的双手，把将军引入'法国人的阿尔及利亚'的道路上去。

"蓬皮杜从未感到需要偏离将军的路线，他很自然地留在将军的路线上。

"现任总理给总统府带来了愉快。他的每一次来访就好象是给人服一粒'开心丸'。我们已长久没有这种感觉了。

"他比任何人都更了解将军的工作方式。他不妨碍将军工作，不给将军制造难题。他很坦率。除非他不得不表示看法的时候，他不说任何人的坏话。他缓和矛盾，平息争端。他从不挑唆别人相互怨恨。

"和他在一起使人觉得亲切，看见他进来就让人觉得高兴。"

乔治·蓬皮杜同戴高乐单独会见的次数，比某些人想象的要少得多，也比另外一些人想象的要多得多：每星期三内阁会议前会见一刻钟；每周会见两、三次，在星期一和星期五或者星期二和星期六，每次一小时（十二点一刻）；每周在总统府举行一次或数次小型会议讨论当前局势：黑非洲问题、阿尔及利亚问题、经济事务等等，开会以前会见一刻钟，最后，还在午餐或者晚餐时见面。总之，每周至少会见三、四小时。

由于国家事务复杂，急待处理的问题很多，大部分的工作均由总理根据总统同意的方针负责进行。实际上，政府首脑每月要作五十个决定，也许戴高乐作的决定还没有这么多。既然总理"当权"，那就应该由他去做。

蓬皮杜当总理后感受最深的是，总统府和总理府的气氛不一致。

他私下对一位朋友说："我为每天的日常事务忙得不可开交，要批的公事都是非常迫切的。总理府的一切事务即使不属于立即要解决的问题，也是紧急的，但是需要进行研究，几天或几周之后就要解决……我们是干一天算一天的。

"我到了总统府，时间就不是以同样的速度前进了。总统府的人仅仅把戴高乐将军有意指定的事情当作重大事务来研究。这些事往往是全球性的，而这些问题，如果将军不亲自在国际舆论面前提出并使之成为世界性的问题，是可以推到以后才去办的。"

或者是那些有关全国性的事务，这些事是属政府考虑中的次要问题，但是戴高乐"小题大做"，以引人注目的方式将这些问题摆到桌面上来，例如在 1963 年 8 月 17 日暑假期间举行的内阁会议上，提出物价上涨的问题。后来的稳定物价计划就是由此而来的。

事实上，戴高乐将军认为权力使执政者麻木不仁，川流不息的日常事务使埋首文牍的人看不到酝酿中的暴风雨的来临。

他说："要有计划地敲敲警钟！"

给部长敲的警钟常常很唐突，有时甚至震耳欲聋。

部长们认为是火烧眉毛的急件一进了总统府，温度一下子就降低五十度。

夏尔·戴高乐的力量正在于他能够摆脱日常事务，考虑重大问题，考虑有一天可能要爆发出来的潜在问题。

他把日常事务推到总理肩上，自己保留这样的自由。

因此，总统府和总理府是两个不同的机构。戴高乐起历史性的作用：他推动法国的政治。总理起暂时性的作用，在幕后牵线，指挥大家工作。

这两个机构的节奏是完全不同的。总理府的节奏是急骤的：下午 3 点钟是法国国营铁路公司问题，铁路工人问题，3 点 30 分是行政改革问题，4 点钟是本土整治问题，4 点 30 分是玉米价格问题……等等。

总统府只有一条和时间有关的规定：研究提问题的适当时间。

总统府的官员当然要比将军更深知各项事务的详情，两个机构之间产生一些小矛盾，一些看法上的分歧，也是由此而来。

蓬皮杜善于防止这些冲突：事先把他的决定通知总统府的高级官员。有时候这样做还不够，纠纷就一直闹到戴高乐那里。

戴高乐找蓬皮杜谈话。假如蓬皮杜坚持他的立场，总统最后便说：

"反正是您的事。就按您的想法办吧！"

人们经常这样问总理："和将军容易合作吗？"

总理回答说："也容易，也不容易。他从不打断总理和部长们的话，他倾听总理或部长们的意见。但在重大问题上，必须同意他的意见。"

总理继续说："跟将军工作，没有私人关系，只有工作关系。

"1958年总理和总理办公厅主任之间的关系同今天总统和总理之间的关系有很大的不同。

"那时将军完全信任他的办公厅主任。这位主任本人可以说是不存在的，只有当他代表将军的时候，才有生命。他是一个工具。将军知道，自己不愿意插手的事情，办公厅主任是不会插手的。

"相反地，今天的总理是一位政治家，他有他自己的生命，有他自己的地位要捍卫。总理虽然由总统任命，但是是一个和总统不同的人物。戴高乐非常重视各人的职务，他重视自己的职务——希望他的职务具有最大的权威——同时也重视别人的职务。

"因为总理有较多的独立性，将军就不能完全信任总理。

因此他对总理的作为十分注意。

"要使政府机构按照戴高乐的观念进行工作，在实际工作中，总理关于总的政治路线的方面必须与国家元首的基本一致。因为，如果在基本问题上观点不同，政府机器就不能平稳顺利地运转。

"议会里也必须有一个与总统观点一致的多数派。

"总理的基本任务之一正是建立和保持这个议会的多数派。戴高乐将军认为，他和参议院、议会按照宪法没有直接的关系：议会不能推翻他。

"议会能推翻的是政府首脑，因此政府首脑和议会活动保持联系，在这方面，总统给予他充分的自由。"

弗朗索瓦·密特朗于 1964 年 4 月 24 日在国民议会问道："总理为什么愿意做一个受人摆布的人？"

这个问题是在讨论一项法令时提出的。这项法令授与总统（在必要时）以核武器进行反击的决定权以及同指挥载有原子弹的海市蜃楼式飞机的空军将领经常保持直线联系的权利。在总统"不在"的情况下，其他三个拥有直线电话的人的次序是这样规定的：总理，然后是武装部部长，最后是第四个至今还在保密的人物。

这项关于核武器负责人的任命引起了反对派的不快。

宪法规定：总理支配武装力量……他对议会负责……只有取得议会同意才能宣战……各项军权只有通过法令才能改动……

反对派说，总理同意共和国总统拥有第一号直线电话，就是承认自己虚有其名，因而这是一件违反宪法的行为。

社会党人安德烈·尚德纳戈尔宣称："我们现在的制度就是总统说了算，也就是说总统等于宪法！"

弗朗索瓦·密特朗向总理提出的问题十分尖锐：

"您为什么同意让人家剥夺您的职权，做一个普通执行人，一个政治庸人？这使我们想起了专制君主选用宠臣的事。"

保罗·科斯特-弗洛雷以斗牛士的架势插进来说道："在大街上随便问哪一个公民：谁在统治法国？是戴高乐将军还是蓬皮杜？我相信这个公民一定会回答是戴高乐将军。"

总理用斯卡隆[①]的三句诗开始回答：

> "我看见一个马车夫的影子，
>
> 手中拿着一把刷子的影子，
>
> 在拂拭一辆马车的影子……"

他说，议会不存在了，我也不过是一个幽灵。

他把意义含糊的宪法所有关于总统（三军统帅、条约谈判者）权力的条文都列举了出来。这些最高的权力与政府首脑的权力并驾齐驱。

他继续说："如果发生原子战争，谁会怀疑发布最后命令的权力属于国家元首呢？总理和总统共同管理国家。没有总理的签署，总统的任何行动也没有效力。

---

① 斯卡隆（1610—1660）：法国诗人及作家。

"我和总统一样都很重视自己的签署。总理的主要任务就是不暴露国家元首和他之间可能出现的分歧……但是，只有在属于我掌握的政策范围内，各方面都同我所领导的政府取得完全一致的意见时，我才能继续进行工作……

"如果有一天我们主张把全部的权力都交给对议会负责的总理，那么我们立即就会回到第四共和国，回到共和国险遭灭顶的多党制上去……

"独裁政权吗？决不是。总统权力过去是受到限制的；他必须与政府意见一致，他的政府必须对议会负责，议会可以随时推翻政府。"

这一点讲明白以后，总理并不否认戴高乐将军改变了对宪法的行使方式。所有的宪法在实行过程中都有过很大的修改。1875 年为一个未能登上王位的国王制订的宪法，把一切权力交给国家元首，甚至没有考虑到内阁总理的职权。但是戴高乐对宪法所作的修改是在大庭广众之下进行的，并且得到了人民的同意。

总理最后转过来对弗朗索瓦·密特朗说：

"未来不是属于你的。未来不是属于幽灵的。人民虽然总是不知道自己要什么……但是知道自己不要什么：他们决不愿落入你可怕的手掌里。如果人民想要忘记这一点的话，感谢上帝，还有你在，你可以提醒他们！"

实际上，在总统府和总理府之间，特别在所谓"保留权力范围"里，责任是如何分担的呢？

乔治·蓬皮杜上台时，军人和外交家倾向于把他们的文件直接送往总统府。

戴高乐在阿尔及利亚战争结束时对军队所进行的全面改组，需要作为国家总管的总理的帮助，需要他在议会面前为正在进行的工作辩护。由于得到将军的信任，乔治·蓬皮杜不费周折就进入了国防最高"核心"，同武装部部长梅斯梅尔以及高级文武官员一起，参与总统作出的决定。

事实上也必然是这样。每一项决定——兵役的期限、原子弹、新建装甲师或空运师、宇宙卫星、原子能研究——所需要的费用和进行的选择，都会牵涉到好几个部。

对所有军事上的问题，乔治·蓬皮杜都采用一个工作方法，其实他在其他部门采用的也是同样的方法。

戴高乐将军根据宪法规定主持国防会议。作为一个军人，他对军事十分关心，甚至连军服的式样和装甲车武器的口径这样的细节也十分注意。

每次国防会议召开前半个月，总理府举行一次国防委员会会议，根据审议问题的种类，邀请有关部门特别是武装部、财政部、外交部、原子能部门、科学研究部门等的部长和国务秘书参加。

乔治·蓬皮杜习惯邀请将军一位私人助手参加国防委员会会议，以便将军能够随时了解准备工作进行的情况。会上，总理府能作决定的，就作决定，不能作决定的，就制定建议书提交总统。凡是最重要的事都要送交总统府。

在圣奥诺雷大街，由有关的部长作报告，其他的部长和参谋长发表意见。最后总理发表自己的意见。将军根据大家的意见作结论，有时也会引起争论。

采用以上的方法，与其说是把总统府和总理府分开，不如说是使二者之间产生互相渗透作用。

新总理上任时，发现 1963 年的军事预算已经编制完毕。他以钻研报表能手的姿态，埋头阅读这一堆象星云一样密密麻麻的数字，其中障碍重重，许多章节简直无法理解。

即使想重新整理和弄清这一大堆金字塔般的数目字，时间也来不及了。

但是，从 1962 年 5 月起，蓬皮杜着手制定的新的计划拨款法案，经过两年的工作，最后在 1964 年通过。

他以桑河·庞扎 ① 式的现实主义精神致力于使那些看来荒诞不经的事情变为可能，使将军同意对军事预算作了重要的削减——不完全是他要削减的——建立了一支有限的、"花费不大的"核打击力量。

他坚持要求戴高乐同意缩短兵役年限。他削减下级军官的人数，并使这一行动做得尽量公平和具有社会意义，把许多军官安插在——尽管遭到强烈的反对——公共服务事业里，号召各企业雇用全部能够容纳得下的人。

重新编制军事预算的工作是在武装部部长梅斯梅尔领导下及该部的秘书长贝尔纳·特里科协助下进行的。作为他手下的

---

① 桑河·庞扎（一译桑科·判扎）：是十六世纪西班牙作家塞万提斯的小说《堂·吉诃德》中的一个富有现实精神的人物。

军事部门的首脑，蓬皮杜用了一位精明的向导：原陆军总参谋长埃利将军的办公室主任德吉耳将军。德吉耳将军对军队的内情是熟悉的。

全部重新编制的军事预算变得眉目清楚了。在武器、体制和指挥问题上所存在的不同意见，摆脱了技术方面的迷雾。

蓬皮杜要了解真正的原委，不让人家蒙蔽他。

他要求已经确定的计划受到尊重，因为这些计划总是有人以修改为理由提出讨论，因而无限期地拖延了它的实现。

"我们既然决定要制造七万五千吨级的原子弹，就不应该为了达到九万吨级而推迟执行原定计划。吨级不同不要紧。下次我们可以制造百万吨级的原子弹嘛。"

1962 年 10 月，他在议会里为皮埃尔拉特工厂辩护，驳斥对该厂的激烈反对和一项弹劾案。1964 年 11 月，他为军事法案辩护，为法国反对 M.L.F. 计划（导弹发射装置计划）辩护。他视察卡达拉希和蒙德马松，观看大规模的军事演习，赴塔希提岛检查新原子试验基地的建设工作，访问高等军事研究学院。

"总理在极短的时间里变成了一位军事问题专家了，"一位高级将领说。"他对战略计划提出了正确批评。他有奥弗涅人那种天生的判断力，连最机灵的人也不能再用技术上的论点来难倒他了。国防会议有了他参加，就特别使人感到兴趣。但是与会者必须有充分的准备。他对数字的记忆可与统计汇编媲美，他外表和善，可是说话尖刻，使参谋长都感到不寒而栗。他单独工作时，也许没有德勃雷那么多，但是在国防委员会会议上他工作速度很快，因为他的吸收能力十分惊人。需要作紧急决定时，人们可以在星期六把一大堆文件交给他，星期一早晨就可以得到回答，而且无须告诉他哪些是重点。

"蓬皮杜和戴高乐相互依存的关系，对我们来说，是很可贵的。起初，某些军界人士很害怕他们这种关系，因为总理很'吝啬'，他总是要问：'将军，这要花多少钱？'但是，他们以后知道非通过他不可。总统府对他的信任超过人们的想象。如果谁怕在总统府碰钉子，最好先请他去摸摸底……"

总理为研究外交政策花费的时间比较多。虽然自戴高乐把乔治·蓬皮杜召入决定重大问题的"核心"以后，已经不再存在"保留权力范围"的问题，但是还可以看到，在蓬皮杜任总理初期，外交官员倾向于把他们的文件在送总理府以前，先送到爱丽舍宫去。

局外人可能认为，是国家元首独自领导对外事务，莫里斯·顾夫·德姆维尔不过是他的执行人。除了外交以外，戴高乐将军对任何领域的事务都不关心。无可争辩，他是领导最近一次世界大战的几位巨人中唯一在世的人。谁也不能以如此有限的手段在外交上造成这样大的声势。

然而，乔治·蓬皮杜很快就变成了总统府酝酿的全球战略的密切合作者。对外政策是戴高乐将军和总理几乎每天商谈的主要题目之一。每当欧洲问题、布鲁塞尔谈判、多边力量等问题成为当时主要的课题时，乔治·蓬皮杜就到议会或者新闻界中进行活动。

在这方面很难看出哪些是总理的活动。过去，米歇尔·德勃雷在对外政策上也有他自己的观点。而他的继任者除了戴高乐的政策以外没有其他的政策，他和总统密切合作。

1963 年，特别是 1964 年，在布鲁塞尔进行激烈辩论期间，戴高乐强迫六国建立农业共同市场，决定孤注一掷的时候，蓬皮杜忧心忡忡，因为他考虑到共同市场可能破裂，法国面临一个强大的经济联盟，英国可能从中取代法国的地位，法国有陷于孤立的危险；法德政治合作可能中断，北大西洋公约组织可能瓦解……考虑到这些前景，他比将军还要畏惧。真是前途茫茫，不知如何是好。焦虑不安的人建议法国不要"拆台脚"，仍然留在共同市场里面，不要轻举妄动，直到我们的伙伴们由于法国利用否决权冻结工业共同市场而决心履行罗马条约规定的义务时为止。

戴高乐以一贯的无畏精神对付所有的危险。蓬皮杜是"既然非如此不可，那就这样算了"。但是他仍然拿出全部精力，特别协助埃德加·皮萨尼在布鲁塞尔进行的艰苦斗争，直到将军最后和德国大使会晤，取得胜利时为止。

总理参加所有同德国人、美国人和意大利人的谈判。他在总理府接见外国政府首脑和大使。对于国家元首没有能够去的那些国家，他去进行正式访问，这些访问几乎具有国事访问的性质，例如，他访问土耳其、日本、印度、巴基斯坦，向各国政府首脑阐述法国的政策。

他每天批阅本国驻外大使拍来的全部重要电报。他每星期和顾夫·德姆维尔先生举行一次长时间的会晤。

戴高乐将军让蓬皮杜以最密切的方式参加制定对外政策的

工作，在某些观察家看来，这无疑是一个重要的征兆，他们从中看出总统有把蓬皮杜培养成为完美无缺的政治家和继承人的意图。

在内阁会议上，总理善于把他一向对部长们的支持和维护将军威信的用心结合起来。如果部长的报告引起争论，蓬皮杜便尽力替报告人校正目标，若是还不能解决问题，他就绕过困难——事情留待以后研究——讨论下一个议题。

国家元首和总理合作的特征之一是对他们的共同工作保守秘密。乔治·蓬皮杜对任何人都不泄露他和将军谈话的内容。他的助手和部长们有时等他从总统府回来等得多么焦急！可是他带回来的只是官方决定的消息。

两个人都喜欢保守秘密。这无疑是戴高乐从国家政治意义上最器重蓬皮杜的地方。

戴高乐要作什么决定是无法预见的，也可以说只能预见到一部分，因为戴高乐希望能够根据当时的情况相机行事。同时也因为他认为保守秘密在政治策略上，正如在军事艺术上一样，是一个重要因素。以往的内阁，由于他们向各个政党所做的公开保证，在国际谈判中，往往被束缚住手脚，失去行动的自由。戴高乐则完全保持了行动的自由。他是"卖关子"的能手。

谨口慎言是蓬皮杜的一贯表现。他告诉他父亲的事情很少。后来他在路易大帝中学和师范大学时，他的同学们都不知道他进行过那么多的活动，而且都认为他懒惰。他在最高行政法院工作了七年，但同事们不知道他是法兰西人民联盟里戴高乐将军的幕后谋士。

除非不得已，他不愿意公开露面。甚至他的日常工作也是在互相隔开的小房间里进行的，彼此不知底细。事隔很久，蓬皮杜身边的同事们才知道他从 1962 年 5 月起就悄悄地为军事机构的改组做了大量工作。

他的一位朋友说：

"蓬皮杜好象是一座浮在海洋上的冰山，人们看到的它以及它的活动只是一小部分：其余部分都浸在大海里。"

十二、象磐石一样的人

在内克 ① 曾经使用过的办公桌上，既没有文件也没有卷宗，只有一架镀金的双头银台灯。在这两盏灯光底下，拿破仑一世曾经工作到深夜，国王路易十八曾经沉思默想。在伸手可及的地方，能够决定发射原子弹的直线电话藏在一块挡板下面。女清洁工掸电话机上的灰尘时，战战兢兢，其实是不会因为她一时粗心就发动核战争的。在总理和海市蜃楼式飞机及其核弹头之间还有一个中转站呢。墙壁上张挂着银灰色的丝帷幕，一面挂着一张巨幅《摩西遇救图》壁毯，一面挂着一幅尼古拉·普桑 ② 的《福西翁葬礼》的复制品，中间出人意外地挂着一幅苏拉热的几何构图的油画。乔治·蓬皮杜有三个无声的对话者：在两个开向总理府幽静花园的窗口之间陈设着图拉真 ③ 和塞普

---

① 雅克·内克（1732—1804）：法国路易十六的财政大臣。
② 尼古拉·普桑（1594—1665）：法国古典画派的奠基人。
③ 图拉真（53—117）：古罗马皇帝，即位后，竭力扩张领土，加强集权统治。

提米亚・塞维鲁①的半身铜像。在一只柜上放着一个高棉的佛头像。这个头像是他儿子送的礼物，随着光线和距离的变化，看上去表情也不一样，或是安详，或是带有嘲弄意味的超脱。

"办公室里唯一象磐石一般的人，就是蓬皮杜本人，"1962年，蓬皮杜的助手们说，他的冷静使他们惊奇。

他的庄重的女秘书迪皮伊夫人守卫着他的办公室，既不允许人们随便闯进去，也不允许电话的铃声扰乱办公室的安静。但是，即使是一个老资格的政治家，看到了她在五月里的一个早晨送给蓬皮杜的记录、报告、电报也会吓坏的。

"警察正在侦查八桩企图谋杀戴高乐将军的线索……另有两桩是企图谋害总理的……在阿尔及尔，在瓦赫兰，发生袭击治安部队、暗害、屠杀、放火的案件：死八十五人，伤九十二人，焚毁学校十所……今天将有一万零八百名从阿尔及利亚回国的难民抵达马赛。马赛市必须准备再容纳三十多万居民……法国到处发生谋杀和抢劫。夏特勒的警察局遭到机枪扫射和手榴弹的袭击。一列载着去露德的朝圣者的火车被炸出轨……西南地区纷纷集会抗议治安没有保障，并通过决议谴责政府对'秘密军队组织'的罪恶活动无动于衷……还有农民骚动，布列塔尼的农民包围省政府……发现'民族解放阵线'在地窖中私设刑房的警察，在郊区遭到袭击。穆斯林恐怖分子说'埃维昂协定规定摩尔人开设的咖啡馆享有治外法权'……地下铁道和发电部门罢工。的黎波里会议即将开幕。本・贝拉要求把

---

① 塞普提米亚・塞维鲁（在位期间：193—211）：古罗马皇帝。

所有参与'秘密军队组织'恐怖活动的法国人驱逐出阿尔及利亚……物价上涨,人心惶惶。由于从阿尔及利亚归国的法国人的抢购,住宅、土地、工厂、商店的价格在几个月里上涨了一倍。还有令人不安的通货膨胀……等等。"

反对派抗议政府独裁。外国人则感到法国一片混乱。阿尔及尔和瓦赫兰纷纷骚动,大批移民携带着流亡者的行李和绝望者的武器横渡地中海归来。旺代的气氛 ① 蔓延全国。农村里是一片雅克团 ② 的气氛。政府公务人员一再罢工,反对"老板"政权。

议会对政府拒绝欧洲一体化的傲慢态度表示愤慨,要政府对一切混乱负责。

乔治·蓬皮杜每天早晨收到这些洪水似的不幸消息,象应付日常琐事一样,一点不动声色,没有一点沮丧的样子,没有一个愤怒的手势,没有一句生气的话。在有点儿靡非斯特 ③ 式的三角眉毛下面,眼睛眨也不眨一下。

人家告诉他:"阿尔及尔和瓦赫兰一片恐怖,阿尔及利亚的法国人要逃出陷入火海血泊里的城市,给自己的家属找一个避难的地方。但是'秘密军队组织'不准他们离开。一辆中了地雷的车子在港口爆炸,炸死了八十名码头工人。两艘轮船上也发生了爆炸事件。"

总理回答说:"凡是愿意走的人,都应该可以回到法国本

---

① 指法国旺代地区的农民在 1793 年反对政府征兵的起义。
② 雅克团:法国 1358 年 5 月 28 日爆发的农民起义。
③ 靡非斯特:德国诗人歌德诗剧《浮士德》中的魔鬼。

土去，大家可以希望，这只不过是被迫休假、提前休假而已。每星期有多少班船从阿尔及尔、瓦赫兰、波尼开出？必须有二十艘。让海军部行动起来！……对！把拉斐特号巡洋舰派出去！"

"'秘密军队组织'使法国航空公司的办事机构瘫痪了，没有人卖票，没有人运行李。"

"通知伏歇派共和保安队去售票，宪兵代替搬运夫。每天有多少架飞机？太可笑了。把所有能集中的飞机都调到阿尔及尔和瓦赫兰去。在一个星期之内，我要建筑一座空中桥梁；每天五十架飞机！"

"马赛乱作一团。不知把归来的移民往哪里安顿才好。昨天一天到了一万零八百人。目前马赛共有三十万难民。大家就在若莉埃特海滨大道和卡内比埃尔大街上过夜……"

"让省长出来帮忙，动用全部权力和贷款。政府可以征用旅馆、夏令营，必要时也可以征用中学。今天下午要和财政部长商谈解除对信贷的冻结。这样做要付出很大的代价，但总比打内战好。"

"主张'法国人的阿尔及利亚'的团体不允许接待归国移民。"

"明天召集天主教救济会的罗丹主教，伯涅牧师，巴斯德·瓦莱里·腊多教授，帕罗迪·布尔邦·比塞院长和各大慈善组织的活动家们来开会。要在马赛和巴黎成立接待站。让国营企业也出来帮忙，它们有办法，有社会救济事业的人员。"

恐怖分子随同难民一起上了岸。装行李家具的大件木箱在若莉埃特海滨大道上撞了一下，箱子里的武器露了出来。叛乱者的游击队在本土受到大学生、军官、军事学校学生和一向著名的爱国人士的热情支持。武器库被抢劫。炸弹象小面包一样分发了。到处发生爆炸事件。到处有人支持暴乱，警察当中有人支持，监狱管理人员当中也有人支持。所有的人都相信：一百万归国移民和两百万因为政府放弃阿尔及利亚而愤怒的法国人联合起来，是足以在全国造成恐怖局面的，再加上所有不满分子的支持，是足以打倒戴高乐及其政权的。

蓬皮杜说："我早就料到，在全民投票之后恐怖行为会蔓延到本土来。不过现在发生的事比我预料的来得更早罢了。但是法国人既不要'秘密军队组织'，也不要乔治·皮杜尔的'全国抵抗委员会'。杀人者可以打死戴高乐和总理，但推翻不了制度。我们只要坚持下去就行。狂飚一定会平息下来的。"

在国民议会里，政府遭到连续不断的攻击。

6月15日，议会提出了关于阿尔及利亚问题的弹劾案。戴高乐的反对者十分嚣张。阿尔及利亚的议员们——他们不久将离开议会，因为他们代表的省将变成另外一个国家——破口大骂放弃政策，声嘶力竭地谴责政府。"右翼革命者"以制度和自由的名义对政府进行前所未闻的猛烈攻击。

本来是两眼不离讲演稿、易于被突然的袭击弄得手足无措的讲坛上的新手蓬皮杜，现在对右派的袭击进行反攻了，他不时打断他们的话：

"制度吗？你们做梦也想推翻它。自由吗？你们做梦也想扼杀它！"

他谴责"秘密军队组织"，谴责那些支持误入歧途的士兵对穆斯林、军队和法国政府进行流血斗争的人，这种流血的斗争是要"迫使我国所有侨胞流离失所，在本土上挑起可以摧毁共和国的灾难性的冲突"。

共产党人费尔南·格勒尼埃在议会里叫嚷：

"你们的蓬皮杜，你们把他藏起来啦！他是吃过狮子肉的啊！"

6月13日，二百八十名赞成欧洲一体化的议员，由于外交政策的辩论未能进行表决，一起愤然退出议会。

迪鲁先生嚷道："共和党滚蛋啦！"

马斯内先生补充道："同'秘密军队组织'一道滚蛋啦！"

过了不久，反对派又一次发动了进攻，对皮埃尔拉特工厂——这个工厂生产制造原子弹的浓缩铀——对核打击力量提出弹劾。总理以其直接、明了的方式，显示出他是议会中最有能力和最机智灵活的演说家之一。他首先证明战后历届政府，包括反对派的政府，都努力使法国变成一个核大国，然后说明北大西洋公约组织要求法国建立的装甲部队比原子弹的费用还要大。

1962年6月，"秘密军队组织"似乎在阿尔及尔取得了胜利。絮西尼和迪富尔上校迫使阿尔及利亚临时政府在埃维昂协定中规定给予法国移民的保障以外，又补充保证两万欧洲人将收编为地方武装力量。但是谁也不相信。在当地人民的压力下，大迁徙的闸门打开了。到处流传着这样的谣言：7月1日，公民投票那天，将对法国人进行大屠杀。法国人于是纷纷乘船、乘飞机回国。

蓬皮杜说："要尽一切力量帮助难民：发放补助和紧急救济。我们的战斗不是镇压，而是安抚。要不惜一切代价！"

组织起来的突击小队夹在大批归国移民里上了岸，从而加强了本土朱安党①的力量。暗杀、爆炸、处决、袭击事件之多，使警方的侦察人员穷于应付。人民纷纷抗议治安没有保障，集会谴责政府无动于衷，镇压不力。反对派说戴高乐是"秘密军队组织"的同谋者；他需要这个组织，目的是使人相信他是不可缺少的人物。

一位司法官说："的确总理缓和了镇压，特别是对待从事暴力行动的法国本土和阿尔及利亚的青年人。他希望人们能尽快地忘掉过去，特别是青年人。青年人在北非不正常的气候和政治热情的影响下参与了暴行，他们在长期监禁之后不该变成社会的渣滓被社会所抛弃，变成为非作歹的人。他认为应该让青年人能够改过自新。他强调应该尽可能地允许青年人在监狱里继续读书，学会一门手艺。他允许他们优先得到赦免。允许他们从事各种职业，可以当医生、制图员、警务人员。到1964年底，几乎所有被判徒刑的青年全都被释放了。"

有人对他说："您会使暗杀事件再度猖獗起来的。"

事实证明完全相反。

轰动一时的恐怖集团的首要分子——这些人以后密谋暗杀戴高乐——越狱事件发生以后，监狱当局禁止犯人接见家属，

---

① 朱安党：法国资产阶级革命时期的反革命暴乱分子。

防止越狱的武器和工具被带进狱中。总理指示只对危险的恐怖分子才采取这种措施。

乔治·蓬皮杜的宽大精神使他同保卫新共和联盟发生了矛盾。在 1962 年的紧要关头，一些年轻神父、"耶和华的见证人"和少数共产党人因为拒服兵役而被关进了监狱。无政府主义者勒库安进行绝食，快要死去。总理派他办公室的一位工作人员通知他，政府将根据他的要求提出一项法案。

但是允许拒绝服兵役的法案遭到了强烈反对。有人对保卫新共和联盟说，拒绝服兵役的人是胆小鬼。

政府首脑反驳说："如果这样，我们不久就会把所有的神学院学生都关进监狱！"

身体逐渐复原的勒库安气愤地说："我上了蓬皮杜的当！不然的话我早就死了，他是不会通过他的法案的……"

法案最后通过了，但没有总理原来设想的那样宽大。法案决定建立一个抢救森林火灾、水灾和其他灾害的志愿兵团，拒绝服兵役者必须在志愿兵团里服务，时间比兵役期长一倍。

1962 年 7 月 2 日，阿尔及利亚的逃难风慢慢平息下来。阿尔及利亚宣布了独立。没有发生大屠杀。"秘密军队组织"从临时政府手里取得的胜利不过是一个诱饵。埃维昂协定的阿尔及利亚一方的签字者接受停战等于是在政治上自杀，他们被本·贝拉和布迈丁上校的东部"强硬派"排挤出去了。

持续了三个月的白色恐怖使本·贝拉找到了借口，把所有的欧洲人全部驱逐出境。双方的极端分子使法兰西–阿尔及利亚共同体垮了台。

报复、勒索、绑架欧洲人的风气盛行一时。"空出来的"庄园、住宅、商店全被占领。回到本土的法国移民失去了重返阿尔及利亚的全部希望。逃亡风于是重新高涨,这次是一去不复返了。而且凡是回国的人必须获得一张"税款付讫证书",任凭人家勒索。

埃维昂协定所作的保证完全落空。这是法国人和穆斯林和平共处论的破产,这是阿尔及利亚的毁灭。

国务秘书让·德·布罗伊说:"我们可以支持本·赫达来反对本·贝拉,但这样就等于重新开战。战争不会找到我们要寻找的东西:保持法国在阿尔及利亚的地位。石油可能被切断,我国在撒哈拉的原子基地也要受到连累。对本·贝拉的阿尔及利亚,我们可以中止粮食供应。这样就可能在离马赛两小时飞机路程的地方制造一个新的古巴。"

戴高乐说:"阿尔及利亚和法国没有任何关系了。我们无权干涉它的政治。不应该强使阿尔及利亚建立一个反法政府。"

乔治·蓬皮杜悄悄地,但是坚决地进行了干预。他冻结了答应给予阿尔及利亚的援助。本·贝拉的财政负责人艾哈迈德·弗兰基斯和布特弗利卡连忙来到巴黎。

总理对他们说:"这就叫做'礼尚往来'。"

本·贝拉暂时放弃了交验"税款付讫证书"的要求。离开阿尔及利亚的法国人允许带走他们的粮食、银行存款、家具,至少是没有被抢走和被没收的东西都可以带走。

对阿尔及利亚的法国人冷酷无情的本·贝拉大体上尊重了法国在阿尔及利亚的权益。过了不久,他违反埃维昂协定,在石油问题上公开提出贪得无厌的要求。整整两年的工夫，德·布罗伊不得不压制这种贪欲。法国的投资逐月减少。阿尔及利亚拖欠了法国巨额款项。1962年整整一年，两国国库没有分家。阿尔及利亚的欠从法国的援款中扣除了，这笔巨大的援助款项本来是用于偿付提供"君士坦丁计划"设备的法国企业的。

1962年夏季，法国必须安置八十万归国移民。1962年8月负责移民事务的阿兰·佩雷菲特着手拟定一项建设性的庞大规划。政府将把归国移民的事业精神引导到正在从事大规模建设的地区，特别是象下朗格多克正在进行土地整治地区的工作岗位上去。

乔治·蓬皮杜不采用政府集中管理的办法，因为归国移民以后会抱怨说是被迫定居在某个地区的。这样就会形成一个个小的阿尔及利亚，使"秘密军队组织"扎下根来。

总理说："我打赌，我们的经济发展应该可以再容纳八十万法国人，要尽量使事情简化。我们决不让归国移民部存在五十年。"

弗朗索瓦·米索夫提出了一个简单的建议：提出一笔少量的资金，譬如一百万，一百五十万，一次赔偿归国移民的损失。归国移民只要能够简单地证明他们损失了四百万或五百万，就可以得到五百万的赔偿。但是不可能恢复原来的不同的待遇。现在靠工资度日的商人和自由职业者也可以获得五百万。购买企业、商店、事务所的农场主、工业家、商人、医生和律师可以获得利息3%的贷款，贷款总额可以达到二千万，不够还可以向其他银行借贷。即将完工的"低租金住宅"，30％分配给归国移民。

在马赛成立一个职业介绍所，把全国各地的招工额集中起来。总理要求大的企业单位尽可能地给归国移民安排工作。

蓬皮杜说："重新安置是要花代价的，但是和混乱和怨恨比起来，代价还是小的。"

米索夫努力征服归国移民的心。他二十人一批或者三十人一批地接见他们，给他们一些友好的"甜酒"尝尝，和他们一起哭，一起笑。七十万归国移民被重新安顿下来。还有一些人在政府帮助下，动身到阿根廷和加拿大去。总的来说，归国移民的事业精神和工作勇气是法国本土的一笔财富，而且常常是一个榜样。

乔治·蓬皮杜特别关心对老弱病残者的安置，这些人的命运他是念念不忘的。

在一般的补贴之外，另外又给他们增加了一些补助费。他关心在拉尔扎克高原和里韦萨耳特露营的艰苦的民兵补充部队。军方只给他们指派了一些军官。蓬皮杜努力说服军方给他们派一些职业建筑师、教官、指导员去，指导他们重新安排工作和生活。

"归国"的悲剧——寻找不到住处，少得可怜的损失赔偿，成百上千的痛苦遭遇——激起了归国移民团体的纷纷抗议。

然而，总的来说，接运和容纳将近一百万归国移民的巨大的难题已经逐步得到解决，虽说有痛苦和不公正的地方，但是行政压力减少到最低限度。

从表面看，"反对戴高乐的情绪"却在不断高涨。阿尔及利亚的移民回国花了国家四千亿新法郎，贷款还没有计算在内。这就造成了通货膨胀。物价迅速上涨。需要劳动力的资方只得答应逐步增加工资，使多数人生活得到改善。可是国营企业却远远地落在后面。国营企业里怨声四起，特别是因为"老板"名叫戴高乐，怨声就更高了。工潮此起彼伏。地下铁道、公共汽车、航空运输业举行不定期的罢工。法兰西电力公司工人也参加了罢工。

乔治·蓬皮杜非常看重钱，特别看重纳税人的钱，法兰西电力公司的用户的钱，地下铁道乘客的钱，法国国营铁路公司乘客的钱……他只同意从7月1日起增加一点儿工资，也就是说增加1.03%。全部工资问题留待夏末再研究。

总理在以后几个月里不得不作出让步（1962年国营企业工资总共增加了11%）。但是他在社会问题上还不太内行。国营企业的工资等级是极其复杂的。无论是行政部门还是工会提出的数字都是不准确的，不可靠的。奖金和评级，各个部门是不相同的……政府首脑工作太忙，不可能去仔细研究这些问题。

有人注意到，蓬皮杜的风格同在他之前担任公职的巴黎师范大学的学生的风格恰恰相反。象爱德华·赫里欧那样的师范大学生，感情奔放，易于激动，把冲突当作希腊悲剧，把全国的思想问题当作危机。

蓬皮杜则不同，他对人冷若冰霜。他以沉默来对付暴力和实力的较量。他悄悄地打开安全阀。他什么也不答复，使头条新闻泄气，示威者的嗓子叫哑，游行者的队伍跑累了双腿。归国移民和罢工者无声无息地、没有看到公报，就从吝啬的奥弗涅人手里得到一些满足，但不是胜利。对他来说，主要的是争取时间，缓和紧张的形势，避免裂痕和伤痕。他让悲剧停留在冬眠状态。他的菜是文火炖出来的。

正因为前任总理米歇尔·德勃雷易动感情，现任总理的稳若泰山才显得特别引人注目。

有人在1962年问他身边的人说："这个磐石一样的人真的象他表面上表现的那样无动于衷的漠然微笑的人吗？"

他们回答说："不是的，那是他罩在身上的铠甲。他厌恶流血。回国的阿尔及利亚法国移民登船时的惨状使他看了难过。但是，一种几乎是英国人的羞耻感，日本人的羞耻感，使他表现出冷漠无情。他以为流露感情是有伤体面的。

"他的职位，他的国家观念，都不允许他流露任何反应。他知道，办公桌上的电报里提到的所有的死亡、暗杀和攻击他的一切活动只有一个目的，就是对他施加压力，促使他去对戴高乐说：'不行了，咱们住手吧。他们的人太多了！太可怕了！'他必需坚持，他不得不竭尽一切力量保持冷静。他坚持下来了。"

但是，1962年夏季，社会暴动空前激烈。谋刺戴高乐的行动越来越密。塞纳桥路上发生了遥控爆炸，将军幸免于难。接着六月份在弗朗舍孔太又发生了一次谋杀案，将军险遭牺牲。地下突击队策划的其他十次阴谋都没有得逞。总统府和总理府周围的威胁经常不断。戴高乐和蓬皮杜好象是两个死刑待决犯。

戴高乐现在只能乘直升飞机去科隆贝。他到机场去的路线每次都不一样。但是 8 月 22 日，他的汽车在珀蒂-克拉马尔进入了巴斯田-提里突击队的伏击圈，事先布置好的一个无法逃脱的火力网。戴高乐以每小时一百二十公里的车速穿过枪林弹雨。他没有遇害，子弹离他只有一厘米，离戴高乐夫人十厘米。

两天之后，总理被召到科隆贝。

将军直截了当地对他说："我打算立即修改宪法，规定通过普选制选举总统，并直接采取公民投票表决的办法。

"议会肯定会提出弹劾案。假如您被推翻，总理先生，您是否同意宣布解散议会，进行新的大选？"

将军在解释他的计划时，乔治·蓬皮杜辗转不安。

由人民选举总统的意图，将军并不是第一次提出。他早已在记者招待会上作为即将采取的措施提过几次了。

总理一直没有鼓励将军实现这个计划。最近几个月里，他甚至还叫保罗·雷诺和其他几位议会领袖安心下来。

"这不是当前的问题。将军暂时不要想这件事。"

耳边呼啸而过的子弹使戴高乐下了决心。他可能被刺死，也可能幸存下去。最要紧的是他的继承人必须直接由普选产生。

早在 1958 年他被指定为制宪人的时候，就打算把这种总统选举法写进宪法里。但是，为了不徒然得罪反对总统制的人，为了不要显得好象是在寻找一种拿破仑式的"全民表决"，他最后放弃了这个打算。他为国家最高职务的任命成立了一个包括八万名各省、市、乡镇参议员的选举团。这个选举团有78.5%的人，在1958年12月21日投了他的票。不管怎样，戴高乐对他个人的任命以及后来的再度当选都有了保证。

但是他想，假如选举团制不改变，他去世以后，第五共和国就可能随着他一起消失。

选举团都是当地名流、特别是乡镇里的头面人物组成的，他们大多数是老牌的政党代表提升到地方委员会里来的。

为了争取选举团的选票，总统候选人将受到怂恿，甚至被强迫保证当选后只做一个仲裁人，也就是说只做有名无实的傀儡，把任命政府首脑的权力交还国民议会，交还给各个政党。这样就会回到过去的老路上去：政府软弱无能，内阁危机持续不断。这位国家元首可以预料，要不了多久灾难就要来临：不是法西斯主义，便是共产主义。

诚然，各政党领袖声称人民共和党决不会重蹈覆辙。他们说，他们要制定新宪法。

保罗·雷诺主张"欧洲式"的共和国，即在"仲裁人"总统之下，有一位由议会选举产生的政府首脑，他不能被推翻，除非议会自己宣布解散。

人民共和党的科斯特·弗洛雷主张美国式的总统制，赞成这种制度的人各党派都有，其中包括激进党领袖莫里斯·富尔。但是，这个制度一方面既包括议会的绝对独立性，另一方面又包括国家元首总统的绝对独立性。但是，如果要它发挥作用的话，就必须有两个大党和一个与国家元首同时选出的多数派。这是不符合法国习惯的。

第五共和国的那些创始者认为，把总统制和议会制两者结合起来的第五共和国制度，对于政治标签和主张象奶酪一样名目繁多的法国来说，是个理想的折衷。

戴高乐觉得，用普选法选举总统是唯一能使候选人有勇气和可能做新时代国家元首的手段，而不致被迫做一个令人尊敬的偶像，象雷蒙·彭加勒、阿尔贝·勒伯伦或勒内·戈蒂那样，为自己的无能感到痛苦。

出现在人民面前的候选人必须在全国范围内为人知晓，他是可以指望获得全国绝大多数人的拥护的。但是，他将不受地方委任的束缚，不受极少数人提出的条件限制，不做仅是一小部分社会舆论所重视的主张的俘虏。大家投票赞成的不是抽象的、陈腐的主张，而是一个能够有代表性的人，一个能够把自己周围许多人的意见协调一致的人。

具有现实主义政治观点的乔治·蓬皮杜认为："最重要的是人。意见可以不同，但必须由一个人来统一。"

戴高乐考虑的正是要把总统培养成为一个伟大的人，要保证将来不具备戴高乐历史威望的继承人在议会面前是一个巨人。议员是由普选产生的，但不过是一省一市的代表。国家元首要凌驾于他们之上，就必须是由全体法国人民选举出来的。

传统的议员本能地反对的正是这一点。因为这样一来，国民议会的权力将化为乌有，象在戴高乐统治时期一样。这样做带有巨大的危险。居伊·摩勒说，使我担心的是将军的继承人。如果普选产生的总统不能使议会接受他的政府，如果选民再把反对国家元首的大多数议员选入国民议会，那就会发生政权危机，进行实力较量，出现独裁威胁，进行冒险，也许发生内战。

事情的实质无疑是，戴高乐感到用普选法选举总统可以保证戴高乐主义的继续存在。因为各个旧政党选出来的名流组成的多数派好比一只筛子，他戴高乐总是通得过的，但是，他的继承人既没有他的荣誉，也没有折服社会舆论的威望，就可能通不过。

相反，由他事先推荐出来的政治继承人，通过执政的实践和在电视上出现，为选民所熟悉，在普选时能够具有同第四共和国最重要的领袖一样高大的形象，同时还可以在忠于将军的崇拜者前面享有戴高乐派的光荣。

这正是将军的政敌们最害怕的一着：在谋刺事件激起的情绪中选出一位"夏尔二世"，于是政府里就保持了清一色的戴高乐派班子。

将军在科隆贝向蓬皮杜说明了他的计划。

他可以根据宪法第八十九条规定的关于修改宪法的程序，要求参议两院通过选举总统普选法。但是，参议院肯定不会通过，国民议会无疑也不会通过。接着，被参议院和议会否决的议案就将提交全国人民表决。争论必然是非常激烈的，所有的反对派，从共产党人到极右派，包括"欧洲一体化"的拥护者，都将会形成一个反对政府的大联盟。反对派群起反抗，轰动社会舆论，可能在全国形成一个反对政府的多数派。从最好处设想，即使全民投票胜利了，也只能在总统和议会之间造成一种誓不两立的局面。

戴高乐宁愿直接诉诸公民投票，因为根据宪法第十一条规定，关于政权机构的改革必须提交全国人民表决。

乔治·蓬皮杜顾虑重重。宪法第八十九条规定的程序是无足轻重的，但行使宪法第十一条可能引起争论。法国人对于权利是特别热衷的。

对于不是法学家的将军来说，根本不存在问题。他是1958年的制宪人，他认为自己是法律和先知的化身。1958年8月，他和议员们就宪法第十一条进行过激烈的争论。当时大家不懂这一条文的真正用意，但他很清楚为什么要写上这一条。这是为了在必要时可以不需要参议院和议会的同意就行事。如果词汇具有意义，第十一条的意义是相当清楚的，即总统是不是等于国家政权？

特别是关于向至高无上的人民征求意见的问题，向至高无上的人民征求意见怎么会不合法呢？

这些话，将军没有向蓬皮杜说，但事情很明白，这个意思是包括在内的。

"我这样做是为了您！因为我如果突然遇害，您应当在我死后使戴高乐主义继续存在！"

虽然如此，这个前景并没有改变总理的微妙处境。

如果他将来是戴高乐主义的继承人，他首先关心的是：将军的继承人不能象是强行进入总统府的。

蓬皮杜不是一个有法律癖的人。但是，他在最高行政法院工作过七年。第十一条不在"宪法改革"一章里。他预感到暴风雨的来临。

他返回巴黎，和一位法学家商量了一下。这位法学家使他放心。宪法里写进第十一条就是为了给总统提供进行公民投票的便利，不然便没有任何意义，也没有任何用处。另一方面，人民的意见决定一切合法或非法。1946 年没有运用第三共和国的宪法修改程序，通过公民投票建立了第四共和国。1958 年也没有运用第四共和国的宪法修改程序，建立了第五共和国。每次都是人民直接作决定的。

9 月 20 日，戴高乐将军在电视上宣布，他建议全国举行公民投票，决定普选产生总统的法案，他的政敌气得暴跳如雷。

有人叫道："由议会修改宪法的规定如果遭到破坏，那就没有法律了。这是政变！"

戴高乐说："宪法规定，总统有权保证国家政权的正常行使。"

有人抗议说："宪法上写着'以其仲裁'保证……"

戴高乐继续说："在对外交政策和国家安全的主要范围里，总统应直接采取行动……宪法规定他进行谈判并签订条约，他是国家武装部队的首脑。"

有人抗议说，这是独裁！宪法明文规定政府首脑对掌握政权的议会负责！

所有的反对派都联合起来了。这是打倒"总统国王"和他的公民表决制度的唯一的机会，因为他错了。将军还从来没有碰到过这样严重的危机。他变成了众矢之的！

"秘密军队组织"和"救国委员会"的人对宪法问题的看法比较直截了当。戴高乐要为自己准备一个继承人，并且正在为他铺平道路。假如他的继承人在他自己之前被打死的话，问题就解决了。

星期天总理习惯陪他的夫人和儿子到奥尔维里埃的教堂望十点钟的弥撒。9月22日，一支突击队在教堂广场前的一辆车子上等候他，子弹上膛。

奥尔维里埃教堂前的突击队是由一个杀人如麻的人指挥的，这个人名叫吉尔·步西亚，过去当过伞兵，他的兄弟是海军军官塞尔让上尉，为情报系统 O.R.O. 的头头的一个助手。4月25日在埃克斯-昂-普罗旺斯枪杀空军司令曲巴济亚克的就是他。曲巴济亚克的罪名是在1961年暴动期间拒绝服从暴动的将领，而他当时是卜利达基地的司令。吉尔·步西亚后来组织了巴斯田-提里（珀蒂克拉马尔谋杀事件的策划者）的越狱事件。以后他被捕后又越狱逃跑，直到1965年4月25日才最后被捕归案……

然而这一天开枪的是蓬皮杜，而不是恐怖分子。原来他是应邀到《巴黎竞赛画报》经理让·普鲁沃斯特的家乡索洛涅打猎去的。

内阁里很多人对将军的计划采取保留态度。国民教育部长皮埃尔·絮德罗认为运用宪法第十一条是不能同意的，因此他辞了职。

除了戴高乐派加比唐和《世界报》的经常撰稿人莫里

斯·迪韦尔热之外，所有的法学教授都宣布反对不合法的程序。除了忧心忡忡的戴高乐派之外，所有政党都起来反对。参议院议长加斯东·莫内维尔指控政府渎职。前总统樊尚·奥里约叫嚷宪法遭到破坏。

10月1日最高行政法院全体一致（一票除外）宣布宪法第十一条的运用是不合法的。

大部分由戴高乐派组成的宪法委员会也宣布反对这个计划。

所有的报纸，除少数几家外，都站在反对总统的一边。

将军使所有的人反对自己。这是他的统治的末日。只有下层的舆论没有喊"反对！"但下层的舆论是听不到的。大家期待着出现一个反对戴高乐的明显的多数派。哪一个法国人不抱怨现制度呢？

国民议会提出了弹劾案："作为宪法保护人的总统违反了宪法。"

蓬皮杜宣称，如果弹劾案被通过，议会将被解散。这一声明受到反对派的欢迎！大选将在反对政府中进行，政府将难以支持。

10月4日，国民议会展开辩论，大厅里的每一排席位上都有人对"保卫新共和联盟"叫喊："想想你们的末日吧！"

保罗·雷诺首先开火：

"戴高乐剥夺了议会的发言权。宪法遭到破坏。议会被剥夺了权力。这是战后发生的最严重的问题。"

1940年的内阁总理继续说道："戴高乐不但自己攫取了宪

法不允许的权力，还要为他的继承人要求这种权力。"

"按照规定，是政府掌权而不是国家元首掌权。宪法起草人米歇尔·德勃雷在 1958 年说过，1959 年又重复过：'只有一个执政的首脑——总理对议会负责。'戴高乐在 1958 年作过明确的保证：'我将做仲裁人。'"

保罗·雷诺最后说："你害怕的是'秘密军队组织'吗？一位政治家掌握的权力越多，受到的威胁越大……美国没有暗杀（这种预言太冒险了），英国，德国也没有……这次选举结束的时候，全国将出现暴动，也可能是革命。"

居伊·摩勒接着发言，这位社会党领袖说：

"第十一条规定，总统根据政府的建议，可以把一项关于国家政权机构的法案提交公民表决。

"但是，政府公报这样宣布：'总统通知政府，他想把修改宪法案提交公民表决。各部部长将于下周开会进行讨论。'"

居伊·摩勒接下去说："米歇尔·德勃雷 1958 年说过：一位由普选产生的总统可能受到做独裁者的诱惑。"

社会党的领袖预言，在"需要就是法律"的借口下随意修改宪法，这就使至高无上的法律永远失去最起码的意义。

人民共和党的法学教授、总统制的拥护者保罗·科斯特·弗洛雷宣称，宪法第十一条是无法行使的，他请政府采用他起草的美国式的总统制宪法草案，提交议会讨论，免得遇到麻烦。

激进党人的领袖，同样是总统制的拥护者的莫里斯·富尔认为，用普选的办法选举总统，选票不是太多便是太少。

他说：

"最高行政法院里只有一票：报告人德尚先生一票是赞成的，因为他是来自后勤部的，这就证明在现制度下，后勤部是同意的……"

让·保罗·达维德以自由党人的名义指责，他说故意破坏宪法的目的是使法国俯首听命，把法国变成戴高乐派政治集团的私有财产。

总理进行绝望的挣扎：

"法学家们的分歧比人们所说的要大。有一些名法学家认为行使宪法第十一条是完全合法的。再说，对宪法条文解释上的不一致是由各人倾向不同造成的。大家什么时候重视过纯粹的法律呢？

"1877 年 5 月 16 日，全部法学家都赞成总统麦克马洪元帅解除内阁总理朱尔·西蒙的职务。麦克马洪违背了共和的传统，他只好辞职！"

乔治·蓬皮杜继续从法律上进行论证，他的话不时被极右派的吼叫和左派的挖苦所打断：

"假如只能根据第八十九条在参议院和议会的协助下进行修改宪法，那么第十一条还有什么用呢？用来修改国家组织法吗？国家组织法也有特殊的修改程序。用来表决普通法吗？组织国家权力机构不属于普通法范围。第十一条不可能有别的意义，它的意义是明确的，即允许政府把参议院和议会反对的国家权力机构的改革问题提交全国人民表决……

"忠于旧制度的人不肯接受第五共和国的新办法，特别是公民投票。对他们来说，所有的革新都是异物，他们象牡蛎那样，把异体孤立起来，加以压缩，然后排出体外。

"允许指控戴高乐非法吗？1945年他重建了共和国。1958年他挽救了共和国。1960年街垒战期间，1961年阿尔及尔暴动期间，他再次拯救了共和国！"

可是反对戴高乐的赌注已经押下了。在议会里，总理看见认识他的温和派、人民共和党和独立党人士都在回避他。连最有勇气的人、敢和他握手的人，也露出了担忧的神色。对他们来说，这是一个良心问题。他们不得不投票赞成弹劾案。但是他们补充说，这样做丝毫无损于他们对将军的忠诚。

"他不能不回科隆贝了……"

"这能怨我们吗？"

政府被议会全部四百八十票中的二百八十票推翻了。

总理的一个朋友说："那天夜里乔治可真愁死了。这个被恐怖分子追踪的人，周围这样多的敌对势力，可把他吓坏了。假如戴高乐在公民投票中得不到明显的多数——真是一点也没有把握——将军就要永远住在科隆贝去了。"

对蓬皮杜来说，如果离开政治生活，那倒是如释重负。他刚熬过了可怕的五个月。他随时可以"恢复平民生活"，家里的人正求之不得。但是一想到戴高乐可能被迫辞职，便觉得心如刀割。

总理把政府辞职书送交总统府。戴高乐没有立即接受。这件事又引起纷纷抗议。如果将军离开总统府的话，那么将要由他的继承者来接受或拒绝政府首脑的辞职书。现在蓬皮杜还在掌权，万一发生谋杀……

争取赞成或是反对的选举运动达到了空前的激烈程度。"秘密军队组织"和"救国委员会"暂时停止了不得人心的爆炸活动……斗争是那样激烈，法国几乎没有人注意古巴的危机。当时全世界都在吓得发抖。肯尼迪在向赫鲁晓夫挑战。双方的手指都搁在原子战争的开关上。国家元首向美国保证法国站在它一边。唯有在野的孟戴斯-弗朗斯好象意识到了危险，建议延期进行公民投票，但是谁也不听。人们很快就要"战胜戴高乐"了。

乔治·蓬皮杜"开足马力"，争取选举的赞成票。法兰西人民联盟过去在选举中的行动虽然笨拙，却使他学会了许多选举方面的知识。一个拥有强大手段的组织——保卫第五共和国联盟——建立起来了。他只同意每个政党发表一次电视讲话。但是，这样做已经是五次讲话"反对"，只有一次讲话"赞成"。当然，政府有最优秀的电视演员：戴高乐。总理和新闻部长也要到电视上去讲话支持戴高乐。

指控政府渎职的参议院议长加斯东·莫内维尔要求允许他发表电视讲话。在参议院的讲坛上，他发表了一篇控诉个人专权的演说。参议员们同意把他的演说张贴出去。但是，在需要国家花钱印刷并张贴到法国所有市镇政府的墙上去的时候，被指控犯了渎职罪的政府首脑回答说，没有任何条文规定政府必须这样做。张贴参议院和议会所赞赏的重要官方演说原是一种习惯。但是，参议院议长的演说是一篇对总统进行猛烈攻击的演说，张贴这样的演说是不符合习惯的。

戴高乐派对参议院的要求纵声大笑。

"他们回到古代共和国里去啦！在电视时代，还要选民到张贴婚姻启事的市政府布告栏去读一篇演说辞，笑话！"

莫内维尔反驳说："那么，让我到电视上去讲。"

乔治·蓬皮杜叫人告诉他："以参议院议长的身份去讲话吗？参议院不是政党。以一个政党代表身份去讲话吗？同意。告诉我们你代表哪个政党。"

激进党主席莫里斯·富尔把他讲话的机会让给了他的朋友、洛特省参议员莫内维尔。

一部分保卫新共和联盟的成员建议抛开蓄意反对政府的参议院，并且首先利用公民投票作为附带提出取消参议院议长在总统不在的情况下代理总统职务的权利。

乔治·蓬皮杜坚决反对。

"这不是正常的手段。只要莫内维尔做议长，我们就不能轻易触动参议院，也不能轻易触动议长的职权。否则就好象是我们要跟他算账了！"

所有的法国人似乎都在反对戴高乐。

除了保卫新共和联盟和德斯坦派的二十名独立共和党人之外，所有的政党都参加反对政府的大联盟。工会和农会第一次公开采取反对政府的立场。工商联合会没有公开表态，但是，右派断言他们代表工商联合会反对政府。

巴黎以外的广播电台很难请到拥护将军的演说家。法国电视广播台以罢工来反对政府的宣传工作。

10月19日，最高行政法院受理塞纳桥暗杀事件主犯、判处死刑的安德烈·卡纳尔的申诉，宣布军事法庭对他的审判非法，军事法庭的判决无效。这个决定给挤满了新旺代分子的监狱带来了欢欣和希望。

乔治·蓬皮杜的一份官方公报指出，这是鼓励颠覆，怂恿谋杀。这位前任查案官宣布最高行政法院是越权。政府认为最高行政法院的决定没有法律效力。诉讼继续进行……

但是，后来在新的国家安全法庭依法建立以前，卡纳尔和儒奥一起被赦免了。

最高行政法院法官的反抗好象敲响了现政权的丧钟。政府机构里的工作停了下来。各人都采取一种谨慎的观望态度。戴高乐好象完蛋了。

乔治·蓬皮杜表面上泰然处之，但他的情绪已经流露出内心的不安。戴高乐将要回到科隆贝去，这太不应该了，太不象话了。法国没有权利这样做……国家的下层发出了怨声。省长们在报告中指出，人心动荡，民情不安。大部分法国人第一次觉得戴高乐错了。

蓬皮杜说："仅仅是一种不满情绪。法国人对权利和形式十分敏感。但是我国每一位农民都有法学家的灵魂，他们仍将投戴高乐的票。唯有戴高乐不会对他们说：'你们太笨，不懂得怎样选举你们的总统！'"

在推翻政府的各党议员中，有一些人——主要是人民共和党议员和独立共和党议员——也这样想。他们公开表示赞成政府，遭到了反对派的辱骂。

戴高乐对部长们说："我需要三分之二的赞成票。否则我宁愿回科隆贝。"

部长们回答说："这是不可能的，因为这次共产党人将投反对票，单单他们就占投票人的 22%。"

国家元首在电视讲话里孤注一掷。

"假如你们的回答是否定的，假如赞成票的多数是微弱的、一般的或侥幸的，我将立即结束我的任务，永远不再回来。"

反对派叫喊道："讹诈！"

但是，全国人民仍旧为此胆战。除了他，没有人能镇压得住"秘密军队组织"。

咖啡馆里的哲学家们回答说："如果没有戴高乐，也就不会再有'秘密军队组织'了。"

戴高乐派反驳说："这样说，'秘密军队组织'就是政府了。"

宣传投赞成票的鼓动家乔治·蓬皮杜手中有几张王牌：戴高乐、电视——除将军之外，他还可以最后在电视上讲话——以及政敌们的无组织状态。能够以换班的总统的姿态出来和将军较量的大演说家一个也没有，只有一个共产党人和极右的改革派联合在一起的松散的联盟，没有任何选举宣传工具。

乔治·蓬皮杜在公民投票的前一天最后一个发表电视讲话。

出于奥弗涅人的明智和农民的机智，他没有谈纠缠不清的宪法权利问题，关于这个问题，反戴高乐派的五位选手已经喋喋不休地谈得太多了。

在吃晚饭的时候，他以极其憨厚的态度谈政治，谈戴高乐。他说道：

"不是有人说这是讹诈吗？但是反对总统的人口口声声说总统应当做仲裁人……我猜想是叫他做个跑龙套的吧，对他们来说，政治生活好比拳击比赛，他们想叫他在那里记记分数。可是，另一方面，还有戴高乐已经执行了四年的政治主张。如果人民否定他的政治主张，你们要他怎么继续留下去呢？那是违反民主的，甚至是荒谬的！

"我想，人民能够很好地选举他们的市参议员、省参议员、国会议员，为什么不能很好地选举他们的总统呢？我可以和你们打赌，人民一定会选举他们所熟悉的人，选举他们了解其功绩的人。"

这是蓬皮杜第二次出现在电子摄影机前面。戴高乐将军在自己的电视机旁收看了所有政党领袖的电视讲话。他大声说：

"蓬皮杜把他们击败了。"

1962 年 10 月 28 日，法国本土二千七百五十万选民中，二千一百万人参加了公民投票：一千二百八十万人投赞成票，七百八十万人投反对票。46.66％的法国人作了肯定的表示：占投票人数的 61.4％。

第二天早晨，海外的投票结果使总结果略有改善，62.55％投票人表示赞成。

乔治·蓬皮杜整个晚上都在焦急地等待投票结果。他现在松了一口气，原先认为结果很可能没有这样好。

他半夜里挥笔疾书，起草了一份公报。这份公报与其说是为社会舆论起草的，不如说是为（幽居科隆贝的）"伟人"起草的：

"戴高乐将军认为赞成的多数要既不是平常的，也不是侥幸的。现在不存在这两个形容词了。"

但是，第二天，科隆贝没有反应。

反对派乐不可支：

"戴高乐认输啦！对选民们来说，这不过表示他们能够选举总统，但戴高乐没有为自己取得多数。下月反对派结成联盟一定会把保卫新共和联盟打垮。如果戴高乐今天晚上不辞职，他也只好滚蛋。"

第三天，总理前往科隆贝。将军真的心灰意懒，想辞职了吗？还是有意做出要留在村子里的样子，想叫人家来请他出山，在大选前造成出缺状态，引起全国人民的恐慌呢？

戴高乐对投票结果很不满意。他百感交集，情绪恶劣。"胜利之父"克列孟梭在总统竞选中被文雅的保罗·德夏内尔击败时所遭到的羞辱，他是决不肯接受的。1946 年，他在政府分崩离析，沦为议会少数派之前，就辞职走了。他不愿意亲眼看到各个胜利的政党回到国民议会，带着最后通牒来找他：要么投降，要么辞职。他宁愿呆在科隆贝。

蓬皮杜大胆地断言："在这次大选中一定会获得辉煌的胜利！……将军，您对投票结果，对那天夜里投票的结果所作的分析，有一个错误。实际上有百分之六十二点五投赞成票。差不多是三分之二的选票。这个数字，在共产党人投反对票的情况下，是我们原先想不到的。实际上这个结果（扣除了共产党人）同 1958 年关于宪法问题的公民投票胜利的结果是很接近的。

"但是特别激动人心的将是下一个月的选举结果。这次投赞成票的法国人将在 11 月 25 日投戴高乐派的票。他们没有任何理由改变主意。他们投了赞成票就是为了'请戴高乐出山',或者为了挽留他。我已经计算过,凭 62％的选票,我们将在国民议会里取得法国从未有过的多数:一半还多的席位!"

将军被说服了,于是回到了总统府。

将军从科隆贝回来,使蓬皮杜结束了四十五天忧心如焚的日子。

新闻部长克里斯蒂昂·伏歇还在威胁选民们:如果反对派得胜,戴高乐就一去不复返了。

将军以一种似乎作最坏打算的口气在电视上又重复了他以前说的话。反对派听到他的话,感到希望大增:

"你们听见了吗?他认输了。他输定啦!"

总理满怀信心。假如公民投票中的赞成票在大选中仍旧投戴高乐的票,他肯定会留在总理府。

11 月 25 日第二轮投票之后,这个乐观的判断得到了证实,并且比他预料的还要好。投票的结果是惊人的:比公民投票中戴高乐派的选票仅少百分之一,保卫新共和联盟获得大约六百万张选票,得到二百二十九个议员席位。共产党人得到三十席,社会党人二十四席。人民共和党失去二十席,独立共和党失去八十六席,右派失去十二席……加上德斯坦派的三十个独立共和党人和十个同盟者,拥护戴高乐的共计二百六十八席①,在四

————————————

① 原文如此。按计算应为二百六十九席。

年中拥有议会的绝对多数。右派被打垮了，"秘密军队组织"的支持者被彻底击败了。表示支持政府的议员，即使是口是心非的，百分之七十八也都重新当选。反对政府大联盟所有的领袖，除居伊·摩勒和莫里斯·富尔以外，全部落选。乔治·蓬皮杜在议会里最出色、最尖刻、最棘手的对手，1940年任命戴高乐将军为国防部国务秘书的前总理保罗·雷诺在敦刻尔克去世了。蓬皮杜是个唯一未曾做过议员的总理，也是第一个拥有议会绝对多数的共和政府首脑。

难以对付的对手加斯东·莫内维尔来到宪法委员会，要求废除非法的公民投票。共和国的贤哲们可以心安理得地告诉他，他们没有权力这样做。至高无上的人民的决定是不容争辩的。

10月5日，戴高乐将军在总统府亲自接受乔治·蓬皮杜的辞职书，并立即委托他组织新政府。新政府的重大变动是：担任进攻任务的戴高乐派克里斯蒂昂·伏歇改任国民教育部长，他的新闻部长一职改由阿兰·佩雷菲特担任。教育改革即将进行，而且要全面进行。

落选的人回顾往事时断言，事实说明自己是有道理的。戴高乐派的组织已经暴露了弱点。总统是政府首脑，而不是国家最高仲裁人，假如他在这次具有"全民表决"性质的公民投票中失败，就不得不辞职。原来是常设机构的国家最高行政职权现在经常因表决而中断。这是一个国家最高权力不稳定的制度。

总统如果不辞职，就要对付敌对的多数派。在一年的时间里，他不能够解散新选出的议会。预算被否决之后一个月，他可以用法令形式来公布预算，但不能把任何法律强加给议员。议会进行的每次辩论，都可能成为提出弹劾案的机会。这样国家元首每次都要更换总理，否则就要改变政策并全部改组内阁。总统为了获得必要的一票，就不得不屈服，不得不接受议会强加给他的总理，不得不困守总统府，忍受各方面对他的政策的抵制，度过难熬的一年，然后才能重新解散议会，重新大选，再由胜利的、但不大可靠的投票结果来决定……

落选的人的结论是，要使第五共和国的个人专政政府象在戴高乐手中那样发挥作用，就需要有一个象戴高乐这样的"不能更换的"历史英雄。

乔治·蓬皮杜也承认这一点，因为他说，现行制度要发挥作用，就必须有一个和总统意见一致的总理，以及一个忠于同一政策的多数派。

将军的继承人没有将军的威望，将来还能和戴高乐一样得到人民的一致拥护吗？

总理说："在1958年，对制定这样一部尽可能简单的、使人能够运用自如的宪法，我是完全同意将军的意见的。"

不管是乔治·蓬皮杜，加斯东·德费尔，还是安托万·比内当了国家元首，肯定是不会再换新花样了。根据1958年的宪法，他们要怎么做都行，采用谁的方式都可以……

蓬皮杜的第二次组阁受到了新选出来的议会多数派的喝采。

总理府的一位官员说："总理要过舒服日子了。"

十三、政治经济学教师执政。
政治就是做点事情。

当乔治·蓬皮杜率领着他的第二届内阁和议会里的绝对多数派，在将军的庇护下，于1963年正式进入总理府的时候，他的公文包里并没有计划，帽子里也没有纲领。再说，他既没有戴帽子，也没有公文包。

他是怀着做点事情——做点脚踏实地的事情——的愿望上任的。他希望巴黎人有房子住，准备在首都建筑马虎、街道阴暗的东区建造新住宅区、摩天大楼、公园、林荫大道以及新的旅馆；改革司法和教育；开辟广阔的公路……

他说："我召集了各种专家会议。我看见那些了解行政部门墨守成规的高级官员嘴边挂着怀疑的微笑……他们显然在想：又是一个新手，他还以为自己手里有魔术棒呢！"

"我未能在三年中做到我准备做的大部分事情。但是经过一番努力，终究取得了一些成绩。我还未能从事巴黎东区的改建工作。能够做到开辟塞纳河岸大道和延长里尔—巴黎—马赛汽车公路，我已经觉得很高兴了。这条公路将在 1970 年筑成，比我们的邻国计划经过瑞士的阿姆斯特丹—热那亚公路还要早竣工。我没有来得及在巴黎盖旅馆，可是在六个月里我们未经批准就在农泰尔设立了文学院，在巴黎皮革市场建造了大学校舍，在大皇宫里设立了自修室……法国是一个行动迟缓的古老国家。但是有了现在的青年一代，我们是可以好好地做番事业的。”

总理上任后的第一件事就是把创造未来的行政工作都抓在自己手里：例如“计划”、本土整治、科学研究、巴黎地区的调整、游览事业、社会发展……

再也没有比蓬皮杜对本土整治的态度更能说明他的工作方法的了。在建筑部的一系列的办公室里，许多参加实际工作的诗人、行政官员、建筑师和工程师正在塑造明天将变为现实的梦想。他们建议把布列塔尼同洛林和鲁尔连结起来，和共同市场挂钩；将中部建成象美国西部地区一样的牧区；将鲁昂-勒阿弗尔建成连绵一百公里的都市。“突击手”阿尔贝·托马，他原是负责制定苏伊士运河远征军计划的布尔热·莫努里的办公室主任，现在正在为开辟从马赛到阿姆斯特丹的罗讷-来因运河而进行战斗；他负责使罗讷河谷变成一个工业用的水库，使罗讷河布满发电厂，还要铺设输油管和煤气管；在马赛和福斯之间建立一个长达一百五十公里、包括许多码头、炼油厂、综合厂和石油化工厂的复杂体系。

由菲利普·拉穆尔主持的“幻想办公室”立刻引起了外省的极大兴趣。这正是法国人所关心的政治。他们要么同意，要么反对这些计划。他们开头往往激烈地反对，后来又狂热地拥护。罗讷-来因运河计划首先遭到阿尔萨斯的反对，后来又有地方响应……

临时成立了一些地方委员会。这些工作都是现代冒险英雄菲利普·拉穆尔着手创办的，他本来是一个著名的刑事律师，战争时他转而务农，在尼姆郊区抽干沼泽地带的积水，种植大米，现在成为农业部的一个领导人。他对田纳西河①流域的英雄史诗入迷，把罗讷河流域当作田纳西，在那里开辟了渠道，在因缺水而对政府不满的朗格多克两万公顷干涸的土地上进行人工降雨。他还开办了罐头食品厂和农业工厂……

作为国家经济委员会主席，拉穆尔起草了第一个本土整治报告，引起了一些行政部门的反对，它们以统筹未来为借口，反对学校、马路、河道、医院和住宅区不受它们管辖，反对离开它们所属各局的领导，不按照它们的计划和习惯进行工作。

一位市长在一个荒凉的海滨上建造一个垃圾处理厂，准备一处新的圣特罗佩游览区的出现。

菲利普·拉穆尔说："你们在居民逐渐减少的村子里建造漂亮的学校，而在人口日益稠密的居民中心却没有教室。"

有人回答他说："但是建造这些学校的计划是三十年以前订的。你总不能希望我们的学校跟在学生后面跑吧？"

本土整治需要一个拥有指挥各部权力的人，这个人只能是

_____

① 田纳西河是美国东部的重要河流，1933 年罗斯福任总统时曾经组织田纳西河流域管理局，建立了一系列水电站，增加了灌溉面积。

总理。

行政部门说："这是法老式的幻想！在朗格多克人工降雨，你们知道有什么用吗？给种葡萄的农民浇灌他们的葡萄，酿出更多的不好喝、卖不掉的酒，加剧农业危机，增加游行示威，使国家贴出更多的钱。"

这话只有一部分讲对了。

土地整治是需要的，但当时还只不过是象女巫的魔法，既没有说服力，也没有资金。

乔治·蓬皮杜决定把它变为现实。他任命他的助理奥利维埃·吉夏尔为驻本土整治部代表。吉夏尔凭着他的冷静的外交手段，一定可以同现在还在担任国家经济委员会主席的那位能说会道的先驱者很好地配合。

总理以他的现实主义和奥弗涅人特有的方式，作出了具体的规划，设立了支持土地整治的基金，缩写字母恰好是F.I.A.T.，对拉丁语学家来说，这是一个吉利的缩写，意思是："但愿如此！"总之，钱并不多，只有一亿七千五百万法郎。但是具有总理代表身份的整治人员插手各部的事务，不再被称做煞风景的人，不再是以远景规划为借口打乱正式计划被人讨厌的人了。如今，他们象圣诞老人一样来到各部，根据整治部的远景规划选择优先实现的计划：一条运河，一段汽车公路。请他们先垫一笔缺少的经费，让这些项目先行开工。总理总是力图建立合作关系而决不发号施令。他设立了地区经济发展委员会，以便各省可以表达自己的愿望。他注意不使这些委员会成为政治性的议会，制造空谈的工厂，或者是进行竞选的场所。

委员会由下列人员组成，四分之一的当地议员，四分之一的专业人员，四分之一的工会和商会代表，以及四分之一的各地区行政长官挑选的有专长的著名人士。

蓬皮杜想象的整治人员不能象路易十四那样，仅仅满足于看看勒诺特尔 [①] 的花园草图，而是计划的执行者。整治部的工作是脚踏实地、立竿见影的，如架设电话线、办技术学校、修建公路、建立工业区、设立高等学校。支持土地整治基金对这些事业的发展起了推动作用。建设外省的庞大计划就这样无声无息地打下了基础。

这是蓬皮杜的工作方式，埋头苦干的作风，只注重实际效果，不张扬，避免激起群众的热情。这种作风象一个企业的董事一样，让总经理去主持记者招待会和引起股东的兴趣。

这种工作方式有时使记者们，甚至于最积极的戴高乐派都感到恼火。他们有时说，这个政府虽然有以前任何一届内阁都没有享有的权力和财政手段，但是没有创造力。除了被马尔罗描写得光焰无际的纪念碑和博物馆，除了至今尚未实现的好把戏——迁移巴黎中央市场——以外，这个政府提出过什么使法国人兴奋的建议呢？充其量不过是伯耳法果尔的三分法。

"计划"部专员皮埃尔·马塞可能也希望有一个不那么小心谨慎的总理。当他去外省研究怎样实现巨大工程时，外省的人要求他给他们开运河、造新住宅区和建设工厂，他们愤怒地说：

---

① 勒诺特尔（1613—1700 年）：法国绘图家，曾经设计凡尔赛花园。

"中央政府没有替我们做一点事！"

他向不易相信别人的对话者解释道："政府实在是太慷慨了。66％的生产都用在消费上。德国人'勒紧裤带'过了二十年，他们现在只消费58％，但是他们建成了一个强大的工业。我们听到有人在喊反对托拉斯。可是法国没有托拉斯的灾难。我们的工业是由许许多多小工业组成的，如果我们不在设备方面作巨大的努力，那么共同市场一旦开放，我们的小工业就会被外国大资本的低价压得粉碎。"

对于这位计划部专员来说，最严重的问题就是价格的谎言。第四共和国为了掩饰通货膨胀，向人民隐瞒物品的真实价格，避免发生增加工资的要求，于是冻结某些价格：房租（一部分房客几乎等于分文不付，而另一部分的人却要付高价房租）、钢（钢铁工业债台高筑，缺乏投资，不能搞现代化设备）、铁路、地下铁道、公共汽车、煤、糖等等。国家被自己的谎言缚住了手脚，只好到处贴补赤字。

谁也没有得到好处。消费者看不到国家送给他们的无形礼物。靠工资生活的人要求增加工资遭到拒绝，但是企业的税额却增加了50％。劳动者只看到生活上涨。

享有特权的人很容易从通货膨胀中得到好处，但工业并没有获利。国营铁路公司借债，国家也借债。为了垄断发行公债的权利，国家禁止所有的企业发行新股票，或交易所证券，影响储蓄，但是鼓励企业拿出一部分利润再投资。也就是说，允许它们抬高价格，使消费者高价购买它们的商品，从而捞回它们所需要的资本。资本家倒不怎样抱怨。高价购买罐头食品和汽车的消费者承担了资本家购买新机器和装配的费用，但是他们不是股东，没有权利分享股息。另外，企业自筹资金只是权宜之计。这样虽然可以进行扩建和改善设备，但不能大规模资助大企业，不能建立象德国、荷兰和比利时建立的那种庞大的工业单位。而这些工业单位在共同市场中以低价格威胁着要吞并生产成本高的法国小企业。

我们最大的企业同将要进行竞争的巨大的企业相比是微不足道的。珀若汽车公司的营业额仅仅等于美国通用汽车公司在德国制造欧珀耳牌汽车所获利润的四分之一。如果美国通用汽车公司将利润减少1%，它在欧洲的售价降低10%，那么珀若公司就只有关门……我们的鱼类罐头业——许许多多的小工厂——将要与世界托拉斯于尼勒韦公司的设有加工厂的渔船队直接运到德国港口码头上的大量廉价罐头食品进行竞争……

我们的工业越来越过时。不实行现代化的手工企业虽然总是能销售它们的产品，但价格一直上涨。一处通货膨胀引起到处通货膨胀。商业资本达到惊人的数字，顾客购买商品时得承担机器折旧的费用。

建筑方面缺乏资金。国家所有的措施似乎目的就在于阻止法国人进行建筑。法国盛行一种建筑狂，一种积蓄资金建造住宅的欲望，这对于省吃俭用的人来讲，原是很自然的，所以国家甚至需要制定一些不可想象的规定来禁止建造房子。政府保留当建筑资本家的特权，垄断储蓄银行的全部基金，不得不提供建筑方面经费的90%，并通过大印钞票来应付。由于住宅缺少，价格惊人，连地产价格也因而上涨。

计划部应该向全国提供现代化设备，应该领导进行和生产息息相关的迫切的现代化工作，因此需要结束价格的谎言，进行一次全国性的整顿工作，采取有力的措施。

米歇尔·德勃雷以前非常支持计划部的专员，他极为关心国家财产，渴望进行改革，愿意实行严格的经济集中管理。但是阿尔及利亚战争使他不能进行机构改革。另外，政府中的自由主义者，如安托万·比内、维尔弗里德·鲍姆加特纳、瓦莱里·吉斯卡尔·德斯坦、莫里斯·顾夫·德姆维尔和将军听信的顾问雅克·吕夫，都反对国家活动的严格统一。他们相信自由企业的传统动力，认为"计划"不应该采取强制手段，最好是把重点放在未来。"第四计划"确定的是大家所期望的目标，而不是硬性规定。

皮埃尔·马塞将他对"第五计划"的看法告诉了新总理，这是共同市场开放之前争取最后一次机会的计划。将军的个人威望为国家和私有企业的财政整顿提供了最后一次机会。将军以后呢……国家应该摆脱弥补价格的补助费的负担，使法国人付出运输和其他实在的费用，甚至付出房主认为适当的房租，必要时同意增加10%的薪金作为补助。

有什么好处呢？取消房租限制迅速地解决了1964年的住房危机，比人们想象的还要迅速。巴黎地区居住条件极差的住户缺少三十万套住房的问题，在取消限制空房子的房租以后三个月就解决了。

国家摆脱了补助费的负担后，可以彻底解决不发达地区（目前只有二十分之三的农业地区进入二十世纪）的装备问题。

必须紧缩过分的消费，鼓励法国人厉行节约，吸收游资，使法国工业能"超级"生产成套的廉价产品的"超级"工厂，并且实行计划生产，在需要的地区开办缺少的工厂……

乔治·蓬皮杜对此有保留。他主张停止通货膨胀，但不主张使法国人感到生活无法忍受。他对政府管制经济的后果抱怀疑态度，连俄国人也放弃了强制计划。理论家总是预见到要出现灾难。这是他们的专业。可是事情的发展总是与他们的预见相矛盾。

蓬皮杜生性乐观。德国为了现代化装备严格地缩小了生活开支。可是它目前对消费也放松了，总理非常愿意使所有的法国人都成为资本家，希望看到他们象美国人和日本人一样，从大型国营企业中得到好处。每次遇到实业家，他总要向他们宣传合并，宣传把小企业合并为大工业单位的绝对必要性。对他们来说，这是一个生死攸关的问题。

但是他反对严格地集中管理经济。

国家可以指出方向，用补助、贷款和调整税收来指导装备工作。但是蓬皮杜对于国营部门所做的事情已经够多了，不可能再去取代私营企业的老板。他已经是法国的第一号老板、第一号顾客、第一号银行家了……

他尤其不愿意"拆台脚"，不愿意破坏以繁荣刺激装备现代化的经济扩张。

因此，"第五计划"不完全符合皮埃尔·马塞的愿望。"第五计划"缺少严格性和强制性，但是灵活，有商榷的余地。然而仍不失为管制经济，因为它指出了方向，对所有与计划相适应的活动给予奖金和贷款的便利。这个计划在自由主义者吉斯卡尔·德斯坦部长看来代价是很大的。

乔治·蓬皮杜特别希望"第五计划"不附带强制性，在提出"计划"以后，由议员、各委员会和专家们进行讨论，最后经议会表决通过。

他在期待米歇尔·德勃雷计划的利润分配政策能提供必要的说明，这个政策把扩大生产后的利润在投资、劳动者、股东和国家人员之间进行分配，因此，个人生活水平每年将实际提高2.5—3%。这也许不怎么坏，因为每人的收入在一生中将增加一倍。分配的关系还不十分清楚，但总理为群众力争的巨大利益，是通过减低成本的现代化生产来降低生活费用。

1963年初讨论这些前景规划和未来财富的分配时，游行队伍在街上正举着横幅标语："戴高乐，拿钱来！"

这是国家机关工作人员的抗议。总理——法国最大的老板——以为在1962年底选举前夕答应给三百万工人和职员增加4.5%工资，又给生活最困难的人一些补助金，已经满足了大家的要求。可是物价在飞涨。

当时法国本土正在进行阿尔及利亚归国移民的安置工作。他们当中最幸运的人带回了巨额资金，纷纷购置田产、工厂、商店。发给归国移民的赔偿和补助费已上升到四千亿法郎。贷款的数字也是惊人的。急于找到住所和工作的人匆忙地买下住宅、小店和农场，使得物价在十八个月内上涨了一倍。三十万一无所有的家庭购置家具、鞋子和衣服。而制造原子弹和建造新学校也都需要巨额的经费。

钞票满天飞。钞票印刷机不停地转动。在肉店、饭店、鞋店里，物价上涨了50%。

市场繁荣，生意兴隆。老板们找不到工人，同意增加工资。但是在国营企业部门里，到了周末或月底，发的工资只是慢慢地、悄悄地、扭扭捏捏地有了一些改善，如给予不同级别的优待、微少的奖金、加班费。象杂技团的空中表演一样，在工资表上搞花样。象法兰西电力公司这样有钱的国营企业，电费非常昂贵，悄悄地发给职工慷慨的津贴。而在亏本的企业里，如煤矿（赤字一千亿）、国营铁路公司和公私合营巴黎运输公司（国营企业的赤字共计二千二百亿），工资管理是非常严格的。

罢工不断发生。火车、公共汽车、地下铁道时开时停。分送邮件的工作陷于停顿。电流经常中断。

矿工们在矿井下面骚动，他们认为受到了不公正的待遇。煤黑子是战后提高煤炭产量的战斗英雄，他们一向是工资最高的工人，而现在是今不如昔了。"比内计划"取消了他们特别灵活的级别制度。现在工资增加缓慢，他们为自己的前途担忧。由于电力、柴油、天然气、原子能的竞争，煤炭业没有前途。法国没有一个煤矿是有盈余的。美国的煤矿工人（美国所有没有盈余的煤矿都关闭了）用自动掘煤机和自动支井机在丰富的煤层中工作，日产量是一百吨，而法国矿工每天生产四吨。我们从停泊在勒阿弗尔码头的美国货轮上挖煤，成本倒可以低些。

矿工们有工会组织，特别是他们有一个小头目绰号叫"有良心的菲米尼"的约瑟夫 · 索蒂。这个人个子小,戴着一顶黑便帽,口袋里放着一只十字架。他十四岁就下矿。

"你参加'组织'没有?孩子!"总工会成员曾在煤车上问他。

"参加了。我是天主教徒!"小孩回答。

于是人们开始"叫他尝尝各种滋味",和成人一起在四百米深的黑暗煤井里能叫一个十四岁的小孩尝到的滋味。这个孩子坚持下来了,他在天主教徒同事中间有了越来越高的威信,甚至扩大到非天主教徒。

1962 年 10 月,约瑟夫 · 索蒂做了法国天主教工人矿工联合会书记,他来向工业部长莫里斯 · 博卡诺夫斯基诉苦,但没有得到部长很好的接待。部长当时为了法国矿工正在和共同市场六国进行斗争(其实我们的煤矿应该关门),他反对用英国煤和美国煤。

头戴黑便帽、身带十字架的小个子再三坚持:"矿工应补发 11%工资。"

部长建议立刻补发 3%,4 月再补发 5%。

索蒂固执地说:"必须补发 11%。"

部长拒绝了他的要求。于是索蒂建议其他工会组织联合罢工。法国总工会决定罢工四十八小时。约瑟夫 · 索蒂决定无限期罢工。

部长说:"这是无耻的讹诈!"

那年冬天冷得厉害,寒潮持续了三个月,运河都结了冰。存煤只有三天的用量。无限期罢工就等于让可怜的人们在熄灭的火炉边冻死，等于叫工厂关门。既然只有法国天主教工人联合会的矿工要罢工四十八小时以上，那么四十八小时之后政府将征用煤矿。

总理接见各工会联合会代表，天主教工人代表勒瓦尔，"工人力量"代表博特罗。他没有见到索蒂，也没有见到任何一个矿工。矿工代表属于协会的等级，由部长接见而不由总理接见。

总工会代表对乔治·蓬皮杜说："如果政府采取征用的办法，矿工们将服从，但问题不会解决。"

3月1日，百分之九十七的地方爆发了罢工。工程师们与"煤黑子"联合行动。四十八小时后，政府宣布征用煤矿，但矿工们拒绝下矿井工作。

由天主教徒发起的罢工震撼全国。没有什么比一生享受不到春光的人们联合起来更能感动人心的了。洛林的铁矿工人也参加了，拉克煤气公司职工停止了工作。主教们支持罢工者，产煤区的保卫新共和联盟的议员们包围了总理府。

乔治·蓬皮杜颇为伤心。矿工持续罢工将使那些为反对不公正待遇的原则作斗争的善良人受到很大的损失。特别是看到罢工暴露了"煤黑子"的悲惨遭遇，蓬皮杜更伤心。其实，任何地方也不缺少煤，国家完全可以不靠法国煤矿公司，没有这些公司，只会更有利。

总理在寻找解决办法。但是向小个子提出的一切建议都被拒绝了。政府因为已宣布征用煤矿而陷入僵局。国家不能在矿工们表示服从之前取消征用的法令。

然而，"工人力量"的路易·博特罗在与总理会谈中替政府找到了一个体面的解决办法。成立一个独立于政府和工会组织之外的"社会贤达委员会"来正确地计算应补发多少矿工工资（路易·博特罗不久被任命为政府参事）。

第二天，总理在电视中宣布"社会贤达委员会"的人选：马塞、布洛克·莱内、马斯兰。

罢工五星期之后，工会于4月3日接受了社会贤达的建议：先补发5.6%，年底再补足11%。

但是"煤黑子"们还是拒绝下矿井，约瑟夫·索蒂用尽了所有的权力强制复工，他还得去帮那些受到他们会员责备的总工会代表的忙。

乔治·蓬皮杜后来说："我错了。"作为一个政府领导人，象他这样坦率是少有的。"我本来以为矿工提出要求是有合法的理由的，但是专家们肯定地对我说：矿工们没有理由。他们已经和别人一样增加过工资。其实倒是专家搞错了。在一片混乱中的国营部门的薪金谁也弄不清楚。应该一个企业一个企业地统计所发工资的总额，才能证明与法国国营铁路公司，特别是与法兰西电力公司的职工比较起来，煤矿公司的职工确实吃了亏。

"我当时认为必须征用煤矿，也是错了。有人对我讲只有三天的存煤了，工厂将要关门，可怜的人们将要挨冻。

"各工会联合会向我反映的，不过是矿工们的要求，遥远的回声。现在当我要讨论国内某一系统的工人的问题时，我就注意在联合代表团里至少要有一个工人的直接代表。经验证明，基层的人比他们的工会代表'要求更强烈'。

　　"这次使人伤心的又毫无意义的罢工至少也有点用处，使我为了及时挽救法国的煤矿，任命了一位国务秘书来负责动力分配，包括煤炭、煤气、电力、柴油、原子能的分配。以后法兰西电力公司的发电厂将改为火力发电厂。"

　　社会贤达的统计能够使所有的国营企业都得到好处。但是不等它公布统计结果，各工会就宣布工资应补发10％。突然罢工，使所有的公用事业一个接一个地陷于瘫痪。一天，巴黎地下铁道不通了，第二天，没有火车，第三天，飞机也不能起飞了。后来，邮件也没有了；然后，厨房里断了煤气。接着地下铁道又不通了……

　　成千上万的巴黎人，事先没有得到通告，被迫步行几公里去上班，然后再走回家。外科医生正在手术室开刀，突然灯不亮了。无数的旅客耽搁在奥利飞机场。

　　什么突然罢工，轮流罢工，真是天才的发明。极少数的专业人员轮流停止工作，既能使一项公用事业陷于瘫痪，又不致使大部分人因参加罢工而失去一天工资。几个电工在总站和地下铁道的电流开关前面袖手旁观，就足以中断交通。气象台的工作人员不向飞行员报告当天的天气情况，飞机就不能起飞。学校的看门人同食堂的炊事员串通一气关掉校门，考试前夕就无法上课了。

　　要求是正当的，但是突击罢工激怒了群众。信件象雪片一样飞向总理府："必须结束这种滑稽把戏。"

　　事实上，这种示威——将军的政敌高兴极了——也有它滑稽的一面。只消几十个人就可以和政府开开玩笑，就可以证明

"在专政下"国家已陷入了无政府状态。

总统和吉斯卡尔·德斯坦部长都说:"这是繁荣的罢工! 可是有些系统的工人分享不到繁荣的成果!"

经济繁荣是不可否认的。

乔治·蓬皮杜在 1963 年 5 月可以对议会说:"一年生产一百万辆新汽车,等于苏联生产的五倍。普通商店的销售量年年增加,体育用品增加 176%,运动服装增加 235%,收音机和唱片增加 333%。"

秘密津贴使工资表完全失去了作用。

蓬皮杜说:"给我简单地计算一下。将法兰西电力公司、法国国营铁路公司和公私合营的巴黎运输公司所付工资总额除以(职员人数相同)职工人数,再将这个平均数逐年作比较,人们会看清楚这个问题的。"

国家机关人员的待遇较低,这也是无可否认的不公平,但是必须计算出来才行呀。

统计的结果说明,各企业的工资逐年分别提高 6%、8% 或 10%。

对总理来说,发生争论时采取统计的办法是有好处的。它表明繁荣的法兰西电力公司的职工比其他公用事业的职工待遇要好得多。

总理同意发放补偿费。

反对派在议会对他大声叫道:"大家都说今年是社会发展年,而你却要发放补偿费!"

他反驳说:"让最不幸的人向最幸运的人看齐,这恰恰是社会正义。"

补偿费并没有使所有不满意的人都满意。

6月17日，巴黎人不得不冒着倾盆大雨步行回家，因为地下铁道罢工了。直到晚上九时半，街上还拥挤不堪。戏院、饭店和电影院都没有顾客。公私合营的巴黎运输公司的几个电工领班和电工发生了争执，这些领班认为自己每月九百六十法郎的工资应该再增加二十法郎，这样才能与下一级保持适当的距离。

许许多多的电话打到总理府："这一次是滥用了罢工的权利！"

乔治·蓬皮杜使议会通过以前饶勒斯和朱尔·盖德①要求的关于在公用事业中罢工权利的法案。停止工作须在五天前通知，并且要由有代表性的工会联合会发出通告，也就是说，禁止突然罢工、轮流罢工。六个电工领班再也不能使地下铁道停止通车，必须由一个大的工会宣布罢工并且发出通告。

弗朗索瓦·密特朗说："根据你们的法律，学校食堂的炊事员如果要提出她们的要求，就得请教师工会同她们一起罢教吗？"

"密特朗先生，如果炊事员要关闭学校的话，就得这样。"

但是又引起了另外一些人的不满。农民包围了省政府，因

---

① 朱尔·盖德（1845—1922）：法国社会党人，早年曾参加第一国际，第一次世界大战爆发后，堕落为社会沙文主义者。

为收成太好，农民无法控制和推销过剩的农产品，反而破产。

土豆的价格太低，一车车土豆倒在昂热大街上，妨碍了交通。六生丁一公斤的西红柿扔在度假期的人必须经过的七号公路上，一堆一堆地发出燃烧的硫黄气味。杏子多得使五千名果农去包围阿维尼翁省政府，但省政府也无能为力。相反，玉米没有收成。比利牛斯山区发生了一起起爆炸事件。农业部长皮萨尼和总理不同意提高玉米价格。他们说：如果这样做，颗粒未收的小生产者得不到好处，而是获得一般收成的大农场主会从别人的不幸里得到好处，使炸弹在空中飞舞的罪魁祸首正是他们这些人。我们要给受灾的人发一部分赔偿费……

二百万公石质量差的酒无人问津，奥德种葡萄酿酒的青年农民炸毁了自己的蒸酒器。

埃德加·皮萨尼部长在诺曼底一条公路上被绑架到一个农场去，他们强迫他喝了许多他喝不下去的牛奶。

他在贡蒂埃堡说："农业界不讲公道。政府在五年中给他们的要比他们在五十年中收获的还要多……"

这倒是真的，但是农民是因生产过剩而难以应付。

他们收获越多，收入越少，而家庭主妇也没有在市场上看到水果、蔬菜的价格便宜下来。

政府答应帮助农产品能以更好的价格销售，帮助把它们送到批发市场，并给农民贷款建造商品包装站和冷藏间。建立购销站也花了不少钱。但是许多农民对于组织合作社想不通，他们不习惯遵照交付经过选择的产品的规定，不习惯从事新时代农民的各种活动。在所有企业主中，新时代的农民应该有组织性，应该具有丰富的知识。政府答应过的补助费也没有象人们想象的那样很快地发下来。

1963年政府提交议会通过的德勃雷内阁的农业纲领的执行法，为农民提供了一些特殊的权利。实际上农民保留土地所有权，并且在他们耕作的土地上享有优先购买权。为了买下可耕地然后转让给青年农民，而成立了土地整治和农垦公司，另外筹集资金，收购剩余农产品，因为在丰年时，这些剩余农产品破坏商品的正常流通。皮萨尼部长鼓励开办罐头食品厂，通过合同以固定价格收购农民的大部分产品；他还鼓励成立全国联合收购组织，与生产者订立合同……这样，组织起来的农民就有了保障。剩余的产品可以自由买卖，这样就不论年成好坏，都能保持农产品的正常流通了。但是先决条件是农民必须组织起来，收成不要过分好。……

抗议、最后通牒、罢工、暗杀，象狂风暴雨一样冲击着政权。法国从来没有这样繁荣过，人民的不满也从来没有象1963年这样普遍、这样激烈：从阿尔及利亚归来的法国人发生了安家立业的困难，他们要求得到更多的赔偿；农民因为丰收而乱了手脚；国家机关工作人员由于通货膨胀受到了损失；老板为前途担心。几年中生产增加了40%，工资增加了60%，但设备远远没有跟上。

高级官员在总理府大发脾气，不知道怎么办才好。各行各业的工资、利润、销售、购买和投资都变成了政治问题，所有的人都转过头来反对政府。

法国天主教工人联合会主席、经济委员会副主席乔治·勒瓦尔说："从前工人说老板是吸血鬼，农场主是蚂蝗，肉商和牛奶商是盗贼。现在呢，工人、老板、肉商、农民、农场主意见一致了，他们说：政府不是刑事犯就是笨蛋。"

乔治·蓬皮杜仍然保持他的安详和愉快的心情。

他说："我们第一次实行了半社会主义半自由主义的制度，也就是说，实行了既争取繁荣又争取正义的制度。同时，我们正在实现非殖民化，我们进入了原子时代和共同市场。你们想不经受什么波动吗？"

总理和财政部长宣布说这是稳定中的膨胀。而反对派在议会里揭露说：这是生活艰难和通货膨胀。

"吉斯卡尔·德斯坦实行的是库埃 ① 疗法！"（坚决相信自己身体会好起来，病就一定能治好。）

总理回答说："我听见有人说，现在通货膨胀了。如果是居伊·摩勒先生这样说，我就要担心了，因为他熟悉这一行。但是我现在放心，财政部长先生的精彩报告……"

这个报告的确很精彩，但居伊·摩勒有道理。政府不再控制价格，也放宽了各方面所要求的贷款。

乔治·蓬皮杜和吉斯卡尔·德斯坦对银行的贷款控制得很紧，并且关闭财政部的闸门，但是还不能很快地制止滥发钞票。他们正在准备回收钞票的新政策：紧缩预算。这个前景在实业界和技术人员中间引起的反应是反对多于拥护。

_____

① 　埃米尔·库埃（1857—1926）：法国心理疗法专家。

通货膨胀也有令人愉快的地方，我们五十年来一直是在这种愉快中生活过来的。货币每年损失 10%，然而生意兴隆。凡是进行经济活动的都有利可图，负债逐年减少。国家借出大笔资金，过了一段时期，只消用很少的钱还给国家。自从 1914 年以来，钞票印刷机象流水一样印纸币。家庭主妇在市场上对着不断变化的标价牌生气。工资的购买力降低，但是大家能够生活下去，因为这是一个到处需要人手的时代。老人怨天怨地，职员和国家机关工作人员不满现状。据说，只要加他们 10% 的工资就够了。杰出的理论家以有力的论据证明有控制的通货膨胀是繁荣的源泉，也是利润再分配的一种方式。吃亏的是靠利息生活的人，而青年人和积极活动的人的钱却多了。

某些人说，通货膨胀是复兴法国的唯一方法，是发展不发达的农业区和建造我们所缺少的工厂的唯一方法。预算平衡就是经济瘫痪。

乔治·蓬皮杜认为应该马上重整财政，制止物价上涨。但是他不是平衡预算的盲目崇拜者。在预算中有国家的正常开支，应该由收入和赋税来抵付。但是也需要对有利的投资贷款，例如建筑贷款，这些可以由公债来弥补。如果这些贷款能够创造财富和制造新产品，那就没有通货膨胀了。每一张新纸币都是和一个具体存在的东西联系着……总理在 8 月底召集了财政问题专家开了一个会——必须立即刹住过度繁荣——然后去圣特罗佩休假。补发的工资至少在这一个时期里平息了社会要求。八百万辆汽车，几千列拥挤的火车，载着法国人驶向海滨去度假了。

1963 年 8 月 13 日，将军召集内阁会议。他习惯在休假时召集会议，为的是不让部长们无事可做。政府的成员微笑着从海滨浴场回来，皮肤都晒黑了。

将军的脸色阴沉，这是一场大爆炸。

雅克·吕夫对他说："我们的法郎……完蛋了。"

财政顾问莱韦克对他说："法国妇女都发火了。农民的西红柿只卖六法郎，杏子只卖九法郎，而牛排、蔬菜却超过了国家限价。"

外交部长顾夫·德姆维尔对他说："物价一直上涨，这是灾难。年底我们必须向六国要求农业共同市场，这是拯救我们农业的唯一办法。我们将要求他们对麦、糖、牛奶、肉定一个欧洲统一的固定价格。价格确定以后，我们不能再变动。但是，如果工业品价格和生活费用每年上涨，我们如何对待售价受到限制的农民呢？我们现在就应该采取决定，或者制止通货膨胀，或者放弃布鲁塞尔谈判。"

将军用拳头敲着桌子。

"政府不采取任何措施阻止物价上涨。我们的通货是在膨胀。没有稳定的货币，就不能成为一个大国。要么我们挽救自己的法郎，要么我们大家都完蛋。我限你们在十五天内采取最后措施。"

将军有夸大局势的严重性和焕发部长们工作热情的本领。

对于总理来说，稳定局势是必要的，但是这种必要只是暂时的，只要有足够的时间，在不影响扩大再生产的条件下，通过一些限制和强制的措施，把物价重新稳定下来就行了。如果使变化中的法国经济长期停滞不前，那将是不可想象的。

年轻的财政部长思想激烈，富有进取心，在一副理论家的面貌下雄心勃勃。对他来说，目前是一个大好机会，去实现在戴高乐之前从未尝试过的事业：具有健全的财政经济制度和象黄金一样稳固的货币；流通货币只是随着商业的真实的发展速度而增加；价格、工资都固定。过去彭加勒和比内未能使他们的事业流芳百世，现在机会来了，搞出一套超比内和新的科尔贝尔的财经制度来。

乔治·蓬皮杜和瓦莱里·吉斯卡尔·德斯坦是两个伟大的政治家，两个截然不同的人。一个是教师的儿子，另一个是贵族——他的祖先得到过一个有采邑的爵位。一个是受命运的支配、不露感情的人，另一个是制造命运的人。

得天独厚、学习成绩优良的年轻的瓦莱里，十五岁时就预言他到四十五岁时可以当上欧洲联邦的首脑。他讲这句话正是1941年法国沦陷的时候，德国军队正向莫斯科进军……

1926年他出生于大贵族家庭。他的祖祖辈辈都是财政部督察，他是著名的共和党人的后代，他继承了外祖父、多姆山的经济学家雅克·巴杜的精明能干。和他经常来往的都是些阔绰的亲戚。他特别富有知识分子的那种立志干一番事业的天赋，从小他就受到政治教育，教育他将来当国家元首。美国杂志说，他是法国的肯尼迪。

他十九岁在坦克部队里得过战争十字勋章，二十一岁已取得巴黎高等工艺学校工程师的资格，二十三岁毕业于国立行政学院，二十四岁任财政部督察，二十九岁是埃德加·富尔总理办公厅副主任，三十岁当选为多姆山的议员，三十一岁得到马耳他爵位的骑士称号，三十二岁是法国驻联合国代表，三十三岁在他的政治领袖安托万·比内手下任财政部国务秘书，1961年他三十五岁时就当上了财政部长。

美国人把他们当权的技术专家——他们到了三十岁就以秃头出名——叫做"光头"，象鸡蛋那样光滑的头。德斯坦的高额是光秃的，也是个"光头"，脸长长的，而且严肃得象一个专门和数字打交道的人，一口第十六区[①]的口音，态度从容不迫，象一个伟大的国际专家。……

但是，"象鸡蛋那样光滑的头"玩马球，在山坡上滑雪，驾驶他的私人飞机，在罗马尼亚猎熊。在海滨上，他是一个运动健将。

有人在国民议会上说："他是个政治动物吗？这个词份量不够，应该说他是政治上一匹纯种的马，一个怪物！"

德斯坦的一位朋友说："他象波拿巴和克列孟梭一样，生下来就准备担任光荣的职位。他是共和国总统颈上的大项链，政府少了他是不行的。"

将军对他的评价是："他是个有抱负的青年，有强烈的个性，也有才气。"

他与将军合作，但不是戴高乐派，而是别具一格，是戴高

---

① 巴黎第十六区是大资产阶级居住的地区，他们讲话时带着贵族的语调。

乐将军的唯一的同盟者。独立共和党的三十五名国民议员和二十名参议员也都跟他一样效忠将军，他是保卫新共和联盟和温和派之间的一个中间派的首领，他说，这是一个有前途的党。

他对未来抛出了套索，驾驭着未来。

他的解释是："左派已经僵化了，他们还停留在十九世纪的思想水平，温和派早就陷入保守主义，无法自拔。但是中产阶级的青年却走在未来的前头，他们看到技术上惊人的革新正瓦解着社会各阶级的传统结构。今天，是他们青年人在建设着新法兰西，他们必然要掌握法兰西的政治领导权。"

吉斯卡尔·德斯坦想成为这一革新的当然领导人，他以约翰·肯尼迪的一生来勉励自己，他的案头放着这位又年轻又杰出的美国总统授意写的有关政治策略的书籍。可惜肯尼迪如此迅速、如此悲惨地退出了世界舞台。

吉斯卡尔·德斯坦在财政部工作已七年了，在他刚上任时，财政部是由司长集团领导的，而现在这个领导权已转到他手里。所有的司长都是他任命的，只有两名是例外。

他是财政部的最高统帅，也是最有权威的部长。多年来，财政部也管理其他各部的财务，不仅替所有的部造预算，而且通过稽核员监视着各部的日常工作。

在第四共和国时期，财政部的实权掌握在高级官员手里，部长们为了自卫，只能一方面求助于他们自己的党组织，一方面以辞职并推翻政府进行威胁。

第五共和国的财政部督察领导一切。在每件事上他们所掌握的材料经常要比受他们监督的那个部门所掌握的材料还要详细。他们是超级官员，俸禄比别人高，自以为高人一等。在财政部做上十年，他们就可以对国家的所有问题了如指掌。他们只接受超级部长的领导，这位部长必须是政府中最有独立性、最肯干的人。他们将自己的观点强加于人，热电厂要订购什么型的机器，部队要购买什么牌的汽车和为低租金住宅定出什么样的租金标准，统统都由他们来决定。

某些部长抱怨这位超级部长滥用权力，因为他不要求他们将预算减少10%，而是让他们自己去"安排"，但对他们发出指示：

"把这个减少8%，那个减少12%，另一个减少14%。"

这样大的权力有好处也有坏处。爱花钱的部长总是想多增加开支，多增加办公室人员和多要求一些贷款。财政部的督察原则上是从节约的角度去考虑问题，但是有些节约反而成了浪费，最好的例子莫过于十年中建成的象鸽笼一样的低租金住宅……

部长们对付财政部这种霸道的唯一办法就是去找总理裁决。米歇尔·德勃雷对每个问题都有档案材料，他常常袒护那些照他的指示办事的部长。

乔治·蓬皮杜要重新安置从阿尔及利亚回国的法国人，要造一万二千所学校，制造原子弹和海市蜃楼式飞机，在法国国内的建设要投资，在和非洲合作方面也要投资，因此他在调解时常常偏袒财政部长。他的办公室与财政部办公室之间建立了密切的友好关系。

但这是两个职务不同和性格不同的人的相遇。

总理愿意让吉斯卡尔·德斯坦负责财政部，因为他在那里干得相当出色。财政部长在国民议会上作的报告很成功，他花了五天时间"闭门"准备。他向大会作的预算报告，历时三小时，不看稿子可以列举出上百个数字和百分比。

但是，在总理看来，国家的经济问题和法国人民个人的经济问题都象是他自己的问题一样需要首先关心。选民的幸福也是他的"事"，尤其是在选举期间。而法国每年都要进行选举，因此总理总是考虑尽量少引起不满。

乔治·蓬皮杜和吉斯卡尔·德斯坦没有原则上的分歧，他们都是奥弗涅人，都是经过训练的国家雇员，都是要实行政府集中管理经济的自由主义者。当然，总理尤其主张经济集中管理，因为他要为经济确定方针，对未来，对制定"计划"和共同市场都要负责任。财政部长比较相信自由竞争和私人经营那一套自然形成的结构，"计划"是需要钱的。……

相反，乔治·蓬皮杜在日常工作中比较开明，而吉斯卡尔·德斯坦则比较武断。

例如在帮助工业分散到各地区去时，总理决定了几个标准，还画了一张地区图，并且在上面注上百分比。要在外省办厂的巴黎工业家见到地区图立刻就可以看出哪些地区政府补贴8％，哪些地区补贴12％，又有哪些地区可以得到20％的补贴。

蓬皮杜说："我把握方向，但不使人讨厌！"

财政部喜欢一步步地解决问题，工业家必须带着有关材料到财政部来。

"你要在布科办厂，为什么不在洛里昂呢？你要生产轮胎，我们倒希望生产滚珠轴承……"

审批的过程很长，办公室副主任武断地作出决定。

为了使这些帮助不失去主动性，总理府不得不与财政部斗争。从财政困难时期起，财政部所属各级办公室一向很专制。1954 年至 1958 年这段时间，他们为避免发生更坏的情况，不论工业方面或银行界要创办新的事业都必须征得它们的同意。

乔治·蓬皮杜同吉斯卡尔·德斯坦的性格不同。总理不喜欢出头露面，处理问题时一丝不苟，象会做江湖医生的农民那样灵巧。吉斯卡尔·德斯坦是个鸿运高照有名气的人，通过他领导的财政部，他的名声正在深入人心（从来没有一个财政部长在选举中失败过）。

不管什么重大事件——重大事件总是要牵涉到财政方面的问题——他都要插手。在议会上，是他宣布要服十八个月的兵役。他有做报告的才能。有一次，他穿着一件毛线衣上电视台讲话，于是全法国都在议论他的毛线衣和他的讲话了。

他说："我并没有使青年人不快。"

在政府中，和他一起工作的同事都想约束他。他带着滑雪板乘着直升飞机去参加一个冬季运动站的开幕典礼。他的到来，给摄影记者们提供了一个精彩镜头。可是总理禁止政府官员乘直升飞机，除非是代表政府出差。吉斯卡尔·德斯坦改乘地下火车，又提供了一些轰动一时的照片。财政部长虽然有千言万语要在电视中讲，然而新闻部长不给他安排过多的机会。

在电视里出现得少，他就越显得可贵。财政部长拨给新闻部的经费也很少，这样他的电视广播就更值得重视。

在内阁中，吉斯卡尔·德斯坦总是和埃德加·皮萨尼在一起。政府成员中，皮萨尼在内阁会议上发言次数比别人多，发言也最随便，他是德斯坦的盟友。

8月13日，财政部长在将军发完脾气后，从爱丽舍宫出来立即赶回财政部。他一连发了好几份电报，把财政部派往西班牙、意大利和科西嘉的十二位"大将"召回共商对策。

乔治·蓬皮杜和他的几位财政顾问关起门来研究工作，其中有共同市场的著名专家弗朗索瓦·奥托利、勒内·蒙儒瓦和让·勒内·贝尔纳。

瓦莱里·吉斯卡尔·德斯坦的参谋部是欧洲第一流的班子，夜以继日地工作着，不断地和总理办公室联系。德斯坦比戴高乐将军规定的期限提前一天，把一大叠计划交给总理以便他第二天到爱丽舍宫去讨论。

内阁会议刚结束，财政部长就宣布一项稳定财经计划的方案，当时大家还未谈起什么计划，"这个主张是吉斯卡尔·德斯坦想出来的，吹鼓手也是他"。财政部长和戴高乐一样善于摆布局势和打动人心。通货膨胀首先是要解决思想问题，制止通货膨胀应当大张旗鼓。

但这不是蓬皮杜的工作方法。尽管总理不喜欢在群众场面上出头露面，他还是在9月12日和他的财政部长一起在总理府当着二百名记者，象在爱丽舍宫举行记者招待会那样，介绍了稳定财经计划方案。

冻结工业品、农产品的价格，对国外进口货开放边境，紧缩预算，严格控制银行贷款，发行免税公债以吸收游资，严格补征不动产赢余税，国营企业部门不再增加工资，等等。

乔治·蓬皮杜还作了一项补充规定，目的是为了使工资较低的人不致感到这些限制过于严厉。这个补充规定是：各行各业的最低工资限额和公用事业公务人员的待遇将每季度增加1%。还有一个实用的措施，即要求各部有计划地安排一年的开支，以免把大笔钱一下子花光。

乔治·蓬皮杜在当晚，吉斯卡尔·德斯坦在第二天都向电视观众解释了"稳定计划"。这是挽救国家危亡的救生圈，每个人都应该理解为什么国家要提出这个计划和愿意牺牲自己的一部分利益，并为适应这个计划作出必要的努力。

弗朗索瓦·莫里亚克在他的《短评》中写道："这个计划有它的价值，但是特别引起我注意的是提出计划的方式。总理和财政部长与千百万法国人民直接打交道，再一次证明了这一事件的重要性和革命性。——戴高乐派以高度的技术利用电视。

"以前（共和国）的元老们，甚至还未开口，电视已经把他们的话泄露出去了。

"但是我们的总理，这只老猫王，披着毛皮，温良和蔼，缩起利爪；而这位年青的财政部长则扮演了一个一定会青云直上的角色，而又不引起别人的嫉妒。一看到他们出现在电视屏上，我们就清楚地知道他们要取消什么，后来他们果然取消了。不，并不是戴高乐将议会贬低到一个次要的地位。现在的议会只不过是一个正在退化的盲肠罢了……

　　"以前的总理在上任后的六个月里，屁股上总要被人踢上几脚，今天的总理能够安静地工作，而且可以光明正大地工作。大家走近他的身边张望，他手里和口袋里什么也没有隐藏……"

　　没有人相信"稳定计划"，更确切地说，谁也不相信这个计划能够维持下去。制定这样的稳定计划已经有五十年的历史了。……

　　老板们在想："要有三个月不好过。"

　　许多企业主不去降低成本，不去改变经营方式，不去维持原来的工资，而只是推迟他们的投资。当竞争者把你的熟练工人都拉过去，那你怎么来维持原来的工资呢？至于企业的科学化的组织，法国人往往把它当作骗人的鬼话。

　　此外，国家也没有作出榜样，1963年底通过的预算一直有赤字。反对派说，稳定只是骗骗人的，因为钞票印刷机一直没有停下来。

　　过了几个月，到处提出抗议，事情很棘手。1964年某些工业亏损的速度加快了。在汽车制造厂周围的田野里，成千上万辆汽车露天摆着，一望无际。纺织厂每周工作时间减到三十小时，甚至还要少。大家在指责经济衰退，但总理并不罢休，物价上涨速度正在减慢，不过还没有制止，1964年还要涨4%以上。

　　工会也在想政府可能很快就会让步。1964年国营部门里又发生骚动，罢工者的标语牌上又写上了"戴高乐，拿钱来！"

然而蓬皮杜不作丝毫让步，还是象他以前许下的那样，每季度只增加1%工资。他召集了省长会议，对他们说：

"或者将'计划'执行下去，或者我们大家都完蛋！"

总理而且想到了一种制度，可以自然而然地解决国家企业主和他手下许多人的关系。他派一名科长到最高行政法院去探索国营企业中悄悄增加工资的秘密。图泰作出报告后将成立格雷古瓦委员会，并决定委员会的工作程序。

每年将仅仅检查一次工资，然后工会和领导机关讨论第二年在已经检查过的企业中应增加多少工资总额，政府将根据建议作出决定，同时还把"计划"增加收入的余额考虑在内。最后，工会和领导机关再讨论各行各业人员的红利分配。

乔治·蓬皮杜向"工人力量"和法国天主教工人联合会，并且还破天荒地第一次向法国总工会进行咨询。这些代表的态度都吞吞吐吐。他们觉得总理十分平易近人，和蔼可亲，但有点过分好奇，过分倾向于明确各种马虎地定下的工资待遇，这种工资待遇使某些人员表面上看来级别没有变动，但工资增加了。……这次代表们还是愿意同工厂的领导一起讨论。

还未等得及采取这些调和的步骤，国营部门在1964年12月就爆发了严重的罢工。但是政府没有让步，还是每季度增加1%，一点也不多。应该强迫全体接受稳定性。

农民这一年又举行了示威游行，示威游行后来变成了造反。以前他们在土地上得到的特权现在不再给他们增加什么钞票了。1964年土地上的收入同前一年相比少了3%，他们的成本越高，赚的钱越少。他们威胁着要绑架皮萨尼部长和本土整治部长奥利维埃·吉夏尔。总理只得放弃去诺曼第旅行的计划。

国民议会在农民的最后通牒的威胁下对农业部的工作进行了讨论。多数派的议员在乡下受到了猛烈的攻击，如果他们不推翻皮萨尼，就要遭到被人杀死的危险。

蓬皮杜对他们说："我已保证，也就是保证在12月布鲁塞尔的农业共同市场问题上斗争获胜，这是为我们丰富的农产品找到出路的唯一希望。这条出路不打开，就要产生混乱。从现在起到12月止，应该保持我们的价格。如果我们要在共同市场上出售产品，那么我们的价格不应该太高。如果你们要解救我们的农民，就不要听从他们；如果你们要叫他们完蛋，那么你们就照他们的要求去投票好了。"

政府正好少了五票。

但是1964年9月牛奶生产者在城里罢工停送牛奶，他们要求增加五生丁。象这类事情经常发生的情况那样，开始罢工时要求每天增加五十生丁的不是小农场主，而是大牛奶场的老板们，他们要求增加五生丁就等于增加几百万。

埃德加·皮萨尼和乔治·蓬皮杜却不肯让步，他们愿意把奖金给质量好的牛奶生产者，但是不想鼓励质量差的。

罢工持续了一个月，市民并不怨恨政府，他们只是怨恨牛奶场主。牛奶场主以为他们也象矿工那样深得人心，但是牛奶订户决不多付五法郎的牛奶费。他们改喝炼乳，感到还是有保障的。

在布鲁塞尔开始了关于欧洲小麦价格的大斗争，这是"绿色市场"必须确定的第一个价格，对法国来说，这是一场生死存亡的斗争。欧洲六国去年答应签订1953年因德国农民索价太高而未能达成的协议，谈判在激烈的气氛中相持不下，德国人对协议毫无兴趣。德国谷物收成不好，政府必须以高价收购。如果购买加拿大的剩余粮食，面粉的价格就便宜多了。

法国不愿将小麦的价格定得同德国的一样高。欧洲所有的农民，包括法国农民，如果都种植价格等于国际价格三倍的小麦的话，虽然收入很高，但小麦会多得无法处理，结果就会变成灾难。最后为了避免跌价，只好毁掉一部分小麦。而法国却不能生产和出售大陆所需要的水果、蔬菜和肉类。

在莫里斯·顾夫·德姆维尔大力支持下，埃德加·皮萨尼和他的对立者进行了英勇的搏斗，中间不时穿插一些迷人的活动。每次失败后，他们就打电话到爱丽舍宫找将军，到总理府找总理求救。

将军说："坚持下去，我们一定要农业共同市场。如果第一个农产品价格在12月15日还不能确定，我们就退出共同市场。"

我们的代表和总理一起研究策略、论据和磋商的主题。乔治·蓬皮杜焦急不安。共同市场没有我们也可以，英国会代替我们的。今年年初，总统拒不接纳"美国的推销员"英国，为了建立一个独立统一的欧洲，以抵制那个自由贸易区。如果建立了自由贸易区，欧洲就完了。

法国现代化的计划也要流产。退出共同市场以后，我们的国家永远也没有足够的力量更新设备，完成现代化了。它将永远是一个古老落后的国家。

波恩的谈判者说："你们是在要求德国自杀，如果我们同意你们的低价，我们的农民将在选举中投票反对政府。"

协议没有达成。去布鲁塞尔开会的德国人不愿意相信戴高乐真的作好了一切准备。

乔治·蓬皮杜看到："只有将军能够出奇制胜。这出有决定意义的戏必须在巴黎，而不是在布鲁塞尔上演。只有戴高乐能令人折服。欧洲人说：'这人是什么都干得出来的'，但是必须让他现身说法才行。"

将军秘密召见了德国大使，举行了一小时的会谈——伟大的戴高乐式的会谈。法国有三分之一的土地搞农业，如果农民不能销售自己的产品，法国就陷入绝境。如果不能达成协议，那就没有共同市场，没有欧洲的团结。法国同德国就要一刀两断。法国只有到别处去寻找主顾和朋友了。

大使心惊胆战地离开了爱丽舍宫！当天晚上总理艾哈德宣布同意。

但这时各国的报纸都在猜测谈判可能破裂。当然还需要进一步作具体安排。这是最后的战斗。接着是几天几夜令人筋疲力尽的讨价还价。最后，欧洲小麦价格规定在德国同法国的价格之间。即使如此，我们的农业专家们也还不免忧心忡忡。高价的诱饵将吸引大陆的农民，小麦变成了理想作物，每年在一公顷土地上只要工作六小时就行了。但是最后可能给放弃其他作物的法国农民带来严重的失望，因为小麦在国际上价格太贵，不一定交货就能付款。

挽救我们农业的大门还是敞开着的。有一天清晨四时，皮萨尼累得跟跟跄跄的，以胜利者的姿态走出布鲁塞尔会场，同他的对手紧紧地拥抱，高兴得热泪盈眶，后面跟着目光呆钝的顾夫·德姆维尔和吉斯卡尔·德斯坦。德斯坦是半夜乘飞机赶来看看自己要结算的账单，同时也分享一下胜利的喜悦。

1964年底给法国人带来了一个意外的消息：法国的预算五十年来将第一次得到平衡。将军一定要使它保持平衡，这也完全符合吉斯卡尔·德斯坦的愿望，他把这件事看作是自己伟大事业光辉的胜利。国家严格削减开支，使许多人大嚷大叫，税收增加了。

这一次可以指望物价平稳了。钞票印刷机应该停下来。

乔治·蓬皮杜青年时代的朋友们写信给他说："哎呀，你使我们大吃一惊。法国的预算居然平衡了！你的预算实在是难能可贵的！"

奥弗涅的选民写信给吉斯卡尔·德斯坦："在克勒蒙菲朗将要为你树立一座雕像！"

预算平衡的成绩确实抬高了精力充沛的财政部长的身价，也加强了他在政府中的权威。再也不能要求他支付意外的开支，再也不能强迫他采取刺激物价上涨和增加政府——法国最大的主顾——开支的经济措施了。

这样，总理的生活也并不舒服，因为他是不喜欢使别人的生活发生困难的。

对吉斯卡尔·德斯坦来说，在法国经济进入共同市场需要的重要投资阶段以前，必须巩固经济稳定的成果。而对蓬皮杜来说，稳定计划仅仅是走向稳定的一个痛苦的过渡性措施。只有在没有经济衰退、企业主对前途乐观、储户有信心的情况下，投资才有起色。

从 1964 年底起，总理就想"推动一下"投资。1965 年初，物价上升稍慢，上升的幅度似乎不愿意超过欧洲的平均比率：每年 4%。总理希望对发生困难的工业，例如纺织业和汽车制造业，采取一些措施。在银行贷款减少后，整个法国经济界都如饥似渴地在盼望政府贷款。

吉斯卡尔·德斯坦说："春天以前一点也不给！"

乔治·蓬皮杜打算减轻待遇最低的劳动者的生活困难，他在 1 月份宣布提高最低工资限额，不按物价指数决定。

瓦莱里·吉斯卡尔·德斯坦反对这个措施，因为它将引起普遍增加工资的要求。在内阁会议上，争论十分激烈。将军明显地支持财政部长的态度。但是他认为总理有理由保持威信。

于是总理和财政部长的分歧就公开化了。

同意在内阁会议上进行辩论的乔治·蓬皮杜，对财政部长精彩地阐明的理由表示佩服。

巴黎有人说："将军的裁判是祖护吉斯卡尔的！"

做财政部长必须铁面无私，而做总理的必须对国家的繁荣和国家计划的执行负责，两人虽然对前景的看法不同，但是各人都有充足的理由。

采取一系列措施的日程已排出来了，所有的企业，特别是直接受到经济稳定影响的企业又活跃起来。银行贷款扩大，贴现降低，汽车贷款比较方便了。

吉斯卡尔·德斯坦坚持要掌握执行权，他在乔治·蓬皮杜决定公布之前就宣布了。

在宣传方面，多姆山的德斯坦超过了康塔尔的蓬皮杜。

总理极力缓和行政方面的严厉措施。关于企业税务改革问题，他多次进行干预，让各企业在接受改革时不受到过分的限制，既有策略又有节制。

"瓦莱里·吉斯卡尔·德斯坦是一位忠实的部长，"他的合作者说，"如果乔治·蓬皮杜参加总统竞选，吉斯卡尔·德斯坦还太年轻，不会进爱丽舍宫，他最大的野心不过是想当他的总理。"

多姆山的才子、财政部里的这位可畏的后生给戴高乐主义提出了一个难题。罗歇·弗雷在阿尼埃尔发表了一篇著名的演说，主张扩大保卫新共和联盟的阵营，组织一个中间派大党，主要的是想把瓦莱里·吉斯卡尔·德斯坦，他的三十名国民议会议员、二十名参议员，他的朋友和他的光辉前程都网罗在戴高乐派里。吉斯卡尔·德斯坦不作答复，他认为这个问题只有到了 1967 年立法选举时才具有现实意义。

十四、工作中的懒汉——教师改革教育

万木丛中，悬崖之下，洛特河迂回而过。这里便是拉穆宁悬崖，也称做"猴儿跳"。传说有一位贵族家庭的小姐吉兰娜·德·蒙布伦因为和她的情人——这位贵族的冤家的儿子雷诺·德·萨耳瓦尼亚克私通，将被处死。多情的罪人在悬崖边上徘徊，她向一位教士忏悔。她绝望了，一声惨叫，从悬崖上跳了下去，她的衣裙在空中不停地颤动飘荡。正当家丁寻人沿着悬崖纵马奔驰之际，雷诺在灌木丛中看见一个赤身的青年女子，他认出就是吉兰娜。他还看见一个匆匆离去的教士。教士也许是耍猴把戏的吧，是他让猴子跳下悬崖的。

离开这个富有浪漫色彩的悬崖几公里的地方，一对夫妇骑着马慢步穿过人迹稀少的高斯草原。这就是总理和夫人骑着马在一个不出名的、但又是法国最美的风景区游览。荒凉的山谷，间以一堵矮小的界墙，四周空寂无声。古木荒林，浓荫遮天。这里有放牧的羊群，他们自己的那二十头带有黑斑的"高斯"牡山羊，也在这里放牧。

他们的友人、版画商雷蒙·科尔迪埃不久前在这地方买了一座磨坊，是他把他们夫妇带到这里来的。奔腾澎湃的洛特河使他们着了迷。这地方也可以说是乔治的家乡。他的老祖母玛丽亚努就是这里的人。蓬皮杜夫人后来到卡雅尔克的公证人鲁先生家，托他买一座偏僻的、不引人注目的幽静住所。这位巴黎太太的来访使鲁先生大为震惊。

碰巧卡雅尔克是弗朗索瓦兹·萨冈的故乡。她的外祖父一家过去在这一带经营普拉儒磷矿，这座磷矿现在只剩下了一条条黑暗的坑道。在一个小山谷和通往远处旷野的山口交叉的地方，有两座破旧的房屋。屋前小路纵横交错，小路两旁乱石遍地。公证人花二万法朗替蓬皮杜夫人买下了这两座房子。

飞机一下子就到了卡雅尔克，总理对这一点很欣赏。

花岗石砌成的旧房子里很快便装上了电灯和电话。老式的屋顶瓦片已经换掉。浅色橡木做的门窗使老屋焕然一新。蓄水池改建成了游泳池。丛生的野草变成了绿色草坪。马厩里养着两匹马。这里的寂静，一年有三四次是被名流显要的声音和作家、艺术家的高谈阔论所打破。山谷间牧羊人的小屋变成了阿兰·蓬皮杜接待小朋友们的地方。在翻修一新的山庄旁边，原来的谷仓改建成警卫人员的住处。他们整天在这里玩木球。

乘部长联络组的老式飞机，从瓦伦大街总理住的地方，只需三小时就可以到达离卡雅尔克二十公里的维尔弗朗士-德-鲁埃尔格小机场。

乔治·蓬皮杜在野外草地上一边摊开总理的公文，一边抚弄着小哈叭狗。给他放羊的老农民、邻居卡塞尔每次见到他回去总是依依不舍。

"早点回来。您来了，我们很高兴！"

这座偏僻的别墅惊动了整个洛特省。卡雅尔克居民关心的第一件事，是把房子的新主人登记在竞选人名单上。

另一个人也到这里来建造别墅，引起了社会名流的注意。本土整治部部长奥利维埃·吉夏尔也在他的朋友乔治·蓬皮杜别墅的附近买下了一幢小房子。附近居民对这两位大人物寄予很大希望。希望他们在那里帮助创办一所初级中学，或者建立一个第二套电视节目的转播台。

法国西南部的议员们心里在想：是什么不可告人的目的促使总理选择这样一个偏僻的地方呢？洛特省是激进党人的堡垒。参议院议长加斯东·莫内维尔是该省的代表，1962 年是他弹劾政府渎职的。激进党反对派领袖莫里斯·富尔是这个省的参议员，有人分析了一下莫内维尔先生领导下的省参议会的情况。可怕！如果总理参加省参议会竞选，完全有可能当选为省参议会主席，从而夺走一个最有名望的参议员的席位，让给他的朋友。

1965 年，法国西南部的预言家们以巨大的热情注视着卡雅尔克市参议会的选举，但从巴黎的角度来看，这不过是竞选运动中一个有趣的插曲而已。先请总理兼任卡雅尔克市长，遭到总理的婉言谢绝——因为他难得到卡雅尔克来一次，照顾不了市政事务。后来又请蓬皮杜夫人担任市参议员，她也谢绝了（政治使她望而生畏）。卡雅尔克市长米拉先生为了在市长的名册上有个蓬皮杜的名字，还作了许多其他的努力。

老实说，在参议院议长和激进党领袖的选区里戏弄他一下的想法，对政府首脑来说不是没有吸引力的。

加斯东 · 莫内维尔实际上是他在政治上遇到的唯一真正的对手。但作为两个普通的人，他们完全可能互相谅解。莫内维尔是圭亚那人，肤色呈棕褐色，文雅，健谈，是打网球的好手，在沙龙里聊天的良伴，他原来是凯撒 · 康平基养马场出色的律师，后来追随老板加入了激进派政党。他先后担任过法属圭亚那众议员、参议员，战争期间任中央高原游击队司令，是洛特省抵抗运动的代表。1958 年任参议院议长后，他支持戈蒂总统力请戴高乐出山……作为参议院议长，他当时自然是最有可能登上总统宝座的人物。

戴高乐将军当选为总统后同戈蒂先生在凯旋门下分手时，本应该是他陪送新上任的总统去爱丽舍宫的。自 1875 年来，参议院议长在凡尔赛宫主持总统选举之后，如果议长本人未曾有幸当选，总是议长庄严地把新选出的总统带回巴黎，并把他送到圣奥诺雷大街。

可是，戴高乐不再由代表大会选出。戴高乐没有请莫内维尔先生坐汽车陪他去爱丽舍宫，而是让他的办公厅主任乔治 · 蓬皮杜在汽车上坐在自己身边。

为此，莫内维尔心里很不好受。他变成了"幕后独裁"的头号反对者。1962 年，戴高乐要强行采用普选制选举总统时，议长大发雷霆，竭力反对，这是大家都知道的。

将军和蓬皮杜没有忘记议长猖狂的攻击。政府首脑不准各部部长参加卢森堡宫的辩论会。为了不使参议院活动陷于瘫痪，各部部长分头到各专门委员会作制定法律草案的报告。只有国务秘书代表政府参加参议院召开的会议。讨论得最多的一项宪法草案，是计划以一个经济会议取代参议院。

然而，乔治·蓬皮杜到洛特省来是为了休息，不是为了搞"政治"，在他的事业中，他最不喜欢政治。他的夫人一想到自己上了政治的圈套就惊恐不安。她的丈夫安慰她，他不会当市长，也不会参加省议会的竞选。他对莫内维尔先生没有恨到那样一种程度——牺牲自己休息的时间。

市议会选举的前夕，卡雅尔克的隐士荣任市参议员，但拒绝了卡雅尔克市长米拉先生赠予他的绶带，因为这种绶带应由米拉先生佩戴。1965 年 3 月，蓬皮杜生平第一次当选为市参议员。为什么不做奥尔维利埃市参议员呢？那里的人经常向他提出这个要求。原因是他每周都去奥尔维利埃，如果当了那里的市参议员，他就得真正担负起市政工作。可是时间不允许他这样做。

为什么不做蒙布迪夫市参议员呢？

总理和他的夫人喜欢卡雅尔克山庄的环境，他们可以把自己的一切，把自己的朋友、唱片、书籍都用飞机运到这里来，另成一个天地，没有讨厌的外人。而蒙布迪夫仅仅象一本照相簿，只能引起童年的回忆。

但是，蓬皮杜的姨婆欧拉莉责备他到康塔尔省进行正式访问时不到她偏僻的山村停留一下。她早年在米利亚纳当过教师，是个唠叨的管家，每年都在蒙布迪夫度夏，现在八十二

岁。她很想让家里所有的人到她身边再团聚一次。1944 年 ①
8 月，一个星期五的下午，内政部长罗歇・弗雷突然不知总理
的去向。总理的保卫人员急得走投无路，他出了总理府就不见
啦。到处寻找他，内政部打电话问蒙布迪夫的宪兵队。

"如果他来的话，我们会知道的！"

可是，一星期前，乔治・蓬皮杜打电话给他童年时期的伙
伴，他的表哥艾蒂安・昂德罗，他现在在佩皮尼昂开了一家内
衣店，当上了老板。

"下星期六全家在蒙布迪夫聚会。请你通知大家，但要绝
对保密！"

欧拉莉姨婆当作国家大事一样在德古朗日小旅店里忙着准
备夏瓦尼亚克一家、昂德罗一家和热内布里埃一家吃的饭菜。
要准备二十个人吃的鳕鱼和烤肉而又不引起村里人的好奇，是
要撒弥天大谎才行的。

总理穿着毛衣，亲自驾驶 404 型黑色轿车开往克勒蒙菲
朗，他的连襟弗朗索瓦・卡斯泰坐在他身旁。他冒着狂风暴
雨，全神贯注地在山区公路上行驶，到蒙布迪夫下车时，暴雨
如注，伸手不见五指。在欧拉莉姨婆光滑如镜的楼梯上，他差
点儿摔跤。

"在这儿，你至少得住几天！"

第二天，在绿色百叶窗的房子前面蓬皮杜及其亲属乘坐十
余辆小汽车往镇上的旅店欢宴。夏瓦尼亚克一家人把总理团团

---

① 原文如此，应是 1964 年。

围住，以致总理来到镇上小旅店时没有被人发现。这一次聚会其实是以蓬皮杜为中心的合家欢宴。

如同三十年前一样，他混进旅游者当中去钓虾，那次共钓到二百只虾，晚上带回去饱餐一顿。星期天，在公墓门口，有人认出了蓬皮杜……先兵队知道了这个消息。总理最后在他母亲坟上扫完墓以后，便立即返回巴黎。在这几天内，可怜的宪兵们只好去忍受巴黎的指责，摄影记者也为错过这次郊游机会而大失所望。

蓬皮杜是个古怪的人。没有一个政治家象他那样在报纸上很少提到，他却比任何人都关心报纸。

总理在贝顿码头的家中，每天一面用早餐，一面很快地翻阅十二份报纸，同时打开收音机，收听欧洲第一号电站播送的克罗德·泰里安的时事评论。这样勤于收听广播，使女仆很为惊奇。

"为什么叫克罗德·泰里安解释将军昨天对他讲的话呢？先生不会忘记的吧？"

由于总理的守口如瓶使新闻部长大为失望，总理很可能在报纸的评论中发现一些自己不知道的情况。

他坐在汽车里继续看报。在周刊出版的那一天，即使汽车已经在总理府的石阶前停下，他仍迟迟不下车，在 D.S. 牌轿车里继续看他的刊物。

司机们说："他是个老老实实的人！"

他对新闻界兴趣很小。因为他们不太拥护戴高乐。在第三共和国和第四共和国时期，报纸向来是拥护政府的，但在戴高乐上台之后，报纸一直反对政府。

然而，总理看到报上的漫画、批评和反对意见并不生气。但看到有关他家庭的新闻和对戴高乐将军进行猛烈攻击的评论文章，就会很不高兴。

"岂有此理！"他说。

实际上，乔治·蓬皮杜在新闻界面前有身临敌境之感，他在议会里也有同样的感觉，尽管在那里拥护他的人比反对他的人要多。他这种感觉，从他对记者们的冷淡和对反对派反唇相讥的态度中可以看出。

每天早晨由他主持的办公室会议，气氛是轻松的。会上大家常常拿报纸的评论和当天的大事进行打趣。

总理对他的老朋友、总理府新闻处主任西蒙娜·塞尔韦说："这又是你的朋友瓦儒（《战斗报》记者）的攻击。"西蒙娜·塞尔韦抬起她那双淡蓝色的眼睛望着天花板。她每天早上都被人家看作是反对派文章的参与者，她还不习惯人家跟她开这种玩笑。

"这位安德烈·阿尔贝真不简单！我得请他来做新闻部长"。

总是受到法国电视广播台的纠缠和一百个记者责问的新闻部长阿兰·佩雷菲特听了这话只好摇头。如果总理愿意向他泄露一点国家秘密就好了……奥利维埃·吉夏尔带回许多有关外省整治的情况。大家仿佛能够听到负责议会事务和旅游事务的国务秘书皮埃尔·杜马的笑声。他象托儿所的孩子一样"快活"，议会中稳定的多数和奥利机场上女旅客的微笑使他心满意足。他一面给旅游者献上旅行社的玫瑰花，一面为了招徕生意进行有礼貌的接待。

办公厅主任弗朗索瓦·奥托利是个忧郁的科西嘉美男子，他是以计划共同市场起家的，由于他通晓经济、政治和金融方面的情况而升了级。

"诸位应当知道这个……这个……这个……"

办公厅副主任米歇尔·若贝尔矮小干瘪，说话幽默，反应迅速，他的插话逗得全场大笑。政府秘书长让·多内迪厄·德·瓦布勒，一副信奉基督教的法官的严肃面孔，为人热心，二十年来一直追随总理，是总理政治生涯中的得力助手，他同总理一起处理总理府和总统府之间的来往公文。

公事完毕，大家嘴角上挂着微笑回家。总理府是巴黎所有的机关中气氛最不紧张的一个机构，争吵最少，因为主管者为人乐观，头脑冷静。

起初，蓬皮杜对所有求见的办公厅成员和各部部长都一律接见。现在，他把一切事务都抓了起来，他成了爱丽舍宫忙碌的接待室，他每周只能接见五、六位部长，定时和他们举行会议，讨论外交、财政、国防、内政和教育方面的事务。

有个专门负责呈转公文的办公室，象子弹运输队一样，把大量的公文送到蓬皮杜手里，他一拿到公文就立即象机关枪扫射那样的速度进行批阅。

每份文件送来时都要附有处理意见。总理总喜欢让别人发表意见。

回答是非常快的，他把意见写在意见栏边上。

"阅!"（表示不作答复，事情尚未成熟，或者表示提出其他意见再研究。）

"可!"（表示您的解决办法也许不是最好，只是权宜之计。）

"对!"（表示原则上同意，可能需要修改。）

"同意!"（表示同意您的处理意见，无需再送上来。）

批阅过的文件立即转给有关的部、局。总理办公桌上从来不积压一份公文。接见时刻到了，他好象闲得无事可干。

在处理重大问题时，他采取另一套办法。当事态没有发展到白热化的地步之前他早已找他的办公厅主任弗朗索瓦·奥托利以及有关部长共同商量过了。奥托利和熟悉情况的官员先举行两、三次会议，等问题有了眉目，奥托利再通知各有关部长开会。总理主持会议，各人在会上发表意见。在别人发言的一、两个小时过程中，乔治·蓬皮杜看来漫不经心，两眼看着手里香烟冒出的烟。他在最后发言，把主要的、具体的要点讲得一清二楚。

当他似乎是心不在焉的时候，他已经把好几百个数字装进了脑袋。当这些数字从他口里重新出来时已经经过整理、结算，化成百分比了，就好象从电子计算机里出来的一样。大家考虑到的以及没有考虑到的，他都按其重要程度进行归纳。与会者急忙拿起铅笔记录，再计算一下。总理是对的，他一点没有弄错。

他主动承认说："我心算很快，心算帮助我办事。"

他归纳各种意见，井井有条，就好象机器一样。

只要开过两次会，有时开三次，就可以作出决定了。乔治·蓬皮杜一旦作出决定，便不再更改。如果不涉及到原则问题，政府首脑便立即付诸实行。他知道国家元首关心的是哪些事项，如果戴高乐将军要了解某一件事，他就请一位总统府的官员来参加预备会议，等问题全部准备就绪，便列入总统主持的内阁会议的议程。总理有时要花很多的唇舌，使总统相信他的解决办法是正确的。在"淘汰兵役制"问题上，戴高乐提出了一系列反对的意见，后来他又在议会的讲坛上提了出来，并且还在报上登出来。

这种口头汇报的办法，每天要占总理四五个小时，不过可以省去他用十至十二个小时去阅读连篇累牍的公文。这个办法又可推动所有的负责人及时行动起来。当国防委员会、经济委员会、外交委员会在爱丽舍宫举行会议时，乔治·蓬皮杜扮演教练，戴高乐将军则扮演裁判。1965 年有人注意到政府首脑支配同僚的权力越来越大了，甚至可以不同意"延长圣灵降临节的假期"。

弗朗索瓦·奥托利说："总理具有挤出空闲时间的本领，他为此设立了许多机构，他的办公室的工作象机器上了润滑油那样运转着。"

在接见时，他不接电话。有时来看他的那些前任内阁总理见到总理府鸦雀无声，无不为之惊讶，因为他们还记得，在过去的岁月里，在办公时间，成天忙着接电话，办公室里进出的人川流不息，还有那些想当部长的议员跑来对他们进行威胁或提出各种要求，纠缠不休。

蓬皮杜打趣地说："现在的政权还不及君主时代那样稳定，不过目前的政局还算是好的。"

总理的助手迪皮伊夫人是总理办公室的中心人物，往来的公文都要先让她一一过目，然后总理再决定召见几位主要的部长。

总理同部长共进午餐是不拘形式的，经常是边吃边谈，大家吃得都很起劲，吃总理所喜欢的家乡菜，方式是随便的，总理府的厨房，象一架装配得很好的机器一样，办公室的工作人员也可以到小餐室里去进餐。

也有"一边吃一边接见的午餐"。有一次一位汽车制造商和一位飞机制造商请求政府首脑给予十亿法郎的借款，他们获得了一次吃喝的机会，谈话的时间是充裕的，同时某委员会的一位和气的主席，也被邀请来，不过这一天总理显然只能扮演打桥牌中摊牌的"明手"那样的角色。

熏鲑鱼这道菜上来时，话题便转到钓鱼上面去了，那位主席便吟起阿拉贡《巴黎的桥》里面的诗句来了，乔治·蓬皮杜接下去把这首诗的一节背完。

总理亲切地转过身来对飞机制造商说："朋友，肯定您也喜欢诗"，飞机制造商表示，他很喜欢听自己的小孙女背诵《狼和小羊》。

这一下子，那位主席和总理共同背起一首并不太出名的寓言诗来，他们从拉·封丹的寓言背到拉辛，在吃烤肉的时候，又从拉辛背到波特莱尔。

蓬皮杜转过身来对制造商说："朋友，请不要见怪，据我了解，他每天早晨起床时，总要读二十行诗……"

他们吃完了奶酪又吃烤香蕉，又从艾吕雅的诗背到热拉尔·德·内尔瓦的诗，喝咖啡时再背图莱[①]，吃覆盆子的时候，大家又吟诵龙沙的诗，一直到告别。

汽车制造商走出总理府时对飞机制造商说："要是我不想借给人家十亿法郎时，我必须学会背诗……"

晚上九点钟，蓬皮杜高兴得手舞足蹈，因为有人请他上馆子，还有他的夫人在电影院里等他看一部内部放映的戈达尔[②]的片子。

一天晚上，阿兰·佩雷菲特来征求他的意见。

总理说："一部糟糕透顶的影片，起了这么一个想象不到的片名:《有夫之妇》!

"生活中我见过比这更糟的事，就用《一个有夫之妇》的名字吧，只要这样能消除你的顾虑。"

总理夜里回去之后，还要仔细研究需要特别注意的两三份公文。星期六下午，他动身去奥尔维利埃，随身带着一只装满各种报告的公事包。星期一上午，各部和各局处都可以收到他的批复。

他的女秘书内格雷耳小姐说："他生就是一位领导人，由于他和蔼可亲，尤其是由于他的组织能力强，所以总是让他的助手多做工作，他有一个'鬼聪明'，就是让你相信，你已经

---

① 让·保罗·图莱（1867—1920）:法国诗人兼小说家。
② J.-L.戈达尔是当代法国新潮派的电影导演。

领会到他要叫你做的事情。"

他的办公厅的工作人员说："和他打交道，有一种亲切感，一点也不觉得紧张，但是谁工作马虎，他就毫不客气，他认为每个细节都应当认真对待。

"他是一个现实主义者，对教条、理论、纲领等等，从来不重视。大家以为他有一贯的见解，有能够使事情有条不紊地进行的政策。随后大家发现，他所做的事适合新时代的国家机构，而且能站得住。

"他是一位尊重传统的革新家，他的思想感情是典型法国式的。例如，他支持贸易改革、商品短途周转、农产品直接送批发市场、开办大众化商店等；但是，损害小商小贩的办法，他是永远不会采纳的。他要维护小商店，是为了照顾居民生活上的方便，同时保持市面上的繁荣。

"大家几乎感觉不到他在工作，可是，有一天，他会突然抛出一份象教育改革之类的庞大计划。"

"蓬皮杜在教育界是一个不得志的人。他本想当大学教授，但没有成功。他嫉妒大学教师。他要报复。他的愚蠢的部长伊昂·伏歇[①]执行他的报复。他摧毁大学，他要扼杀教育。他的改革计划是个荒谬绝伦的大杂烩。"

教育部长愚蠢的改革计划遭到了成千上万的宣言、动议、文章的严厉谴责达两年之久，但这些宣言、动议和文章的措辞

---

① 即下文所讲的克里斯蒂昂·伏歇。

含糊，也没有说明白不满的理由，群众还不理解。

"假如我是政府"——这是人人都有的一种幻想，可是这位教师却把它变成了现实……蓬皮杜在师范大学毕业时考第一名，取得正式教师资格，一直想当教师。他做银行经理时就曾经兼任政治学院的讲师。现在他把全部热情用来从事教育改革——法国的头号问题。埃德加·富尔拒绝出任国民教育部长之后，他任命一位专门承担特殊任务的外交家、在暴动期间坚持留在阿尔及尔的克里斯蒂昂·伏歇担任教育部长。这是政府中风险最大的职务，问题最多的职务。克里斯蒂昂·伏歇头大颈粗，两肩宽阔有力，身强力壮，善于了解别人，颇受将军的器重和宠信。

蓬皮杜通知他："您去收拾这个烂摊子吧！"

"我已经习惯了。"

乔治·蓬皮杜上台时，对戴高乐派不太拥护的教育界，对他来说还是有好感的。是个同行嘛。大家希望他能提高教师的社会地位，增加教师的薪金，在势在必行的教育改革中征求"他们各级的意见"，也就是说，征求所有教育工会、教育团体、教育当局的意见。

但总理却使教育界大失所望，因为他不能优待一种行业的公务人员（即使他是来自这一行并且最爱这一行），而亏待其他的公务人员。尽管教育部长会征求意见，但是，征求意见根本达不到教育改革的目的。每个教师都有理由认为自己的课程最重要，自己的教学方法最好。

乔治·蓬皮杜对教育改革问题主要是从实用的观点出发，

从他在中学教书时积累起来的个人经验出发——当时他教书并不卖力，他的同事也是如此——带着不让理论束缚自己手脚的决心来从事教育改革的。

克里斯蒂昂·伏歇把一个问题看作两个问题。

首先是一个庞大的经费问题。费用实在太大，但问题比较简单：战后人口的出生率增长了，女孩同男孩同样要受教育，随着生活水平的普遍提高，家长们都希望自己的孩子能够多读一点书，中小学生的人数从1939年的五百万增加到九百万；技术学校虽然发展得还不够，而学生人数则已增加了八倍；大学生从战前八万增加到三十万，……大学、中学、乡村小学已经容纳不了这么多的学生了。另外还有一些小麻烦：现在学生集中的地方同过去不一样了。学校要跟着学生走，要办到各个城市里去。大学生都想到巴黎去读书。现在首都大学生的人数比战前全部法国的大学生人数还要多。巴黎大学的理学院要扩大十倍才能满足要求。还有一个具体问题：1958年一个学生每年花费国家六万七千法郎，现在则要国家负担十五万五千法郎。

蓬皮杜下令采取措施，作出巨大的努力：决定建造教室，建筑费按劳动日计算共约十亿旧法郎，学校必须符合现代化标准。教育经费的比重是空前的。1958年只占国家预算的百分之十，1963年就增加到百分之十四，1965年又增加到百分之十七。在六个月之内建成了农泰尔学院，未经许可便在皮革市场建造了几幢教学大楼，在大皇宫开辟了自修室，这样才使巴黎大学能够把学生容纳得下。1964年至1965年教师人数共计有三万名。

另外一个问题要复杂得多，严重得多：小学以上的学校培养出来的大部分学生都通不过考试。百分之六十四的中学生不能通过大学入学考试。四十万中学毕业生要求进大学。他们当中有许多人跟不上大学的课程。为此又开办了一些预科，为那些成绩差的中学毕业生进入高等学校作一年的准备，这样做使跟得上课程的毕业生也推迟了一年学习时间。政府花了很多钱，根据中学水平为一批懒学生、笨学生开办特别班，希望把他们培养成为像大学生那样具有独立工作能力。还为他们开设了语言、历史、法律等课程的"实习课"（即在教师监督下做功课）。为那些读不进或基础太差的学生，聘请辅导教师。但是大学里实行的是大量淘汰制。很多学生在读了两、三年或者更长一些时间之后被淘汰掉了，他们没有文凭，没有专长，也没有地位，只能当个愤懑不平的小职员。在某些大学里，十个学生中只有一个能得到毕业文凭。

一开始主要的一门功课就不及格的大学生，一直要读到二十五、六岁，还是一无所成。

教育部长说："高等学校的招生不经过严格的挑选，什么人都招进去，学习期限那么长，这样做是耽误千百万青年的大好时光，而且使他们不能及时地选择自己的道路，浪费他们的青春。对那些成绩良好的学生来说，因为受到成绩差的学生的牵累，他们不能进行及时的学习。"

问题的实质是，我们的教育观念落后了三百年。中学教育应当现代化，应当向所有的法国青年开放，并使法国青年了解新时代。但我们现在的中学教育还是按照路易十四时代耶稣会开办中学的那种老样子原封不动，好象所有的学生将来都要写象高乃依那样的作品似的，为了给学生增加知识，课程排得满满的，课堂作业和家庭作业每周合计有五十五至六十小时，读书变成了苦役。可是仍然有很多中学毕业生写错字，甚至连法语也懂得不多。

乔治·蓬皮杜说："我在政治学院教过一年预科，大部分学生都取得大学的入学资格证书，而且证书上有好的评语。我也曾花三个月的时间给他们补习历史和地理方面的基本知识，而这些都是三十年前成绩中等的第二班学生早就掌握了的知识。"

在传统教育中，古代语言占了主要的地位，在讲授数学、现代语言方面的基本知识，则课时有限，教学方法陈旧，因此大部分学生学了不会用。有哪一个中学生到了伦敦就能用英语说话呢？如果数学课是用简单明了的方法去教，一道初级算题，凡是年满十五岁的孩子都应该会做，但是今天的高中毕业生能演算这样一道习题的却寥寥无几！

蓬皮杜为我们时代的孩子设想了这样一种教育：即培养研究人员、科学家、教师，同时又给其他的毕业生有一个就业的机会；学校里再也不会有掉队的学生，学校将是培养大批精明能干、工作胜任愉快的人的地方。

初等教育要打好基础。

中学实行普及教育，就必须在各地开办中学，农村里的孩子可以到镇上念中学，晚上回家。学生根据自己的天资选择不同的课程，只有将来读高中或中专的学生才读拉丁文。

这样，聪明的学生从第六班起，便可在人数较少的班级里学习中学课程，不再被学习差的同学拖住后腿。

第三班进行分科考试。中学生并不是每个人都具有当教授、医生、或省长的宏愿或读书的热情的，但是家长们都希望自己的子女能够高中毕业，或在与高中平行、具有中等技术水平的中等专科学校毕业。十八岁的孩子就能学到待遇较好的手艺，如电工、光学仪器等技工……以及其他急需的技术人才。

进入第二班的学生——比原来人数少了一半——可以从三门科目中挑选一门。

进入毕业班时（原来分文理两科），可以从五门科目中，任意挑选一门，每一门科目为学生作好准备，将来直接升入大学或高等院校深造。

蓬皮杜打算为中等专科学校的学生开办一些银行、保险、旅馆业、电子工业等方面的高等专科学校（象美国大学里开设的技术专科一样），为这些业务繁忙的职业部门培养人才，在这共同市场的年代里，为国家培养出最迫切需要的技术人才。旅游事业应当是一项头等重要的企业，现在只有一所普通的旅馆学校，还没有这方面的高等学校。

老的高等院校也需要整顿，要开办一些教学兼医院的医疗中心，在医院里教授医学。理科大学需要面对现实，我们得不到诺贝尔奖金，已经多年了。美国各大学在原子研究和宇宙研究方面已走在最前面。法国的空间研究人员同各大学实验室没有具体的联系，它们没有研究出什么成果来，各高等院校应该实现专业化。冈城可以成为单一的文科中心，蒙彼利埃可以成为药学中心……

过去由教师推荐的办法，聘请教师，遭到教育界本身的多方指责，现在师资的培养要加快进行，学两年就可以获得文学学士文凭（过去不写错别字的大学生考四张证书也不需要两年的时间），学三年，可以获得一张教育学士文凭，附加儿童教育法证书，就可以教低年级的学生了。学四年的教师可以得到能在中学高年级教课的教师文凭。学五年可以得到能进入研究机构的博士头衔，或者参加大学教师会考。这样，一支新的教师队伍得以形成。

担任过教师的总理和教育部长为了教育革命，为了从事自茹尔·费里以来最重大的一次改革，辛辛苦苦地准备了两年。总理在这个问题上花的时间比花在其他工作上的都要多，许多问题还有待明确，有待具体化。一个和现代生活相适应的新教育体制已经有了轮廓，这个新体制的建立是为了中学生和大学生将来找工作方便，而不再是培养大批没有社会地位的假知识分子。由于预科的设立，天资差的学生可以从一所学校升入另一所学校，勤奋自学的学生也可以到这里学到各种知识。

法国高中生在参加大学入学资格考试时感到惶惶不安的日子已经一去不复返了。

大学初试（原来的第一轮大学入学考试）根据学生手册内的平时成绩，不再考中学最后一年毕业班的课程，而是考一般的文化知识。在9月进行一次口试和补考，这样，学生就不需要为大学入学考试拼命了。

克里斯蒂昂·伏歇负责教育改革工作，他先起草方案，再征求有关方面的意见，但是每次征求意见都遭到教育部和教育界的反对。

国民教育部同其他的部不一样，它管的都是教师，这是一个教师的共和国，教育部各办公室的主要人员大都是教师，教师工会在那里的权力很大，他们反对认为是不成体统的现代化，凡是涉及的概念、习惯、禁忌以及各级教师好不容易才争得的微小利益的改革，他们都一律反对。

有人说法国的教育不是为学生办的，而是为教师办的。有些事情使外国人也感到惊讶，例如高等学校一年有六个月关门，大学生不得不在一百八十天里拚命读书，然后半年又闲着没事干。这样的规定是为了保证他们的教师有六个月的假期。中学生一年三十四周课，连续放假三个月。在上课期间，每天下午的体育活动时间被挤掉了，而英国的青年在正常情况下，体育活动时间还是得到保证的。

许多不可理解的事情都有一个不光彩的理由。1914年以来，共和国由于财政困难，无力支付教师的工资，而这些人都是为国家培养人才的最宝贵的脑力劳动者，共和国不得不让他们自找出路，如利用假期自找工作或担任家庭教师。

大学入学口试取消了，因为不但要占用数百名教授半个月假期的时间，而且还要事先征得他们本人的同意，给予报酬，他们才肯干。十月份规定的补考也取消了。为了节省开支，大学入学考试的批改考卷，也改变了办法：教师改卷限定一位教师五天内批改二百份（以每份十分钟计算）。这样可以免得要付给负责考试的人员半个月的待遇。乔治·蓬皮杜根据自己过去的经验，知道考卷上的错误改起来是需要细心和经过一番思考的，并不是象人们所问的"为什么不是八分钟或十一分钟呢？"在蓬皮杜看来，口试是个不可缺少的测验，唯有口试，才能判断考生的文化程度、智力成熟的程度或幼稚到什么程度……

大学入学考试改革的要点之一是：6月初开始基本知识考试，给改卷安排合理的时间。7月份开始口试。9月份进行补考，考卷寄到改卷人休假的地方去。

中学毕业生大量进入大学，只是普及大学教育的一种良好愿望，是为高年级的中学教师提供一个升到高等学府授课的机会。

中学教师每周上课十八小时，还要改作业。巴黎大学的教授每周上课三小时，没有作业要改，拿的工资高一倍，法学院教授一年只教四十小时的课。

四十年来，家长们对小学生学习负担过重，不断提出异议，但课程仍在不断地增加。为了设立新的课程，教师只好自我牺牲，停掉某些课程，收入也减少了，没有时间再去做家庭教师了……

深知内幕的总理授权克里斯蒂昂·伏歇削减课程，并对他说："你永远也无法使十位教师取得一致意见，要从他们每周教课时数中，减少一小时，每个人都会提出反对的意见，找出理由，证明他教的课是十分重要的，每个人都要为自己的利益打算……

"您可以从另外一个角度来考虑问题，您拟定一个中学的总课程表，再按班级、按每周课时分开，保持每周二十到二十三节课。"

大学教师感到愤慨的是教育改革中带有革命色彩的一部分和新措施的实用性，是蓬皮杜的主张。克里斯蒂昂·伏歇在自己的办公室里，受到教师的包围，忍受全国知识界著名人士的攻击，有时也同意采纳他们的观点。

伏歇对总理说："反正英国、德国也在延长学年期限。总的趋向是让越来越多的青年能够上大学。"

总理回答说："我们现在要解决的问题正好是和英国、德国相反。我国高等学校里充满了不符合录取条件的大学生，他们二十六岁还在第二班或者第三班里混日子。"

教育部长第二天又来找总理：

"投考大学的人越来越多，拦也拦不住。家长们、教师们都反对我们！"

"如果我们开办一些高等专科学校，使孩子们将来毕业出去有工作做，家长们一定会高兴的。要看到，旧大学把学了多年仍是一无收获的、考试不合格的学生大批地抛在街头。"

"如果我们建立一些技术学校，读完第三班就可进技术中学，将来，可取得中等技校毕业文凭，中等技校毕业生可升入高等职业学校，那么大学里就不会拥挤了。"

"但是大学教师们说这是不可能的。没有高等职业学校呀！"

总理接着说："教育改革就是要创办这些高等职业学校。"

教育部长又说："拉丁语教师、希腊语教师或许要生气了。在某些年级里，我们用现代语言课代替希腊语和拉丁语。甚至有个别年级里，学生可以学习三种现代外国语！"

总理回答说："亲爱的伏歇，我做过法语、拉丁语、希腊语教师。希腊语和拉丁语对我个人有什么好处，我比任何人都清楚。但是四年之后，我国青年将要在共同市场里奋斗谋生，同讲英语的德国人、意大利人和荷兰人竞争。您宁愿培养什么样的学生呢？要会翻译希腊文的失业者，还是要会讲德文的商人？"

教师工会的人勃然大怒：

"你们要孩子在十四岁时便选择做铜锁匠或细木匠。你们不让工人阶级获得文化，是为了给雪铁龙汽车工厂提供有技术的劳动力……"

"经过教育改革，中专毕业生根据他们的能力可以当技术工人，或者当车间主任，甚至当雪铁龙的实验室主任。将来德国的欧珀耳汽车公司和大众汽车公司的汽车一定会充斥法国市场，面临这种可能性，法国更需要的是自己的技术人员和研究人员，而绝不是中学毕业后的失业者。"

教育改革障碍重重，四处碰壁。中学教师为了阻止大学入学考试的改革拒绝填写学生手册。

伏歇问："我们怎么办呢？"

"亲爱的朋友，我不能保证所有我的老同事都象大学教授那样每周只上三小时课。乔治·皮杜尔告诉我，戴高乐将军最精辟的政治格言是：只要立场正确，就要坚持下去。当学生们的母亲同罢工的教师们发生冲突时，罢工就会自动停止。"

结果正是这样。

1965 年 6 月初，国民议会讨论教育改革问题，而议员中有很多是教授。大家估计将要发生一场大辩论，但没有发生预料中的大吵大闹。只有少数的保留意见，对一些细节提出了批评，对改革效果有些怀疑。

克里斯蒂昂·伏歇作了一个详细的报告，随后总理发表讲话：

"教育部长看来没有因为这次改革而被打倒，但遭到了许多人的反对……改革是要触动三百年来的旧思想，打破老习惯，损害'行会'利益，教育部长怎么能不遭到反对呢？谁不知道我们的时代经历了比文艺复兴还要广泛而深刻的变化呢？"

社会党人尚德纳戈尔责问道："总理为什么采取这种挑衅的态度？"

第二天各报反应："这次的改革算不上什么革命。新时代需要新教育，有什么大惊小怪的呢？"

十五、明天……

在 1961 年 4 月的暴乱期间，戴高乐将军第一次立下政治遗嘱，并明确规定，万一他遇刺身死，即以普选的方式选出他所推荐的继承人。

总统把遗嘱封好后交给一位亲信。暴乱平息后，过了几天，这位亲信才把遗嘱还给总统。

当时有人说，那时将军指定的就是乔治·蓬皮杜。当蓬皮杜拒绝留在将军身边工作之后，还仅是个银行经理，当时第五共和国的奠基者和他的前办公厅主任的关系还不十分密切。4 月 28 日出事的那个星期天，蓬皮杜虽然在总统府，不过是在他的朋友布鲁耶的办公室里，而不是在国家元首的办公室里，这一天他没有和国家元首见面……

从什么时候起，乔治·蓬皮杜被人看作是"继承人"了呢？

在乔治·蓬皮杜休假和出国访问期间代行总理职务的国务部长路易·若克斯回答说："这是个不成问题的问题。

"总理一上台，从他担任的仅次于总统的职务来看，他显然是在国家元首不得不突然辞职时代替国家元首参加普选的法定候选人。

"乔治·蓬皮杜是将军的左右手，毫无疑问，大家一致公认他是选民最熟悉的、最出名的戴高乐派，是戴高乐派参加普选的最合适的候选人，也是最有希望组成多数派的人。作为政府首脑，他是保卫新共和联盟及其盟友的当然领导，也是议会多数派的当然领导。

"戴高乐将军认为蓬皮杜任总理是再合适不过了。只要将军不改变看法——也没有任何迹象说明他要改变看法——他就会认为，万一突然蒙难，这位最合适的总理就是继续第五共和国事业的最适当的候选人。"

保卫新共和联盟的一位领导人说："我们很难想象，万一发生不幸，在戴高乐方面，除了乔治·蓬皮杜，还可能有谁当候选人。近几年来，没有一个人象乔治·蓬皮杜那样被将军经常推到水银灯下，推到前台，让他离开将军和保卫新共和联盟而独立工作，让他出人头地。也没有一个人象乔治·蓬皮杜那样享有那样高的威信，同电视观众那样熟悉。"

从这些事实来看，万一国家元首突然离开总统府，继承人的问题本来是不成问题的。

当将军的健康引起拥护者的忧虑和燃起敌对者的希望时，不少人出于稳定政权的愿望，希望将军仿效美国的做法在总统下面设立一位副总统，正式为自己准备一位继承人。有了副总统，在危机和战争时期，就可以确保政权的稳定，免得总统突然逝世造成全国混乱，为冒险分子混入临时举行的大选大开方便之门。

在"秘密军队组织"活动猖獗时期，这种愿望经常有人提起。忧心忡忡的戴高乐派所以希望有一位继承人还有另外一个原因。宪法规定，国家元首出缺时，临时继承人由参议院议长担任，而当时任参议院议长的是加斯东·莫内维尔。他们认为，"万一发生不幸"，这位反对戴高乐主义的参议院议长在准备大选期间无疑会不遗余力来恢复第四共和国的政治的。

1965 年 12 月总统大选来临时，设立副总统的建议又被提了出来。当时有人在想，将军可能不相信有比他自己更好的继承人来从事有待完成的伟大事业：在政治上统一欧洲。但是，将军再次当选后日趋年迈，也许不想再干了，和他同时当选的副总统可能完成总统的七年任期。在戴高乐当权十四年之后，老的政治风尚已经过时了，旧政治制度的代表人物已经年迈，不再问事，新的反对派领导人也不再是重蹈第四共和国错误的人，尤其是老的政治结构，热衷于以往的吵闹的老人马也随着时间消逝了……

但是戴高乐坚决反对设立副总统。他说，未来的总统不可能有象历史所赋予他本人的那种威望。在他庇护下当选的副总统不可能在国民议会面前树立起必需的个人威信。

在美国，副总统和总统先是一党选出的代表，然后才是国家的代表。由于一党取得多数而获胜，总统和副总统两人同时进入白宫。他们两人的威信是无可争议的，是建立在执政党的基础上的。法国人是意见分散的，不能采用美国的制度。

戴高乐从不喜欢身边有个碍手碍脚的可疑人物，这一点也是千真万确的。

1964年4月，人们开始谈论继承人的问题。将军要动一次手术：他等了半个月，等当时访问日本的总理回来再进科尚医院。他把总统不在时主持内阁会议的权力交给了蓬皮杜。召开内阁会议是国家元首的特有权力，但是，宪法第三十一条规定，国家元首可以委托政府首脑按照预定的议事日程主持内阁会议。

宪法第三十一条反映了1958年伟大的制宪人这样一种心愿：一切权力归总统所有，决不允许任何一个部长把自己和政府等同起来，决不允许任何一个部长在议会的支持下变成国家元首的竞争者。

将军对蓬皮杜说："你抛头露面得不够，多在电视上露露面。要让人家认识你！"

总统往南美洲进行几周轰动世界的访问时，还委托总理主持一次内阁会议——会议的议题是他们两人共同商定的——并在必要时主持第二次内阁会议。

国务秘书皮·迪马宣布要召开第二次内阁会议，但没有开成。

"蓬皮杜失宠了，"这个消息传播开来了。

一位接近当权派的人士解释说："没有失宠的事儿。内阁会议一般是在星期三召开，将军还要过半个月才能回来。原来估计总统回国后将去科隆贝休息，因此有必要再召开一次内阁会议。但是现在悬而未决的问题可以推迟解决，远涉重洋的疲劳也没有累倒戴高乐，他下船以后既不要休息，也不想休息，而要召开内阁会议，但究竟由谁来主持会议呢？请总理还是请乘'柯尔贝尔'号巡洋舰胜利归来的总统，在这个问题上，爱丽舍宫犹豫不决。因此，在讨论尚未决定的议事日程时，显得很沉闷。机警的、捍卫着总统特权的总统府秘书长艾蒂安·比兰·戴·罗齐埃问总理是否要举行内阁会议，回答是不举行。一点也不用着急，将军回来的第二天便亲自主持召开会议了。"

无需为失宠之说辟谣。

没有多久，米歇尔·德勃雷返回议会参加辩论"第五计划"的方针时引起了轰动，人们又放出同样的谣言。

乔治·蓬皮杜对保卫新共和联盟的朋友说："是我请他到议会来参加辩论的，他本来准备参加另一次辩论，但是，加斯东·德费尔要在这次会上发言，多数派的发言人必须是个有影响的人物，德勃雷是最合适的。"

当时一家反对派的周刊发表了一个"五位摄政者"的名单：乔治·蓬皮杜、雅克·福卡尔、奥利维埃·吉夏尔、雅克·沙邦-戴尔马、罗歇·弗雷。周刊上说如果戴高乐将军突然逝世，他们便阴谋上台。除了少数几位著名的人物以外，将军政治参谋部中历来的成员都提到了。总理看到自己被列在阴谋政变的"执政府"①里，颇有些惊讶。

他的一位朋友说："政府首脑无需任何'执政府'也可以

---

① 指 1795—1799 年法国资产阶级大革命时期的政府形式。

成为总统职务最合法的候选人。"

将军鼓励总理到全国各地去露露面。乔治·蓬皮杜决定到故乡康塔尔省去作一次旅行。他在家乡受到了热烈欢迎。奥尔良市市长请他为该市的扩建工程破土，并设法突出政府首脑使他不和其他官员混在一起。这样蓬皮杜便可以尝到深得民心的味道，听到奥尔良人亲切地向他打招呼："蓬蓬，你好！""蓬皮杜你好！""身体好么，蓬蓬？"口气的亲切愉快，就象观众同一个讨人喜欢的电视演员打招呼一样。

1965年春，政治观察家们注意到，总理每周要在电视上出现好几次：为展览会、医院剪彩，主持典礼盛会，处处露出笑容满面，无拘无束，和蔼可亲，参与——大概不是偶然的，也不是他唯一的活动——社会的日常生活。他出席运动会，看足球锦标比赛（他还保留着阿尔比青年对橄榄球的爱好，电视转播橄榄球赛时，他看得津津有味，大声喝采）。

人们看见他在艺术家的联欢会上参加罗贝尔·拉穆勒的魔术表演，在他的皮夹里寻出人寿保险证，并以一个乐于助人的联欢会合作者的一本正经的态度，承认魔术师猜对了他的人寿保险证的号码。

看来将军从未对总理说过："您将做我的继承人！"

虽然将军可能向总理暗示过，或者以各种方式使总理领会到这一点，但是他们二人都心照不宣。他们都遵守战略和策略的种种规定，严加保密。

随着1965年12月总统大选日期的接近，人们的猜疑也与日俱增。

将军的沉默使人关切、害怕、焦急。戴高乐一向是卖关子的老手。来自爱丽舍宫的小道新闻也说总统还在犹豫不决，拿不定主意。有时他倾向于这样一种想法：为了实现他的"在政治上统一欧洲"的伟大事业，他应该也能够挺身而出，继任第二个七年的总统，有时又担心不久将会力不从心，所以又打算退休。他曾写道："年纪大了，不中用了。"

不管怎样，他的沉默完全是出于不得已。如果他在大选前最后一刻钟把他退休的意图公之于众的话，毫无疑问，他的引退势必会引起许多人争夺继承权。

在一次记者招待会上，他曾说："万一我去世，值得担心的倒不是出现空缺，而是怕过挤。"

他的决心首先取决于他的健康，其次取决于政治局势。取决于健康含义很广，在政治舞台上他不服老，前几年他还很欣赏老当益壮的阿登纳。

"不过，阿登纳吃过饭一定要睡午觉！"他摆出一副军人的神气说，军队里是禁止午睡的。

政治局势如果对法国国内和海外的政权都有利，可能使他愿意引退并帮助自己喜欢的继承人竞选总统。如果蓬皮杜当上总统，戴高乐将军显然仍是法国政治的最高顾问和指导。

他的一些亲信认为法国人民最伟大的领袖回到自己的老家去住是不恰当的，他们希望这位接近政权的先知住在巴黎，希望能看到他自动地搬到樊尚来住，住在圣路易古堡里，或路易十四年轻时住过的官邸里——他第一次刚任总统不久，曾经想住在这座大部分已重加修建的古堡。他不喜欢爱丽舍宫，宁愿住在这样一个地方。他嫌爱丽舍宫地方狭小，环境繁华，这样的地方他不喜欢。

如果国内、欧洲或世界的形势紧张起来，他反而会觉得有必要请选民同意他连任总统，只要他的体力支持得住。他情愿两、三年后把位置让给总理。

另一个重大事件可能影响到任期将满的总统，即反对派候选人的地位。即使戴高乐有意思引退，但一个危险的竞选对手很可能逼使他亲自出马，重新上阵。

1965 年 6 月，事先曾提出要参加总统竞选的加斯东·德费尔还不可能成为劲敌，因为他在 6 月里还没有能够把法国社会党以及人民共和党内的五、六个左翼组织团结成为法国工党主义的联盟。这位马赛市长本人也很少表示他有希望在总统大选中击败戴高乐或戴高乐的继承人。他这次参加竞选是为将来打好基础。极右派的总统候选人蒂克西埃·维尼扬古也不可能成为危险的对手，因为他对"廉价拍卖阿尔及利亚人"采取的报复行动作用不大。参议员马尔西拉西或者布瓦耶·德·拉图尔将军也都不可能……

但是，在选举前六个月，报纸以通栏大字标题报道了安托万·比内可能参加总统大选的消息。尽管他本人不承认，但他毕竟是将军及其继承人在前进道路上可能遇到的最可怕的挑战者。

安托万·比内是总统唯一的孚人望的竞选对手，是能够临时参加竞选而无需进行竞选宣传的少数政治家之一。他曾先后是戴高乐的头号反对者，又是头号支持者。战后迫使"法国的解放者"放弃政治生涯的就是他。1952 年，他组阁时就搞垮过法兰西人民联盟，使其中一部分人参加了他的政府。他当时的目的是挽救贬值的法郎和运转不灵的第四共和国。戴高乐将军不得不退到科隆贝去。

1958 年 5 月 20 日，这位独立共和党的领袖是第一个到科隆贝戴高乐老家去登门拜访，又是第一个支持这位圣人出山的议员。他作为将军的财政部长，以其著名的免缴遗产税、实施黄金贷款来取得信任，这项措施对那些在临终前一直担心遗产抽税的富翁和焦虑不安的遗产继承者来说，至今仍然是一种安慰。由他负责并用他的名字命名的"比内计划"也是戴高乐政权的第一个出色的成绩。

戴高乐当选总统不久，比内部长便公开反对他。国家元首的极权主义使他大为恼火，他既不接受极权主义的束缚，也不接受极权主义的概念。他对极权主义进行猛烈攻击。"他是一个自以为是路易十四的偏执狂……他要花一百三十亿法郎在樊尚造官邸……"比内不同意将军破坏法国和美国的联盟以及对统一欧洲提出条件。将军提出体面的和平，但是无人理睬，他则主张同叛乱方面进行谈判，他接受瑞士友人关于同阿尔及利亚共和国临时政府进行直接接触的建议。但是这种接触使米歇尔·德勃雷十分难堪，遭到了戴高乐的拒绝。

"如果叛方代表同一位法国部长会见，他们就会自认为得到了承认。"

被迫辞职的财政部长拒绝担任国务秘书的职务。

"一道命令委任我做部长，一道命令也可以撤消我的职务。"

确实是这样，1961 年 1 月 10 日，他就被免职了。

安托万·比内到圣夏蒙市当市长去了。他看上去还非常年轻（生于 1891 年 12 月 30 日，比戴高乐小一岁），腰板笔挺，象老风流亨利第四那样精力充沛。

比内曾两次挽救过法郎，是维护自由主义的著名代表人物，在他身上体现出法国人对政府集中管理经济以前那段美好岁月的怀念。他反对暴虐的官僚政治。他谴责技术专家当权，谴责他们武断的、杂乱无章的规则。他赞同欧洲统一，赞同共同市场向英国、美国、全世界开放，赞同大西洋联盟，赞同法美友好……

尽管反对戴高乐主义的人再三请他出山，尽管忠于第四共和国的、甚至在议会中席位离他最远的议员都把他看作是他们的希望，尽管这位前独立共和党领袖早就坚决表示不再过问政治，然而在他原来政党的集会上，他还是接受了大家的邀请。春季，在独立党于里昂召开的会议上，他的门生和在他以后继任财政部长的吉斯卡尔·德斯坦到会议大厅来找他，在雷鸣般的掌声中把他请上了主席台。

总统在爱丽舍宫接见经济委员会成员时，他也去了。他的到来引起了轰动。

总统向他说："您同意承担罗讷-阿尔卑斯发展委员会的工作，我特向您表示感谢。"

安托万·比内打断总统的话说："啊，我呀，我已到了退休的年龄了。"

"我也是呀，不过您还没有我大！"

"比您小十三个月，总统先生！"

正在总统身边的蓬皮杜很关心比内的葫芦里究竟卖的什么药。他和前总理进行了一次长时间的谈话。

将军的客人安慰他说："我是不会同戴高乐或戴高乐的继承人竞选总统的。"

但是到了6月，这位前总理把别人寄予他的全部希望付诸行动了。

他声称："我不再搞政治了。但是我不能说将来不会参加总统大选。想不到的情况总是有可能发生的。我并不希望如此。但万一发生特殊情况，只要舆论拥护我，我当然义不容辞！"

实际上，在总统大选时，将军和这位前制革商之间已经开始捉迷藏了。他们在比赛，看谁最后一个透露自己的意图。

尽管比内声望很高，在第一轮选举中，投他票的人相对来说是不多的，原因是选民中大多数是中间派和右派，七年来一直投票支持将军。圣夏蒙市长只能指望他们中的一部分人支持他。

但是，1965年6月里有人说，如果加斯东·德费尔不能实现左翼和中间派的联盟计划或者不能影响选民，如果少数党提出的候选人没有一个能够取胜，安托万·比内就可能在竞选中取胜，他也就可能参加竞选。

　　在国民议会里，议论纷纷，说居伊·摩勒和安托万·比内之间有密约，或者说他们之间至少对前途有共同的看法。

　　第二轮总统选举只允许有两个候选人，左派的候选人在必要时准备把名额让给安托万·比内，据说只有安托万·比内有可能把包括右派、非戴高乐派的温和派、左派和极左派的多数联合起来，来对抗任期已满的总统或其继承人。

　　以后，把1965年12月的实际情况同这些想法比较一下一定是很有趣的。

　　在戴高乐派的阵营里，当时对其他可能发生的情况还感到不安。

　　很久以来，乔治·蓬皮杜不仅把安托万·比内看作是将军或他自己的可能竞争者，同时又把他看作是一个可以争取的同盟者。

　　按第五共和国的体制对议会多数派负责而不是对保卫新共和联盟负责的总理，早就想通过原有的政党组织来扩大和巩固投票人对将军的巨大支持。

　　实际上戴高乐和比内拥有同样的选民。1958年在恢复法郎信用的政绩方面，他们两人都有功劳。

　　奥弗涅人和圣夏蒙市长之间有许多相同之处。两个人都是现实主义者。两个人都不主张政府集中管理经济的办法。蓬皮杜也反对令人讨厌的官僚主义的机构和税收调查，他还没有能按照自己意思减少这些调查。

　　当人们进行深入的研究时就会发现，戴高乐派对欧洲的想法同赞成欧洲统一的人的想法有差别，但差别可能没有人们所想象的那样大，主要是个程序问题、方法问题。

传说政府首脑曾在宴会上多次同将军的前财政部长会面。不管怎样，总统大选后的内阁要改组。安托万·比内可能被任命为"计划和整治部"的新部长。职责范围很广，所有的经济和财政部门都在他管辖之下。他还要负责共同市场的事务。这是根据政治家的地位而设立的一个现实的超级大部。

前途未定。

如同将军所说的那样："1965年大家不会闲得发慌的！"

如果1965年12月或者再过几年之后，乔治·蓬皮杜当上共和国总统，他会如何行事呢？

有人说："他将实行温和的戴高乐主义。他天性是一个激进的'高卢青年'。他将执行妥协与和解的政策，在他的领导下，政府、议会、国家的日子都会好过的。"

大家不要上当。蓬皮杜是个表面温和的强硬派，他不声不响地进行革命，让他的政敌们去大吵大闹。他不顾教师们的反抗，同他的朋友伏歇一起进行过教育改革。在议会一次演说中粉碎美国人提出的多边核力量计划的也是他，在这个问题上，戴高乐的态度一直是谨慎的。

将军对蓬皮杜说："你的讲话很激烈，好象跟人吵架一样！"

但是，蓬皮杜并不出口伤人。他象聋子一样听任别人咒骂。只求平安无事。他善于让步，善于和缓。他的为人比人们想象的要圆滑得多。然而，在他看来，重要的是实际情况，是现实。他总是设法尽量少撤人家的职，尽可能不要让流言蜚语往外传。

他的朋友们说："他的举止很象一个超级行政官员，象一个关心具体成就的法国市长。他的雄心是要使比美国落后五十年的法国在几年当中完成五十年的进步，而又不要法国人付出太大的代价，遭受太多的痛苦。"

在国内，如果他能够把那些喋喋不休的争论平息下去，以便做实际上大家都同意的事情，那么，他就会组成一个由尽可能多的政治派别参加的"市政府式的政府"。他可能是一个和事佬，但并不是什么事情也不干，而是本着社会正义的精神把法国建设成为一个崭新的国家。

对外政策如何呢？

他不象戴高乐那样一意孤行。但是，主张欧洲统一的人好象只要选出一个共同的议会，欧洲就可以变成一个大家同心同德过着田园生活的大陆，他们的这种想法使他很惊讶。在成立共同政府之前就想成立议会的五、六个政党，相互之间都无法联合起来。若是这六个政党变成三十六个，它们的意见是否会更容易地取得一致呢？看来，大家主要忘记了我们要解决的是欧洲统一的问题，而不是要大家合唱赞美诗。这是大家要为之斗争的实际问题和利害攸关的问题，德国的药剂师将自由地到法国来开业，褒齐渥汽车公司和大众汽车公司的工作时间、工资待遇、纳税的多寡都将一样，汽油的价格也将是如此。如果法国政府因此而损失一千亿法郎，它只好决定征收一千亿法郎的捐税，或者少建造二百所学校。佐林根生产的刀子同蒂埃尔生产的完全一样，但是佐林根的产品卖价便宜，只等于一颗蒜头的价钱。蒂埃尔和佐林根两个地区的刀具厂恐怕有一半要倒闭。

乔治·蓬皮杜曾说："很明显，我不是戴高乐将军，假如万一要我来领导国家，我才不努力依样画葫芦哩。

"虽然我这样说，但并不意味着我要执行与戴高乐不同的政策，不管大家怎么讲，实在没有其他的政策可行。这是一个很明显的问题。首先要从政治上来统一欧洲，必须要这样做，除非有人反对……

"布鲁塞尔的专家们想要立即建立一个具有超国家权力的经济统一的欧洲，为了支持这样一个欧洲，还提出组织欧洲议会的要求。这样做是违背理性的。譬如说，他们想关闭圣太田煤矿，明天又要规定小麦、牛奶、肉类的价格。矿工和农民会允许不经政府同意就由不负责任的技术官僚对他们生死攸关的问题擅作主张么？他们会起来造反，推翻他们的政府的。

"重大的经济问题都是政治问题。欧洲进口石油就牵涉到对阿拉伯国家的政策问题。如果因为美国石油便宜，我们国际组织的官员们就可以不征求各国外长的同意擅自决定欧洲用的石油统统向美国进口，您想这能行么？我们同阿尔及利亚、同伊拉克的协定怎么办呢？我们到处都制造新古巴么？

"专家们要求建立的欧洲议会能不能通过并非由欧洲国家的一个政府建议和同意执行的一些法令呢？欧洲的议员将代表他们地区的利益，代表选民的利益，代表符腾堡的利益、林堡的利益、朗格多克的利益以及代表他们政党的倾向。只建立一个共同的议会而不组织一个共同的政府，那将是一片混乱。

"在这期间，我们有好几位对美国影响敏感的欧洲伙伴很乐意接受由专家组成的欧洲，这样美国就有可能把欧洲变为它的殖民地。可怕的倒不是华盛顿政府，而是美国企业的扩张主义。一家美国大托拉斯，只要暂时放弃一点点利润，就可以降低在一个国家的销售价格，占据汽车市场、罐头市场、收音机和电视机市场……法国的商标就会被人家买去。到那时，法国人就只好为美国人效劳了。

"假如大家不想本末倒置，那么首先就应该建立'欧洲邦联'。各国政府要在一系列的具体措施上取得一致意见，共同市场便可开张。譬如，欧洲有一个统一货币，或者说，在各国货币之间有一个固定的兑换率，对来自欧洲以外的投资有一个共同的规定等等。这样一来，欧洲可以下决定不再是一个简单的自由贸易区，而是一个多国家联合的欧洲（一个与美国和苏联同样强大的独立的欧洲），由此便可以成立一个共同的政府，然后再成立一个共同的议会。

"要这样做的，既不是戴高乐，也不是我，而是事物发展的必然规律。一个政治上统一的欧洲是不可避免的，除非想把欧洲变成美国的殖民地，然后开始一个新的时代，即各国起来进行反抗。

"在军事方面，事情就更加清楚了。美国人民从来没有允许剥夺他们的总统使用原子火箭的决定权，也从来没有同意他们的总统把百分之二、三的制造核武器的军工厂交给欧洲盟国去使用。但是欧洲盟国要出钱购买美国武器，但无权使用，只有美国军官才有权使用武器。在这种情况下，我们怎么能够把自己看成是和人家平等的伙伴呢？

"英国同意安装导弹发射装置，同意北大西洋的核武装。英国拥有美国人帮助它建造的原子弹，但是美国人十五年来想尽办法来收回这些原子弹。德国当然同意核武装，但是它曾保证不制造原子武器。它知道谁也不会把原子武器交给它。俄国人也会不同意这样做。但是，德国有了导弹发射装置，德国军官就可以参加秘密会议，学到许多关于使用现代武器装备的知识……

"我们呢，我们打消了成为核大国、即现代国家的念头，因为在掌握制造原子弹的秘密和建设原子发电站的秘密之间没有太大的差别。只要能够生产轰炸机，就能够生产客机。

"我们在建立装甲师上所花的钱并不比用在制造原子弹上的钱少，而装甲师则抵御不了苏联的突然袭击，他们必要时还会使用核武器。当 1950 年北大洋公约组织成立时，美国在欧洲进行自卫。在洲际导弹时代，美国只能到俄国去对付俄国人的进攻，它不会再以牺牲两亿美国人的代价来保卫欧洲。我们可能是白白地花钱买美国的火箭……欧洲的防务，自由世界的防务，只有我们以平等的身份同我们的美国朋友共同筹划时才可能设想。

"任何一个法国政府都不可能制定一个和戴高乐将军不同的政策。它们可以用不同的方式来表达，但是越不出这个政策的范围。"

说一句风趣的题外话，有人认为，蓬皮杜夫人反对迁进任何官邸居住是乔治·蓬皮杜担任总统职务的一大障碍。1962年，将军催促他们夫妇搬进总理府居住，但他和他的夫人一直没有这样做。蓬皮杜夫人到总理府来只是为了参加接见，参加正式宴会，出席社交性的私人宴会。她的丈夫喜欢亲自设计请帖，邀请各国使节、著名美人、各部部长、舞蹈家、艺术家、作家、高级官员来作客。外交界人士盛赞蓬皮杜的私人宴会是巴黎最有趣的宴会。

在三年里面，蓬皮杜夫人参加盛大典礼的次数至多不超过五、六次。她访问过两个托儿所，主持过一艘船的下水典礼。但是她非常主动地到圣诞树下来迎接"总理府的孩子们"。这些孩子都是她的朋友。

她丈夫被任命为总理时，她表现出一种无可奈何的害怕心情，这已不是什么秘密了。当人们开始谈起"总统继承人"时，她更加感到不安和苦恼。

她仍然保持着青年人的风度和性格，保持着强烈的独立感，纯朴的心地，"真诚的"坦率，这些都是与官场迁就、逢迎的陋习不相容的。她很难适应官场应酬，公众的好奇眼光下的拘束，政治上恶意的攻击，以及令人受罪的繁文缛节。

她害怕进入总理府和总统府，主要是因为她腼腆。一位亲近的朋友说，她会胆子大起来的，她会逐渐适应的。

一位部长说："反正不要夸大这件事。夫人们好象是后勤部，她们会跟上来的！"

一位童年时代的同学问总理："你曾向我发誓，说你讨厌政治，现在你怎么竟然同意竞选总统呢？"

"我本来确是讨厌政治，然而在克服政治困难的同时，我对政治产生了兴趣。掌权的人有时可以做些有益的事！不过，有必要的话，我随时准备下野。搞政治不是我唯一的职业。我曾着手编写一本关于如何观察政治的小说，我另外还有一个题材是关于男人与妇女的。当作家一定十分有趣……"

尼日尔史

〔法国〕埃德蒙·塞雷·德里维埃　著

《尼日尔史》，1977 年 6 月上海人民出版社初版，上海师范大学《尼日尔史》翻译组合译。

　　本书据初版本，收录由施蛰存翻译的第二部分（第四章至第七章）。

目　次

第四章　桑海人的疆域

　　仅仅是为了作一类比，并为了更好地体会这种气氛，我们把这个时期称为"中古时期"。这一时期，从最初起，一直要把我们引导到十九世纪末，也就是说，到欧洲人来到的时候。尼日尔，尽管过去曾受到过一些外来的影响，但直到这个时候，实际上还处于一种半封建制度之下，与近代文明隔绝，与世界隔绝。尼日尔被困于频繁的内战中，在几个帝王势力的抗衡中得到了锻炼，但它的文化始终没有受到影响。因此，我们现在所要分析的这一段漫长的历史时期，最好还是用中古时期这个名称。

加奥帝国

　　尽管加奥这个名词会使我们想到邻近的一个同名的地方，但在马里和尼日利亚之间的尼日尔河流域的尼日尔各省，由于其居民的种族和历史，同以加奥为中心的一个王国和一个帝国结合得过分密切，因此我们不得不首先在此追述这个帝国的历史。

第一个王朝——迪亚王朝的创建者，也是首先把许多散漫无组织的桑海家族集结起来的人，可能是一个从也门来的外国游牧民，也可能是一个柏柏尔族的朗塔人，这大约是在公元690年。正是这个人建成了桑海人的第一个大城市——衮吉亚（或称库基亚）。在十世纪，衮吉亚的君主和奥达古斯特的酋长取得联系，他甚至和遥远的瓦格拉和埃及也有联系。迪亚王朝持续了二十四代，第十五代国王迪亚·科索伊，是第一位改信伊斯兰教的人，时间约在1010年，同时，他将国都迁到了加奥。

在十世纪，桑海王国的势力和名气已经很大了；桑海人的许多城市规模大，而且很繁荣，而衮吉亚已成为一个巨大的商业中心。从这时期起，就有了贸易通道，最重要的是，从西到东，即从尼日尔河，经由安德兰布坎、靠近塔瓦的塔古阿尔、艾尔，而到达提贝斯提和的黎波里塔尼亚。在这条路上，沿途都设置了驿站，最初在马里皇帝统治时期，这些驿站成了由桑海人组成的卫戍队所把守的据点。

1325年，马里皇帝康康·穆萨，在一次去麦加朝圣的归途中，征服了桑海王国。他向南方扩张他的统治权，越过尼日尔河流域一直进展到克比，而且还毫无疑义地推进到东部的卡齐纳①。继而他又向北挺进到阿藻瓦克，再从那里返回尼日尔

---

① 马里皇帝在卡齐纳的宗主权虽然很短暂，因为他离卡齐纳太远了，但给桑海人的经济、商业和精神的影响却特别持久，差不多到现在还存在着。

河，而停留在登迪 ①。在登迪，他曾招募过一支军队，在一位"登迪法里"（总督）的指挥下，派遣他们出征，可能是去征服克比。

康康·穆萨的继承者们向东扩张。1370 年，一支马里军队，无疑其中有桑海部队，占领了因加勒和特季达 ②。但在人们讲到当时桑海人朝着艾尔方面采取军事行动一事，好象涉及的只是由马里人进行的几次征伐战。马里皇帝穆萨，从 1374 年统治到 1387 年，曾不得不派遣他的一个助手迪亚塔，去平定特季达的一次叛乱，但没有成功。此后，艾尔的军用道路被阿斯基亚人夺回去了。

这时候，桑海民族的统一似乎卓有成效，索尔科人、加比比人和果乌人，好象都言归于好了。康康·穆萨于 1331 年去世后，一个在马里皇宫里做人质的桑海王子阿里·基伦（或称阿里·科伦），从马里逃了出来，回到加奥，就在那里自立为王（1535 年）。

契·阿里·科伦虽然是前一个王朝的后裔，却是一个新王朝的创建者，这就是契王朝，这个王朝的君主都带有"索尼" ③ 这个尊号，例如索尼·阿里。

在历代索尼的统治下，加奥王国还只是桑海王国的一小部分，直到 1400 年，契·马多果执政时，才摆脱马里的宗主权。

---

① 他停留在尼日尔河畔的拉洛村，可能是邻近尼日尔和尼日利亚边境，在登迪和克比交界处。

② 当时还没有阿加德兹城（约建于 1430 年）。

③ 契（chi），似乎是一个称呼，相当于哈里发。索尼则表示拥有王权者的尊号。

桑海王国的发展从这时候方才开始。

　　由于马里的虚弱，桑海的地位加强了。从我们现在的尼日尔疆域看来，马里对于登迪和克比的宗主权，在当时已是鞭长莫及，到后来只变成为一种形式上的贡赋关系而已。马里向艾尔扩张，也只能保护住一条贸易通路。到后来，和图阿雷格人的关系也落得有名无实。图阿雷格人显得仍然是独立的，不受桑海人的控制，虽然到很久以后，在阿斯基亚历代统治者手下，他们才自认为藩属。因此，我们可以设想，那里虽然会发生战争和劫掠，但不会有全面的征服。

　　根据阿兹纳人种学的研究，我们可以作出这样的假设：桑海王国的第一个国都衮吉亚是在克比区域内。索尼·阿里的母亲，在一次叛乱之后，从克比外逃，她在比罗生了一个儿子，比罗就是瓦拉塔的古地名，因此这个儿子得到了"阿里·贝尔"这个外号①。后来，阿里随同他的母亲回到克比的法鲁，在母族的风俗习惯中成长。值得注意的是古代的桑海族人曾生活在母权社会里，因此他们的首都称为韦伊扎·衮古，意为"女人之岛"。后来有过一次男子的反抗，这就成为分裂和创建克比的起因。

　　阿里长得强壮勇敢，他发动过好几次战争，后来带了一支桑海部队到加奥去同他的父系家族会合。这个传说可以作为南方桑海人的起源的论据。我们认为，这个传说特别把现在的尼

_____

　　① 外号"贝尔"（Ber）也可能来自桑海语"贝里"（Béri），意为"伟大"。阿里·贝尔，即阿里大王。

日尔西部地区，即从克比到加奥一带，同桑海族集团的建立联系了起来。因为桑海人如果要前往尼日尔河上游，必须从衮吉亚出发；衮吉亚是一个靠近安松戈的已经消失的城市，但它是一个在克比境内的尼日利亚古王国。

在加奥，索尼·阿里及其继承人都致力于消除马里的影响，随后，他们又击退了当时变得愈来愈有侵略性的图阿雷格人和柏柏尔人。约在 1480 年，索尼派遣了一支部队对阿藻瓦克采取军事行动，由阿斯基亚·巴格纳统率，但他不久就死在一次战役中。

这位历史上又称为阿里·贝尔的索尼，死于 1492 年 10 月 23 日，当他征伐莫西回来的时候，他的儿子巴卡里·达继位，改称契·巴罗。这位新王手下的一个作战首领，阿斯基亚·穆罕默德·图雷起兵叛变，在安果战役中取胜（1493 年 4 月 3 日），篡夺了加奥王位。阿斯基亚，原来只是一个军阶名称，从此却成为这个新王朝君主的尊号。

据某些传说，这位新王生于邻近尼亚美的内尼岛上，他是一个萨拉科列人，阿里·贝尔的侄子。

巴卡里·达流亡到阿约鲁，靠近一个旧桑海部族的地方。他在那里建立了一个小国，但立刻就受到加奥阿斯基亚的进攻。他抵抗了十年，终于失败，阿约鲁就在 1500 年被并入加奥帝国。阿斯基亚任命了一个总督（登迪法里）去治理。一部分败退的桑海部族流亡到阿约鲁东南离尼日尔河不远的昂祖鲁。昂祖鲁是一个交通非常不便的崎岖之地，这些新来的移民就在那里闭关自守，抵制邻邦加奥和图阿雷格人的一切征服他们的尝试。这样，他们就保持了桑海族的纯粹传统。

但是，由于同一远祖的关系，阿斯基亚·穆罕默德采取了军事行动，通过克比，直指卡齐纳。1513年，他责令该省要履行藩属的义务。1515年，他又诱致克比君主坎塔参加一次攻打艾尔的战争。

1515年，阿加德兹的占领，是阿斯基亚·穆罕默德统治时期的一个伟绩，这次战役是他亲自指挥的。这是帝国的策略，旨在确保其往东方，即的黎波里和埃及的贸易道路。这位阿斯基亚打败了许多柏柏尔部落，把他们赶出城去，并在阿加德兹留下了一支桑海人的卫戍部队。在这次出征的归途中，克比君主举兵叛变，摆脱了加奥的束缚，恢复独立；他还在贝伊贝伊附近赶走了一支派遣来讨伐他的桑海军队，并于1517年在加亚上游的塔腊打垮了他们。

从此以后，一直到帝国崩溃为止，历代阿斯基亚统治的情况并不比他们的那些继承人，即摩洛哥的帕夏们好些，他们从来未能在卡尔马地区以南扎根，也无法扩张到为克比势力所保护的达洛耳河流域。定居于这些地方的桑海家族，都是在杰尔马人或颇耳人侵略时逃亡出来的桑海群集。

在尼日尔河下游，邻近现在的登迪地区（在十六世纪时的登迪之南），阿斯基亚的数次出征都是失败的：阿斯基亚·穆罕默德在1504年至1505年间，几乎在那里被巴尔古人所杀害；他的继承人也没有一个比他幸运些，虽然在1535年至1560年间的几次出征中，曾顺流而下，到达布萨，占领和洗劫过这个城市。

在尼日尔河左岸，住的是豪萨族人，我们已经提到在那儿创建起昂祖鲁，它并入了后面一大片无人居住的土地，逐渐发展成为杰尔马冈达地区。

在尼日尔河右岸的古尔马地区，住的是古尔芒切人，他们占据西尔巴河两岸，直到尼日尔河畔；还有巴尔古人，占据梅克鲁河以南。这些都是没有组织，没有团结，没有政治联系的小部落。

到十四世纪，在西尔巴河北岸的地区，就是现在的特腊，桑海人的扩张逐渐地把古尔芒切人排挤出去。古尔芒切人在桑海人的压力下，不抵抗地放弃了这块地方。在西尔巴河南岸的古尔芒切人，还能较好地保持其地盘，后来被颇耳人所侵占，他们才放弃该地，一直退让到现在的上沃尔特边境的地区。

继最后几位索尼所取得的胜利之后，阿斯基亚·穆罕默德仍然致力于扩张桑海帝国。值得注意的是在尼日尔河流域这一带：这是桑海帝国扩张和殖民的地带，已经有了政治组织，一直到这个帝国的瓦解，它的历史和加奥的历史是息息相关的。在这一时期，桑海帝国的各个殖民地的居民，逐渐同逃避摩洛哥人的部落和不愿投降摩洛哥人的阿斯基亚的后裔团结在一起。

这里必须指出，尼日尔河中游地区，即从安松戈（或称衮吉亚）到提拉贝里，再到 W 区，这一块桑海族的真正发祥地，当时称为登迪的地方，始终是这个帝国的堡垒，它组成了一个由"登迪法里"治理的省。这个省的区域，除了包括尼日尔河流域之外，还有昂祖鲁区、杰尔马冈达和现在有杰尔马人聚居的，一直到多索的那些地方。桑海殖民地一直向南延伸，遍及整个古尔马地区，住在这个地区的古尔芒切人都被赶走了。

阿斯基亚·穆罕默德是一位穆斯林；他强制臣民信奉伊斯兰教，但未能压服猛烈的抵抗。他在 1495 年至 1497 年间到麦加去朝圣，回来的时候获得了"苏丹的哈里发"的尊号。此人思想开朗，为桑海帝国增添了无可比拟的光彩，至今还令人怀念①。他统治到 1529 年，双目失明，被他的儿子穆萨所废黜和放逐；到他的小儿子阿斯基亚·伊夏克即位以后，才接他回来，1538 年死于加奥。

1528② 年到 1591 年，七位阿斯基亚相继在位：

——穆萨（1528③—1531 年）；

——本冈·科雷，或称阿斯基亚·穆罕默德二世（1531—1537 年）；

——伊夏克，阿斯基亚·穆罕默德大帝之子（1537—1549年）；

——阿斯基亚·达乌特（1549—1582 年）；

——哈吉·穆罕默德，达乌特之子，或称阿斯基亚·穆罕默德三世（1582—1586 年）；

——穆罕默德·巴尼（1586 年）；

---

① 乌尔斯特在参观加奥遗址之后，感动地写道："曾经存在过一个伟大的人民，而这里就是其心脏。那些阿斯基亚曾经把非洲各地——从乍得到塞内加尔，从撒哈拉大沙漠到萨伊——置于他们的统治之下；在当时，桑海帝国不仅是非洲最强大的国家，而且是全世界最强大的国家。"

②③ 原文如此。——译者

——伊夏克（1586—1591 年）。

在阿斯基亚·穆罕默德的那些继承人统治之下，这个帝国的物质财富不断地增长。值得我们注意的是一次出征：阿斯基亚·达乌特派他的作战首领巴纳去攻打奥索洛（在特腊和多里的边境之间）的颇耳人。颇耳人失败了，他们的首领马鲁·迪亚迪埃·富诺被杀。桑海人带走了许多俘虏和牲畜。

但是，从阿斯基亚·伊夏克统治时期起，加奥的黄金和特加扎的盐，引起了摩洛哥素丹的贪婪。约在 1585 年，素丹穆莱·哈默德派遣一个使者前来"访问"，使者回去之后，素丹就出动一支军队，首先占领了廷巴克图。但后来这支二万人的劲旅却全部被沙漠所吞噬。

1591 年，一支新的摩洛哥军队，接受了上次失败的教训，把人数减少到三千六百名，但他们是配备精良的能征善战的部队，在帕夏朱德尔统率之下，前来进攻桑海帝国①。阿斯基亚·伊夏克及其桑海军队在通迪比战役中被击溃（1591 年 4 月 12 日）。

朱德尔占领了加奥，但没有找到那些原来以为可以掳掠的财富，因而颇感失望，就率领部队退回廷巴克图。素丹解除了朱德尔的统帅职务，把军队交给帕夏马哈茂德。马哈茂德发动了又一次进攻，于 1591 年 10 月 14 日在班巴再次打败桑海军队，并将伊夏克赶出了加奥。

---

① 朱德尔这支军队很可能是一批西班牙雇佣兵，他们或者是冒险家，或者是俘虏，以各种原因转而为摩洛哥人效劳。他们的武器是火枪，因此使他们具有压倒的优势。

伊夏克出逃之后，打算到克比去避难，但克比国王敌视他，拒绝接待。于是伊夏克退到萨伊地区，在那里准备向马哈茂德反攻。但关于这次出兵的统帅问题，在索尔科人的首领拉哈、巴拉马（宫廷总管）穆罕默德·加奥和（伊夏克的兄弟）卡果之间发生了争执。这一次反攻因而便流产了。军队拥护穆罕默德·加奥为阿斯基亚，伊夏克就此逊位，离开了他驻在塔腊的部下，而到古尔芒切人那里去避难，1592 年 4 月，被古尔芒切人杀害于图菲纳。他流亡的时候，随身带着阿斯基亚·穆罕默德大帝的佩剑和头巾。

穆罕默德·加奥正准备和马哈茂德谈判，但马哈茂德却使用阴谋将他杀害。他的弟弟努哈立即被桑海军队拥立为阿斯基亚，继续抵抗摩洛哥人。马哈茂德将他赶到克比的边境。努哈定居加鲁（现今加亚的下游，古尔马河畔）。马哈茂德在科伦成立了一支卫戍部队，并在那里建筑城堡①，这是在基尔塔席以南大约三十五公里的 W 区。

努哈对摩洛哥人采用疲劳战术，经常发动浴血战，或在登迪的森林中布置伏击战。努哈和他的助手穆罕默德·乌尔德·贝尼希的有利条件是南方的气候、采采蝇②和森林；马哈茂德虽然得到摩洛哥素丹的大规模增援，但是他一点也对付不

---

① 科伦城堡的废墟至今犹存，这地方叫做"博罗·库尔·尼亚"，意为众人之母，科伦这个名称即由此演变而成。

离萨伊十公里，在豪萨族人所住的岸边，用石块垒起的建筑物遗址，它和科伦遗址的布局类似。其地名叫布马。虽然有人把布马列为古代"通博"遗址，但它也是可能摩洛哥人建筑的一个小卫戍所。

② 采采蝇（tsé-tsé），产于非洲，人或动物被它叮后会生昏睡病。——译者

了这些自然条件；对于这个顽强不屈的桑海核心，只得放弃绥靖计划。在这场延续两年（1592—1593 年）的战役以后，马哈茂德把科伦这个挺进基地的统治权就交给卡伊德阿马尔，自己回到了廷巴克图。后来努哈围困了科伦，马哈茂德派了一支援军来掩护从水路撤退的这支卫戍部队的残余。

顽强地抵抗马哈茂德的阿斯基亚·努哈，鼓动洪博里起来反抗马哈茂德。马哈茂德被打死了，但在 1593 年 6 月，马哈茂德的继任人又击败了努哈，努哈便向尼日尔河退却，在那里继续进行游击战。

于是，登迪的桑海人归附阿斯基亚·努哈；古尔马（即特腊地区）的桑海人则听命于初期阿斯基亚的后裔，渐渐地自行组织起来，在十七世纪和加奥断绝了关系。

约在 1599 年，阿斯基亚·努哈被穆罕默德·索尔科篡夺了王位，而索尔科自己也在 1604 年被哈龙·丹加泰所驱逐。1608 年，丹加泰想从摩洛哥人手中夺回尼日尔河流域，于1609 年出兵袭击摩洛哥的卡伊德，一直打到德博湖，但后来仍退回到登迪。此后，阿米内（1612—1617 年）和达乌特一世（1617—1635 年）相继即位，达乌特于 1630 年和驻在廷巴克图的摩洛哥帕夏缔结了和约。这几位君主都在登迪执政，以卢拉米为首都，这地方现已消失，据德拉福斯的考证，它靠近萨伊。

1635 年，达乌特被他的弟弟苏马伊拉（或称伊斯梅尔）所推翻，苏马伊拉立志要摆脱摩洛哥人的保护。1640 年，又发生了战争，据口头传说，这次桑海人是取道肯达基和果太耶，沿着尼日尔河撤退的，因此沿途受到摩洛哥人的骚扰。卢拉米遭到洗劫。这几次战役发生在奥雷、甘甘（邻近卡尔马）和迪安巴拉（在提拉贝里之北），使得摩洛哥军队的力量大为削弱。苏马伊拉是被他的妻子运用魔法诱至河里淹死的。

一次决定性的战役展开在西恩加累；这地方，我们不能正确地考查到，或许是在萨伊，或许是在杰尔马冈达。这一战役是摩洛哥人得胜的，但桑海人在这次战斗中表现了不可征服的抵抗力量，致使摩洛哥人从此就放弃了对登迪的任何大规模军事行动。

古代的桑海帝国从此就分成两个。在北方，从安松戈到廷巴克图，被摩洛哥人占据着，那里虽然还有阿斯基亚，但只是率领顺民的傀儡君主而已；在南方，登迪重新结集力量，继续抵抗，但是终于没有能够恢复帝国。1650 年以后，摩洛哥人不再向登迪进攻，登迪人从此便过着一种虽然不甚安定，但是独立自主的生活。让·鲁什写道：

　　实际上，廷巴克图和加奥的桑海人已不再是真正的桑海人了；真正的桑海人，只能在尼日尔河更下游，即昂祖鲁和果鲁奥尔一带，尼日尔河中的小岛上，才可以找到。如果说他们的武力已经在 1599 年随着阿斯基亚·努哈一起消失尽，但他们的文化却至今还在这块荒芜的荆棘地里那些贫陋村庄的难民中间存在着，在这里，过去的光荣历史在这些人的精神上都有所体现，并且还在指导他们现在的行动（见《桑海民族史研究》）。

在西恩加累指挥桑海人作战的是苏马伊拉的一个儿子法里-蒙宗。传说他是在这次战争中阵亡的；但另一个相反的传说却以为率领桑海人最后定居于从科科罗至达戈尔一带的就是法里-蒙宗。实际上，这是历代阿斯基亚的家族的一次分裂。

尼日尔境内的桑海族诸王国

在尼日尔西部，从特腊到阿约鲁一带除了起源更早的昂祖鲁以外，在桑海各个小邦未形成之前，桑海移民，有的居住在分散的村社里，有的是一些必然要团结在老皇帝的子孙周围的流亡者。由于他们存在着一些非常保守的旧传统，特别是由于他们具有一种真正的民族感情——使他们中间保持着阿斯基亚的世袭权，所以他们依然团结一致。虽然帝国的崩溃和民族大迁徙已是很久以前的事，但他们仍然拥戴一个从加奥帝国直系继承下来的人为阿斯基亚；他的权力是有名无实的，但他仍然象征着桑海人的团结，后来，由于各个家族之间的不和睦，严重地破坏了这种世代相传的秩序，只是这时才不再有维持这种秩序的实际需要。

在一个世纪中，换了三十位阿斯基亚。最初是苏马伊拉的两个儿子——阿马鲁和卡尔巴西——和法里-蒙宗的儿子巴耳马，他们互相争夺领导权。最后，阿马鲁的儿子阿拉济被拥立为阿斯基亚，他定都于基洛。他的统治持续到西基埃（在纳马罗区域中）会议开幕那一天为止，在这个会议上，发生了一次兄弟残杀的家族悲剧，因此破坏了民族的团结。传统的选举阿斯基亚的做法再也没有人支持了。从此以后，虽然法权和家谱的观念仍被严格地保存和流传着，但不再有公开的掌权者，于是阿斯基亚的承袭就此中断。

出走的桑海族人最初在下列这些定居点周围聚集在一起：邦古科伊雷、荣科托、西基埃、盖里埃耳、纳马罗、萨亚、扎腊科伊雷、邦古太腊、达戈尔、科索果、加尔布格纳、特腊、科科罗、科耳芒、阿约鲁、散萨内豪萨、卡尔马。其中，每一个点的居民都团聚在一位阿斯基亚的嫡亲后裔的身边。以后，又渐渐地形成了第二次聚集，集中在五个小区域，这些区域的古地名是：包括特腊城的图加纳地区、包括科科罗城的古尔梅地区、果罗或果鲁奥耳地区、松黑即后来的达戈尔地区、西尔巴河南边的迪阿马雷地区，此外还得加上尼日尔河左岸的阿约鲁和卡尔马。

每一位阿斯基亚一经宣布，他的世袭权就会强使每一系家族承认他的特权和地位。在苏马伊拉和法里-蒙宗之后很久，一些有利于某些后裔的区域性领主权还在逐渐地建立起来。

尼日尔河右岸诸王国

科科罗：法里-蒙宗定居于古尔梅区的科科罗，从那里扩展到果太耶，后来又在纳马罗地区建立了西基埃，这是最后几位阿斯基亚结集军队的地方。

他的儿子巴耳马仍住在科科罗；巴耳马的儿子乌奠迪继位后也住在这里。此后，在许多传奇性的故事之后，从十九世纪的颇耳人战争时，才出现了真正的历史。那时科科罗的君主是亚希蒙宗；他和他的八个孩子——六男二女——相继执政，他们击退了西朗凯人和托罗迪的颇耳人，并且参加了各种联盟和同盟，这些组织不是促成桑海人之间以及桑海人与图阿雷格人的团结就是在他们和图阿雷格人之间制造分裂。

特腊：阿拉济的一个儿子，基洛地方的阿斯基亚，名字叫阿巴扎，他在特腊区的图加纳取得了独立。历史又重演了：阿巴扎的儿子马伦法和果鲁奥耳人交战失败，随后又和奥索洛的西朗凯人打了几仗，马伦法的兄弟塔法尔马战败被杀。马伦法的儿子阿马·卡萨创建了特腊村（即特腊贝果罗）。

继承阿马·卡萨的是阿里·阿马。在他和他的继承者田达、加贝林加统治时期，发生过多次战斗，使得滕盖雷盖代希人、图阿雷格族的乌利明登人和分裂的桑海人——即科科罗、达戈尔、果鲁奥耳的同盟——之间互相交战，而特腊却和图阿雷格人维持结盟关系。这就是当时所谓福内科战争。

此后，特腊就得集中一切力量，以抵抗颇耳人、西朗凯人和迪亚古鲁的莫西人。这些事我们将在下一章中叙述。在这里仅着重指出桑海人所显示的力量和爱国主义，使他们终于能在这许多盛衰变化中生存下来，没有灭亡。

果鲁奥耳：果鲁奥耳的首领们，也是加奥阿斯基亚的后裔，但他们的家史却不很清楚。已知道的果鲁奥耳的第一位首领，相传是福内科里，继承人是他的儿子阿尔祖累尼。阿尔祖累尼的儿子芒加曾承认基洛的阿斯基亚统治权。但据另外一个不太可靠的传说：他的儿子蒂亚腊，在暗杀了阿斯基亚的儿子

（并不是杀了阿斯基亚本人）之后，引起了最后的分裂和阿斯基亚尊号的取消。

芒加的儿子阿尔库苏，继承他父亲的王位，统治了二十七年。阿尔库苏的儿子和继位者福尼，在位三十三年，在他统治期间，爆发过对颇耳族西朗凯人的战争，图阿雷格族的滕盖雷盖代希人来到果鲁奥耳。

福尼是被他的一个儿子唆使人暗杀的，当时争权夺利的斗争极其激烈。最后，各地的首领一致推选福尼的长子阿拉济为王，他在位四十年。他和图阿雷格人有长期的纠纷，时而联合他们来对付他的竞争者，时而想摆脱他们的保护。最后，在滕盖雷盖代希人及其首领埃卢占领了科耳芒之后，才缔结了和约。

阿拉济的儿子穆萨继承了父亲的王位，法国人的到来，就在他执政期间。

达戈尔：被西尔巴和福耳科两条河流所穿过的达戈尔地区，当时称为松黑，这地区首先遇到桑海人向古尔马地区推进；后来有索尔科人溯流而上，因此和古尔芒切人发生了接触。加奥帝国的灭亡促使桑海人又一次的涌入。

最初一些索宁凯群集（索尼的子民）大约出现在1495年，正当阿斯基亚·穆罕默德即位，而效忠于索尼的人民从加奥流亡出来的时候。一个分离出来的小群集到达了古尔马，就定居在邻近西尔巴河汇合处的萨亚。我们可以把古尔芒切人的撤退推定在这个时期，虽然民间传说还保存着三位索尔科首领和三个古尔芒切姑娘结婚的故事。

　　从 1591 年通迪比战役失败之后，达戈尔成为桑海人的一个战略退却的地方和抵抗摩洛哥侵略者的中心。在尼日尔河畔的果太耶，是当时沿岸主要通道上的一个据点。

　　在 1700 年左右，果鲁奥耳的首领是宾加。当阿斯基亚·苏马伊拉的后裔哈吉·杭加和达乌达创建登迪时，他也参与此事。

　　在十九世纪，达戈尔的首领们善于运用一种精明的政策，尽管是迂回曲折地，一方面依旧和他们的桑海族堂兄弟们联盟，同时在颇耳人和图阿雷格人中间也巧妙地保持着秘密关系。这样做的结果，在许多重大的动乱中，他们成功地保持了本土的安全。乌马鲁·巴尼统治达戈尔的时候，和图阿雷格人结成联盟，但同时却在暗中鼓励其他被压迫的小邦起来造反。达戈尔之所以能够相对地保持安定，在很大程度上要归功于他。

　　乌马鲁·巴尼于 1891 年继承了杜阿苏，杜阿苏是旺科伊·果内果内的继承人。在法国人到来的时候，成立了一个党，由盖伊杜·旺科伊领导着，赞成接待法国人。而图阿雷格的同盟者乌马鲁·巴尼则属于抵抗派。达戈尔人犹豫不决，但最后他们还是摆脱了困境。

尼日尔河下游，从西尔巴河到萨伊

　　在几个世纪以内，桑海族的许多小股移民沿着整个尼日尔河岸安家生息，而且往往在河中那些小岛上暂时定居。因此，离尼亚美上游二十公里处的布崩，就是在 1340 年间由一些桑海人建成的。

法里-蒙宗的一个儿子塔巴里，在卡尔马地方渡过尼日尔河，娶了当地首领的一个女儿；后来他赶走了妻兄，占有了这块酋长领地。他还和布崩结成联盟。

迪阿马雷，是西尔巴河南岸地区的传统旧名。这是一块古尔芒切人的旧领地，它和莫西人的起源有关系。莫西人可能来自撒哈拉，在七世纪的时候，他们来到河的右岸，赶走了那里的田加人，定居在迪阿马雷。在十四世纪，他们从这里出兵去占领亚汤加。当战士们不在的时候，迪阿马雷发生了一场大瘟疫，这就使莫西人不得不全部迁徙。人们现在还记得四位莫西族的迪阿马雷王的名字：亚姆加、诺加、萨曼加和卢亚。1964 年，在博博耶地区的罗济发现的古墓群，可能就是这些国王的陵墓。

从西尔巴河到萨伊这块地方，一向聚居着古尔芒切人，但颇耳家族不断地来到：从利普塔科来的富耳芒加尼人定居于博图；果尔加贝人一小群一小群地移居到博博耶。颇耳人离开马西纳而外迁，始于十四世纪初。他们的一个群集经由加奥，停留在靠近拉贝藏加的比提，后来这些"比廷科贝人"就流亡到西尔巴河之南的古尔马地区。他们在那里受到古尔芒切人的接待和保护，但以后却完全成了侵略者。他们赶走了古尔芒切人，建立了卡雷果鲁，一直推进到萨伊和 W 区。

纳马罗

此后，在十七世纪初，由宾加·法尔马统率的桑海人渡过了西尔巴河，在迪阿马雷建立了几个村庄。一队图阿雷格人把他们向南驱逐，即从卡里马马赶到登迪。由于和杰尔马人联盟，桑海人才能在这些地方重新建设并维持下来。在西基亚·伊萨卡的领导下，他们重返迪阿马雷，赶跑了尼日尔河两岸及河中小岛上的古尔芒切人。在伊萨卡的孙子多西—凯伊纳统治时期，这些桑海人建立了纳马罗。

过些时候，这个地区遭到了图阿雷格族的洛果马滕人的洗劫，虽然遇到颇耳人猛烈的抵抗，他们还是占有了卡雷果鲁；这里的颇耳人只得退却去建立拉莫尔德。

激烈的战斗继续在这个地区进行着。1893年伊斯兰教历斋月，应不断受到伊萨、科隆贝的进攻的库雷地方人的请求，一支富汤凯地方的纵队从多里调来了，这支军队在西尔巴河边的拉尔巴地方和桑海人发生了冲突，但是迪阿马雷的桑海人得到图阿雷格人的援助，把他们歼灭在布崩对面的当布附近。

同时，有一些托罗贝人，他们最初向特腊移居，但被图阿雷格人所驱逐，于是群集于托罗迪，起先他们和古尔芒切人是对立的，但终于搞好了关系，平安无事地住了下来。

整个纳马罗地区，不知不觉地被置于颇耳人的领导之下了。当索科托帝国扩张过来的时候，卡尔马、布崩和这地区的一些小的酋长国要求派一位颇耳官员即"阿米罗"来治理。索科托王奥斯曼·丹·福迪奥便将这些地方交托给萨伊和顿加侯国，从此这两个侯国便干预它们的内政，委派他们的心腹来治理，但是对这些村庄横征暴敛，并保持它们彼此之间的敌对状态。1815年，基奥塔和多索两地起而反抗，引起了冈多的干涉。奥斯曼·丹·福迪奥的兄弟阿卜杜拉（或称阿卜杜拉耶）

打败了基奥塔的杰尔马人，使他们仍归颇耳人保护。

直至法国人到来的时候，纳马罗酋长国方才由达戈尔地方的一个友族的首领把它组织起来。

小岛上的居民，库尔太人和沃果人

我们已经讲到过，桑海人在尼日尔河两岸到处为家，他们在那里遇到一种多少可以说是土著的居民：卡多人，他们可能是古代登迪时期古尔芒切人和最初的桑海族人的混血儿。随后，还有杰尔马人，他们之中有些人也到达尼日尔河畔。但是在从肯达基到卡尔马这一百公里的尼日尔河中的一连串小岛屿上，今天的居民主要是两个来得很晚的群集：库尔太人和沃果人。

库尔太人 ① 是从马西纳来的，由于那地方被颇耳人的战争蹂躏成火山血海，他们才流亡出来。按照他们的传说，并且也已经被他们的人种特征所证实，他们的上代是颇耳部落的战俘，他们的主人在战争中阵亡以后，他们带了主人的妻子一起逃亡到此。领导他们逃亡的，最初是马利基，以后是萨利乌，在 1820 年间，他们越过了图阿雷格人的领地，定居在这些小岛上。他们和尼日尔河畔的索尔科人同化了，并且立刻就和卡多人有了接触，而且采用了卡多语言，但是他们不久在进行不断的劫掠中就和卡多人发生了冲突。由于库尔太人劫掠成性，

---

① 库尔太（Kourtey），杰尔马语库罗·太（Kourou tê），意为"牲畜完全无损"。这些移民一小群一小群地来到，重新结集。在他们重建自己的村社时，得到了这个外号。

所以他们尽量侵夺尼日尔河谷上的耕地，使卡多人大受损失。

卡多人和图阿雷格人也有冲突；为了逃避图阿雷格人，他们打算迁移到小岛上，但是库尔太人把他们驱逐出境了。在1840 年左右，这两个集团之间就爆发了战争。其时库尔太人的首领萨利乌正在率师出征，他顺流而下，直抵拉莫尔德，夺取了那里的小岛，把岛上的居民全部赶走。他把靠近尼亚美的古德耳岛作为自己的基地。这时，卡多人组织成两个纵队沿着尼日尔河两岸顺流而下。萨利乌得到顿加首领的支援，率师对抗左岸的卡多纵队，在扎腊科伊雷打垮了他们。这次胜利，库尔太人是以"巴巴·利亚节日"名义来庆祝的。

萨利乌再度出征，他和顿加的首领结盟，企图攻打萨伊。但萨伊的阿米鲁却甜言蜜语地说服了他，和顿加共同大肆焚掠，从达戈尔到特腊的所有村庄，都被毁灭了。萨利乌又渡过尼日尔河，把卡多人一直赶到昂祖鲁。卡尔马的首领科龙迪亚使达戈尔人和卡多人接受了阿米鲁的调解。

和约缔结以后，卡多人因为对库尔太人有怨恨，便向图阿雷格人靠拢，却不知道这是自己委身于残酷无情的主子。当法国人到来的时候，凡是卡多人的村庄，除了散萨内豪萨以外，全都向图阿雷格人进贡纳税。直到 1904 年，把这些小岛和沿岸的村庄组织起来，成立一个库尔太县，这些村庄才获得独立。

胜利者把沿河地带全部分掉了：库尔太人，在他们的首领，萨利乌的儿子托拉科伊的领导之下，保留他们在尼日尔河中的那些小岛；顿加的首领和卡尔马的首领则在基尔塔席到德萨之间，分段管辖着左岸的那些村庄，其中包括萨科伊雷，从前是"萨族人的村子"；萨伊的首领管辖着整个右岸，包括达戈尔在内。

沃果人是一个人种特征很显著的部族；他们来自德博湖，先前曾被流放到布腊（即安松戈），约在 1810 年，他们沿尼日尔河而下，由通多·迪埃累率领着，到提拉贝里西北的一些小岛上定居下来。他们在那里占据一块土地，很不受库尔太人的欢迎；但是他们非常勤劳、勇敢，人口增长得很快。而且善于使人尊重。虽然他们彻头彻尾地伊斯兰教化了，开始有了马拉布特，可是他们仍能保留着自己原来的特征，至于库尔太人当时受伊斯兰教的影响则是不深的。

因此，在尼日尔河流域形成了两个集团，也象颇耳人一样，由两位阿米鲁统治着：库尔太人的阿米鲁和辛德尔的阿米鲁。从提拉贝里到菲尔衮一带的小首领，都是效忠于辛德尔的阿米鲁的。

尼日尔河从阿约鲁到拉贝藏加这一段的村庄，也要算在这些很小的酋长国内，那里的居民都是从阿斯基亚家族分出来的后裔，原在桑海人统治之下。后来，法国人把他们重新组织起来，让他们在杜耳苏安家落户。

登　迪

从阿斯基亚王朝开始，古人称为登迪的地区，是在衮吉亚以下的尼日尔河流域。那是桑海帝国的一个省。后来渐渐地四分五裂，以至不复存在了，但是登迪这个地名，却转移到更南部，起先包括直到尼日利亚和达荷美边境的一大片地区，后来却缩小到仅仅是指处于 W 区和奔巴下游的一条横跨尼日尔河的地带。我们在这里所讲的登迪，就是指这个地区，也就是后来尼日尔国的一个行政省。

登迪的疆界向桑海区域的南方扩展，插入到古尔马的巴里巴人（或称古尔芒切人）地区和克比地区之间。登迪这个名词指的是这块地方，同时也指该地的桑海族居民。

"当桑海人来到的时候，这个处于北方大沼泽、尼日尔河和达洛耳马乌里之间的地方，几乎是一片荒地。住在这里的只是一些野蛮部族……他们讲的方言现在已经失传了。"（萨拉芒上尉）这些部族都是田加族人。

这一块在萨伊下游的地方，直到二十世纪还不是贸易通道，这主要是由于采采蝇使骑兵队难以通行。因此，它也免受历来重大的政治的和军事的影响。在十九世纪，萨伊的领土扩张到这里的时候，才受到宗教的影响。

加亚地方的人还时时想起过去的战争和劫掠的情况，这些事件是在十六世纪，一位女王阿米娜统治下发生的。她夺得了许多村庄，并筑起城堡。但人们没有保存任何真实的历史材料，还得等到桑海人到来以后，才可以获得探讨的线索。

无疑地，即使不是从原始时期开始，也是很久以来，桑海人和索尔科人的足迹就已遍于尼日尔河流域。在契王朝时代，征伐部队和巴里巴人发生过多次冲突。阿斯基亚·穆罕默德把克比变为自己的卫星国。但直到桑海帝国崩溃以后，在萨伊下

游的登迪才真正成了殖民地。这时，也许是 1700 年左右，和
摩洛哥人打过最后几次仗（1640 年）的阿斯基亚·苏马伊拉
的后代，才迁移到我们的登迪来了。其中有两兄弟，哈吉·杭
加和达乌达；民间传说通过一位传说中的祖先英罗巴尼，把他
们与加奥联系在一起。他们居住在加鲁（在加亚下游的尼日尔
河右岸）。一群桑海移民跟着他们而来，他们很容易地制服了
散漫的田加人。他们在那里没有竞争的对手，可能两兄弟一同
称王，连他们的后代也分辨不清了。据说哈吉·杭加和本地人
结了婚，他在加鲁娶了本地首领达库的女儿塔萨。这个达库是
一个田加人，也可能早已是一个桑海人了，因为据说他是加奥
的藩属。

这些田加人是登迪最早的居民；他们属于什么部族，还不
很清楚。他们自称来自东方，建立了后来成为登迪的一些主要
村庄，从孔帕到马代卡利，从加亚到耶卢，他们从来也没有成
为一个统一体而并存着；桑海人来到之后，这个地区才形成一
体。这些田加人采用了桑海语，后来又使用豪萨语。

作为基本居民的桑海人和田加人，田加人来得更早，但在
这地方扩张势力的却是桑海人。登迪这个地区并不是只有这两
种人，这里实际上汇合了许多家族。有从耶卢地区前来的豪萨
族的"乌顿达乌达人"和"果贝尔人"；有在迪温迪乌地区的
博尔努居住的贝里贝里族；杰尔马族则向科马和巴腊两处渗入；
而卡腊卡腊则是一个马乌里人地区。在福格哈，第一批移民是
田加人。因此，登迪这个地方，虽然从历史上说是桑海人的地
方，但从人种上说，却远不能算是一个单一民族的地区。不过，

这一地区的居民渐渐地混合在一起，最后形成了一个省份。

在尼日尔河右岸，巴尔古人胜利地挡住了阿斯基亚·穆罕默德；他们在岸边待了一个时期，又侵占到左岸，在科普西通迪亚建设了城堡。这时他们和登迪和平共处。

哈吉·杭加的儿子萨姆苏·贝里正在和他的舅父迪济（达库的继承人）争夺王位；他过河到尼日尔左岸去，在塔腊和加亚两个村子里都住过。当时这两个地方已经属于田加人的了。不久以后，迪济只好顺服于他。

萨姆苏·贝里以他的无比的威望，把这个地区所有的村庄，包括加鲁在内，置于他的统治之下，达十八年之久，即从1761年到1779年。他又把福格哈置于他的管辖之下，当他自认为已是一个真正的国家元首的时候，就想对那些曾赶走他父亲的加奥人进行报复。但是，在进行出征准备工作的时候，他就去世了。

他的继承人是其弟哈尔加尼。哈尔加尼统治了十四年（1779—1793年），以后便被他的侄子福迪·梅伦法驱逐出境，流亡到卡里马马，这是一个住着一些很倔强的人的村庄，但他不久就死在那里。

于是登迪内部发生了分裂：卡里马马以及整个尼日尔河右岸都分裂出去了，起初拥护哈尔加尼为首领，后来拥戴他的弟弟丹达科伊。这时卡里马马还是加亚首领的藩属，因此，加亚的首领便被认为整个登迪的君王。

在加亚，福迪·梅伦法已被他的叔父萨姆苏·凯伊纳废黜了，但他起来反抗了；于是内战持续了五年（1793—1798

年），萨姆苏·凯伊纳战败身亡。他的部下逃到邻近古尔马的地区，在那里他的一个儿子，同卡里马马的丹达科伊结盟之后，被任命为马代卡利（在加亚下游二十公里）的首领，接受加亚的领导。

福迪·梅伦法把他的王国分为三个省，交给萨姆苏·贝里家族的三个支系去治理：

——滕达和加亚，邻近豪萨区的登迪地区，交给萨姆苏·贝里的嫡裔，他们对其他两省拥有宗主权；

——卡里马马，交给哈尔加尼的弟弟的直系；

——马代卡利，交给萨姆苏·凯伊纳的后裔。①

福迪在位七年（1798—1805 年），他最后几年的统治很不安定，因为常常受到颇耳人的索科托帝国的骚扰。索科托国王奥斯曼·丹·福迪奥力图向西扩张，他要登迪每年纳贡一次；福迪拒绝了这个要求，于是便发生战争，但没有决定胜负。

福迪·梅伦法死于 1805 年，他的弟弟托莫继位（1805—1823 年）。索科托的卫星国冈多的素丹，穆罕默德·阿卜杜拉耶，打败了托莫，一直推进到达洛耳河，占领了巴纳村。从此以后，登迪就得向冈多纳贡，以求太太平平地过日子。

托莫的几个兄弟继承了他：巴萨鲁·米西·伊宰（1823—1842 年），布米，又称科达马·科米（1842—1845 年）。在布米统治期间，由乌马鲁管辖的马代卡利省想独立，布米便出兵

---

① 这样的区分，只是理论上的；实际上，登迪从此便分裂为两部分，互相敌对，而且疆界是犬牙交错的：加亚和滕达，在尼日尔河左岸，却同右岸古尔马区的果鲁贝里结盟；邻近古尔马区的卡里马马、孔帕和马代卡利却同左岸的塔腊结盟。

攻打乌马鲁，乌马鲁只好降服。

托莫的一个儿子科伊宰·巴巴（1845—1864年）继位。正当索科托帝国衰落时期；登迪、克比、阿雷瓦和杰尔马结成了联盟，想摆脱索科托的羁绊。盟军向冈多发动进攻，素丹麻拉目·卡利卢战败，宗主关系就此断绝，特别是四个盟国为了对付颇耳人，把联盟坚持下来，使颇耳人不能再损害他们。

科伊宰·巴巴的继承者是福迪的儿子科伊宰·巴巴·巴基，他在位只有一年（1864—1865年）；此后，巴萨鲁的儿子旺科伊继位（1865—1868年），最后一位是托莫的儿子比果·法尔马（1868—1882年）。马代卡利的首领苏莱，得到滕达首领的帮助，向塔腊村进攻，旺科伊不得不去援助塔腊；这是一场真正的内战，一个村子一个村子的打过去。旺科伊就在内战中死去，他的继承人比果·法尔马继续打下去，直到夺取胜利，结束战争，恢复国内和平。

巴萨鲁的儿子达乌达的统治从1882年到1887年为止。他的继承者是托莫的儿子马拉（1887—1901年）。

在马拉这个最后一代君主统治期间，登迪只好听任图库列尔流浪部落的袭击，这个部落以阿赫马杜·希库为首，他被法国人从苏丹赶出来，定居于顿加（在今尼亚美下游二十五公里）。这些图库列尔人是卡里马马人邀请到登迪来的，他们没有认识到此举的危险性几乎就是叛逆①，从而使得本国遭受了一年

---

① 卡里马马是一个人口众多的设防村庄，它历来是登迪的争夺点，而克比对登迪施展的种种阴谋也以此地为关键。这种使登迪人永远怀恨在心的行动，不断地扰乱了尼日尔河两岸诸邻邦之间的和平。

的恐怖。尼日尔河沿岸的村庄都被图库列尔人所洗劫，并掳走奴隶；居民都从村里逃出来躲进森林。登迪、滕达、加亚、马代卡利等处村庄里的居民，即使距离很远，也都整天处于恐怖之中。多索的杰尔马人首领惊慌不安，并且作了抵抗的部署。

就在这时候，第一批法国考察队来到了：德科尔率领的考察队于 1894 年，图泰上校率领的考察队于 1895 年，先后从达荷美到来，乌尔斯特率领的河流考察队也于 1896 年到达。法国人的到来，使这个地方免于图库列尔人的劫掠。

1897 年，博德上尉从古尔马来到卡里马马。他受到当地首领阿利乌 · 法腊姆的接待，并和这位首领签订了一项对登迪及尼日尔河右岸的保护条约。1897 年 7 月，法国在卡里马马建立了一个据点，那里的驻守官逐渐把势力扩展到加亚，他在那里得到马拉的接待。1899 年，在加亚也建立了一个据点，于是整个登迪地区都置于法国保护之下，不过最初是隶属于达荷美①的。

这种保护制很快就证明是有益的：在 1899 年 10 月，冈多的颇耳人又来侵犯巴纳村，他们就被击退了。

杰尔马群集

杰尔马冈达

我们已经讲过，杰尔马人离开马里旧地，越过桑海人的区

---

① 1903 年，登迪的尼日尔河左岸地区划入津德尔军区，但右岸地区，包括卡里马马，仍属达荷美。

域，到尼日尔西部来扎根是分批移民的结果。在仔细考查有关这次奇妙的迁徙的传说时，人们还记得领导这次迁徙的首领名叫马里·贝罗。

这次的迁徙是在什么时候开始的？可能是在十七世纪初 ①，或者在十六世纪。他们也许是在一个相当长的时期内，大批较集中的人群，来到加奥地区，定居于阿古富（在加奥上游）。据民间传说，他们在那里住了五十年，后来在科雷肯迪住了三十年。

杰尔马人住在加奥期间，曾帮助阿斯基亚参加了抵抗摩洛哥人的战争。可能这是一支由阿斯基亚·穆罕默德领导的桑海族和杰尔马族的联合部队；他们向登迪进军，攻打博尔古，于是到了杰尔马冈达以南。

住在马累时期，杰尔马首领的世系是这样的：阿尔法·乌马鲁，这是始祖，其继承人是易卜拉欣、图加古和达瓦耳，此后是迪埃尔马累，最后是松博。据一个民间传说，松博在一次口角中，杀死了一个颇耳人；他就逃出去，起先到杜苏库迪埃，后来到提利邦巴，就死在那里。他的儿子阿迪埃塞来到了加奥。这些流亡者开始和桑海人接触，桑海人称他们为杰尔马人。

杰尔马人的又一次迁徙是从科雷肯迪到梅纳卡北部，在

---

① 于尔瓦考定这次迁徙的路线是：杜纳（果西的沼泽地）、查卡耳巴耳（在加奥附近）、杜苏库迪埃（在梅纳卡以北）、安德兰布坎、在昂祖鲁境内的伊萨方基或济巴内，然后是萨尔冈，就从这里分散开去。于尔瓦认为这次离开迪尔马（迭内）的迁徙大约在1600年。

那里住了三十八年；最后，在阿迪埃塞的儿子塔图的领导下，又迁到安德兰布坎①。他们大概在这里也居住过一段时期，因为人们在那里还发现过杰尔马人的墓地。根据"格里奥②的颂歌"，他们的首领（这显然是塔图）在那里生了两个儿子：马内伊和梅朗博蒂。马内伊，又称为腊穆，年长以后，离开安德兰布坎，到了萨普塔卡（在昂祖鲁和杰尔马冈达之间）。在那儿，他生了一个儿子，名叫马里·加芒杜古扎。有人认为这个马里死在萨普塔卡，而马里的儿子布卡尔·洛洛布基，或称布卡尔·果龙比，建设了萨尔冈，并且死于该地；但民间传说中一般的说法，则认为建立萨尔冈的是马里·贝洛。是同一个马里吗？这是毫无疑问的，马里·贝洛正是死在萨尔冈的。

"马里"的儿子只有一个活着，即卡里米。他在父亲死后就迁居到科比村（今名通迪冈迪亚）。卡里米只有一个儿子，名叫尊康太。

但据另外一个与此相矛盾的传说，布卡尔·果龙比是萨尔冈的首领，杰尔马人的再度分散正是他引起的。布卡尔得知有一块肥沃的河谷（即达洛耳博索），于是派他的儿子坎迪去勘察，坎迪在那里找到了卡累族人。他娶了卡累王吞卡的女儿，回到萨尔冈来找他父亲。布卡尔后来离开杰尔马冈达，迁居到靠近古尔贝沼泽地的法达。布卡尔死后，他的儿子坎迪建立了

---

① 安德兰布坎（Andéramboukane）地名起源于布卡尔——安德尔-布卡尔（Ander-Boukar），无疑的是由于布卡尔在达洛耳博索的定居，在命名中起了重要作用。

② 格里奥（griots），是西非的特殊阶层，他们既是诗人、音乐家，又是巫师。——译者

科果里，位于科比附近。

这个传说中的坎迪，显然是和卡里米混而为一了。卡里米的儿子，卡累王的外孙果鲁（或称尊康太），夺得了卡累族酋长国的战鼓（"托博耳"），这个战鼓从此便为杰尔马人所有。

后来，图阿雷格人的一次入侵，驱散了杰尔马人和卡累人，他们便越过法卡腊高原，一直分散在尼日尔河畔。

果鲁有三个儿子。长子塔果鲁，在十七世纪末当了第一任杰尔马科伊，即杰尔马王。他把分散各地的杰尔马人组织成为一个相当统一的集体。他最初住在塔加扎尔的康加雷，后来住到科比。

在前一个时期，发生过一件大事：杰尔马人在这些没有组织的地方住了下来，把当地所能够找到的一些土著置于他们的控制之下。甚至在桑海人住的地区里——他们是在最后一位索尼下台后退居到昂祖鲁来的——也住满了许多杰尔马人。这些桑海人地区之所以还能保持其特征，那是因为杰尔马人后来又继续向东南方的杰尔马冈达前进了。当迁徙的末期，塔果鲁才侥幸地在散居各地的群集中树立起权威。

此外，还有些来自各方面的推动。我们看到卡累群集曾要求发起独立主义运动；杰尔马人可能是从安德兰布坎直接来到库尔费，在这里，被阿德尔以北的苏迪埃人（豪萨族）赶到南方去，在路上他们被卡累人同化了。他们定居于桑迪雷，一直推进到尼日尔河畔。

从这些混乱的，而且有时还是矛盾的说法中，得出的结论是杰尔马人迁移到他们现在的居住地，并不是整个种族的迁徙，而是一个个同一血统的有时又不是同一血统的群集的陆续迁移，唯有桑海语（他们在和桑海人接触时学来的语言）把他们联系在一起。这些由不是同一祖先的家族所组成的居民，是一批一批来的，或者是断断续续涌来的人群，其中有一部分人是有某种联系的。事实上，我们还能辨别出有几个据推测是有血统关系的家族，但它们各自具有突出的地方特征。在关于人种的一章中，我们已经列举过这些家族；在这里，我们可以说，无疑的是他们的姻亲关系决定了他们定居地点的选择。不论果累家族定居于博博耶，萨比里家族定居于多索高原，或果贝家族定居于达洛耳，都说明杰尔马人的移民分布得很均匀。这些家族群甚至移居尼日尔河畔，开拓了卡尔马，住在布崩。这里的杰尔马人据推断是 1612 年迁来的，另外一群人则住在利博雷。

杰尔马人和桑海人终于有了接触，但还没有杂居。在 1635 年，阿斯基亚·苏马伊拉在他发动的和加奥的摩洛哥人战争中，就有一支杰尔马人的军队，他的儿子法里-蒙宗还发动尼日尔河流域的杰尔马人，帮他击退一支入侵的摩洛哥军队，这是 1640 年的事。

在艰苦的战争岁月里广为传播的果累民族英雄（"耶法尔马"）伊萨卡的事迹，说明当时杰尔马人在和桑海人并肩作战时始终保持其独立性，虽然他们的利益是一致的。

从创业时期起，直到二十世纪，杰尔马冈达的历史是一部顽强守卫、闭关自守和独立的历史。西边有昂祖鲁掩护它，东边有通迪冈迪亚掩护它，因此它可以不断地抵抗新来的图阿雷格人，而使自己不受丝毫损害。

塔果鲁有两个弟弟：纳马里和科果里；前者出生于古雷和尼亚美县，后者出生于顿加和利博雷县。

塔果鲁还有三个儿子：萨迪安、托比利和布卡尔。长子萨迪安和托比利阴谋反对他们的父亲，被塔果鲁取消了他们的继承权；于是萨迪安到法卡腊的桑迪代去安居乐业，托比利则被安置在卡贝（在塔加扎尔）。布卡尔因为保卫父亲有功，虽然年纪还小，却被任命为族长，多索的杰尔马诸王都是他的后代。

在我们刚才讲到的几次迁徙以后，唯有杰尔马冈达离群而独立活动。留在萨尔冈的只是一些比较怯弱的男人和姑娘们。在萨尔冈，后来之所以还有杰尔马人，就是留下来的妇女传宗接代的结果。因此，人们说，萨尔冈的妇女是高尚的人，孩子的族性是从母亲得来的。萨尔冈就是靠杰尔马的几个支系保存下来了，而杰尔马冈达也是因为萨尔冈的关系得以维持下去。图阿雷格人在萨尔冈附近窜来窜去，始终没有进入过。这时，萨尔冈还没有建立任何组织。

有一个卡累族人似乎掌握过和保持着酋长权；在人们的记忆中，最早一位卡累王是亚加巴，他曾经住在博利。他的弟弟莫比，住在西米里。在某一个时期，这里曾经有过一次分裂：约在1880年，西米里有一个相当重要的以辛卡为首领的酋长国。另外一支亚加巴的后裔，到北方去开拓，创建了通迪基万迪和库雷伊宰。

约在1840年，一个达戈尔的桑海族人，贵族出身的加里，来到萨尔冈定居，他娶了当地首领（马里·贝罗的后裔）的女儿。加里的儿子巴鲁去建立了瓦兰。巴鲁在杰尔马人中间有很大的影响，因此他成为作战首领。他联合杰尔马冈达（当时地域已大为缩小），对尼日尔河畔的萨科伊雷发动过一次战争，胜利地打垮了图阿雷格人。他和图阿雷格人议和的条件是要他们供应杰尔马冈达的给养。

通迪冈迪亚：杰尔马人是穿过杰尔马冈达来到达洛耳博索的。有一部分人中途停留下来，由于找到了一个比较安全的地方，可以让少数人自成一个部落而单独生活，这是一个悬崖深谷，地形复杂，极利于闭关自守的地方，它就是通迪冈迪亚。

他们在那里事实上建立了一个村社，过着十足无政府状态的生活，但对来自外部的袭击，是能够共同对敌的；这个地方，后来也成了一个盗匪窝，那里的匪帮一直劫掠到尼日尔河。到十九世纪末，才有一个幸运的战士卡朗塔，掌了大权，成为首领。

多　索

继传说中的"古人"，即"东博雷伊"之后，来到法卡腊高原和达洛耳地区的，是讲豪萨语的图耳梅人和田加人。图耳梅人是以一些新来的果贝人、杰尔马族的卡累人等为基础结合而成的。田加人退到加亚地区，在那里组织起许多大村社。

杰尔马族的移民，我们在上文已讲到过，是在他们迁徙期间，分散在各地的。

多索的历史，把发起外迁一事归因于坎迪。坎迪是通迪冈迪亚的科比的奠基者。在他以后接踵而来的，是由塔果鲁·冈纳率领的瓦济族人；塔果鲁的一个儿子阿里·科达建成了基奥塔，另一个儿子建成了耶尼，第三个儿子在萨比里人那里建成了桑迪代，最后一个儿子布卡尔则留在科比。

杰尔马人到来以前，处于达洛耳河中间的高原还没有人居住，但那里有"通博"和深井，这显然是古代居民的遗迹，他们可能是古代的田加人或巴尔古人，也可能是一种更古的居民。

杰尔马人的各个家族分散在这里，鳞次栉比，但各不相混。而杰尔马人的向南扩张，则是瓦济氏族的功绩。

每一个杰尔马王的权力都只限于他自己的村庄，所以传说中保存下来的他们的世系都是不完全的，而且是各执一说，大有出入。

多索的杰尔马王之所以最占优势，不仅因为他统治的人口最多，而且还因为他是布卡尔的子孙，此外，又因为在十九世纪，多索的首领们抵抗颇耳人最为勇猛，他们是抵抗运动的首领。在杰尔马人的其他各省中，杰尔马王只是土地的主人（称为"拉布科伊"），但他得尊敬多索的宗主。

杰尔马王掌握行政和司法大权。另有一群大臣从旁协助：马腊法，是首相，可以作王的临时代理人；扎鲁梅，王储；马伊法达，宫廷总管；米津达迪，王的心腹；阿济亚，财政大臣；温科伊，作战首领；塞尔钦-雅腊，男青年总监；萨达加里，女青年总监；塞尔钦·诺马，管理杰尔马王的田地；库加木扎，战俘总管。此外，还有一个森迪，他只代表萨比里氏族。这些职称，大多是豪萨语。

杰尔马王拥有一个由多加里（dogari）组成的私人卫队，我们在照片中通常见到他们头戴军盔骑在披挂整齐的马上的侧面像。

布卡尔的忠义使他获得直接继承父亲的权利，但也使他的后裔受到几房被剥夺继承权的家族的嫉妒，甚至仇恨。坦卡拉的颇耳人便利用他们之间的对立来达到自己的目的，挑起顿加、法卡腊、基奥塔、多索兄弟之间相互残杀的战争。

布卡尔的儿子贡迪继立为王，到贡迪的儿子达库即位的时候，约在 1750 年间，又移居桑迪代附近，在古德耳（多索的西北）建立了最早的杰尔马居民点；他也统治着原先已经住在这个地区的杰尔马人。达库的儿子加朗凯迁居到一个已被萨比里人开垦过的谷地，在那里建立了多索，这就成为他的京都。此外还设立了许多村庄，它们彼此既没有联系，也没有统一组织。

加朗凯的一个继承人卡蒂迪瓦，大约在 1800 年即位。当时杰尔马人正受到一支把基奥塔焚毁了的豪萨征伐队的攻击。杰尔马人奋起反击，同时他们去攻打马汤卡里，把在马汤卡里之东的杜基库腊的豪萨人打败了。

以后的杰尔马王是：达库的儿子贝萨；布卡尔的长子道腊；达库的孙子曼古耶（1825—1830 年）；卡蒂迪瓦的后裔拉乌佐，1830 年即位；古纳比，此后便插进了一任通博基雷的阿米鲁的统治，那是索科托帝国任命的。再以后，是拉乌佐的儿子科松（1850—1865 年）；道腊的孙子阿卜杜（1865—1880

年）；贝萨的一支后裔阿耳法·阿塔（1880—1896 年）；曼古耶的孙子阿提库（1896—1902 年）。

图阿雷格人和苏迪埃人向上达洛耳博索的推进，使杰尔马人纷纷出走，很明显地造成南方杰尔马人地区人口的激增。另外一方面，马乌里人的扩张和伦昆顿地区许多新成立的小国的骚乱，都迫使杰尔马人经常保持警惕。

这样就在整个十九世纪中形成了颇耳人的霸权，基奥塔的杰尔马人，后来还有多索的杰尔马人，都信奉了伊斯兰教，多索还向冈多的阿米鲁纳贡。对颇耳人的斗争从 1820 年起一直持续到 1866 年，多索几乎失去了它固有的特征。

我们将在关于颇耳人战争的那一节中叙述他们怎样扩张其统治权到冈多和坦卡拉的，但也要讲到多索怎样涌现了一位争取杰尔马独立的民族英雄——达乌特。杰尔马王拉乌佐阵亡后，他的继承人古纳比因丧失了领导能力，他的王位不得不由一位在野的著名人士来接替，此人是通博基雷的首领，是以索科托的塞尔钦·木苏耳米的名义来接任的。直到 1850 年左右，一位新的杰尔马王科松，才重新取得政权。由于闻名于多索的达乌特重新拿起武器，他知道杰尔马人最大的弱点是权力分散在许多经常互相对立的小首领手中，他们没有团结一致的观念；每个人只有在颇耳人直接来犯时才出来抵抗。达乌特解决了杰尔马家族的团结问题，在杰尔马王科松的支持下，杰尔马人重新生气勃勃了。达乌特和纳萨腊瓦的作战首领卡尔费结盟（卡尔费后来定居在提比里），又共同和克比建立了有效的联盟。索科托的反应非常激烈，把战火蔓延到阿雷瓦，使杰尔马人度过了不少的艰苦岁月。但达乌特和他的不屈不挠的战士坚持抵抗，终于扭转了局势，他们在 1856 年占领并焚毁了坦卡拉。

战争一直延续到 1866 年，颇耳人终于败退。杰尔马人虽得重建和平生活，却费了三十年才从这些灾难中恢复过来。科松死于 1865 年，他使多索成为一个有组织的国家，此后，这地方的人口便不断地增加。

可是，和平并不持久，1885 年，通博夸雷遭到阿德尔人的掳掠，但杰尔马派军队去夺回了被抢走的牲畜和奴隶。

1896 年，又爆发了一次战争，但历时很短。这一仗是为了反抗阿赫马杜·歇库的图库列尔军队。杰尔马王阿耳法·阿塔在奔巴被击溃，但他的继承人阿提库打败了阿赫马杜，使阿赫马杜撤军离去。这位阿提库还和达洛耳的图阿雷格人缔结了和约。

次要的杰尔马村社

此外还有些小的杰尔马群集。在顿加的是激烈反对多索的，因为出于两个敌对的王朝；他们和坦卡拉结盟，后来和阿赫马杜结盟，因而也跟着他们一起瓦解。在法卡腊（库雷）和基奥塔的，摇摆于两个集团之间，终于能够保持他们的自治权，但没有什么丰功伟绩。

为了逃避多索人的骚扰，在十九世纪中叶，有些家族沿达洛耳博索而下，在尼日尔河畔建设了奔巴，这次移民运动一直继续着。到十九世纪末，移民已扩大到多索和尼日尔河之间的一大片荆棘地，他们在那里建设了一些分散的村庄：桑贝腊，在奔巴之东，是桑迪家族建设的；科巴基当达，1906年的反抗运动就是从这个村庄发起的。这种垦荒移民一直延续到现在，并且还向加亚西北这个新方向发展。

洛加-索科尔贝-法耳韦耳：远在多索之北的这些地方，居住着一些家族，他们和多索不发生关系，因此值得特别提一下。

洛加这个地区原是一块所谓"果贝"地，是一个古代的酋长国，建设者是从果贝尔来的马曼·基里。有一个传说把马曼·基里说成是果贝移民的创始人，这就未免简单化了。果贝人也许就属于本地土著，因为洛加的首领总是拥有果贝王（果贝科伊）这个尊号。洛加村是在1800年间由阿纳尼建设的，后来成为果贝县的县治。

索科尔贝原是一片荒地，在1800年间为马汤卡里的马乌里人所占据，这是由塔莫领导的。从塔莫以后的马乌里王都拥有马亚基这个尊号。

法耳韦耳这地方，直到1893年左右才有一个通迪冈迪亚的杰尔马人，为了逃避图阿雷格人，来到这里开荒定居，此人名为巴尔凯·马亚基（死于1915年）。法耳韦耳原先是一个古老的加布达人的村庄，后来为了使子孙不致忘却它的法耳韦耳名称，便改名为马亚基·库阿腊。巴尔凯是一位英勇的战士，为人们所敬畏，因此他能创造这个善战的小公国，并取得加布达科伊的称号。

基尔塔席-尼亚美：在杰尔马高原之西，尽管是一片荆棘丛生，满是猛兽和象的地方，但有些家族为了保持独立，还是深入到这里来。这就是基尔塔席的起源，它是在十九世纪初由阿福达建成的。他率领一群杰尔马家族的人，从萨尔冈来到这里，由于和多索及库雷不能和睦相处，便一直迁移到尼日尔河畔去住。

尼亚美城当时尚未出现，或者说当时还只是一个渔民和马乌里人的小村子①。它的发展是很迟的，我们将在下文予以叙述。在这时期，这个尼亚美小村庄也和尼日尔河边的其他村落一样，竭力避免遭受掳掠，也竭力避免卷入重大的纠纷。

颇耳人的迁徙

萨伊、迪亚古鲁、坦卡拉

我们并不打算在这里分析颇耳族的迁徙情况。尼日尔，在它发展的过程中，有许多颇耳部族迁来居住，这块土地，渐渐地成为他们的祖国，正和其他一切尼日尔人一样。

从十四世纪开始，有些小群的颇耳家族陆续渗入，以后，愈来愈多，到了十八世纪，竟然变成了侵略。他们遍布于尼日尔全境，常常形成为一些人口稠密的群集；在东部的某些地区，例如古雷和迈内索罗阿，今天他们是当地的主要人口。中央地区的几个国家：马乌里、果贝尔、马腊迪的卡齐纳，一向

----

① 乌尔斯特在叙述他在布崩和萨加之间的旅程时，没有提到这个地方。

屈服于索科托的颇耳帝国的先王，经过长期抵抗，方才获得解放。甚至连颇耳帝国也是由这些从西部迁移过来的家族群所创建的。在西部地区，仍留着不少颇耳人，因为是同一部族，几百年来，他们在政治上占有重要地位。

我们在上文讲到过，定居在尼日尔河盆地的那些家族——桑海、杰尔马、登迪、马乌里——都遭受到三种压力：（一）往东迁徙而穿过他们地区的颇耳人。（二）在某些地区定居下来的颇耳人使当地有人满之患。（三）在十九世纪，还有冈多和索科托的侵略。

颇耳人的不断涌入开始于二百年前，他们集中在尼日尔河右岸，在西尔巴河和迪亚芒古河（在萨伊下游）之间，终于成为一处人口密度极大的地区。他们排挤了古尔芒切人，古尔芒切人便退向博图和迪亚帕加。有些群集在迁徙的行程中和所遇到的居民通婚，但还保持着一种根深蒂固的颇耳人或图库列尔人的传统。提拉贝里的乌奥果人和库尔太人，萨伊的西拉贝人，都是这样。这些部族，由于有了黑人的血统，加强了生命力，成为在人种学上很有价值的成分。颇耳人逐渐意识到自己的力量，并在他们的神秘主义宗教的激发下，企图去统治别人：首先想用武力制服西尔巴河以北的那些桑海国（特腊、达戈尔、科科罗）；后者奋起抗战，把敌人击退了。后来颇耳人又在尼日尔河左岸，向河畔和多索的杰尔马人进攻。

据现在所知，迁移到萨伊地区的最早的颇耳人，是在十三世纪中叶从马西纳迁来的盖拉迪奥族人。在十五世纪，托罗贝氏族在德洛的领导下，离开了利普塔科①，前来定居于萨伊之西的一块古尔芒切人的地方，他们就以氏族名来作地名，称之为托罗迪②。在十八世纪末，据于尔瓦的说法，这个地区的"颇耳人的人数已达到饱和点"了。另外一些人数不算少的群集逐步迁徙西尔巴河之北，提拉贝里的北部。登迪东北，在达洛耳博索南部，有一个强大的部族环绕着坦卡拉这个地方组织起来。

阿尔法·穆罕默德·迪奥博来到萨伊，大约是在1800年。他是马西纳地方一位颇耳族的马拉布特。他为了和他的姊姊会合，来到加奥地区，其姊死后，他才离开此地而向南去③；他先住在拉尔巴比诺（在今特腊专区），他的儿子阿马杜不幸死了。于是他又离开了那里，打算定居在内尼岛上（在尼亚美上游不远）。拉莫尔德的颇耳人不相信他，派兵去攻打他。他再向南迁移，最后才定居萨伊，当时萨伊虽有这样一个地方，但只不过是杰尔马人的一小块领地。

阿尔法·穆罕默德·迪奥博很快就和奥斯曼·丹·福迪奥取得联系，后来又和冈多保持关系。萨伊，正如特腊和多里一样，是西部的颇耳帝国向那些不驯服的地区——克比和杰尔马——施加影响的桥头堡。

---

① 利普塔科，属多里地区，在上沃尔特。在十七世纪，托罗贝族在那里建立了一个颇耳公国，后来成了奥斯曼·丹·福迪奥的附属国。颇耳语托罗多（Torodo）表示富塔托罗地区的一个伊斯兰教后，意为"坐着祈祷的人"。

② 他们接着又向东扩张，为贝努埃河上的颇耳族阿达马瓦王国的起源。

③ 他由布巴卡尔·卢杜基从马西纳陪同前来，布巴卡尔·卢杜基后来就去建立坦卡拉（在比尔尼高雷）。

阿尔法·穆罕默德·迪奥博的宗教声望从加奥沿着尼日尔河一直传到了加亚；萨伊就成为穆斯林的一个小小的都市，把古尔马区域所有的颇耳人都团结在它的周围。哈吉·奥马尔在年轻的时候，路过萨伊到麦加去朝圣。此外，萨伊还拥有从顿加到 W 区的世俗权。

穆罕默德·迪奥博死于 1840 年；他的子孙相继嗣位，其次序为：布巴卡尔、穆拉耶、巴巴·贝洛、阿卜杜勒·乌伊杜、阿马杜·法图鲁、阿里鲁-卡利卢、阿马杜·萨图鲁、阿萨内·西塞·哈马加诺。最初的法国考察队到来，正是阿马杜·法图鲁（或者是阿卜杜勒·乌伊杜）统治时期，他的在位时期是十九世纪末年（死于 1897 年）。

萨伊在政治上历来是很重要的，阿斯基亚·穆罕默德曾把这个地方作为行政首府，并在这里设置了一支军事卫成部队。因此，对于后来象潮水般涌来的颇耳移民来说，这是一个具有极大吸引力的地方。穆罕默德·迪奥博重新又暂时地提高了他自己的威望。

由于萨伊地处尼日尔河畔，正是古尔芒切人地区的出口，因此，在十九世纪时，这个城市在经济方面也很重要；应该承认，这是一个重要的奴隶市场，从撒哈拉来的黑奴贩子在这里买进奴隶，带到阿拉伯市场上去出卖。当时萨伊的人口已达三万。

对于那些醉心于扩张的欧洲国家，萨伊处于这个还是很神秘的非洲大陆的中心，其地位也极为重要。1890 年 8 月 5 日，法英协定划定了一条萨伊—巴罗阿（在乍得湖上）线，作为尼

日尔和尼日利亚的国界线。这项协定的结果，使萨伊成为从尼
日尔河舍舟就岸往东部去，或从达荷美、苏丹来的一切考察队
必经之地。我们应当指出，探险家巴尔特曾两次经过萨伊，一
次在 1853 年 6 月，另一次在 1854 年 7 月，他的到来使这个城
市显得特别重要。他看到了处于索科托（或冈多）宗主权治下
的这个城市的情况，也看到了萨伊的首领阿布巴卡尔（即布巴
卡尔）为颇耳素丹的利益而治理这个城市的情况。

萨伊的阿米鲁，他个人的宗教和政治势力很大，影响深
远。穆罕默德·迪奥博是顿加（在尼亚美下游）的君主，地方
上的冲突，哪怕是很远的地方都要由他来仲裁：提拉贝里诸岛
上的库尔太人与桑海人长期不和，经过他的调解，他们才暂时
言归于好。在整个尼日尔河流域，他的声威大震。

穆罕默德·迪奥博的继承人虽然至少有一段时期继承了他
的道德上的威望，但萨伊的政治地位很快就一落千丈，甚至近
于崩溃。[1] 阿赫马杜·歇库，由于他实行结盟政策，一度又重
新得势。但当时最有声望的却是乌罗盖拉迪奥的首领。

关于十九世纪末尼日尔河右岸的颇耳人，蒙泰伊的记录是
极有教益的。蒙泰伊是这样记述的：他从多里和利普塔科出
发，于 1891 年 7 月 24 日到达西尔巴河畔的卡库，从塞巴开
始，他经过了一些"桑海族（或称卡多族人）所居住的村庄，

---

[1] 古罗在他的著作《津德尔-乍得》(Zinder-Tchad) 中，曾叙述他于 1900 年某一个
平常的日子所看到的萨伊，他说："萨伊是一个没有资源的村庄，居民都是马拉布特，
他们既不从事渔猎，也不从事耕种；他们靠一些好象很微薄的布施过活。"在 1902 年，
萨伊的人口不过三百人。

那里的居民性情温和，他们不得不忍受着富尔贝人的压迫；因为他们认为服从强者的法律是不应有怨言的。"8月5日，蒙泰伊到达纳莫果，当时是托罗迪的首府；他未能得到托罗迪国王的大力协助，他认为这就是他无能为力的表现："托罗迪确是尼日尔河右岸整个富尔贝人地区中最弱的一个。"

从利普塔科直到萨伊，"真正的首领是乌罗盖拉迪奥的国王易卜拉欣·盖拉迪奥。"他的父亲穆罕默德·盖拉迪奥学颇耳族盖拉迪奥人的样，是从遥远的库纳里或马西纳移居来的，原来他曾经和图库列尔人作战，结果战败，不得不离开自己的故乡。萨伊的阿米鲁劝他改信伊斯兰教，并分给他一块圈入托罗迪地区的小领地，他就把该地也命名为库纳里。1854年，哈吉·奥马尔请他返回马西纳，他重新动身，不幸中途死于多里。他的几个留在萨伊的孩子建立了乌罗盖拉迪奥村。穆罕默德曾经接待过巴尔特；而他的儿子易卜拉欣接待过蒙泰伊，表现得非常友好。在1896年，易卜拉欣也同样为乌尔斯特考察队的行程提供了方便。

易卜拉欣·盖拉迪奥和塞古，以及和素丹阿赫马杜·歇库，都已经建立了直接的联系；阿赫马杜·歇库曾谴责他对蒙泰伊不应当如此友好，易卜拉欣宽宏大量，且有独立自主的精神，对这个谴责毫不在意。后来阿赫马杜·歇库出逃的时候，路过托罗迪，易卜拉欣还是予以接待，表示支持他，但并没有完全参与进去。

另外，在苏丹地区的游击队中有一个重要人物，曾和托罗迪有联系，此人名叫马马杜·拉米内，他在1880年间，从乌罗盖拉迪奥到塞古去找阿马杜·歇库，1885年才和他分手。1886年他便对法国人宣战。

蒙泰伊在8月12日和易卜拉欣·盖拉迪奥签订了一项法国保护权的条约之后，于18日离开乌罗盖拉迪奥。8月19日至28日，他在萨伊逗留时，在那里也签订了一项内容相同的条约。

在尼日尔河左岸，另一个颇耳部族在达洛耳博索扎了根，杂居在各个杰尔马人居住区中间。这些人是穆罕默德·迪奥博的同伴，从马西纳跟他一起来的。布巴卡尔·卢杜基是首先率领他的家族于1800年左右来到达洛耳的草原上的。他的儿子丹博建立了坦卡拉村（在比尔尼高雷西南五公里）。

丹博被奥斯曼·丹·福迪奥的历次胜利冲昏了头脑，便在杰尔马群集之间施展阴谋，成功地挑拨顿加人反对基奥塔和多索。尼日尔河畔的颇耳人和杰尔马人联合起来，约在1830年，向邻近多索的古德耳进攻，但是被杰尔马王曼古耶击溃了。

坦卡拉的颇耳人于是去向冈多素丹马哈芒求援。马哈芒很热心地干涉此事，因为冈多的西部这时正被克比和马乌里的抵抗运动所阻塞，而这个纠纷恰好为冈多的帝国主义政策服务。受到威胁的国家——克比、阿雷瓦、登迪、多索——立即结成联盟。颇耳人和塔加扎尔、伊马南的图阿雷格人，也订立了联盟。杰尔马王拉乌佐在1831年左右想进行调解，但他派遣的使者被坦卡拉首领西迪库（丹博的儿子）杀害了。

索科托的埃米尔，穆罕默德·贝洛（奥斯曼·丹·福迪奥的儿子），经过阿雷瓦，直至达洛耳（邻近基奥塔）；顿加的杰尔马人就壮了胆，向许多怀有敌意的村庄袭击和劫掠，起初在上达洛耳一带（崩库库），后来蔓延到从卡尔马至萨科伊雷一带的尼日尔河流域。他们也来帮助攻打多索，但没有成功。一伙托罗迪人劫掠了库雷附近的提乌达瓦村。一支冈多的讨伐军向南去攻打古尔芒切人和博图（在萨伊之东），在经过萨伊地区时，没有遇到抵抗。

另一方面，一部分由布卡尔统率的杰尔马人击败了坦卡拉的颇耳人，取得了暂时的胜利：库雷人洗劫了尼亚美附近的塞贝里。尽管有这些情况，杰尔马人的处境还是十分困难；杰尔马王拉乌佐已经去世，继位者是古纳比，以后的继位者是通布基雷的阿米鲁，这是索科托强制任命的。在坦卡拉，阿卜杜勒·哈桑完全受冈多的控制。巴尔特给他以总督的头衔，也象授予萨伊的首领以总督头衔一样。这种局面维持了差不多二十年（1830—1849 年）。

这时，颇耳人在登迪建立起自己的核心组织（从 1810—1850 年），统治着福格哈河流域。马乌里人向他们靠拢，就臣服于索科托，但不纳贡。在坦卡拉，颇耳首领阿卜杜勒·哈桑是以冈多埃米尔的名义统治的（1850 年）。甚至连法卡腊高原及其库雷地区，也不得不改变态度，投靠颇耳人。

多索的一个杰尔马支队，在著名人士达乌特的煽动下，起来造反了，对颇耳人重新发动战争（1850 年）。达乌特击退了颇耳人对索科尔贝的两次进攻，但随即向克比退却；被这次抗战所鼓励，克比和登迪两地也起而反抗。克比人终于摆脱了冈多的束缚，1856 年，达乌特由于深信联盟的力量，立即发动一次进攻。

他最初击败了福格哈的颇耳人，从此福格哈便归克比管辖。此后他就直接向坦卡拉进军，把它占领下来；阿卜杜勒·哈桑退到库雷，但随即反攻，夺回了坦卡拉。由于得到克比的埃米尔马伊纳萨腊的援助，达乌特夺回了坦卡拉，并毁掉了这城市，把颇耳人赶向顿加。颇耳人向多索的几次反扑也都被击退。

阿卜杜勒·哈桑死于科洛，他的弟弟利芒继位，率领颇耳人转移到奔巴附近的比廷；他的儿子巴耶罗又继续战斗了好几年，于1866年才放弃战斗，撤退到亚加。和平虽然得以恢复，但这是建筑在断垣残壁上的和平。这是称之为"托加"的和平——托加是克比国王的名字，因为杰尔马各族虽然被战争搞得分崩离析，但终于重新获得独立，而成为克比的藩属。

对颇耳人的战争一结束，一个杰尔马民族的国家就诞生了。它并不是一个有组织的国家，而是分散在尼日尔河和达洛耳博索河之间的许多小块居住区的一种联邦；战争的需要使这些组织越战越强，从某种意义上来讲，具有一定的统一形式。

对这种团结的考验表现在随之而来的几次冲突事件中，一个杰尔马人的作战首领，伊萨·科隆贝，因此得以组成一支强大的杰尔马军事力量，维持了相当时候。伊萨·科隆贝原来是卡尔马（博博耶的一个村庄）的首领。他和菲林格的苏迪埃人一起攻打伊马南之后，转而进攻塔加扎尔，一路劫掠了乌因迪

滕和桑迪雷。应达戈尔人的请求，他转战于尼日尔河畔，摧毁
了拉莫尔德，占领科洛，掳获了三百名战俘。此后，他在博博
耶境内建立了科伊果洛村，便定居在那里。伊萨·科隆贝和多
索的国王阿耳法·阿塔结盟以后，又向奔巴的颇耳人进攻，但
这次却是一败涂地，他自己和好几千杰尔马人都牺牲了。敌
方为以阿里·博里为首的图库列尔人和达洛耳博索地方的颇耳
人，这些颇耳人是由他们的新首领巴耶鲁统率的。巴耶鲁是
在 1895 年跟着阿赫马杜·歇库从亚加来到的，他在战斗中非
常积极地支持阿赫马杜，争取移居于尼日尔河畔。他始终跟随
着阿赫马杜，直到 1897 年阿赫马杜离去，他才定居于桑迪雷。
1900 年，法国驻多索卫成区的长官授权他重新统一达洛耳区，
他把那里的颇耳人重新组织起来，以他新建的村庄比尔尼高雷
为中心，使之成为一个统一体。

颇耳人在特腊定居

在古尔马河沿岸的桑海族诸邦，由于颇耳人的两次入侵而
很不安定。第一次是从多里的利普塔科来的西朗凯人，他们在
1839 年左右攻打了特腊和科科罗。

桑海人求救于左岸的图阿雷格人；西朗凯人第一次败退到
托罗迪，他们联合了当地的颇耳人和库尔太人，但即使如此，
他们还是在两次交战中败北：一次在比廷科贝，另一次在迪安
巴拉基。

在一支强大的杰尔马兵力的支援下，西朗凯人企图攻占果
太耶。桑海联盟及其图阿雷格盟军把西朗凯人逼退到果太耶的

对面，驱逐到杰尔马冈达，最后把他们击溃于达雷果鲁（1844年）。西朗凯人向萨伊败退，但图阿雷格人跟踪追击，在他们的首领西纳法耳的统率下，一直进军到萨伊城下。

西朗凯人有了警惕之后，颇耳人的扩张便改变原定计划，由莫西人带头向前推进。莫西人成功地占领了一小块地方，就在那里住了下来。他们是从莫西来的，原先企图定居于利普塔科境内，但被赶出，于是他们继续东进，撞到我们尼日尔的大门台阶——特腊来了。

大约在 1820 年间，在布布的领导下，莫西人在特腊的南边建立了迪亚古鲁村。在这个情况下，特腊的首领们都感到特别不舒服。从此，图阿雷格人在边境上开始出现了。大约在 1825 年，果鲁奥耳的首领阿尔库苏，已经和来自安松戈的古尔马地区的图阿雷格人结盟，允许两个图阿雷格部落迁居进来，一个是滕盖雷盖代希人的一个分支，一个是洛果马滕人。特腊的首领阿马，原先为了要摆脱颇耳族的西朗凯人的侵扰，要求这两个图阿雷格部落给以支援，他们果然支援了桑海人，但是他们来了之后却不回去，从此便给原先的居民强加了一个具有侵略性的邻舍。

至于那些颇耳族的莫西人，他们造成的后果更坏。他们在迪亚古鲁保持了一个动乱的策源地，使利普塔科的阿米鲁非常头痛，希望他们离开他的边境。虽然特腊和迪亚古鲁有联盟，也和图阿雷格人结了盟，但其战略地位还是很不利的。利普塔科的两次出征，接连地失败了（1860 年左右），但后来迪亚古鲁的首领阿卜杜拉耶，由于这两次胜利而获得人们的信任，因而加强了他的实力，他就举兵反攻多里，但结果是徒劳无功。于是根据他的主张，同特腊的桑海族人和滕盖雷盖代希人合作，三个盟友一起投入对利普塔科的战斗，但他们都被打垮了。利普塔科的阿米鲁追击莫西人，占领了迪亚古鲁，在那里进行大屠杀，把迪亚古鲁烧光了。特腊被俘去二千人。

迪亚古鲁的颇耳卫队残余逃往特腊，特腊首领加贝林加收容了他们；他们立即重整旗鼓。莫西人暗杀了加贝林加的侄子西迪，在特腊作出反应以前，他们都逃跑了。但是，由于得到达戈尔首领——一个善于耍政治手腕的两面派人物——的庇护，他们又返回了。这是因为，就在那时候，恢复了战斗力的图阿雷格人，得到达戈尔保持中立的保证以后，便公开地进攻特腊和果鲁奥耳的桑海人。

在这样错综复杂的情况中，特腊战败了，加贝林加出走，颇耳人重新定居于迪亚古鲁。随后，加贝林加看到特腊有被消灭的危险，就请求班迪亚加腊的富汤凯人给予帮助，他们便赶来摧毁了迪亚古鲁（1878 年）。但在这期间，加贝林加被暗杀了（1885 年）。图阿雷格人加强了统治，对桑海族的村社进行威胁。由于他们的衰弱，莫西人得以乘机重建迪亚古鲁，这是在 1890 年间。从此以后，他们的首领阿卜杜拉耶，和他手下的一帮冒险分子和狂热者，继续对他们的邻居桑海人恣意蹂躏，直至法国人到来。

从 1860 年到 1890 年间发生的那些大事，我们不可能按照次序编出一份年表。在叙述图阿雷格人的扩张时，我们将会简单地予以介绍。

图阿雷格人向南方——尼日尔河流域——扩张

分布在尼日尔西部的一切图阿雷格部落或分支，都是乌利明登人的后裔，这是一个很大的部族联盟，他们占有从尼日尔河河套到塔梅斯纳一带的属于马里和尼日尔的萨赫勒地区。他们的发祥地是在伊福腊斯高原的阿德达尔，大约 1650 年间，阿梅诺卡耳·阿拉德的继位，引起了一次分裂。有一群塔特梅凯特人移居于廷巴克图。另外一群人，即乌利明登人向尼日尔河流域扩张迁徙，在十七世纪末，发展到昂祖鲁和杰尔马冈达。

他们在渗入尼日尔河沿岸时，不能获得一整块土地，只能在河边来回迁徙。有一个部族，腊塔法内人①，在那里夺取了领导权，并推进到达洛耳。这个部族的一个分支，苏克人，在达洛耳创建了塔加扎尔，另外还有一些人，主要是从东部来的利萨瓦内人，在那里创建了伊马南。

1770 年，图阿雷格人夺取了加奥（又在 1787 年夺取了廷巴克图），有一些群集早已从安松戈推进到提拉贝里。在那里，图阿雷格人碰到了正在和库尔太人进行战争而被库尔太人击败了的桑海人。桑海人把图阿雷格人看成可能是自己的同盟者，并请求当时由达乌特率领的腊塔法内人给以帮助。桑海人终于击败了库尔太人（1760 年），但他们的盟军腊塔法内人不但不撤

---

① 腊塔法内是一个古老的部族，源出于阿拉伯人，但已为图阿雷格人所同化。

退，反而把桑海人和库尔太人都置于他们的残酷统治之下。最后达乌特还是遭到暗杀，他们的部落便发生分裂。乌利明登人的阿梅诺卡耳（卡瓦），当时统治着加奥，就利用这个机会，把这些部族置于他的统治权之下（1805 年）。那些腊塔法内人依旧住在提拉贝里附近的河谷，但归顺了阿梅诺卡耳。图阿雷格人虽然占领了尼日尔河左岸，但离本土太远了，无法行使其宗主权。

在尼日尔河右岸，人数不多的一群群图阿雷格人在果鲁奥耳北部过着游牧生活。十九世纪初期，他们和科耳芒的首领阿尔库苏结过盟。以后，他们被洛果马滕和滕盖雷盖代希这两个部落归并了，这两个部落就是当安松戈遭到严重的灾难时流亡到南方来的。

洛果马滕人（自由民的部落）和滕盖雷盖代希人的一个分支结合起来了，因为双方的首领颇为友好。洛果马滕人自愿接受滕盖雷盖代希人的首领阿苏阿的指挥，于是滕盖雷盖代希人的首领要领导两个群集的人，从此就长期承袭下去。但是在1825 年，阿苏阿受到乌利明登人的阿梅诺卡耳的袭击，洛果马滕人和滕盖雷盖代希人都被驱逐到古尔马河沿岸，后来他们经过千辛万苦才到达果鲁奥耳。

这时战争频繁，桑海人和颇耳人打仗，果鲁奥耳和利普塔科互争，特腊和西朗凯人交锋。桑海人向图阿雷格人求援，于是图阿雷格人乘机劫掠致富，并且，由于他们是战胜颇耳人的"决定性因素"，进而以扶植一个王国对抗另一个王国的办法，不顾地方上的反对，强行建立自己的统治权。

滕盖雷盖代希人和洛果马滕人，在率领他们从安松戈迁来的首领阿苏阿死后，推举阿苏阿的儿子旺宰杜为首领，接着是西纳法耳、埃卢（或称凯拉乌），最后一位是布卡尔·旺宰杜，他的在位期是从1885年至1916年。

乌利明登人让他们的同族人安静了若干年，但在1844年左右，他们的部族首领因萨尔又向获得特腊的桑海人支持的埃卢进攻。在桑海国王田达守卫的特腊城下，因萨尔受到两次挫败。后来，田达的继承者加贝林加却转而反对埃卢，而其他各邦——果鲁奥耳、科科罗、达戈尔——却联合乌利明登人以对抗特腊。这就是所谓福内科战役。福内科是图阿雷格人和加贝林加取得决定性胜利的地方。接着，加贝林加号召班迪亚加腊的富汤凯人，在特腊大肆屠杀，甚至杀了埃卢的支持者。他又进击迪亚古鲁，并洗劫一空（约1878年），以后还继续不断地攻打图阿雷格人，直至1885年。这一年，布卡尔·旺宰杜派人暗杀了加贝林加。特腊这个完全成为废墟的城市，仍归图阿雷格人所有。

每次战斗都少不了科科罗。最初他是站在图阿雷格人一边，后来转而攻打图阿雷格人，因此经常受到邻邦的抢劫，结果是被蹂躏得不成样子。这个城市曾经有一个时期为几位合法后裔的女王所统治。请求并带领法国人到班迪亚加腊去进行武装干涉的阿里·杜阿苏，就是一位女王的侄儿。

达戈尔一向在小心谨慎的首领的统治之下，其最后一位首领是乌马鲁·巴尼，他很快就退出战争而且和图阿雷格人讲和，这样这个城市才免于遭劫。

远在北方的果鲁奥耳则已经成为附庸国了。

　　几个图阿雷格人的小部落——古腊朗、西尔菲贝、米西金德尔、阿拉萨坦，已与滕盖雷盖代希人合并了，事实上他们已经和洛果马滕混在一起。

　　最后还有一个小部落，住在尼日尔河两岸的塔哈巴纳滕人，虽然没有特别的影响，也值得提一下。

达洛耳地区的图阿雷格人，苏迪埃人

　　在达洛耳博索境内，图阿雷格部族的渗入，使两个具有特色的村社建成了，那就是：塔加扎尔和伊马南。图阿雷格人的到来，是紧跟在苏迪埃人之后；苏迪埃人来到达洛耳博索流域北部，已经把原来住在那里的卡累人和杰尔马劫后余生的移民，赶向南方。

　　继苏迪埃人之后，突然来了图阿雷格人的威胁；达洛耳的那些杰尔马族或果贝族的领地并没有对他们的袭击进行抵抗（伊马南，是杰尔马语，意为"让他们过去"），而自行退向南方，同时苏迪埃人也退到库尔费。

　　伊马南：在十九世纪初，从 1800 年至 1815 年，有些小批的图阿雷格人来到达洛耳，其中有的是为了躲避阿德尔地方的混乱而来的。

　　最早来到的是图阿雷格族的纳恩族人，他们是伊马杰伦，跟随一位名叫阿基利（或称阿尔纳基）的首领，从巴加雷（塔瓦）迁移来的。随同迁来的还有以哈塔为首的伊歇里芬人，他们是苏克人的马拉布特，但他们继续推进到塔加扎尔。

　　苏克人的另一个家族，由福卡腊率领，来得较迟。这个家

族发生了分裂，一部分继续向梅纳卡发展，但和伊马南保持着关系。这就是阿济姆–济姆马拉布特的势力（二十世纪）之由来。

另外几个有亲戚关系的群集，也来到了伊马南，其中有伊米兹基基人，这是阿马特–图基埃斯管辖的利萨瓦内人的一个分支；还有一些与其他群集不相往来的伊马雷人。他们很快地杂居在一块狭小的土地上，形成了一个统一体。

这些图阿雷格人，已和北面的苏迪埃人以及通迪冈迪亚的杰尔马人，在敌对和掠夺的气氛中相处，何况他们来到这里，正好取代了往西出征，特别是去攻打梅纳卡的格雷，因此这种气氛更加浓厚了。伊马南也参加了这些劫掠行动，不时带着大批战利品归来；在 1880 年，就有过一次与梅纳卡联合的大规模出征，获得很多牲畜。

于是阿基利占有了这个地方，原先住在这里的果贝人，后来都被通迪冈迪亚的杰尔马人（后来被赶走了）和溯河而上迁往菲林格去的苏迪埃人同化了。

阿基利死于 1830 年左右，他的孙子阿尔胡塞尼继立为王。在他统治期间，曾和苏迪埃人有过一次冲突，苏迪埃人被击败。在同一时期，从梅纳卡又新来了一个家族：特博南特人，他们的首领是阿耳巴代里，他和阿尔胡塞尼结了盟。

阿尔胡塞尼死于 1855 年，继位的是他的堂兄弟马哈芒。这时，在和颇耳人作战中，伊马南已遭到达乌特及其率领的多索的杰尔马人的进攻，但达乌特被击退了。约在 1870 年间，伊马南遭到一次格雷斯族人的洗劫，损失惨重，于是马哈芒把领导权让给阿耳巴代里的孙子巴基姆。这位新首领扭转了形势，他的功绩辉煌：他迫使杰尔马人和苏迪埃人向他纳贡。他死于1888年，把他的酋长国传给儿子阿纳尔（1888—1890年），后来又传给埃菲拉（1890—1896年）。

埃菲拉统治时期，和来犯的科伊果洛首领伊萨·科隆贝打过一仗并把他击退了；另外还打垮了前来袭击的一伙马乌里匪徒。埃菲拉死于1896年，他的继承人马祖在1900年11月和法国人有了接触。

塔加扎尔（此字源于塔马歇克语"塔尔哈宰尔"，意思是小沼）：在十八世纪，大约1720年左右，有一个由伊马雷人和若干出身于苏克（马拉布特）阶层的家族所组成的群集，可能是从巴加雷地区来的（靠近塔瓦）。他们在通迪冈迪亚以南的达洛耳博索地区住了下来。据他们回忆，他们曾取道昂祖鲁，无疑地这是绕道而来的。他们的首领是穆罕默德·卡索，据说他是被这块沼泽地所吸引，独自骑着骆驼来到的，当时这里居住着一些稍有组织的杰尔马人和一些颇耳人。在十九世纪初，和移民到伊马南的同时，另外还有两个图阿雷格群集推进到塔加扎尔，会合并服从于先来者：一个是伊莫夏尔部落的纳恩人，另一个是伊歇里芬人。他们在桑迪雷附近建立了第一个居民区。以后，他们的首领哈塔定居于塔布拉，所以他的外号就叫作阿里森·塔布拉，意思是塔布拉人。这些图阿雷格人初来的时候，表现得好象是一些不侵犯人的马拉布特，但是他们结成一伙，逐渐发家致富，并以武力威胁邻居杰尔马人。我们已经在上文讲到过，塔加扎尔怎样不断地干预博博耶对颇耳人的战争。图阿雷格人和杰尔马人之间的战斗，直到法国人占领这地方才停止。

图阿雷格人的每一个主要村庄里，住着一个原始移民的家族，在他们的周围住着贝拉赫。他们就这样形成了联合村庄；它只是在名义上臣属于阿里森·塔布拉后裔的首领。但在发生战争时，他们也会团结一致。

阿里森死于塔布拉，他的继承人顺序是：他的儿子哈尔梅特、他的弟弟阿卜德·拉赫曼，以后都是阿卜德·拉赫曼的后裔：达尔古、安马、阿塔和米扎（1901年）。

住在东部的图阿雷格族的另一支派——特博南特人（迪尼克人），为了回避阿德尔群集，最后迁移到塔德腊克（近菲林格）。住在吉达姆巴多的利萨瓦内族人的支派，同样为了安全起见，也来到那里，后来便并吞了特博南特人。这些图阿雷格人就一直住在库尔费境内过着游牧生活。

这些不同的群集的成员，绝大部分是贝拉赫，他们是跟随着一些掌权的伊马杰伦或马拉布特家族而来的，路过定居居民地区时，他们就和黑种人广泛地通婚，今天，那里的白种图阿雷格人人数不多了。另一方面，在长期定居务农以后，他们抛弃了原先的游牧生活。

库尔费：在叙述了塔加扎尔和伊马南之后，因为地理上的关系，我们在这里还得讲一讲库尔费（或苏迪埃），虽然它和图阿雷格人已没有关系。

上达洛耳地区，以前是果贝人居住的地方，他们是果贝尔人和最早来到的桑海族人的混血儿。杰尔马人移居到这里，最早来的可能是卡累家族。

　　在十八世纪末，有些豪萨族血统的群集，苏迪埃人（豪萨语称为"库尔费亚瓦"，或库尔费人），他们从塔瓦北面的村庄陆续迁徙出来；他们是为了避免危险和躲开图阿雷格人的骚扰，也许由于那里的水土不好，因为他们的祖先住在那里的时候，灌溉情况似乎好得多。如今，塔瓦北面的村庄已经不见了，它们的名称是：阿内斯卡累（那里有一个考古发掘区）、达马约、迪格迪加和巴加雷，都在阿藻瓦克的边缘。在塔瓦曾有过一个库尔费人居住区，在莫格尔也有过一个。在西面，他们找到了一个可以回忆起往事的地区——塔德腊克，于是他们就在那里定居下来，这个地区就是现在的库尔费。因阿德尔骚乱而引起的移民运动延续到十九世纪初。苏迪埃人把卡累人赶到南边去后，在陡峭的悬崖脚下建造起自己的村庄。

　　一部分卡累人和果贝人事实上仍住在那里，但是被苏迪埃人同化了。苏迪埃人还散居在一些已有人居住的村庄：歇特、希卡耳、卢马、图杜。这些村庄都是为了自卫而建立的，它们没有政治组织，都是毫不相关的独立村子。

　　然而在大难临头时，自会有一个作战首领站出来抗敌。因此法国人可以在菲林格找到一个象马亚基那样的可靠的盟友。

颇耳战争

阿赫马杜·歇库和阿里·博里

　　我们按照年代次序和地理因素在这里安排了这一章，但在这里所讲的颇耳战争已不再是奥斯曼·丹·福迪奥发动的战争了，那个时期早已结束了。现在讲的是关于来自马里的苏丹地区的图库列尔人的一次入侵，但这种插曲式的事件只是偶然发生的。从卡尔马到萨伊这一个地区曾为图库列尔人统治过一个时候。哈吉·奥马尔的儿子阿赫马杜·歇库，被法国人从塞古、尼奥罗、马西纳等地赶走，逃往杜昂特扎，最后带着他的残余部队逃到多里。因为企图毒害多里的首领，又被驱逐出境，这时他已被一部分妻女所抛弃，就一村又一村地往东走。走到托罗迪时，颇耳人起先不准他过境，他好容易到达尼日尔河边（1895年），占领了一个桑海人的村庄拉尔巴（拉尔巴-比诺）；此后他又和特腊境内的洛果马滕人发生冲突；洛果马滕人的首领布卡尔·旺宰杜将他打得惨败，掳去了他的部下三百人 [①]，并把他赶出拉尔巴。

　　萨伊的首领，由于是亲族而在宗教上又有联系，所以成了阿赫马杜的支持者，因此插手干预其事；他说服托罗迪的阿米鲁和易卜拉欣·盖拉迪奥，去接待阿赫马杜·歇库并让他渡过尼日尔河，定居于顿加的杰尔马人境内，这些杰尔马人是颇耳人在坦卡拉和多索作战时的老盟友。在那里，阿赫马杜又有了行动自由，于是夺取了卡尔马，他的势力威胁着尼日尔河畔的杰尔马人。在1896年，他的势力已遍及整个尼日尔河左岸，从辛德尔到基尔塔席，还和右岸的萨伊及托罗迪保持联

---

　　① 图阿雷格人并不杀害这些战败者，而是把他们作为战犯拘禁着。在反对图泰考察队的辛德尔事件之后，萨伊的首领阿马杜·萨图鲁使阿赫马杜·歇库和布卡尔·旺宰杜言归于好。

盟关系 ①。

　　在多里，阿赫马杜碰到了坦卡拉的前首领巴耶罗，他是在1860年出走的。巴耶罗跟随阿赫马杜到尼日尔河畔，希望有一天能够清算他同杰尔马人和多索结下的宿仇。

　　阿赫马杜·歇库从塞古迁徙到尼日尔河，一路上，都受到法国人的顽强对手迪亚耶阿里·布里（或称阿里·博里）的监视。此人曾做过沃洛夫王，他在1871年至1890年间统治着卓洛夫王国（在塞内加尔境内）。尽管他的邻国当时都已投诚法国人，但他还是继续坚持抵抗。他的首府扬扬，于1890年5月被多德上校占领了；阿里·博里逃到毛里塔尼亚，后来在苏丹地区和阿赫马杜·歇库会合。这时阿赫马杜·歇库和南方的登迪，特别是和卡里马马，也已建立了联系。

　　阿赫马杜曾经企图说服他的邻邦阻止乌尔斯特考察队过境，但他遭到了图阿雷格族洛果马滕人的首领布卡尔·旺宰杜的拒绝；布卡尔是服从乌利明登族的阿梅诺卡耳马迪杜的命令的，而乌尔斯特是受马迪杜保护的。在优素福·奥斯曼领导下的库尔太人也保持沉默。先前，阿赫马杜·歇库到来的时候，优素福曾给予支持，供应他许多独木舟帮助他渡过尼日尔河，从杰尔马人手中夺得卡尔马和顿加。但是他对阿赫马杜在地方上制造混乱，感到非常不安，库尔太人已经准备把图库列尔人赶走了。因为，在尼日尔河畔的居民看来，阿赫马杜·歇库只

---

　　①　甚至和远在北方即在马里境内的安松戈与加奥（尼日尔河右岸）的加贝罗的颇耳人也有联系。

不过是一个贩卖奴隶的商人，事实上和他手下的那一伙人没什么两样。

在洗劫了 W 区之后，阿赫马杜转过来进攻多索。科伊果洛的首领伊萨·科隆贝——一位英勇的战士——便向阿赫马杜的盟邦即登迪境内的法卡腊和卡里马马发动进攻。但是这支杰尔马军队在奔巴（在尼日尔河与达洛耳博索河汇合处）战役中被阿里·博里属下的图库列尔人打得惨败，因为图库列尔人得到了巴耶罗的颇耳人的支援。杰尔马军队是由多索的杰尔马王阿耳法·阿塔指挥的，他带领部队退却，伊萨·科隆贝终于阵亡（1896 年）。

阿耳法·阿塔就在这个时期死去，他的继承人杰尔马王阿提库改组了他的军队。在多索和提昂加里受到攻击时（1897 年），他击退了图库列尔军队。他的这次自卫战打得如此出色，使阿赫马杜毫无疑义地认识到自己已无法取胜，只得离开这里继续前往索科托。

阿里·博里则在另一方面展开独立行动。在 1895 年，由于卡里马马的颇耳人向他求援，他蹂躏了登迪境内沿尼日尔河岸的许多村庄 ①。但在 1897 年，他和阿赫马杜联合了，因此只得一起出走。

他们无法通过多索的杰尔马人区域，也无法通过阿雷瓦，只好溯流而上，来到达洛耳博索，随同而来的人已大为减少，但还是一支劲旅。在伊马南境内的崩库库，他们中了埋伏，许

---

① 这地方还保持着历史的遗迹，有些村庄从此以后无人居住。

多人被杀①。于是他们便转战于许多村庄，如卢古、吞法利斯、希卡耳，才杀出一条路来，穿过了库尔费；苏迪埃人特别忘不了阿里·博里和他的暴行。

这一支军队的残余，经过马汤卡利北部，终于抵达索科托。有些掉队的人至今还留在原来地区，以劫掠为生。1899年10月，帕利埃中尉把武累考察队的部分人员带回来时，遇到阿赫马杜属下的一帮图科洛人，他们之间发生了冲突。

---

① 木苏耳米的塞尔基把赞法腊省交给阿赫马杜；后者于 1898 年死在那里。他正是在 1833 年生于索科托的。迪亚耶的阿里·博里死于流亡途中，情况不明。

第五章　博尔努的宗主权

博尔努帝国

尼日尔的历史直接受到博尔努[①]的深刻影响。在现今尼日尔各省中定居着的许多家族都曾途经博尔努，虽然在他们的传说中并不认为这是他们的发源地。而且，不单是芒加，即使是豪萨族人所居住的全部地区，直到马乌里人居住的省份，都早已是博尔努素丹的属国了。因此，有必要给博尔努帝国作一个年表。

博尔努历代素丹的世系表是难以恢复了，因为在十九世纪前半期，卡内明王朝取代了卡努里王朝后，曾设法把有关前代素丹的记录全部毁掉。1854年，探险家巴尔特曾编了一份六十九位素丹的世系表；1905年，蒂尔奥加以增订，作为定本。此表包括从784年到1810年的六十七位素丹和从1810年

[①]　博尔努（Bornou）的词源是两个卡努里词的结合：一是"博鲁姆"（Bouroum），意为海，或水域；另一个是"努伊"（noui），意为消失。大概古时曾经有一内海，今天的乍得湖就是它的遗迹，水退成陆地的地区便被称为"博尔努伊"（Bournoui），简化为博尔努。

到 1900 年的十一位素丹。

他们的发源地应当是卡内姆。他们的王朝创建者是一个传奇式的人物图巴·拉乌埃耳。巴尔特和纳赫蒂加尔则认为是萨伊人创建王朝的，但从木尼奥到卡内姆各地的民间传说中，提得更多的还是图巴这个名字。

据民间传说，图巴·拉乌埃耳会见过穆罕默德，改信了伊斯兰教。在第六代哈里发统治期间，这个穆斯林帝国由图巴·拉乌埃耳的两位继承人分治：一位统治着北方（伊斯坦布尔），另一位名叫塞布的统治着苏丹。塞布的后裔来到卡内姆，在那里建立了一个很大的帝国，其领土包括乍得湖的西部、博尔努以及尼日尔的芒加。其中有一位名叫杜纳马·迪巴拉米（1221—1259 年）的国王，曾经使卡内姆出现过一个极盛时期，但他接着就受到布拉拉人毫不留情的进攻，整个帝国很快就在混乱中崩溃。大约在十四世纪末，一位名叫奥马尔的亲王，因为被历次战争弄得疲惫不堪，就放弃了卡内姆而来到博尔努。

但这个王朝处境仍然不佳，直到阿里·本·杜纳马（又名马伊·阿里）国王治下（1472—1505 年），国家才振兴，建设了一个新的首都——卡宰尔古莫，而且把博尔努的影响扩大到国外。他的儿子伊德里斯（1504—1526 年）重又占领了卡内姆，特别是把西部的一省，就是现在的恩吉格米，并入博尔努。

我们还得再提到阿里·本·杜纳马，即马伊·阿里，又称为阿里·加济（战士）。传说他本在博尔努求学，因父亲去世他才回到卡内姆。在乍得湖周围巡回一番之后，他最初定居于邻近乌伊迪（在恩吉格米西南二十公里）的加鲁梅累，在那里住了七年。利用索族人的劳力建造了一所城堡，其遗迹至今犹存；这是一座长约一百米的王宫，用窑砖砌成①，四周是一个面积为二十五公顷的城郭，其中还有一个居住着六、七千人口的村庄。在阿里·加济迁都到博尔努之后，加鲁梅累便被弃置，但至今还流传着许多关于它的可怕的传说。

阿里·加济曾从加鲁梅累出发，向处于特内雷沙漠中的法席发动过一次大规模的讨伐，以镇压经常劫掠骚扰乍得湖畔各村的图阿雷格人和图布人。

在十六世纪，这个帝国达到了极盛时期，这是素丹伊德里斯，又称阿洛马（1571—1603年）的功绩，他征服了索族人，向西扩张到达马加腊姆和卡诺；他打垮了艾尔的图阿雷格人，加强对图布地区的控制，以维持通向地中海的交通线。乍得湖东北的卡内姆地区，仍隶属于布拉拉人管辖，但湖西包括恩吉格米在内的地区则为博尔努的一个省。博尔努势力的扩张，开始于这一时期，它扩张到今天的尼日尔全境，直至桑海帝国。但在阿洛马之后的二百年间，博尔努一蹶不振。

约在1750年，博尔努帝国的素丹马伊·阿里曾去芒加镇压芒加的芒达腊人的反叛，但未能平定。他的儿子艾哈迈德，又名马伊·阿赫马杜（1791—1808年），曾不得不抵抗颇耳帝国的扩张。奥斯曼·丹·福迪奥曾派遣他的尉官果尼·莫克塔尔去进攻博尔努；他占领了博尔努的首都卡宰尔古莫。守城

---

① 这些窑砖是用淤泥粘砌的，非常耐久，它的遗址至今犹为壮观。但不幸的是，它们已被用来作为恩吉格米行政机关的"坚固的"建筑材料，甚至被用来铺路。加鲁梅累现在几乎已经夷为平地。

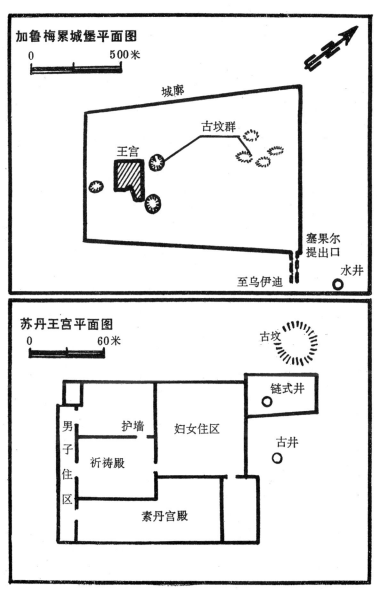

加鲁梅累城堡平面图

0　　　　　500米

城廓

古坟群

王宫

塞果尔
提出口

水井

至乌伊迪

苏丹王宫平面图

0　　　60米

古坟

链式井

男子住区

护墙

妇女住区

祈祷殿

古井

素丹宫殿

按原图复制

的是艾哈迈德的儿子马伊·杜纳马，战败出逃，向他的西部
属国，即恩古鲁和巴巴耶（这是索塞巴基人的王国，当时和达
马加腊姆没有隶属关系）求援。索塞巴基的国王索福·阿卜杜
拉耶立刻率师前来助战。援军到达之后，马伊·杜纳马便向
占据卡宰尔古莫的果尼·莫克塔尔发动反攻，取得了胜利；果
尼·莫克塔尔在博尔努的首都耽搁了四十天以后，终于在战斗
中阵亡（1806 年）。

　　这时期出现了一位新人物——拉米内谢赫，他是一位马拉
布特，杜纳马的顾问。

　　经过长期的阴谋活动，这位在杜纳马手下掌握实权的拉米
内谢赫，把政权传给他的子孙，创立了一个新的王朝，称为卡
内明王朝。他把被巴吉尔米人毁坏的库卡瓦重新修建起来，成
为博尔努的首都。

　　拉米内最初和穆罕默德·贝洛达成一项协议，穆罕默
德·贝洛是索科托的信士们的长官奥斯曼·丹·福迪奥的儿子。
根据这个协议，这一地区将分属于两个政权：木尼奥、达马加
腊姆和卡乌腊仍置于博尔努的宗主权之下，果贝尔和卡齐纳则
置于颇耳帝国的宗主权之下。不用说，这个协议只是一纸空文。

　　讨伐战争接连爆发，参战的有现今的这几个省份：木尼奥
和达马加腊姆，它们是博尔努的属国，因此向素丹提供增援部
队。恩古鲁的加拉迪马 [①] 希望取得独立，向他的邻邦达马加腊
姆和索塞巴基诸国求援；只有木尼奥的素丹科索同意给予支持，

---

　　① 加拉迪马（Galadima），系职称，但因时代、地区不同，其含义也有所不同。

但是拉米内谢赫亲自平定了这次分裂活动，科索竟然逃走了。

拉米内谢赫卒于 1835 年，他的儿子继承了他的王位，其称号是谢赫·奥马尔（1835—1853 年，1854—1881 年）。

在津德尔处于混乱时期，谢赫·奥马尔曾予以干预。1841年，他亲自到那里去稳定他的权威和霸权。他还指令恩古鲁的加拉迪马去恢复已经分裂为三个国家的索塞巴基国的秩序；马基亚一直没有首领，他便任命基布里尔·多多为首领。但津德尔素丹国还是很混乱，谢赫·奥马尔便派遣他的兄弟阿卜德·拉赫曼去加以整顿，使其继续忠于博尔努。在规劝津德尔的素丹易卜拉欣使之明白自己的责任之后，阿卜德·拉赫曼便返回库卡瓦。

合法的素丹们的一个后裔阿里，竭力想要夺回他的王位；谢赫·奥马尔和阿卜德·拉赫曼便向他进攻，决战于米纳尔盖（在科马杜古河畔，盖斯凯鲁之东二十公里）。阿里战死，他的部队溃不成军，从此以后，谢赫·奥马尔便在库卡瓦当政，无人与他相争。

津德尔的新任素丹太尼门，进攻木尼奥获胜之后，谢赫·奥马尔又到津德尔去出兵干涉。这时津德尔正处于向外扩张时期，所以博尔努不得不同意任命太尼门的继位者为木尼奥的首领，后来更同意把木尼奥并入达马加腊姆。

谢赫·奥马尔于 1853 年被他的兄弟阿卜德·拉赫曼篡位，但 1854 年又复位，统治到 1881 年。继位者是他的儿子伊里马·贝凯尔，此后，在 1884 年，贝凯尔的兄弟易卜拉欣继位。这是一个战争频繁的时期。

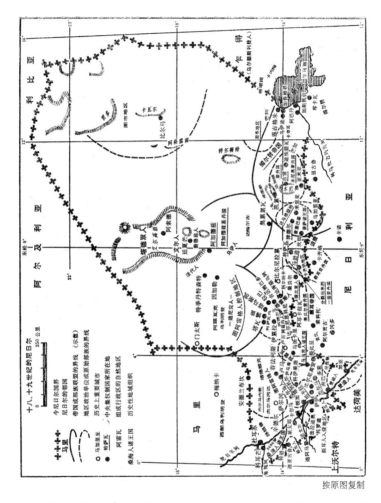

按原图复制

　　贝凯尔的另一个兄弟哈希米，于 1885 年继位，统治到
1890 年。他维持着国内的和平，直到腊巴赫的突然侵入。腊
巴赫是从巴吉尔米前来入侵博尔努的，他是一个冒险家，是加
扎勒河流域的匪首，以抢劫为生；1893 年，他在瓦代对克朗佩
尔考察队进行屠杀从而获得了优良的武器。他组织了一支人数

不多（三千人）但精锐善战的军队，在1893年向博尔努进军。素丹哈希米的军队被打垮了。腊巴赫进入库卡瓦后大肆掠夺和焚毁，并屠杀了三千人。他的一个将领在科马杜古河畔的仑布雷姆追上了哈希米，但这位素丹幸而逃脱。

腊巴赫以征服者身份统治了博尔努，他定居于迪科亚。他的将领各自割据一块土地，在那里烧、杀、抢，为所欲为，于是人民给腊巴赫起了个外号，叫做"该死的"。

逃亡出来的博尔努人发生了分裂，哈希米的侄儿基阿里谋杀了他的伯父，因为他对腊巴赫妥协了，博尔努人便拥立基阿里为首领（1893年）。这些流亡者在科马杜古河畔重新组织起来；腊巴赫便来进犯。基阿里迎战，但负伤被俘。腊巴赫把他和他的两个兄弟一起杀害了。

基阿里在执行君权时采取了这样一个行动，即在1893年承认津德尔的素丹阿马杜·丹·太尼门（即阿马杜·马伊·鲁姆基）。基阿里要求阿马杜和他联合起来反对腊巴赫，但不幸事变发生在他们联合之前。

流亡在外的博尔努人又拥立阿巴·桑达·利马南贝为素丹，但他也遭到腊巴赫部下一个将领的追击和杀害。至此，博尔努被征服的局面已经定了。

博尔努的西部藩属，即木尼奥和达马加腊姆，感到直接面临着威胁，腊巴赫已经计划就绪，准备出征达马加腊姆，但颇耳人的那些王国正在协商共同作战；腊巴赫获悉此事后，便放弃了他的计划。在1897年，他又派一个纵队去攻打津德尔，但这时法国已派遣一些考察队到乍得湖，法国人的挺进使腊巴赫开始惶恐不安，他便考虑采取自卫行动。

1897 年 10 月，腊巴赫蹂躏了巴吉尔米，1899 年初，他下令对贝阿克耳考察队进行屠杀；1899 年 7 月，布雷托内率领的法国分遣队被腊巴赫消灭殆尽。最后，让蒂尔统率的一个法国纵队向腊巴赫发起进攻，才迫使他退却。

此后，三个法国考察队——继武累-夏努安考察队之后从津德尔来的若阿朗-梅尼埃考察队，从阿尔及利亚来的富罗-拉密考察队和让蒂尔考察队——集中在库斯里。腊巴赫不能阻止他们的会师。法国人便向腊巴赫发动进攻，1899 年 4 月 22 日，博尔努军队被击溃，腊巴赫战死。

以后还有些小规模的战斗，一直延续到 1901 年，最后几股腊巴赫的部队，在法国人和当地居民的不断进攻之下，也终于投降。

西北部的几个王国，从芒加到达马加腊姆，直到那时还接受博尔努素丹的统治，在列入尼日尔共和国版图以前，就获得了完全独立。博尔努虽然始终没有能够完全降服它们，更没有加以并吞，但曾向它们灌输了那种团结起来结成一个利益和种族共同一致的深刻观念，只待它们以后应用这一观念，加入一个结构更为广泛的国家。

卡宰耳和芒加

从博尔努到芒加

在尼日尔，今天我们称之为芒加的地方，从前常常被称为芒加里，意思是芒加族人居住地。这地区一直延伸到乍得共和国境内，在乍得湖和卡内姆以北；所谓芒加本土，就是指这一大片土地。因而尼日尔境内的芒加，就算是西芒加。卡内姆是指乍得湖以东和东北部的一片地方，它有时也包括湖西沿岸地区。至于南部地区的博尔努是一个强盛的、富有侵略性的国家，它自然就使那些接近科马杜古河以北的地区，即现在的恩吉格米和迈内索罗阿等专区，获得自治和独立生活的一切可能性都被剥夺了。

正因为如此，从乍得湖到木尼奥，即后来尼日尔国的东南部，仅有一些很有限的史料，它或者与博尔努的历史相混淆，或者归结为莫伯尔人、卡努里人、布杜马人等各族居民内部的发展史等。这个地区包括一个小省，即卡宰耳，它的疆界是从科马杜古河到恩吉格米和塔耳沙丘，而在木尼奥（古雷）和乍得湖之间的芒加和卡宰耳接界。

恩吉格米和迈内索罗阿的居民是交错杂居的。纳赫蒂加尔叙述道："各种各样的混乱情况，使人很难辨别，这究竟是几世纪以来在部族居民中由于部落间的通婚，还是由于频繁的迁徙而造成。"

对这个地区的历史，我们只能叙述一下在博尔努统治之下的各族居民的起源和迁徙，并对博尔努的组织作一简单介绍。

卡努里人

卡努里这个词，源于卡内姆-里，即从卡内姆来的人。采用这个名称是相当晚的；在这些移民中，主要是图巴人，他们属于马古米（或马努米）大家族。这个家族征服了卡内姆，把布拉拉人赶走了。我们现在还可以在科马杜古河畔遇到一些和莫伯尔人通婚的马古米人。

卡努里人最初并不是一种具有显著特征的居民，据纳赫蒂加尔称：

> 卡努里人是一些混血种人，没有一个部落是用这个名称来命名的。正是由于许多不同种族成分及其历史命运的完全融合，才不知不觉地出现了一个名为卡努里的民族。这个民族虽然和纯种部落有血统关系，但在它们面前这个民族的地位仍旧和它们不同。

由此可知，卡努里人的形成实际上是一些异族征服者——图巴人、马古米人和卡内姆、博尔努各部落通婚的结果。

卡内姆人

卡内姆布，意即卡内姆人，这是卡努里族的一个家族，自称在十四世纪来自东方的也门。但更为确切的说法是：他们是被图巴人从卡内姆驱逐出来的布拉拉人。他们的族长洛托伊·阿布卢米，曾随同阿里·加济一起沿着乍得湖流亡出走，从卡内姆到博尔努去，但他却中途停留下来，创建了恩吉格米-丁①，即

---

① 恩吉格米-丁（N'Guigmi-Din），这个词原意是一种瓦罐（或红土制的陶器）。在老恩吉格米，现在还有人制造这种瓦罐。恩吉格米（N'Guigmi）就是恩吉-基米（N'Gui-Kimi）两词的组合，意为红水。

"老恩吉格米"，在今恩吉格米西北三公里之处；在那里还开辟了一个棕榈园，而棕榈苗是从也门移植来的。在 1730 年光景，居民逐渐向现在的恩吉格米迁移，到 1964 年，这个地区大约有四千卡内姆人。

洛托伊有四个儿子，他们都是从恩吉格米家族分出来的支族祖先。他迁来的时候还带来了他的奴隶（杜古人）。至今杜古家族犹存。

卡内姆人已成了艾尔的图阿雷格人、伊基兹基申和伊卡兹卡臧的格雷斯人以及一些阿拉伯人的抢劫对象。他们并不抵抗，躲在乍得湖中的芦苇荡里，听任抢劫者抢走他们的牲畜。

苏古尔蒂人

阿里·加济部落的一部分人没有跟随他迁到博尔努；据传说，他儿子戴的一家，留居于乍得湖边草地里（"苏古"就是草，这就是族名的由来）。

苏古尔蒂人主要是以畜牧为生，他们很可能是为了逃避游牧人的抢劫，没有和其他部落一起迁移，而是单独地从东方迁来的。在现今的恩吉格米境内，他们大约有六百人，住在尼日利亚的博尔努境内的人数更多。

他们最初扎营在恩吉格米北部，但被游牧民赶走了，于是大约在 1760 年，更向南迁移，创建了一些农村。他们培育出一种非常特别的牛，这种牛的两只大角是向上凸起的。

布杜马人

布杜马人 ① 自称为耶迪纳人，住在乍得湖中的小岛上。在现今的恩吉格米专区内，大约有三千人。不知道他们是怎么来的；据传说，他们的祖先布卢来自卡内姆。布卢由于他娶了弟媳为妻，所以躲在萨米亚以北的一个名叫塔盖耳的小岛上。索族人在那里发现了他，并给予保护。布杜马人的语言是索族人的一种方言，属于豪萨语系。

布杜马人都是些极端个人主义者，在乍得湖的岛上繁殖，渐渐地分成很多家族或部落，各自都有不同的名称 ②。因为他们深居芦苇丛中很安全，所以才能保持独立；他们宁可到西边的博尔努沿湖地区，而不到可以自由航行的乍得湖的彼岸卡内姆人居住的地方去抢劫，因为他们把卡内姆人看作是亲属。

乍得湖的西岸被分成几个势力范围（毋宁说是抢劫的范围）：卡瓦以南，是留给库里亚人的；阿尔盖和博索以北，是留给布杜马人的马祖果马、布基亚、卡拉加、库塔和达拉斯诸部落的。1890 年，博尔努的素丹哈希米和库里亚人的首领科雷米达成了协议，给他以卡瓦以南的沿湖地区的统治权，但以停止抢劫为交换条件。

居住在沿湖这一带的是卡内姆族诸部落，在恩吉格米境内住的是库布里人，而住在库洛阿那方面（乍得湖北岸）的则为

---

① 布杜（Boudou），是卡努里语芦苇之意；布杜马（Boudouma），即芦苇丛里的人。
② 其中主要的部落，首先是库里亚，其次是迪雷马、科洛阿、布基亚和马尔加纳，他们都属于布卢的嫡裔。

康加马人。

迪埃特科人

迪埃特科这个分支原来是尼日尔东部的一个人数不多的民族，他们之中也有来自卡内姆的，不过他们的祖先可能是图布人。他们曾迁移到津德尔，但后来又回到了古雷。在恩吉格米的迪埃特科人不过几百人，是一些很小的群集，在古雷、津德尔和尼日利亚的，人数略为多些。

住在恩吉格米的迪埃特科人自称来自津德尔。他们曾在米尔一带住了很久，虽然很分散，但他们一直是以畜牧为生的定居民。他们的祖先拉乌安·达拉，从阿加德姆迁来住在乌伊迪，归附于博尔努的素丹。

在古雷的迪埃特科人则被木尼奥的历任素丹打得一蹶不振，虽然没有被消灭掉，但是被他们赶跑了。

迪埃特科人的首领都称拉乌安，这是一个博尔努的官衔，他们从前是由库卡瓦的素丹任命的。

迪埃特科人虽然被周围各部落看作是窃贼和好吵架的人，但还是一些值得同情的人。由于他们的性格独立不羁，所以对他们甚难管理；他们很富裕，懂得如何保持他们的传统。

科亚姆人

乍得湖以西曾经有过另外一个部族——科亚姆人，事实上这种人现在已经绝种了，只留下一些痕迹。他们在科马杜古河到库图斯这一带，起过相当重要的作用，以致写尼日尔史时不得不提到他们。

科亚姆人最初与其说是一个部落，还不如说是一个教派。他们和图巴人一起从也门来到卡内姆，是人数很少的一批托钵僧，是弟子，或者称为"塔利贝"①。他们到达了现在的迪埃腊瓦村一带（在古雷以东七十公里），在那里建立了贝耳贝累克村，属于博尔努的图巴族素丹统治，当时的素丹是马伊·阿里·本·哈吉·奥马尔。他们敦促科亚姆人的马拉布特，即阿卜杜拉耶谢赫建造一座清真寺，办一所学校。但库图斯的图阿雷格族的伊马基滕人抢劫了这个地区，使贝耳贝累克村忐忑不安；大约在 1688 年，阿卜杜拉耶谢赫逝世，生前曾嘱咐他的儿子奥马尔离开这个地方。

奥马尔带了他的门徒最初向西迁移，但其中有些人在吉迪木尼附近停留下来，建立了伊累拉村。其余的人则向南方分散，在那里形成了以后被称为埃蒂人的小部落。奥马尔谢赫和他的部下随后回到博尔努，博尔努素丹把他安置在加斯凯鲁，要他治理从加斯凯鲁到贝耳贝累克村这一块地方。

奥马尔谢赫因为颇为明智和公正，把许多人吸引到他的统治下。他的兄弟穆斯塔法继位后，从政治上将该地组织了起来，并建立了一支纯属自卫的军队。

穆斯塔法的继承人是他的儿子贝凯尔，他统治了六年。他的公正和仁慈的名声传得很远，许多地方的居民都前来归附。据传说，归他管辖的有一千个村庄。

---

① 塔利贝（Talibé），一译泰利培，伊斯兰教首领的助手和弟子。——译者

继承贝凯尔的是他的兄弟阿卜杜拉耶。加斯凯鲁遭到阿布赞的图阿雷格人的进攻，由于博尔努的援助，他击退了图阿雷格人。但加斯凯鲁继续追击，在凯盖姆（凯累以东）战役中，战败被杀，图阿雷格人取得了胜利。

穆罕默德·本·奥马尔为马伊·阿里素丹指定的继承人，即位后不久就去世，继任的首领穆罕默德·本·穆斯塔法也是不久就去世的（1791年）。

马伊·阿赫马杜素丹任命贝凯尔的儿子阿赫马杜为谢赫。图阿雷格族的伊马基滕人前来摧毁了加斯凯鲁，只留下清真寺和阿赫马杜的住宅。阿赫马杜此时已逃到卡宰尔古莫去避难。他不愿再返回加斯凯鲁，当年就死在卡宰尔古莫（1804年）。

阿卜杜拉耶的儿子易卜拉欣嗣立为谢赫，他定居于科马杜古河北岸的济加巴，因为这里有素丹所建造的城堡。易卜拉欣卒于1806年，继任者是哈吉·穆罕默德的儿子阿赫马杜。但这时索科托的颇耳人侵占了卡宰尔古莫。阿赫马杜谢赫眼睛瞎了，逃到加纳瓦，便死在那里。他的门徒继续向西迁移，停留在布尔布鲁瓦（在穆尼奥境内，亚米亚的东南）。

阿赫马杜的儿子穆罕默德·阿伊塔米被任命为布尔布鲁瓦的谢赫后，就回到了博尔努。他的门徒向达马加腊姆（在古希、瓦夏和津德尔一带）方向离散。不久，博尔努遭到严重的饥荒，于是穆罕默德·阿伊塔米返回布尔布鲁瓦。又过了不久，穆罕默德·阿伊塔米获得博尔努的谢赫拉米内的允许，免除其贡赋，于是他又回到济加巴。1835年，该地又遭饥荒，科亚姆人从此便流离失所；穆罕默德·阿伊塔米不久就死在古雷。

于是这个酋长国便一分为二，后来才统一于伊德里斯谢赫（1856—1880 年）治下。伊德里斯的儿子穆罕默德定居于博尔努，从那里又被腊巴赫驱逐出境，于 1894 年才回到贝耳贝累克村。这些反复迁徙于尼日尔一带的科亚姆人的历史就此结束。

莫伯尔人

在科马杜古河流域，我们现在可以遇到一种原始居民——莫伯尔人，他们大约有两万人，结集得相当紧密，而他们的编年史却很简单。他们也象许多其他部族一样，自称其祖先来自也门，但很可能是一种卡内姆族和贝代族（或索族）的混血种。他们现今住在科马杜古河两岸：从阿尔盖（在尼日利亚境内）和博索，到科马杜古河在乍得湖的河口，然后又溯河而上，直到卡纳马。

莫伯尔人，据他们的传说，是继图巴人之后从卡内姆迁来的。相传他们的"带头人"是菲菲杜马，他在现今的博索地区找到了一块使他留恋的富饶土地之后，就决计不跟随阿里·加济前往博尔努。但事实上是图巴族人要他们留在科马杜古河畔的。他们与马古米人通婚，在河的两岸繁殖生息，建立了许多村庄，其中的阿巴丹村就位于博索以西十公里。但布杜马人前来摧毁了阿巴丹，大约在 1540（？）年，由苏古尔蒂人及其首领（称为"富古"）基米埃——卡里亚之子——予以重建。

约在 1800 年，当博尔努素丹艾哈迈德·本·阿里统治时期，阿巴丹村又遭到图阿雷格人的劫掠，再度被摧毁。1820年间，马古米人重建阿巴丹，这个村庄后来又遭到腊巴赫部下一帮人的抢劫（约在 1895 年）。

在科马杜古河北岸，莫伯尔人最初居住在乌里，但到1780 年间，遭到阿拉库奥斯的图阿雷格人的洗劫，因此，莫伯尔人的首领（称为贝拉马）阿乌杜就在科马杜古河边建立了博索村，并设置了防御工事。阿乌杜的儿子塔尔以"歇蒂马"的身份继承了父业；博索的统治权后来属于塔尔的儿子阿卜杜歇蒂马；到1906 年，则属于阿卜杜的儿子洛塞，他的尊号是"卡提埃拉"。

最初的一些欧洲籍行政官员对莫伯尔人的评论都充斥了恶意的诽谤，事实上，莫伯尔人在暴力包围之中，处处受到劫掠，最初是被迫进行自卫，所以准备战斗已成了普遍的精神状态。今天，我们看到的莫伯尔人是一些地地道道的农民，勤勤恳恳的劳动者，如果采用现代技术，我们可以相信他们一定能开发科马杜古河流域的。

在芒加和恩吉格米的图布人

在芒加和恩吉格米的图布人，被提贝斯提和博尔库等地的他们的同族人称为"达扎"，由于被斯利曼人追逐，从乍得的希塔提迁来。最初，他们住在科马杜古河畔，1900 年以后，被莫伯尔人赶向北部，而今住在恩吉格米之北。图布人包括许多家族：凯歇尔达家族（又分为图梅利亚和阿迪亚马两支）、旺达拉家族、多果尔达家族、加达纳家族，此外还得加上阿扎家族。

最有声望的是凯歇尔达部落，他们是典型的南方图布人，他们自称来自阿拉伯半岛。相传他们曾途经利比亚的库弗拉，后来又经过提贝斯提高原。由此可见，他们只是一支向南方迁徙的图布族人。据他们自称，他们的祖先名叫库雷-库卢果尼。

图布族人到达博尔库之后，便分散到埃盖和卡内姆，此后又向西扩展到古雷，向北扩展到阿加德姆。这些部落，特别是凯歇尔达部落，面临着入侵的斯利曼人的残暴劫掠，不得不出逃。大约在 1840 年，他们向卡宰耳和科马杜古河方向逃跑。在库图斯的图阿雷格人的帮助之下，凯歇尔达部落及其首领巴尔卡·阿拉富进行坚决的反击；1845 年，他们在梅代利打垮了斯利曼人，斯利曼人的残部撤回博尔库。图布人才得以重整他们的畜群，而且，我们认为，从这个时期起，卡宰耳的凯歇尔达部落才开始定居生活。

但斯利曼人迅速地恢复了元气，重新投入战斗；巴尔卡阵亡，凯歇尔达人再度向科马杜古河逃亡（1876 年）。后来，多亏图布人和斯利曼人通婚，双方才能和平相处。凯歇尔达人于是溯科马杜古河而上，一直扩张到阿拉库奥斯和达梅尔古，和图阿雷格人合伙抢劫了这一带。法国人到来的时候，他们向东逃之夭夭，但遇到卡内姆军队的阻击，于是重又折回，在古雷和恩吉格米两地投降。

旺达拉部落，于十七世纪从东方迁来，定居在希塔提。1840 年间，斯利曼人入侵，他们便逃跑了。他们曾多次与凯歇尔达人并肩作战，对法国人也进行过非常激烈的抗战。

　　另外有一个部落，虽然不很重要，但还是值得一提。这就是阿扎人，他们都是由手工业者和狩猎者所组成的团体，他们分布在图布人附近各地。这些人是从卡内姆南部迁来的，其种族起源不很清楚。

　　阿拉伯人：尼日尔，在通向乍得湖的那些道路上，还有一些阿拉伯人，他们属于从费赞流亡到埃盖的斯利曼人这个大部落。斯利曼人很久以来一直在乍得湖北部到卡瓦尔、特内雷到利比亚一带进行骚扰；这些特别刚强好斗的部落，只有遇到法国军队，才肯安分。1923 年，斯利曼的一个支派从卡内姆迁来，定居于廷图马境内。

　　乔阿阿拉伯人（或称哈萨乌纳人）：居住在恩吉格米东北。虽然自称来自麦加，其实他们的起源还很不清楚，而且他们的体格也极不相同；在博尔努，也象在卡内姆一样，定居者把所有这些阿拉伯人都称为"乔阿"。但巴尔特指出，其中某些部落是在十七世纪末从东方迁来的。

　　颇耳人：现今居住在恩吉格米区的一万一千名颇耳人，是最近迁来的移民，他们分成两批先后到来：第一批是颇耳族的库芒卡瓦人，于 1910 年间从达马加腊姆经由恩古鲁（尼日利亚境内）和古杜马里亚迁来；第二批是哈纳冈巴家族，或称博罗罗基家族，从 1912 年起到 1930 年，陆续从索科托迁到恩吉格米区定居。这些哈纳冈巴人还没有真正改信伊斯兰教，他们还保持着人们不很熟悉的古老信仰。

　　这些颇耳人一直迁徙不定，我们无法确定他们的迁徙范围，他们时而前往尼日利亚境内，时而又返回，推进到达梅尔古等地。但是，就其总体而言，他们是一族正在巩固、正在扩张的居民，不过还不能说他们已经稳定了。

芒　加

芒加的疆域是从木尼奥到科马杜古河畔①。芒加人移民的来源一点也不清楚，可能是卡努里人（尽管芒加人把卡努里人看作是异族）同卡内姆的某些部落的混血儿。他们和邻近的豪萨族或博尔努族以及卡努里族人有明显的区别。

关于芒加人的起源尚有争论。巴尔特认为芒加人是各种不同的部落通婚后的产物。纳赫蒂加尔则认为他们是被图巴人征服的当地土著居民；他们的别名是征服者给他们取的，芒加是马丁加的简化字，意为"难以对付的人"，或者是从阿拉伯语马纳尔卡演变而成，意为"拒绝者"。

尼日尔境内的芒加，和乍得湖北岸的所谓"芒加地区"，这两者之间的关系，只要追溯一下卡努里人的起源就能确定。况且那边根本没有芒加族人，无论在历史上或原始史上，都未曾有过芒加家族迁徙到那个地方去。

虽然没有采取协调一致的行动，但他们还是在十五世纪左右在一块当时还几乎是荒无人烟的土地上，通过不断的繁殖和合并形成了一个人种单位。这块地方，就是现在的芒加，又称"果尔贝"，意为盆地之乡。在十八世纪初，由博尔努素丹划归科亚姆人的谢赫，因此就成了科亚姆人地区。科亚姆人把许多

---

① 即从亚米亚以北的迪里科亚到迈内索罗阿以东四十五公里的卡比。

正要寻找和平地区的移民吸引了过来，无疑地，这是芒加人口增加的一个原因。

芒加人没有形成一个政治单位；我们只能考定他们的几个主要居民中心，这些居民点，标志着他们的极为萌芽状态的历史。

在歇里西南的恩加加鲁村，就是现在迈内索罗阿①的前身，它是在十九世纪初期由卡古米的两个儿子——纳赛尔和拉菲亚——创建的。卡古米在 1880 年左右由博尔努素丹马伊·杜纳马任命为"迪加杰"（芒加语为"拉乌安"）。卡古米是阿丹·拉菲亚米的儿子。

纳赛尔，由博尔努素丹任命为贝拉马，拉菲亚则被任命为拉乌安。他们的继承人是：纳赛尔的儿子巴尔马，拥有拉乌安的尊称；其后是拉菲亚的儿子卡代尔，也有拉乌安的尊称；接着是阿卜杜拉乌安；随后是"卡伊加马"阿卜杜·科洛米，他是由达马加腊姆的首领阿马杜·丹·太尼门提名，并由博尔努素丹任命的；其后是巴尔马的儿子利芒享有"卡宰拉"这一尊称，表示他又提升了一级。

卡乌腊村，似乎曾经是芒加人在西部的一个分散的居民点。这个现已消失的村庄，位于古雷和吉迪木尼之间，即在木尼奥之西（古雷西南五十公里，靠近现在的昌加里村）。木尼奥的素丹科索统治时期（1800 年至 1850 年间），卡乌腊村的居民，为了逃避科索的横征暴敛，便向东迁徙，建设了吞古里

---

① "迈内"（Mainé），意为王子，"索罗"（Soro），意为有平台的房屋。

村（在古雷以东六十公里，属果尔贝）。

还有些古杜马里亚人也是从木尼奥西部地区的卡乌腊和巴加两处迁来的，他们到达卡代拉巴后，曾定居在当时还没有人烟的古杜马里亚（十九世纪前半期）。

吞古里村的部分居民继续往东迁移，建设了坦萨赫（在古杜马里亚东南二十公里）。

这一批族性相近的移民就这样渐渐地分布在芒加全境。在那里，现在只留下一些为数极少的关于科亚姆人的回忆；而在其西部，即在古杜马里亚和古雷之间的地区，只留下一些关于曼达腊族祖先的回忆，这个曼达腊族，是一个依附于博尔努的古老部族。

木尼奥的历任素丹都向芒加征收赋税，所有的贝拉马和拉乌安也均由他们任命。在 1855 年间，芒加遭到博尔努军队的抢劫，因为在 1846 年瓦代人侵入博尔努时，博尔努的素丹奥马尔谢赫曾逃避到芒加，而芒加人没有以礼相待，因此进行报复。博尔努最后一次入侵芒加，是在 1896 年在腊巴赫的乌合之众带领下进行的。当时坦萨赫已遭到洗劫，姆博村被摧毁。

约在 1855 年，津德尔的素丹太尼门把芒加和木尼奥同时并入自己的疆域。

前几世纪的行政管理

由于种族混杂，博尔努帝国时代各省的行政组织工作是很不容易的。纳赫蒂加尔说："十九世纪初的每一次改朝换代，只是增加了混乱，原先的区域瓦解了，它们的疆界也消失了。"

最高一级是素丹，或称马伊，在其周围有一个分工很细的大臣所组成的极为完善的宫廷。马伊原是一个尊称，沿用于豪萨族各地，用以表示拥有某种权力的人，甚至一小块土地的首领也称为"马伊-吉达"，意为族长。但马伊这个名词后来成为大酋长的尊称，现在甚至是指（尼日利亚境内的）博尔努的素丹，他住在马伊杜古里，便简称为"马伊"。

博尔努的宫廷有许多大臣，其等级制度都是按照军事和行政组织来制定的。首先是十二位军事首领，每人率领一队骑兵，这是真正的封建时代的"掌旗"大臣，他们每人还掌管一个辖区。他们的头衔是卡伊加马、卡宰耳马（卡提亚拉或卡切拉）、加拉迪马等等。卡宰耳马头衔后来成了一个地区首领的尊称，这是马古米人的尊称，是在卡内姆的影响下继承下来的。

此外，便是王宫中的高级官员：歇蒂马、马伊钦达、马鲁马，这些尊称至今还可以在莫伯尔人或芒加人的村庄里发现。一个村落群或家族群的首领称为拉乌安，从前他就是作战首领。普通村庄的首领称为布拉马。

其次是宦官（宦官长称为马斯太腊马），一位伊鲁纳，还有许多贝拉马（即氏族长）和马拉。主管征收赋税的宦官，称为歇蒂马·贝卢马。

这个复杂的等级制度在尼日尔东部各省至今还部分地沿用着，但因时、因地、因种族之不同而稍有改变。

至于科马杜古这一省，在芒加东部和科马杜古河畔这些博尔努王国的领土上，有许多隶属于素丹的地区首领；一位卡提埃拉管辖着歇里、阿德布尔、迈内索罗阿，直到布顿这一个区域；一位拉乌安管辖着从布顿到卡比这一地区。一位卡宰耳马（意为卡宰耳省长）在德瓦主政，还有一位歇蒂马驻在博索。帝国的领土恩吉格米和巴罗阿，则隶属于财政大臣。其它的村庄交由宫廷里的显贵们分别管辖。为了有利于某些首领，赋税可以重复征收。游牧民隶属于素丹的各级官吏；迪埃特科人、图布族人和颇耳族人，相对地说，只服从宫廷里各大臣的管辖。

这种组织绝不是固定不变的，往往要看素丹的高兴，封给多少领地，就给什么名位。他们的行政制度还处于萌芽状态中。在司法方面，是以村为单位由地方首领和马拉布特处理，但重大的案件（如杀人案之类），就得上报库卡处理。但倘若领主住在本地（而不是在宫廷里），他就拥有处理一切大小案件的司法全权。

约在 1800 年，有一个名叫加纳·东果的人从木尼奥迁来，住在乌奥贡。他的儿子布尔布鲁瓦由素丹任命为当地的拉乌安。其后裔的阴谋和争执使这地方分裂为几个小酋长国：阿里法里（创建于 1868 年）、顿布拉（创建于 1873 年，后来成为德瓦）、拉乌安耶里马里（创建于 1885 年）和歇蒂马歇迪里（创建于 1893 年）。

最后一任素丹，阿巴谢赫，曾试图进行一次改革。他在迈内、卡比、布顿和博索各任命了一位卡提埃拉，在耶里马里任命了一位歇蒂马。法国人就是根据他的改革意图最初建立了一批县（从古杜马里亚到恩吉格米共计十五个县），后来沿着科马杜古河逐渐地归并成为现在的那些县。

木尼奥和库图斯

木尼奥

木尼奥的建立是和达加腊族有关的。达加腊人和（索族人的后裔）图巴人，从遥远的年代起就已经来到库图斯地区。另外还有一群索族人，即恩盖曾人，流亡到阿德贾以东的果加罗姆，其中有一个分支，即加马加马族，从果加罗姆更向北迁移，到了一个无人居住的地区——就是后来的木尼奥，在那里创建了一个设有防御工事的村庄比尔尼恩加法塔（位于古雷东南三十五公里）。

这仅仅是一种说法，但它与另一种说法即便不是完全吻合，也还是一致的。加马加马人前来占据的这块地方，原是荒无人烟的，因为当地的第一批居民——住在盖迪奥到加扎法（在木尼奥以西）一带的卡努里人，为了逃避达马加腊姆的抢劫，早已放弃了这个地方。[①] 原先住在这里的卡努里人已往东迁移到芒加里的那些平原上去了（位于今古杜马里亚和卡比之

---

① 其年代已无法考证，而且这些说法掺杂了许多传说。如果我们把索族人和博尔努人的传说，同那些相隔很久才建立达马加腊姆的传说进行对照，就很难把该地曾居住过达加腊人这件事联系起来。这里显然有混淆之处，但它并不妨碍这种说法；我们应当懂得，历史的真实面貌正是从这些混乱的材料出发，逐渐得到澄清的。

间的盆地地区）。

加马加马人虽然已定居在木尼奥北部一个崎岖不平的地区，但他们还是成为库图斯的图阿雷格人，即伊马基滕人的抢劫对象。被骚扰得困苦不堪的加马加马人便去求助他们的当然保护人博尔努素丹；他们的首领达加拉马还亲自来到卡宰尔古莫。博尔努的素丹那时正想打发掉一个讨厌的流亡者，此人就是曼达腊人的首领、拥有卡宰耳马尊称的塞米，他是从自己的领地逃亡出来的。于是，素丹就让曼达腊人护送达加拉马回去。

正是在这个时期——十七世纪初——图阿雷格人在这些省区的北部大肆蹂躏，把当时人口很多的木尼奥从卡努里分裂出去。

塞米卡宰耳马击退了图阿雷格人，趁加马加马人的首领不在之际，挟其胜利者的声势，强占比尔尼恩加法塔，并瓜分了这一地区。达加拉马保留了西部地区。塞米获得比尔尼恩加法塔和木尼奥本土，他给该城设置了防御工事，其遗址至今犹存。

因此，在1700年左右，木尼奥的疆域北至库图斯，南界马歇纳（分界线是木加木山岗，非常接近现在的尼日尔和尼日利亚边境），西接索塞巴基诸国和吉迪木尼，东邻芒加里。

塞米卡宰耳马有几个儿子可以继承他，但事实上只有一个儿子卡古·拉雷米继位当政，卡古·拉雷米的三个兄弟死得很神秘，而他的第四个兄弟则被谴责为家族中的恶神，随即被逐。卡古·拉雷米在位只有六年。

卡古·拉雷米的儿子杜纳·方纳米，继位执政了八年，全国平安无事。随后，他的儿子依次继位：基阿里执政四十四年，其次是内克尔·巴腊塔马，继之是苏里奥·阿耳法米。另外两个儿子：拉菲亚·加扬加亚马和贝凯尔·乌鲁阿马统治着乌鲁阿。杜纳·方纳米的第六个儿子拉菲亚·卡比马统治着卡比。

内克尔·巴腊塔马定居在巴腊塔瓦，他的继承者苏里奥迁回了比尔尼恩加法塔。

基阿里的几个儿子继承其叔父，各自统治了一个酋长国；原来也许可以成为一个真正的政治实体的木尼奥，这时却只能成为一个由几个辖地并列的单纯的集合体。乌鲁阿由基阿里的儿子拉菲亚·加富诺管辖，加腊契由贝凯尔·加腊契马管辖，卡腊马由果果托马管辖，瓦歇克由杜马·瓦夏马管辖，卡比和布内由哈吉·果阿里米（又名马卡马）管辖。

其中两个王子的结局甚为悲惨：拉菲亚·加富诺被他的兄弟果阿里米所杀，果果托马则被他的侄儿科索所杀。

全国的统一是由哈吉·果阿里米的儿子易卜拉欣实现的。他在布内执政，兼并了他的叔伯和堂兄弟统治的省区。但在他执政第四年末，在一次为征服马歇纳的战役中阵亡。

果阿里米的儿子科索在这次谋求统一的战争中是他父亲的助手，接着继位。他继承了父亲的事业，去征服仍在进行抵抗的乌鲁阿的首领，即其叔父德鲁（哈吉·果阿里米的兄弟）。科索在昌加里附近的马扎打败并杀死了德鲁。

科索接着向博尔努提出封地的要求，但他的使者，即其叔父加拉杰，却被拉米内谢赫任命为木尼奥的素丹，并率领了一支由阿累斯库卡宰拉指挥的博尔努军队回到木尼奥。于是在科米发生了战争，科索败北；他就到阿德贾隐居起来。[1] 加拉杰因此就成为木尼奥唯一的素丹，他建都于布内，在位四年。

在阿德贾，科索感到非常不安；他起初和他的同伙一起追随恩古鲁的加拉迪马反抗博尔努的统治，终于取得了素丹的宽恕，允许他返回木尼奥。他把古雷的首领和许多显贵都争取到自己的一边。此后，由于送去了一份厚礼——从库图斯抢劫来的四百名奴隶[2]，还由于派出了一位颇有心计的使者去说项，科索居然取得了在库卡瓦的拉米内谢赫的欢心，被任命为木尼奥的素丹。拉米内谢赫同时还派人去向加拉杰传达命令，免去他的素丹职位。加拉杰此时住在吞库雷（在古雷以南十五公里），他抗拒命令。科索得到博尔努军队（五百名骑兵）的支援，还有奉拉米内谢赫之命前来协助的津德尔、恩古鲁和马歇纳的援军，就向加拉杰发起进攻，使他不得不退出吞库雷，逃亡到津德尔，不久就在那里去世。

科索于是定居在古雷，建起了城堡，成为他的首都。他还在那里开辟了一个重要的市场，主要是同那些来自北方的图布人和阿拉伯人的沙漠商队进行贩卖奴隶的交易。巴尔特在 1853 年曾途经古雷，据说：这是一座有城郭保护着的人口

---

① 此事不易确定年月，我们只要记住这是发生在拉米内谢赫统治博尔努的时期，即 1808—1835 年间。

② 这批奴隶是在科索的叔父即凯累的首领同意之下攻打达加腊人的一次战斗中获得的。

密集的城市，城内有九千居民，四周还有一些灌溉良好的美丽园圃。

科索一直统治到他 1854 年去世为止，他在位期间，木尼奥的领土大大地扩充了，已经具备了一个真正的国家的规模。他首先兼并了库图斯，使达加腊人服从其首领衮苏米（科索的叔父），又责成衮苏米承认他的宗主权。

在达马加腊姆，曾有过一次反对科索的长期战争。因为津德尔的首领易卜拉欣曾向科索要求引渡一名逃亡者，被科索拒绝之后，他就在武歇克（古雷以西二十公里）向科索发动进攻，但被击退。易卜拉欣的兄弟太尼门重新发动进攻，但还是打败了。翌年，太尼门又来进犯马扎村，科索再次使他遭受了一次严重的挫败。

博尔努的奥马尔谢赫深感不安，他在科索陪同下来到津德尔，命令太尼门取代易卜拉欣的职务。

易卜拉欣因此从马腊迪逃到达梅尔古，后来又逃到古雷；库索将他逮捕后送交在库卡瓦的奥马尔谢赫。易卜拉欣在外流亡七年之后，才获赦回到津德尔。这一次，博尔努的素丹派他的附庸军（由科索指挥）去支援易卜拉欣；因为科索是这个地区重要人物。太尼门遂被击败（1848 年），他也到古雷去，但科索宽大为怀，拒不将他交给易卜拉欣，派人送他去投奔奥马尔谢赫。于是易卜拉欣便出兵攻打木尼奥，但他的军队在库里被科索的兄弟哈利法·努所击溃。易卜拉欣便亲自率师反攻，在库里击败了哈利法·努；但因未能同科索本人交战，甚为不快，随即撤兵（约 1850 年）。

在木尼奥的盟邦恩古鲁，大约在 1852 年爆发了一次对其军事首领奥马尔的叛乱，奥马尔遂向科索素丹求援。在第一次挫败之后，科索终于帮助了奥马尔返回其首府，在归途中，他把企图活捉他的阿德贾（马尔马村）的一支分遣队冲散了。这次出师战果累累，满载而归。

博尔努的素丹，即奥马尔谢赫，由于对他的陪臣科索颇为信任，就授权科索去统治芒加人，并赋予相机行事权。[①] 这主要是要他征服芒加里地区（在芒加以东），因为附近各地的一切桀骜不驯者都逃避到那里，虽然木尼奥或博尔努都为他们任命了首领，但那里仍完全处于无政府状态。芒加人企图进行抵抗，组织了一支军队，却被科索先后在迪拉拉（布尔萨里之北）和库杜阿（米尔以西六十公里）所击溃，他们的首领阿丹·凯耳祖·古纳米被杀。

科索的第三次讨伐是对付一个匪首比尔加，此人原先住在达加基里，由此出发，骚扰全国。这次的讨伐是把这股盗匪追逐到库图斯附近的祖贝德，打败并杀死了比尔加而告终的。第四次治安行动，为的是对付两个在芒加里的匪首：阿约瓦米和利马内，他们的匪巢是在米尔以南的凯瓦，这次行动也取得了胜利，两个匪首都在吉基加瓦以西的恩古斯库战斗中被歼，他们的党羽就此溃散。

但是在归途中，科索病死在康加鲁阿（1854 年），他留下

---

① 1846 年，当瓦代人入侵时，曾迫使奥马尔谢赫到芒加人的地区避难，芒加人对他敌意相待，使他永远不能宽恕他们。

了一个统一而又强盛的木尼奥王国。

科索的长子马哈马杜继位。1861 年，他曾不得不对库图斯进行干预。1863 年，他遭到达马加腊姆的首领太尼门的进攻。由于战败并被追击，马哈马杜只得放弃古雷，该地遂被彻底毁灭。太尼门在杜契米亚追及马哈马杜，将他连同他的大部分军队一起俘获。马哈马杜被解送到津德尔，但奥马尔谢赫责令太尼门把他释放，并让他返回木尼奥。

马哈马杜回去后定居于吞库雷，随后又迁至卡米伦。1865 年，博尔努的素丹任命他的兄弟穆萨接替他的职位，这是穆萨施展阴谋的结果。

穆萨（1865—1868 年）重建了古雷。但马哈马杜到库卡瓦去申诉了自己的冤屈，奥马尔谢赫便恢复他的木尼奥素丹的职位（1868 年）。穆萨只得让位。

马哈马杜试图立即与津德尔和解，但毫无结果。敌对的双方都在虎视眈眈，1870 年重开战端。太尼门进占古雷，并俘获了马哈马杜，立即把他处死。

于是穆萨再度被奥马尔谢赫任命为木尼奥素丹，他在古雷一直统治到 1874 年。在这四年中，木尼奥的西部地区经常受到来自津德尔方面的劫掠。最后，穆萨因为畏惧太尼门，就去向奥马尔谢赫诉说自愿退位。这位博尔努的素丹派他的儿子伊里马·贝凯尔前去为穆萨和太尼门调解争端。贝凯尔派他的一名助手护送穆萨到津德尔，但太尼门扣留了穆萨，遣回了那个护送的军官，并要他带回一个傲慢无礼的答复。博尔努的素丹考虑到太尼门在津德尔的势力，只好接受；他给木尼奥任命了一个新素丹，这就是穆萨的兄弟哈吉。

在第二年末（1874 年），由于不断地受到太尼门的劫掠骚扰，哈吉终于弃位退居博尔努。太尼门则干脆并吞了木尼奥，使之成为津德尔的一个省。博尔努对此并无反应。

1903 年，新的法国行政当局认为有必要在古雷设置一个传统的酋长国，于是就让那个在津德尔流亡达二十九年之久的穆萨在那里恢复了素丹的职位。

我们在上文已经讲到过，1700 年，塞米卡宰耳马追击加马加马人的首领达加拉马时，夺取了比尔尼恩加法塔，而把西部地区留给了达加拉马；他在库卡艾尔瓦的一棵猴面包树附近追上了达加拉马。双方同意，从这个地点以西归达加拉马管辖。达加拉马带着仍属于他领导的加马加马族人——其中一部分原先住在比尔尼恩加法塔——前往巴加定居，不久后又迁居丹古宰尔（在吉迪木尼东南）。

此后大约有十位首领继位，他们都是通过宫廷政变而上台的。其中只有歇迪库米在位期最长，他在十九世纪时曾统治了六十年。当他的最后一个儿子于 1903 年嗣位时，除了历史的陈迹以外，加马加马人已失去了他们一切重要性。今天，加马加马只是布内酋长国的一个大臣而已。

库图斯和阿拉库奥斯

在古雷北部的库图斯，从前曾经是那些穿越芒加里和芒加平原逃亡过来的达加腊人的避难地。此外，它又是一个以抢劫为生的图阿雷格族中的伊马基滕人的巢穴。

达加腊人是从卡内姆出发流浪了好久才来到这里的，他们创建了迪埃腊瓦村，生活不很安宁，显然这是由于受到了图巴人的骚扰。他们于是退避到库图斯那些悬崖峭壁的背后，在那里住了几乎有两个世纪，过着与世隔绝的无政府状态的生活。当地的那些小酋长所分得的管辖权，不超过一个村庄或一个部落的范围。

可能是在十八世纪初期，一个从博尔努逃亡出来的图巴族王子来到这里确立了统治。此人就是阿塔里·衮苏米，卡宰尔古莫的素丹的女婿，他因为受到生命威胁才逃亡出来的。逃脱了追捕者之后，他停留在库图斯的山里。他为那里的居民除了一害——巨蟒，他砍掉蛇头，娶了和蛇同住的一个仙女，于是那些感激不尽的达加腊人就拥立他为首领。阿塔里建立了凯累村，这就成了他的首都。

从十五世纪起，一些图阿雷格族的伊马基滕部落，从艾尔出发，取道达梅尔古，然后重行结集，来到库图斯。这些伊马基滕人在阿拉库奥斯创建了加因村，而后又定居在库图斯，统治了那里的达加腊人。1802—1807年，素丹库贝在位时期，伊马基滕人终于在这个地区定居下来。

盘踞在库图斯的伊马基滕人，曾显示出可怕的声势，他们的劫掠活动已经越过芒加，直至科马杜古河畔和博尔努。

阿塔里·衮苏米的继位者是：

——科尼奥·科基奥马，阿塔里·衮苏米的兄弟；

——还有许多首领，但他们的名字均已被忘却；

——随后是衮苏米，他是木尼奥素丹科索的叔父，在位期从 1835 年到 1843 年。

科索的叔父衮苏米不得不承认木尼奥的宗主权；由于衮苏米不能向他的库图斯的臣民征收赋税，就向其侄儿求援。科索前来征服了达加腊人，而且把库图斯置于木尼奥的霸权统治之下。

衮苏米的继位者马伊·阿卜杜（1843—1850 年），在凯盖姆村（在凯累之东二十五公里）遇到了叛乱，他出兵镇压的时候被杀（1850 年）。他的继承人是马伊·多凯（1850—1858 年）和马伊·穆斯塔法（1858—1868 年），两人都是衮苏米之子。

1861 年，马伊·穆斯塔法受到津德尔的素丹太尼门的进攻，此时，太尼门的统治已扩大到邻近地区。穆斯塔法战败被俘，在津德尔被俘虏达两年之久，返回库图斯后即降服达马加腊姆，并向他纳贡。但太尼门仍经常不断地向他勒索，使他困扰不堪，因此他就冒着很大的风险离开了凯累（1864 年），居住在恩加里奥，而后又迁至贝拉马。1868 年，博尔努的素丹，即奥马尔谢赫，也继续对达马加腊姆和木尼奥之间的冲突进行干涉，一支博尔努军队侵入了库图斯，向马伊·穆斯塔法发动进攻，并将他杀死。

失去了首领的库图斯，就被太尼门并入津德尔素丹国，交由达马加腊姆的一批首领去治理，这个地方因此遭到洗劫。太尼门打算恢复那里的秩序，就让以前的达加腊人重返这个酋长国，并任命库腊为酋长。库腊从 1874 年统治到 1877 年，继承人是他的几个儿子：马伊·马迪（1877—1881 年）；马伊·梅累（1881—1884 年）。

这些酋长都不能反抗太尼门手下那些官员的苛捐杂税，因为他们处于臣民和宗主之间，不能使他们双方都感到满意。

津德尔的素丹塞利曼想在这个酋长国恢复旧时图巴王朝的权威，便任命穆斯塔法的儿子太尼穆为酋长。但太尼穆看到局势不稳，宁可流亡到博尔努。于是塞利曼只得重新物色达加腊人当酋长，任命马伊·梅累的兄弟马伊·库图斯马（又称库图斯马·阿塔里）为酋长，他从 1885 年统治到 1890 年。阿马杜素丹曾考虑让太尼穆复位，但最后决定由津德尔直辖库图斯。

1900 年，津德尔素丹终于恢复了图巴王朝，他任命多凯的儿子马哈马杜为这个王朝的首领。

在凯累以西背山处，有一小群达加腊人从库图斯逐渐分离出来，以加木村为中心组成一个独立的单位，这个单位后经新的行政当局承认为一个县。

加木村的首领是达乌杜（卒于 1891 年），最初附属于古雷，趁太尼门出征的机会，自行解放。继承达乌杜的是他的几个兄弟：萨尼穆（1891—1901 年），而后是塞尔基·逊基（1901—1904 年），最后是德尔芒，他统治了两年就被废黜。经过了几次变迁，这个酋长国仍归属于德尔芒家族，加木村虽然几次三番受到其邻邦并吞的威胁，却还是安然无恙。

阿拉库奥斯，是从库图斯向西北方向延伸的一小块非常独特的地方，但它和库图斯有类似的命运。阿拉库奥斯既已成为蜂拥而至的达加腊人的避难地，因此也受到图阿雷格族的一个次要的部落伊基兹基申人的侵略和统治。

　　阿拉库奥斯的达加腊人，也象他们住在库图斯的同族人一样，先后臣服于木尼奥的素丹和达马加腊姆的素丹。他们的保护者图阿雷格族的伊基兹基申人不加过问，所以他们才得以保持独立。他们甚至对接近达马加腊姆的莫阿和加木两地还拥有某些宗主权。

　　在这个地区的中心，伊基兹基申人创建了加腊祖村。1898年，加腊祖村曾被达梅尔古的图阿雷格人所围攻，但他们未能夺取这个村庄。

　　率领伊基兹基申人前往阿拉库奥斯定居的是他们的首领阿布·尔凯贝和阿菲韦耳。他们的继承人是巴布基（1865—1901年），随后是旺塔萨，他于1906年渴死在特内雷沙漠里。[①]

　　还有一个和塔梅斯吉达人结盟的小部落，也前来阿拉库奥斯居住，这是十八世纪的事。

索塞巴基诸国、达马加腊姆和津德尔

豪萨族诸国

　　传统把豪萨族诸国分为"豪萨·博库奥伊"和"班扎·博库奥伊"两类。"豪萨·博库奥伊"包括"豪萨七国"，即道腊、

---

　　① 旺塔萨是自己出走的，因为法国哨所曾召他去过一次，怀有恶意的人便造谣说，法国人准备把他投入监狱；其实并无此事，法国方面找他去只是为了一件行政上的小事情。他颇为紧张，带了他的儿子逃往沙漠，迷路了好几天。等人们找到他们的时候，旺塔萨已经死去，但他把剩下的一点水留给了他的儿子，他儿子因此还活着，人们便把他儿子救了出来。伊夫·里乌曾在古雷听到旺塔萨的儿子叙述他父亲这一自我牺牲的事迹。

卡诺、扎里亚、果贝尔、卡齐纳、腊诺，对第七个国家还有争论。"班扎·博库奥伊"也包括七国，都在尼日利亚的西境（克比、赞法腊等等）。

豪萨族人的历史开始于第七世纪，当时他们分散居住在几乎整个现在的尼日尔境内，从芒加河，到艾尔、阿藻瓦克和太加马诸地。他们从事畜牧和耕种，看来还没有任何统一的组织。由于外族不断入侵，把他们赶走，因而使他们集中起来，逐渐形成几个相互依附的中心。

最早的入侵都是带传说性的，据说，在七世纪有基萨腊人的入侵，在十世纪有巴亚吉达人的入侵。这些入侵者大多是一帮盗匪，并不全都是移民，但他们很快就在当地改邪归正了。他们来自北方和东方，相传他们来自埃及，且系白种人。

从十二世纪起，豪萨人被图阿雷格人赶出了艾尔。大约在同一时期，乍得境内的卡努里人向西扩张。在十三世纪，马里的势力蒸蒸日上，采用加奥的桑海人驿站制度，把最西边的豪萨族人赶离了尼日尔河流域。由于这三次集中性的推移，从而产生了豪萨族集团。

马里，也象博尔努一样，由大量的商人、文化人和各阶层的旅行者，把伊斯兰教带给了豪萨族人。他们被称为旺加腊人，并不是一个种族，而是各种各样的人。他们跟随着马里的扩张而到来，他们比较活跃，生气勃勃，带来了进步、商业，并传播了宗教，最后又促进了政治体制的建立。这些旺加腊人组成了一个贵族集团，称为"冈加腊"，其首府是卡齐纳拉卡

（位于今卡齐纳之南），影响遍及整个豪萨地区。

索塞巴基诸王国

达马加腊姆和津德尔素丹国，是继十一世纪到十八世纪，这一般标志着索塞巴基诸国由盛而衰的漫长的演变过程之后才占优势的。

索塞巴基一词，并不指一个种族，而是指博尔努王朝历代诸王的后裔，这个王朝长期统治着从卡诺到津德尔之间的那一地区。[①] 约在 940 年，或根据某些说法，约在 1150 年，博尔努的素丹派遣他的一个儿子穆罕默德——后来称之为穆罕默德·纳法尔科 [②]，去追捕三名在逃的俘虏：顿杜鲁苏、博内和达尔诺科。穆罕默德到加努阿（该村在瓦夏东北，现已消失）才追上这三个逃亡者。这三个逃亡者在当地人中间已经取得了威望，但他们一见素丹的使者来到，便表示顺服，并交出当地的领导权。穆罕默德接受了，前任首领冈达-冈达被免职后流亡到南部去创建了卡诺。

这是一个传说。那三个逃亡者可能是属于索族人的一个部落，他们从博尔努出逃的史实还保留在人们的记忆之中，他们是被图巴族的素丹马伊·阿里·本·杜纳马追赶到西部来的。

穆罕默德·纳法尔科的后裔不很明确，大约有五十个首

---

① 索塞巴基原是穆罕默德·纳法尔科的继承者之一穆罕默德·乌巴·恩萨腊基的外号。穆罕默德·乌巴·恩萨腊基是一位骁勇的战士，有一天他战败了，气愤之极，把嘴唇咬得流血，他的副官们对他说："索塞·巴基·纳卡"（舐净你的嘴唇）。

② 纳法尔科，意为一世。

领，但不能列出其世系，直至阿卜杜拉耶才为人所知。阿卜杜拉耶是巴吉腊之子，他的统治时期从 1627 年到 1672 年，曾要求博尔努的素丹予以保护，以对抗恩古鲁（博尔努的一省）的军事首领。直到索塞巴基国向卡诺纳贡时，阿卜杜拉耶才断绝了这个关系，自愿接受博尔努管辖，每一个族长向博尔努纳税一百枚贝壳币。阿卜杜拉耶使他属下的各国都保持着和平生活，因此他留下了一个大圣人的美名。他在位四十五年，曾经十分神奇地逃避了他的儿子穆罕默德·乌巴·恩萨腊基所策划的杀害他的阴谋。但后来继位的还是他的儿子穆罕默德·乌巴·恩萨腊基（1672—1702 年）。穆罕默德共有五个儿子，四个相继嗣位：马伊·纳萨腊·巴舒阿舒阿（1702—1716 年）、马伊·纳萨腊·巴萨萨卡（1716—1744 年）、丹·拉菲亚（1744—1754 年）、丹·阿库亚（1754—1767 年）。

此后，丹·拉菲亚的支系承袭了王朝，至今这个王朝仍在栋加斯酋长国中绵延不绝。

丹·拉菲亚的儿子法达，在 1767 年继承丹·阿库亚为加努阿的首领，但被其堂兄弟阿丹·马伊·盖梅推翻，随即前往瓦夏附近的巴巴耶定居。但他不久又带兵返回加努阿，占领并焚毁了该地，阿丹·马伊·盖梅也被杀。为了博尔努素丹的利益，他从巴巴耶出发，对卡诺的居民发动过好几次劫掠性的袭击。

正是在他统治期间，索塞巴基国分裂了。马伊·纳萨腊·巴萨萨卡的几个儿子，因他们的姐姐的一个过失而受到处分，即交付一笔极重的罚金，后来他们都离开了祖国。他们向北走了两天，停留在米里亚，他们的长兄巴扎扎就在那里带头搞分裂；法达向米里亚发动了进攻，但是法达被打败了。从此在米里亚就诞生了第二个索塞巴基国，与巴巴耶无关。

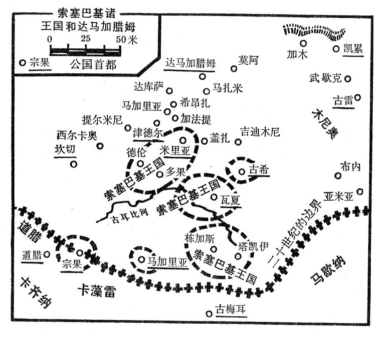

按原图复制

继承法达的是其堂兄弟索福·阿卜杜拉耶（1800—1806年）。他扩大了自己的疆域，但他必须对索科托征服者奥斯曼·丹·福迪奥，以及对道腊和卡齐纳的颇耳人进行斗争。

索福曾受到奥斯曼·丹·福迪奥的一个副官乌马鲁的袭击，但索福在卡尔马希（位于米库卡和科科伊瓦之间）战胜了乌马罗。索福还受到道腊的颇耳人首领麻拉目·伊萨卡和卡齐纳的颇耳人首领乌马鲁·代拉基的联合进攻，但索福在达累基一战中将他们击溃。此外，奥斯曼·丹·福迪奥曾派遣他的副官果尼·莫克塔尔进攻博尔努；博尔努的素丹马伊·杜纳马便要求他的藩属，即索塞巴基以及恩古鲁的军事首领给予支援。他们就在博尔努的首都卡宰尔古莫向果尼·莫克塔尔发动反攻，在一次极其艰苦的战斗中打败并杀死了果尼·莫克塔尔，但索福在返回巴巴耶途中也去世了。

在索福统治时期，索塞巴基国的疆域大为扩张，西至坎切和道腊，南至菲吉河流域，向东直到木尼奥。而在北部的米里亚的索塞巴基国则一直扩张到德伦。

索福的兄弟阿罗继立，从 1806 年统治到 1813 年，他的软弱无能导致了索塞巴基国的衰落。

接着是索福的儿子达莫继位，他统治了六年，于 1819 年被他的堂兄弟，法达的儿子丹·巴腊腊推翻，于是他避难到津德尔，投奔苏莱曼素丹（亦称塞利曼素丹）。而在更北部已诞生了一个新的素丹国——达马加腊姆，它已经在渐渐地取代老的索塞巴基国的地位。津德尔的首领为了庇护达莫，便向丹·巴腊腊发动进攻；丹·巴腊腊战败出逃，巴巴耶被毁。但这时达莫去世了，他的儿子库亚由津德尔的素丹任命为索塞巴基国的首领，津德尔素丹的这次任命，如果不是以宗主的身份，也是以仲裁者的姿态出现的。库亚定居于库鲁库鲁，但是丹·巴腊腊在重整旗鼓之后立即向库亚进攻，并将其驱逐。接着，丹·巴腊腊就去对付素丹，素丹不得不屈服，收回了对库亚的任命。丹·巴腊腊定居于靠近瓦夏的马基亚，在那里统治了九年。但津德尔的素丹取得他的盟友图阿雷格人和果贝尔人的援助之后，便向马基亚发动进攻，马基亚遭到了洗劫，丹·巴腊腊逃奔塔凯伊（靠近现在的栋加斯）。

博尔努的素丹奥马尔谢赫，被这些骚乱所震惊；经过恩古鲁的军事首领的调停，并和津德尔的素丹协商之后，任命索福·阿卜杜拉耶的儿子基布里耳·多多为马基亚的索塞巴基国首领，基布里耳·多多随即迁居瓦夏。因此，就出现了三个索塞巴基国：一个在塔凯伊，一个在瓦夏，还有一个在米里亚。瓦夏的领土一经划定以后，便置于津德尔宗主管辖之下。

塔凯伊的索塞巴基国

津德尔的首领易卜拉欣因被敌人打败，要进行报复，所以又重新挑起战争，攻打他的藩属——塔凯伊的丹·巴腊腊，但未获胜；博尔努却相应地采取行动，博尔努的素丹来到津德尔，罢免了易卜拉欣，命太尼门接替其职。

丹·巴腊腊终于能够平安无事地进行其统治，但不久就去世了（1841年）。继位者是丹·巴腊腊的儿子丹·卡马杰（1841—1846年），由于他横征暴敛而被博尔努的奥马尔谢赫所废黜，于是，塔凯伊的索塞巴基国便并入了达马加腊姆（津德尔）。

以后的那些首领，都不过是津德尔的素丹派驻在塔凯伊的代表而已，他们是法达的儿子扎内杜（1846—1851年）；丹·巴腊腊的儿子丹·哈比巴，他是一位出色的行政长官，开始恢复他的权势。因此，那位谨慎小心的太尼门，便在1856

年任命丹·哈比巴的堂兄弟马亚基这样一个较为驯顺的人来取而代之。马亚基放弃了塔凯伊，创建栋加斯村。太尼门又忐忑不安起来，便罢免了马亚基，让马亚基的儿子阿卜杜继位（1882—1887年）。后来，马亚基还是重新执掌了他的酋长国，直至1894年去世。

马亚基的另一个儿子乌斯马内接着继位，执政到1906年。当时，法国行政当局已取得了这个地方的管辖权；乌斯马内由于漫无节制的横征暴敛而被英国人在卡诺逮捕，并被驱逐出境。马亚基的第三个儿子穆罕默德，于1906年继位。

瓦夏的索塞巴基国

在这期间，瓦夏的索塞巴基国继津德尔之后发生了另一些阴谋事件。1836年受任的基布里耳·多多建造了瓦夏村。因为他过于年迈，在1864年由他的儿子穆罕默德接替了他的职位。穆罕默德虽然为了讨好他的津德尔宗主而经常同卡诺以兵戎相见，但他还是于1878年被太尼门所废黜。

哈鲁纳（又名巴图雷）受命嗣位，但在1892年也被太尼门的继承者塞利马内废黜，由哈鲁纳的兄弟亚库布继任。可是当塞利马内的后继者阿马杜执政时，又恢复了哈鲁纳的职位（1894年）。这就是现在的瓦夏县境内的酋长领地。

在瓦夏东部，有一个名为古希的小国，居住着贝里贝里人，据传说，他们是十八世纪初迁移来的。古希介于索塞巴基诸国和木尼奥之间，但居然没有被吞并。它有三个重要的居民中心：亚卡瓦达、古希和马塔腊瓦，但没有政治上的统一。传说中却保存了一系列当时接受博尔努任命的首领的名字。他们最初和瓦夏的索塞巴基国结盟，但当津德尔的素丹确立霸权之后，古希便支持津德尔进行反对瓦夏的战争。因而引起了一系列封建式的内战；古希的一个首领丹·凯耳祖，在古鲁比建造了一个坚固的哨所，并以该地的驻军保护乡村，但终于被太尼门并入了素丹国。

米里亚的索塞巴基国

米里亚是从巴巴耶分裂出来的第一个索塞巴基国，1774年时，它在法达的统治之下。法达的侄子巴扎扎曾在那里闹独立，他只向恩古鲁纳贡。巴扎扎想要扩大势力，于1784年也去进攻其叔父法达，但他战败被杀。他的兄弟伊贝耳，因法达去世而得以摆脱束缚，平安无事地统治到1817年，使他的国家得到了发展，甚至超过了毗邻的津德尔。

伊贝耳的儿子穆罕默德·科索引起了苏莱马内素丹的恶感，苏莱马内素丹便于1821年支持伊贝耳的另两个儿子，即马伊·纳萨腊和穆罕默德·托罗去进攻米里亚，取得了胜利。穆罕默德·科索被废黜后逃往索科托；马伊·纳萨腊得到博尔努素丹的同意，被任命为首领。

但是，穆罕默德·科索在1822年发动反攻，虽然他还是失败了，却使得偏袒他的博尔努能出来居间调停。津德尔的素丹只得勉强地把这个酋长国交还给穆罕默德·科索。然而，穆罕默德·科索在和马伊·纳萨腊一派作斗争时，却无法支持下去；他在几个月之后即自行退位（1823年），于是马伊·纳萨腊回到米里亚，作为津德尔的藩属一直统治到 1837 年。

随后继位的是他的弟弟穆罕默德·托罗（1837—1857
年）。但在津德尔素丹太尼门即位后，穆罕默德·托罗想重新
取得独立。太尼门施展诡计将他逮捕，并任命马伊·纳萨腊
的儿子穆罕默德·巴吉亚腊为首领（1857—1870 年）。继而就
位的是穆罕默德·托罗的儿子拉菲亚（1870—1892 年）。拉菲
亚被苏莱马内素丹废黜后，由拉菲亚的兄弟索福·丹坎多继
任。两年之后，在阿马杜素丹执政时，拉菲亚才恢复原职，于
1897 年去世。

拉菲亚之子基布里耳·丹·拉菲亚继位后，米里亚成为津
德尔省的一个县，列入法国行政管理的新地区。

坎切：大约在十三世纪，穆罕默德·纳法尔科的一个后
裔，出身于库吞巴瓦家族的塔菲亚奥，因企图篡夺王位而被
驱逐，他从卡诺出走，向北流亡，定居在猎人住的村子——东
果，他排挤了当地的女王蒂内蒂内，设法使卡齐纳的素丹任
命他为王。这个东果村后来迁到了坎切和提尔米尼之间的西尔
卡奥。随后，在那里造起了一道比尔尼 ① 以防御图阿雷格人的
入侵。

奥斯曼·丹·福迪奥属下的颇耳人攻占了西尔卡奥城，城
墙即被摧毁，其废墟至今犹存。这些颇耳人是为了追击卡齐纳
的总督马加基·阿里杜而来侵袭的，因为马加基·阿里杜正在
那里避难。马加基不愿落入颇耳人之手，遂投井自尽。他的继

---

① 比尔尼，意为坚固的城墙。

承者丹·卡萨瓦只能在马腊迪统治，因为他把西尔卡奥即坎切地区送给了津德尔素丹，以答谢他的援助。当时西尔卡奥的君主是博里，他的儿子巴科尔果米迁居坎切后，在其四周都设了防。在坎切送给津德尔素丹国以后，坎切就成了易卜拉欣和太尼门的角逐场所；由于它效忠于易卜拉欣，西尔卡奥城终于被摧毁。太尼门任命一个效忠于他的王子丹·巴耳哈德去治理坎切地区。丹·巴耳哈德是博里的孙子，这个王朝从此便由他的儿子承袭下去。

这时，道腊的一个王子马萨拉提在一次家族纠纷之后，退居到马加里亚村，他在那里筑起城墙，这大约是在十九世纪中期。由于他归津德尔统治，不久就不得不追随素丹去进行几次征伐。

津德尔素丹国（或称达马加腊姆）

达马加腊姆是整个津德尔素丹国的总称，但最初只适用于一个比较狭小的地区，更确切地说，专指津德尔东北部的一个住有达加腊部落的村庄而已。后来，人们把这个地区称为达马加腊姆-塔卡亚（意为荆棘丛生的达马加腊姆）。

这些达加腊人是索族的卡努里的支系，他们是从博尔努迁移到库图斯来的；由于被图阿雷格人赶走了，其中一个部落遂定居于达马加腊姆。他们在当地遇到了一些尚未稳定的豪萨族人的小集体，最初他们打算把这些豪萨人赶走，及至遇到一定程度的抵抗，才造成了两族共处的局面。这样，达马加腊姆便象津德尔、达梅尔古一样，也是一个卡努里人或贝里贝里人同豪萨人发生接触的地方；其东部住有卡努里人，尽管豪萨语在那里仍占优势。

大约十七世纪末，达加腊人被一个人并吞掉了，此人便是津德尔历代王朝的祖先和奠基者，他在历史上仅仅以麻拉目这个名字出现。[①]

麻拉目是住在博尔努的一个达加腊人，也就是一个索族人。他在很年轻的时候，就到库亚姆教派的中心地贝尔贝累克去向一位担任马拉布特的阿卜杜拉耶长老学习。但该城不久就遭到库图斯的伊马基滕人的劫掠。1689 年阿卜杜拉耶长老的继承者离开了这个地方。麻拉目重新出走，在达马加腊姆终于找到了住在那里的他的同族。翌年，这个村庄被图阿雷格人劫掠之后，他又离开了这个村庄，继续向南五十公里在一块岩石嶙峋的高原上找到一个比较隐蔽安全的地方，在那里创建了盖扎村。他的宗教虔诚使他获得了圣者和奇迹创造者的盛名，1736 年，当地的居民都拥立他为首领。他卒于 1746 年，被奉为圣人和先哲。他的继承者是他儿子巴巴（1746—1757 年），也按照他的和平路线统治。接着，巴巴的儿子太尼门·巴巴米一直当政到 1775 年，统治着一个包括五个村庄的群集：除盖扎以外，还有巴代卡腊、果尔果里、加内斯库和丹凯苏。在晚年，他还击退了邻邦米里亚的索塞巴基国巴扎扎的进攻。

太尼门的长子阿萨法继位，但在 1782 年一次抵抗图阿雷

---

① 麻拉目的父亲也许曾自称为马伊纳·卡代伊。马伊纳是图巴家族中诸亲王的尊号，可能出于树立威望的考虑，才把这一尊号授予了麻拉目。

格侵略者的战斗中阵亡。

继承者是阿巴扎（1782—1787年）；随后是麻拉目，即巴布·萨巴（1787—1790年）、达乌杜·丹·太尼门（1790—1799年），他们都是兄弟。面临着图阿雷格人入侵时，他们都不能保卫国土，是一些没有勇气的马拉布特，不敢上阵作战。达乌杜创建了加法提村，定居在那里。

他们最小的一个弟弟阿赫马杜·丹·太尼门，从1799年一直统治到1812年，他颇能抵抗图阿雷格人的入侵。他在希昂扎村扎寨据守，与图阿雷格人对抗。相反，对比较强盛的米里亚的索塞巴基国却愿意纳贡。他遵循着一项稳步前进的扩张和兼并政策，特别是对付鲁阿恩萨米亚村和津德尔村。他的姐姐法纳塔①的几个儿子治理基尔希亚村和马加里亚村（介于希昂扎和津德尔之间），与阿赫马杜毫无关系。

阿赫马杜的继承者是他的侄儿塞利马内·丹·廷图马，又称苏莱马内·丹·廷图马，他在1812年即位后不久，先定居于津德尔。当时的津德尔还只是一个由猎户创建的小村落。②塞利马内将它扩大，并在其四周围了一道木栅。他从这里出发重新去征服达马加腊姆，把它兼并了。从此他便拥有达马加腊姆首领的尊号，较之当时还没有名望的津德尔首领更为显赫。正因为如此，津德尔和达马加腊姆之间便经常发生纠纷。

塞利马内立即就和米里亚的索塞巴基国发生冲突，但在多

---

①　法纳塔拥有马加腊姆（妇女首领）的尊号，这是给素丹家族中公主的称号。

②　津德尔（Zinder）一词可能是从尊顿（Zoundoum）这个字演变而来的，尊顿意为"巨大"，因为那里有巨大的岩石；也可能是一个猎户的名字。

次挫败之后，他居然能够利用一次家族不和事件（参见索塞巴基国的历史）赶走了米里亚的索塞巴基国首领穆罕默德·科索，而代之以其弟马伊·纳萨腊（1821年）。随后，塞利马内支持马伊·纳萨腊对付穆罕默德·科索的反攻，继而又胜利地击退了奉博尔努素丹之命，由麻拉目·耶罗指挥的一次武装干涉。在这些战役中，达马加腊姆的首领获得了丰硕的战果，特别是掳得了一千匹马，而更为重要的是他把领土扩张到德伦、多果、古纳和迪内等地。最后，他在达库萨阻击并驱逐了达梅尔古的图阿雷格人。于是塞利马内成了这个地区最有势力的首领，其祖先曾经望而生畏的米里亚的索塞巴基国也承认他为宗主了。

1822年，塞利马内年老引退，于1831年去世，把他的酋长国留给了他的儿子易卜拉欣。易卜拉欣起初在卡诺境内发动了对颇耳人的战争。随后又强制马基亚的索塞巴基国首领丹·巴腊腊接受他的宗主权，丹·巴腊腊逃往塔凯伊，瓦夏的索塞巴基王国因此成为津德尔的藩属。易卜拉欣继而又出兵攻打道腊的颇耳人，虽未取得决定性的胜利，但征服了道腊东北的一个小公国宗果。这种霸权一直持续到法国人到来之时。易卜拉欣后来又和木尼奥发生冲突，但未获胜。

易卜拉欣的主要目标是制服丹·巴腊腊治理的塔凯伊的索塞巴基国，但却在那里受挫。于是在1841年，博尔努的素丹，即丹·巴腊腊的宗主奥马尔谢赫，亲自来到津德尔，以表示尊重易卜拉欣的统治秩序。为了表明自己的立场，易卜拉欣便派他的兄弟太尼门去见奥马尔，但当他得悉太尼门已背叛时，他就出奔坎切，随后又前往马腊迪。

　　奥马尔谢赫在津德尔逗留了一个半月，任命太尼门·丹·塞利马内为津德尔的素丹（即达马加腊姆的首领）。但太尼门立即和他的藩属米里亚的索塞巴基国首领穆罕默德·托罗交战。这是一大错误；正在近处的易卜拉欣闻讯后立即前往博尔努。在再次获得奥马尔谢赫的好感之后，他返回津德尔重新执掌他的酋长国。太尼门却拒不让位，于是兄弟俩便诉诸武力，经过长期的血战（死亡一千人），太尼门败逃达梅尔古（1848 年）。

　　易卜拉欣复位后又重开战端，这一次是为了对付古梅耳的素丹，[1] 他未能取胜。接着又和兄弟太尼门发生纷争，虽然木尼奥的素丹曾把太尼门送交易卜拉欣处置，但他仍让太尼门前往博尔努。[2] 奥马尔谢赫拒绝把津德尔酋长国交还给太尼门。两年后，太尼门决心用武力去夺回他的王位；他先向卡诺的素丹求助，随后又求援于索科托的信士们的长官，但这两个颇耳人的首领都婉言拒绝了。于是他来到道腊，此时道腊正被两个争夺者所分裂，他便袒护其中的一派，即比尔尼道腊的亚耳·巴雷瓦。持有偏见的易卜拉欣在和达梅尔古的图阿雷格人、马腊迪的首领以及果贝尔的素丹结盟之后，就发动了攻势。但是，因为过于犹豫不决，易卜拉欣还是战败了，在退却途中死去（1850 年）。

---

　　① 这次出征地方较远，因为古梅耳在栋加斯以南五十公里，卡诺的东北。
　　② 在木尼奥则另有一说：易卜拉欣曾要求木尼奥的素丹科索把逃避在古雷的太尼门交给他，科索予以拒绝，并把太尼门送交博尔努的素丹奥马尔谢赫。这一说似乎更符合于历史的前后关系和科索的仁慈性格。

接着继位的是他的儿子穆罕默德·卡切·丹·易卜拉欣（1850—1851 年）。可是太尼门立即向津德尔进军，趁机还纠集了各个索塞巴基国的首领。津德尔的居民抛弃了穆罕默德·卡切，使太尼门取得了胜利。穆罕默德·卡切则退居到博尔努境内的库卡瓦。

太尼门统治时期

太尼门·丹·塞利马内，或称"太尼门大帝"，他的第二次在位时期大抵持续了三十三年（1851—1884 年），这是津德尔素丹国的全盛时期。最先，太尼门对卡诺的素丹发动进攻，但未曾交战就不得不退却，在水淹地区损失了许多马匹（这就是亚基·恩鲁瓦，意为"水战"）。于是他转而去征服邻邦，首先是米里亚的索塞巴基国。太尼门先是被这个国家的首领穆罕默德·托罗所击败，但在谈判期间，经过五年的耐心策划，太尼门终于逮捕并废黜了穆罕默德·托罗，而代之以接受其宗主权的穆罕默德·巴吉亚腊。

在又一次出征中，太尼门以武力征服了坎切（降服了科累尔）；随即率师逼近卡诺（攻克杜古亚瓦），并征服了坎切以南的卡藻雷，其首领被杀身死。他顺路还惩罚了宗果（攻占耶尔达基）。他建立了一支强大的军队，配备着从的黎波里买来的火枪和活塞枪，军粮充足。在津德尔，还有工匠配制火药，铸造大炮和炮弹，虽然实际效能很小，但足以威慑敌人。在战场上，他能排列出六千支枪和四十门炮。

随后，他又把津德尔城原来的木栅，改建为有枪眼的城墙，这是一道真正的防御工事，高八至十米，城基厚达十米，周长五公里。这座坚固的建筑物只用了两个月的时间便竣工。

军队有了保障，首都也处于安全地带，于是太尼门便出征木尼奥，因为木尼奥的素丹曾背叛过他。当时的素丹是科索的儿子马哈马杜。太尼门将他击溃于武歇克，并将他囚禁起来；奉奥马尔谢赫之命才不得不予以释放。三年后，太尼门重新出征，在古雷击败了马哈马杜，把他押送津德尔囚禁，随后就把他处死。

博尔努的素丹已经给木尼奥任命了马哈马杜的一个兄弟穆萨为首领，太尼门遂不断地前去骚扰，直到博尔努同意马哈马杜的弟弟哈基接任为止。哈基是一个胆小怕事的人，他逃到库卡瓦去托庇于他的宗主。因此木尼奥就一直没有首领，太尼门终于能够把它并入了达马加腊姆。

太尼门的目光此时已从木尼奥转向阿德贾 ①。作为一个全盛时期的达马加腊姆的首领，所关心的就是牺牲南部诸素丹国，以扩大自己的疆域。易卜拉欣就曾经试图进攻古梅耳，太尼门也已经亲自出征卡诺。但在阿德贾，太尼门却并不幸运，两次出征均遭失败。于是他明智地放下武器，致力于使他的属国得以繁荣昌盛。他通知邻邦，他将致力于谋求和平相处。从此他努力发展农业和商业，津德尔地区于是就出现一派繁荣景象，新的文化被引了进来，贸易往来扩展到遥远的地方。达马加腊姆首领的对外贸易远至埃及和阿拉伯半岛。自从向图阿雷

---

① 阿德贾是一个素丹国，位于科马杜古河上游，古雷以南约二百公里。

格人购买了一千匹马以后，他就派遣沙漠商队前往的黎波里和开罗，以本地的产品和奴隶去换取各种货物。

对于各圣地（如麦地那和麦加）的哈里发，他都送去丰厚的贡礼 ①。正是在太尼门统治时期，津德尔发展到了声势显赫的顶峰，在非洲的这一地区，它是一个引人注目的中心。

太尼门在位时期的编年史，不应该把它只看成是一部由许多村庄集结而成的邻村之间互相抢劫的非洲小王国的简单的历史。太尼门和津德尔的历史，已成为一部伟大的历史。这部历史记录了一个土地兼并者的理想，一个他所追求的国家的基础，一个伟大国家的结构，一种国际政治的观念。

八十年之后，即 1963 年，太尼门远代继承人、尼日尔共和国总统迪奥里·阿马尼曾先后到开罗和麦加作正式访问，太尼门的亡灵怎么能够不欣喜欲狂呢?

太尼门所统治的津德尔，已经具有后来的尼日尔国的地域概念了。如果说它在东部尚未扩展到乍得边界，在西部它的政策还没有越过果贝尔和阿德尔而贯彻到桑海族和杰尔马族占优势的地区，无疑地，这也只是一个时间问题而已。法国人来到后，把东部和西部的恩吉格米、津德尔和尼亚美结成一体，这就出现了一个可能实现的、合乎逻辑的前景。

太尼门感到自己已经年迈，便考虑确定他的继承人；他把某些权力交给他的小儿子基阿雷，因此引起了他的长子塞利马内的妒忌。塞利马内遂出走索科托投奔信士们的长官。太尼门

---

① 这种贡礼名为"萨达卡"（Sadaka），包括三名宦官和若干货物。

遣人去追捕（1880年），但未追到，派去的征伐队却在归途中抢劫了坎切境内的萨拉赫村。为了鼓励塞利马内回来，太尼门解除了基阿雷的一切职务，但仍未使塞利马内信服。于是他只得独自当政，直到1884年暴卒。

素丹国的组织：素丹是拥有至高无上权力的国王，他是通过由他任命的大臣们组成的机构进行统治。其中一部分大臣称为"迪昂 · 塞尔基"，都是贵族，通常是素丹的亲属长辈；另一部分称为"塔拉卡"，是平民。在第一部分中有：亚库迪马（王储）、契腊马（总司令）、加拉迪马（首相）、马亚纳（总督）等等；在平民担任的官职中有卡乌腊（战俘总管）、卡伊加马（步兵长官）、塞尔基 · 恩达瓦基（骑兵长官）等等。一般说来，财政和管理国家财产方面的高级官员都是素丹的亲信，担任这些职务的都是一些称为马拉、歇蒂马、贝拉马等的宦官。

省议会由素丹指定人选。其成员是：若干名大臣（加拉迪马、契腊马、卡伊加马），几个县的首领，两位马拉布特，一名塞尔基 · 恩富拉尼和一名图阿雷格人的总督。

每一个族长都得缴纳赋税——一定数量的小米和贝壳币。颇耳人则是用牲畜来缴税的，从原则上说，他们的全部马匹都是素丹的财产。通过严格的裁决所得到的罚款，是国库收入的主要来源。

太尼门的继承人

大臣们曾推选太尼门的第四个儿子易卜拉欣（又名果托）

为其继承人。但在流亡中的长子塞利马内不同意这项选任，而向津德尔进军，支持他的有其忠实的追随者，还有一些是他的同盟者，其中包括图阿雷格族的伊扎加伦人。易卜拉欣从津德尔出走，在卡提福附近的扎加瓦发生了遭遇战。这是一场血战；同易卜拉欣结盟的图阿雷格族的乌伊人，发现对方有伊扎加伦人，便径自撤退，易卜拉欣虽然英勇作战，但因脸部受伤只得逃跑。易卜拉欣在位仅九十天（1884 年）。

胜利者塞利马内·丹·太尼门进入了津德尔。为了任命太尼门的继承人而来到津德尔的博尔努方面的使者，接到他的君主哈希米谢赫的命令，承认了新素丹。这是以一笔厚礼换得的，塞利马内送给谢赫八百五十支枪和十门炮。

塞利马内在位期是从 1884 年到 1893 年。他早已表现出他的作战能力，登位后接连发起几次征伐战。他首先打垮了芒加以北的迪埃特科人，这些人既想躲开博尔努，也想躲开津德尔，他们不得不投降塞利马内。

太尼门先前曾征服过介于道腊和卡诺之间的卡藻雷，但这地方随后就获得自由。塞利马内想再度加以征服，出兵包围了卡藻雷，但因那里的素丹马亚基坚持抵抗，达马加腊姆的军队只能在其四郊劫掠一番。翌年，塞利马内又直接向卡诺素丹国发动进攻，村民纷纷逃奔马卡达（位于卡诺以北四十公里），在那里发生了自相残杀的情况，使塞利马内唾手而得大批战利品，但卡诺的首领贝洛·丹·阿卜杜拉耶不敢出城应战，塞利马内的军队遂撤回津德尔。

达马加腊姆东北部的许多村庄，包括达库萨在内，受到格雷斯人的抢劫，他们掳走了当地的居民。塞利马内率师以急行军的速度赶上了他们，出其不意地进行袭击，夺回了格雷斯人的掠夺物，并缴获了一部分骆驼。

塞利马内还得提防他的堂兄弟穆罕默德·卡切，此人是易卜拉欣·丹·塞利马内的儿子，而易卜拉欣·丹·塞利马内就是1851年被推翻的太尼门的前任。穆罕默德·卡切从库卡瓦返回以后，在卡诺结集他的支持者；塞利马内于是就派他的副官契罗马·基布里耳统率一支军队前去攻打。那个觊觎王位的穆罕默德，在罗果果一战中战败身死（1892年）。

塞利马内的军事活动已使津德尔成为一支可怕的势力，但他的凶暴日益变得病态般的残酷，连他的后宫也望而生畏，因此人们给他起了一个外号："马伊·祖布达·基尼"（嗜血者）。他是达马加腊姆最残暴的素丹。他死于1893年，可能是在一个夜晚被他的妃子们勒死的，他曾威胁说要杀死她们。

继承塞利马内的是他的弟弟阿马杜·丹·太尼门，他是由宫廷大臣们推定的。阿马杜在历史上通称阿马杜·马伊·鲁姆基，这是他在1899年暴卒于鲁姆基村以后才得到的外号。当时，正是腊巴赫统治时期，内战正酣，因此阿马杜未能得到博尔努方面的任命。博尔努的哈希米谢赫已经出逃，忠诚的臣民拥戴基阿里为新的素丹，但基阿里见到腊巴赫也逃走了。基阿里承认了阿马杜，但要求他一起对付腊巴赫。

阿马杜不愿冒这个风险，他宁可继承前任的遗志，去征伐邻邦，虽然这要付出更大的代价。他连续进行了六年的战争。

先前被塞利马内征服的那些居住在卡腊腊地区（古雷之

东）的迪埃特科人，已实现了他们的独立愿望；阿马杜将他们打垮以后，就把他们驱散了。

对马歇纳发动的征伐战是以俘获马歇纳的素丹米利·丹·卡卡米，并把这一地区并入达马加腊姆而告结束的。这次征伐是由津德尔的颇耳人首领（塞尔基·恩富拉尼）阿博基指挥的。

此后，阿马杜·丹·太尼门便转而进攻恩古鲁素丹国。恩古鲁的素丹马哈马杜放弃了他的首都恩吉利瓦而出走，达马加腊姆的首领就任命马哈马杜的兄弟基阿雷接任。在以后的战役中，基阿雷便和津德尔的军队协同作战，但阿马杜终于还是以他的侄子易卜拉欣取代了基阿雷。恩古鲁从此便成为津德尔的藩属。

阿马杜接着又去攻打古梅耳，他围困了这个城市，尽管进行炮击，却仍未攻克。他遭到挫败后就返回津德尔。这样，他就只得去进攻卡诺，或不如说是去攻打卡诺的属地；这是一场艰难困苦的战争。他攻陷了盖扎瓦，但卡诺的素丹阿卢·丹·阿卜杜居然突围而出，袭击并屠杀了当时正在大肆掠夺的达马加腊姆军的后卫部队。阿卢立即折回卡诺，阿马杜不敢追击。但在归途中，阿马杜派出两个纵队去进攻卡比村和布尔萨里村；他的副手们带回了大批战利品和俘虏（1896 年）。

阿马杜再次注视着卡诺，因为对在盖扎瓦的那一次屠杀尚未报复。于是他又派出一支征伐部队，占领了达梅尔古村，村民纷纷出逃。阿马杜这次一直挺进到卡诺以北的法尼索，把逃到城里的居民全部赶走（1898 年）。卡诺的素丹阿卢无意交锋，只求敌军离去；因此，阿马杜一无所得，又无法进攻卡诺城的防地，便撤退了。

现在我们要讲到 1899 年了。欧洲人挺进到西部的消息传到津德尔后，塞努西谢赫便派使者穆罕默德·塞尼去劝说穆斯林停止内讧，团结一致以抵制基督教徒的进入。阿马杜置之不理，而且在卡泽马儒上尉被杀害之后，就去进攻帕利埃（武累－夏努安）的纵队，在 1899 年 7 月 29 日交战于津德尔以西二十公里的提尔米尼；他被击溃后逃亡而去。法国人于 7 月 30 日进入津德尔，扎营在城门口（现在的炮台遗址）。阿马杜在逃亡途中在 9 月 15 日被杀死于鲁姆基。

第六章　颇耳人的霸权

颇耳帝国

我们在上文已经讲到，豪萨族各国在十九世纪已很重视颇耳素丹国，一些亲王甚至寻求索科托的信士们的长官的庇护。我们也已经谈到，桑海人和杰尔马人在尼日尔河流域同颇耳人打过仗，而且当颇耳人的侵略带有进攻性时，桑海人和杰尔马人曾不得不在自己境内作战，并且多少有点幸运地抵制住了来自索科托方面的猛烈进攻。在叙述了尼日尔河两岸地区以后，即西部一部分地区为桑海帝国所承袭，东部地区置于博尔努势力之下，直到豪萨族重新团结起来为止，我们就要讲到尼日尔中部的第三股力量，即索科托的颇耳人，这也是一股帝国的势力。

尽管人们会注意到，1898年至1904年的法英瓜分，给尼日利亚留下了颇耳人的遗产，而在尼日尔则保留了一些即便不是自由的，至少也是抗拒颇耳人殖民活动的古国，但奥斯曼·丹·福迪奥的控制极严，统治的后果极为严重，以致对颇耳帝国事先如果没有一个了解，就难以探讨我们现在这个地区——从特萨瓦到马乌里——的历史。

布布·哈马说过，这股力量"吞噬了整个苏丹中部地区（即我们的尼日尔）……这是一项巨大而又有深远影响的事业"。在此，我们要重复一遍，颇耳人这种不仅是宗教的而且又是政治的扩张，是为形成统一国家的意识准备了一个主要因素。

人们往往把颇耳人作为一种流动的散居的民族，而忘记了经常有着一些人口众多的颇耳族人在黑大陆定居下来，也忘记了有几个省全部是颇耳人居住着，还忘记了一些颇耳征服者曾为我们非洲增添了光彩。奥斯曼·丹·福迪奥就是颇耳征服者之一，他在十九世纪初叶创建了索科托帝国。

索科托早已是颇耳人的重要都市、德姆王室在富塔托罗热带深草原的一块封地，这也许就是奥斯曼·丹·福迪奥在其取得初步成就之后要在索科托建都的原因。

奥斯曼·丹·福迪奥 ①，在 1754 年左右出生于果贝尔的马腊塔，其祖籍在特克鲁尔（塞内加尔的富塔托罗，这是"图库列尔人"的地区），他的祖先于 1500 年光景来到豪萨人的地区。奥斯曼·丹·福迪奥，就其种族、宗教和亲属关系而言，他是一个颇耳人；但他生活在豪萨人地区，因此应该把他作为果贝尔的亲王来了解他最早的反抗活动。起先，他是果贝尔的

---

① 奥斯曼·丹·福迪奥（Ousman dan Fodio），据古老的编年史，也写作 Othman dan Fodio。

素丹巴瓦·詹·果尔佐（1776—1784 年）的顾问，在素丹的继承者身边，他的势力逐渐得到巩固。他的声望与日俱增，他在自己的家乡马兰巴扎①把果贝尔的颇耳人都争取过来了。于是他的家乡变得重要起来。果贝尔的新素丹尤姆法（1798—1804 年），决心摧毁马兰巴扎，但颇耳人聚集在谢里夫——奥斯曼刚刚获得的称号——麾下，击溃了素丹派来的军队。颇耳人再次遭到袭击，但他们又打了一次胜仗，不过奥斯曼还是离开了果贝尔，移居鲁阿乌里（比尔尼恩科尼西南三十二公里处）。果贝尔和卡耳马洛地方的"马坦卡里"（首领）不断地向他进攻；他摧毁了卡耳马洛，在西部地区临近索尔科伊的古杜定居下来。尤姆法素丹随即向哈代扎、卡藻雷、道腊的素丹以及图阿雷格族的乌伊人求援，并与这些邻邦结成联盟以对付奥斯曼。颇耳人为他们的谢里夫所鼓舞，奋起迎击果贝尔联军，把它打得溃不成军，还俘获许多长官，缴获大部分战马。仁慈的奥斯曼把俘获的长官释放了。

奥斯曼随后遭到阿德尔的素丹哈米迪内的进攻，奥斯曼将他击溃了三次。因此，奥斯曼终于解除了果贝尔对他的威胁。穆罕默德·贝洛夺取了阿耳卡拉瓦。尤姆法早已被杀，他的继承者萨利富由于没有得到颇耳人的赞同，因而被处死。果贝尔被摧毁了。

与此同时，奥斯曼在一次伤亡惨重的激战之后，攻克比尔

---

① 在今尼日利亚的萨崩比尔尼西北二十公里处，非常接近边界，离当时的果贝尔首都阿耳卡拉瓦不远。

尼恩科尼；该城被焚毁。

当奥斯曼·丹·福迪奥的儿子进行连绵作战时，他把索科托定为首都并在那里住下。颇耳帝国的势力就在此建立了起来。与此同时，他在冈多（索科托西南四十公里处）筑起了城堡，不时前往居住。

然而，与阿德尔的和平问题已经提出来了。艾尔的素丹巴克里，以阿德尔宗主的身份亲自前来居间调停。他想把果贝尔的塞尔基 [1] 这一称号授予穆罕默德·贝洛，[2] 但颇耳人则使之承认了一个有更高威望的尊号：木苏耳米的塞尔基，即"信士们的长官"，用颇耳人的语言和术语来说，即拉米多·迪乌耳贝，或拉姆·迪乌耳贝，还可以说成是穆明阿米鲁。

继果贝尔和阿德尔之后，穆罕默德·贝洛继续扩张到卡齐纳（1805 年），他占领该地后便任命一个总督。但颇耳人未能阻止卡齐纳王国的分裂；他们仅仅在南部省（位于现在的尼日利亚）保持其霸权，而听任特萨瓦省和马腊迪省分裂出去组成一些豪萨族的素丹国。

位于今尼日利亚北部的各邦，诸如克比（1805 年）、道腊（1805 年）和卡诺，已被奥斯曼·丹·福迪奥及其助手、兄弟阿卜杜拉，尤其是奥斯曼之子穆罕默德·贝洛所征服。他一直挺进到博尔努（1808 年）。1809 年，征服工作全部完成。

奥斯曼·丹·福迪奥于 1817 年 4 月 21 日逝世。帝国因

---

[1] 果贝尔的塞尔基（Serki-n'Gober），意为果贝尔的首领。——译者
[2] 艾尔的素丹，也可以被认为是果贝尔人的宗主，应该记得，果贝尔人的发祥地是在艾尔。

此一分为二，成立两个政府。穆罕默德·贝洛在索科托继承父业。他对介于登迪和博尔努之间的北部各省进行统治，但不包括达马加腊姆和索塞巴基诸王国，这些地方仍然不为颇耳人所控制。奥斯曼的兄弟阿卜杜拉在冈多第二首都就位。介于尼日尔河和贝努埃河之间的中部各省，以桀骜不驯的克比为界的西部地区均在他管辖之下。

从这个时候起，冈多的素丹较之索科托的素丹更为频繁地向西部进军。克比、杰尔马因此与冈多开战。冈多的素丹已经与萨伊、坦卡拉建立了一些正常的、实际上是行政方面的联系，因为他在那里任命了一些名符其实的总督。

穆罕默德·贝洛从 1817 年起一直执政到 1837 年。他的继承者是：

——阿提库，奥斯曼之子，1837—1842 年；

——阿利乌·巴巴，穆罕默德·贝洛之子，1842—1855 年；

——阿赫马杜·古鲁扎，阿提库之子，1855—1862 年；

——阿利乌·卡腊米，穆罕默德·贝洛之子，1862—1863 年；

——阿布巴卡尔，穆罕默德·贝洛之子，1863—1868 年；

——阿马杜·腊法伊，穆罕默德·贝洛之子，1868—1873 年；

——马迪乌布恩·迪亚博卢，穆罕默德·贝洛之子，1874—1879 年；

——乌马鲁·丹·阿利乌，穆罕默德·贝洛之子，1879—1891 年；

　　——阿卜德·拉赫曼，阿布巴卡尔之子，1891 年 3 月—1902 年；

　　——穆罕默德·阿塔黑尔，哈马杜·阿提库之子，1902—1903 年。

　　穆罕默德·贝洛，较之奥斯曼·丹·福迪奥更称得上是一位战士。因为他不仅经历过一场为奥斯曼所发动和鼓吹的圣战，而且在颇耳民族的名符其实的征服时代，他也是一名战士。

　　1835 年达库腊乌阿之战，颇耳人获得全胜，这标志着颇耳帝国发展到了顶峰，但它迅速地衰落下来。继奥斯曼之子穆罕默德·贝洛和阿提库去世之后，果贝尔和马腊迪就获得了自由；但这并未使颇耳人的事业，至少是宗教事业为之逊色。

　　颇耳人向西部的扩张，与其邻国克比、登迪、杰尔马和北部的阿雷瓦发生了冲突。索科托的颇耳素丹，尤其是冈多的颇耳素丹为了对付这些国家的抵抗，发动了一场消耗战，挺身进击达五十年之久。他们在阿雷瓦和杰尔马只建立了有限的宗主权；在那个世纪末，索科托才去制服直到那时尚未受创的克比。信士们的长官阿卜德·拉赫曼正是带着这种忧虑于 1891 年登基的。他立即组织了对阿尔贡古的征伐，并且向他的藩属利普塔科和托罗迪（易卜拉欣·盖拉迪奥）以及多索的杰尔马王求援。

　　1892 年 2 月，易卜拉欣·盖拉迪奥渡过尼日尔河，但他不是向克比进军，也没有与杰尔马合作，而是去攻打克比王国君主在阿雷瓦南部的同盟者。

阿尔贡古起先击退了颇耳人，但颇耳人的第二纵队终于获胜（1892年3月）。克比王国君主纳马战败而被处以死刑，并由信士们的长官的兄弟所取代。冈多的素丹被赋予对马乌里的宗主权，同样，至少名义上也被赋予对杰尔马的宗主权。至于易卜拉欣·盖拉迪奥则获得了重赏。

除了对西部地区各国采取这些军事行动和施加宗教影响以外，索科托的势力还扩展到了尼日尔河右岸萨伊、托罗迪，特别是多里的利普塔科国一带的颇耳人村社。这股穆斯林势力遵循着相同的宗教原则，终于变成了一种政治势力。

十八世纪末叶，阿耳法·穆罕默德·迪奥博在萨伊就位后，萨伊就理所当然地臣属于索科托。"阿耳法·穆罕默德作为一个同盟者或被保护人，他与帝国的联系不甚紧密，但是却被奥斯曼·丹·福迪奥指定为他在整个尼日尔中游地区的代表"（据于尔瓦）。萨伊的"阿米鲁"还被巴尔特冠以（隶属于冈多的）"总督"头衔。

隶属于冈多和索科托的那些地区，确实接受了一个真正施行中央集权和等级制的领导机构的领导。财源来自预先征收的农作物，总督则以地租的名义征收十分之一的农作物；此外他还可以得到一些无主的俘虏和迷途的牲畜。总督还主持司法工作，但仅限于其首府的范围。

在这里我们应当着重指出颇耳素丹们在宗教和精神方面的影响。从民族观点来看，未来的尼日尔各省对外族统治的抵抗活动是和我们有共同利害关系的；但应该承认，索科托确立并善于保持一种精神上的霸权，即便奥斯曼·丹·福迪奥推行了颇为狂热的征服政策，即便在军事斗争中尼日尔各邦顽强地进行自卫，而且经常获胜。

马腊迪和特萨瓦两素丹国

卡齐纳

在卡齐纳地区，也许居住过一个已经难以考证的部族：杜尔比人。这是一些豪萨族的阿兹纳（多神教徒）。关于杜尔比人，只有一些传说；根据这些传说，可以估计他们是生活在八至十四世纪。这种传说还提供了某些首领，或者说是某些家族、王朝首领的名字：最早的是库马约世系，大约统治了一百四十二年，[①] 而后，朗巴世系统治了一百四十年，巴太雷太雷伊世系统治了一百四十年，接着是科罗、基尔纳塔和扬卡代里等世系共统治了一百四十五年，最后是贾布达亚基（即萨纳奥）世系统治了四十年。但这仅仅是传说而已。

关于卡齐纳王国本身的建立，也是一种传说。人们不知道把十四世纪来自东方的移民称为什么人，这些移民在一个大概就是卡齐纳的地区定居下来，想必不久就被称为卡齐纳人。有人认为，他们是从一个阿拉伯国家，即巴加达扎（巴格达），经由埃及而来的。

后来加入这些来自东方的移民的，还有从马里迁徙来的一

---

① 库马约可能是在八世纪时卡齐纳的奠基者。据杜尔比人的回忆，马腊迪宫廷中尚有一种杜尔比（dourbi）的称号。

些"旺加腊"家族，这在前文已经提到过。

在另一个传说中则把卡齐纳的创建与一个神奇的故事联系在一起，而且从未谈到一个部族的迁徙，始终讲的是第一个国王的诞生；这个国王就是道腊女王的儿子巴奥，他是本族的化身。相传巴奥有七个[①]儿子，其中承继卡齐纳酋长国的是穆罕默德·科腊奥，他的兄弟分别成了卡诺、腊诺、道腊、果贝尔和赞法腊的酋长。这种传说，至少说明所有这些地区在人种方面是有共同起源的：一部分是土著居民，即可能是早已居住在那里的豪萨人（就其语言、当地特有的宗教而言）；另一部分是来自东方的移民。

杜尔比人的最后一个统治者萨纳奥已同意穆罕默德·科腊奥为马拉姆（即马拉布特），因为新来的移民随着他们的到来引入了伊斯兰教。穆罕默德是一个旺加腊人，他利用萨纳奥的轻信将其推翻并杀死，约在1368年自立为素丹。他扩建了杜尔比人的首府，在其周围筑起一道城墙，并将该城命名为比尔尼恩卡齐纳[②]。他统治了五十年，是当代马腊迪王朝的首领。

据传说，穆罕默德在四百三十七年间有三十一个继承者，这就把我们带到了十八世纪下半期。他们的世系显然只是一种传说。

在这个时期，与果贝尔进行了长期的战争。其中一个素丹

---

①　原文为七个，但下文只有六个。另据布布·哈马所编的《尼日尔史》中级教本，也是六个。——译者

②　以这座城墙的建筑师卡齐的名字命名。

名为塞利马内·夏加腊纳 [1]，他战胜了果贝尔人的首领穆罕默德·马伊·吉蒂，但战争并未结束。

随后是吉达·阿果腊吉的历史时期。阿果腊吉在位期是从1783年至1800年。他已经与果贝尔素丹巴瓦·赞·果尔佐媾和，后者在阿耳卡拉瓦当政。在停战后不久，战争又重新爆发了；卡齐纳人在比尔尼恩卡尔菲（马腊迪以南十公里）获胜，果贝尔素丹的儿子在那里被杀。其父因此抑郁而死，他的继承者亚库巴重新拿起武器为其兄弟报仇。阿果腊吉迎战，果贝尔在马加尼恩坦杜（位于赞法腊）战役中被击溃，亚库巴阵亡。

继承阿果腊吉的是其兄弟果佐·丹·夏加腊纳（1800—1801年）。随后是巴瓦·丹·吉纳（1801—1804年）和马哈茂德·丹·夏加腊纳执政。这是颇耳人的征服时期；果贝尔和卡齐纳终于媾和，并且联合起来对付新的侵略者。卡齐纳的颇耳人学习果贝尔的奥斯曼·丹·福迪奥的勇敢精神，起而反抗。他们的领袖麻拉目·乌马罗 [2] 得到了索科托的支持，向马哈茂德发动进攻，马哈茂德阵亡于卡乌腊（1805年）。新素丹马加基·阿利杜向丹卡马退却（邻近国界，位于卡齐纳东北四十公里）；他重整旗鼓，夺回卡齐纳，但又被向穆罕默德·贝洛求援的颇耳人击退了。马加基·阿利杜逃往丹卡马，在那里投井自尽。丹卡马受到了袭击，并被焚毁夷平（1812年）。

---

[1]　在卡齐纳的最初一些素丹中，夏加腊纳（Chagarana）可能是一个传统的名字，要不就是一个尊号。

[2]　麻拉目·乌马罗已排挤了颇耳人的另一领袖杜米亚瓦，后者退出斗争，前往赞巴姆（在马腊迪以南五十公里）定居。

拒不投降的卡齐纳人向马腊迪和加扎瓦撤退。到达马腊迪后他们不得不被置于颇耳人的统治之下，但与此相反，那些到达加扎瓦的人则对任何进攻都能据险固守并赢得胜利。

马腊迪城于是就成了来自卡齐纳的移民的避难所。当时马腊迪只不过是一个村落，由一个名叫巴尔基的万物有灵论者在1790年左右创建的。约1820年，丹·卡萨瓦进驻那里时，重新和贡基领导的一大批卡齐纳的万物有灵论者相会合。贡基在卡齐纳宫廷中是一个达官显贵，官职是"马腊迪"，即拜物教主，这一称号就成了新城的名字。

卡齐纳王国原来包括卡齐纳、马腊迪省、特萨瓦省和坎切省，还包括科尔贡、塔扎腊瓦，北部直至达梅尔古。实际上，它是一条沙漠商队通往艾尔的古道。但是，最近几次战争和为马腊迪所一贯支持的争斗，打破了贸易常规，贸易中心转移到卡诺。

特萨瓦为丹卡马的镇压所慑服，没有等颇耳军队的到来就已经向麻拉目·乌马罗投降了。

穆罕默德·贝洛完成征服事业以后，在卡齐纳任命了一个总督，总督在马腊迪的代表，就是副总督马内。特萨瓦和坎切则仍是附属省。

在马加基·阿利杜去世后，大批卡齐纳人避往津德尔；他们在那里成立了一个"流亡政府"，并拥立阿果腊吉的儿子丹·卡萨瓦为素丹（1812年）。

在马腊迪，已解除武装的马腊迪人，成了他们的颇耳总督马内的泄怒对象，马内听任他的骑兵肆意掠夺。马腊迪人悄悄

地武装起来；他们要求丹·卡萨瓦领导他们造反。丹·卡萨瓦
要他们送上当时住在苏马腊纳的马内之首级，作为对他们心愿
的考验。叛乱者于是夜袭苏马腊纳，屠杀颇耳人，杀死了马
内，并把他的首级送交丹·卡萨瓦。

　　丹·卡萨瓦因此返回马腊迪（1819 年）；在前往马腊迪途
中，他曾试图与特萨瓦结盟；但又害怕颇耳人会有所反应——
如果马腊迪暴动失败的话，特萨瓦的首领就会拒绝给予援助，
甚至拒绝他进城。

　　穆罕默德·贝洛赶来支援卡齐纳总督，颇耳军队向马腊迪
发动了进攻，但是，丹·卡萨瓦将其击溃，俘获战马五千匹。
穆罕默德·贝洛于是改组了他的部队，重新发动进攻，但在迪
埃雷塔瓦又被挫败；第三次进攻也被击退：契加伊大捷。颇耳
人因此失去了他们在卡齐纳和马腊迪之间的基地：加腊比（离
马腊迪十九公里，邻近马达伦法湖）、马腊卡和顿法巴腊（邻
近现在的国界）、赞丹和鲁马（在现今国界的另一侧）。但他们
保持了卡齐纳，那里仍然是颇耳人的一个素丹领地，不过它不
再引起我们的兴趣，因为从此以后马腊迪具有了国家的形式。

　　特萨瓦省利用颇耳人的失败，想摆脱他们的压迫。该省于
是归附于马腊迪宗主权。丹·卡萨瓦为了感谢津德尔掩护过他
的流亡，特把科尔贡和坎切两地赠予塞利马内素丹。

　　丹·卡萨瓦死于 1825 年。马加基·阿利杜的儿子腊瓦
（1825—1835 年）继位。1828 年，腊瓦帮助他的盟友——果贝
尔素丹阿里·丹·雅库巴去攻打在穆罕默德·贝洛统治下的颇
耳人。但在达库腊乌阿交战时，果贝尔的士兵不肯作战，腊瓦

和阿里因部下叛变而被杀害（1835 年）。

继承腊瓦的是其堂兄弟、果佐的儿子乌马鲁·丹-马里（1835—1848 年）。他在马腊迪接待了那些拒不向穆罕默德·贝洛投降的果贝尔人及其首领巴基里。巴基里后来被其兄弟马亚基——得到丹-马里的支持——排挤掉了。为了避免在马腊迪城内发生冲突，丹-马里和马亚基为果贝尔人建造了一座新城：提比里，它位于马腊迪和果贝尔的交界处。

索科托的信士们的长官阿提库，两次进攻提比里，提比里都胜利地击退了。阿提库在城前受伤而死。阿提库的继承人阿里乌·巴巴为了替死者报仇，他进而攻打马腊迪，但丹-马里却率领大军离城，两军在契加伊（马腊迪以南六公里）相遇；阿里乌·巴巴深受感动，不战而退。

在达卡腊乌阿战败之后，马腊迪重新被置于卡齐纳的颇耳人的霸权统治之下。卡齐纳的颇耳人曾在赞丹组成一个边区小公国，总督是阿布巴卡尔，马腊迪必须到赞丹去纳贡。这个托管制是难以忍受的，丹-马里辖管的地区起而反抗。丹-马里于是向赞丹进军，但他的军队被已经取得卡诺、索科托援助的卡齐纳总督的大军击溃于塔乌腊。支持丹-马里的村落都遭到破坏。1844 年，丹-马里向卡诺的颇耳族的埃米尔进行了一次征伐战争，但未取得决定性的胜利。1848 年，丹-马里死在马腊迪他建造的王宫内。

继承丹-马里的是吉达·阿果腊吉的儿子比诺尼（1848—1853 年）。力量对比已开始发生变化，现在是比诺尼——即马腊迪的素丹，他是卡齐纳豪萨族王位的合法继承人——在力图重新征服比尔尼恩卡齐纳了，他不久即出兵进攻那里的颇耳总督萨迪库。不久以后，这个已被撤职的萨迪库到马腊迪避难，建议比诺尼征伐卡齐纳，遭到比诺尼的拒绝，萨迪库只好到加扎瓦避难，从那里才得以重返索科托。

比诺尼的兄弟丹·马黑迪继立为素丹（1853—1857 年）。反对索科托的颇耳人的斗争仍在继续，但只是袭击和掠夺，而不是大规模的战斗。信士们的长官阿里乌·巴巴一直挺进到马达伦法湖；丹·马黑迪已准备向他发动进攻，但阿里乌·巴巴不战而退。

丹·马黑迪的兄弟和继承人丹·巴乌腊（1857—1858 年）重新发动战争，但被击败；战死于比尔尼恩道腊。

接着，腊瓦的儿子丹·巴斯科雷（即拉布腊内）于 1858 年继位。他在位的二十年间，对颇耳人的征伐接连不断。传说有八十三次大战役和八十次战斗。丹·巴斯科雷曾两次围攻卡齐纳，都未得逞。

1865 年，索科托的素丹阿赫马杜·古鲁扎进兵特萨瓦，他占领并且焚毁了该城。曾经想支持特萨瓦的丹·巴斯科雷来得太迟了。但在翌年，他与果贝尔的素丹巴瓦·丹·贡基结成联盟，直捣索科托。盟军在离索科托不远的吉达·塞尔基恩阿斯纳获胜；附近的村庄遭到抢劫，他们从中夺得大批战利品。

丹·巴斯科雷死于 1879 年，在他的统治下，王国呈现一片繁荣的景象。马腊迪已成为一个重要的政治和商业中心。他在位时，卡齐纳日趋衰落而马腊迪王朝却正是极盛时代。王朝的京都扩建了，它的商业在一道城墙（比尔尼）的保护下得到了发展。

马腊迪已经有了一种行政组织，诚然还相当松散和紊乱，这是由于素丹是依靠他的大批骑兵来统率一切的，但尚能实行中央集权和进行一定的调整。

卡齐纳素丹的宫廷由十六名贵族出身的大臣和三十二名平民出身的大臣组成，他们都有一定的职务。其中四个是真正的大臣官职：加拉迪马——素丹的代表、战俘总管、有"谏诤权的"顾问；卡乌腊或军队首领；丹·卡卡——素丹侍从；布尔比——赦免官。另一个称为马腊迪的大臣，负责管理城市。当王位空缺时，四名大臣就在极度扰攘不安和种种阴谋诡计的情况下，从王族内挑选一位新素丹，然后举行盛大的登基典礼。

丹·巴斯科雷的继承人丹·卡萨瓦的儿子巴尔穆（1879—1883年）继续不断地进攻颇耳帝国。他一直进逼到扎里亚省——在那里抢劫了一些村庄——和果贝尔以南的赞法腊。

在短暂的岁月里，继承巴尔穆王位的有：

——马扎乌奥杰（1883—1885年），他是巴尔穆的兄弟，一位主张和平的素丹，但他的继承者对颇耳人重新发动了征伐战争。麻拉目（1885—1886年）也是巴尔穆的兄弟，他与果贝尔的马伊·纳萨腊素丹结盟，一起进犯赞法腊，并占领了马腊代姆村。索科托的素丹乌马鲁·丹·阿利乌向马达伦法发动反攻，但被迫撤回。

——马萨拉契（1886—1890年），是丹·马黑迪的儿子，他一直与果贝尔结盟，先后在杜契恩卡尔希（位于卡诺以西、卡齐纳以南）和巴库腊（位于赞法腊地区）获胜。他单独进

行的第三次征伐，攻占了丹卡马村。他的堂兄弟丹·卡卡于
1890年将他推翻后，他只好出逃；他是在卡提亚提亚与武累-
夏努安纵队作战时阵亡的。

——丹·卡卡（1890—1891年），他与果贝尔一起，在一
年内四次进攻颇耳人，攻打马仑法希、卡乌腊纳莫达（位于赞
法腊地区祖尔米的西南）、契尔纳卡（里马河畔）和赞法腊的
散萨内伊萨。

——丹·达迪，他在1891年推翻了他的堂兄弟丹·卡卡
的统治，并重新向赞法腊进军，攻占加拉迪村（在散萨内伊萨
以南），但当他返回马腊迪，仅仅当政三个月以后即被穆西格
纳瓦所推翻。

值得注意的是，马腊迪从屡次征伐中发了财，带回了许多
奴隶和牲畜。

此后，巴尔穆·丹·卡萨瓦的儿子穆西格纳瓦第一次统治
时期为1891年至1893年。一支向卡齐纳进军的纵队攻克卡
耳富尔村，但在果贝尔发生了一次宫廷政变：马伊·纳萨腊素
丹正好出兵征伐萨崩比尔尼，他的竞争者之一阿耳穆在提比里
乘机夺取了政权。穆西格纳瓦最初承认了阿耳穆，并同他一起
重新去对付颇耳人，攻占了赞法腊的图雷塔。马伊·纳萨腊这
时已回到提比里，由此出发去进攻马腊迪；他在马腊迪宣布
丹·巴乌腊的儿子内博为素丹（1893年），作为对穆西格纳瓦
的报复。

穆西格纳瓦于是逃往特萨瓦。但是他的老盟友阿耳穆推翻
了马伊·纳萨腊，重新在提比里就位。在阿耳穆的帮助下，穆

西格纳瓦重返马腊迪，当政才三个月的内博不得不投降。穆西格纳瓦虽然已经重新执政，但对背叛过他的马腊迪人甚为生气，因此迁居特萨瓦，从 1894 年一直住到 1896 年，把马腊迪交由城市总管丹·基博、素丹的代表和战俘总管腊果以及军队首领阿索乌所组成的大臣会议去治理。

马腊迪人起而反抗，并拥立比诺尼的儿子达基为素丹。穆西格纳瓦之侄、麻拉目之子库雷，返回马腊迪，赶走了达基，自立为素丹；翌日，他就被大臣会议的大臣们所推翻和驱逐（尽管他得到了军队首领阿索乌的支持），因为大臣们取得了果贝尔素丹的帮助。达基重新登位；他想摆脱库雷和阿索乌这两个人的干扰，在托卡腊瓦向他们发动进攻，但被击退。于是，达基就向穆西格纳瓦求援，后者从特萨瓦返回，可是他一到马腊迪，立即撇开了达基，重新取得素丹职位。

库雷此时已集结了他的支持者；在几个月后，他就会同军事首领阿索乌发动进攻，旗开得胜。穆西格纳瓦只得出走，返回特萨瓦，从此便在那里当素丹；果贝尔的素丹易卜拉欣已经阵亡（约在 1898 年 4 月）。

1899 年，法国人来到津德尔。司令官拉密派出一支分遣队到特萨瓦，但穆西格纳瓦拒绝予以接待；他宁可躲开了事。拉密认为，穆西格纳瓦已经逊位，因此宣布丹·巴斯科雷的儿子巴尔穆为素丹。

特萨瓦素丹国，最初是从马腊迪分裂而来的；特萨瓦和马腊迪都是卡齐纳古王国的尼日尔继承者，因此它们的首脑历来都保持了卡齐纳素丹的称号。

径自住在马腊迪的库雷（1898 年），与已经操纵素丹职位的军队首领阿索乌发生了争执。他甚至在阿索乌强迫之下，不得不出走马达伦法。库雷直到 1904 年才摆脱这一附庸地位，但他早已处在法国的势力影响之下。

特萨瓦

特萨瓦南部地区的历史，即冈加腊的历史，是与卡齐纳和马腊迪的历史交织在一起的；但是，特萨瓦的北部地区——所谓卡南巴卡希等等——却有着不同的起源。在那里住有一种特殊的居民，即特萨瓦人（或称塔扎尔人），他们是被图阿雷格人所驱逐的艾尔高原的豪萨族人。

他们不象同一个时期的果贝尔人那样，是一个有组织的社会。他们的部族也只是因偶然相遇才组成的。他们来到了适宜于耕作的边区，即达梅尔古的西南部，多半是在那里与一种先前抵达的移民混居在一起，并感到有组织起来的需要。他们建造了一座城市塔扎尔，它位于现在的乌罗法内以北，还在塔扎尔①家族中找到了一个首领，他们起先隶属于博尔努宗主权。

王朝的奠基者是塔扎尔·易卜拉欣。相继有二十四个国王，一直延续到十九世纪末期。

塔扎尔群集远离动荡不安的地区，加之没有一个国家组

_____

① 塔扎尔的词源不明，也许是从艾尔带来的一个名字，也许是以一个家族的名称所命名的村名，或者相反，是以村落之名所命名的家族名。

织，因此生活得无声无息，也无历史记载。但是，这却使得他们能够保持自己的个性。此外，他们名义上是处于卡齐纳宗主权统治之下的。

塔扎尔人逐渐向南扩展，建立了一些村庄；虽然没有单独组成一个国家，但与特萨瓦并非同一个领袖，两省是并列的。我们在前面已经讲到，1893 年，马腊迪的素丹穆西格纳瓦在其首都处境颇为困难，到特萨瓦去避难；穆西格纳瓦最后定居在特萨瓦，并成了特萨瓦的新素丹，但同时保持卡齐纳素丹的称号。北部的塔扎尔人承认了他的权力，塔扎尔王朝因此变成藩属；在政治上虽然被分割了，但仍然是强盛的，1928 年又重新得势了。

素丹的财富的一个来源，就是他的总管处以非常牵强附会的"塞尔钦·诺马"名义向生产一千捆小米的农民征收的租税（相当于五百法郎）。

1897 年，穆西格纳瓦在特萨瓦与法国卡泽马儒上尉签订了一项保护条约。

道　腊

尽管在地理上，道腊不在我们研究范围之内，但是在有关道腊的传说方面，我们在这里不得不提一下，因为它和旧的信仰势力关系太大了。一位外国王子用银刀把道腊的一条蛇斩死的传说流传至今，已成了尼日尔神话之一。

象卡齐纳一样，道腊现在的形状很可能就是古代包括尼日利亚北部，从卡诺到克比，直至杰尔马冈达，这样一个田加人始祖居住过的范围。据某些编年史 ① 称，一个名叫卡齐纳的果贝尔首领曾前来建立过一个小王国。在他去世（576 年？）后，发生了暴动，被另一个冒险家道乌阿所平定。随后他建立了道腊王朝。

历史上，我们已经看到，它有时与津德尔交战。道腊这个小素丹国位于现在的尼日利亚境内，但在十九世纪，它是处于边界线上。一次骚动，它便越出边界，到尼日尔河畔。

奥斯曼·丹·福迪奥曾经委任他的一个弟子麻拉目·伊西亚库治理道腊。为了占有这个地方，麻拉目·伊西亚库不得不赶走那里的君主阿卜杜，后者逃往科尔贡，随后又逃到了坎切、津德尔和米里亚。可是，麻拉目·伊西亚库采取的强迫手段未能奏效；阿卜杜已经兵临城下，驻扎在马加里亚以西的耶库阿，把拥护他的人团结在自己的身边。接着就进攻，但他未能攻占首都，于 1825 年死于耶库阿。

阿卜杜的继承者是其兄弟卢库迪，他想把马加里亚这个小国拉到他这边来。统治着马加里亚的卢库迪的堂兄弟基塔里拒不答应，于是整个一座城被焚毁了。卢库迪便在亚尔卡杰就位。约于 1845 年，他在那里受到达马加腊姆的进攻，并被易卜拉欣素丹所击败，退至卡藻雷。易卜拉欣带走了道腊酋长国的国徽作为战利品。

卢库迪成了达马加腊姆的陪臣，他又返回耶库阿，并同意把道腊酋长国分为几块：道腊本土、再往南的巴乌雷和东北面的宗果，后者跨入马加里亚一部分领土。卢库迪的儿子努胡企

---

① 布布·哈马议长最近发表的一些著述。

图摆脱津德尔托管地的地位，但毫无结果。他转而进攻道腊本土的颇耳人；1850 年左右，他继承其父的职位以后就定居在宗果（离国境线非常近，但仍在尼日利亚境内），并从那里出发不断进攻道腊。

努胡还介入了达马加腊姆的内部争执；他参与太尼门和易卜拉欣之间的竞争，站在易卜拉欣一边，但是得到索科托的信士们的长官支持的太尼门成了胜利者，在津德尔就位。若干时间以后，军队首领马扎瓦杰背叛了努胡，他只得退位，由阿卜杜的儿子穆哈曼-夏继位。努胡出逃，但是太尼门将他捕获后把他交给了他的宗果敌人，后者将他处决。

穆哈曼-夏不久就被废黜，宗果的首领们相继即位，但他们继续臣属于津德尔，他们是：卢库迪的儿子哈鲁纳、阿卜杜的儿子丹·阿罗、丹·阿罗的儿子苏莱曼、卢库迪的儿子优素福、努胡的儿子塔菲达。塔菲达于 1900 年当政。

在法英瓜分时，宗果城以及道腊划归尼日利亚；但宗果的绝大部分领土，即东北部地区、耶库阿和马加里亚则仍划归尼日尔。

果贝尔

现在的果贝尔 ① 旧称卡萨-姆马祖姆，在那里居住着马祖

---

① 果贝尔这个词，可能来自豪萨语"果巴"（gouba，意为毒物，或风、风暴），纪念当地发生的战事（军事入侵）；或来自阿拉伯语"鲁贝尔"（Rhouber，意为当地特有的夹沙风），也可能是编年史所记载的最初那些首领之一果贝鲁（Goubérou）的名字。较正确的标音大概是果比尔（Gobirr）。

米人（或称马祖马瓦人），人们把他们看成是当地的土著，即阿兹纳（多神教徒）。

大约在十七世纪，果贝尔人才定居在他们现在居住的地区。他们是被图阿雷格族人从阿布赞（即艾尔）赶到那里的。至于在艾尔，特别是在此以前的果贝尔人的祖先，我们只能作一些假设。他们的编年史，一般是把他们与其女祖先塔娃——大概是伊斯坦布尔素丹的女儿——联系在一起的。他们的祖先可能是在埃及，素丹从他们中间招募雇佣兵。一次远征把一批果贝尔人带到艾尔，他们就在那里居住下来。埃及——被他们称之为吉布蒂的地区——使他们追忆过去曾经和他们在一起生活过的以色列人即摩西①和穆萨的臣民，犹太人出埃及和渡红海，在果贝尔人的传说中就有这些内容。而在若干世纪中，另一个部落即吉布蒂人可能也离开埃及到达了阿布赞。

从人种学观点来看，这种起源于埃及的说法似乎缺乏根据，因为果贝尔人在形态方面与其他豪萨人并无区别。果贝尔人的祖先可能是豪萨族人，但大概在传奇时代曾与一些家族或一个部落——多半是闪族，也可能是图布族——通婚，所以，他们即使没有保持人种方面的明显特征，但至少也保留着勇敢和战斗能力等方面的特性，还保留着超过记忆的模糊印象。

由酋长巴纳·图尔米率领的这支白人小部落的到来，时间大概在七世纪；在穆罕默德时代，巴纳·图尔米曾在阿拉伯半

---

① 《圣经》故事中犹太民族的古代领袖。据《圣经·出埃及记》记载，摩西带领犹太人摆脱埃及人的奴役，从埃及迁回迦南（今巴勒斯坦）。——译者

岛参加过巴达尔之战。这个部落曾长期逗留在比尔马，随后来到艾尔，他们在那里与当地的豪萨群集杂居从而创造出一个村社，因此出现了一种新的民族即果贝尔人。

另一个传说是，他们来自古崩，据说是在河拉伯半岛麦地那以东。他们的迁徙活动大概持续了一千一百年，其中五百五十年是在以下几个推测的地区：二百五十年在博尔努，八十年在科尔纳卡和拉累（即比尔尼拉累），随后的二百五十年先在夏蒙卡尔后又返回拉累。他们在那里住了三个世纪，正是从那里来到果贝尔的。

我们再回到果贝尔人起源于东方的那个传说上来，相传大约在十二世纪，由当时的素丹之子苏达尼、素丹之女塔娃率领的一支新的纵队到达了艾尔。塔娃先是停留在腊菲恩贝耳马，随后停留在阿布赞城。果贝尔战士会同博尔努的加拉迪马迎击图阿雷格人，后者被驱逐到巴格臧群山（十六世纪末），而且有几个酋长被杀，其中就有巴拉·恩图尔米；图阿雷格人终于同果贝尔人媾和。塔娃派遣他的兄弟博哈尔——可能就是艾尔传说中阿加德兹素丹国的奠基者尤内斯——到图阿雷格人中间去；艾尔和果贝尔这两个传统就合而为一了。

这时，塔娃身居比尔尼拉累；不久，她在旅途中死于库歇瓦，被安葬在那里。她的坟墓至今犹存，是当地信仰万物有灵论的居民膜拜的对象。

尽管如此，但他们逃避艾尔的图阿雷格族伊桑达朗人这件事还是可以追溯到十一、十二世纪，他们多半是以游牧方式越过太加马的。果贝尔人赢得了南部最重要的一些流域——从塔尔卡河流域到卡巴河流域，那里已经可以耕作，还赢得了现在的科尔纳卡。果贝尔人必然会生气勃勃，人口众多，因为他们把自己的政治组织引进了这一地区，并在那里创立了一个新的国家，首都是比尔尼拉累（豪萨语意为幸福之寨）。但是这个地区原来住着一些口操豪萨语、归博尔努管辖而又非常分散的人，他们与果贝尔人一样，也是万物有灵论者；原有居民迅速地被同化了。而在科尔纳卡，果贝尔人作为一股势力，从1200年起遭到了卡齐纳国王杰尔纳塔的袭击。在十三世纪和十四世纪，与卡齐纳充满着时起时伏的斗争，而后，第一个稳定的果贝尔终于建立起来了，确立了三个世纪的和平。

历史从十七世纪重新开始。果贝尔人正在向西部迁徙，到达了科尼地区，并向阿德尔和赞法腊之间的地区渗入；他们还向南部推进，逼近一个居住着为数不多的马祖米人的居民区（马腊迪）。果贝尔人由穆罕默德·马伊·吉蒂[①]率领，在今提比里地区定居下来（十七世纪末）。穆罕默德·马伊·吉蒂在那里建成了比尔尼恩达亚，它离提比里六公里。

直到那个时候为止，达亚的首领所管辖的马祖米人一直隶属于博尔努。因此，新来的移民就遭到了博尔努的陪臣、卡齐纳素丹夏加腊纳的攻击。马伊·吉蒂为妻子所背叛[②]，自知注

---

① 相传马伊·吉蒂之前有三十四个继承者，第一个名为巴瓦·纳图里，第三个是果贝鲁。由这些首领辖管的部落还是吉布蒂人的部落。

② "吉蒂"是使得穆罕默德·马伊·吉蒂不可战胜的一个符箓的名称。其妻在战前偷去了这个符箓。穆罕默德·马伊·吉蒂没有找到他的"吉蒂"，自知作战必败；他于是敲着土地，地门半开，把他及其战马一起吞没。

定要失败，宁可自尽。

穆罕默德·马伊·吉蒂的继承者是其侄子莫基、加姆萨腊和巴巴。他们的事迹已被忘却。穆罕默德·马伊·吉蒂的儿子索巴被任命为首领以后，就出击卡齐纳素丹，为其父亲报仇，但被击败，比尔尼恩达亚也遭到素丹的劫掠。

马伊·吉蒂的另一个儿子乌邦阿希随即就位，定居在果阿腊腊米（一个已消失的村庄）。继承他的是马伊·吉蒂的第三个儿子阿凯尔。反对卡齐纳的斗争仍在继续着，因为果贝尔人占领了现在的果贝尔图杜以后，他们就处于艾尔—赞法腊—克比这条沙漠商队的必经之路。在这条路上发生过几次激烈的战斗；1689年，一支庞大的沙漠商队遭到果贝尔人的抢劫，图阿雷格人随即也劫掠了几个果贝尔人的村庄作为报复。在十八世纪，还曾经多次发生过类似事件。

自1734年至1764年，是索巴的儿子巴巴里当政；他是果贝尔王朝的真正创始人。首先，他征服了卡齐纳西部的赞法腊；于是他定居在已成为果贝尔首都的阿耳卡拉瓦，它位于现在的萨崩比尔尼西北十公里处。他强迫周围各省——索科托、克比、登迪、科尼、阿雷瓦和东阿德尔——接受他的统治。

巴巴里的儿子丹·古德（1764—1776年），对阿布赞的素丹穆罕默德·鲁达拉进行了一场不幸的战争，因为后者围攻阿耳卡拉瓦。穆罕默德·鲁达拉被击退了，但图阿雷格人针对赞法腊的第二次入侵却以果贝尔的惨败告终，丹·古德阵亡（1776年）。

继丹·古德之后，其兄弟巴瓦·詹·果尔佐就位（1776—

1784年）。赞法腊起而反抗，但巴瓦平定了这次暴动。他随即进攻卡齐纳。卡齐纳素丹阿果腊吉获胜，巴瓦战死。

巴巴里的另外一些儿子相继执政，他们是亚库巴·丹·巴巴里（1784—1791年），随后是纳法塔（1791—1798年）。对卡齐纳的战争在无限期地继续着；1791年，纳法塔受到了阿果腊吉的袭击。果贝尔与卡齐纳之间的敌对行动才结束，就出现了一个值得注意的情况：当这两个敌手将要交战时，有人出面调停，此人就是那位以虔诚闻名的马拉布特奥斯曼·丹·福迪奥，他跟随着纳法塔，终于使双方和解。纳法塔和阿果腊吉这两个宿敌各自撤兵，1798年以后不久相继去世。

继承纳法塔的是其儿子尤姆法（1798—1804年）。在他执政期间，奥斯曼·丹·福迪奥开始采取军事行动。奥斯曼·丹·福迪奥把果贝尔的颇耳人都吸引到他的家乡马兰巴扎。尤姆法听从了他的教长马伊·塔古阿的建议，责令奥斯曼迁居阿耳卡拉瓦。由于遭到拒绝，素丹的马加基①前去强行执行命令；他同果贝尔军队一起向马兰巴扎挺进，对正在逃窜的颇耳人进行劫掠性的袭击。奥斯曼号召颇耳人进行圣战，并派他们直接参战，激励了颇耳人的斗志，进而击溃了马加基的部队。尤姆法再次出兵，但颇耳人重新获胜。不过，奥斯曼·丹·福迪奥终究还是离开了马兰巴扎。

颇耳人的势力得以确立。我们在颇耳帝国一节中已经讲到，奥斯曼·丹·福迪奥是怎样击溃一支为果贝尔所煽动的、

---

① 马加基（Magaji），疑为素丹的使者。——译者

针对他的盟军的。随后，他作为阿德尔的胜利者又怎样转身去对付尤姆法，把尤姆法围困在阿耳卡拉瓦。在第三次袭击中，阿耳卡拉瓦陷落，尤姆法素丹阵亡（1804年）。奥斯曼的儿子穆罕默德·贝洛对此颇为满意，于是就撤兵，让果贝尔人重新管理该城。

果贝尔人拥立尤姆法的叔父、巴巴里的儿子萨利富为素丹，以接替尤姆法，萨利富先前曾躲避在阿德尔，随后才重新居住在阿耳卡拉瓦。但穆罕默德·贝洛并不同意这种做法。由于穆罕默德·贝洛对果贝尔人的独立精神感到不满，因此重返阿耳卡拉瓦，不承认萨利富被任命为素丹。他谴责教长竟然会同意一个异教徒为素丹；教长回答说阿耳卡拉瓦是属于巴巴里子孙的，但穆罕默德·贝洛不再与其争执就处死了萨利富、教长马伊·塔古阿及其侍臣基希·比萨（他们均被串刺而死）。

奥斯曼·丹·福迪奥任命他自己的侄子莫迪博·丹·福迪奥为阿耳卡拉瓦的素丹。已被解除武装的果贝尔人被制服了。他们忍受了莫迪博的统治达七年之久，但暗中又重新武装起来。莫迪博要征税，名流们抗辩说："'多格瓦'（长矛）和'法提马塔'（'女子'名，指箭）拒绝付税。"果贝尔人立即拿起武器同莫迪博作战；战斗打响了，而莫迪博只得带了他的战士逃走（1814年）。

于是果贝尔人任命了他们自己的素丹，即乌邦阿希的孙子贡基·丹·库腊·加多（1814—1817年）。贡基离开阿耳卡拉瓦，定都于卡达耶。但颇耳人决不会对果贝尔人的反抗保持沉默，穆罕默德·贝洛曾三次出兵攻打卡达耶；贡基将其击退了

两次，但在第三次战斗中阵亡。被打败的果贝尔人在达库腊乌
阿（位于马达瓦西南三十五公里）重新组织起来，他们在该地
围起了一道城墙。

果贝尔人在那里拥立巴巴里的孙子阿里·丹·雅库巴为素
丹（1817—1835 年）。穆罕默德·贝洛立即前来攻打达库腊乌
阿，经过三年激战，阿里只得出逃；他隐蔽到该城以东五十多
公里的比尔尼恩库尼亚（在马腊迪河谷）。在山垣掩护之下，
阿里顽强地抵抗穆罕默德又达三年之久，以比尔尼恩库尼亚被
攻占而告结束（1823 年）。但阿里还是逃走了，这次他逃至提
比里西南方向的荆棘地（加约荆棘地）。穆罕默德·贝洛终于
接受了自满的教训，与阿里媾和，阿里可以恢复他在果贝尔的
权利。他定居在萨崩比尔尼附近的加奥恩加佐，仍是果贝尔的
素丹，但也是颇耳人的陪臣。

颇耳人的宗主权扩展到了现在的科尔纳卡地区的图阿雷格
诸部落。其中的太耶马纳部落的酋长（称为"坦巴里"）就是
奥斯曼·丹·福迪奥任命的；在十九世纪，太加马人部落的酋
长也是由索科托任命的。这表明了，在针对果贝尔的历次战争
中，这些图阿雷格族人是颇耳人的盟友。

和平持续了八年之久。1831 年，避难在马腊迪的阿里的
一个兄弟巴基里返回果贝尔，他与马腊迪的卡齐纳素丹腊瓦结
成联盟。阿里重新定居在达库腊乌阿，并断绝了对颇耳人的臣
属关系。腊瓦前来与他重新结合。穆罕默德·贝洛因此相应地
采取行动，出兵攻打达库腊乌阿。果贝尔人败北，阿里和腊瓦
阵亡（1835 年）。

　　达库腊乌阿的失败，是一次真正的民族的失败。三十年以来，整个豪萨地区一直在试图抵抗索科托帝国的入侵，并维护其各地的独立；1835 年，果贝尔曾经不仅向卡齐纳——包括马腊迪人，而且还向阿德尔和图阿雷格人（阿德尔和达梅尔古的图阿雷格人）求援。达库腊乌阿的失败，使索科托对所有这些地区得以实行全面的统治。但是，上述同盟者在共同对敌的斗争中，实际上已经把它们的最高利益联结在一起，而且已经懂得它们的团结较之各自为政更为宝贵——我们未来民族不容置疑的征兆。

　　果贝尔人于是避往马腊迪附近，并拥立阿里的兄弟基崩·恩塔乌巴为素丹（1835 年），但他就位几个月以后就去世了。继之是 1831 年暴动的煽动者巴基里·丹·亚库巴为素丹。不过，他执政一年因背叛罪被推翻了，这仅仅是其弟马亚基策划的一大阴谋：一封伪造的据说是要递交信士们的长官的信件却被转给了颇耳人的宿敌——马腊迪的素丹（丹-马里）。果贝尔人狂怒之下，就把巴基里赶走了，甚至连申辩的机会也不给他。

　　接着，马亚基·丹·亚库巴被任命为素丹，他的在位期自 1836 年至 1858 年。是他建立了提比里（位于马腊迪西北十二公里），以便安置直到那个时候还只能在马腊迪避难的果贝尔人。但颇耳人仍是西果贝尔的主人；他们恶意地注视着果贝尔人在提比里重新组织起来，信士们的长官阿提库·丹·奥斯曼对这个新居民区发动了两次进攻。他被击退了，而且受了伤，并因伤重而死。

新的信士们的长官阿利乌・巴巴重新挑起了战争。但是好运气已转向对方；果贝尔人又击溃了颇耳人。受到鼓舞的马亚基于是出击；他在拉詹盖和希尔纳卡战胜了阿利乌・巴巴，乘胜追击至赞法腊，那里的颇耳人由阿提库的儿子阿赫马杜・古鲁扎统治着，也经常败北。果贝尔终于摆脱了索科托帝国的控制。

马亚基在赞法腊夺取了大批村庄以后，就逼近索科托，抵达离该城仅三十公里的一些村庄，甚至威胁到在北面掩护着索科托的果达巴瓦。马亚基死于 1858 年。

马亚基亲自指定的继承人是乌邦阿希的后裔巴瓦・丹・贡基。马亚基的功勋，使巴瓦不仅可以与颇耳帝国和平相处，而且还能够为它所尊重。果贝尔人是一些不可制服的战士，巴瓦把他们派往赞法腊，他们便带了俘获的牲畜和奴隶凯旋归来；巴瓦甚至不断地向索科托发动进攻。颇耳人的新素丹也决心进攻提比里。但是，果贝尔的实力迫使这些拒绝作战的颇耳军队后退。

约 1860 年，巴瓦的堂兄弟丹・哈利马与他分离，并为自身利益考虑，与索科托进行了谈判；阿赫马杜・古鲁扎同意他在萨崩比尔尼 ① 建都，竭力支持这一分裂活动。阿赫马杜・古鲁扎资助萨崩比尔尼的建设，拨给丹・哈利马一些奴隶和资金，使之能够集结所有离乡背井的人——从违禁的奴隶直到那

---

① 现在的萨崩比尔尼，位于马腊迪河和里马河的汇合处，在阿耳卡拉瓦东南八公里。迄今，尽管我们已经根据萨崩比尔尼的位置确定了一些村庄的方位，但萨崩比尔尼城本身早已不存在了。

些与他们的首领相对立的提比里的果贝尔人。萨崩比尔尼迅速地成为一个重要的中心；果贝尔素丹对此是不能容忍的，何况这种分裂有利于颇耳人。于是，巴瓦对丹·哈利马采取了惩罚行动，后者被击败（1874年）出逃（死于马腊迪附近）。巴瓦占领了萨崩比尔尼，为确立其威望在那里待了一年，然后返回提比里任职（1875年）。他死于1883年。

巴瓦的继承者易卜拉欣·丹·阿里（1883—1886年）承继的是一个因萨崩比尔尼的分裂而被削弱了的王国。他只得承认已经重占优势的索科托素丹的宗主权。但是，马腊迪的素丹马扎乌奥杰，不能同意这种重新接受颇耳人影响的卑怯态度；他向提比里发动了进攻，但被易卜拉欣的兄弟、果贝尔的军事首领（称为"布努"）马伊·纳萨腊·马杰所击退（1885年）。变得野心勃勃的马伊·纳萨腊却在1886年推翻了他的兄弟易卜拉欣；后者逃往达梅尔古，处于艾尔素丹的保护之下。

马伊·纳萨腊自立为素丹（1886—1894年）。他立即以爱国者的姿态出现，并与马腊迪的素丹马萨拉契结盟反对颇耳人。这次战争是一系列的袭击，无重大交锋；马伊·纳萨腊出兵赞法腊，直指南方遥远的扎里亚，并向卡诺（位于杜契恩卡尔希）进军。

可是西果贝尔又出现分裂活动：巴基里的儿子加乌德在萨崩比尔尼自立为素丹。但他执政四个月以后就被那个从流放地回来的易卜拉欣·丹·阿里所推翻。1890年，易卜拉欣再次被其堂兄弟卡索·丹·法加利所推翻。马伊·纳萨腊在远征颇耳人的归途中向萨崩比尔尼发动了进攻，但被击退。

　　而在提比里，当马伊·纳萨腊出征时也发生了一次新的政变，丹加拉迪马[1]阿耳穆自立为素丹（1890 年），他与马腊迪素丹结盟，同往赞法腊作战。马伊·纳萨腊趁他们远离之际，返回提比里，宣布阿耳穆下野，当阿耳穆和穆西格纳瓦返回时，马伊·纳萨腊就把他们逐出了提比里，甚至逐出了马腊迪。阿耳穆逃往尼埃瓦，在那里重建了自己的武装力量，并且仍然会同穆西格纳瓦向提比里进军。马伊·纳萨腊在这次交战中败北，并在提比里被一个奉阿耳穆之命的人所暗杀。

　　作为胜利者的阿耳穆，被立为果贝尔的素丹（1894—1897 年）。但是，他仅仅在提比里当政，因为易卜拉欣·丹·阿里已回到萨崩比尔尼，并且第三次在那里自立为素丹。

　　1897 年，阿耳穆被其堂兄弟易卜拉欣·丹·巴瓦（1897—1898 年）所推翻。易卜拉欣·丹·巴瓦曾前往马腊迪，支持达基反对马腊迪的军队首领阿索乌，因为阿索乌想把库雷作为王储。阿索乌拿起武器击败并杀死了易卜拉欣。

　　易卜拉欣的继承者是巴孔代雷·丹·阿里，他贪得无厌，并不为果贝尔的显贵们所欢迎，因此他们以马亚基的儿子乌马鲁·达基利替代了巴孔代雷。1899 年巴孔代雷死于阿耳卡拉瓦。

　　乌马鲁·达基利·丹·马亚基[2]的执政自 1890 年至 1907 年。他召回了被流放在阿德尔的兄弟阿耳穆；但后者重新集结

---

[1]　丹加拉迪马（Dangaladima），即王储。——译者
[2]　乌马鲁·达基利·丹·马亚基，即乌马鲁·达基利，前者是全名，表明他是马亚基之子。——译者

了一些支持者，忘却了乌马鲁的仁慈，出兵向他进攻，并把他赶出了提比里（1903 年 10 月）。乌马鲁·达基利到马达伦法去避难，在军队首领阿索乌麾下，并在阿索乌的帮助下，重新把阿耳穆赶出了提比里。

在西果贝尔，萨崩比尔尼终于取得了自治。易卜拉欣·丹·阿里，在对堂兄弟伊萨卡·丹·马亚基的野心不得不采取自卫行动以后，于 1894 年成为素丹，一直执政到 1897 年。是年，他告老退休，让位给他的兄弟穆哈马杜·丹·阿里。

穆哈马杜的执政期自 1897 年至 1899 年，他被果贝尔人所废黜，果贝尔人拥立他的侄儿贝拉腊比·丹·易卜拉欣为素丹（1899—1903 年）。贝拉腊比由于暴虐无道而为他的朋友们所厌恶。他遂被废黜，由乌马鲁·扎里继位（1905 年）。

萨崩比尔尼位于尼日利亚境内。但从果贝尔分裂出来的西果贝尔的主要历史，与尼日尔各省区有着十分密切的联系，以致不得不把它列入本章叙述。不过，有了新的行政机构和疆界以后，西果贝尔就仅仅是马达瓦的果贝尔图杜了。

阿德尔

阿德尔的历史是同艾尔和阿藻瓦克的历史分不开的。阿德尔北部与阿藻瓦克的第一批固定沙丘地带接壤。对塔梅斯纳的牧民来说，阿德尔是一个必须与各定居区发生接触的地区。

阿德尔人的基本人口是阿兹纳人。他们是十六世纪左右来到当地与土著居民相结合的两股移民的后裔，这些移民大概是从博尔努出发的，一股途经特萨瓦和果贝尔，另一股取道艾尔。人们在科尼和果贝尔一带所遇见的阿兹纳人，也许起源于最早的移民活动。阿兹纳人操豪萨语。

在图阿雷格人到来以前，阿德尔的阿兹纳人生活十分闭塞，与外界没有任何贸易交往。在彼此不相往来的村庄里，虽然也有一名类似法官的酋长可以迅速而又不容争议地作出裁决，但长老会仍然很有权势。与这种村级行政机构并存的，有一位"塞尔钦博里"（大司铎），他拥有令人担心的权力。

直至十六世纪为止，位于果贝尔和阿藻瓦克之间的阿德尔是一个各族人杂居地区；当时的果贝尔在博尔努王国的势力范围之内，而阿藻瓦克则是以艾尔为中心的游牧部落纵横驰骋的地方。北部地区，在阿藻瓦克边界上的塔瓦、莫格尔、达马约、迪格迪加居住着库尔费人；到了十八世纪他们都迁往塔德腊克（菲林格）去了。其他群集大多是小股小股地同化的，而不是大规模地入侵的。这些不是由语言、文化相同而形成的集团，就叫做阿兹纳人（意为"多神教徒"）。

在这些迁徙中，一些新兴的城市建立起来了。加扎乌尔人于十七世纪兴建了卡耳富；一支来自阿布赞的部落于 1640 年建立了科拉马；一个名为丹博的库尔费人于 1700 年左右建立了莫格尔。达雷的塞尔基 [1] 统治着自塔瓦至伊累拉一带地方；阿德尔东部的中心是布扎。

在这四分五裂、组织得又很差的、各人种汇集的地区，历

---

[1] 达雷的塞尔基（Leserkin'Darey），意为达雷的首领。——译者

史新纪元是在艾尔的推动下开始的。未来的阿德尔人在艾尔将形成一股迁徙的浪潮，据传说，他们是来自伊斯坦布尔，在艾尔的图阿雷格部落中定居下来的征服者的后裔。

不过，我们先得用一页篇幅来叙述长期控制着阿德尔的一个地方——目前在尼日利亚境内的克比。

克　比

克比的起源已经无从查考并在传说中消失了。人们在阿德尔的古代编年史和豪萨人的古老文献中重新发现了克比，最早的种族如田加人，可能还有桑海人就是在那里形成、聚集的。

克比的权势逐渐延伸到位于西部的豪萨族各地：阿德尔杜奇和果贝尔。臣服于博尔努王国的艾尔地区的图阿雷格人，通过他们的沙漠商队同克比发生联系，而且他们的素丹也向克比纳贡。

历史上的克比王国，是在 1513 年由一个拥有坎塔（或康塔）尊号的首领建立的。王国建立后，坎塔立刻就控制了邻国。1515 年，他随同加奥帝国国王穆罕默德征伐艾尔，乘机进攻并征服了阿德尔地区的达雷的塞尔基。克比就这样确立了它对阿德尔的统治，特别是因为阿德尔的国家组织很不健全，越过阿德尔以后，坎塔仍然在那里维持着他的统治。从阿加德兹凯旋归来后，他举兵反抗桑海人的霸权，在塔腊（加亚）击溃了前来进犯的敌军，并摆脱了同加奥帝国的一切臣属关系（1517 年）。在此以前，坎塔一直是官职名称，此后在他的京城阿尔贡古便成了克比君主的尊号。

十七世纪中叶，一个豪萨族冒险家斯利马内在克比登基。他入侵阿德尔，再度战胜并杀死了达雷的塞尔基。他的统治时期是克比王国的全盛时代。这也是他可以凌辱艾尔素丹的特使阿加巴的时代。但斯利马内国王没有乘胜去整顿无政府状态盛行的阿德尔，不久之后，这种混乱局面又为图阿雷格人的初次进犯所加剧。于是一部分居民便往东部的荒凉地区去避难。

阿德尔

艾尔的素丹已从阿德尔的宗主沦为阿德尔的征服者克比国王的臣属。1660 年左右，艾尔的素丹伊苏夫之子穆罕默德·穆巴雷克素丹向克比的国王斯利马内进献了传统的贡品（水和沙）。可是当穆巴雷克之子阿加巴率领的一支沙漠商队来到克比贩卖马匹时，斯利马内对这些图阿雷格人颇为鄙视，把他们当作俘虏来对待；但不懂豪萨语的阿加巴只是在后来才意识到这一侮辱。于是他在父亲的同意之下准备进行报复。

哈吉·阿巴西两次率领远征军攻打阿德尔都失败了。阿加巴在利萨瓦内部落①和一部分桑海族加瓦累人的伴随下重上征途。1674 年，他劫掠太萨克（凯伊塔以东），击败并杀死了达雷的塞尔基，并在里马河的巴腊塔沼泽同斯利马内国王相遇。经过战斗阿加巴获胜，而斯利马内在逃跑途中溺死在科伊多断尾河中。克比被击退。

---

① 利萨瓦内人来自利比亚的奥季拉。最近根据某些编年史得知，他们到达阿布赞可能已有许多世纪了。

阿加巴返回艾尔，在那里住了七年。但阿德尔是一个远离阿布赞的省份。因此穆巴雷克素丹决计派一名总督去治理阿德尔；他任命他的儿子阿加巴为总督，随同前往的有他的支持者利萨瓦内人。还有其他一些小部落的残余也跟随阿加巴一起动身。

阿德尔的第一任首领阿加巴住在塔马斯凯南部的阿德尔城（位于果罗姆和塔鲁阿达之间），并采用阿德尔的塞尔基这个称号。"阿德尔"——来自塔马歇克语的"阿德里克"，意为足或足迹——可能就是因他而得名的，意为踏着阿加巴的足迹。①

从此，阿德尔就成了臣属于艾尔的一个省。保持对图阿雷格族监护权的利萨瓦内人任命阿德尔的塞尔基。当时人们仍按传统称之为达雷的塞尔基。起先，阿加德兹的素丹只征收一种象征性的贡品。后来他就课税，每年都亲自前往阿德尔收税，在那里住上好几个月。

一直到那时为止，阿德尔是由许多阿兹纳人的小公国②组成的集团，这些小公国随意交纳一些农作物。阿加巴不但不消灭它们，相反，他以全体阿德尔人的盟主自居。

阿加巴将阿德尔的行政工作交给三个利萨瓦内长官，让他们去管理相当于三个大部落规模的地区：

——阿马特-塔扎，提里宰部落的酋长，他将统管阿德尔

---

① "阿德尔"也有"沟壑"或沟壑地区的意思，这相当准确地刻划了这地区的地理特征；"阿德尔"的这一词源最为逼真。

② 在阿加巴统治时期，有十一个小公国：果德德、古纳马、科尼、芒贝、马果里、加扎乌鲁、道腊、福拉康、巴蓝盖、德乌累和加腊杜梅。

杜奇（塔马斯凯-塔瓦）；

——阿马特-图基埃斯，阿腊芒部落的酋长，他将统管从莫格尔至科尼一带的阿德尔福拉康；

——阿朗太，伊朗太部落的酋长，他将统管阿德尔东部，即凯伊塔布扎。其中，阿朗太的地位高于其他两位官员，他由利萨瓦内妇女任命。

至于阿德尔的塞尔基，则将由利萨瓦内人任命，但由阿加德兹的素丹授权。

因此，因袭的老首领们——达雷的塞尔基——就被淘汰了。他们的后裔今天仍住在达雷村（Dar-es-Salam）。该村坐落在一个高原下面，高原上还有许多为阿加巴所摧毁的达雷的历史性古城墙的废墟，这些废墟至今仍有重要意义。

阿加巴在阿德尔统治了三年后死去。他的儿子穆罕默德·达莫继承了他的职位；在穆罕默德·达莫统治的七年中，阿德尔又和斯利马内之子穆罕默德统治下的克比王国发生了冲突。达莫派兵出征，但因穆罕默德·丹·斯利马内向杰尔马地区撤退，出征军队便停止进攻，缔约媾和。

穆罕默德·达莫去世后，其堂兄弟哈吉·巴巴由利萨瓦内人拥立为阿德尔的塞尔基。两年后，穆罕默德·达莫的儿子穆斯塔法同利萨瓦内人和解，篡夺了哈吉·巴巴的领导权。穆斯塔法在位四年。此后，由其兄弟哈米迪内继位。

阿德尔的首领统制着基巴累的马果里人，但芒贝的首领统治下的布扎却是自治的。利萨瓦内人对于在阿马特-塔扎、阿马特-图基埃斯和阿朗太三名长官的统治下起着保护者的作用感到颇为满意。但有一支新的部落即格雷斯人进入了阿德尔，他们是从艾尔迁徙来的一批图阿雷格族移民。格雷斯人渗透进阿德尔后就聚居在东南部。

和平时期（1740—1790 年）一直维持到从 1690 年起就居住在阿藻瓦克的乌利明登人入侵方才结束。利萨瓦内人便奋起抗敌，这场斗争一直持续到法国人进入这个地区为止。

阿德尔在哈米迪内治下，就进入了索科托战争时代。艾尔的素丹焦虑不安，他结盟反对颇耳人。但奥斯曼·丹·福迪奥已经征服了从索科托至阿德贾的全部地方。哈米迪内集结了兵力，亲自去迎战具有谢里夫称号的奥斯曼，在阿拉萨与之交锋。阿德尔人在战斗中失利，哈米迪内败退，但没有真正被击溃，他重整旗鼓，在崩卡里附近的宰布达古伊瓦向颇耳军队发动了进攻。起初颇耳人被迫后撤，但谢里夫的激昂陈辞鼓舞了士气，他们发起反攻，把阿德尔的军队打垮了。

哈米迪内利用从艾尔调来的图阿雷格族援军，第三次整编他的军队。战斗仍在宰布达古伊瓦进行。颇耳人败退了，但奥斯曼·丹·福迪奥祈求于安拉并且振作起来。哈米迪内及其图阿雷格援军惊恐万状，使阿德尔人得以溃逃。

奥斯曼·丹·福迪奥就同艾尔的素丹巴克里举行谈判；他表示了和平愿望。后来巴克里和哈米迪内在希法瓦与奥斯曼再次会晤并签订了和约。

哈米迪内返回阿德尔城，从此在和平的环境中执政。他的兄弟易卜拉欣在他死后被任命为阿德尔的首领，但几个月后也去世了。

阿德尔的西部继续受到图阿雷格族的乌利明登人的压力，后者未遇任何认真的抵抗就在那里逐渐地建立起他们的霸权。

为期短暂的统治相继更迭：

——艾哈迈德，穆斯塔法之子；

——艾哈迈德·比达，穆斯塔法的幼子，他统治了一年就被废黜，逃亡到索科托；稍晚，他于1835年跟随颇耳军队在达库腊乌阿击败了果贝尔；

——穆巴雷克，艾哈迈德·比达的堂兄弟；他被前任的兄弟们所推翻，逃至果贝尔的提比里，不久就在那里去世；

——亚库巴，穆斯塔法之子，他离开阿德尔城，迁都伊累拉。

索科托与果贝尔战争一直打得很激烈。信士们的长官已夺取了果贝尔图杜，并把它交给格雷斯人首领佐迪治理，他由王储阿亚佐政。但果贝尔的新素丹马亚基挽回了局势，他发动穆巴雷克的堂兄弟法利耳去反对穆巴雷克的继承者亚库巴；可是法利耳只满足于从事一些劫掠活动（1836年）。

利萨瓦内人废黜了亚库巴，拥立他的较为宽厚的兄弟麻拉目为阿德尔的首领。于是亚库巴就去觐见他的艾尔宗主穆罕默德·古纳，他很巧妙地把宗主争取到他自己一边来。利萨瓦内人接到了让他复位的命令，麻拉目出逃。随后，麻拉目又成功地笼络了阿德尔的选民，但艾尔的素丹还是下令将王位交给亚库巴。

大概是在亚库巴统治初期，乌利明登人入侵阿德尔，阿德尔首领奋起抗战，阿德尔旷日持久的混乱局面，招致一个名叫基拉尼①的"劳吉"②率领图阿雷格族乌利明登人的骚扰。面临这种险境，亚库巴和麻拉目便言归于好，并联合格雷斯人共同对敌。但他们在巴盖被击败，不得不承认基拉尼的政权。③

这时，果贝尔的首领在图阿雷格族塔梅斯吉达人的马拉布特（名叫易卜拉）的建议下，举兵进攻阿德尔。得到麻拉目支持的亚库巴便向其保护者基拉尼求援。但是易卜拉联合了基拉尼的所有敌人，在达雷击败亚库巴，又在基巴累粉碎了基拉尼的军队（1816年）。亚库巴以及图阿雷格军队的残余溃逃索科托。果贝尔的首领原想乘胜追击，但遭到了穆罕默德·贝洛的阻击；果贝尔人由于过分冒险而受挫，不得不迅速撤退。

易卜拉成了阿德尔的唯一首领，掌管了这个地区；他驻在库扎腊，对阿德尔横征暴敛。穆罕默德·贝洛率领颇耳人向他发动进攻，并多次打败了他，最后，易卜拉就加入了由果贝尔发起的反颇耳人联盟。我们知道，这场战争是以达库腊乌阿之役的失败而告终的。易卜拉没有死于达库腊乌阿之战，因为他逃跑了。随后他回到艾尔，在那里发动抢劫队进攻乌利明登人；在布扎再次攻打格雷斯人，但在归途中于基巴累中箭负伤，1850年左右在达梅尔古死于箭伤。提比里城据说是易卜拉建造的。

---

① 基拉尼（或称几拉尼）并不是部落的酋长，而只是鼓吹圣战的艾特阿瓦里部落中一个著名的马拉布特。在讲到阿藻瓦克时我们还会提到他。

② 劳吉（rogui），意为阴谋分子。——译者

③ 此事的年代甚难追溯。巴盖战役大约发生在1815年，基拉尼在阿德尔的霸权大概是从1809年持续到1816年。

亚库巴回到了阿德尔，虽然无须宣誓效忠于乌利明登人，但他必须向索科托纳贡。实际上，阿德尔的无政府状态十分严重，以致穆罕默德·贝洛力图改组阿德尔，以示支持旧王朝。

但麻拉目又施展阴谋诡计；利萨瓦内人第三次废黜了亚库巴，拥立麻拉目，而结果象前两回一样，艾尔的素丹又把权力交回给亚库巴。最后，亚库巴由于年迈才自行退位，他的长子伊祖继位。

可是伊祖不善于治国；老王亚库巴出面干预，废黜伊祖，改立其弟瓦希黑尔。

索科托的影响已经极度削弱，直至十九世纪末，阿德尔已处于图阿雷格人控制之下。在基拉尼死后一度受到排挤的乌利明登人再次崛起；对他们来说，阿德尔是一条通往索科托的经商必经之路，他们声称阿兹纳人扰乱了他们的贸易，因此他们力图控制这一地区。利萨瓦内人竭力反对此举，并于1855年左右同新来的格雷斯人联合起来，起初利萨瓦内人并未意识到自己会被格雷斯人所征服。不久他们便倒戈相向，同乌利明登人结盟。

格雷斯人同乌利明登人的敌对行动，终于震撼了阿德尔，而阿兹纳人则满足于拒交以前由颇耳人规定的贡赋，并聚居在设防的村庄内，这样就加剧了无政府状态。

定居在拉巴至布扎一带的格雷斯人向西推进。经过一场激烈的包围战，他们攻克和摧毁了基巴累，还抢劫了这个地方（1864—1867年）。因为格雷斯人已推进到了乌利明登人的势力范围，乌利明登人遂奋起反击；格雷斯人在阿德尔的北部和西北部建立起他们的统治，还控制了东至塔马斯凯，南至伊累拉的地区。乌利明登人的酋长穆萨和格雷斯人的首领布达耳进行长期作战。1878 年，格雷斯人被驱逐到达梅尔古，但在艾尔的图阿雷格人的支持下，他们重占上风，迫使乌利明登人退却，乃至放弃阿德尔。

格雷斯人在阿德尔东部建立起统治，并排除了乌利明登人的威胁之后，便在那里安置下来。另一方面，他们力图成为定居者，这使他们首领——称为坦巴里——的威信大为下降。

最后几任的坦巴里是：卡提亚（约于 1867 年就位）、卡奥森、博达耳，继之为瓦雷亚、乌埃尔宰伦，最后为伊迪吉尼（1897 年的首领）。①

瓦希黑尔虽然在伊累拉遭到两次进攻，但他都顶住了，不过其余的地方全部失守。避难在乌利明登人那里的哥哥伊祖，遂被乌利明登人任命为阿德尔的首领，辖管塔瓦、莫格尔和塔马斯凯地区。

仍然在阿德尔南部担任阿德尔首领的瓦希黑尔，继续抵御东部——布扎和果贝尔图杜（马达瓦）——的格雷斯人，以卡奥森为首的这些格雷斯人曾劫掠昂古阿耳达格纳村（1874年）。1897 年，卡奥森的继承人伊迪吉尼再度进攻昂古阿耳达格纳村，歼灭了瓦希黑尔的部队，侵占了许多村庄。这一地区从阿德尔分割出来，格雷斯人在那里任命了一个唯命是从

---

①　据马达瓦的一位作者报导，坦巴里的世系可能是这样的：博达耳（1833—1866年），他或许是一个篡位者；卡奥森（1866—1867年）；瓦加亚，或称瓦雷亚（1867—1887年）；穆卢耳（1887—1903年）。

的长官，这就是瓦希黑尔的兄弟穆巴雷克。穆巴雷克死后由伊祖之子布贝接任；他驻在卡尔卡腊。瓦希黑尔死于 1900 年年底。

十九世纪末叶，北阿德尔分裂了。伊祖的继承人是麻拉目之子安马；而继任阿德尔领袖的则是阿杜·丹·阿利乌（安马的孙子）：

——在东部，阿德尔杜奇或称东福拉康，是格雷斯人和迪尼克人冲突的地带；

——阿德尔本土仍掌握在利萨瓦内人手上，但已同在盖扎—塔马斯凯—塔瓦一线以北称雄的纳恩人发生接触；

——西福拉康臣服于驻在伊累拉的阿德尔的首领，1900 年纳恩人承认其独立。

乌利明登人任命他们身边的哈吉·巴巴的后裔乌埃法·丹·穆罕默德为首领。然后乌利明登人逐步地剥夺阿杜·丹·阿利乌的权力以便扶植乌埃法，以致到 1901 年，阿杜只能在塔瓦城发号施令了。

塔瓦——今天的塔瓦城，是在一个非常古老的阿兹纳人村庄的废墟上建立起来的；关于这个村庄，如今只留在人们的记忆中了，因为它被新兴的城市取而代之，而且城市的居民点一直扩大到比耳比斯、提米塔奥、加尔卡瓦和马雷达（均由库尔费人营建的）。城市的规模渐渐地变得象今天我们所知道的那样大了。1850 年左右，一个索科托的马拉布特在塔瓦建立了萨马瓦区，它是改宗伊斯兰教的中心。

自十七世纪起，各种各样的人源源不断地迁移到塔瓦地区和阿德尔北部；尽管那里的局势动荡不定，但移民仍然不断地涌来，而且从十九世纪末叶开始，移民的数量越来越多。

科 尼

虽然比尔尼恩科尼地区与其毗邻地区的界限不甚明显，但如果不承认它在历史上的地方主义那将是一个错误。从前，介于果贝尔图杜、阿德尔、马乌里和索科托之间的科尼，如果不是一个独立的那也是一个自治的小国家。

科尼人是当地的居民豪萨大家族的分支，他们是随着传说中最早的人群迁徙来到一个荒无人烟的地方的，所以自称为土著居民。

最初，他们是顺从克比的，但在 1750 年左右被果贝尔所征服。奥斯曼·丹·福迪奥征服果贝尔后，科尼为了避免一场力所不及的战斗，就向奥斯曼屈服。这样，原先已经向果贝尔进贡的科尼，也得向信士们的长官朝贡了。

据传说，科尼王国相继有过三百七十位国王，但他们的世系甚至姓名皆已被遗忘了。如今，人们记忆所及的有：住在纳德贝尔村（在科尼城东北二十公里处）的阿卜杜勒·卡德里；阿卜杜勒·卡德里之子巴纳；巴纳之子马曼·丹卡；巴纳之子阿卢；布祖·丹·阿卢；科罗·丹·布祖，他死于 1791 年。

阿卜杜勒·卡德里是克比的藩属，但他的孙子马曼成功地摆脱了克比的控制。不幸，果贝尔的首领巴巴里征服了马曼，并迫使他纳贡。

传说马曼·丹卡是从阿耳卡拉瓦出走的一个果贝尔的亲王，马曼在这个地区进行开拓。与当时的果贝尔一样，他也向赞法腊（其实是克比）的国王进贡。有一次他抗拒交税，并击退了前来镇压的远征军，从而摆脱了赞法腊的控制。但是科尼王国实际上还是处于果贝尔的包围之中。

这种亲缘关系也可从另一个传说得到证实，这个传说把比尔尼恩科尼的首领们同果贝尔的女王塔娃——巴拉·恩图尔米的女儿——联系起来；被看作科尼第一任国王的瓦里则是塔娃的兄弟芒托之子。

在这时期，科尼的幅员西起贝佐，东至多格腊瓦，南及宾季和果达巴瓦（在索科托之北），北面侵占了阿德尔。

阿卢及其儿子们在位时期，国泰民安。科罗之子瓦蓝库纳于 1791 年继承父业，他在果贝尔的素丹援助下曾击退过乌利明登人。瓦蓝库纳死于 1798 年。

瓦蓝库纳之子达乌达继位仅几个月，随后是瓦蓝库纳的侄子阿丹·丹·基布里耳登位。阿丹企图抵制奥斯曼·丹·福迪奥，颇耳人遂攻克了果达巴瓦北部的基加内，科尼王国只得投降，阿丹阵亡。阿丹之子歇布（1803—1828 年）不得不跟随穆罕默德·贝洛四出作战。

关于科尼国王的世系，还有一说（即于尔瓦的说法），认为继达乌达之后的不是阿丹·丹·基布里耳，而是马曼·丹卡之子索福·纳·契卡法。颇耳人攻打索福王国，击败并打死了索福本人，然后使其兄弟歇布即位。歇布为博取保护人的欢心，改宗伊斯兰教；他还强制一直信奉万物有灵说的科尼人改信新宗教。但遇到了一些拒不妥协的人，特别是在塔富卡，不过科尼人至少在表面上信奉了伊斯兰教。

因此，科尼被处于索科托的统治之下，但服从果达巴瓦首领，随后又改为服从宾季的首领。

科尼王国以后的继承者们，哈桑·丹·巴雷瓦、哈桑·丹·库库马、哈凯，从 1828 年统治到 1835 年的欣卡法以及随后统治了三十年（1835—1865 年）的布腊希马·丹·歇布（或称古腊马），都效忠于索科托，跟随信士们的长官作战。布腊希马之子阿丹·丹·布腊希马继续执行这一附庸政策（1865—1893 年）。

随后，继位的是阿丹·丹·布腊希马的兄弟叶海亚·丹·布腊希马，但由于同果达巴瓦的"马腊法"不和，于 1898 年被索科托的素丹废黜。他为另一兄弟马哈茂德·丹·布腊希马（1898—1904 年）所取代。随后于 1904 年 2 月由马伊·纳萨腊之子马利基继位。当时，法国人已经进入这个地区，而 1904 年 4 月 8 日签订的法英协定所规定的边界，将科尼划归尼日尔，终于结束了科尼对索科托的那种太全面的从属关系，从而恢复了科尼省的地方性。

马乌里（或称阿雷瓦）

马乌里人居住在达洛耳马乌里一带。他们分为好几个群集，北部集中在马汤卡里，南部分别集中在吉瓦埃、杜梅加、提比里、贝伊贝伊和卡腊卡腊。直到最近，东部和西部的无人

区 [①] 还把马乌里同科尼、阿德尔和杰尔马人地区隔开。反之，其南部却同登迪和克比有接触。

这种地理形势使阿雷瓦得以避免十九世纪颇耳人的入侵。因为克比的首都阿尔贡古地处要冲，它阻挡着索科托通往登迪、杰尔马以及马乌里南部诸省的去路。[②] 相反地，西部——马乌里、登迪和杰尔马——都在阿尔贡古的素丹们的控制之下。

当地的居民可能是豪萨族的一个分支。至少他们讲的是一种豪萨方言，可以将他们划为阿兹纳人；但阿德尔的阿兹纳人是多种族的混合体，是由陆续而来的移民相遇，在一起杂居，而马乌里人则是纯粹的种族。前面我们已解释过何谓"马乌里"、"巴雷"和"阿雷瓦"。这里的叙述将用"马乌里"来指人，而用"阿雷瓦"来指地方。

阿雷瓦一词的来源说法不一：博尔努的素丹阿里（"阿里瓦"即由此而来，后来成了阿雷瓦）可能曾经在这个地区住过，并且可能在那里与巴加基首领的女儿生了一个儿子，阿雷瓦首领的家族可能即由此产生；一个更简单的答案是，在豪萨语中，"阿雷温"意为"北方"。

虽然如此，阿雷瓦的历史起源大概在十七世纪的时候是与博尔努有关的。在阿里之前，这个地区既未统一，也没有组织起来，虽然有一些村庄，例如在马乌里人地区据说最古老的是

---

① 在法国统治初期的地图上，多贡杜奇西北部的地区被称为"阿雷瓦沙漠"。
② 1891 年蒙泰伊讲，阿尔贡古至少有两万居民，并指出，除非动员大部队进行征伐，索科托是无法攻克阿尔贡古的。

巴加基村。

阿里是素丹卡仑布的儿子。我们选用了桑海帝国时期，阿里赴加奥途中曾在巴加基逗留的传说。阿里在巴加基所生的儿子叫阿卡扎马（豪萨语意思是"他留下来了"）。阿卡扎马长大后到博尔努去探望他的父亲；但阿里刚刚死去。阿卡扎马会到了他的祖父卡仑布，后者任命他为阿里曾经去过的地方阿雷瓦的首领。从此，所有的阿雷瓦的首领都由博尔努任命：新任的首领献给素丹几匹马，后者则送他一件大布布（首领们穿的斗篷）。

阿卡扎马定居于巴加基附近的图卢①。他在那里娶了一年轻的姑娘，名叫芒图，生了一个儿子叫萨拉马；萨拉马有许多孩子，但当地的传说没有提到他这个酋长国的继承者的世系表。最多只能举出他们的名字而已，但既无一定的顺序也不是一张完整的名单。名单上的头三名是萨拉马的儿子：卡达、科利和加加腊。但加加腊由于同他的兄弟卡达不睦，带领他的追随者离开阿雷瓦，到南部的纳萨腊瓦安置下来，建立起一个新的马乌里公国。

传说中接着举出的阿雷瓦首领是：马伊·纳萨腊、阿耳巴尔卡、穆哈马、夏乌舒纳、班巴洛马、巴尔巴、卡布里·恩卡布腊、德贝科伊·塔莫·马加基、巴瓦、塔索和塔马。

在这些首领中，班巴洛马在传说中留下了骇人听闻的回忆。

另一位首领卡布里·恩卡布腊，是传奇式的英雄，他在民

---

① 图卢意谓山岗，该村现已不存在。

间传说中占有应有的地位：他非常骄傲自大，有一天，他的臣下说服他不该象普通的首领那样骑马，而应该去驯服一头科巴（大羚羊）。有人捕来了一头科巴，卡布里令人上鞍；卡布里·恩卡布腊一跨上羊鞍，为了防止翻身落地，就把自己紧系在鞍上。一松手科巴便逃走了，鞍上的骑士无法驾驭它。卡布里·恩卡布腊在马汤卡里荆棘地里被树木扯得粉碎；人们在马汤卡里以西二十公里的沼泽地附近找到了他的首级。据说一只豺狗并没有把散失在各处的肢体吃掉，而是把它们拖到了沼泽地。①

从素丹塔马开始，阿雷瓦素丹的继承问题已经确定。塔马的继承人是丹·巴基，他可能是个篡位者。丹·巴基统治了十六年（1734—1750 年），定都库富恩比尔尼，在位期间国家很兴旺，但最后还是以骚乱而告终，丹·巴基死于骚乱之中。

丹·巴基的继任者达科是塔索之子，他统治了十七年（1750—1767 年），与丹·巴基的统治相反，在这十七年中闹了多次灾荒，这是因为杀害了丹·巴基，老天爷给予的惩罚。随后是马托执政（1767—1786 年），他建立了马汤卡里村（即马托·恩加里，意为马托的村庄），并定都于此。在这段时期里饥荒仍然不断。

继承马托的是果加（1786—1803 年）。他击退了由卡利卢·比·阿卜杜勒指挥的冈多的颇耳族征伐部队。多贡杜奇村

---

① 由于这段奇事，这块沼泽地（豪萨语为塔普基）就被命名为塔普基·恩法里·恩盖姆，意谓"白须沼泽"；自此以后，马乌里人就不食豺狗的肉。

就是在他的治下建成的。下一任，科萨古鲁之子奥斯曼在位时期（1803—1821 年），再次遭到为谋求报复的卡利卢的进攻。由于饥荒连绵，马乌里人不肯作战，他们逃往北部。颇耳人撤退后，奥斯曼重返马汤卡里执政。卡利卢又来进攻，但这一次奥斯曼胜利地抵抗了来犯之敌。双方缔结了和约，不过马乌里人同意向颇耳人进贡（每年十万贝壳币，一匹马和一头骆驼）。①

奥斯曼的继承者盖亚（1821—1822 年）是丹·巴基之子，他只统治了一年。因为，正在同索科托作战的果贝尔的首领向他的盟邦求助。马乌里人于是与果贝尔人会师，但盖亚在战斗中阵亡。加加腊（1822—1849 年）接替了盖亚的位置，前者在跟随盖亚与颇耳人作战时，已经是盖亚的竞争者了。加加腊为了自己的切身利益，同索科托媾和。后来他又不得不为对付觊觎王位的吉姆巴而进行自卫，他在比尔尼击败了吉姆巴。

加加腊的继位者是科阿纳之子阿利西纳（1849—1861年）。在他在位期间，菲林格南部伊马南的图阿雷格人不断骚扰阿雷瓦；阿利西纳击退了图阿雷格人。但他自己也毫不犹豫地劫掠他的邻邦，就这样掠夺了马乌里南方一个省（即提比里）的畜群。提比里的塞尔基·恩巴雷便向克比的素丹求援。军事首领率领这支联军在比尔尼洛科约向阿利西纳发动了进攻，阿利西纳战败被杀。

继阿利西纳之后即位的吉姆巴之子累费达（1861—1873年），镇压了他的一部分臣民（巴加基、卡瓦腊、卢古甚至多

① 马汤卡里也向克比进贡：每年六万贝壳币和一头骆驼。

贡杜奇等村）的暴动。五年后第二次暴动迫使他退位。起义者拥立巴加基埃（1873—1901 年）即位，后者不得不清除了奥斯曼族系的一个王位觊觎者巴瓦。从此阿雷瓦在一个长时期内颇为安宁，就是图阿雷格人的劫掠也日益减少了。阿雷瓦由于库尔费和阿德尔等邻近地区的难民的来到，人口骤增。巴加基埃死于 1901 年，阿利西纳之子科歇继位（1901—1913 年）。

"马乌里人的政治组织建立在等级制度上，按照这种制度，整个政权掌握在许多听命于阿雷瓦国王的首领的手中"（《多贡杜奇地方志》，1913 年）。这种等级包括：称为丹加拉迪马的储君、塞尔基·恩富拉尼、图库比、盖尔卡（他们都征收一定的捐税）、巴尔加（即骑兵队长）、盖尔科阿（即替骑兵队长扛盾牌的人）、马亚基（即在征伐时有权取得十分之一战利品的幕僚长）。再就是一些行会的头目和青年人的首领，随后又是一系列拥有马依法达、扎鲁梅等头衔的人。

阿雷瓦南部马乌里诸王国

阿雷瓦南部马乌里诸王国组成了伦昆顿地区。这些王国是卡塔尔马（杜梅加）王国、卡腊卡腊王国、塔卡萨巴（贝伊贝伊）王国和提比里王国。还可以加上利多王国，但它的等级从未超过村庄一级。

I. 卡塔尔马王国和杜梅加王国

萨拉马的一个儿子加加腊定居在纳萨腊瓦，这是一个多神教徒的村庄，居民都是来自库尔费。加加腊迫使他们承认他的权力，还把他的权力扩展到提比里、杜梅加和一些邻近的村庄。这就是卡塔尔马小王国的由来。

加加腊有三个儿子：亚基、马伊·纳萨腊居于比尔尼恩法拉，还有加马-达迪。在契奥法以前，他们的继承者都是默默无闻的，契奥法的儿子卡卡于1868年即位。

1850年左右发生了分裂：卡塔尔马王国的军事首领（或称"萨姆纳"）卡尔费来到提比里宣布自治。但卡塔尔马王国是阿尔贡古的藩属，因此克比国王决心要制止提比里的分裂活动。卡尔费被流放两年，后来他与克比国王取得和解，共同进攻卡塔尔马，卡塔尔马只好屈服。

纳萨腊瓦的首领卡卡迁都杜梅加。提比里虽然宣布独立，但它的首领们仍得承认纳萨腊瓦的首领作为"土地的主人"所享有的某种特权。

II. 卡腊卡腊王国

亚基·卡乌达腊和他的兄弟阿雷瓦的首领阿耳巴尔卡发生口角之后便分道扬镳。他本想在库尔费安顿下来，不料被库尔费人的首领科利赶走了。于是他便向南走，在吉瓦埃北面的法达马停下来，这个村庄也就开始显得重要起来。他死后，其子法里亚继续南迁，并建立了卡腊卡腊。马乌里人集中起来，创立了一个小公国。

亚基·卡乌达腊的承继者的次序如下：他的兄弟腊菲；法里亚之子萨瓦尼；马哈马杜之子歇富阿；马哈马杜之子果杰；萨瓦尼之子基布雷；腊菲之子加迪；马哈马杜之子吞卡腊；果

杰之子比萨亚；吞卡腊之子因托里；歇富阿之子穆罕默德；芒
卡腊之子马诺米。

在克比国王萨马的同意下，马诺米将他的权力扩大到达洛
耳福格哈，萨马还允许他去开发盐场。卡腊卡腊王国生活于和
平环境之中，除了对克比王国遥致忠诚以外，它无论对邻国杰
尔马还是索科托帝国始终都能保持独立。

马诺米于 1900 年执政；武累–夏努安考察队正是在他的统
治时期途经卡腊卡腊的；而马诺米也就是从那时起被置于法国
的保护之下。

III. 塔卡萨巴（即贝伊贝伊）王国

萨拉马的孙子巴布巴离开了阿雷瓦，在南部建立了塔卡
萨巴村——一个小王国的中心。巴布巴的继承者先是其子阿
巴·贝克尔，随后是他的孙子阿耳巴尔卡。

阿耳巴尔卡是克比国王丹·吉瓦的同盟者，他曾跟随后者
进攻登迪。在一次战斗中，克比的军队败退，丹·吉瓦和他儿
子也逃跑了，但阿耳巴尔卡之子伊里马·贝图率领的马乌里
人坚持战斗，终于取得了胜利。丹·吉瓦妒忌伊里马·贝图的
威望，就对他施行一种妖术；结果伊里马·贝图成了疯子，并
在一间想必是把他关进去的小屋内被烧死。阿耳巴尔卡深为震
惊，决心复仇，他率师向比尔宁克比进发，并且攻克了比尔宁
克比，丹·吉瓦出逃（不久后死去）。阿耳巴尔卡宣布伊斯梅
尔为比尔宁克比的新首领。

阿耳巴尔卡死时没有后嗣。北阿雷瓦的首领的儿子德贝科

伊继承了他的王位，德贝科伊死时也无后嗣。此后在位的是巴布巴之子加尔卡·基加和加尔卡·基加之子巴瓦·腊哈，他们俩相继统治着这个长期平安无事的王国。

接着继位的是巴瓦之子基亚萨（1798—1828 年）。那是颇耳战争的年代。冈多的总督卡利卢曾入侵阿雷瓦；基亚萨夺取了对方在达洛耳以南的所有村庄，特别是靠近耶卢一带的村庄。耶卢、巴纳和迪温迪乌地区诸首领鉴于这种形势都归顺了他。这样，基亚萨就统治了整个达洛耳马乌里的下游：从纳萨腊瓦至尼日尔河；他统治着一个强大的国家，但在 1828 年，他死后不久就分崩离析了。

颇耳人夺回了被侵占的村庄，并任命了一些各不相关的马乌里酋长，而克比国王也在登迪收复了丧失的阵地。

继承基亚萨王位的先是其兄弟马罗基（1826—1827 年），后来是另一个兄弟乌斯马内（1827—1839 年）。在乌斯马内统治时期，冈多的素丹穆罕默德·阿卜杜拉耶向塔卡萨巴发动了进攻，乌斯马内放弃该地，迁都贝伊贝伊（由一个贝伊贝伊所建立的村庄）。连续五年，乌斯马内都遭到了穆罕默德·贝洛和穆罕默德·阿卜杜拉耶派遣的颇耳纵队的不断进攻；于是乌斯马内出逃达马纳，五年后又转移到盖歇梅。最后，他还是承认了颇耳人的宗主权，这样，马乌里人总算得到太平。不过乌斯马内在贝伊贝伊和盖歇梅所统治的只是一个小国家了。

此外，加尔卡·基加之子苏富·库卡在利多已建立了一个酋长国，进一步分割了贝伊贝伊王国。

继乌斯马内之后，基亚萨之子法耳基埃在贝伊贝伊村即位（1839—1844年）。法耳基埃打算支持他的邻邦克比反对冈多的颇耳人；颇耳人已被击退了，但他们的首领麻拉目·卡利卢在一次伏击战中使对手措手不及，法耳基埃阵亡。巴瓦·腊哈之子古纳比继位（1844—1857年）。他在吉瓦埃定居，过着安静的生活。

继古纳比之后即位的是福迪（1857—1875年），他仍然住在吉瓦埃，并继续忠于同克比王国结成的联盟，当时以纳巴梅为首的克比一直与颇耳人处于战争状态。福迪遭到穆罕默德·贝洛之子阿卢·贝洛的进攻；阿卢·贝洛占领了提比里，并围困了贝伊贝伊，但是在决心保卫马乌里的战士面前只得撤兵。

福迪的继任者盖罗之子达迪·恩凯（1875—1892年），继续执行联合克比反对索科托和冈多的颇耳人的政策。1892年2月，信士们的长官也组织了一个反对阿尔贡古的联盟。他向多索的杰尔马人和托罗迪的易卜拉欣·盖拉迪奥发出了呼吁，多索的杰尔马人和易卜拉欣·盖拉迪奥便去对付吉瓦埃的国王达迪·恩凯；达迪·恩凯为了克比而遭到挫败，在萨萨古阿阵亡。冈多的国王乘机重新提出他对马乌里的种种要求。

以后大权又落到了加奥·切卡腊奥手中，他只统治了一年（1892—1894年）就去世了。他的继承人穆罕默德·福迪之子苏马纳（1894—1917年），执政初期继续与颇耳人为敌，不断地出征和劫掠。不过，时值法国人进入多索和英国人进入阿尔贡古之际，局势也就平静下来了。

IV. 提比里王国

上文我们已经提到过，当阿雷瓦的首领加加腊留驻纳萨腊瓦时，提比里村便归顺了他。

1850 年左右，来自卡塔尔马王国的军事首领卡尔费，使提比里获得了独立。卡尔费是阿里的后裔，但是母系的后裔；提比里与其说是马乌里人的地方，还不如说是"巴雷人"的地方，那里的首领称"巴雷的塞尔基"。

卡尔费起初遭到卡塔尔马王国的宗主、克比国王的进攻，但终于同他和解，还兼并了杜梅加。卡尔费是在一次征伐菲林格的战斗中阵亡的。继承他的是其子孔多及其孙子军事首领阿卢（1900 年左右即位）。提比里的巴雷的塞尔基由阿尔贡古的素丹任命，他们只要效忠于阿尔贡古，无须纳贡。

提比里屡遭厄运。1860 年左右，又遭到阿利西纳的掳掠。1870 年左右，提比里城为一支由阿卢·贝洛率领的颇耳军队所攻占；颇耳人遭到贝伊贝伊王国的抵抗后才撤退。

V. 尼亚美的马乌里人

另外有一支马乌里人分离出来往西迁移，在杰尔马地区建立了一些小的村社，但这些群集并未形成政治单位，最多也只是一些在性质上多少相同的村庄。

班巴劳马——马乌里北部的卡卜里·恩卡卜拉的前任——发觉他的堂兄弟基亚萨对他继承王位有异议时，便杀死了基亚萨。但由于深感内疚，他就流亡到洛加和多索之间靠近穆萨德的杰尔马地区。他的后裔分别返回了尼基（位于多索东北方）、鲁库和马库。

卡布里·恩卡布腊的继承者之一、他的儿子巴瓦塔莫·马加基的后继者在反对派的策划之下被推翻了；他携同他的支持者逃往杰尔马地区，在孔比利、索科尔贝、德雷基和法卢埃耳（位于多索东南二十五公里处）定居。一部分人则继续西进，一直到达尼日尔河畔的古德耳和尼亚美（"马乌雷"区）。

Ⅵ. 1891 年的马乌里地区

1891 年 9 月，法国探险家蒙泰伊途经马乌里南部诸省。欧·梅·德沃居埃为蒙泰伊考察队的考察报告作序时写道："过了瓦加杜古，探险家便闯进未知世界之中；非洲的蒙昧使他感到难以忍受的寂静。以后他就不知去向了……。"只是在这以后，欧洲人发现了一个活跃的、有它自己的历史的黑非洲后才一点也不感到奇怪，因为，那里的一些王国和帝国建成了又垮台了，周而复始，它们就是这样，充满着青春活力，热血沸腾地在进行着斗争。"难以忍受的寂静"无非是与外界没有交往而已，人们发觉与欧洲的编年史平行的，原来还存在着一个同样有其编年史的非洲世界，那里的社会也在发展着。

蒙泰伊对他在马乌里南部地区的经历作了生动的描述。他在多索的杰尔马王的保护之下穿越了杰尔马地区，虽遇到一些挫折，仍于 1891 年 9 月 10 日抵达第一个马乌里村庄康达，9 月 12 日抵达吉瓦埃。他一到那里就受到国王——"一个态度温和、笑容可掬的彪形大汉"——的接见。当时，克比国王正在厉兵秣马准备征伐索科托的附庸省"克比-豪萨"。在阿尔贡古的克比国王要求杰尔马王给予协助（但无须杰尔马王派兵去参加克比的纵队）。此举的真正用意在于试探他是否愿意接待这位"白人"。吉瓦埃国王临行时对蒙泰伊说他去"碰碰运气"。这一仗打得漂亮，他们洗劫了一个大村庄冈德，尽管该村有塔塔保护①；盟军方面只有两人受伤，收获很大，俘虏兵达一千二百名到一千五百名之多。吉瓦埃国王凯旋归来后，就把准许前往阿尔贡古的消息告诉了蒙泰伊；人们高呼他为"白人"带来了"好运"。蒙泰伊于 9 月 20 日启程，21 日抵达杜梅加，然后又到乌拉卡雷、累马和萨萨古阿，于 24 日抵达阿尔贡古。

马乌里地区给他的印象是，那里政权巩固，秩序井然，而对他这样的外国人来说，使他感到特别安全。

三十七年前，德国探险家巴尔特也曾经过这个地区。他从廷巴克图出发，于 1854 年 8 月抵达达洛耳福格哈河畔的契科和卡利乌耳。但巴尔特把达洛耳福格哈和达洛耳马乌里统称为达洛耳福格哈。他在契科受到了当地颇耳人最高首领的盛情款待，巴尔特还得到了冈多的首领卡利卢的仆从的护送。

---

① 塔塔（tata），黑人首领的房屋，周围有一道土围墙。——译者

第七章　图阿雷格人和撒哈拉人

阿藻瓦克

最早到达艾尔的图阿雷格人是从费赞来的。另有一些图阿雷格人到了霍加尔高原和阿德腊尔高原。在这两个高原上的一些群集都是图阿雷格族乌利明登人的后裔，他们同艾尔人、格雷斯人和迪尼克人一样，与其说是特定的人种家族，不如说是一种政治上的联盟。

这一联盟的起源可追溯到"伊累梅德人"。1600 年左右，伊累梅德人在一场王位继承的危机中，同阿德腊尔的图阿雷格人决裂了。对抗的一方——伊累梅德人（或"伊-乌累梅登人"）遭到排挤，于 1690 年左右在卡里德纳阿梅诺卡耳的率领下，迁徙到梅纳卡。

在十七、十八世纪，梅纳卡的乌利明登人开始了一次大规模的扩张运动，先是向东，继而向尼日尔河畔，十九世纪又向古尔马扩张。在东部，他们扩张到阿藻瓦克，兼并了其他一些部落。

这一行动发生在 1800 年左右阿塔夫里希和他的叔父卡瓦阿梅诺卡耳决裂之后。阿塔夫里希带走了纳恩人、提吉尔马特人、伊凯尔凯伦人、太利梅代兹人和伊雷乌耳人诸部落，这些部落总称为迪尼克人（意即东部人），或东乌利明登人。随后，迪尼克人又因许多来自西部的部落与之汇合而得以加强。阿塔夫里希率领他的由贵族和自由民阶层组成的部落来到了阿藻瓦克。

直到十八世纪，当桑海帝国覆灭之后，乌利明登人才意识到他们的力量以及他们对阿德尔南部的影响。

在此以前，组成沙漠商队前往克比的游牧人，一直被克比国王当作俘虏来对待。十七世纪中叶，一个自立为克比国王的冒险家斯利马内征服了阿德尔。阿德尔的宗主，即阿布赞的素丹因此就得向克比进贡。这就是 1700 年左右乌利明登人离开梅纳卡时的局势。

他们与格雷斯人发生过冲突，结果格雷斯人被阿塔夫里希和纳恩人击败。他们还和塔梅斯吉达人发生过冲突，经过几次小规模的战斗，阿塔夫里希的儿子卡罗扎先后在钦西西盖（因加勒之北）和卡齐纳（马达瓦之西北）打垮了塔梅斯吉达人。

阿塔夫里希死后，由卡罗扎继位。卡罗扎的继承人为穆达·阿格·阿塔夫里希，随后是阿古希、腊图图·阿格·穆达，最后为腊提布·阿格·腊图图。

腊图图·阿格·穆达曾出师远征；他扣押了卡瓦尔的贩盐队（又称阿扎累），并向西部发动劫掠性的袭击，直抵尼日尔河畔，然后满载而归。不过，在他的几个儿子统治时期，伊内斯利曼人造反了，格雷斯人也重新起来斗争。这是基拉尼建树武功的时期。

但另一个传说是这样叙述的：东部的第一任阿梅诺卡耳可能是卡提姆 1800—1820 年），然后是他儿子博达耳继任（1820—1840 年）。这种混乱局面，也许是由于当时还没有实现统一———这是可以理解的；也可能是由于这两个世系在两个不同的地区给人们所留下的回忆：腊图图迁往东部和阿德尔，卡提姆则仍然同西部的乌利明登人保持着接触。

我们在河德尔的编年史中已讲到，十九世纪初，乌利明登人——还有格雷斯人——曾进抵阿德尔边境，并对它施加侵略性的压力。阿瓦里人的马拉布特基拉尼，则以圣战为名将这种隐蔽的劫掠变成了公开的征服。

基拉尼煽动伊内斯利曼人反对腊图图领导的伊马杰伦人，伊内斯利曼人曾多次取胜，甚至迫使伊马杰伦人逃往菲林格和梅纳卡。但迪尼克人进行了反击，于是轮到他们来劫掠阿瓦里人了。

基拉尼攻打阿德尔，在巴盖击溃了阿德尔军队，在那里强行建立起他的权力，并企图使阿兹纳人改宗伊斯兰教，然而强迫执行是毫无效果的；阿兹纳人向伊累拉退却。基拉尼继而又向利萨瓦内人发动进攻，打得他们溃不成军。他们的一个分支——伊米兹基基人离开了家乡，其中一部分迁徙到伊马南的达洛耳博索河畔。迪格迪加的库尔费人也迁移到了塔德腊克（菲林格）。这样，基拉尼就征服了分崩离析的阿德尔，他在那里从 1809 年一直统治到 1816 年。

基拉尼转而又与图阿雷格人为敌。他打败了格雷斯人、伊太森人，他们都缴械投降了（1813 年）；接着又攻打乌伊人

（1815 年）和阿塔腊姆（梅纳卡）的阿梅诺卡耳（1816 年）。

但基拉尼的敌手在住在达梅尔古的一个名叫易卜拉的塔梅斯吉达人的领导下结成了同盟。

易卜拉联合利萨瓦内人和格雷斯人，在达雷击败了阿德尔的首领亚库巴，在基巴累击溃了阿瓦里人，并对阿瓦里人大肆屠杀。基拉尼逃往索科托，直至 1835 年才重新露面；易卜拉成了阿德尔的主宰，伊马杰伦人在阿藻瓦克也恢复了他们的霸权。腊图图的阿梅诺卡耳的职位由他的儿子腊提布继承，腊提布似乎辜负了伊马杰伦人的期望，被他们废黜了。伊马杰伦人宣布博达耳·阿格·卡提姆为阿梅诺卡耳，并重新把象征权力的托博耳（或称"太贝耳"，即战鼓）授予他。这件事发生在1820 年左右，它证实在此以前存在过两个世系，于是原先的混乱局面才得以纠正。

由于易卜拉与纳恩人发生了冲突，伊马杰伦人便反戈一击；博达耳先后在提马纳辛、阿德尔的基巴累打败了易卜拉。另外，利萨瓦内人已脱离了听任其部下抢劫的易卜拉。而基拉尼也已经在 1835 年跟随信士们的长官的军队返回阿德尔。但易卜拉却同果贝尔和马腊迪的定居者联合了，这些定居者还得到阿德尔人和利萨瓦内人的增援。于是就爆发了著名的达库腊乌阿（位于马达瓦东南）之战。结果是联盟被粉碎了，易卜拉出逃，基拉尼也被他的盟友撵走，由索科托统治阿德尔。

利萨瓦内人收复了失地，精疲力竭的伊内斯利曼人和阿瓦里人退出了角逐，格雷斯人获准重返东南部邻近布扎的地方，乌利明登人则被送往北部边境地区。

尽管腊提布重新取得了对迪尼克人的统治权，但博达耳·阿格·卡提姆仍保持优势地位，对伊马杰伦人和阿藻瓦克诸部落很有影响。博达耳的儿子穆萨（1840—1873 年）继位后，更提高了阿梅诺卡耳的威望；穆萨于 1873 年被杀，由他的侄子穆罕默德·阿格·库马提继位（1873—1905 年）。

在十九世纪，阿藻瓦克几乎成了战争连绵不断的场所。起初——可能在 1840 年前，一个来自索科托的冒险家——篡夺格雷斯人领导权的博达耳·因希耳钦，在果贝尔地区格雷斯人的布祖的支持下，打败了格雷斯人，自立为酋长。他还企图统治乌利明登人，但遭到了反抗。接着，先是博达耳·阿格·卡提姆，继之是穆萨，对博达耳·因希耳钦发动了一场战争，这场战争一直持续到 1872 年。就在这一年，穆萨战胜了与塔梅斯吉达人、乌伊人以及阿德尔的首领结盟的，由因希耳钦管辖的格雷斯人；穆萨在伊累拉打败了格雷斯人（伊累拉被焚毁），并乘胜追击到马达瓦以西的果贝尔地区。

战斗持续不断，战火蔓延到了艾尔，乌利明登人进攻乌伊人，劫掠和反劫掠一直扩展到达马加腊姆和阿拉库奥斯，这一切构成了一篇光辉的，但充满血腥味的史诗，今天在阿藻瓦克战歌中仍可听到这些内容。

1873 年，是轮到不知疲倦的战士穆萨倒霉的时候了。他向塔德累人发动袭击，而达梅尔古的塔梅斯吉达人则在西征阿塔腊姆人时包抄了他。穆萨在因阿盖鲁夫受到乌伊人的分支（伊宰利滕人）突然袭击，遭到杀害。

乌利明登人伙同穆萨的侄子穆罕默德·阿格·库马提，试图强迫阿德尔接受他们的统治；但同格雷斯人发生了冲突，格雷斯人终于守住了阵地。1874 年在基尔卡特发生一次战斗，发动进攻的格雷斯人遭到了屠杀。最后，穆罕默德同因加勒的艾尔人结盟，率领伊马杰伦人在廷宰加伦攻打因希耳钦指挥的格雷斯人及其盟友费鲁安人，格雷斯人在夜间撤离。但战火未熄，在巴巴约，格雷斯人与伊马杰伦人又互相残杀，结果两败俱伤，不过该地仍在后者手中。格雷斯人随后打了几次胜仗，但在拉邦达再度被击溃。在这些部落之间所进行的真正可谓是一种灭绝种族的战争。

战争一直持续到 1897 年，法国占领后才停下来——但双方的仇恨并未因此消除。格雷斯人在阿德尔的作用，以及他们企图统治的愿望终于在十九世纪末期得以实现，从而摆脱了阿藻瓦克的控制，这在叙述阿德尔编年史时我们已有所述及。

迪尼克人，即东部的乌利明登人，也没有忘本；他们经常同西部的乌利明登人（即阿塔腊姆人）厮杀。迪尼克人的劫掠性的袭击有时甚至到达尼日尔河畔；人们记得在贝古战役、韦宰战役（1865 年）、阿耳法腊格战役和达尔卡提姆战役中，迪尼克人每次都打胜仗。部落之间的对峙状态是持久的；劫掠和你死我活的斗争，不过是图阿雷格习俗的一个方面，那并非由于政治或经济上的某些偶然事件所引起的，而是被当作目的、归宿和生命的要素来看待的。不幸的是，这些斗争已演变成仇恨和部族之间的仇杀，伊马杰伦人几代都是这样相互残杀的。

当时，有些新的部落渗入阿藻瓦克，他们是阿拉伯部落或称阿拉伯-柏柏尔部落（德伦夏卡人）。他们是在十一世纪从阿拉伯半岛迁来的，曾经长期居住在阿尔及利亚南部的绿洲——图瓦特奥累夫和萨腊，十八世纪时迁居阿德腊尔，在那里他们曾与梅纳卡发生联系。随后，由于同伊马杰伦人不和，他们开始往东部的塔瓦、卡尔富和库雷亚迁徙。其中首先是耶德斯人由于受到其他部落的排挤，继续在北部向巴加佐尔迁徙，几支图阿雷格族的德巴卡尔支派参加了耶德斯部落。从阿德腊尔到梅纳卡一带的德伦夏卡人，在语言和风俗方面已和图阿雷格人同化，由于生殖力强，人口众多；他们颇为勇敢，既是优秀的战士，又是同阿尔及利亚南部地区通商的精明商人（专营武器和奴隶贩卖），其他部落很快就对他们给予的帮助表示欢迎和重视。他们给尼日尔带来了他们自己的优点和问题。

这些移民后来成了霍加尔（或阿哈加尔）人，他们曾打算在艾尔定居下来：他们同酋长穆罕默德·乌尔德·阿里在那一带住了四年。但乌伊人和素丹的猜疑促使他们去和迪尼克人交知心朋友。迪尼克人的阿梅诺卡耳穆罕默德·阿格·库马提，在艾尔和梅纳卡之间感到左右为难，因为艾尔与霍加尔人是敌对的，而梅纳卡方面则要求他遣返阿拉伯人。最后他决定予以收留，并使之成为自己的盟友（1882年）。因为这是一些有很好武装配备的人，所以对他是颇为有利的盟友；霍加尔人也正是倚仗枪炮行事的。从此，劫掠性袭击的重要程度开始以枪枝多少来估计了。阿拉伯人和乌伊人打起来了；他们两次攻打阿加德兹，后来在塔宰尔扎伊特击败了乌伊人。在屡次战斗中，都表现出他们的作战能力。于是他们的首领易卜拉欣同阿梅诺卡耳进行谈判，后者将阿兹哈尔河以北地区——从门太斯到巴加佐尔一带划给了易卜拉欣；霍加尔人便在那里守卫着阿藻瓦克的北部和西北部，使阿藻瓦克可以免遭侵略。穆罕默德·乌尔德·易卜拉欣继承父业后继续与迪尼克人结盟。

但是，退居北部的阿拉伯人，不久就感到自己已经相当强大（他们装备有火枪一类的优良武器），该轮到他们去劫掠别人，甚至去劫掠他们最早的盟友迪尼克人了。1894年，他们的首领穆萨·阿格·阿马斯坦带兵袭击塔瓦的乌利明登人，在伊宰鲁昂和卡耳富两地交战；双方损失惨重，霍加尔人撤兵时已被大大削弱，相对地讲迪尼克人与格雷斯人比较起来，前者是处于不利的地位。

小规模的战斗一直持续不断，最后一个战役（1898年）是在塔瓦东部的伊宰鲁昂进行的。交锋的一方是霍加尔人的一个强大的分支，他们得到艾尔的图阿雷格人和格雷斯人支援，另一方是穆罕默德·阿格·库马提率领的迪尼克人，他们得到巴盖的阿兹纳人的支持；冲突的起因是一个乌利明登人杀害了穆萨的兄弟贝洛。霍加尔人的火枪轻而易举地战胜了以军刀和长矛为武器的乌利明登人。巴尔穆村被付之一炬。几年后，即在1905年，穆罕默德在因加勒附近的阿富卡达去世了。

艾尔和阿加德兹

艾尔（阿布赞）的图阿雷格人

艾尔（即阿布赞）最初的居民是黑种人。我们估计，最早可追溯到六、七世纪；在那个时斯，艾尔人讲的是豪萨语。这个地区，可能被从的黎波里塔尼亚南下的白种人入侵过，不过未经证实；这些白种人也可能已被同化。

可能是由于阿拉伯人从北部和东部入侵非洲和因他们那种放荡不羁的热情而惹起的深刻动乱，驱使某些土著部落和柏柏尔部落逃迁南方的。

从七世纪至十一世纪，有一个白种人的部落（朗塔人）慢慢地分布在整个苏丹中部地区。在尼日尔河畔的加奥地区，他们与桑海人杂居；在艾尔，他们同异族通婚，好几个群集由此而生，果贝尔人就是其中之一。继朗塔人之后，还有其他几个柏柏尔部落也进入了这个地区，同样随着缓慢的迁徙运动，最后就同黑种居民通婚和同化。不过，那时有几个群集至今犹存，而且都保持着他们的种族特征，始祖为阿拉伯（乔尔法）人的伊格达耳人、伊贝尔科雷人和坦加克人，都被认为比真正的图阿雷格人更早来到这一地区。

这种迁徙运动是持续不断的，不过从十一世纪至十六世纪，迁入的这一批人的来源是比较清楚的，他们来自费赞（利比亚的奥季拉），又确实是种族的，那就是图阿雷格族。但他们为数不多，极其分散，这种移民，人们是可以想象得出的，他们都是为了寻找牧场而移居到这里来的游牧民。经过八至十个世纪的迁徙——在这期间确实有过无数次的战斗——如今只剩下了几万人。

在1405年阿加德兹素丹国成立之前，虽然写不出一部艾尔地区的编年史。但是对三批相继而来的移民还是察觉得到的：在十二世纪迁来的是伊桑达朗人，是一个部落联盟，其中主要的部落为伊太森人；在十三和十四世纪迁来了格雷斯人；再就是十四世纪末和十五世纪来到的乌伊人（或称奥韦人），此外还有费鲁安人和法代人以及其他一些不甚重要、有别于大的部落联盟的部落。

伊桑达朗人的首领又名阿衮博卢，住在阿索德，这是一个艾尔地区最古老的城市，位于艾尔高原中心①。不久，伊桑达朗人就与伊太森部落混在一起了；其他部落也并入伊太森部落，因而伊太森部落已经不存在了②。

正是伊桑达朗人，在分裂之前建立了阿加德兹素丹国。

其他一些部落也来和伊桑达朗结合了，其中，主要的有利萨瓦内人，再就是伊贾达腊尼内人、伊扎加伦人和伊法达耳人，他们都聚集在阿加德兹周围，后来就成了伊马基滕人。

继阿索德之后，直到十六世纪为止，在阿加德兹和奥德腊斯之间的廷夏芒（或称塔德利扎）成了主要中心；而如今它只不过是一个小村庄。据巴尔特记载，十四世纪中叶，廷夏芒、太卡达（特季达）甚至卡德尔，都是柏柏尔人的地方。朝圣地阿兹鲁——"艾尔的麦加"，位于法代山的支脉。

十三世纪和十四世纪，来自昔兰尼加的格雷斯人到了艾尔。起初，他们住在艾尔的北部和中部（塔法代克河谷）；其

---

① 在阿加德兹素丹国成立以前，阿索德是艾尔的首府。阿加德兹素丹国一诞生这个城市就衰亡了；它一直存在到1741年，至今还保存着很明显的残迹。在阿索德以西、塔加贝耳以南八公里的太夫利斯清真寺，是艾尔地区最古老的建筑物，可能建于750年。

② 如今在马达瓦，除格雷斯人以外，还有伊太森人。

中主要的是由塔塔马卡雷特人组成的部落。后来被新来的乌伊人赶到南方。当时，马里是艾尔的宗主国，而今这种臣属关系已不复存在了。

十四世纪左右，最晚来到艾尔的乌伊人①，是最大的部落联盟；该联盟把没有结盟的部落重新团结在原来是七个单独部落的周围，他们是塔菲代特、阿扎尼埃雷、阿马宰夫宰尔、塔代克、阿瓦拉、阿费斯和法腊诸部落。乌伊人成功地统治着艾尔。

费鲁安人来自利比亚。他们从伊费鲁安到达阿加德兹地区，硬是要人家同意他们安置下来。

法代人来自靠近伊费鲁安北部的霍加尔（法代山），他们随后就定居在因加勒东北部。

这些不同的迁徙都不是出于征服，而是游牧民渗透，并在一些黑人居住中心附近定居下来的结果。从而促使那些面临奴役的当地居民大批外流。从十五世纪开始，黑人被逐步赶走；留下的黑人都被同化，但成了社会的下层阶级：奴隶或伊克朗，布祖或伊腊乌埃朗。

随着最早的黑人社会的解体，白人陷入了无政府状态。由于当时商路正在发展，因此感到要有一个中央集权的必要；这就是在艾尔设置素丹职位②的原因。

---

①　乌伊（oui）或称奥韦（owey），意即牛，因这个图阿雷格部落最早向素丹进贡一头牛而得名。

②　在图阿雷格人内部任命的首领，称"阿梅诺卡耳"或"部落联盟首领"似乎更为妥当。但是，图阿雷格人几乎立即就在阿加德兹定居，并且赋予他最高的权力，因而使他成了国家元首那样的人物，这一切都证明用素丹这个称号是正确的。

　　艾尔当时位处桑海帝国——十四世纪为一个胆大妄为的马里人所统治——和博尔努帝国之间。东部的沙漠商队路线，即加奥—艾尔线和卡齐纳—艾尔—埃及线，已显得极为重要。因此十五世纪的撒哈拉的贸易显得十分重要，沿途各站都成了非常活跃的中心，诸如因加勒、艾尔的大门太卡达（它是随着加奥帝国的崩溃而消失的），而以卡齐纳（稍迟又以卡诺）为起点的一线，有冈加腊、特萨瓦、塔尔卡和阿德比西纳特；往北则有廷夏芒和因埃赞。

　　当时艾尔有一定数量的小乡镇，主要是些贸易中心，它们都处在撒哈拉沙漠通道的交叉口上。这些小乡镇的基本居民当时是——现在仍然是——豪萨族人，不过，白种的图阿雷格人那时却是真正的主宰。从第三任素丹阿利萨瓦（1430—1449年）起，阿加德兹很快成了沙漠商队贸易的重要中枢。

　　在伊本·巴图塔（十四世纪）治下，特季丹特森特就以铜矿而闻名，这是向博尔努和果贝尔出口的金属。但是长期以来，铜的开采已被忘怀，如今特季达只出产盐，但也享有盛名。

　　危险突然来自东南方的博尔努。从乍得湖地区被驱逐出来的卡内姆人在现在的古雷地区重新集结起来，并且企图在艾尔定居；此举没有成功，但道路已经开辟，博尔努帝国从此就不断入侵艾尔。它的第一次进犯发生在 1440 年和 1450 年之间。

　　加奥帝国的国王们在艾尔继承了马里的统治。1515 年，加奥帝国的国王穆罕默德征服艾尔，打断了博尔努帝国侵略艾尔的念头。1532 年，桑海人再次击退博尔努的进犯，但他们的统治于 1591 年和加奥帝国同告结束。随后，博尔努帝国在伊德里斯素丹（1571—1603 年）治下，取代了加奥帝国国王在艾尔的统治；它在那里的霸权一直维持到 1750 年。

艾　尔

阿加德兹素丹国

十四世纪末，阿布赞的无政府状态发展到了非要一个首领出来统治不可的地步。成文的编年史只记载到在图阿雷格人——更确切地说是在费赞的图阿雷格人——中间选定一名素丹为止。但大部分的口头传说都提到素丹国的祖先是土耳其人。这正是我们所要叙述的。

阿加德兹的首任素丹名叫尤努斯（或称尤内斯），他是伊斯坦布尔素丹的儿子。相传，图阿雷格诸部落由于对部落纷争感到了厌倦，便要求远在伊斯坦布尔的宗主给他们派一位首领。伊斯坦布尔的素丹于是就派遣他的一个庶子尤努斯为图阿雷格诸部落的首领；尤努斯的母亲为伊斯坦布尔素丹的姬姜塔哈纳塞特。尤努斯于 1405 年左右前来阿布赞，随行有四百五十人，全是亲戚朋友，是在一个伊太森人组成的代表团率领下前来的。尤努斯在竖有一枝神奇的长矛的地方停了下来，据说这枝长矛是一位圣灵插在地上的。伊斯坦布尔的素丹先前已规定这个地方是尤努斯旅程的终点，尤努斯就在插长矛的地方建造了一座清真寺。此即阿加德兹城的中心。

格雷斯人深信和尤努斯前世有缘，所以承认他是素丹；格雷斯人在自己内部也推选出一位听命于尤努斯素丹的坦巴里，即部落联盟首领。

尤努斯于1424年被他的侄子阿格·哈萨内所废黜，后者又于1430年被他的弟弟阿利萨瓦推翻。尤努斯经常迁居，他先住在塔德利扎，后又移居廷夏芒；到了阿利萨瓦他才定居在一个地方——即建于1430年左右的阿加德兹（或更准确地说定居在埃盖代希）。当时的阿加德兹，同加奥贸易通道上的太卡达一样，已是卡齐纳商道上沙漠商队的会合点。不久，阿加德兹就取代了太卡达的地位（十五世纪）。

阿加德兹素丹国迅速地强盛起来，因为它把果贝尔人的暴动镇压下去了，果贝尔人被镇压后就迁往南方。在北部又抵住了乌伊人的入侵。乌伊人也终于不得不承认这位素丹，他们组成部落联盟，其首领称为阿纳斯塔菲代特，他得向素丹纳贡。

但阿加德兹的素丹并没有得到所有的伊太森部落的承认；伊太森人发生了分裂，其结果是伊马基滕人不得不前往博尔努避难，直到十六世纪才在库图斯重新出现。

原来的五大部落形成了一个特权氏族，尤努斯以后的素丹就由这五大部落在尤努斯的后裔中挑选；这个选举团的主持人是伊太森人的酋长。在格雷斯人的坦巴里和乌伊人的阿纳斯塔菲代特的统治下，产生了部族和部落的等级制度，可以认为这是一种有成效、有作为的组织制度。在图阿雷格人的生活中，素丹的作用实在是微不足道；正是沙漠商队驿站站长的各项职务使素丹保持住他的最高地位，这些站长通过仲裁和结盟，从而监督、经办、尤其是保护和统制着整个贸易活动。尽管有部落肇事生乱，但素丹国的存在并不受到威胁。

阿布赞（或称艾尔）的素丹的名单可能是惊人的；我们应该限于几个重大的阶段——阿利萨瓦，死于 1449 年；其弟阿米尼继位，于 1453 年被暗杀。随后的五十年，是篡位者争相废黜、彼此暗杀的天下。

1503 年，穆罕默德·阿德勒和穆罕默德·霍马德恢复了正统王朝，但在 1515 年，与克比国王结盟的加奥帝国国王穆罕默德重新推行一世纪前马里的扩张政策，突然征服了艾尔。加奥帝国国王把穆罕默德·本·塔拉祖立为这个王朝的素丹。直到 1591 年桑海帝国灭亡，它交纳了十五万杜卡特①的贡税。桑海帝国统治时期是加奥-阿加德兹-埃及沙漠商队必经路线安宁和繁荣的时期。

当时的阿加德兹十分昌盛，商贾如织，奴隶满市，而且获得了最大限度的独立。加奥帝国国王在那里已建立了一个桑海殖民地，1850 年巴尔特证实阿加德兹居民还讲桑海语，阿拉伯人和图阿雷格人的混血种伊格达耳人也讲桑海语。1850 年，阿加德兹的贸易关系也很广泛，尤其是谷物贸易，远及古达米斯、腊特和图瓦特。但在加奥帝国国王统治时期，黄金是阿加德兹同图瓦特和埃及贸易的主要商品。

在这个时期和下一个世纪里，阿加德兹素丹国十分稳定。在素丹穆罕默德·穆巴雷克（1654—1687 年）的统治下，艾尔甚至到阿德尔去殖民。穆巴雷克大概曾鼓励他的儿子阿加巴

---

① 杜卡特（Ducat），流通于欧洲各国的古今币名。——译者

在阿德尔从事这项殖民工作，因为阿德尔是通往克比的沙漠商队路线中的一个驿站。

由于当时艾尔在南部商业往来路上遇到了严重困难，穆巴雷克素丹便对博尔努进行干涉，并获得成功，但对赞法腊的干涉并未奏效。穆巴雷克还成功地使闹不团结的图阿雷格各部落言归于好。他死于1687年。

博尔努对艾尔的野心再次暴露。约在十六世纪末，博尔努的素丹伊德里斯曾经成功地降服了艾尔；这一统治——包括艾尔人反抗的时期在内，长达两百年左右。1750年间，图阿雷格人才推翻这一统治，他们进而深入博尔努内地进行劫掠性的袭击，以致马伊·阿里素丹有一天发觉，自己已被昔日的臣属围困在京城卡宰尔古莫之中了。

穆巴雷克的继任者是他的儿子阿加巴（1687—1721年）。阿加巴也面临着部落之间的争执——乌伊人反对伊太森人；他甚至不得不先后在1694年和1703年两次逃离阿加德兹。直到1721年阿加巴被其兄弟穆罕默德·阿明推翻为止，战争、和平、混乱，更迭不已。阿加巴退居于他的封地阿德尔，首都为比尔尼恩阿德尔。

若干年以来，乌利明登人和艾尔的一个部落伊梅祖雷格人已分别在阿藻瓦克和太加马散布开来。图阿雷格人南迁的倾向也加强了。但是，同卡齐纳和卡诺的贸易活动一发展，加奥—阿加德兹线就被放弃了。

阿加巴的王位继承问题困难重重；从1721年至1793年，有十三个素丹相继更迭，几乎都是被兄弟或儿子所废黜。世称塔布达利的穆罕默德·果马的长期统治，终于结束了一系列宫廷政变。他从 1793 年统治到 1835 年，可是他仍不得不两次让位给他的兄弟易卜拉欣，一次从 1798 年至 1805 年，另一次从 1818 年至 1829 年。

要把艾尔在这个时期的"功绩"记述下来是不可能的；因为几乎都是些部落之间不断的相互厮杀、同室操戈的斗争，休战总是短暂的。有过一些对外战争：1726 年出兵果贝尔（保护沙漠商队），1749 年出师赞法腊（特萨瓦之战），不断劫掠果贝尔（1769—1770 年）。1740 年，艾尔的素丹受到乌伊人的进攻，阿加德兹失陷并遭到乌伊人的洗劫。这是阿加德兹和素丹国衰亡的开始。

在同一时期，图阿雷格各部落联盟之间的冲突导致了艾尔同乌利明登人和太加马的斗争；这些斗争标志了伊桑达朗人的毁灭和伊太森人的消灭，后者融合在艾尔人中间（1779 年）。乌伊人在艾尔取得了胜利，因此艾尔的格雷斯人以及幸存的伊太森人终于被逐走。利萨瓦内人则前往阿德尔，使素丹失掉了他们的支持；他们把最后一个伊太森部落给带走了。

格雷斯人中间的阿努阿尔部落酋长穆哈马·阿格·穆朗，在一场婚姻纠纷和一个素丹被暗杀之后，匆促离开艾尔，来到了马基亚定居（位于马达瓦西北部的河谷）。

在艾尔不断受到困扰的格雷斯人就是在这个时候开始大批出走的。1770 年左右，格雷斯人部落联盟中剩下的部落也离开了艾尔。1779 年，他们和最后一批伊太森人试图强行返回艾尔，但最后还是退回到果贝尔—阿德尔一带。

　　乌伊人就此取代了艾尔的其他图阿雷格部落联盟的地位，不过费鲁安人仍留在那里，他们在阿加德兹周围过着游牧生活，并因此同素丹保持着密切的联系。法代人已经不断地迁往西南部，自 1770 年起，他们在因加勒和特季丹特森特之间定居下来。

　　另外有一些图阿雷格人又来到艾尔，但不是先前那样规模的迁徙，因此也未使乌伊人感到不安。十八世纪时，有几个部落从霍加尔山潜入艾尔。至今仍称之为"霍加尔部落"，其中最著名的是塔伊托克部落。但他们住在困苦的北方，只限于从事艾尔和霍加尔之间的贸易联络和沙漠商队转运业。

　　由于旷日持久的不安宁，连绵不断的战争，十八世纪末叶标志着艾尔的衰亡，贸易停滞，城市颓败；阿索德消失了。黑人移居豪萨人的城市。但仍留下一些活跃分子，不过都移往西南部的因加勒、阿宰利克，特别是特季丹特森特，当时那里刚刚出现制盐业（1750 年）。比较重要的工业随即诞生，阿宰利克人（主要是原桑海驻防军的家属）都纷纷到来。从来不放过利用有利形势的法代人乘机而入，虽然如此，但由于盐的开采和每年都要对盐碱牧场进行保养工作，因为各地的牧人都习惯于将畜群带到这里来放牧，使这个地区出现了某种繁荣景象。这些活动，部分地代替了与的黎波里塔尼亚几乎已告停顿的沙漠商队贸易。此外，与卡瓦尔的地方贸易大概就是从这个时期开始的。

　　宗教的渗透依然存在；虽然图阿雷格人的宗教热情并不高，但对他们的伊斯兰教传统却依恋不舍，他们在艾尔保持着好几个朝圣地，其中的阿格拉尔，一直由白种伊莫科尔人的一个马拉布特掌管。

在比尔马一带，图阿雷格人只满足于沙漠商队到来时收税。虽然抢劫是不可避免的，但仍建立起了政治联系：1870年，卡瓦尔的素丹还作为臣属到过阿加德兹。

十九世纪虽然又出现了素丹和觊觎者之间争夺权力的斗争；然而素丹国，甚至王朝都得以幸存。乌伊人继承了伊桑达朗"特权阶层"的最高权利。1830年，乌伊人向达梅尔古发动了一次不幸的征伐战。在这期间，乌伊人在库普库普战役中为格雷斯人所击败并遭到屠杀，最后以素丹及其家属流放果贝尔而告终。格雷斯人暂时夺回了最高权力，他们在尊重王朝的原则下，控制和指定素丹。乌伊人精疲力竭了，格雷斯人的胜利为自己赢得了二十年的相对和平。

素丹王位问题使图阿雷格人发生了分裂，不过他们从未错过互相争吵的机会；整个十九世纪就是充满着这种争执。

接替穆罕默德·果马素丹的是阿卜德·卡德尔（1835—1853年）。穆罕默德·果马的儿子艾哈迈德·罗费曾于1850年篡位，但随即被驱逐。1850年10月16日阿卜德·卡德尔返回时，巴尔特也在场。1853年，艾哈迈德·罗费又回来把阿卜德·卡德尔赶走，不久，他自己也被称为巴·索福的穆罕默德·巴卡里撵走。

现在是我们停下来回顾一下巴尔特在阿加德兹逗留期间发表的一些看法的时候了。巴尔特在整理历史时，将1515年桑海人征服艾尔之前的时期列为阿加德兹素丹国的重要历史时期。在十八世纪颇耳战争之前，由于大批居民迁居卡诺、马腊迪和卡齐纳，阿加德兹已很荒凉。1850年，那里只剩下七、八百户居民，商业日趋凋零。

巴尔特就素丹国的组织作了如下描述：素丹在一位大臣（即内廷总管或侍从长）的协助下，负责与外国人和贩盐沙漠商队打交道。在他们下面是宦官主管、副官和军师（或称参谋长）。巴尔特还述及伊斯兰教在艾尔的重要性以及某些马拉布特身居要位等事。据他报导，穆罕默德的宗教之所以引进中苏丹是在桑海帝国统治时期，图瓦特的一个名为穆罕默德·本·阿卜德·凯里姆·本·马吉林的马拉布特的功劳。巴尔特首先证实了乌伊人（他们的部落联盟首领驻在阿索德）在艾尔占据优势，同时也记载了法代人、费鲁安人和伊雷腊伦人都处于素丹统治之下的史实。因此，在乌伊人之上存在着一个由法代人、格雷斯人和费鲁安人组成的大集体，其首脑就是阿加德兹的素丹。巴尔特还提到了南迁达梅尔古的趋向：伊卡兹卡臧人因此就分散在艾尔和达梅尔古两地。

但那是斗争最为激烈的时代。1850年左右又打起来了，在这个动荡不定的国家里，好斗的各部落互相寻衅，干戈不止。战争再度爆发：1851年在阿加德兹附近发生法吉亚之战；1853—1854年，部落之间发生毁灭性战争，造成大量死亡，摧毁了部落原有的武装力量。

艾哈迈德·罗费与巴·索福对抗，坚持要求恢复王位，他的儿子易卜拉欣·达苏基曾一度攫得王位。最后，巴·索福登位，一直统治到1903年去世为止，继位的是阿卜德·卡德尔之子奥斯曼。

最后一个时期充满了血腥的危机：1865 年塔西利卡瓦特之战，1869 年塔加哈特之战，1873 年达梅尔古之战，1890 年在艾尔的埃尔瓦巴爆发了最后一场战争。乌利明登人继先前的部落之后也参战了，使冲突的规模更大，恐怖性增加了。这个地区被洗劫一空：在埃尔瓦巴"甚至连妇女也未能幸免于难"。

艾尔就是在这种形势下跨进二十世纪的。

达梅尔古

最初来到达梅尔古的移民肯定是豪萨人：他们散居在大草原上，逐渐同由于图阿雷格人的推进而被赶出艾尔的同族人会合在一起。那时达梅尔古处在博尔努王国势力范围之内，是介于豪萨诸国与艾尔之间的过渡地带。

十五世纪时，达梅尔古的豪萨人，在图阿雷格人最初几次冲击下乱作一团，往南退却。十六世纪则相反，芒加、木尼奥和达马加腊姆的一些豪萨家族，为了躲避这些地区的动乱，北上投靠图阿雷格人；因为当时乌伊人统治着艾尔，他们的势力伸展到艾尔以外地区，许多寻找避难的卡努里族和豪萨族的逃亡者纷纷前来投奔。图阿雷格人的这种优势地位使达梅尔古同艾尔的联系，较之同豪萨势力的联系更为紧密。

首先南下的是伊马基滕人。随后是伊梅祖雷格人，他们是沙漠商队的商人，血统非常混杂，是大规模迁徙的先遣队，其中以塔梅斯吉达部落最为强大。

对从艾尔南下前往博尔努的那些图阿雷格部落来说，达梅尔古是一个通过地带，甚至仅是个转口①。十五世纪，一批最早来到艾尔的图阿雷格部落是被伊太森人赶出艾尔的，一度曾聚集在素丹周围，已经被伊马基滕人所同化。结果他们逃了出来，逃到今天的阿拉库奥斯地区的廷瓦达内定居。伊马基滕人一直推进到博尔努，投效卡宰尔古莫的素丹。以后又重新返回，与艾尔方面妥协，从而保持着一种双重的从属关系；于是他们深入库图斯的丛山峻岭之中，然后从那里向木尼奥和达马加腊姆不断发动进攻，威胁着那一带的村庄。

自十七世纪起，甚至连在迁徙中的图阿雷格部落也前往达梅尔古安居下来。

达梅尔古和太加马的图阿雷格人是逐渐地从艾尔南下的；从十八世纪开始就自成一个群集，但并不同他们的发祥地断绝关系，与艾尔人仍有联系，而且在名义上承认阿加德兹素丹的最高权力。不过，他们是这个地区的无庸置疑的主人。

达梅尔古的起源大概是这样的：十七世纪，艾尔有一个名叫阿穆嫩的图阿雷格人带领伊梅祖雷格人，外出寻找失散的雌骆驼；他碰到了一个豪萨族的猎人。出于友谊，阿穆嫩带着他的部落来到邻近这些猎人的地方住下，随后，来自卡齐纳的其他种族的人也同他们住在一起。图阿雷格人对已经从事耕种的并向他们交纳什一税的豪萨人予以保护。

---

① 当时，位于艾尔和达梅尔古之间的太加马是个更加不好客的地区，人们从来不在那里停留；1850 年，巴尔特在太加马只遇见一些贫穷的小部落，在达梅尔古才开始看到一些玉米地。

直到那时，达梅尔古还是一个无人区。但我们得记住，在更早的时期，撒哈拉潮湿期的移民很可能在那里住过；如今还存在着一些古代村庄的残迹、陶器残片、谷物磨盘以及巴邦比尔尼村高处的断墙残壁。

伊梅祖雷格人是受人尊敬的，他们是骁勇的战士，又有豪萨弓手为之助威。由于毗邻地区的难民流入，特别是后来占居优势的卡努里人（和达加腊人）的流入，达梅尔古的人口迅速增长。

达梅尔古地区组织起来了。每户人家都要纳税（或者说什一税），税额规定为一百十量器的小米。从十七世纪至二十世纪，达梅尔古的人口一直在增长，而十九世纪木尼奥和库图斯两地的战争更加速了达梅尔古人口的增加。

随后，塔梅斯吉达人接替了伊梅祖雷格人在达梅尔古的统治地位。他们是霍加尔人，早先是从恩阿杰尔高原迁来的；十七世纪又南迁到阿藻瓦克。他们是虔诚的穆斯林，是艾尔的宗教中心阿格拉尔清真寺的保护人，他们尤其对乌利明登人有很大影响，这种影响直至后者感到厌倦而把他们赶走方告结束。塔梅斯吉达人便退往艾尔，后又向阿德比西纳特、达梅尔古北部迁移，在这两地形成两个群集——塔梅斯吉达人和伊内斯利曼人。他们历史上的光荣篇章是易卜拉一连串的英雄事迹和阿德尔的征服（参见"阿德尔"一节）。虽然 1835 年易卜拉及其果贝尔盟友在达库腊乌阿战败，但直至 1850 年他始终是主角。不过，在他去世时，他的部落的元气业已丧失殆尽；在战争中，"塔梅斯吉达人失去了最优秀的战士，从此一蹶不

振。"（伊·里乌：《地方志》）

1890年左右，易卜拉之子穆克塔尔率领穆斯古部族——塔梅斯吉达人的新名称——安顿在塔尔卡河畔。另一个群集即马拉梅人已发生分裂，但也留了下来，特别是在太加马一带。

在达梅尔古占有优势的还有一个部落，即伊卡兹卡臧人。他们于十八世纪来自霍加尔，与塔马特人一起散居在艾尔、太加马和达梅尔古。此外，还有一些部落值得一提：伊歇里芬人、伊扎加伦人和阿拉伯血统的伊格达耳人等。

操纵南北贸易的乌伊人，继塔梅斯吉达人之后在达梅尔古扎根。他们始而逼近，进而占领了太加马；他们的部落联盟首领在奥累累瓦住过一段时期，控制着贸易。

奥累累瓦是由马加基建立的，他在那里设立了一个沙漠商队的驿站；马加基是来自南部的亡命之徒，属于那种由于战争而颠沛流离、寻求一点安宁的人。在达梅尔古的耕作区——例如靠近西南面塔尔卡河流域的南部地区，最早的黑种居民曾因图阿雷格人的推进而出走一空。后来，由于大批难民涌入，耕作区的人口又逐渐增多，这些难民从1750年起在那里开垦土地、建立村庄，吸引了新的移民，并与图阿雷格人一起创立了一种类似牧民与农民共同体那样的混合村社，但在这种村社中，黑种定居者仍然是图阿雷格贵族的附庸。

对以上的描述不应该产生幻想，达梅尔古同库图斯和阿拉库奥斯一样，也是图阿雷格族各分支和各部落之间进行长期流血牺牲的战场。除了新来的黑人移民，还有马加基本人，在来自艾尔的阿布巴卡尔未曾在那里建立其统治之前，就被马扎阿乌杰赶出奥累累瓦。另一个危险则来自格雷斯人，他们不断侵扰乌伊人的交通要道，企图削弱乌伊人。1850 年左右，格雷斯人发动一次袭击，攻克巴邦比尔尼村，并掳走了该村居民。此后，乌利明登的抢劫队多次取道达梅尔古。

总的说来，虽然内部发生了这些事件，同时邻近地区也发生过战争，但依靠外部强大部落的保护，达梅尔古还是比较安宁的。

东北边疆——比尔马

卡瓦尔和贾多两地诸绿洲的历史，首先是它们的移民史。这些遥远的绿洲，如同发现岛屿一般被人发现了，索族、卡努里族和图布族的一些家族就在那里安家落户。接着便开展了贸易活动。这些绿洲都成了中途站，但对沙漠中的盗匪来说也是一种诱惑。人们争夺的并不是村庄，而是沙漠商队、盐和骆驼；正因为如此，这个地区的政治编年史颇为简单，不过只记载了若干历史插曲而已。

卡努里人和图布人的历史的编写，是"依靠大量已经不太清楚的回忆，而不是靠文献"。正如米歇尔·勒祖尔在其《卡瓦尔史》一书中所写的那样，"在了解到他们对史实的那种漠不关心的态度以后，我们势必要依靠老人的好心帮助，或求助于盲人的记忆"。

卡瓦尔的卡努里人把有关索族人的传统长期保持了下来，人们认为索族人是棕榈树的种植者，最早创办制盐事业和贾多

的设防村寨 ① 的建设者。索族人早已绝种，但在传说中仍然谈到他们。

起先，卡努里人在卡内姆和博尔努繁衍生息，继而有几个部落北上到了卡瓦尔和贾多的绿洲。总之，他们是人所周知的那里最古老的居民。

据另一种传说，卡努里人是八世纪从也门出发，经费赞和卡瓦尔来到这一带的；他们有几个家族在这里留了下来，其余的则到了博尔努。后来，因怀念绿洲，卡努里人的一支征伐队重新北上到卡瓦尔定居。这些卡努里人与图布人通婚，但他们仍占卡瓦尔人口的半数。在贾多，他们的人数要少些。卡努里人在比尔马，同达加腊人在法席一样，建立过一些小的村社，除了博尔努不甚明确地对他们拥有宗主权以外，这些村社实际上是独立的；在酋长和法官的领导下，卡努里人享有一个真正的地方自治组织。

比尔马的图布人是在古代从提贝斯提高原迁徙过来的；初时为了寻找牧场，他们逐渐地渗透进卡瓦尔和贾多绿洲，在那里同卡努里人通婚并定居下来。后来，在十九世纪中叶，图布-衮达人组成的部落离开了提贝斯提高原，前往契加伊（阿法菲群山南部的岩石高原）避难，法国人来到后，他们都逃往利比亚，但在 1925 年和 1928 年间重新返回原地，在阿加德姆

---

① 贾多的那些设防村寨都是用石块和淤泥建成的森严的要塞，它们"矗立在大多数绿洲里，在好几个世纪中，为卡努里人用来躲避盗匪"。（佩里埃：《地方志》）位于达巴萨、贾多、贾巴棕榈树林以北，在今塞格丁的萨奥遗址，证明这里曾经有过很先进的文化。

集结之前，先待在北部边疆地区。

第一批图布人的到来，要追溯到几个世纪之前，可能还远不止几个世纪。在卡努里人之后，因为他们是牧养骆驼的所以在同绿洲居民接触后，受到那里比较舒适的生活的引诱，他们才在住着定居者的村庄附近安置下来，他们所扎的营寨长期同这些村庄并排着。随后，经过缓慢的渗透才互相通婚，开始半游牧半定居的生活（但是第一批图布人可能早在七世纪就到过这个地区，不过没有安家落户）。不顾他们的提贝斯提的父辈的鄙视，径自采用了绿洲的习俗甚至学会了蔬菜、果树的栽培。但他们与同族人——即使依然保持着种族纯洁性的同族人，确实仍有频繁的接触。卡瓦尔和提贝斯提之间的贸易就是一种经常的交流。

人们称他们为盖宰比达人，这是早先他们居住在埃米乔里纳时流传下来的别名。此后，新的移民建立了迪尔库、阿内、塞格丁和歇米杜尔等村庄。他们完全采用卡努里人的语言和习俗，在卡瓦尔建立了一个图布素丹国，主要居民是图布-卡努里混血种人。相反，在贾多地区，图布人不是排挤掉卡努里人，就是把他们同化，图布语是那里的主要语言。那里的居民自称布腊奥人（图布语称贾多为布腊奥）。

阿加德姆的居民是"衮达"图布人，他们是贾多的图布人的亲族；在卡瓦尔有他们的枣椰树林。

除了上述这些特定的种族前来居住以外，那里还有一群庞杂的居民，其中有先前以劫掠为生的阿拉伯人和柏柏尔人，从芒加劫掠来的过去的奴隶，阿拉伯商人和豪萨商人。他们是

"过去不久的时代、即卡瓦尔的大商路还是地中海沿岸国家与苏丹地区的贸易要道的那个时代的遗民"（J. 佩里埃语）。

至于图阿雷格人，卡努里人断言他们是在图布人以后很久才来到这个地区的。按照卡诺的编年史，约在 1450—1460 年间，图阿雷格人开始把比尔马的盐运往果贝尔。所以，阿格腊姆和卡瓦尔为艾尔的图阿雷格人所发现，可能是在那个时期以前的事。

据艾尔地区的传说，这些绿洲是外出寻找失散的骆驼的格雷斯人和伊太森人发现的。后来他们派遣俘虏到那儿去采集椰枣；俘虏们遇上了来自南方的卡努里人。他们共同采盐，但阿加德兹的素丹课以赋税，自命为绿洲的主人，并且得到了卡瓦尔素丹的承认。

尽管那里有一批顾主，但图阿雷格人没有在这些绿洲定居下来，而满足于分享一种有收益的宗主权：格雷斯人赢得了法席、比尔马和迪尔库；乌伊人得到了阿谢努马、加萨尔和阿里吉；阿扎尼埃雷人得到了马达马；阿马宰夫宰耳人获得阿内；塔菲代特人则得到了歇米杜尔。

在很早以前，伊斯兰教就通过贸易通道，在这些绿洲传播开了，但是当提扎尼亚教派在卡瓦尔和阿格腊姆占优势的时候，贾多却只信奉塞努西教派 ①。

塞努西主义是在十九世纪后半叶传进这个地区的；1865

---

① 提扎尼亚教派（la Tidjania）和塞努西教派（sénoussiste）是伊斯兰教的不同派别。——译者

年，木祖克的一个传教士在卡瓦尔的宗教首府歇米杜尔建造了一座寒努西教派的寺院。如今，这种关系已很松弛；最后一个库弗腊传教会在这里进行传教活动要追溯到 1901 年，仍然是朝圣地的歇米杜尔清真寺院已趋破落，塞努西主义已是日薄西山，奄奄一息。

比尔马-贾多-法席地区的真正地方史，首先就是长努里人的历史。

那就是在图布人移入之前，卡努里人已经有了真正的组织，但这种组织没有总的政治领导；每个绿洲都自成一个小国。不过，绿洲的居民所关心的只是自卫，他们建造设防村寨并寻找保护者。起初是艾尔的图阿雷格人向他们提供了保护，这种保护一直继续到十五世纪卡瓦尔被卡内姆的布拉拉人可怕的侵略所征服为止（这次入侵还留下一个纪念，就是比尔马南部"脑骨岗"上的累累白骨）。卡努里人于是请求并获得了博尔努的保护。

随后就来了提贝斯提的图布人，他们安顿在绿洲附近并创建了卡瓦尔素丹国；事实上，正是图布人的无政府状态使定居者在抵御盗匪——他们也是图布人——方面找不到靠山。

但是各个绿洲都曾出现过无与伦比的繁荣。那些设防村寨不仅说明了卡努里当时已具有高度的文化，而且还证明了，那个时期以前不久抢劫队进行大规模抢劫时，贾多至少还有五千居民。以位处盆地底部的塞格丁为例；从前就是一个富庶的中心。设防村寨之大，足以容纳一千多人在那里居住。到了十八世纪，几伙提贝斯提的图布人和恩阿杰尔高原的图阿雷格人摧毁了塞格丁；幸存者都往卡瓦尔去避难了。法国在邻近的道提姆尼堡设置了军事哨所才恢复了盐业生产，绿洲得以复兴。

卡瓦尔周围的竞争日趋激烈。十九世纪无疑是这些绿洲最危急、最悲惨的时代。抢劫队进行继续不断的抢劫使那里备遭蹂躏，其中卡内姆的斯利曼人[①]和木祖克的阿拉伯人的几次抢劫造成的损失最为严重。据历史记载，1835年斯利曼人的抢劫，对卡瓦尔来说，是一场流血的灾难。

1855年左右，那些居住在绿洲的图布人挫败了一次新的抢劫，于是歇古·马哈马带领一支阿拉伯叛乱抢劫队前来报复，占领卡瓦尔，撤退时掳走了妇女和儿童。一个卡努里人的代表团前往木祖克求见土耳其总督，后者迫使歇古·马哈马退还绝大部分战利品并释放几乎全部俘虏。歇古·马哈马去劫掠卡内姆时，再次途经卡瓦尔；他的军队在卡内姆全军覆没，自己也被杀身亡。

抢劫队还试图袭击和劫掠图阿雷格人的沙漠商队。1849年的沙漠商队曾被斯利曼人一直追击到艾尔。但图阿雷格人进行反击；他们集结了兵力，在乍得湖畔追上敌军，给以狠狠的打击。1860年，斯利曼人又企图攻打艾尔，但被击退。

1871年，斯利曼人再度向卡瓦尔发动一次大规模的出征，

---

① 斯利曼人是的黎波里塔尼亚的一个好战而且强大的阿拉伯部落，它抵抗土耳其的统治达五十年之久。他们在贝尼乌利德被打垮后就溃散了。其中一部分留在大锡尔特，另一部分则迁徙到卡内姆定居下来；但斯利曼人从乍得湖畔曾经发动几次横贯撒哈拉的征伐战，使沙漠商队不寒而栗。现在，有几个分支定居在恩吉格米专区，已成了尼日尔人的一些支系。

他们的骑兵侵占了卡瓦尔，进行烧杀掳掠。这些阿拉伯人带回了一千五百名俘虏。于是卡努里人便向博尔努的素丹求援；素丹出面干预，大部分俘虏获释。

1888 年，图阿雷格人对卡瓦尔的图布人发动的征伐战遭到挫败。而四年之后，即 1892 年，图阿雷格人的沙漠商队则被阿拉伯和图布的抢劫队消灭了。

这些斗争和迫害的主要受害者是卡努里的定居者。多亏法国人于 1906 年到达这里就建立起警务，他们才免于遭难和被消灭。

卡瓦尔的素丹驻在阿内；他是轮流从托马盖腊图布人的凯法达和凯利马达两个家族中挑选出来的，这个传统至今还受到尊重。

施蛰存
译文全集

史传卷

Ⅱ

间谍与卖国贼

◈

集外

上海人民出版社

华东师范大学出版社

施蛰存，1986 年摄于上海家中

库尔特·辛格（1911—2005），美国作家

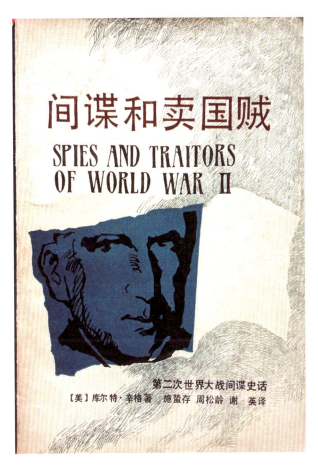

间谍和卖国贼

SPIES AND TRAITORS
OF WORLD WAR II

第二次世界大战间谍史话

〔美〕库尔特·辛格著　施蛰存　周松龄　谢　英译

《间谍和卖国贼——第二次世界大战间谍史话》，浙江人民出版社 1987 年 4 月版

思想‧智識‧科學‧家庭‧婦女‧文學

活時代

創始號　四月號上

戲臺上的真皇帝
我在中國獲得了愛
誰是蔣主席的承繼人？
新聞記者帽子裏的玄盧
印度小夜曲
從來不穿制服的上將
DDT與自然界的均衡
歐洲婦女在做些什麼？
蕭伯納的新幽默
瘋狂舞蹈家在維也納
巴黎公主多

施蟄存‧周煦良編輯

1946 年 4 月 10 日出版的《活时代》创始号，刊有施蛰存
译文《重要的政治活动正在德国展开》

目　录

间谍和卖国贼

第二次世界大战间谍史话

〔美国〕库尔特·辛格　著

《间谍和卖国贼：第二次世界大战间谍史话》，1987年4月浙江人民出版社初版，由施蛰存、周松龄、谢英合译。

　　本书据初版本收录。

目　次

原著作者序言

　　我试图在这本《第二次世界大战间谍史话》一书中描绘出第二次世界大战期间的现代间谍活动的面目。让从格陵兰到非洲、从芬兰到夏威夷、从东京到蒙特利尔的遍布全球的间谍网暴露在读者面前。

　　由于明显的理由，在写作本书时有许多事实不能披露，另外有许多事实也仅是隐约知道，那是一些国家的机密。但是有许多事实我是知道的，作为一个新闻记者，我从一九三三年起就和间谍活动方面的事情发生了关系。我曾经积极参与过揭露轴心国特工人员的活动，也有幸受到过同盟国军事方面与民政部门代表人员的咨询。

　　本书所提到的人物和事件，百分之九十五都有真实可靠的文件为凭，惟为保障在继续从事工作的盟方情报人员起见，有些人员的名字未能予以发表，或必须加以改换。由于不便公然引用法院档案、报章记载、政府官方声明等来作为文件性的证明，为引文流畅起见，我将插话及对白重新加以组织。在使用这种方法所叙述的少数案件里，我尽可能使事实与逻辑上的必然保持一致。

想象出来的那些人和尘世间的人基本相同。我们可以将《圣经》中的迪莱勒看成是历史上的第一个女间谍；她为腓力斯人去侦伺大力士参孙，取得了那么令人心酸的成功。读者们可以看出，在第二次世界大战中象玛塔·哈丽这一类人所使用的阴谋诡计和迪莱勒所使用的是类似的。

长久以来，军事上的原则仍然没有变化，世界上的每所军事学院依旧在奉行着德国将军卡尔·冯·克劳斯威兹加以公式化的教条：在某种意义上说，战争仅仅是政治的继续。反之，在某种意义上，和平时期的政策不过是一种战争的继续。即使在第二次世界大战以后，这个基本原则将继续实施，作为逻辑上的必然结果，全球性的间谍工作仍将继续存在。胜利者的一方和被击败的一方，彼此不敢信任对方，都将建立起新的特工部门。

在人类中，当间谍、叛徒、卖国贼的总是存在，总能够找到象迪莱勒、玛塔·哈丽、贝奈特·阿诺特和安德烈少校之类的人。为了金钱、冒险、爱情和理想等等原因，总会有间谍和密探替其搞阴谋的主子效劳。

我希望此书能作为战后向朋友和仇敌的一种警告。对联合国的警告是，复仇精神将在轴心国里潜伏活动，而和平时间的特工活动的使命只有一项——阻止未来战争；对轴心国国家及提供法西斯复活机会的那些地方，则是一种严峻的警告：联合国在监视着他们。作为同盟军的分支机构，有一个永远不会解散的部门，这便是特工部门。这就是说它要一直存在到未来很远的年代、当乌托邦的理想成为现实之时。一个人能够实现伊卡鲁斯（希腊神话人物，用蜡造成双翼翱翔天空，因飞太高，双翼为太阳所融化，堕海而死。）飞向太阳的梦想，这在以前曾被认为是乌托邦的空想。但是今天呢，人类确实已能飞翔了。相信人类世界能够团结在一起共同来消灭战争。没有战争、特工机构和特工人员，到目前依旧被认为是一种乌托邦空想。现在仍旧是空想，将来还会是一种空想。但是这一天总将来到的，但愿我们的后辈所进行的任何战争将在英国伊顿公学的运动场上和美国城郊空旷的沙地上进行，而不是在塔拉瓦、色当、斯大林格勒、马尼拉或是血洗的莱茵河两岸。让我们共同祈求，第三次世界大战将会避免。

库尔特·辛格

纽约　布隆克斯

译者附言

抗日战争胜利后，我于一九四六年仲冬从福建回上海，第一本买到的外文书就是这本《第二次世界大战间谍史话》的原文本。著者库尔特·辛格在当时是美国《纽约时报》、《读者文摘》等著名报刊的记者，也参加了美国的情报工作。战争一结束，他就发表了这部真实记录的情报战史话。此书于一九四五年七月在美国纽约出版，从七月到九月，每月都再版发行，我所买到的是一九四五年九月的第三版本。

本书以同盟国与轴心国为对立的两方。同盟国方面，以苏联的贝利亚为首，轴心国方面，以纳粹德国的卡纳利斯为首。双方展开了战场后面的惊险的情报战。全书共二十六章，每章各有一个故事中心。最后一章总结全书，说明纳粹德国虽已崩溃，但余孽还多，正在准备地下活动，以图东山再起。作者以此来提高各国朝野的警惕。

本书书名的直译，应当是《第二次世界大战中的间谍与叛徒》。"间谍"与"叛徒",实即一人的两面。做外国的间谍,即本国的叛徒。为了避免繁琐,故译作《间谍与卖国贼——第二次世界大战间谍史话》。但本书第一章就从第一次世界大战期间著名的女间谍玛塔·哈丽讲起,说明了她和卡纳利斯的关系。第九章中讲到的阿尔弗雷特·韦林,实际上是第一次世界大战后,长期潜伏下来的特工。可知第二次世界大战中的谍报工作,和第一次世界大战还是有其蛛丝马迹的关系。

我读完此书,觉得极有趣味,而且大开眼界。就陆续把它译出,先后发表在《幸福》等月刊上。到解放前夕,大约译了七、八章,由于《幸福》停刊,就中止了译述。这一耽搁,就搁了三十年。余下的由周松龄与谢英两位同志合作,在去年译完。我当然非常感谢他们。

这本书过了三十年才译全出版,也有一点好处。原著中有许多没有下落的人和事,在这三十年间,都发现了新的材料,因而有了眉目。《卡纳利斯等人的结局》一文就是新的补充,因非原著所有,所以,作为本书的附录,我想这也是读者希望知道的。

施蛰存

一九八六年二月十日

人们所认识的我，

并不是真正的我。

——埃古（《奥赛罗》剧中人物之一）*

---

* 《奥赛罗》为英国莎士比亚 1604 年所作悲剧。

I　从来不穿制服的海军上将

本章人物提示 ①

瓦尔特·威廉·卡纳利斯

　　——纳粹德国谍报局首脑

玛塔·哈丽

　　——德国女间谍

库特·冯·施莱歇

　　——德国总理

兴登堡

　　——德国总统

　　一九三九年九月一日是个历史性的日子。这一天的早晨，有个穿得整整齐齐、外表上毫不出众、个子矮小的男子，向柏

---

　　① 为便于阅读，本译著各章开头的"本章人物提示"一栏和正文末尾的注解，都是另加的。——编者

林的威廉街走去。第二次世界大战还只是刚刚开始了几个钟点：黎明时分，德军越过边界，涌进波兰。柏林警察当局已经封锁了威廉街，断绝了该处的一切交通。当局不愿意在政府机构面前，出现包括爱国主义倾向的和属于其他性质的任何形式的群众示威。然而这个矮小的男子未受任何阻拦地穿过封锁线，径自走向那幢类似巴比伦人欲建的通天塔①般庞大而邪恶的建筑物——阴森莫测的德国总统府。

他进入大楼，经过站在门口的一个希特勒的贴身警卫，后者直挺挺地举起手，叫道："希特勒万岁！海军上将"。这个穿着深蓝色制服的警卫，从来者服装上饰有好些棱凸纹、绶带，可以估量出，他显然是个高级官员。

而这个穿着平民服装，有特权的人，当然不会是一个平民。他刚刚被擢升为海军上将，而他此刻是来向希特勒道谢的。他熟悉这幢大楼里的一切通道；懂得怎样穿过那些楼梯和走廊所组成的迷宫，那闪烁着金银光彩的圆柱，不会使他眼花缭乱；用大理石砌就的地板和画廊里的大幅战争油画，也不足以使他发生兴趣。这些布置，他可是太熟悉啦！

这个被一进门那个官员称之为海军上将的平民，正是整个德国谍报工作的新任领导，第二次世界大战期间的德国特工部首脑。

海军上将瓦尔特·威廉·卡纳利斯，他是德国间谍里的神

① 古代巴比伦人所建的一塔，建塔者拟使之高达天庭，上帝以其狂妄责罚之，使建塔者突操不同语言，而造成彼此之间言语不通，于是该高塔终于未建成。这里形容它的阴森，庞大。（见《圣经》旧约创世纪。）

秘人物。他本人是否称得上我们这时代最大的间谍呢？将来的历史学家可能会作出结论来的。目前我们能肯定的是：他是世界上前所未有、规模最大的间谍活动的组织家。他和其他那些纳粹要人们不同，照相机难得摄取到他的镜头。他在阴暗里耕耘，处心积虑地不使自己的痕迹有所暴露。他有意识地避开一切出风头的公共场合，从来不在大庭广众之中发表讲话，一次也没有出席过在柏林体育馆里举行的大规模的纳粹群众集会。尽管他也是纳粹德国的一个最有权力、最能致人死亡的人物之一，但在德国的报纸上却从来没有提起过他的名字。

他的总部的隐蔽性可就没那么高明了。这个总部座落在柏林正中心，本特莱街十四号陆军部大厦的一部份。当你走遍这幢大楼里的每一条走廊后，你会感到疲乏，但是你无论在哪扇门上都看不到有卡纳利斯的名字。在这幢大楼里经常进进出出的人员，有成千个。但是能够和他对面相逢的人，却是寥寥无几。事实上，连能告诉你他那办公室是在这座大楼的什么地方的人，也少得很。在一九三五年三月，卡纳利斯已经建有一个秘密的出入口以及一条属于他专用的楼梯。

大战期间，他的家庭地址是绝密的，只有很少的几个助手知道他住在齐兰道夫郊区的某个地方。一辆部长级的梅赛德牌大型轿车，每天载着他从齐兰道夫的住宅里驶出。这是一辆装有防弹玻璃的装甲汽车。

在他住宅的周围，有这个海军上将所癖好的花园。不过，战争使他忙得挤不出时间来满足这种嗜好了；园艺种植的任务就落在他妻子和女儿的身上。最后，卡纳利斯夫人不得不亲自照管，因为随着盟军在一九四四年攻进法国，海军上将决定将女儿送到瑞士去上学。十九岁的卡纳利斯小姐在日内瓦湖边的一所学校里就读，注册时用的是另外的名字。卡纳利斯的骨肉之情是可以理解的。

瞅见过卡纳利斯的人，对他的描述是：矮小瘦削；肤色苍白、没有血色，象个经常在夜里工作的人；面颊骨显著凸出，因而使他的脸型不大象条顿人而比较象斯拉夫人。

实际上他的祖父母是移居到德国来的希腊人，卡纳利斯是个希腊姓氏。

这位海军上将的举止，不大雅观：走起路来，两个肩头有些耸起，贼头狗脑地低着头，他年龄行将六十，稀薄而漂亮的头发在不断变白，体重也在增加。要是他穿好海军上将的制服，会显得怎样呢？没人能说得出来，这是因为他经常都是平民打扮的。

多年以来，他所干的那些日常工作，都是些"十足的罪恶"，结果就使这个海军上将的神情，象一个十足的侦探，十足的罪犯。有意思的是，虽则见到过他的人并不多，但他们却全都提到他那种神经过敏的警惕性。曾经看见过他的一个盟军情报人员，对他的评述是："在他看来，任何场所都是不安全的。他面对着你时，谨慎地将背部靠近墙壁，显然是不敢转过身去，让你在他的背后。他那种声调，那种令人毛骨悚然的、歪着头的姿势，同样也说明了他那种无休无止的恐惧。"

支配别人，和害怕别人的暗算，这两者结合就造成了一种纳粹党的标准的性格，以便适宜于去执行兽性般的纳粹体系中那种技巧高明的罪恶活动时，毫无怜悯之心。卡纳利斯就是这种货色。对于残酷无情的称号，他肯定是当之无愧的，否则希特勒也就不会选中他来担任这种角色了。

他的间谍生涯，得回溯到一九一四年。那时，二十五岁的他，已经是"德累斯顿"巡洋舰的副舰长，是个很有希望的海军军官。战争爆发时，他正好在公海上。回到德国港口去是不可能了，因此他就将舰只驶往中立国智利。在那里他和他的水手们一起受到了拘留。

有个德国特工部的官长，假借红十字会访问的名义和他在拘留营里接触，对他概略地提出了一个大胆的脱身方案，使他有可能继续为祖国服务。一经脱身，卡纳利斯得参加帝国情报部，然后到美利坚合众国去，在弗朗兹·冯·巴本的领导下，从事组织反美的破坏活动和谍报工作。

脱身的计划，没费多大的力气就完成了。于是，在一九一六年，有个面颊突出、惹人讨厌的小伙子，来到了纽约。他自称奥托塞利格尔，是个波兰犹太人。美国和加拿大的情报部对于奥托塞利格尔有着大量的档案材料，他是在德意志特工部领导下，从事猖獗的间谍活动、破坏活动的一个危险的嫌疑犯。这种活动，在美洲的领导人是弗朗兹·冯·巴本和弗朗兹·冯·林特仑。

在美国的档案里也记载着一个化名为摩塞斯·梅育皮尔的人。用了这个名字，卡纳利斯自称是音乐商人，甚至胆敢冒充为著名音乐家梅育皮尔的侄子。顶着摩塞斯·梅育皮尔这个名字，卡纳利斯组织了加拿大汽车铸造公司的爆炸事件。卡纳利斯一生都是个病态的反犹活动分子，而这两次却都是假扮犹太人，这种情况是否是他的某种虐待狂的发作呢？

美国加入第一次世界大战之前的几个星期，卡纳利斯接到了匆促的行动命令：撤离美国，到西班牙去，在西班牙组织海军谍报工作的队伍。就在西班牙，他遇见了一个他永远也忘不了的女人——一个在他一生中起决定作用的角色。我们会看到，这个女人将献出她的生命来使瓦尔特·威廉·卡纳利斯出人头地。

就象许多人所证实的：光凭她的美貌，人家就忘不了她。她的名字是玛格丽达·格特鲁德·策兰，是个肤色微黑，具有异国情调，能够摄人魂魄的、热情动人的舞蹈家。她生在爪哇，双亲是荷兰人；她用的是舞台上的艺名，叫玛塔·哈丽。玛塔·哈丽，在阿拉伯语里，是"黎明时的眼睛"的意思。

年轻的卡纳利斯第一次见到她时，是在马德里一家著名的叫做特罗卡特罗的夜总会里。他走进去时，她正在跳着一个爪哇人的"庙舞"。之后，卡纳利斯邀请她共餐。卡纳利斯从来不是一个相貌好看的人；但是他那种普鲁士式的仪表与野心勃勃的力量，给与他以征服女人的能力。开始时，是怀着轻松心情的挑逗，卡纳利斯每夜都到特罗卡特罗去。没多长时间，就发展成为热烈的爱情。

这种恋情并没有持续得很久，卡纳利斯要派她别的用场了。他的直属上司，德国驻西班牙大使埃贝哈特·冯·斯托雷尔男爵要尽快地派一个女间谍到巴黎去。顺便说一句，在第二次世界大战期间出任德国驻西班牙大使的，还是这个冯·斯托雷尔男爵。

卡纳利斯名义上是德国驻西班牙大使馆里的武官，可是他真正的任务却不是那么光彩。实际任务是在中立国的西班牙沿海，为德国的潜艇准备基地；对协约国的海运策划间谍活动；以及在西班牙宫廷里安插代理人，以平衡协约国对西班牙皇室的影响；而最重要的是：卡纳利斯要运送特工人员，越过比利牛斯山，偷偷地潜入法兰西去。而这时来了个玛塔·哈丽。她将乘一艘荷兰的航船到巴黎去，在有名的莫林罗吉舞厅献艺，成为他在法兰西的一个关键性的情报员。可以预计的是：她的美貌和她的艺术，将征服全巴黎，特别是——而这是卡纳利斯最感兴趣的——将征服法国陆海军中的高级军官们。

玛塔·哈丽不愿意去。但是卡纳利斯向她保证，不久就与她相会。他用了不少的保证，说了不少好话，使她改变主意。预言将来她会变成欧洲最伟大的舞蹈家的；他发誓以后要同她举行体面的订婚仪式。

卡纳利斯的预料，变成为事实。玛塔·哈丽风靡了巴黎，连那些极为老练的浪子，都拜倒在她的石榴裙下。金钱象流水般地泻来了，而玛塔·哈丽是爱钱的。她在靠近巴黎西郊布洛涅森林的地方，买了座小小的住宅。每逢星期天的傍晚，在那里招待来宾，到她那里去竞相争宠的有四、五十个，其中有些是法兰西参谋总部里的人。

她那在西班牙的情人卡纳利斯，已经变得不那么关心她了，给她的信也已经不那么频繁了。他的工作太紧张，不允许他有什么搞风流韵事的时间。这个姑娘，毕竟不是德国人，因此，也谈不上结婚的问题。对于他来说，玛塔·哈丽，仅仅是情报员 H—21 号而已。

赋有情报工作才干的她，作出了辉煌的成绩。她获悉了关于部队行动、新的攻势、要塞以及防御计划的种种秘密后，经常到荷兰去短途旅行。在荷兰，将她的情报向德国的军官们报告。

一九一七年，情报员 H—21 号经由荷兰到达德国西部的科仑，作了一次仓促的旅行。在科仑的一家剧院的包厢里，事先已经安排好她要和德国总参谋部最高级军官里的一个人会面。她得向他报告关于从英国到法国的重要部队行动方面的情报，以及有关协约国防线方面的情报。事出侥幸，法国情报部里的人，看见了她在和德国人谈话。

任务完成，玛塔·哈丽动身回家，泰然地搭上一艘经由丹麦、英国，驶往法国的轮船。在她正要离船时，有个英国的海关人员走近她的身边，小声地说道：“别踏上法国的地面；您还是留在这条船上为妙，这条船是到西班牙去的！”

玛塔·哈丽迅速地思索着，她立即明白了，有人发觉了她。她很走运，这是一条中立国的船。她决定留在船上，逃往西班牙。

她那经常的、表面上无目的的、去荷兰的旅行，已经引起了英、法情报部门的怀疑。对她的观察，已经进行了好几个月。她和德国官员在科仑歌剧院里谈话，被法国情报部人员看见这个不幸的事件，就足以对她定案了。但德国的反间谍工作方面亦提防到这一点的，通知她别回法国去的那个英国海关人员，实际上是个德国间谍。

在西班牙，她到德国大使馆里去找她所爱的男子卡纳利斯。他的情人看见她后，很不满意。这里没有她的任务，她的岗位是在巴黎。她试图对他说明经过情形，可是他打断了她的话，对她在巴黎的"桃色新闻"板起面孔来了。

最后他们言归于好，一起过了一个星期。这是远远谈不上什么幸福的。末了的一天，卡纳利斯透露了消息：新的命令已经来了；他虽是觉得遗憾，却不得不执行。她以前的工作，极有价值。可是离开完成任务还差得远哩！她得回到巴黎去——不惜任何代价。

她向卡纳利斯伤心地告别。玛塔·哈丽知道：她再也见不到他了。她已经预感到她那注定的悲惨结局，然而别的出路是没有的；一个德国间谍是溜不掉的呀。

不可避免的事情终于发生了。法国当局拘捕了玛塔·哈丽，送交军事法庭，并于一九一七年予以枪决。然而真正判她死刑的却并不是法国，而是卡纳利斯本人。当他命令她回到巴黎去执行她最后的任务时，他将她的行踪通知了在荷兰的阿姆斯特丹的德国情报部。在发送出这个消息时，他故意使用了一种在传送紧要情报时所不用的密码，而这种密码法国情报部已经掌握了它的破译方法。法国果然截获到这条消息。他的叛卖获得成功——这便是玛塔·哈丽的末日到了！

接着，德国爆发了革命，皇帝出走。将军们留了下来。随便你怎么说吧，总之是许多耿直的军人们失业了。卡纳利斯在

战争结束时，是个海军少校；可是，没有职业。之后的几年，
他时隐时现。在这个阴晦的年代里他干了些什么呢？那就难
说了。就我们所知道的是：卡纳利斯，出于他的主动精神，在
组织对魏玛共和国搞反革命活动一事是极为活跃的。他帮别人
将协约国管制委员会正在搜查的武器隐藏起来；帮助建立各种
"自由团"。在削弱德意志共和国的多次政变事件里，这些"自
由团"，是站在第一线的。事实上有几次"政变"是他策划的。
著名的一九二三年"啤酒店暴动"①事件里，他是希特勒同谋
人中间的一个，如果这一个阴谋得逞的话，卡纳利斯就得去
"接收"德国北部的沿海地区。

　　一九二六年前后，实际上并不存在的德国海军，名单里仍
旧挂着卡纳利斯的名字。他在一般的公共场所突然地变得销声
匿迹了。只有少数内幕人物才知道：象卡纳利斯这种人的失
踪，是不会有好事情的。他悄悄地、耐心地在陆军部一间极小
的办公室里工作着，门上写的是："海军承运科"。这也就是
说："空无所有"，在这些挤得紧紧的房间里，卡纳利斯辛勤地
继续干着他的海军情报工作，为"有朝一日"作好准备。

　　一九二七年，舞台上的灯光照到了他的身上，使他极为狼
狈。那个时候，德国最大的电影公司之一，斐勃斯公司，宣告
破产。这家公司曾经拍摄过几部对那实际上不存在的德国海

---

　　① 啤酒店暴动，是指德国社会党企图夺取政权的一次政变。1923 年 11 月 8 日，希特
勒率领国社党徒，围困在慕尼黑的一家啤酒店里集会的巴伐利亚邦政府领导人，发动政
变。次日，又在鲁登道夫集团支持下举行游行示威。由于德国的垄断资产阶级当时不肯
公然支持，游行遭镇压，政变失败。

军进行吹嘘、奉承的影片。这些影片，充其量也不过是些替海军和商船进行军国主义宣传的手段罢了。但在破产的过程中，暴露了一个麻烦的事实：给这家公司提供资金的人，是卡纳利斯。

德国的公众们觉得奇怪：卡纳利斯是从哪里弄到这一笔钱的呢？这些影片的代价，大概是七百万马克（约计三百万美金）呢！在德国法庭的面前，卡纳利斯的答复是："秘密基金"。其他的话，他是不能说的，理由是再说下去的话，便要泄漏重大的防御机密了。对于那些本身就是军国主义分子的法官，这就够了，再也没有要求他作进一步的解释。他那来路不明的财政情况，非但没有受到惩处，连调查也没有调查过。

可是这一桩丑闻，影响太大了，势必至于在一个短时期里非将卡纳利斯送到什么地方去避一避风头才好。于是德国的海军当局，将他打发到西班牙去。在西班牙，有好些德国的军需生产在进行着。他检查了在爱契凡里亚船坞里营建的潜艇。尽管在凡尔赛和约里绝对禁止德国拥有任何潜艇，可是建造潜艇的工作，仍是在肆无忌惮地进行着。

在西班牙，他是西班牙著名军火大王朱安·马奇家的常客。他们商讨着替德国购买武器，并将这些武器贮藏在西班牙等问题。卡纳利斯和胡安·马奇之间的交谊，在西班牙的内战期间，变得极为有用。我们能记得起的：由于德国已经在西班牙具有左右一切的地位，在一个短时期里，德国是不宜赤裸裸地援助佛朗哥的。

对于德国的海军情报部来说，卡纳利斯从西班牙送来的情报，是个无价之宝；他针对英国和意大利海运事业所建立的谍报系统，价值无比。

一九二九年，和他一起在美国工作时是他上司的弗朗兹・冯・巴本，将他介绍给海尔曼・戈林相识。由于都是普鲁士型的容克①军官、在性格上有不少的共同点，他俩一开始就相互引起共鸣。他们两人都积极参加过慕尼黑的"啤酒店暴动"，但以前却无缘相识。卡纳利斯对戈林说，他能够利用德国的军队里的某些情报机构，帮助希特勒。戈林表示赞同。为了纳粹党的稳步发展，要寻找一个领导特工部门的人，卡纳利斯是再适宜也没有的了。第一次世界大战里，已经证明了他是当时德国情报局首脑瓦尔特・尼柯莱的最优秀的门徒之一。他又和海军方面保持着非常良好的关系。更有甚者，他能够提供在市场上价格极高的情报。这些情报法西斯意大利肯定会乐于购买的，这就会增加党的财力。

卡纳利斯替希特勒匪帮所做的第一件工作，就是一份有关全体人员的简历报告。希特勒需要一份对于整个德国官员能够说明他们的政治倾向、经济情况以及他们的人品和素质的档案资料。

众所周知，使总理宝座向希特勒开放的库特・冯・施莱歇总理的免职事件里，卡纳利斯和冯・巴本都是出了力的。免职事件的发生，是因为卡纳利斯竟能从施莱歇的私人办公室里，偷到了一个事关紧要的文件。

---

① 容克，德语一词的音译，原意为普鲁士地主贵族之子，这里指德国贵族地主。

　　施莱歇曾秘密地设想过一个新的立法案。这个法案将取消对于容克们的津贴，使广大的东普鲁士领地解体为小农庄。这一方案，将使德国急切的失业问题，有所减轻，但是，施莱歇很清楚，冒险进行如此巨大的改革，时机还未成熟，这个国家的反动势力，目前还太强。很可能施莱歇本人并不急于想通过这样的一条法律，但是这个国家窘困的经济情况，逼着他这样做。

　　卡纳利斯成功地偷到了这份秘密文件的副本后，立刻将它转交给希特勒。偷到的文件的一份复印件，被呈交到兴登堡总统那里，伴随着的是希特勒的结论，相当于一份哀的美敦书（最后通牒）。他指控兴登堡在其政府机构里窝藏着布尔什维克，对兴登堡进行威胁，说是要去发动企业界和地主了。老迈的兴登堡很窘，感到十分狼狈。他不愿意被别人耻笑。而最重要的是，他得保护他的容克朋友们。

　　结果是，兴登堡将施莱歇赶出内阁。德国接受希特勒作为总理，以及国家元首；全世界到时候将卷入第二次世界大战；而卡纳利斯呢，这个能干的贼，他迅速地飞黄腾达、青云直上，得到了高级职位。

II　海军上将的谍工新技

本章人物提示

赖萨·冯·爱宁男爵夫人

　　——德国女间谍

罗伯特·凡西塔特爵士

　　——英国情报部首脑

凯莱

　　——英国军工厂职工，先为德方间谍，后为英方间谍

　　历史在重演，上一代人所犯的重大错误，下一代人在重复着。在第二次世界大战中，出现了另外一个女人，她承袭了上一次世界大战玛塔·哈丽的地位。对于她心目中的偶像的悲惨命运，她应该考虑考虑才对；要是她仔细考虑过的话，她可能就不会和这个身穿便衣、惯于将人拖下水的海军上将打交道了！

　　事情是从买卖方式开始的。一九三五年，德国陆军部接到它以前的一个特工人员的来信。有个女人提出：她曾经在一九一七年给情报部做过工作。那时她只有十几岁呢。她声称自己具有谍报人员的经验，要求在新体制下给她一个工作。

　　信件转交给卡纳利斯。他作出决定：三十三岁的赖萨·冯·爱宁男爵夫人在试用的条件下工作。为了测验她的能力，开始给她的简单任务是到法国和捷克去扼杀某些德国流亡人员所从事的反纳粹活动；于是，她奉命前往工作。在工作中她发现了在捷克境内的一个地下电台。这个电台向德国人广播在德国国内禁止发布的新闻，进行反纳粹的宣传。

　　邻近布拉格的这个无线电台，在一九三六年最后被消灭掉，人员均被杀死。整个事件的掌握，是如此巧妙，其处置又如此迅速，从而引起了海军上将的注意，他决定和这个初露锋芒的女人见见面。他将她召回，并且向她表示祝贺。

　　赖萨是个头发浅黑的贵族姑娘，出生时的名字是玛丽亚·伊丽莎白·冯·爱宁。在卡纳利斯看来，她打扮得非常漂亮，娉婷可爱，他简短地向她祝贺了几句，邀请她共餐。

　　他们在柏林的霍歇尔酒家相聚了几次，就象二十年前他赢得了玛塔·哈丽一样，他赢得了她的心。在短短的时间里，赖萨变成了他的情妇；而在以后相当长的时间里，她是他最信任的情报人员。他将她派往欧洲许多国家的首都，最后又安置在巴黎。在巴黎她作出了很大的成绩。尽管她不是一个舞蹈家，她仍旧是个富有魅力的人，具有做生意的精明头脑，作为国际军火贸易里的一名掮客，她同芬兰、中国、以前的波罗的海诸共和国以及南美各国进行谈判，为德国向这些国家倾销为数众多的武器。这种半合法的工作，对于完全非法的间谍工作来说，非常有利。

一九三六到一九三九年间，她在巴黎社交界中是个声望显赫的人物。她指挥着遍布全法兰西的德国间谍活动；和她交往的人都是些名流。她的密友之中，甚至包括法国政府里的一些部长——乔治·庞纳部长就是其中之一。那个庞纳之所以会变成海军上将卡纳利斯的最重要的耳目，就是由于她的媒介。

使法国力量削弱，替赖伐尔与别的叛徒开辟道路的，就是象男爵夫人这类女间谍，而这类女间谍中，居于领导地位的，便是赖萨·冯·爱宁男爵夫人。她在巴黎警察界和政府高级官员里寻觅着并断定哪些人是用得着的，卡纳利斯通过她的收买，在法国布下了间谍网。

直到第二次世界大战就要爆发的前几个月，赖萨·冯·爱宁男爵夫人的间谍活动还是没有被人发现。这时，军事当局虽然抓到了法国参议院军事委员会里的一个打字员，这个打字员曾经将全部秘密会议的详情提供给赖萨·冯·爱宁。但是，由于当局动作不够迅速没能抓住真正的罪犯。她接到庞纳夫人的警告后，立即乘上一架私人飞机逃掉了。在缺席裁判的情况下，她被判处死刑。后来德国占领了法国时，赖萨傲慢地又回到了巴黎，嘲笑当时法国当局的无能。

是呀，她可以回到巴黎来。然而，正是这个允许她大摇大摆归来的环境，意味着卡纳利斯已经用不到她了。这一点，她自己似乎没有想到。同样，她也没有想到：卡纳利斯是个妒忌心很重的人，对于她和比她年纪更轻的男子混在一起，是不会感到高兴的。

如果，赖萨·冯·爱宁男爵夫人对卡纳利斯有了解的话，那么她就不会去引诱前德国驻巴黎代表——奥托·阿贝茨来追求她了。相反，她的恋爱丑闻变为这个首都中大家谈论的话柄。接着来了一道无情的命令，吩咐她离开巴黎，到布鲁塞尔去。而一到布鲁塞尔她就被逮捕。赖萨·冯·爱宁最后一次地成为报纸上的新闻人物。但是这还不是有关她的最后一条新闻。一九四二年十二月，有几张德国地方报纸报道了有个名叫玛丽亚·伊丽莎白·冯·爱宁的，被人民法庭判处了死刑。几天之后，她在柏林的普勒茨恩泽监狱被处决。然而在这个过程中，人民法庭的判决，仅是形式而已。卡纳利斯早就将她判处死刑了。

这个海军上将不是个容易动感情的人，作为一个冷血的色中饿鬼，他需要女人。不过女人在他的生活里，只是些小小的插曲。实质上他是一个冒险家，尽管他那种冷漠的外表，力图掩饰真相；他爱搞危险的勾当，视死为儿戏，特别是爱好赌钱。世界各国的情报机构首脑人员里，算他有钱，卡纳利斯事实上是个百万富翁。他的秘密情报在证券交易所里很有用处。卡纳利斯搞过几次发大财的投机活动。

他如饥似渴地追求那种能够骇人听闻的手段。毫无疑问，他是个崇拜希特勒德国的狂热分子。他和所有那种普鲁士式的爱国分子一样，为了使德国得到更多的光荣，而处心积虑地设法将世界上其他各国全部加以消灭。组成希特勒核心圈子的，通常就是这种狂热的、特别"爱国"的人物。希特勒本人也同样如此。甚至直到行将到西方极乐世界里去的时候，还想采取某种耸人听闻的手段，来个倒转乾坤。

一九三八年二月十六日这一天，是为希特勒策划好的"空中飞行"方面来个惊人之举的日子。在英国南部海岸，这是个严寒的日子。上午六点三十分时，一个特别挑选出来的地勤人员，从法恩鲍罗的飞机库里推出了一架飞机。这是一架比较特别的、新牌号的维克尔·威莱斯莱飞机。这架单翼飞机有两个发动机，翼展大，翼身低，翼形新颖，具有不寻常的航速。不久，空军上尉 F·S·加狄纳和空军中尉 G·D·D·汤普逊登上了飞机。上午九点十五分，他们在法恩鲍罗实验飞机场上起飞了。

这两人再也没有回来。

英国人不遗余力地进行搜寻，扫雷艇在几天里细细地查遍了英伦海峡，可是毫无收获，再也没有听说过有关这两个飞行员或这架飞机的消息。

过了一年左右的时间，英、美的观众们看到了一部英国电影，片名是《欧洲战云临头》。这是一部惊险间谍片，主角是劳伦斯·奥列佛。影片的故事是讲，在某一段时间里，英国好几种重要的新型飞机，试飞之后就没有回来。

影片的场面围绕着设在伦敦的一个德国间谍中心。这个间谍中心通过种种周折，终于得到了这些秘密的试飞消息，于是就预先通知停在英国海岸附近的某地的一艘德国军舰，这艘军舰发射出一种死光，使任何在飞行中的飞机发动机自动停止，迫使飞机不得不降落。飞行员们都被囚禁了起来，而所有英国的新式飞机就这样落到了德国人的手里。由于发生了意外的事故，故事的结局是满意的：英国的飞行员们最后制服了德国军舰上的水手，反而使德国人成为阶下之囚。

这部影片的故事本身并不高明，倒是制作这部影片的背景更为有趣些。拍摄这部影片的，是哈菲尔德电影公司；而创建这家电影公司的唯一目的，就是要拍摄这部电影。影片的编剧人亮出姓名的有阿述·勃洛赫和威廉·杰克·维丁汉。还有一个作者没有具名。而这个第三者却是最重要的作者，远比一般编剧人员重要。他就是设想出这一故事轮廓的人，也就是这个电影公司的后台。这个人和欧美的电影界没有发生过关系；他拍摄这部电影的目的，也是一般制片人所不会有的。

此人名叫罗伯特·凡西塔特爵士，是当时外交部的政务次长，并兼英国情报部的首脑。

由于我们知道了上述情况，所以对于这部电影故事的情节，和实际上发生的一架英国最新型飞机的失踪的事件竟会如此巧合，就不觉得奇怪了。罗伯特·凡西塔特爵士在构思这部电影故事时，确实是知道失踪了的这架维克尔·威莱斯莱飞机的下落的。

他很清楚，维克尔飞机工厂在一九三六年开始研制翼身低的单翼飞机时，纳粹方面就吓了一跳。他们担心英国这个新发明，在未来的战争中会成为一种决定性的武器。于是，他们全力以赴地想攫取这种新型维克尔·威莱斯莱飞机的设计图纸（这种飞机就是威灵顿飞机的前身），但是他们的努力都失败了。蓝图搞不到，卡纳利斯的最后一招就是决定搞到一架真飞机。

一九三八年二月十二日——即试飞的前四天——一只加印封固的信袋从伦敦空军部送到达法恩鲍罗。信袋里有一份该机所应遵循的航图。这个信袋，要等到那两位飞行员确实坐送机舱之后才准许启封。

然而，柏林却在二十四小时之内就知道了信件的内容。这是卡纳利斯的拿手好戏。记住，这是在一九三八年，还是和平时期，卡纳利斯就这么无所顾忌地干他的间谍勾当了。当他命令一艘六百吨的德国潜艇停泊到英国飞机按规定要在它上空飞过的北海某个地点时，欧洲却在祈求和平。

这艘潜艇装备有三吋口径的大炮，能够击落在二万呎高度飞行的飞机。而按照指令，这架飞机飞行的高度不超过六千呎。

附近，另外还有些进入戒备的德国潜艇。

英国飞机一出现，当即被这艘德国潜艇击落。德国的指挥官已经接到指令，飞行员如果还活着，就得格杀不论。而英国飞行员在飞机被击落后是否还活着的问题，可能永远是个谜了。战利品——一架维克尔·威莱斯莱飞机——被分解成几个部件，装进了各艘潜艇。几个小时后就运到了德国。英国的陆军情报部门没费多大劲儿就在基尔和柏林找到了它的踪迹。当德国空军参与其事，空军里的专家们研究了这架飞机之后，他们肯定地认为：这种飞机是不可能在工厂里进行大规模生产的。他们的结论是，去俘获这架飞机，这是白费精力而已。

英国情报部同样也知道了是谁在指使这种肆无忌惮的盗窃活动。他们知道了这人的名字后，罗伯特·凡西塔特爵士要求纳维尔·张伯伦首相采取某种行动。但是，张伯伦在激怒德国人的问题上是小心谨慎的，他宁可不让这件事声张出来。由于想不出其他的办法来进行谴责，于是，凡西塔特想到了拍一部电影。凭着这部电影，他要让德国的军事间谍部门明白：他们没能骗过他。他很有眼力，他找来担任扮演德国间谍头子的这个角色的演员，活象那个真正的间谍头子——海军上将卡纳利斯。

这仅是英国情报部门和海军上将卡纳利斯多次展开勾心斗角的一个事例而已。

和俘获维克尔·威莱斯莱飞机机密有关的，还有件事，即卡纳利斯本人在抛出这个阴谋的几个星期之前，曾到伦敦去短途旅行。他到达伦敦时，是一九三八年一月二十一日，住在拜斯华脱·克里兰街二十八号。哪天走的，不大清楚。虽说是使用了一张伪造的护照，英国的情报部门却几乎是立即就知道了他卡纳利斯的光临。英国情报部门早已从逮捕到的德国间谍那里，弄到了这个情报，那个被捕的人，有两个名字，两张护照。他的名字叫做罗特维格什么的，化名叫温克尔。

卡纳利斯过了正月，又用了二月里的一部分时间，试图在一些项目上动手。除了最急于要搞的维克尔·威莱斯莱飞机之外，这些项目是：一种新型的十四吋口径的大炮、一种新型的深水炸弹、一种新式的雷管试验装置，以及一份用于海战中的有关爆炸方面的报告。

生产这种大炮、深水炸弹和测试装置的单位是瓦尔威治兵工厂。卡纳利斯已经在那里安插了好些间谍，其中最重要的一个人物是从一九二八年起就潜伏在那里工作的 P·E·格莱亭，以及军械检查员阿尔贝特·威廉斯，还有大炮部门的监工乔治·瓦梅克与兵工厂的助理化学师 C·W·门台。

而英国情报部门对事情的经过情形非常清楚，他们知道那个格莱亭是通过某个女人和卡纳利斯见面的。因为这个女人恰恰是英国的一个反间谍成员（文件资料里经常称之为某小姐，目前恕不能说出她的名字来）。

卡纳利斯的旅行目的，是为了给精确的工作打好基础。这一年的后一段时候，卡纳利斯又在荷兰会见了格莱亭。在场的还有一个名叫凯莱的英国人。这次预定的会见，是在德国驻海牙的武官办公室里举行的。

凯莱当时是在兰开夏郡地方拥有一万四千名工人的欧斯登·瑟尔工厂里的一个职员。卡纳利斯提出每周付予三十镑，作为他搜集有价值情报的酬金。

不过，在离开英国之前，凯莱已经受到了监视。伦敦警察厅侦缉部里的一个人，在他整个旅程中都盯在他身后。他一回来就被逮捕了。摆在他面前的是伦敦警察厅侦缉部的一个建议：他替纳粹效劳的把戏，得继续下去；向纳粹提供的伪造资料，由政府给他；今后发现有关德国间谍活动方面的任何情况，要向政府报告。凯莱表示他很乐于接受。现在这件微不足道的反间谍案件是可以披露了。不过，卡纳利斯显然一直没有觉察到这一点。

　　话虽如此，要说英国的特工部门已经完全战胜了卡纳利斯的话，那就未免言之过份了。在荷兰，他们指派人员对卡纳利斯和他的特工人员进行盯梢，而且成效卓著。然而四年之后，他们发现在某些方面是上了当的。

　　伦敦警察厅侦缉部的视线错过了某些另外一方面的重要的见面和会谈。在德国大使馆里，卡纳利斯和从爱尔兰来的两个间谍举行了初次的会谈，他们讨论的是战争爆发之后在爱尔兰进行中立化运动和间谍活动，以及接受指导、密码与行动指令等等的问题。若是英国在一九三八年就知道这些的话，许多搞爱尔兰中立化的地下工作，早就会受到禁止。但是在这一方面，卡纳利斯大为得手。

　　一九三八年九月慕尼黑会议期间，卡纳利斯的一个阴谋诡计获得了成功。这件事可以列入近代间谍工作中最受称羡的成绩里去的：法国海军的动员令，甚至在海军上将达尔朗签署之前，就全文落进卡纳利斯手里。立功的人是个少尉，名叫埃洛菲·马克·奥贝特。他是通过他的情妇、金发美人玛丽·珍尼·摩莱与卡纳利斯接触的。

　　后来，纳粹的报纸对于德国的谍报工作效率，甚至公然自我吹嘘起来，《人民观察家报》就大吹大擂地赞扬过上述这一骇人听闻的事件。

　　在第二次世界大战爆发前的几个月里，卡纳利斯这颗"扫帚星"就充分地发挥着作用。他的另一成就是，他竟有本领弄到了英国的陆、空军协作计划。

卡纳利斯为第二次世界大战间谍活动所做的准备工作，纪录表明几乎十全十美。他布满全世界的间谍中心，织成了一个蜘蛛网。在一九三九年春、夏的时间里，他的情报机构，工作得迅速而顺利，战争爆发后，更增添了巨大的动力。

比如说，在沿海那些具有战略地位的城镇里，许多德国领事在从前都担任过潜艇的指挥官，这不会是一种偶然的巧合吧！例如美国新奥尔良的总领事，是爱德华·冯·施皮格尔男爵；法国勒阿弗尔的领事，后来担任挪威纳尔维克的领事的，是弗朗兹·诺尔德。

斯德哥尔摩的德国公使馆和德国驻瑞典各地的领事馆，几乎全部都设在港口与沿岸的地方。这种策划同样地实施在芬兰和丹麦。德国的公使、领事中间很多人的办公室巧得很，都是在港口附近。他们全都是海军情报部里的人，手下有着几百个记在卡纳利斯工薪帐上的、次一等的特工人员。帐目上支付的薪金一贯是大方的。卡纳利斯深信，大规模的间谍活动是个新发现。他深信这样一句格言："雇人干活不吃亏。"

那个冯·爱宁男爵夫人的下场如何，我们已经在本章前面的段落里知道了。大约在她于巴黎最出风头的那个时期，发生了另外一件大事故，情形是这样的：一九三九年十月，停泊在苏格兰以北的斯卡珀湾海军基地的英国战舰"皇家橡树号"沉没了。当时，这是一件使人丢脸的、难以想象的大事故：一艘德国潜艇，居然从从容容地驶进斯卡珀湾基地里来了！现在我们应该承认，这纯粹是个巧妙的间谍案件。用信号通知德国潜艇，导致"皇家像树号"沉没的那个被认为是瑞士人的钟表匠，多年以来，一直是卡纳利斯的一个极可靠的谍报员。这个故事的全貌，将在以后的一章里叙述。

卡纳利斯并没有将注意力仅仅只集中在欧洲一地，他的手还伸到了近东。在伊朗，他的特工人员的首脑，就是著名的考古学家马克斯·冯·奥本海姆。奥本海姆在遍历该国各地的、频繁的旅行中，在阿拉伯人中间进行反英的宣传。卡纳利斯在巴勒斯坦也有他的特工人员。他们将阿拉伯人装备起来，煽动反对英国的叛乱。在这个区域里卡纳利斯最信任的谍报员是个叫弗列兹·格罗巴的人。此人出任过德国驻阿富汗公使，是个阿拉伯问题专家。后来，格罗巴被任命为驻伊拉克的公使。在伊拉克，他用反英宣传毒化这个国家，组织了一支第五纵队式的队伍。大战爆发后，格罗巴满意地将几个间谍安插进意大利驻巴格达的公使馆里，本人则穿梭般地往返于沙特阿拉伯、叙利亚和伊朗等地。一九四〇年伊拉克发生了暴动，这是他个人的功绩；而这也是可以记在卡纳利斯的帐上的。为平息这次暴动，英国遇到了不小的麻烦。

更晚些时候——一九四一年末期和一九四二年初的这段时间里，卡纳利斯在雅典设置了新的间谍总部。从这一个有利的据点出发，他的间谍网遍布在英国控制的各国领土上：从叙利亚直到遥远的蒙古沙漠。他就这样地铺开了他的间谍网；后来发现卡纳利斯的间谍网甚至已深入到日本在缅甸和印度支那北部的若干要地。

消息的往来，靠具有新式短波发报机装备的沙漠商队进行，这种发报机所发的电波非常微弱，只有和它距离很近的收发报站才能收到它所发出的密码信号。情报就是用这种办法来收发的，它作着短途的媒介，越过沙漠，一直把消息传递到柏林或东京为止。

看来这显然是莫大的成功，甚至令人难以相信。然而在事实上，英、美的情报部门的所属机构，都证实了短途密码信号的存在。英、美各自独立地进行着工作，都发现了海军上将卡纳利斯所要弄的这种时髦的把戏。

直到一九四二年十一月为止，海军上将卡纳利斯是属于第二次世界大战中最成功的人物。常常会有这样的传说，说他已经失去了希特勒的欢心，说他已经退隐，或者说他的工作已经由他的亲密朋友和合作者卡尔·豪斯霍费尔教授接任等等。而这些传说到头来总是被证实为谣言。可以猜得出来，造谣的就是卡纳利斯自己。他经常尽力掩盖他的活动；如果世上的人能够认为他已经死了的话，他肯定是开心的。因为这样的话，他的工作和他的"狼人组织"就可以比以前活动得更欢啦！

当德国在这次大战中必败无疑的形势已变得十分明显的时候，卡纳利斯愈来愈感到绝望。德国军队在非洲溃败之后，又在意大利、法国和荷兰陷于一败再败的境地。希特勒断定：把隆美尔元帅先前在那里取得很大成功的非洲弄得乱七八糟的，是卡纳利斯。看来他肯定要从他的宝座上栽下来啦。被囚禁的德国情报部官员对捕获他们的人供称："美国将军马克·W·克拉克在进攻前到非洲视察阵地一事，我们的情报机构却一点都没有想到过。"

德国的间谍头子一定是极其懊恼的。卡纳利斯匆匆忙忙地赶到各个战场前线，仓促地采取了若干措施。战役进行时他赶到意大利，象疯了似的企图组织一个伸展到意大利解放区内的间谍网，希望凭间谍们的收发报通讯联络，使在意大利北部顽强战斗着的德国人，能够在盟军的进攻中突围出来。

能够成功地组织起一个全球性的间谍网，是一种颇为可观的成就。在这种成就的背后的动力是什么呢？卡纳利斯所遵循的又是何等样的原则呢？如果说是有什么原则的话，那肯定是残酷无情的原则。被卡纳利斯称之为"间谍艺术"的这种艺术，是一种残忍的艺术。俘获维克尔·威莱斯莱飞机，其中就包含谋杀。他的极大多数的策划里，都离不开谋杀。这从他杀机萌发，击落邮递飞机一事，亦可以作为一个例证。

一九四〇年，有一架邮递飞机从斯德哥尔摩飞往莫斯科。这架飞机里，携有《芬—俄停战协定》的概要，以及波罗的海防线的秘密地图。此外，还载有成百磅信件和几个担任外交职务的乘客。机身上标着清清楚楚的瑞典标志，三个红十字，和表示和平中立的蓝、黄两种颜色。可是对于这一切，德国的战斗机假装都没有看见，飞越波罗的海时，他们发动了攻击。战斗机上的人和德国潜艇保持着联系。当斯德哥尔摩的勃洛玛机场的德国谍报人员用无线电将这架邮递飞机起飞的消息通知德国后，卡纳利斯就使出了惯技，动用了他的全部武器。

两架战斗机将这架没有武装的中立国邮递飞机击落。机中的乘客因此丧生。而第二天，信件与上述文件全部落到了柏林的本特莱街十四号里。卡纳利斯迅速地将它们看了一遍，新的紧急指令立刻就送到了德国驻芬兰大使冯·布吕歇尔手里。

与此同时，俄国的外交部在等这架邮递飞机。俄国人紧紧地质询瑞典政府，要求瑞典政府解释该机何以受到阻挠？他们派出了侦察机，可是这一架邮递飞机已永远消失了。

卡纳利斯就这样占了俄国人的一次优势。

但有个在莫斯科坐着的人，为此勃然大怒。他吸着雪茄烟，一支接着一支。他的助手们在焦急地交头接耳。这些助手，都是总部设在鲁平卡街的俄国特工部里的人员；他们知道，那个使他们的头头贝利亚激怒到如此程度的人，快要倒霉了！

你可能会占苏联人的一次上风，可是苏联国家政治保安局会远不止一次地把局势翻过来。

III　鲁平卡街的主脑

本章人物提示

劳伦蒂·贝利亚

　　——苏联保安部门首脑

冯·X

　　——德国上层家庭妇女，后来成为间谍

海尔曼

　　——冯·X 的情人，工程师

　　劳伦蒂·贝利亚看起来怪象一头温驯的老熊。现在称为特工部的、苏联国家政治保安局（OGPU）领导人的形象，肯定不会是你所想象的那样。他笑起来很真诚，非常通情达理。同纳粹以及其他敌人力图将他描绘为具有凶残的眼睛、贪婪的嘴……那种形象，毫无共同之处。

　　劳伦蒂·巴夫洛维奇·贝利亚在鲁平卡街的一间舒适的办公室里工作，手下有数以千计的工作人员。他的亲切，他的公平待人以及他那引人注目的工作能力，受到了他部下的一致称道。对于使用英语的世界各国，OGPU 这几个用英文字母起首的字母要比用俄文字母套译过来的略语 NKVD（特工部）更为熟悉些。环绕着国家政治保安局当然会有着大量的荒诞无稽的传说，但真相却要严肃得多。国家政治保安局无疑是属于世界上效率最高的一个间谍和反间谍机构。它的首领要和象海军上将卡纳利斯、日本特工部领导那样的阴险狡诈的人作斗争，而且对于其他各国，也得时刻严密防范。

贝利亚似乎已经证明了他本人是国家政治保安局所曾经出现过的最有才能的人。这是肯定的，他所担任的是很受信任的职位。由于他的可靠、由于他和约瑟夫·斯大林元帅之间长时间的个人友谊，任何一个前任都没有他任该职的时间长。他的那些前任，卷进了声名狼藉的事件里，被控为犯有受贿或严重叛国的罪行，好些都已不在人世了。

贝利亚抽雪茄烟的瘾头，要比温斯顿·丘吉尔（1874—1965，曾任两届英国首相，编者注）大得多。他戴的是老式的、古怪的夹鼻眼镜。当然，这常常会跌碎的，所以在桌子上放着好些备用的夹鼻眼镜。有一次有位客人将桌上这些横七竖八放着的眼镜数了一数，竟有二十副之多。他的神情经常显得疲乏，下属们对此的解释是由于他往往一天要工作十六到二十个小时，很少休息，经常是连续地全力进行工作。

他给别人的印象是，他是一个有觉悟的人，而他对自己的觉醒不无辛酸之感。在沙皇统治的乔治亚，当时还是一个小青年的他，是个坚定的虔敬的理想主义者。他想要驱除一切邪恶，拯救世界。现在呢？就哲学领域方面说，他是个不可知论者。可是他思索得很多；他的立场，远不是一个讲究斗争的唯物主义者。他很有教养，能够讲许多种语言。偶尔也会摘引一些波斯的诗句，或者引用一下海因利希·海涅、朗费罗和伊丽莎白·勃朗宁的作品。

要找出比卡纳利斯和贝利亚差异那么悬殊的两个人是不容易的。贝利亚公然轻视妇女，认为妇女会使他分散注意力，从而使他不能好好地从事他那有效的社会工作。他相信：一个有成就的人，是能够在他一生中排除掉女人的人。他喜欢引用参孙的故事①，说的是腓力斯人给参孙送去了一个女间谍迪莱勒，结果，使参孙毁灭。有人怀疑贝利亚在女人面前实质上是胆子小，甚至觉得害怕。但是有少数几个妇女是他的好朋友，而在贝利亚的价值标准上，友谊的地位是非常高的。

他的个性极其复杂。事实证明，他的设想与灵活的权术，和卡纳利斯或者盖世太保同样高明。他可以为朋友、同事而赴汤蹈火，而同时他也会冷酷无情到使盖世太保也为之咋舌。他不喜欢采用盖世太保的那种逼供的办法。一方面他常常禁止对一个女间谍使用杀戮、拷打的手段；但在另一方面呢，他会使一个女人处于连续不停、长达五十小时的受审的境地。审讯的人轮流接替，来换班的审讯人会当着挨饿的犯人面前吃东西——而五十小时之后，贝利亚很可能就得到了供词。不然的

---

① 参孙，以色列士师（古代的统治者），力大无穷，腓力斯人派出一个女间谍迪莱勒，弄瞎了参孙的眼睛，使参孙毁灭。源出《旧约》。

话，贝利亚就放了她，伴她乘汽车穿过莫斯科的街道，到一家商店里去选购漂亮的衣着。对于一个被囚禁了六个月的没有换过衣装和内衣的女人，这是一种使她吐露内心的方法。贝利亚会招待她吃喝，或者伴她上戏院去，然后在她招供完毕后重新将她关进监牢，接下来把她带出去枪毙或绞死。

简而言之，贝利亚长于心理学。在这位性情温和的有教养的人面前，最机灵的间谍也会被他弄得十分尴尬而感到手足无措。贝利亚兼有陀思妥耶夫斯基（1821—1881，俄国作家，编者注）笔下的密探和海因利希·希姆莱两种人物的特征。他那使人惊异的经历，确实使得他适宜于扮演他现在的这个角色。

贝利亚一八八八年生于第比利斯（苏联格鲁吉亚共和国的首都，编者注）一个良好的家庭里。在学生时代，他就具有流行的革命精神了。二十七岁时，沙皇的一个军事法庭将他判处死刑。罪名是在哥萨克部队里散发革命传单，那是在一九一五年。在等待执行期间，他设法逃出监狱，跑到山里去，过着艰苦的飘泊流亡的生活。接着，他入了党，就这样和俄罗斯地下工作领导人斯大林保持有密切的联系。他学习列宁的论著，读普希金和卡尔·马克思的著作，替共产党从部队里搞到武器，帮共产党取得金钱。象陀思妥耶夫斯基一样，他为在俄国实现理想的真理和正义而呼喊。他和布尔什维克一起为行将来到的革命作着准备。

最后，伟大的风暴掀起来了。贝利亚参加到巴库的油田工人里去。过了些时候，诺贝尔炼油厂的厂方侦探发现了他在干的是什么。再呆下去就等于是找死了，贝利亚穿上鞑靼女人的那种累赘的服装，钻出敌人的地界，再次死里逃生。他到达了一个古老的巴尔干城市，阿尔巴那——就是现在的阿尔巴尼亚的故都。在那里，他得到了别的一些革命者的帮助。其中，有一个人象贝利亚一样地渴望着冒险，只要有足够高的代价，甘愿冒自己生命危险的年轻共产党人。这是个大胆的、漂亮的青年，名叫约瑟普·布罗兹，也就是今天名闻全球的南斯拉夫共产党领袖铁托元帅。

贝利亚在巴尔干各个城市流浪期间，发现当他需要一张新的护照时，弄一张假护照是毫不费事的。护照可以伪造，也可以向穷苦的工人农民们买。他准备好一张新护照和一份新的出生证件后就回到俄国参加列宁领导的革命。在他的"旅程"中，他曾使用过好些化名，诸如伐恩诺、柴西—维里和伽拉贝脱·阿巴马莱克等。总之，在革命人士中，用化名是一种风气，列宁和斯大林这两个名字，也都是化名。

他用伽拉贝脱·阿巴马莱克这一化名时，曾指挥过五百个共产主义者和白卫军作战，这些共产党员以前是奥地利的战俘。搞这个工作时，伽拉贝脱·阿巴马莱克想了一个计谋，把他几个部下扮作开小差的人，向白卫军假投降。他要他们参加到敌军中去，以供给伪造的关于红军活动的情报来赢得敌军的信任。这些"开小差的人"，就是俄国的最早的一批情报干部。

他进行的工作引起了注意。莫斯科政府决定，不能大材小用地让他的才能浪费在与白卫军的微不足道的周旋里，他们交给他更重要的任务。

一九二○年，我们看到的贝利亚是在古老的波希米亚的首都——布拉格；他是乌克兰驻新建国家捷克斯洛伐克的大使。秘密的任务是间谍工作。他以布拉格为基点，组织起一个遍布欧洲大陆的俄国反间谍体系，将沙皇一帮里的逃亡者——白俄们，都列入了名单。所有的沙皇官吏都被小心地加以监视，对其中比较危险的人物进行跟踪。因为在那时，俄国人对沙皇集团是认真对待的。甚至在九年以后，在贝利亚已经当了苏联驻巴黎大使馆的外交官时，他们仍然认为在这一方面是必须小心提防的呢。这时，贝利亚业已升任为国家政治保安局在外交部门的领导人了。

至此，贝利亚完成了间谍工作中的一大杰作。就法国当局所知，贝利亚在法国是个担任公开外交职务的人；暗地里呢，他实际上又是另外一个人。他摒弃了他的夹鼻眼镜，甚至戒掉了他深为嗜好的雪茄烟，每天沿着巴黎的街道散步，作出一种庄严的神色；永远穿着一套沙俄时代的制服。即使在和平咖啡馆与友谊会厅里，你可以看到他仍然穿着他常穿的那套制服，显出和他所装扮的新角色——耶诺立兹上校似乎很相称的一种妄自尊大的表情。耶诺立兹上校是一个在俄国失去了财产、极端仇视布尔什维克的人。

贝利亚扮成耶诺立兹上校，他明确地表示出：他有意和任何一个想要推翻斯大林制度的人进行合作。

与他会见过的人有乌克兰的法西斯分子、日本特务以及和墨索里尼有联系、和希特勒新兴运动已经有很密切关系的沙俄官员们。他对所有这些人鼓吹他的计划；他还了解到通过爱沙尼亚国境线将特务潜入俄国去的那些途径。

他给白俄流亡者的报纸寄去评论文章。对于他来说，要力图变成白俄圈子里的一个有名人物是不难的，就象他的谈吐里经常引用波斯的诗句一样，他的文章犀利，才气横溢。终于他简直被白俄流浪者们看成为一个领导人。

两年时间里，凡是他想要知道的任何地方的反革命网络组织，他都了如指掌。这一张网从日本伸展到德国和波兰，以及波罗的海诸国。沙皇俄国的官员们，将自己置于所有这些国家的特工机构里，为他们自己的目标而工作，而将他们一一揭露出来的人就是贝利亚——当然不是公开地，而是非常秘密地向俄国特工部门作揭发。他早在一九二九年就开始了的调查报告里，绝大多数积极与俄国为敌的人都受到了揭发。

一九三〇年到一九三七年间，他的旅踪遍及全欧。对于俄国的间谍网中可能发生的薄弱环节，他进行了检验和复查。他终于感受到不应该将时间浪费在各种各样的欧洲共产党的争论上面，主要的问题是要加强和保卫俄国的军事地位。他甚至断定，雇用非共产党人做情报员比雇用共产党人要更为明智一些。

西班牙内战期间，他到西班牙去研究在行动中的间谍战。象卡纳利斯为德国参谋本部偷到了英国的设计图一样，贝利亚拐走了德国的坦克和大炮的设计图。他对德国的高射炮特别感兴趣。俄国的新设计就是以此作为基础的。

贝利亚指挥着他属下的全欧间谍大军。一九三八年，在他刚被擢升为整个的国家政治保安局的领导人时，他便将他的十名最优秀的情报员召到莫斯科来，在鲁平卡街开了个会。

　　会议讨论了些什么，没人知道。知道的是在嗣后的两个月里，这十名情报员已经从英国、比利时、挪威和意大利，潜入了纳粹化的德国。他们有非常安全的护照，有几个人甚至拥有德国贵族姓氏。护照方面，贝利亚是有一套的。他有伪造它的专门技能。在他手下有个叫鲁道夫·豪斯的特工人员，有一套非常精巧的伪造设备；还有一种办法是让别国的共产党人将护照拿来，由国家政治保安局分派给它的情报员使用；再者，西班牙是个护照来源丰富的地方，犹如矿里的矿石。来自世界各地、为西班牙政府作战的数以千计的志愿军，把他们的美国、瑞典、荷兰和法国护照借给国家政治保安局，让它用过一阵后再归还；而被囚禁在西班牙的法西斯分子所携护照，也是可以加以利用的。

　　这十名情报员，属于国家政治保安局的一个秘密部门，七科：一个致力于取得列强最新式武器的设计和蓝图的部门。

　　这些不同寻常的情报员，来到了正在进行生产战斗机、俯冲轰炸机和小型俯冲战斗轰炸机的吕贝克、德绍和别的一些城市，他们拥有大批活动经费，在军工厂附近开设些整洁的餐厅，让那些在飞机工厂干活的工人来就餐；也开设些有即兴演出的、有漂亮姑娘招待工人顾客们的简陋的小酒吧。他们找到了在德国的地下共产党小组，将他们组织起来，搞工业情报工作。就在希特勒攻击奥地利和捷克的这一年，鲁平卡街得到了希特勒的那些最新型飞机的蓝图。这些飞机的型号是 He70、Ju60、福克——武尔夫 A43 和容克 G38。

　　贝利亚不仅占了海军上将卡纳利斯上风，也优胜于世界上其他各国的特工部门。一九三九年时，他的特工人员和共产党的地下组织合作，想办法将一个女间谍——一个德国上层家庭里的女子——安插到德根道夫工厂里。被雇用之前，盖世太保曾经对她进行过全面的审查，他们是满意的：冯·X小姐一贯反共。

完全确凿，自从第一次世界大战中红军使她父亲负了伤，从那时起，她就反共了。那么她又怎么会替俄国人工作的呢？原来，有几个英国的官员曾经救过她父亲的性命，她的家庭长期以来对英国人是抱有好感的。这一部分的情节，盖世太保们疏忽了。有几个英国朋友谨慎地建议她替他们工作，说明那样可以有助于阻止快要爆发的战争。他们向她提供非常优越的条件，而情报员冯·X也满以为她这是在为英国的情报员工作。不过在间谍工作的这种游戏里，一个人永远也不会确切地知道自己是在为哪个国家工作的，也不会明白所得到的金钱是从哪一只口袋里摸出来的。这几个"英国"的间谍，就是贝利亚的特工部里的人。情报员X将德根道夫厂里用瑞典生产的某种十二毫米钢板制造的双筒高射炮的设计副本加以影印后交给了俄国人。

情报员X不是那种能够使人着迷的女人，她迟迟未婚，性情正在变得愈来愈烦躁。在她的过去，有过一次悲剧：一个德国官员诱奸了她，在她怀孕时将她抛弃。而孩子呢，还在人世。或许这就是使她倾向于反普鲁士军国主义的原因吧。

单调乏味的情报员X，愚弄着盖世太保和公司里雇佣的那些侦缉，她身上携有"英国"朋友们给她的小小照相机。没过了几年，卡冈诺维奇滚珠轴承厂一接到她所摄的照片，就动手生产同样的武器了。

冯·X小姐是个头脑冷静的女郎，她懂得：如果她所有的钱都在德国花的话，盖世太保们不久就会晓得底细的。她让她的"英国"朋友们将全部的款项储存在一家英国银行里。而过了相当的一段时间，她决定要将钱从这个银行转到瑞典或者是瑞士的银行里去，在储蓄时要用英国名字。俄国人照办了，完全履行了诺言。

她由于在一家I·G·法本公司的附属公司里一举成功，成为一个有钱的人。

贝利亚已将所需完成的任务拟定，她的"英国"朋友们就把详细内容告诉了她。因之，情报员X就得放弃她在德根道夫工厂里的军工工作，回到柏林的家里。她发现，作为一个从大型军工工厂里出来的人，是不愁找不到别的工作的。经过没几个月的等待和调查，就给了她一个在柏林—施潘道的西歇尔化学工厂的技术部门里做打字员的工作。可以顺便说一说，这家化学工厂在战争进行期间，是个多次被盟国进行轰炸的目标。

使用打字机的情报员X是个优秀的秘书。她对于有关技术方面的术语具有相当丰富的知识。她的工作受到了称赞。确实，她并不漂亮；可是她还是想办法和该厂的几个雇员搞了几次约会。她一向生活节约，已经积蓄了将近八千马克。她把支票簿给其中的一个二三流的工程师看。这个人心里在想，跟八千马克结婚倒也是不错的。这就会使他有可能举办一个归他自己的、小小的企业，经过几次有关军事的承包业务后，可能就会很好地兴隆起来的。他向她求婚了。

X 小姐假装正经，没有马上答应。她说她愿意等到双方相互间更好地了解后再说。不过，她还是愿意借些钱给他，让他能够立即着手他的事业。一九三九年八月十五日，是被假想为举行婚礼的日子。在两个星期之前，她到她未婚夫的部门里去了一次。未来的丈夫看见她时很高兴。因为他急于要结婚，以便实现他那些事业的计划，他们温情脉脉地谈着将来在一起的生活。X 情报员细声地说着："要是你能搞到西歇尔化学工厂里的一些化学公式，那我们就可以自己生产，发一笔财啦！"

总之，她摆出理由来说服他：他，海尔曼是帮助发展了这种新式毒气的，为什么全部的利益都要归富有的 I·G·法本公司所有呢？公式的副本，他们为什么不能拿上一份呢？

海尔曼觉得这里面有点不对头，但是很快他就承认她是说得对的。没几天之后，装满德国最新毒瓦斯的四只试管被调包后偷了出来。廿七号实验室里的丢失事件，纳粹们过了很长时间才发现。而在这以前，试管已经安全地送到了莫斯科贝利亚的办公室里。

海尔曼和情报员 X 的婚礼的前一天，八月十四日，设在施潘道的西歇尔化学工厂发生了可怕的爆炸。海军上将卡纳利斯办公室派来三个人进行调查，发现是 T.N.T. 炸药触发了二十二箱装有 G·高效炸药的一〇五毫米炮弹。爆炸和散逸的毒气，导致了近四十人的伤亡。

那是个偶然的事故，还是破坏活动呢？按卡纳利斯的习惯是从最坏方面去想的。贝利亚呢？他早就知道了。而海尔曼则是在等着得到他的妻子和他妻子的八千马克。情报员 X 呢？她早已越过边界到了瑞士，决心让这次工作成为她的最后一次的工作。她将摆脱间谍工作，在国外安身，做一个正正派派的平民百姓。

到英国后，她发现以前和她联络的英国朋友们都失踪了！第二次世界大战刚好爆发，她想到有可能他们根本不是英国人时，吓了一跳。这是有办法来证实的，她发现西歇尔化学工厂的毒瓦斯公式，英国人并不知道，他们正急于要将它弄到手呢！那末她将那化学公式卖给了哪一个呢？这一点她可永远也没弄清楚。不过她以前的领导人贝利亚不久就知道了，她把化学公式又卖了一次——卖给了英国政府。

在这之后，她退出了场面。她是个面目平凡的、有钱的单身女子，有些古怪的习性。谁都没怀疑到她曾经在间谍工作中，有过那么一手。世上很少人能够做到急流勇退，她是其中的一个。

贝利亚知道，谍报工作人员是会迅速地成为明日黄花的；会发生真面目被暴露出来，从而使他们的工作变得一无用处；也会遭遇到逮捕和被枪杀的情况。他得将情报员 X 换上七科里的另一些情报员。一个是他安插在慕尼黑的奔驰汽车厂的姑娘，卡茜亚；另一个给打发到斯图加特的戴姆勒尔工厂。就在战争的中期，贝利亚得到了 D·B·37 型装甲车蓝图和部件图、新型狄塞尔引擎，以及预计在波罗的海海港实施的、对潜艇作现代化改进的报告。

　　贝利亚的算盘是这样的：共产党在希特勒掌权之前，得过五百万选票，在这五百万人中间，愿意穿上冲锋队（S·A·）、党卫队（S·S·）制服，装得象个忠诚的纳粹分子，而实际上却在替贝利亚工作的人，至少还剩有五百个。

　　无人操纵的飞弹，使英国遭受很大损害。英国的航空摄影没能清楚地发现在法国的飞弹发射站。在这以前，英国情报部门的人早就接到了贝利亚的警告，他从他的地下共产党的报告里知道了德国人正在制造无人飞机；知道被分派建造的工人处于严密隔离的状态之下，甚至和他们的家庭都隔离开了。贝利亚知道该地下工厂的场所。俄国将贝利亚所报告的内容正式通知了它的盟国。

　　在晚一些时候，贝利亚对于卡纳利斯的人击落了我们在前一章里提到的那架邮递飞机，截走了苏芬和平谈判所必需的文件一事知道得更为详细时，贝利亚决定要走他的下一步更厉害的妙棋：他得和海军上将卡纳利斯算账。

IV　一位"和平"美人

本章人物提示

尼尔斯・尼尔逊

　　——流亡者

格丽泰・凯宁

　　——瑞典人，德国间谍

司梯格・安徒生

　　——英国谍报员

本章的大部分内容都来源于个人的见闻。因此，作者在本章里所叙述的将穿插进个人的意见。

我在瑞典住了将近七年，从事给欧、美报纸当通讯员的工作。这一职务，使我有机会能观察到海军上将卡纳利斯、劳伦蒂・贝利亚以及英美情报部门在欧洲斯堪的纳维亚半岛所进行的错综复杂的间谍活动。

中立国注定要变成间谍活动的中心的，斯德哥尔摩变成了一个主要的间谍中心。一个新闻记者要知道一架邮递飞机什么时候在勃洛玛机场起飞是并不困难的事，他只要坐在用玻璃环绕起来的漂亮的机场餐厅里吃饭时，直截了当地用他的眼睛看就行了。

大战的早期，一九四〇年一月，我担任一家报馆的副主笔时，一个以前搞社会工作的老朋友，尼尔斯·尼尔逊到我办公室里来访问。他是个为人非常真诚、脚踏实地的理想主义者，在瑞典合作社运动中和成年人教育的领域里，非常活跃；以前在青年运动方面很积极，做过童子军的领导人。现在呢？他在做些帮助来自各国的流亡者的工作。

他曾经一度是个坚定的和平人士，但是在捷克沦陷之后，他开始明白：战争已不可避免了。他就表明了要和侵略者进行斗争的意愿——他的理想，不允许自己象其他同胞那样地保持中立。

他一向性情沉静，但现在的举止却很奇怪。我以前从来没有看见过他如此激动。他对我说，他已经卷入了一场热恋之中。但是，尼尔斯有一种说不清楚而又使人烦恼的怀疑，怀疑他自己已经牵连进某种神秘的或危及名誉、可能是同间谍案件有瓜葛的事件中去了。由于我是一个对这类事物有所了解的新闻记者，作为他的朋友，他到我这里来听取忠告，要求给以帮助。

我们坐着，一面喝丹麦出产的开胃酒，一面听他讲述他目前的遭遇。外面的天色已经暗了，正在下着一场大雪。我很感兴趣，逼着他将一切细节都说出来。这次讲话总共化了四个小时。

他开始道:"你对我是够了解的。我恨纳粹,而且一般说来对德国人不大有好感。我不喜欢他们那种万岁的叫嚷和行军步伐,不喜欢他们对文化采取霸道的原则。我们瑞典人没有这样高度发展的文化,然而我们是正正派派的人。我们没有一个歌德或者贝多芬,不过我们也没有集中营和盖世太保那种东西。可是你看我——我追求并且爱上了一个我怀疑她是干间谍的人,而且说不定就是个地道的纳粹间谍。这个女人的谜我非得解开不可。我要你告诉我,她究竟是不是一个间谍。我想她会是的。要是我想得对,你得帮助我,想办法怎么把她逮捕法办。"

他把话暂停了一下,闭住了嘴,闷闷不乐地凝视着窗外。然后又说了下去:"我想她是个间谍,不过我没办法证实这一点。我不能光凭着空洞的怀疑去叫警察盯她的梢。我没有这种权力。不过我愈看她愈确信她是个间谍。我和格丽泰·凯宁见面的时间多得很,一个星期至少三次。每看见她,嫌恶、恐惧和爱慕的感情,交错在一起,和她说起话来,我心头怦怦地跳得厉害。为了使自己的举止正常,没有歇斯底里的表现,我好不容易才克制住自己。我曾经再三地下定决心不再去看她了,可是我又想我应该继续和她见面,直到我弄清真相为止。

"看来我和这个女人的关系难以断绝。她虽说已经远非一个年轻的女子,一眼就看得出是过了四十岁了,但她仍然是漂亮得惊人,她身材高大、端庄,一头金发,有着我们很多瑞典妇女所特有的聪慧而典雅的举止。不过单单这一点还不能算作她的特点，她拥有一种独一无二的魅力，使我无法抗拒。

"我拿定了主意不给她情报。我要试探试探她，让她暴露自己，了解她的真相，然后揭露她。不，在我的身上她什么也得不到的。

"然而我的意图从来没能完成过。她的说话技巧是了不起的。她会随随便便地将那些琐碎但是又很有趣的外交方面的故事，细细地告诉你。然后结合起她的故事，她会不经意地问你一个无足轻重的问题。而我就回答了她，而当回答了这个问题后，我就后悔莫及了。

"由于某种原因，我觉得我是在将有关轴心国特工机关感兴趣的人员和事件的情报提供给她。起先，我以为这是个偶然的现象，但是这种现象发生得太经常了。她很清楚地懂得，应该在什么时候刹车；也从来不提过多的问题。而过了片刻，她就变成了一个使人伤感的、十足的女性了。她的眼睛由于忧郁而显得柔和，而她会将她和那个芬兰丈夫怀诺的不愉快的婚姻生活告诉给我听。

"在诉说她个人的生活时，她具有一种巧妙的方法，甚至使我有时候充满了自卑的感觉：去怀疑如此坦率、心地如此善良的女子参与了肮脏的间谍活动的勾当，我这个人就太下流啦！

"再这样下去是不行的，我知道这一点。她年龄比我大；我受不了她；这对于我个人来说简直是个不幸。我从前一向认为我自己对于这种情况是掌握得住的。可是这次就不行啦。

"事情到圣诞节那天发展到了顶峰。你是知道的，披着雪装的斯德哥尔摩的圣诞节，是一年之中的一个离奇古怪的日子。肯斯伽塔和莱格林斯伽塔用彩旗、飘带装饰得非常华丽，到处有圣诞树闪射出欢乐的光芒。格丽泰和我一起，沿着"古城"那些狭窄的街道向圣诞市集走去。她提醒我说，这些街道至少已经有四百年的历史，好象我是个外国人似的。这一切都是如此美丽、如此使人心慌意乱。啊，和格丽泰相处了三个月，弄得我不知所措了。我无法作冷静的思索了，也扔掉了我的种种怀疑。

"穿过桥，我们走到动物园，走到斯肯赛恩。节日的气氛、跳舞、香甜的热酒、古老的瑞典民歌以及迷人的烛光，逼着我走向和格丽泰之间的关系的顶峰。我吻了她，于是我们就走出居斯特·勃林酒家。我得走到外面去，在寒冷的北极光照耀的夜晚里，把头脑清醒一下。我们离开了斯肯赛恩，沿着美拉湖，在厚厚的雪地里散步。四外杳无人影，整个的湖就象是属于我们的一样。我再次吻了她，于是就告诉了她，我以前对她是多么的不公道，我设法作出解释。

"'你想象一下吧'。我说，'我曾经怀疑你——哦，可多么傻呀——是一个间谍。'

"她惊诧了，眼睛里充满了泪水。但是接着就大笑起来，笑个不停。

"'对于这个，你从来没有认真地相信过吧，没有吧？'

"'哦，不，我是极认真地相信这一点的。'

"'而你还继续来看我，仍旧喜欢我？'

"'是的，我不在乎。'我说话的声音，自己听着也觉得陌

生。'生命是短暂的。我的生命已经被政治糟塌了，那种东西我已经看够啦，我不想再搞它啦！'

"我说这些话是什么意思，是不是我本能地说出了格丽泰想听的话呢？到今天我自己也没有弄清楚。总之，我继续对她说道，现在在我俩之间的关系是永恒的了。我说，我已经懂得，真正的友谊是极为罕见的，我再也不做那种迷信友谊的理想派了。"

尼尔斯·尼尔逊使用着类似的语句诉说了他的故事，希望别人同情他。我打趣地摇摇头，那种当新闻记者的技巧，本能地表现了出来。我说，从爱情角度上看，这是他的私事；不过他会那么容易地落进敌方侨民的陷阱里去，我是觉得惊奇的。我又加上一句道，这样起码的手段就给骗上了，倒正好象个理想派的人呢。

作为临时的办法，我建议尼尔斯到哲姆兰的阿雷去滑雪一个星期。我觉得这样的一个星期，肯定能使他恢复理智、摆脱这种感情的。与此同时，我要对这个间谍之谜动动脑筋，看看能不能解开它。

有时，经过一个星期的晒晒阳光和滑雪，会使得一个人在身心两方面都发生变化的，使尼尔斯从那种昏头昏脑的境况里，解脱了出来。不过还有两件事使他格外警觉起来。一件是格丽泰声称她要去参加瑞典的和平运动了；另一件呢，是个调查研究的结论。

尼尔斯动身到阿雷去之前，我就按记者的本能，去找一个在瑞典一家不抱偏见的重要报社——《达根斯·纽海脱尔报》

工作的朋友，打听有关格丽泰的历史。

有关格丽泰的以往，我所知甚少，但是我朋友知道的就多得多了。她作闺女时的姓名是格丽泰·安娜·菩兰德尔。第一次世界大战时，她做的是护士工作，和一个德国军官结了婚。这个军官在婚后一年就死在战场上。直到一九二七年为止，她一直住在德国。之后，就回到了她的出生地，瑞典。在瑞典，她遇见了现在这个丈夫。尽管人家认为他们的婚姻很不幸福，但到目前为止，还没离婚。她的丈夫、怀诺·凯宁是芬兰的一个船老板。

格丽泰也写过一本书——这事我还是第一次听到。这本书攻击了驻在莱茵河占领区的法军，主要涉及法军中的黑人士兵。显然，格丽泰是将传闻中的黑人士兵对德国姑娘们犯有暴行的说法，当作真的事实。

我觉得事情有了些线索。尼尔斯那种下意识的猜疑，很可能是正确的。这个女人可能是在玩着一种怪把戏。不过她想在尼尔斯身上搞些什么名堂呢？她为什么要使尼尔斯对她产生好感呢？这个谜不久就揭开了，比我所期望的要早些。

格丽泰寓住在斯德哥尔摩大饭店。随着战事的发展，这家大饭店业已成为该市庞大的间谍巢穴。格丽泰的丈夫是个富翁，尽管他们缺乏婚姻上的和谐，但是他在银钱方面是大方的，所以格丽泰住得起这家大饭店。尼尔斯结束了作滑雪运动的旅行，回来后就到那里去看望她。

她热烈地欢迎了他，没怀疑到他有什么变化。她拥抱着他，要他将滑雪的种种生活情趣都讲给她听。于是，她说出了一件使人感到意外的事情。

"我捐给瑞典和平协会两万克朗。那样一来，你猜怎么样，他们选我做执行委员会的名誉委员，要派我作一次通过瑞典、挪威和芬兰的旅行演说。"

送上两万克朗的一笔礼，特别是出之于一个以前做过护士的人的手里，这对于瑞典和平协会来说，确是个慷慨的赐予呢。

"那真是了不起，"尼尔斯不大相信地说道。

"你高兴吗?"她急着问道。

"哦，高兴的，当然啰。"

这使她再次地觉得安心了。她就开始告诉他，她下一步的打算。

战争已开始进行，她说，每个人都有责任为和平而工作。所有国家里从事和平运动的人士都应该努力工作来制止战争。

"德国国内，也应该这样做，"尼尔斯说道。

她对他看了一眼，有点沮丧。不过马上就恢复了镇静自若的态度。

"当然啰，德国国内也应该这样做。"

尼尔斯对于德国国内的一切反对军国主义的组织早已都被希特勒摧毁一事毫不知情，可见得他太不了解情况，这使她感到这个太不懂事的尼尔斯是会信任她的。

她继续讲出她的另外的一些计划。忽然间，尼尔斯理解到她要干的是什么了。他同样也认识到：就他个人来说，他对这个女人是毫无价值的；他们之间的关系，仅仅是一场骗局，她不过是要利用他而已。

"你是流亡者委员会里的人,"她说道,"鉴别一个人是不是一个'流亡者',是你。在这些不幸的、无家可归的人当中,好多人得到过你的帮助。而所有这些人都是反对纳粹的人;他们需要一个工作。"她继续解释她那十恶不赦的计划。

所有的流亡人员需要钱,这是很清楚的。和平协会会给他们钱。作为报答,他们要做的是对他们所知晓的在德国谁是反对纳粹的人、谁是德国的地下工作的成员,写上一份报告。这样就可以将反战的印刷品偷偷地运进德国,送到这些人手里,由他们分发到全国各地。反过来呢?这些在德国分发的人将把他们所知道的所有有关德国为战争所作的准备、德国的军备要塞等等作出报告,而和平协会就将这种消息刊印出来。这种办法,会给予德国军国主义以巨大的打击的。

这是个很聪明的计划。听起来几乎是很有说服力的。如果格丽泰是个英国间谍的话,这种设想是有意义的。然而如果她是个德国间谍的话——而尼尔斯完全肯定她不是一个为英国效劳的人——那就是要命的事情了。这可能是海军上将卡纳利斯一种出色的办法:用地下活动自己张的网,将地下活动一网打尽。但这一点仍然未完全搞清楚。我们必须知道得更多些。有时候我有过一种荒唐的念头,认为格丽泰可能是个为双方效劳的人。

我对尼尔斯下一步怎么办提出了忠告,他要答应帮助她办这件事,不过得告诉她他必须首先取得委员会里其他委员的同意。

她要他下保证：他一定努力说服其他的那些委员。

从一九三四年起到大战爆发的期间，在将宣传刊物偷运德国去这件事上，尼尔斯是和我合作的。这种情况格丽泰是不知道的；或者她的确知道，她是想从尼尔斯手里弄到信使和联络人的名单。当然，她假装爱他是为了取得他对她的完全信任，而她的事业快要成功了。

不管怎么说，我们仍旧只是一种设想，我们对于她究竟要干什么，还不能够完全肯定。我们去看望我的一个老朋友——让我们称之为司梯格·安徒生吧——一个英国特工部里的谍报员，他生于瑞典，但是母亲是英国人；而我知道他对英国有强烈的好感。为职责所限，他会否认他是个替英国谍工部工作的人，可是不管怎么样，他会帮我的忙，而最后，伦敦会发现格丽泰这个有趣的问题的。

司梯格注意地听了我们的故事，作了记录并告诫我们要谨慎小心。他答应一个星期内给我们消息，在此期间，不得到他的许可，对于这件事一个字也不能发表。我和尼尔斯都同意了。

格丽泰是个很忙的女人。她告诉尼尔斯，她要到赫尔辛基去和她丈夫商讨一些财务方面的事情，或许着手办离婚手续呢，说着这些话时，她狡猾地看着尼尔斯。在这段时间里他得在流亡者委员会里做这方面的工作，那么，在两个星期之内他们就可以准备好开始工作了。尼尔斯提议在报纸上刊登一些有关这个新的和平运动的宣传品和撰写一些短文来作介绍。我们在引着她走下去，直到我们能够抓到对她不妙的把柄为止。她呢，已经将尼尔斯看作是这种和平运动的创建人之一，看作是一个可以供她驱使的工具了。

这时我将有关此事的详情和我们报纸的编辑谈了，并得到委任，要我们调查这个神秘的格丽泰的活动。我们个人的侦查工作因此得到了支持，我很希望此事能够有惊人的进展。不过，我和尼尔斯既然已经答应司梯格，在整个案件没破获以前不刊登任何内容，那么我现在所能够做的，只能是收集情况而已。

我乘飞机到赫尔辛基去调查怀诺·凯宁夫妇的活动。我了解到的第一件事是：凯宁夫人根本没到赫尔辛基来，她说的全是谎话。我又了解到凯宁先生是芬德航运局的经理，据称，这个机构受到了德国旅游部的极高评价。

这些消息使我确信，格丽泰正是我们怀疑的那种危险人物。我急忙赶回斯德哥尔摩，心里多少有点紧张，认为我在场的话就可以避免一些巨灾大祸的发生。到了斯德哥尔摩，我直接到警察局长那里，把我所知的一切，以及格丽泰所计划的一切都告诉了他。虽然，对尼尔斯和我的瑞典—英国朋友司梯格，我一句话都没有提到。

警察局长托斯顿·泽德尔斯特勒姆答应派人对这个案件进行工作，给了我以首先发表新闻的权利。当然，这只是公道而已。

情况急转直下，英国的特工部、瑞典的外侨组以及我在以后知道还有俄国的特工部，都在追踪格丽泰这个美人。而我呢，作为已经卷入调查这个阴谋的一名普通的新闻记者，却要

想一切办法赶在他们前面。从此之后，格丽泰的每一步都受到
了监视。

看来，格丽泰在柏林的两个星期里所住宿的那个人家的主
人不是别人，而正是德国宣传部长约瑟夫·戈培尔本人。她到
卡纳利斯的办公室里去过几次。这就是何以在赫尔辛基找不到
她的原因了。不过她在赫尔辛基一定有党羽的，因为在此期间
尼尔斯收到过她的几封情书，信壳上盖有芬兰的邮戳呢！瑞典
警察局长泽德尔斯特勒姆先生宣称她以前还被墨索里尼接见
过。这样一来，已经有了大量不利于格丽泰的证据了。但是到
这时为止，她并没有做出什么违反瑞典民主国家法律的事情。
象任何一个轴心国里的人在美国参加大战之前有权利呆在美国
一样，她在瑞典，有的是呆下去的权利。

一九四〇年二月她回到斯德哥尔摩。显然，她没有怀疑什
么。回来后不久，就启程作反对军国主义的旅行演说了。她在
约计五十来次的集会上发表了强烈反对战争的演说，扮演成一
个真诚爱好和平的人士。不过在每次演说的结尾部分，总是有
问题，不知怎么一来，纳粹德国显得是和平道路上的一盏明灯
了。她经常引用希特勒所作的保证：除了和平之外，他别无所
求啦。

和平协会收买了报纸，刊登简短的时事评论。在将苏台德
区和但泽割让给德国的问题上，协会成员中的那些瑞典议院代
表，出面替德国辩解。他们争论道，但泽和波兰走廊本来就应
该属于德国的。

事情极为明显，纳粹化费巨款组织这种和平运动。而这种

和平运动的组织，当然是在破坏着斯堪的纳维亚各国的战备，削弱着北欧诸国的反纳粹力量。并使人一点也不去怀疑背地里有人在指使贯彻这个既定的挖墙脚的计划。这些"和平人士"和诚实的宗教团体、社会主义者、共产主义者、禁酒主义者以及立场不偏不倚的报刊结合在一起，对人们谆谆劝诫的是：民主的小国家，应该在和平的理想下团结起来。

格丽泰派遣了代表出席在英国、瑞士、荷兰以及美国的一些和平会议。作为一个有才能的、精力充沛的妇女，不论是朋友或是敌人，大家都是尊重她的，只有我们和其他少数人知道，她是在表演走钢丝呢！于是，终于迎来了我和尼尔斯可以站出来的日子！

我安排格丽泰和一个男子见了一次面。这个男子表示愿意以一千克朗的代价卖给她以下的情报：

1. 有关德国秘密军备的报告。

2. 德国国内两个地下工作人员的名字。

3. 挪威北部要塞的照相。

我的伙伴是个流亡者。他尽量装作是新从德国来的流亡者，曾经去过挪威而没能得到在该国居住的许可。而现在他极需要钱用。

他扮演得非常好，告诉了她自己的经历。故事编得很长又很能使人相信；例如他是怎样从德国逃出来的；在什么地方和地下人员一起工作的以及他在德国军工厂里工作的朋友是在什么地方。他扮演了一个正是我们在为"和平"而斗争中所需要的那种人。

他故意使用那种没有教养的德国人所用的语言来说话，讲话时带着浓厚的柏林口音。格丽泰毫不怀疑，给骗上了。

她作梦也想不到上述情报是毫无用处的，而她将它买了下来。一个小时后，瑞典当局将她逮捕。

在监狱里，她虽然不那么泰然自若了，但仍旧表现得象个上层妇女，坚持称她自己是个真实的和平人士。她认为既然英法两国业已衰落，整个的欧洲就应该对德国不战而降。她承认她个人认识墨索里尼、戈培尔、戈林、卡纳利斯甚至希特勒，尽管是这样，对于奉命为纳粹工作一事，她愤怒地予以否认，她激烈地坚持着这一点：她所做的任何一件事，都是出于她本人认为应该，才这么做的。

瑞典的警察界十分尴尬。他们拿不出格丽泰曾经做过不利于瑞典的间谍活动的证据。既然她按照婚姻来说是个芬兰人，他们最多只能将她驱逐出境。这个事件里有个有趣的记录，那就是以前是海尔曼·戈林元帅的小姨子芳妮·冯·维拉莫维茨—默伦道夫伯爵夫人企图干预这件芬兰德国间谍案。要是戈林那个小姨子来替格丽泰的无罪作辩护的话，肯定对格丽泰这一案件是不会有什么帮助的吧！

我抢先在报纸的头版报道了这一新闻。可是尼尔斯对整个事件，并没有洋洋得意的感觉。在我们使用的这种手段里效过劳的人是高兴不起来的；再者，尼尔斯虽说已经从昏昏沉沉的境地里觉醒过来，但格丽泰对于他来说，仍旧是个具有不同寻常的吸引力的女人呢！

我始终相信：和平是不可缺少的理想；和平是个伟大的理

想。在这次大战之后，应该将反对军国主义作为学校教育中的重要课题。但是就象在别的许多问题上一样，我发现，所有的运动都必须对它的同路人保持警惕。卡纳利斯在欧洲和平运动里，已经偷偷地塞进了他的人；利用和平运动来阻挠民主国家的军备，使缺乏防卫的情况拖延下去。在纳粹和平主义招牌的幕后活动着的有力人物，便是格丽泰·凯宁。

后来，当芬兰成为希特勒的盟国，与俄国作战时，凯宁夫妇俩变得非常活跃——他俩的婚姻不再被认为是不幸福的了。他们组织了北方各个港口的间谍活动。怀诺·凯宁伪装成船主，非常有利于干这种勾当。

将携有芬俄停战条约的信使飞机离开斯德哥尔摩机场的消息用短波通知柏林的，当然就是格丽泰·凯宁。

《哥德堡贸易报》对此种间谍活动发动了一场攻击；瑞典所有的其他各种报刊都要求对此进行调查。结果瑞典各个机场都实行了保卫措施，规定凡非乘客和"旅游者"一概不得进入机场。

V　埃格之谜

本章人物提示

弗里德里希·埃格

　　——德国新闻记者，表面上为纳粹间谍，暗地里为苏
　　联工作

海因利希·希姆莱

　　——纳粹党魁之一

维塔利斯·潘滕堡

　　——德国特工部重要头目

弗里德里希·威廉·鲍格曼

　　——德国特工

　　格丽泰·凯宁是纳粹在斯堪的纳维亚的主要特工人员中的
一个，这一点，俄国人非常清楚。试图欺骗尼尔斯和更多的人
的格丽泰·凯宁，她并不是什么和平人士，她信奉的是军国主
义，是那种以仇视俄国为天职的狂热的芬兰民族主义分子。知

道这一切的劳伦蒂·贝利亚早就对她进行了监视。

希特勒侵入俄国后没几个月，也就是一九四一年的十月，格丽泰·凯宁在赫尔辛基举行了一次鸡尾酒会。她家里设备齐全、摆设华丽，来的客人尽是些奇奇怪怪的人物。如同她在通常举办的舞会一样，到场的有一些和平人士，加上几个平民打扮的德国官员，几个著名的芬兰纳粹分子，几个诗人和记者——以及弗里德里希·威廉·鲍格曼教授，此人是德国旅游部驻芬兰的领导人。这是个非常快乐的集会。每个人尽兴跳舞、饮酒，闲聊着那些斯堪的纳维亚各国社会里的趣事。

来宾当中，有个德国新闻记者名叫弗里德里希·埃格，他是驻芬兰的外国记者团里的一位杰出的成员，也是格丽泰的一位"宠臣"，同格丽泰那种女王般的态度相称的是：她经常有她的"宠陪"陪伴着，而且在同一个时间里这样的人有好些个。

我认识埃格，但是我看不起他，因为他是个纳粹分子，而且无疑地还是个德国间谍，来自官方的调查，也证实这一点。

我个人以前常常和他见面。他和我一样，也参加了瑞典的外国记者协会，民主国家和法西斯国家的记者，都是这个协会里的会员。甚至日本记者也参加了这个团体。至于说到埃格，甚至早在他相识格丽泰·凯宁之前，我就已经不喜欢他了。

他赋有典型的德国人的特征：高个子、白皮肤、蓝眼珠、黄头发。象许多德国人那样，他进入了瑞典的国境线。那是一九三四年四月，他看上去三十五岁模样，有妻子作伴。妻子是个地道的柏林人；说德语时，柏林口音极重。这两口子带着一大堆的行李。他们向瑞典当局所作的解释是：他们得到朋友们的警告说，不久就将被逮捕，所以不得不离开德国，他们是政治流亡人员。

瑞典警察当局，周密地审核了他的申请，由泽德尔施特勒姆听取他的意见后，埃格被批准暂时在瑞典居住。

埃格两口子很有钱；他们的行径，看起来就象真心实意反对纳粹的人一样。人们到比埃格夫妇经济拮据的流亡人员的家里去，对他们致以欢迎之意，时常馈赠一些金钱。埃格对这一类慷慨的行为，并不领情，人家不大喜欢他。有个流亡的德国大学教授告诉我，埃格曾经邀请过他吃饭，快活地用手拍拍他的背部，说道："来吧，我的朋友，换换口味痛痛快快吃一顿！"埃格算不上有什么高雅之情，不过这并不是什么很坏的缺点，人们也并不会因为他缺乏世故而加以咒骂的。

他没干工作，把时间全花在学瑞典语、出席流亡人员的会议以及组织反纳粹宣传的工作上。他和所有别的流亡人员的处境一样：没有固定的职业。唯一的区别是他有些钱而已。据推测，这些钱花费得还是比较快的。因为在起初的七个月里，他只不过偶尔给几家报纸写写文章，赚几笔钱，数目是不大的。他要靠这点写杂文的收入来过生活，肯定是不够用的。

接着是瑞典的流亡者团体面临一次大考验，受到了极大的震动。弗里德里希·埃格得到了一个工作，而且是一个报酬优厚的工作。他成为一家出版社的常务理事——不是瑞典的出版社，而是德国的出版社。埃格接受了在举世闻名的莱比锡广告出版社的斯堪的纳维亚分社里担任指导的职务。

埃格替纳粹工作了——这真是一个头等的丑闻。所有认识埃格的人，全都被激怒了；所有和他相好的人，全都与他断绝了往来。人们向警察当局揭发他，控告他犯有成百件他不可能犯过的罪行。所有曾经和他协作过的人，为了洗清嫌疑，对他严加谴责。好些人弄得处境尴尬。

埃格试图向他从前的朋友们进行解释：这纯粹是一种"桥归桥、路归路"的事情；他不是一个纳粹间谍，他抗辩道，他担任这个工作，完全只是因为他必须为他的妻子和他自己取得急需的糊口之资而已。但是那位瑞典警察局长托斯登·泽德尔施特勒姆不愿意接受这种解释。他传讯了埃格和他的妻子，而这一次传讯就不卖交情了。埃格两口子在这时觉得很难堪，泽德尔施特勒姆将证据放在他们的面前；埃格太太的父亲，是柏林盖世太保的官员；事实上是个相当重要的纳粹官员。

埃格继续抗辩道，他不是纳粹分子。对此，泽德尔施特勒姆答复他说："你可能是，或者可能不是一个纳粹分子。不过，你以前是作为一个流亡人员在这个国家里寻求庇护的；而现在呢，你在为一个纳粹的出版社工作，流亡人员是不和纳粹们合作共事的。你或许是个无辜的人，不过瑞典警察局不打算给你试试看的机会了。"

警察局长没有将埃格拘留。他命令埃格一星期内离开瑞典；但是允许他，如果不想回转德国去的话，他可以到别的一些国家去。

埃格两口子搬家了，他们从柏林带来的用具和皮箱，给打好了包，装上了船，他对少数的几个来给他送行的朋友，倾诉着他的痛苦和不平；再三地重复着说他不是一个纳粹分子。他声称："纳粹分子都是些杀人的凶手。"少数人相信了，确信他受了冤枉。我是站在大多数人这边的。大多数人认为：一个反纳粹的人，不会接受一个在纳粹公司里的职务的。这是简单明白的事。但是在外国记者协会的前一次集会上他向我和其他几位同行告别时，我的看法一下子就动摇了。他那么真挚地向我们保证，总有一天我们大家会发现他不是一个纳粹分子。我几乎相信了他。不过一、两个星期后，我的怀疑就烟消云散了。

这种怀疑，确是大可不必存在。因为德国的报刊杂志利用埃格被驱逐出瑞典一事作为口实，对古斯塔夫国王和瑞典政府发动了一场政治战，一夜功夫，埃格只是因为要替纳粹工作，就牺牲了自己的事业，变成了一个纳粹殉道者。而埃格到了芬兰，更赤裸裸地脱掉了他的假面具。所有的德文报纸将他作为英雄而加以欢呼。他到芬兰后过了短短的一段时间，成为纳粹侨民的报纸《德国人在芬兰》的主编。

整个斯堪的纳维亚的新闻界，这时都把埃格看成为纳粹在北欧地区里第五纵队的成员；在每一份纳粹宣传家的名单上，他都占有醒目的地位；而所有的瑞典人，全都对瑞典摆脱了这样的一个危险人物而感到满意。我撰写的若干篇杂文评论里，也引用了瑞典报纸对弗里德里希·埃格的看法：一个纳粹间谍。

在埃格被驱逐之后，经过调查证实，他又是一个为北欧会社工作的人。北欧会社是个极为著名的德国间谍组织，其名誉主席是海因利希·希姆莱。这个会社的成立，表面上打着"增进和北欧人民的文化联系"的幌子，它在德国的每个港口和斯堪的纳维亚的所有城市里都有支社。丹麦和挪威被占领后，北欧会社里的官员，被任命为这些国家里的"行政长官"。

一九四一年的一天，一个纳粹高级官员到赫尔辛基的埃格的寓所访问。他是个高身材、蓝眼睛的条顿族人，名字叫维塔利斯·潘滕堡。潘滕堡是北欧会社的领导人之一，也是德国特工部斯堪的纳维亚科的一个首脑人物。有关这个特务的全部故事，我已经写在我另外一本书——《北方的决斗》里了。潘滕堡就是贿赂挪威那维克要塞司令奥拉夫·逊德陆的那个人，使这个要塞司令在德国人侵入挪威时，批准他部下的士兵和军官的假期。美国作家约翰·斯坦倍克的《月亮下去了》一书的真实情节的背景，后来又拍成电影，就是根据该书的这一段情节。

潘滕堡委任埃格协助他，以便对付俄国在斯堪的纳维亚的反间谍活动，因为从纳粹的立场看，事情实在不妙！有关纳粹以及在俄、芬边界上德国人布置的要塞的情形，俄国国家政治保安局全都知道了。

这样，埃格便成为潘滕堡的助手。派了一个叫做二十五号的女子，和他合作。潘滕堡通知埃格说，二十五号会对他作报告的，她会负责将他的情报传送到德国去。

谁要是看到埃格和别名二十五号的格丽泰·凯宁在一起，一定会想象到，这两个人在谈情说爱了。很少有人知道，就是格丽泰将埃格的情报放进为柏林专用的外交邮袋里的。埃格提供了卓越的情报：他作出了关于摩尔曼斯克工程的报告；关于俄国人在科拉半岛上的活动的报告；关于斯堪的纳维亚共产党的报告。他的雇主对他非常满意，以致短时间里连续两次地加以提薪。纳粹特工部显然是将他看成他们的最重要的特工人员之一了；确信他的情报大体上总是很精确的。埃格早就在他手下有了五个从属的特工人员，他已经组成了一个紧密的、高效率的间谍工作网。芬兰和纳粹按他的情报进行了大逮捕等行动。

在一九四二年，对于埃格，再也谈不上什么怀疑了。瑞典的报界，通常将他比之为："躺在斯堪的纳维亚胸膛上的一条毒蛇，"看作是在北方国家里的一个穷凶极恶的密探、最危险的间谍。可是芬兰拒绝将他驱逐出境。他给予他们关于俄国人的有价值的情报，太多了。关于共产国际的活动，很少有象埃格那样了解得那么多的人。

与此同时，我离开了瑞典和挪威，来到了美国，几乎已经忘记了埃格这个名字和那些在斯堪的纳维亚幽灵般活动着的纳粹间谍。有一天，在早晨上班之前的很匆促的情况下，我在纽约的地下铁道里看《纽约时报》。读到了一条新闻，使我的心"怦"的一跳，充满了激动和惊奇。这是一九四三年六月七日的《纽约时报》，那条新闻的内容如下：

据称有新闻记者被盖世太保杀害

合众社，瑞典，斯德哥尔摩，六月七日，星期一——据本日来自赫尔辛基可靠报道，因从事间谍活动最近被芬兰当局逮捕的德国新闻记者弗里德里希·埃格，已被德国盖世太保处死。此类报道说，埃格先生已交予盖世太保押至爱沙尼亚执行。埃格先生系赫尔辛基外国记者团中杰出成员，被控将情报递送俄国。

如此说来，埃格在告别斯德哥尔摩时所作关于"总有一天你们会发现我不是一个纳粹分子"的话应验了。不过现在已经太迟了。指控埃格是个纳粹间谍、将他看作为人类可恶的渣滓的典型的几百篇文章，是一幕多么可笑的悲喜剧呵！

是真的，这种生活多么可悲！埃格为同盟国所做的工作，无疑是比所有毁谤他的全体人员所做的要多。所有中伤过他的人现在将乐意于补偿这种过失。不过，已经太晚啦，我责问自己，我的那种新闻记者的本能，探听消息的嗅觉，都到哪里去了呢？我知道，发表过歪曲他的报道的人、和我一样的记者，虽说是多得数以百计。但是这一点并没能使我感到宽慰。虽说这种误解有其必然性，但要是我们当初相信了他的真诚，他就不可能做出他的那些工作了。

我再次开始调查这件事。我访问了在华盛顿的一位芬兰外交人员。他使我知悉这个最近的报道，可能也并不是事实。他暗示，埃格可能还活着。但是在他的话里什么确切的消息都得不到。

不管怎么说吧，从斯德哥尔摩，我还是取得了比较详细的消息。

德国人声称，埃格所交给纳粹的情报，是由俄国政治保安局替他预备好的"情报"。他已经为俄国人工作了多年，曾经协助藏匿俄国在芬兰的空降人员，向俄国人提供有关纳粹部队集中波罗的海的概况，德国"波罗的海"舰队的概况，还有，最重要的是他可以确切地告诉俄国人，纳粹对于苏俄想知道些什么东西。俄国人知道了纳粹想知道什么，这就有助于他们猜出德国人在计划些什么了。

埃格还把第一次俄—芬战争中美国向芬兰运输武器，以及组织武器运输的是瑞典的大炮之王阿克赛尔·魏纳—格兰等情报，报告了俄国人。就是这个魏纳—格兰，后来住到墨西哥去了；美国和英国将他列入了黑名单……

在我们这时代的历史过程中，经常有造化捉弄人的事情发生，埃格的被捕就是一例。有一天，他告诉瑞典的一个和平人士说，他是真正反对战争的人，而且从根本方面说来，他恨纳粹。他那种诚恳的态度，使那位和平人士深为相信，于是，就把这件事传开去了。埃格显然是受不了所有正派人对他的误解和侮辱了。可是他做梦也想不到在欧洲所有的和平组织里，都聚集有纳粹的特工人员。这件事就这样地传进了瑞典的和平协会的前执行委员格丽泰·凯宁的耳朵里。她心里升起了疑云，因为她认为埃格现在已经再也没有必要来继续申辩，说他不是一个纳粹分子。于是她向纳粹的旅游部首领弗里德里希·威廉·鲍格曼送上了一份报告。从此之后，埃格受到了严密的监视。

但是，以鲍格曼为首的、在芬兰的纳粹特工部门，找不到埃格有什么越规的事实。尽管如此，埃格仍然被列入了可疑的特工人员的名单里了。他们三番二次地搜查了他的房间、他的汽车和他的衣着，毫无所得。接着，有一天，他们看见他和芬兰的一个著名的女剧作家在一起；于是她也受到了监视。最后在她的家里发现了一架无线电收发报机。按照纳粹的报告，收发报机上好些地方有埃格的指纹印。

他们显然查明了剧作家在家里藏得很好的这架收发报机，正是埃格用来向俄国送情报的工具，并接受苏联国家政治保安局首脑劳伦蒂·贝利亚的命令，纳粹的调查报告抓到了事实。剧作家的命运现在已经清楚了：她被逮捕后判处了死刑。但不久减为无期徒刑。她终于在一九四五年被俄国人解放。

据瑞典的同一消息来源，德国特工部业已证实：曾经有一份用密码拍发的无线电报通知俄国国家政治保安局，有一列装运弹药的列车在从挪威驶往芬兰的途中。按纳粹的看法，把在车厢外面贴着"食品"标签的这一整列军火列车正在途中的消息泄漏给俄国人的，就是他——埃格。这一列军火列车后来被破坏人员炸毁。

当然，所控告的那些罪状，并不是每一桩都经过了最后的证实，但是说明了埃格所做的是种什么性质的工作。我受到了一种良心上的责备，认为埃格是这一次战争里许多无名英雄中间的一位。他没有穿制服，也没有被授予象征性的权力和勋章。当时每个人，甚至包括雇佣他的纳粹也在内，都把他看作是一个下贱的东西。因为没有人会喜欢间谍、特务这种人的。他过的生活，可以想象是何等可怕；因为没有一个人，可能包括他的妻子在内，也无法了解到他所扮演的双重角色。他就是在这种情况下与纳粹斗争，一直到最后他被毁灭。

可是这一出悲剧有个虎头蛇尾的结局。这个受到他人误解的弗里德里希·埃格的生命，还没有完蛋。那个曾经猜测埃格可能并没有被处决的芬兰外交人员的估计是正确的，没几个星期之后，《纽约时报》又刊出了另外一条小小的声明：

埃格未被处决

对埃格的判决已改为四年监禁。这是一种判得很轻的徒刑。我们能够猜想到发生的是这么一回事：埃格终于选择了一条最容易走的路。你要是做这种生意的话，有时你就得替双方服务。

VI　行刺海军上将

本章人物提示

伊　凡
　　——俄国特工
鲍里斯
　　——俄国特工
贝塔耐
　　——罗马尼亚外交官

容易想象得出，要和卡纳利斯算帐、要撕裂他在波罗的海地区、北极地带与北大西洋区域里的间谍网，你可能抓到他的从属特工人员，但他们未能完成的工作，立即有人接替。

在斯大林格勒大战胜利后，战局的趋势转为对于纳粹大为不利，俄国的特工机构设立了一个新的部门，专职保卫美国和英国的粮食以及根据美国租借法案而来的物资装运工作。俄国国家政治保安局的这个科在伊朗、芬兰和挪威北部开展了活动。通过在后面两个地方的工作，该科保卫了驶往摩尔曼斯克的船舶。

贝利亚的特工人员，在伊朗的工作做得出神入化。他们公开兜捕叛徒和外国特务，公开扑灭破坏分子和第五纵队的活动。

在纳粹占领下的挪威和芬兰，问题就大不相同了。位于北角周围的费朗基峡湾与百沙摩的潜艇基地，对同盟国的船舶运输是个致命威胁。在这期间，驶往摩尔曼斯克去的船只，几乎有百分之五十被停泊在这些北方基地里的纳粹潜艇用鱼雷击沉。

俄国人和英国人采取了措施。他们轰炸了芬兰的百沙摩和挪威北部的许多地点，炸弹象雨点般地轰炸着俾斯麦号、沙恩霍斯特号与忒毕兹号等战舰，逼得忒毕兹号只能在峡湾的极隐蔽的处所驶行。挪威的爱国者和俄国的特工人员小心地监视着这些战舰的活动，俾斯麦号和沙恩霍斯特号就在这样受监视的情况下离开了挪威。谍报员们是有秘密的短波收发报机的，因此同盟国里的情报部门没过几分钟后就收到了情报。英国海军情报处从挪威谍报员那里收到沙恩霍斯特号正在出海这个消息后，只过了七个钟头，这条新式的巨舰就被击沉葬身大西洋海底了。

贝利亚还是不满足。大型战舰当然是个威胁，不过即使没有大型的战舰，北方的潜艇基地对于驶往摩尔曼斯克的护航舰，仍构成经常性的威胁。贝利亚派遣了更多的特工人员跳伞空降到芬兰和挪威北部地方。可是德国人训练出来的芬兰警察和反间谍人员是卓有成效的，贝利亚新近派出的谍报员中，有好几个被逮捕。卡纳利斯办公室对他们的战友施加了巨大的压力，吩咐芬兰人处决这些俄国特工人员。芬兰人知道，有朝一日到了他们终于得向俄国人投降时，俄国人对于他们处决俄国特工人员的行为是不会饶恕的。因此他们将要判决死刑的，改判为无期徒刑。但是，卡纳利斯不答应。

在北方遭到的失败，深深地刺痛了卡纳利斯。他损失了三艘巨舰；俄国战俘在俄国和挪威间谍们的帮助下，不断从挪威的拘留营里逃走，不管卡纳利斯如何阻挠，粮食通过这条北方航道，仍源源运到摩尔曼斯克。

然而使卡纳利斯坚持非杀死俄国特工人员不可的，不只是他的恼怒。他也是在按照一条著名的纳粹政策办事：将尽可能多的人卷进他的罪恶里去。芬兰人越感到内疚，就越不会急于和俄国人单独讲和。

没有一个军事情报机关的官员，会忘记掉他们被害死的人员，那怕仅仅是一条命。处决一个间谍，往往是拉开序幕，接着就是双方处决间谍人员的高潮。掺在里面的，还有一种世族之间相互仇杀的精神。警察界的人有着同样的传统。对于受害的同志，他们是不会忘记的。他们总是以牙还牙，不达到报复的目的，他们决不罢休。

我们可以猜想得出，劳伦蒂·贝利亚发誓要为他的每一个被杀的俄国特工人员报仇之后，下一步将怎么办？他所采用的报复的方式说明了这个人的特征，他决定要打击那些杀害他的同志们的组织机构的领导人。对于他的同志们的血债，他要叫海军上将卡纳利斯个人来偿还。

贝利亚在他经过特别挑选的那些刺客里，精选了两个人来执行这一任务。这两个人的名字，可能是永远不会透露的。我们姑且将他们称为"伊凡"和"鲍里斯"吧。这两个人都潜入了纳粹德国，和别的一些俄国间谍接上了线。

德国的反间谍人员可能事先得到了消息；要不然就是卡纳利斯相当机灵地预料到贝利亚的下一步行动。就在这个时候，世上的报纸出现了卡纳利斯和希特勒发生了磨擦的谣言，说什么希特勒已经任命另一个人做特工部首脑了。可是这些流言骗不过贝利亚和贝利亚的谍报员，他们没有将计划改变。

"伊凡"身强力壮，象一座铁塔，是个具有亚麻色头发的俄罗斯人，曾经参加过布尔什维克的革命。"鲍里斯"有在西班牙内战中担任特工部谍报人员的经验。这两个人对于任何法西斯分子来说，都是个有力的对手。虽说他们不怎么聪明，但是他们都是优秀的射击手。由别的人先做好准备，然后到了要动手的时刻，他们就上场。

贝利亚派出的这两个人耐心地等待着行动的时间。在柏林近郊格鲁夫瓦尔德那个地方的一座美丽的别墅里，为他们安排好了一个隐蔽的场所，让他们安心地住了下来。规定他们必须隐藏在这里，甚至一步也不准跨出门口；在短短的几个星期里，就和关在监狱里的犯人一样。在这个城市夜里受到空袭时，他们也不得不束手无策地呆在这里。他们玩着纸牌，消磨时间。

贝利亚不希望他那些有身价的特工人员受到某种牵累。暗杀完成之后，指定这两个枪手仍旧要逃到这幢别墅里潜伏几个星期。然后他们就可以上路，到波罗的海的某个被指定的渔村去；一只潜艇会被派来接他们。这种事情以前也做过，不算稀奇，无非是再来一次而已。

与此同时，贝利亚在德国的特工人员在收集着有关卡纳利斯生活习惯方面的最细小的情节。这一暗杀计谋的关键，同此密切相关。

了解到卡纳利斯喜欢赌博，他将证券市场看作是巨大的赌台，他以赌为乐。

此外，又了解到卡纳利斯和一个罗马尼亚外交官有一种奇怪的关系。这种关系虽说谈不上知己，不过也算是有相当的交情了。这个外交官是个法西斯分子，深为纳粹外交机关喜爱。他时常将关于他那个天地里有价值的情报，供给卡纳利斯和里宾特洛甫办公室。让我们姑且将他称作"贝塔耐"吧。不透露他的名字是有点道理的，因为我们将看到，"贝塔耐"是个在俄国支薪名单上的人。他的情况，很类似他的芬兰同事弗里德里希·埃格。

"贝塔耐"是个以感情用事的赌徒。有一个夏天，他在索朴脱地方那个玩轮盘赌的俱乐部里碰到卡纳利斯，一对赌友开始了他们特殊的友谊。

"贝塔耐"的赌运时起时伏，有时输得很惨。这样他就陷入了在间谍身上屡试不爽的境地，凡是卷进女色和赌博中去的间谍，终于会被逼得走投无路的。有一次，"贝塔耐"将德国人委托他转交给他国内的叛徒、卖国贼的一些基金赌输掉了，他想将这笔钱再赢回来，但是运气不好。他懂得，就是法西斯国家对于非法挪用经费一事，也是不能容忍的呵！

这样一来，"贝塔耐"就变成贝利亚特工部易于到手的猎物了。贝利亚非常老练地利用了这种局面。"贝塔耐"所需要的数目贝利亚如数照付，条件很简单，只要求他在此后的四个月里，他无须做任何工作；他只要在一张收据上签个字，说明他收到俄国政府由于他的服务而付给他的一笔钱就行了。这一张收据，保证了他以后不会出卖俄国人。

贝利亚知道，"贝塔耐"没有受到过怀疑，他以前从来不曾和俄国人发生过关系；受雇佣之后的四个月里也没有什么接触。这段时间过完之后，贝利亚给这个巴尔干谍报员的少许任务，仅牵涉到匈牙利和罗马尼亚，不是关于德国的。这就再次使这个巴尔干的外交官不必担心会连累他受到怀疑。

不过，"贝塔耐"现在可以派大用场了。不是叫他去干那种危险的间谍工作，他只要将他所知道的关于海军上将卡纳利斯的私生活报告给俄国人就行了；又一次地没有让"贝塔耐"冒什么风险。

和"贝塔耐"每个月碰头一次的俄国联络员，是个德国的官员，一个反纳粹的人。后来，在一九四四年夏季，此人参与了预谋暗杀希特勒的集团。

一九四二年的一天，"贝塔耐"报告道，德国外交部长里宾特洛甫家里不久要举行舞会（德国的报纸后来报道了这个消息）。"贝塔耐"和所有与纳粹关系良好的外国外交使团都受到邀请。这种被人们称作"里宾圈子里的人"的定期集会，通常是件大事。卡纳利斯与其夫人将要来参加这次舞会，这倒不是卡纳利斯对社交上出风头的事有什么兴趣，也不是为了要喝里宾特洛甫这个从前就是卖香槟酒的人请客用的香槟酒；吸引卡纳利斯来的是那间赌博房，在那里放着大笔可赢得的赌注。

这个联络员很感兴趣地听着。没几天，"贝塔耐"接到了简单的指令，他那天的任务是去参加里宾特洛甫的舞会；卡纳利斯走的时候，他也走；他得陪着卡纳利斯走到汽车旁，闹闹咧咧地说些废话；在卡纳利斯离去时，唱一支德国古老的饮啤酒的歌："喝吧，弟兄们，喝吧。"

对于俄国人每月付给他一千五百马克，让他干这样的活儿，确实是够轻松的了。

里宾特洛甫的舞会是赫赫有名的，出席的人都是纳粹社交界的高级代表性人物，有来自全欧洲各国的叛徒、卖国贼，有高级的纳粹官吏，有军界的大亨和纳粹美人。珍馐罗列，犹如在神话中。所有的佳肴美味都是从中立国西班牙用飞机进口的，战时食物定量配给的种种限制对这里无丝毫影响。宽敞的舞厅里，挤满了人，演奏着美国的即兴爵士音乐。在纳粹德国，这就是不同寻常的特权了。赌钱的房间，间间客满。人们在玩着桥牌和扑克。奥地利和巴尔干的客人们在畅快而兴高采烈地赌着一种名之曰"杜洛克"的传统赌法。"贝塔耐"贪杯，一下子就喝过了量。不过，他正在赌扑克，并正赢着呢！

他那种腔调激怒了卡纳利斯。卡纳利斯对他皱着眉头，要他安静下来。在牌桌上，卡纳利斯那种冷冰冰的自制态度是有名的，无懈可击，他看上去象个斯芬克斯（埃及狮身人面巨像，这里引喻为神秘的人。编者注），剃得光光的、没有血色的脸变得愈益苍白了。卡纳利斯今夜老是输，午夜过后不久，他从牌桌旁站了起来。

卡纳利斯整个晚上让他的妻子自己随意活动。她就和外交使团里一些上了年纪的太太们交谈着。卡纳利斯走到她的面前，将后脚跟"嚓"的一碰，举起手臂作出要喊"希特勒万岁"的样子。这是对她表示，她的丈夫想回家去了。

他们向里宾特洛甫夫妇道过晚安后告辞，步行出去。这时"贝塔耐"紧跟在他们后面。他那种快活的腔调惹人讨厌，但又摆脱不掉他。"贝塔耐"一直跟到卡纳利斯的汽车旁。在那里，一个班长等候在大型的梅赛德牌汽车旁，随时准备着启动。"贝塔耐"显然醉得无法讲究什么正式的礼节了，他东倒西歪地痴笑着，甚至连"希特勒万岁"都没有喊，就用他那一口浓重的巴尔干口音唱了起来："喝吧，弟兄们，喝吧。"

海军上将卡纳利斯摆脱了他，汽车在灯火管制的黑暗里消失。其他的许多汽车也相继离开里宾特洛甫的邸宅，驶向城市各处。

一辆有卐字标志的军用汽车穿越而前，将其他汽车全部抛在后面。这在灯火管制下是一种危险的速度。然而这辆汽车在继续加速。突然地，它无视灯火管制的一切规定，将一束强烈的灯光投射到海军上将卡纳利斯的汽车上去。空中响起了四下枪声；一阵尖厉的喊叫声，划破了黑暗，而这辆有卐字标记的汽车迅即消失在灯火管制的街道里了。不过在这之前，还对准了卡纳利斯汽车的一只轮胎，打了第五枪。

“鲍里斯”和“伊凡”已经完成了计划中给他们的指令。半个钟点后，他们又在格鲁夫瓦尔德隐藏起来。他们整夜地激动着，收到第二天的报纸时，也仍旧不能平静下来。他们看到报纸上没有提起这件事。

卡纳利斯仍旧活着，甚至没有受伤，关于对他被刺一事，报纸上一个字也不准登。他秘密地通令全国所有港口，逮捕每一个形迹可疑的人。他知道，企图暗杀他是一个专门的情报部门搞的职业性活动。不会是地下工作者的个人行动。地下工作者想要暗杀的是象戈培尔和戈林那样的人。

卡纳利斯一定能想得到，要杀死他的刺客是俄国人。因为事后他在罗斯托克和斯脱汀港口以及附近的所有小渔村组织了一次特别调查。这两个苏联特工人员离开德国，最后要通过波罗的海的一个港口，这个风声一定传到了他耳朵里去了。海港全部被封闭了起来。盖世太保和特工人员逮捕了成百个平民。而当德国沿波罗的海城市的报纸里刊登了专题的警告，说敌方的间谍可能会空降着陆或橡皮艇登陆来破坏德国的工业，而劳伦蒂·贝利亚很可能猜到，这是卡纳利斯在对他的“鲍里斯”和“伊凡”们布置岗哨。

两个月之后，这两个人又出现在莫斯科。不过这两个伙计和他们的老板之间是一场阴郁的谈话。贝利亚告诉他们的是劳民伤财，一场空。就象为数众多的“计划周到”的犯罪案件里同样会有漏洞一样，在这个周到的行刺计划里也有一个缺点。不过，这不能够责怪开枪的人。

贝利亚没估计到卡纳利斯坐的是一辆装甲汽车，汽车的窗玻璃是具有防弹性能的。卡纳利斯所遭受的损失，只是一只漏了气的轮胎。

贝利亚深为失望，只能耸耸肩一笑了之。他只是将海军上将瓦尔特·威廉·卡纳利斯的姓名排进俄国的战犯名单里去。到打败纳粹德国的时候，这些战犯将受到审判和惩罚。

VII　气象站争夺战

本章人物提示

安德斯·安徒生
　　——挪威间谍

阿道夫·赫尔
　　——挪威卖国分子

保罗·布克哈特
　　——气象学家、纳粹党卫军上校

维塔利斯·潘滕堡
　　——纳粹间谍

埃利·克努森 ⎱
莫立斯·颜森 ⎰ 丹麦爱国者

　　第二次世界大战打响以来，美国波士顿海岸警备区还没有象一九四二年八月份那样紧张过。波士顿码头上的景象极为活跃。警方在码头上设置了隔离公众的封锁线。前来进行护送的人员的大型军用汽车和一队队穿着制服的陆、海军宪兵排列着，蔚为壮观。在场的，还有FBI（美国联邦调查局的英文缩写，编者注）的特工人员和陆、海军情报局的官员。

几个钟点以前，波士顿海岸警备队接到它所属的一艘小汽艇的人员报告说，他们俘获了敌方驶离格陵兰的一只小船，正将几十名俘虏带回到波士顿来。

在这艘海岸警备队小汽艇的监视下，一只挪威的小船，勃司科号，驶进波士顿港，进港时，降下了卖国政府的那面十字和太阳的国旗；船上的人在拼命地打手势。看来，船上多数是挪威人，没几个德国人。

这些人激动地叫喊道："我们不是叛徒！我们不是卖国贼！我们不是纳粹分子！"

对他们下了不准喧哗的命令。翻译人员通知他们，很快就会让他们申诉的。俘虏里的几个德国人默不作声，他们脸色苍白，神情阴郁。

陆、海军里的高级军官们，对勃司科号作了几个钟点的调查研究，发现该船决不是一条平常的挪威渔船或拖网船。透过渔船的伪装，他们发现了半打短波收发报机、高度专门化的气象器械、格陵兰极北地区的精确地图以及冰岛和格陵兰这一世界上最大岛屿之间的海域图。

已经精疲力尽的俘虏，受到美国人很好的款待，给了他们新衣服、干净内衣、士兵用的食品以及他们已经几个月没享受过的、最为渴望的咖啡和香烟。

次日，在经管这一调查研究工作的各国政府代表所组成的全体陪审员面前，开始了审讯。

德国人承认，他们计划在格陵兰作一次突击性的登陆，但是对进一步的细节等问题，他们拒绝回答。挪威人声称他们全都是熟悉北极附近水域的、有经验的捕鲸手；他们是被挪威奎斯林政府所迫而替德国人驾驭勃司科号出海的。他们声称，袭击格陵兰或者搞间谍活动的事情，他们是毫无责任的。听了这种陈述，美国人不无为难之感。

其中有一个挪威人引起了别人的注意。这人的名字在写这本书时，还不能透露。让我们称之为安德斯·安徒生吧。安徒生坚决要求和自由挪威政府、挪威驻波士顿的领事以及挪威王国在华盛顿的使馆直接接触，他说他要和他们直接进行无拘无束的谈话。

总之，挪威是同盟国成员国之一，美国当局没有拒绝这个要求的理由。事实上安徒生和美国、挪威当局的会晤面有极大价值。因为他对于纳粹在北极水域与格陵兰的活动，提供了非常重要的真实情况。

安徒生表明他是从事挪威地下工作的一个忠实的工作人员。挪威政府当即认出了他这个人。作为哈康国王政府的一个反间谍，他参加了奎斯林党，成功地扮演了这种困难的角色。因为，当时纳粹党对于他的印象极好，由于这一点以及他在船舶航运方面的学识，使得他变得大有用处，以致将他派到在奥斯陆的北极科里去了。这个科以前是挪威政府的负责处理有关北极地区科学研究的机构。

　　纳粹们接收了北极科，使之成为一个替战争服务的机构。现在，这个科将有关北极区域的重要资料，供给纳粹的海、空军部门。这个科的领导人是个卖国分子，他叫阿道夫·赫尔，中等年纪，曾经长期和纳粹一起共事。安徒生在赫尔的手下工作。他揭发在勃司科号上的挪威人，其中大多数早已为赫尔的北极科所雇佣。

　　安徒生陈述道，赫尔的挪威北极科，是设置在柏林的轴心国北极科的下属机构。该科开始时是党卫军外事处的一个分支部门。在柏林的领导人是党卫军上校保罗·布克哈特，他是个杰出的科学家和气象学家，曾经在格陵兰、丹麦和斯堪的纳维亚的北部作过多次的旅行。

　　一九四〇年的一天，阿道夫·赫尔、布克哈特及其得力助手维塔利斯·潘滕堡在柏林举行了一次会议。这个会议的召开，是因为潘滕堡接到了海军上将卡纳利斯办公室的命令，要他迅速地集结起一支秘密的远征格陵兰的队伍。这个潘滕堡曾经在芬兰和格丽泰·凯宁、弗里德里希·埃格一起工作过，他大概有四十五岁光景，是卡纳利斯评价甚高的间谍；在北欧的间谍头子里是个臭名昭著的人物。

　　远征的目的，是要牢固地控制住几个能作为飞机场使用的基地。还有，要将气象站建立起来，以便供给德国空军用于欧洲作战的重要情报。就德国人的战争效能来看，气象站是必不可少的，来自格陵兰和其他北极地区据点的资料，可以测出整个欧洲大陆的气候。特别是可以预测到德国的天气情况。这就意味着有能力预测到 RAF（英国皇家空军前缩写，编者注）

和美国飞行堡垒来轰炸德国的最大可能性。

反间谍人员安徒生在波士顿详细地报告了这一切情况。他使别人明白：海军上将卡纳利斯为什么要在格陵兰找立脚点，卡纳利斯的目的是攫取气象站，替德国的作战部服务。因之，卡纳利斯就设计了一次两条渔船远征计划。而勃司科号即为其中之一。送出的另一条船是斐兰纳克号，好象已经被自由挪威的一条巡逻艇俘获了。

为了想逃出挪威，安徒生志愿地参加到格陵兰去的远征。他希望这条勃司科号会受到英、美巡逻艇的伏击。

从安徒生和其他水手处了解到的零星情况，凑成一幅纳粹间谍计划的相当完整的轮廓。这个计划不仅是对格陵兰，也包括了冰岛和环绕北极的广大区域。

勃司科号上的德国俘虏曾经担心他们会作为间谍而枪决，当船被带到波士顿来的途中，他们曾不顾死活地试图反抗，但都失败了。尽管在波士顿，对德国人相当优待，但他们仍是抱着敌意。他们的尉级官员中，有一个对美国的看守人员提供大笔贿赂，企图逃跑。不过，一个海岸警备队的人，用既不象英语又不象德语的话对他说："伙计，du（你）贿赂 nicht（不了）我们，wir（我们）是美国人。"

在审讯中，挪威人欣然提供证词；德国人也提供了证据，虽然他们并不是乐意的。审讯后不久，陆军部和联邦调查局把本书作者请去，问了好几天，问的是有关毗邻北极地区的纳粹间谍活动的情况。陆军部和联邦调查局知道我写了有关冰岛和格陵兰的文章；他们知道我研究过在斯堪的纳维亚国家里的纳粹间谍，他们希望我所提供的情况，对他们从勃司科号和斐兰纳克号上的俘虏人员身上得到的材料，能够有所补充。在不暴露任何机密的条件下，这一内容现在是可以公诸于众的。

除了卡纳利斯之外，这个反间谍人员安徒生提到了三个名字：保罗·布克哈特，阿道夫·赫尔和维塔利斯·潘滕堡。对于这三个人，我是不是都知道些情况呢？我当然有所了解。因为任何一个熟悉纳粹在瑞典、芬兰和挪威的间谍活动的人，很快就会发现这三个人都是在幕后牵线的角色。他们以前都是在斯堪的纳维亚警察方面黑名单上的人物，早在大战之前，就是领薪金的间谍了。

最聪明的一个是保罗·布克哈特。他是个天才。纳粹掌权之前，他对政治是不感兴趣的。他是个气象专家、地理学家，他对地球上那些荒漠不毛之地的探索所具有兴趣，远远超过了人烟稠密的地方。

纳粹们很快就赏识了他的工作，把他的工作看成对建立北欧帝国的一个贡献。他们赞扬他，委任予上校的头衔，将他安置在一个极好的办公室里，对他的研究工作拨发津贴。

有一天，有人问他是否有访问冰岛之意？这个问话的人，就是卡纳利斯本人。他被安排在一个考古探险队里当队长。于是，布克哈特和另外的十个纳粹分子，出发去冰岛。那是一九三七年，冰岛人热情地欢迎了这个科学探险队。这些科学家实际上成为冰岛最著名人物家里的座上客。

布克哈特一伙人在冰岛呆了将近六个月。他们当然远不止做一些和冰岛人加强社交关系的工作。布克哈特就有关稀有金属与在当地办工业的可能性进行了详细分析，并作出了报告；绘制了冰岛某些部分的地图；标志出可能用来做飞机场和设立气象站的场所；对某些港口与巉岩壁立的峡湾，附注了水的深度；编制了大量的气象图；完成了关于冰岛的天气概况及其对德国航空方面所具重要性的全面报告。

当他把心思用到这些方面时，这个科学家就变成了第一流的间谍。在他的科学探险队里，有一个队员是冰岛本地出生的女青年，名字叫古德隆。她的任务是物色冰岛的青年中哪些人具有充当间谍的素质。选中的人将被邀请到德国去学习。在德国，他们将参加卡纳利斯所办的训练班，造就成在北极地区的未来的间谍。

这伙人到达德国时，布克哈特被委任为在柏林的北极科首领。

过了没几个月，海军上将卡纳利斯将他的另一名好手，维塔利斯·潘滕堡派往北极毗邻地区，但是潘滕堡的运气不好，甚至只有三个星期就被逮捕。当时他窜到瑞典腊泼兰地方对博腾要塞各部进行摄影。因此后来他就被瑞典当局驱逐出境。潘滕堡的下一个目标是芬兰。在那里，他将芬兰的北极地带中全部地区绘成完备的地图。纳粹能够在北角和芬兰百沙摩港之间建立几个潜艇基地，就是以他这项测绘工作为基础的。对同盟国的生命线，通往摩尔曼斯克的护航线发动的袭击，就来自这些纳粹的潜艇基地。

不过，海军上将卡纳利斯的如意算盘——入侵冰岛，是根本不可能了，他只得将野心收敛一下。因为，英国人已经抢先一步到了那里。更有甚者，在侵入挪威时，纳粹损失了三分之一以上的舰只；对发动进攻冰岛的战争缺乏足够的海军力量，在他们举棋不定的时候，英国的部队大批到达冰岛，随即接管了该岛。

于是，卡纳利斯不得不到更遥远的北方去寻觅基地。在更遥远的北方，那里可以利用来设立气象站的地方仅是一些人迹更为稀少的北极岛屿，于是卡纳利斯选中了格陵兰。

格陵兰居民极少，居民中包括有一万七千名土著的爱斯基摩人和丹麦政府的五百名左右的官职人员。该岛占地七十三万六千五百十八平方哩（原著如此，编者注）相当于密西西比河东部二十六个州的面积。岛上冰雪覆盖，亘古不化。你愈往北走，冬日的晨晖，就愈来愈黯淡。

勃司科号的远征，只是争夺格陵兰中的一个偶然事件。但是这个偶然事件，迫使美国重新估价格陵兰。形势相当紧迫，迫使丹麦首相亨利克·特·考富曼到华盛顿要求美国担当起保卫格陵兰的任务。从这以后，美国的海、陆军以及海岸警备队负起了责任。G-2，这个军事情报部和联邦调查局也担负起同样任务。

第二次世界大战的一桩干得干净利落的间谍阴谋现在可以公诸于众了！这桩间谍阴谋就发生在这个战区的最偏僻的地方。海军上将卡纳利斯的北极科知道，为厚厚的冰雪所覆盖的格陵兰北部地区，只有为数极少的一队丹麦官职人员在执行巡逻任务。

　　按这种情况，要对有成千个巉岩峭壁的峡岩犬牙交错而成的崎岖海岸——其面积跨越七个子午线的这个区域——进行巡逻，这几乎是一件不可能的工作。丹麦巡逻队所依靠的是用狗拖的雪橇。格陵兰以其拥有北极式雪橇队为荣，这支北极探险队，在北极探险所用的全部器械用品的运输就指靠雪橇。

　　卡纳利斯料定这一支小小的巡逻力量是不可能保卫这个世界上最大岛屿的全部海岸线的。他决定在格陵兰建立他的气象站。他也相当大胆地考虑了在那里建造少许秘密的机场，以及争取建立潜艇基地。如果这些事他都办到的话，纳粹就有可能赢得大西洋的战争。

　　一九四三年，丹麦的巡逻队在进行例行的巡逻时，在靠近麦肯西湾的遥远的北方，在冰雪覆盖的海岸上，发现了陌生人的踪迹。他们看到了在雪地里有人的、狗的和雪橇的痕迹。丹麦的行政当局以前并没有听说过此地有任何居民，或任何的探险队；他们立即怀疑到纳粹分子已经登陆了。丹麦雪橇队向格陵兰首府送去了消息。丹麦人报告了在华盛顿的丹麦首相、在纽约的格陵兰特使以及美国情报部。

　　戏开始上演了。美国国务院通知以陆军上尉易卜·保尔逊为首的丹麦雪橇巡逻队，设法将入侵者的确切居留地点侦查出来。经过三个星期的细心侦查，保尔逊用无线电告知美国情报部：一支其力量不容忽视的纳粹远征队，已在爱斯基摩纳峡湾附近登陆。

　　那时正好有个常驻哨所和爱斯基摩纳靠得很近，那个常驻哨所是由另外一队丹麦人担任警戒。很明白，他们已面临纳粹的威胁，应该赶快向他们发出警报。

于是派了两个丹麦人——埃利·克努森和莫立斯·颜森去送信，将情报告诉另外那个哨所的人。但是纳粹们已经先动手，开始攻击，那支丹麦人的小小守备队向南逃到一个叫做埃尔劳的冰岛上去。这一场到处是冰雪的战斗打了两个星期，丹麦人总算是幸运的：粮食很充裕。就靠了他们对那些冰岛的熟悉、他们对当地条件的完整知识，使他们幸免于难，没有遭到纳粹的屠杀。

纳粹将位于爱斯基摩纳的哨所彻底破坏，只保留了气象站。他们将气象站转移到更北的一个地点，利用它发布他们自己的气象报告。这以后，从这里天天向德国发送气象报告。可以想象，海军上将卡纳利斯肯定是够满意的了。

于是，在格陵兰的德国人不久就报告：有两个丹麦巡逻队里的人，已经落在他们的手里。这两个人就是上面所说派来给爱斯基摩纳哨所送消息的。对于这个消息，卡纳利斯并没有感到得意，他反而相当担心，这两个丹麦人的失踪会引起不愉快的后果。可能引起美国人到那里去！所以他用无线电通知他的纳粹人员将俘虏们看紧，因为可以把他们作为人质。他又通知他们迁往萨平岛去，在萨平岛继续发送气象报告。

气象间谍们在坐落格陵兰东北海岸的萨平岛上设立了新的指挥部。他们在这里建造营棚、支起帐篷、设置了仓库和一个气象站。卡纳利斯甚至从挪威送来一条装备有高射炮的破冰船来协助他们。看来这些纳粹分子已牢固地盘踞在这里了。

与此同时，美国派出侦察飞机到格陵兰去探寻纳粹的位置。他们进行了航空摄影，以便取得攻击这些间谍所必须的情报。

纳粹分子看到这些飞机后，理会到即使是萨平岛也并不安全。他们电告柏林，等待新的命令。海军上将的答复是："撤离萨平岛；肃清任何一个阻碍你们的丹麦雪橇巡逻队；继续发送气象报告。"

接着就发生了出乎海军上将意外的情况。两个丹麦俘虏的一个，设法搞到了一辆狗拖的雪橇和食品，埃利·克努森成功地驾驭着雪橇，脱离了虎口。这真是惊人之举，令人不可思议！

几个星期后，他抵达了埃尔劳的哨所，带来了重要的情报。他报告了关于在萨平岛上纳粹的实力，报告了关于破冰船、关于纳粹的武器装备，报告了德国远征队里的领导人的名字叫汉斯·里特尔上尉，是个柏林北极科里的人。

这时美国人已作好了援助丹麦人的准备。他们指示丹麦人经过金奥斯卡的峡湾和利物浦岛到南面的斯科司比森来。在这个地方有几个美国情报局的官员等着要问他们有关他们所知道的敌方远征队的情况。

在同一个时期里，纳粹分子也并没有偷懒。由于不知道埃尔劳的丹麦人近来已经撤走，他们计划好对埃尔劳发起一次猛攻。他们强迫另一个倒霉的俘虏做向导，被枪口指着背部的莫立斯·颜森只得给他们领路。当他们抵达迈琪湾这一站时，颜森报告里特尔上尉，最好是取捷径通过摩斯可沙斯峡湾发动攻击。于是这个纳粹指挥官决定派出一个分遣队去攻击在埃尔劳的丹麦人；他本人留在迈琪湾这一站，看守这个俘虏。

剩下一卷片子放映出来，简直就象是好莱坞的惊险电影了。颜森竟然制服了这个纳粹领导人，将他手里的枪扭夺了过来，带上装着食品的一队狗拖的雪橇，逃走了。颜森为了向他的丹麦朋友们报警，他急忙抄近路赶到埃尔劳。在这里，他所发现的和在他之后第二天才赶到这里的纳粹所发现的，是同一个结论：丹麦人业已撤走。颜森没有继续向南去和他的同志们相聚，改而折返迈琪湾站，收拾了里特尔上尉，使之成为自己的俘虏。他再次装满了食物，动身作一次不屈不挠的长途旅行——到丹麦人的大本营斯科司比森去。他在冰天雪地里走了三个星期，到达目的地时，已经精疲力尽。然而他成功地将俘虏带了回来。抓到里特尔上尉是有价值的，因为他是卡纳利斯的得力助手。

里特尔上尉拒绝供出任何情报。

盟军首脑机关接到了这些事件的摘要报告。没几天后飞来了美国的轰炸机；炸沉了在萨平岛的破冰船。就这样他们消灭了在格陵兰的纳粹间谍和气象站。

放弃？这可不是卡纳利斯说的话。不错，他那得意的计划在格陵兰是没有立足之地了；但是他还想在更远的北方试探。只要有必要的话，可以一直远到北极。北极科从挪威北部再次迅速地派遣出一支远征队，目的是要在盟军大举进攻欧洲之前，将气象站建立起来。

这个计划的目标是斯匹茨卑尔根岛屿，这岛屿已属于极地岛屿，距离北极仅有五百哩，它属于挪威，挪威人称之为斯瓦巴特群岛。

一九四三年意大利国王维克托·爱麦虞爱向盟军投降的同一天，纳粹宣布了一个自以为了不起的消息：他们的北极远征军取得了胜利。他们已占领了挪威人的小小的斯匹茨卑尔根哨所。通过无线电广播了这条消息，并登载在纳粹德国的所有报纸上。

斯匹茨卑尔根没有居民，有的是显得极其荒凉的北极的冰地。所以，德国人在斯匹茨卑尔根登陆是不难的。曾经在那里住过的最后一批老百姓，是挪威和俄国的矿工，他们是被打发来开采丰富的煤矿的。两年前，即一九四一年，纳粹进攻俄国时，他们弃此而去。贝利亚和国家政治保安局料到，总有那么一天纳粹会在这个区域里登陆的，所以在煤矿工人走后，盟军派来了一小批人将采矿设备全部破坏掉。凡是对卡纳利斯北极科可能感兴趣、可能有些用处的任何物件均彻底加以毁坏。

远在宣布胜利占领斯匹茨卑尔根之前，一九四二年纳粹就已经登陆了。他们的活动极为谨慎小心。他们在冰上修建起一个很大的飞机场，留下了一支人数很少、但是装备很好的守备队。

不管怎么说吧，同盟国隐约地觉得事情有些蹊跷。虽然拿不出证据，他们还是怀疑有纳粹秘密机场的存在。所以就提出自由挪威的武装力量应派出一个八十二人的远征部队，乘上一只破冰船和一只渔船到斯匹茨卑尔根去。担任这项工作，挪威人最理想，因为他们最熟悉北极地域。他们希望挪威的主权受到尊重，同时想着手搞他们自己的气象方面的工作。

　　一九四二年五月，这支远征部队到达阿埃司峡湾口子上的林角。他们没有发现纳粹占领的标志，也没看到任何滑雪鞋和雪橇的痕迹。在一年当中的这个时间，阿埃司峡湾处于封冻期。要到前面所说的场地和煤矿工程所在的浪异市去，显然是不可能的。而纳粹呢，则很可能就隐藏在这种地方。这个挪威指挥官决定，想办法通过谷姆峡湾到巴伦支堡去；那个地方离开阿埃司峡湾不远，以前俄国人开过几个矿。

　　五月里的斯匹茨卑尔根，夜晚和白天同样光明；子夜和正午，在地平线上的太阳一样明亮。所不同的只是正午的太阳比较暖和些、光线比较强一些罢了。在"夜"里，一架纳粹的侦察飞机发现了挪威人的这支北极远征队。挪威人理会到他们被发现了，当即驾着破冰船拼命向没有几哩远的巴伦支堡驶去，希望在面临纳粹的攻击前到达该处。

　　残忍成性的卡纳利斯已经对纳粹的守备队下过命令，指令他们杀掉每一个到此地来的人。卡纳利斯知道他在北极地区建立气象站的最后一招，必须不惜任何代价地取得成功。

　　在挪威人还没能到达他们的目的地之前，纳粹的四架四引擎的轰炸机已经径直向他们的船飞来了。挪威人使用了他们所有的一切手段来进行防御，而他们所有的防卫手段是有限的。纳粹的飞机被他们的高射炮和机枪击中了几处，可是都未中要害。纳粹飞机对冰上的目标看得清清楚楚，毫不费事地轰炸着；十五分钟之内就炸沉了一只船，另一只起火；十二个挪威人丧命，很多人重伤。全体人员只能从船上逃出来，逃到冰上或者冰水里去。虽说已经是五月，可是这里的温度却仍在零下二十度左右。他们跌倒在冰上装死，毫无掩蔽。唯一的希望就是骗过纳粹人员。不过纳粹分子不是那么容易受骗的，他们用机枪对这些暴露着的人扫射了将近一个小时——对于这批挪威人来说，这一个小时就象过了一辈子那么长呢！真是奇迹，只有两个人丧命。这一小时过去之后，纳粹分子发现他们的燃料和弹药不足了，就向北方飞去。除了身上被冰冻结外，挪威人从冰上站起身来，带上他们的伤员，向巴伦支堡和以前俄国煤矿工人使用过的荒凉的住屋走去。

他们到了那里以后，尽一切可能地照顾伤员。幸运的是，他们所携带的血浆和医疗工具里的一些器械没有受到损坏。在那个被废弃了的、以前作为俄国人医院用的小屋子里找到了酒精和绷带。这种种条件都一概被用来挽救几个挪威人的生命。

下一个非常严重的问题是食物和衣服。他们的衣服已经被浸湿而结成冰，贴在他们的身上；他们没来得及从沉船里抢运出食品。从沉船里抢运出来的全部东西，仅仅是：十二双靴子、一些轻武器、十五双滑雪鞋、两只背囊、一张地图、一只罗盘和一盏损坏了的信号灯。

怀着绝望的心情，他们派出了几队人，对这个被遗忘了的矿区城镇进行搜索。这在某种角度上看，应该认为是上天保佑；要不，那就是俄国人以前就预料到，有朝一日会有一小批人在这个地方寻求庇护的了。在短短的时间里，搜索的一伙人找到了大量的衣着、茶叶以及咖啡、人造奶油、饼干和脱水蔬菜。虽说没有任何肉类食品，而这些东西已经足够维持相当长一段时间的生活了。

正好，这个挪威人的指挥官是个对斯匹茨卑尔根相当熟悉的人。他忽然记起，俄国的矿工们养过猪。他的推理是：当俄国人接到撤离该岛的命令时，一定把猪全宰了。而既然人能够吃冰箱或冰库里冷藏的肉类，那么肯定也能够吃在北极地方天然冷冻的肉类。北极的气温从来没有超过零度，冷藏的肉类可以无限期地保存。搜索小队再次地被派了出去。果然，他们找到了从前的猪圈。他们把冰雪刮掉之后，露出了好几条宰杀掉的猪。大家迸发出一阵欢呼。这些被宰杀了一年多时间的猪肉仍然是新鲜的、完全可以食用。

次日，纳粹的飞机又飞临巴伦支堡。他们侦察了冰上的踪迹，飞到了矿区小镇的上空。这一次他们对挪威人足足攻击了四个钟点。而挪威人故意使滑雪鞋的痕迹通到每一所房子里，用以迷惑纳粹飞机，让他们摸不透那些地方躲着挪威人。挪威人还在好几所房子里点燃了火，故意让烟雾冒出来使纳粹上当，随后他们就爬进地窖里躲起来。这种伪装非常成功，纳粹飞机对这些居住的场所疯狂肆虐。可是一个挪威人也没伤着。话虽如此，形势仍是很危险的。他们决定，派十九个人组成一支队伍，配备六双滑雪鞋，去探寻一条到这个岛上某个安全地点的路径。这个安全地点的具体情况，由于一些军事防御上的原因，恕我不能在此加以描绘。

第二天以及以后的日子里，纳粹又来了。其中还有些双引擎的轰炸机，它们对木结构的房子投下重磅炸弹，使之起火燃烧。挪威人只得离开这里，带上他们的伤员，避到一所水泥建筑的仓库里去隐蔽起来。

挪威人的指挥官第二天急忙派出一队非常可靠的人去侦察浪异市的情况如何，他肯定纳粹的飞机场和守备队就在那个地方。看来事情的确临到了最后关头，船已经沉没，他们无法逃走。他们虽然一时不至于死于饥寒，但在纳粹的空中屠杀面前无能为力。接着又派了十二个人去寻觅一个隐蔽的场所，他们的探索将需要好几天，更有甚者，这将是一种非常耗费精力和非常危险的探索。

于是，奇迹降临了。英国的空军海防总队的一架远程轰炸机，在一次长距离侦察飞行中，出现在巴伦支堡的上空。挪威人用他们的信号灯成功地送出了 SOS 讯号，他们已经修好了信号灯，装上了从前俄国矿工所遗留下来的电池。

不过在英国的援救人员来到之前还要坚持九天。这度日如年的九天里，纳粹们天天来轰炸，用机枪扫射挪威人。挪威人在他们的仓库里顽强地坚持着。第四天过后，那架远程轰炸机回来了，投下了一封信，要他们说明需要什么东西。他们的信号灯闪烁着，报告了一切情况。

纳粹的侵袭停止了好些天，但是挪威人怕纳粹对他们发动一次陆上的攻击，俘虏他们。

挪威人终于和来救援他们的人握手了。远程轰炸机的驾驶员使飞机降落，带走了七个伤员。其余留下来的人得到了武器弹药和高射炮的供应，同时保证很快就来救助他们。

过了三个多星期，一支英国的海军武装力量到达巴伦支堡，他们受到了一群穿得破破烂烂、长满胡须的挪威人的热情洋溢的欢迎。挪威的一支武装力量接着赶到。现在总算有了足以消灭北极区域全部纳粹人员的一支集结起来的军队了。

派去侦察浪异市的巡逻队回来了，带来了很有价值的情报。他们侦察到纳粹的确实地点，看到了新建的飞机场。他们固然缺乏足够的武器去攻击这支纳粹的远征队，但是他们故弄玄虚地制造出很多的滑雪鞋驶行的痕迹。使纳粹的气象间谍们以为这支挪威人的队伍的人数一定大大超过他们。而这支纳粹守备队的人数总共不超过三十人。

现在，这支英国—挪威的联合武装力量开始进攻浪异市了。他们发现，纳粹已经撤离了该地。显然纳粹猜到了对方的增援部队赶到了。

这就是卡纳利斯的北极科的又一次失败，直到卡纳利斯继续还手之前，斯匹茨卑尔根仍然掌握在盟军手里。一九四三年的九月卡纳利斯又作了一次还手。最后一次的袭击在开始时是很得手的。德国人向挪威的守备队扑去，挪威人不是被杀就是当了俘虏。纳粹又立即动手重建他们的气象站。不过他们的好景不长，仅仅只保持了三天。三天后，英、美的海军来到，全歼纳粹。从此，盟军就一直占领了斯匹茨卑尔根。

VIII 空中谍波

本章人物提示

伯纳德·蒙哥马利

　　——英国元帅

约翰·霍华德

　　——德国雇佣的间谍

威廉·赛包德

　　——定居美国的德国人，机工

保罗·克劳斯

　　——汉堡盖世太保头子

　　海军上将卡纳利斯被迫放弃了北极的冰雪地带后，转移到比较燠热的区域来进行罪恶活动以求补偿，因此本书所叙述的场景，就得从冰山冻海转移到吹着印度洋季风的浩瀚的沙漠了。卡纳利斯动身前往非洲亲自去监督突尼斯和利比亚境内的间谍战。

　　为了使纳粹所希望的向苏伊士运河进军成为泡影，埃尔·阿莱曼 ① 战役仍在进行，而此时盟国方面正忧心忡忡。可是有一个人不曾担过这种心事。这个人知道，随着美国的成千架飞机、坦克和大炮的来到——来得不大及时，这是事实，不过并不太晚——他会狠狠打击那个所谓非洲的征服者隆美尔元帅的。

　　他不是一个将自己看成为凯撒那样的人。他只想日子过得舒坦些，而不喜欢戴勋章。他的军服，包括一件羊毛衫，一条运动裤和一顶榻扁的圆帽。他已经五十七岁了，是一个命运注定要解放非洲的人，要替敦刻尔克（第二次世界大战初期，英法军队从法国向英国的一次大撤退，为避免被纳粹德国歼灭，三十多万军队在法国北部敦刻尔克丢掉大量装备渡过英吉利海峡。编者注）报仇的人，要使海军上将卡纳利斯的非洲间谍受到报应的人。

　　他就是伯纳德·蒙哥马利将军，一个牧师的儿子。他惯常在睡觉之前阅读两种书，通常总是那么两本，一本是《圣经》，另一本是约翰·班扬写的《天路历程记》。他的睡眠时间，从不超过五、六个小时，不过在睡着时是不准打扰的。为了保障这一点，曾经有过严格的命令。话虽如此，有一天在埃尔·阿莱曼外围的营帐里，他还是被人唤醒了。英国情报部人员坚持要立即见他。

---

　　① 埃尔·阿莱曼，埃及北部城镇，临地中海，东北距亚历山大港 104 公里，在第二次世界大战中，英国和德国曾在此发生激烈战斗，该地为战略要地。

他们声称，他们的事情决计不能延误；将军知道他们此来的原因之后，对于他们无礼地打断他的睡眠是会原谅的。他们带来了两个俘虏；在他们的汽车上装有电讯技术方面的器械。他们终于被准许进入了蒙丹（即蒙哥马利）的帐篷，两个好象是阿拉伯人的俘虏也带了进去。英国情报人员中间的一个对将军说了没几句话，将军顿时就神情瞿然了。

他曾经对这两个囚犯搜寻了好几个月了，想不到到头来竟是两个阿拉伯人。可是他知道这两个是海军上将卡纳利斯在沙漠中的主要谍报员。

详细审讯这两个阿拉伯人的工作，是无须麻烦蒙哥马利将军本人的；这种工作，满可以由一个下级官员代劳。可是，将军产生了好奇心，当场就开始了审问。他在那一夜听到了一个有刺激性的故事。

这两个会说阿拉伯话、英国话和德国话的人，是在一个穿越着沙漠的商队中间被抓到的，他们这两个用阿拉伯服装裹起来、经过乔装打扮的家伙，其实是两个德国人。这种白色的带有头巾的外衣，德国人穿起来同阿拉伯人同样合适。他们是从隆美尔元帅的阵线那里用降落伞空投到埃及来的。他们在当地居民中生活了好几个月后，巧妙地混在阿拉伯人中间参加搬运从红海港口刚运到的美国租借物资，他们以此为掩护直接进入到蒙哥马利将军的战线上来。

他们装备有低功率的电台，卖力地用短波将他们所能观察到的有关运来的武器装备以及盟军部队驻地的消息，发送到隆美尔元帅手里，发送到卡纳利斯在希腊的新设的指挥部里。在他们的同伙里，有些是狂热地反英的阿拉伯学生。

英国情报部门以前有时候曾经侦察到一些这种微弱的密码信号，但是为要找到这些短波发报机的踪迹所作的努力却完全失败了。聪明的间谍想出来的办法是从一个流动单位里发报，比如一辆汽车、一条小船或是一个在沙漠中行进着的土著人的商队……。

蒙丹方面很关心这件事，他想出个好办法，将无线电探测器材装备在每辆追踪的汽车上。

这下子信号被追踪到了，使英国人大为意外的是，这些信号竟会是从一个熙熙攘攘的商队里发出来的！这个商队当然就被拦住，受到盘问，在一头骆驼背上驮着的成捆货物中间发现了无线电装备。英国人逮捕了这两个企图以"阿拉伯的劳伦斯"[①]那种协助阿拉伯人的姿态出现，而实际上为纳粹德国服务的间谍。

被带到蒙丹面前的间谍乞求宽大，为了想活命，他们供出了其他联络员的名字。但在次日清晨他们即被枪决。

英国人将计就计，他们接手使用了德国人用的密码，将错误的情报送给在希腊的卡纳利斯。最妙的是他们确切地了解到哪些事情是卡纳利斯已经知道的，哪些事情正是卡纳利斯所不知道的。

供特工人员使用的短波收发报机，前途无量。它在格陵兰

----

① "阿拉伯的劳伦斯"，指英国 T·E·劳伦斯，他是一位学者与军事家，在第一次世界大战中，曾领导阿拉伯人反对土耳其的统治。

和斯匹茨卑尔根得到了广泛的应用；它在非洲也得到了应用。在美国呢，它却制造出一大堆灾祸。

在一九四二年里，加利福尼亚州里的一名骑警在洛杉矶附近巡逻时，短波段里传来的无线电消息把他弄糊涂了，听不出是什么意思。他把电波记录下来，预备将通讯机关里的人臭骂一顿；为什么要广播这种乌七八糟的东西来耍弄一个老实的巡警呢？然而洛杉矶警方的通讯部门截然认为：这完全不是什么莫名其妙的东西，而是日本话，是用密码表示的日本话。这件事使洛杉矶的查理·W·爱里松上尉派出了装有侦察天线的巡逻车，追上了正在将卡纳利斯那种便于活动的低功率短波电台、传送情报的精明技巧付诸实践的日本间谍。

联邦通讯委员会对这种情况日益关注。第二次世界大战里的间谍活动，再也不是那种密写墨水和神秘的情话之类的玩意了。谍报消息几乎一成不变地使用无线电发送。波士顿无线电监听站开始听到了奇怪的信息，巴尔的摩监听站亦有同样的经验。不久，从阿拉斯加到夏威夷，各处的站里都送来了令人不安的报告。这一情况，现在已能披露：联邦通讯委员会所追踪到的非法电台，不下于五百个；在阿根廷和法属马提尼克岛活动的，还有三百个。一九四三年，美国终于向南美国家里的独裁政府和这个法属的小岛发出了一份最后通牒：他们必须禁止业余无线电广播，否则……。

这些德国、日本的非法电台，大多数是携带式的。他们企图在当局能追上他们之前，挪换地点。附带提一下，在被占领国那些爱国人士的地下活动里，同样也使用这种妙法。

　　一架小得足以装在手提箱里的电台，还有什么能比这更方便的呢？片刻之间所记录到的秘密电波是从一条摩托艇里发出来的；这架收发报机装在一只防水的箱子里。一旦湖上警察或者海岸警备队的巡逻人员来了，就把这只箱子沉进水里，于是，搞破坏的现行的证据就被隐藏起来。

　　那个约翰·霍华德案件是个有趣的案件。他是个城市居民，但是对于打猎非常热心。在美国东北缅因州十一月份是猎鹿的开放季节，霍华德喜欢在周末从波士顿驱车前往缅因州，随后在他的汽车后面装上一、二只鹿回来。

　　新英格兰人秉性恬静、沉着，轻易不和别人交朋友。可是在猎人聚会的地方却不一样。在这个场合里压倒的气氛是一片欢乐。大家喝着酒，说些荒诞不经的话来消磨夜晚。霍华德是个很受欢迎的人，那些在旅馆、邸宅或是营地里的猎人，都来邀请他聚会在一起。有一次，在猎人们资助的一个旅游人士的营地里，他派到了一个小房间。星期天清晨，猎人们出发到森林里去后，联邦通讯委员会的一名稽查员驱车来到营地询问，营地的主管是否知道，在他们露营的人员里有谁拥有一架无线电发报机的？营地里的主管给弄得发愣。他说，他敢肯定，他们之中是没有那种东西的呀。这位稽查员告诉他：要睁大眼睛，要伸长耳朵。

　　猎人们回来了！在他们中的唯一新人，是约翰·霍华德。霍华德谈起要开车子到村子里去买几副他们晚上打桥牌用的纸牌。那天晚上他们就玩了桥牌。但是营地的主人跟踪着霍华德到街上，听到他向纽约打了两个电话，这两个电话，后来知道是打给纽约市的两个德国间谍的，这两个德国间谍操纵着纽约市的"消息信箱"。而霍华德是他们的伙伴，他已经将短波发报机带进了缅因州森林。

霍华德以后不再继续他那种打猎的旅行了。

类似情况下，联邦调查局粉碎了迈阿密、底特律、哈瓦那的无线电间谍活动。有些间谍电台被追踪到巴西、智利和阿根廷，受到该处政府的禁止。

虽说听起来象发疯，而日本大使馆里的间谍简直是胆大包天，竟敢在首都华盛顿搞秘密的无线电通讯。连很小的圈子里的人都不知道的、高度机密的密码情报通过这些收发报站传递消息。有一个站就设在华盛顿大厦的顶层。揭露出这个电台，是海岸警备队的功劳，其他那些被发现的电台紧靠江边；他们从这些地方，向潜伏在美国海岸线外的德国潜艇发送情报。

在纽约港外，断断续续地偶而能收听到特别的电讯密码。这座秘密电台大概是在一百哩外的海岸处。海洋情报部认为那是隐藏在美国海岸近处的一艘德国潜艇的电台在和敌方的间谍进行通讯。如果是这样的话，这艘潜艇就可能会收到有关商船离港的报告。

大批美国飞机装船运往英国的那天，联邦通讯委员会、联邦调查局和海军情报部门全都听到了那个可疑的电台的信号。于是下达了命令，将驶往英国的护航队叫了回来。海岸警备区的反间谍组磨拳擦掌，准备战斗。几艘海岸警备队的小汽艇乘上了联邦调查局的人，按搜索天线的引导，到达了消息发送出来的地点。他们看到的不是潜艇，而是抛锚在那里的一条旧的、损毁了的小渔船。他们登上这条无人小船，发现了一台其功率足能和欧洲或者阿根廷取得联系的无线电收发报机。就象来的时候一样，官方的人静悄悄地走了。两个星期后，一个完整的间谍组织就被钳子挟住了。

到现在为止，所谈到的无线电间谍活动，还没有触及到空中。搞无线电间谍活动的人能够在空中发报，这是无法相信的事。一九四三年，有个著名的重量级拳击冠军在空中接受记者采访。这次采访，在国内从一个海岸转播到另一个海岸，有着几百万的听众。这一次大大吸引了拳击迷的广播，乍听起来并无任何危害性的内容，然而，就在几百万美国人的头上，用密码的形式发出了这样一条消息：

"S112.S.S.伊丽莎白号今晚启程开往哈利法克斯，携有成百架飞机，N.S."幸运的是这艘S.S.伊丽莎白号当晚没有启航，更其幸运的是发送这个消息的，不是敌方的间谍。其目的是向情报部门里一些怀疑论者证明：能够骗过无线电听众，将消息送到敌方去。

这一课上得极有说服力，以致专门开设了新的无线电课程来讲授和敌方间谍作斗争的方法。

容我推荐相仿的三桩事，作为在战争中使用无线电的间谍们的最大成就。第一桩是色当之战。在色当的间谍用无线电送出了关于法军行动路线的情报。招致了法国的全面崩溃而投降。

　　第二桩是海军上将卡纳利斯放肆地击沉了"皇家橡树号"。第三桩便是我们现在要来谈的皮尔・赛包德一案。

　　曾名为威廉・赛包德的皮尔・赛包德，来到美利坚合众国后，决心忠于新的祖国。他在统一飞机公司工作，象许多德裔美国人一样，是个熟练的机工。

　　赛包德在德国有许多朋友，他曾是一个单纯的德国合唱队的队员，他到美国后，生活上的习惯仍同原先那样，喜欢啤酒、酸泡菜和咸猪蹄。

　　他年老的双亲和他的亲属都在德国。赛包德攒了点钱，决定作一次回家的旅行；一九三九年六月，他乘上哈巴克公司的豪华的定期轮船——"德意志号"，远渡重洋。在船上，他将美钞兑换成贬值的德国马克，帐结好后很合算。船上有美味的食品，可以跳舞和看电影，航途中的赛包德感到称心如意。

　　位于阿尔斯特尔河畔的汉堡，是一座美丽的城市。在这里上岸时，他和德国的海关人员发生了纠葛。他对他们明言相告，发誓道，他的手提箱里只有衣服和准备送给双亲的几件礼物。但是没有办法，非要他去海关总署不可。

　　总署离开海港相当远。当两个海关职员驱车带着他穿过城市时，他心中不无优越感地想道："一个多么可笑的国家，把海关机构放到离开海港好几哩远的地方！"海关职员们指点着一幢幢新的建筑物：异常庞大的火车站，著名的大西洋饭店……。然后，他们在一幢阴沉沉的灰色建筑物前停了下来。

　　威廉・赛包德在建筑物的正面，想在墙上找到机构的名称，可是那上面没有什么名称。建筑物的里面有成百个房间以及穿着褐色、黑色和深绿色制服的人在急匆匆地走动。赛包德害怕起来了。他听说过关于纳粹德国的事，对于德国的崛起而成为强国的奇怪情况，可能还有过某种想法。他不相信那些对集中营暴行的描述；他所知道的是，他的国人并不是那么残酷无情的。

奇怪，眼前会出现些什么事情呢？但是不管怎么样，当他想到美国领事馆会保护他的时候，他就安心得多了。

这里看不见有板条箱子或者船上的任何物品的影踪，从这一点他推断出：这幢建筑物，并非海关。赛包德被领进一间非常宽敞的办公室。办公室的一头，放有一张堂皇的办公桌，很容易使人想起墨索里尼用的就是这种办公桌。办公桌后面有个穿黑色制服的人站起身子，向威廉走来。这个人微笑着和他握手，就象是老朋友那样地真心诚意。

"欢迎您光临德国。"穿黑制服的人说道。"请坐，"他请赛包德坐下。"将您请到这里，我们非常高兴。"

"是呀，"威廉说道，"不过我不明白这是为了什么。我向您保证，我的行李是毫无问题的。"

"请您别担心您的那些小小的礼物，"这个人说道，"我们是您的朋友。您会发现：我们新德国是非常好客的。请吸烟。"

真相逐渐出现了。这个人亮出了他的名字和他的庐山真面目。他是保罗·克劳斯，在近代间谍的记录里，不是一个无名之辈，而是个臭名远扬的汉堡盖世太保头子。众所周知，这个人对《夜遁》一书的作者，杨·瓦尔丁，严刑拷打，并把他监禁起来，后来瓦尔丁只得在他手下当特务，直到瓦尔丁逃跑获得自由为止。

克劳斯从办公桌里取出一张折好的纸，内容是有关统一飞机公司的情况和图样。他请赛包德核对一下这个情报。赛包德耿直地拒绝作这样的合作；他说明他是个美国公民，理应忠于那个国家。

克劳斯对这个声明哈哈大笑。"是一个德国人，就永远是一个德国人了。我们不会象换一件衬衫那样地换掉一个国家的。"他还是那样彬彬有礼地提醒赛包德，他的双亲住在米尔海姆，不是住在美国，"要是拒绝和我们合作——我得非常坦白地说——我们不能保证他们的安全。"

在皮尔·赛包德答应仔细想想后，就让他走了。踏上这一步是需要慎重考虑的，在这一点上克劳斯表示同意。同意给他一点时间让他考虑。不过他肯定赛包德在这件事上是会和他们一样看法的。这个以前的德国人自知落在圈套里了。他永远忘不了他在纳粹土地上过的休假期；忘不了他在孝敬双亲和忠于美国两者之间的思想斗争。他没听说过卡纳利斯，但是和克劳斯的短时会见，已经够他领受了。

皮尔·赛包德走上了摆在他面前的唯一道路，同意替纳粹工作。他们给了他很多钱，要他在汉堡住几个月，接受特工训练。赛包德向他们解释，他要和在美国的朋友写信，为他逗留时间的延长找些借口；另外呢，得办好护照延期的手续。他拜访了美国领事，延长了他的签证。在这次访问中，他办了另外一些小事……没过几个星期，赛包德陈述书的一个副本，被封进外交邮袋里用快机送到华盛顿的国务院。

皮尔·赛包德搬进汉堡的一所公寓。这所公寓里的其他房客，都是些要培训为盖世太保和谍报人员的学员，都在为他们的未来职务进行练习。赛包德的课程是谍报活动和无线电收发报。

一九三九年战争爆发时，盖世太保头子克劳斯通知赛包德，他就要有大量的工作做了。纳粹们是喜欢这个有家庭为效忠帝国作担保的、一个大有希望的特务的，这个美国人已经认真掌握了他的训练课目。

一九四〇年一月三十日，"华盛顿号"驶往纽约。上了船的皮尔·赛包德，心事重重。他已经向美国领事坦白他的处境。可是，他的陈述书是否已经到了合众国呢？要是联邦调查局里有纳粹特务的话，那又会是什么结果呢？要是他们揭穿他这种危险的、含糊的把戏，又该怎么办呢？在赛包德看来，到处是间谍。他悲叹所处于进退维谷的境地。纽约港口自由女神的塑像映入眼帘时，使他的神态稍微镇定了些。

海关和移民局官员们上了船，其中有三个联邦调查局的特工人员。他们在他的单人房舱里和他打了招呼，衷心地向他祝贺，请他叙述内幕消息。他们当场就要情报。

赛包德的精神来了。他所选择的国家会给他保障的。他理会到德国不可能发觉他，不然就不会让他离开那个国家的。

他及时地被介绍给联邦调查局的领导人，丁·埃德加·胡佛。胡佛本人对这个案件很感兴趣。通过皮尔·赛包德，联邦调查局精确地知道了卡纳利斯针对美国在策划些什么，以及卡纳利斯所企求的是什么情报。

　　纳粹们给赛包德的五个微型胶卷，每一个都比邮票还要小。微型胶卷上对他将来的间谍工作，录有完整的指令，还包括有几个要协助他工作的联络员姓名。

　　阅读这些小巧玲珑的微型胶卷里的内容，需要花十五分钟时间。经过放大译出，就显得格外清楚了。纳粹想要的是以下情报：

　　1.美国是否在光学瞄准的炸弹方面取得了进展？

　　2.霍巴特学院勃拉德教授在改进一种防御芥子气的军服方面，有没有取得成功？

　　3.已经在加拿大兴建的是什么样的新飞机工厂？

　　4.在美国的陆、海、空军里，用哪些方法来排除雾障的？

　　5.美国有没有一种使用电动机械装置的炮弹？

　　他们要求弄到飞机工厂的统计，以及有关高射炮类型、毒气与防毒面具生产等名目繁多的详细情况；要求对上述这些工厂和其他许多兵工厂进行普遍的、多方面的间谍活动。其中包括有：贝尔电话公司、寇梯斯—莱特公司、北美飞机公司、格兰恩·马丁公司、道格拉斯公司、波音飞机公司、联合飞机公司、洛克希德—莱特公司、普拉特—惠特尼公司。

　　在赛包德手里，是一个难以完成的、广泛从事工业间谍活动的计划；加之，是一大笔委托他经管的钱，要他去购买头等的、"业余用"的短波收发报机，向汉堡播发情报。他将通过波长 AOR 进行联系。

　　J·埃德加·胡佛作了个轻松的决定：皮尔·赛包德可以自由选用美国的最新式无线电装备。

于是在长岛（位于纽约州的东南，编者注）中央港建立了德国特工电台，这可真是一着妙棋。皮尔·赛包德在这种极愉快的条件下，安安心心地搞他的秘密电台；联邦调查局的人不时会到附近来享受享受乡间的乐趣和核对核对新近的发展。

赛包德很快就和卡纳利斯的机构联络上了，他通知汉堡他的电波发射的定向位置以及他使用的波长和信号是CQDXVW—2。德国人以前没有交给赛包德什么，特别是让他在电台里使用的密码，因为卡纳利斯认为不能冒险将密码交给一个在压力之下方才肯合作的新手，因为那样做是不够慎重的。这时汉堡所用的密码是将每个字母倒退一位的原始方法。

只隔了一天，这个中央港的"间谍"就收到并译出了从德国来的第一个消息：

"新秩序的全体朋友们：亟须了解所有有关美国战争物资的数量、质量、型号、性能以及有关此项物资的装运日期、运往地点的情报，以及其他一切与此有关的情报。"

联邦调查局为此组成了一个"小小智囊团"，专门来创造用短波报告汉堡的"鸡毛蒜皮的内幕消息"。显然，这里面有一些必须是事实。但那都是些无关紧要的、经过夸大后变得煞有介事的事实。例如，那些已经确定为老式的、业已停止生产的飞机等，不妨添油加醋地加以精确的描述。

情报不论是真是假，应该看上去都很有说服力。皮尔·赛包德和他的联邦调查局的朋友们绞尽脑汁地干得很巧妙。汉堡很满意，皮尔的声望因此高起来了。皮尔向纳粹解释道，他使用的是活动电台，消耗很大。于是他们告诉他到什么地方去收取更多的经费；他们还告诉他其他纳粹间谍的地址，要他给以协助。赛包德把取得的经费，以及把交付钱的联络人员的姓名、地址一古脑儿都提供给了美国联邦调查局。

这场游戏继续了十六个月。在此期间，联邦调查局从卡纳利斯的机关收到了大约有四百五十条通讯，还截获到数量多得多的、给其他特工人员的指令。因为德国人终于对赛包德比较信任以后，又给了他和其他在南美间谍们使用的密码。

有一条消息，使联邦调查局人员笑得合不拢嘴、前仰后倒。这就是纳粹对这个中央港的电台提出了警告：

"注意！联邦调查局的特务们在监视你了，停止通讯一周。"

对于纳粹间谍头子们的"才华"，联邦调查局感到欣慰。经过十六个月，他们对于同这个在敌方的特工机构相互联系中，甚至不曾有过丝毫的怀疑。

终于到了下令停止这场"捉迷藏"游戏的时间，J·埃德加·胡佛宣布逮捕每一个德国间谍。美国在一天之内，逮捕了三十三个卡纳利斯的间谍。他们手下在巴西、智利和乌拉圭的间谍，都受到了制裁。

现在已经知道，住在德国米尔海姆的赛包德的双亲必将受到严峻的考验。我们肯定对这个机智的皮尔·赛包德是欠了情的。他的无线电反间谍工作最后还提供了情报，从而逮住了海军上将卡纳利斯送上门来的八个搞破坏的特务，那是在这个冒牌的电台废除后不久，这八个从潜艇里来的人在长岛离中央港不远的地方登陆。

IX　击沉"皇家橡树号"真相

本章人物提示

京特·普里恩

　　——德国潜水艇艇长

阿尔弗雷德、韦林

　　——德国间谍

　　大战开始后不久的一九三九年十月，还只是这场旷日持久、腥风血雨的斗争的第二个月。海军上将卡纳利斯已有一个多星期没离开他的本特莱街十四号的办公室了。他日日夜夜呆在那里，只有偶而在办公室的长椅上稍稍休息几个钟点。对于一个人来说，工作量实在是太大了。但是这个海军上将从来不喜欢有心腹助手，现在更是一个都不要。

　　对他来说，开始的几个星期是可怕的，数以千计的报告涌进到他的办公室里。多年前安排的那些计划，现在时机成熟了。其中有许多是些琐碎、平凡的事；可是很多是出钱也买不到的。它们从遍布全球的各个场所发出，用书信、电文、密码、短波送来。每个秘密消息都要分析研究，以形成未来的行动，以及未来的任务的基础。

在这个十月里的一天，过了子夜时分，一份密码电讯终于来了——这是海军上将朝思暮想地在等待着的一条电讯。内容是："我们完成了。普里恩。"海军上将的耳朵里响起了胜利的嗡嗡声。他打电话将这个消息报告了希特勒和海军上将卡尔·邓尼茨。随后把德国新闻局的人召来，叙述了德国海军的英雄，京特·普里恩船长的功勋，即在英国人认为难以进攻的斯卡珀湾基地里，当天晚上德国将英国"皇家橡树号"击沉。

在以前，从来没有一艘敌方的潜艇进入过斯卡珀湾，也从来没人想到有这种可能性。然而英国的"珍珠港"受到了攻击；作为"安全港"同义语的斯卡珀湾，受到了德国的袭击。

德国的电台，当天用了半个钟点的时间广播了海军的这个伟大胜利。照这样成功地进攻斯卡珀湾，那么德国海军确是有击败盟国舰队的希望。为什么不是这样呢？

这一成就在纳粹们的头脑里印象深刻。专职的战略家和战略理论家都认真地考虑过从海上包围挪威、丹麦、冰岛、格陵兰，甚至英国。看来斯卡珀湾事件，使纳粹的军事专家们深信他们虽然没有大型舰只，但是也能取胜的论点。他们可以用潜艇取得海战的胜利。

为了庆祝斯卡珀湾的英雄事迹，举行了前所未有的盛大欢迎。鲜花象雨点般地落在普里恩船长的身上；在他的身后是穿着白袍的少女们组成的代表团，她们歌颂着德国英雄的诗篇。

没过几天，潜艇 B—06 号驶进了基地港。风在咆哮，海浪汹涌。但是恶劣的天气阻挡不了欢迎的人群。按照计划，对普里恩的身上投以鲜花，在大庭广众之前给他戴上海军十字勋章。他受到所有主要电台的采访。官方的餐厅里摆起丰盛的筵席，接着是庆祝胜利的舞会，庆祝"皇家橡树号"沉没和英国海军八百余官兵死亡。

就在这庆祝活动正热闹着的时候，从 B—06 潜艇所泊的船坞里溜出一个没穿制服的平民。报纸上虽然对艇上的所有人员都一一列举了姓名，却一个字也没有提到这个平民。

这个没受到庆祝舞会邀请的人，一眼就可以看出他是一位历尽战斗生涯的人物。他身材高大、肤色黝黑，很明显，他是已经过了青年时代的人。要是别人，那是一定要去参加胜利舞会的，他们将在那里喝酒、陶醉于"霍斯特—韦塞尔之歌"和"德国至上"的信念里。他对免除这类出风头的事觉得也行。这个静悄悄地走上岸来的奇怪人物向基尔的戈尔登·勒恩文饭店走去，他的激情已经消耗殆尽。他感到疲乏之极，此时他什么都不想，只想睡觉。

第二天的早晨他很迟才醒来。起床后他乘上一列火车到汉堡，在汉堡换乘上一架去柏林的飞机。

他注意到所有的报纸都在首栏登着同样的黑体字：

"普里恩船长的英雄事迹"

这个没有人知道的平民轻蔑地耸耸肩头。他的真名实姓，就是他写在旅客登记簿上的阿尔弗雷德·韦林。十六年来，这是他第一次写出他的真实姓名。

世界上的事情就是这样的：他们把恭维、祝贺以及所有种种漂亮的演讲，浪费在普里恩船长这头自高自大的蠢驴身上；将来的纳粹历史书里会拿着普里恩作为斯卡珀湾的征服者；而在基尔欢呼着的群众从来就没有听见过他这个舍得将自己的光荣送给别人的阿尔弗雷德·韦林船长。

在第一次世界大战里，阿尔弗雷德·韦林船长有他自己的经历。他参加过这条现在已经沉掉的"皇家橡树号"也在内的查特兰战役。他到过卡特加特海峡，到过地中海，到过西班牙。对啦，在西班牙他和现在是他的上司瓦尔特·威廉·卡纳利斯一起工作过。

他现在是去会见卡纳利斯接受新的任务，作出个人汇报。任凭世上的人怎么去想，反正卡纳利斯是知道的：击沉这艘"皇家橡树号"的并非纳粹海军里的那个漂亮的船长，而是他，阿尔弗雷德·韦林。

海军上将卡纳利斯在期待着韦林的来到。这两个人由于他们在西班牙的经历而共同结合起来，他们在那么多年不见面的时间里，保持着间接的联系，各自在心里惦记着对方。

这两个人见面后相互间说了些什么呢？世人是永远不可能知道的了。无疑的，卡纳利斯祝贺了韦林在谍报工作中作出的辉煌成绩。可能还说了些在他们这个行当里的人常常需要在暗地里工作，而由别人来享受荣耀的情况的这样一类话。年青的普里恩肯定不宜受到热烈欢呼的。然而，既然德国的人民群众需要英雄，那末就给他们制造一些英雄吧！海军上将可能会说，他个人就是一个超脱于世俗间渴望荣誉之心的人。

可是韦林对此并未完全超脱，谈话中间硬是有些刺人的调子。韦林大概会说，他十六年的放逐、隔离的生活，不能算一件开心的事吧？他们进一步的谈话内容不得而知，不过英国特工部有理由相信，韦林对这场谈话很不满意，他也告诉了卡纳利斯这一点，而他就陷于顾影自怜的境地了。英国人花了几个月时间追查袭击斯卡珀湾真相的报告里，已经了解到韦林是个具有非凡耐心的人。这么能干的间谍后来就没有再派给他其他任务，是相当奇怪的。

我们得回溯到十六年前这个德意志帝国海军的一个退职船长阿尔弗雷德·韦林离开德国的时间。那是一九二三年，是慕尼黑"啤酒店暴动"的那一年，是搞纳粹自由团的那一年，是纳粹分子莱奥·施拉格特在鲁尔炸毁法国货车的一年——此人因之而被列入纳粹圣徒的名单里。那时的卡纳利斯并没有什么名气，只是一个依靠少量年金过活的下级官员。他实际上是在埋头苦干，为"民主"共和国和它的普鲁士陆海军将领们、为进行重建陆、海军特工活动工作着。

自从凡尔赛条约签订之后，卡纳利斯出于他自己的主动精神，在一九二三年派出了德国的第一个海军间谍。在那么早的时候，谁能料想到德国将会发生些怎样的变革，在法国占领下的鲁尔河谷会更换主人，以及德国很快就会发动它的复仇的战争。

可是德国的陆、海军估计到这一点：即在十到十五年的时间里，他们会有仗可打的。既然如此，他们需要在国外有个谍报系统。为建立这种系统，一九二三年不能算太早。

　　阿尔弗雷德·韦林是德国海军里的一个极为年轻的船长。他的表现，不愧为战舰"海军上将希普号"上的一位能干的军官。虽然一九一九年之后没什么工作给他做，但领薪的名册里保留了他的名字。对于他的才能，卡纳利斯是高度评价的；而在一九二三年，他挑选了韦林来担任新的重要任务。韦林将变成一家德国钟表公司的推销员。他要作为一家于人无损的公司里的一个体面的代表，去访问欧洲的许多国家。而在所有的这些国里，他将对新的海军设施予以注意。

　　三年后，韦林被打发到瑞士一家钟表行里去学生意，将自己造就为一个技术高明的钟表匠。给韦林弄到一张新护照和一个新名字，这一切对卡纳利斯来说，只不过是施展一下他的惯用手段而已。一九二七年韦林移居英国，用了个典型的瑞士姓名，化名为阿尔倍特·奥特尔。谁也不知道他当过船长，甚至没人知道他是个德国人。

　　在紧靠斯卡珀湾基地的奥克尼群岛的刻尔克华尔这个地方，他定居了下来。在这个静谧的刻尔克华尔地区很需要有个高明的钟表匠。奥特尔在几家出售首饰、礼品的商店里做店员，副业就是修理钟表。他的手艺熟练，收费低廉，于是他的名气就传开去了。奥特尔的生活，是简朴的；为了实现在刻尔克华尔中心开设一家他自己的小小的钟表礼品商店的梦想，他积蓄每一分钱，水手们将在他的店里购买礼物和纪念品。这个梦想终于实现了，奥特尔成为一家出售礼品和瑞士钟表商店的主人。

　　刻尔克华尔地方的人并不富有，但是他们买得起漂亮的饰针、自来水钢笔和价格便宜的瑞士钟表。经过奥特尔修理的钟表，可以很好地用上多年。而他又为人诚实，说话风趣，大家都喜欢他这个新邻居。他们邀请他到家里去作客，邀请他去钓鱼、远足、驾船，邀请他打桥牌。一九三二年，归化的过程完成了，他加入了英国籍。

韦林出身于大陆环境的瑞士，对海洋有着一种贪婪的热切兴趣，在这个沿海城镇里，他非常快乐。他已习惯于刻尔克华尔，舍不得离此而去，甚至连到瑞士也不愿意去，尽管他的亲友全在那儿。所以到了夏季，他的亲戚朋友就来看望他了。他们说话时，全是些浓厚的瑞士口音。其中有几个深为刻尔克华尔所吸引，决定也要在这里留下来。奥特尔还尽力予以协助，替他们在本地找到工作。

从他在瑞士的亲戚那里，阿尔培特收到大量信件；作为一个忠实的儿子，他自己每月至少写一封信给他的老父亲。这个老父亲不是别个，正好就是海军上将卡纳利斯；而这些为数众多的亲戚，都是纳粹特工部里的官员。但是，奥特尔从来没有受到过丝毫的怀疑。

奥特尔喜欢小孩，当地的孩子们知道他常常会请他们吃瑞士巧克力。他们到他店里来玩时，他总给他们一些巧克力吃。

刻尔克华尔的生活，是平静而有乡土风味的。后来，大战就爆发了。第一个在门上挂起英国国旗的就是奥特尔；买起军事公债来，他比其他市民来得慷慨。"我远不是一个主张中立的人"他对邻居们声明道。"我现在是一个英国人，不是瑞士人。"他的年龄妨碍他到军队里服役，他感到遗憾。他经常收听战时新闻广播，以此作为他似乎已参军的自慰。

就他所扮的角色而言，奥特尔是个完美无缺的演员。他是从哪里汇集到有关斯卡珀湾防御方面并不完备的情报的呢？这是永远也弄不明白的事。是不是那些小孩子在一点一点咬着他的巧克力时，将他们在家里听来的秘密，泄漏了出来？还是港口工人呢？还是一个酒气熏人的水手？

可是事实是肯定了的，大战爆发后一个月，奥特尔获悉斯卡珀湾东面入口的活门与防潜网已经不在原处了。经过检查后发现，由于受到海水侵蚀以及被木材中虫豸的蠹蛀，这些东西的作用已经失效、不牢靠，因而给撤掉了；这些防潜网从水里取出来时，可能被奥特尔设法看到了。

业已准备就绪的替换设备奉命从英国南部送来，但是新出现的战争形势所引起的混乱，加上通常在官场里的繁文缛节，阻碍了装船运输。只要请求书里有一些公文上没有按程序经过签章，这种交货即被耽搁，这可能是种偶然事件，也可能不是。总之，奥特尔知道了这些活门和防潜网已不在它们原来的位置上；他知道了这个别人不知道的事情——斯卡珀湾的防卫上有了严重的漏洞。

在十月的一天，当奥特尔发现了这个事关重大的事实时，他比通常稍微提早一点打烊。"下雨，我们不会有什么顾客来了，"他对他所雇佣的一位女店员解释道。他关上铁质的百叶窗，回家去了。

阿尔倍特的家很舒适，完全英国化。房间里的炉床上燃有明亮的炉火，上面悬着一壶水。阿尔倍特打开收音机，如同平日的习惯那样，收听战争新闻。于是他走到壁橱那里，取出一副耳机。橱里看来是一具老式的收音机，有些笨拙的、老式的旋钮和分度盘。但是这是一架短波报话器。奥特尔转动一个旋钮，调节到刻度盘上的某一点，于是对着受话器，谨慎地叽咕了一番。

消息是送到设在当时中立国荷兰的德国大使馆里的海军武官那里。这个消息迅即再从海牙向卡纳利斯送去。卡纳利斯立即了解到这一基本事实：所谓铜墙铁壁的斯卡珀湾现在事实上处于开放、无防御的状态中，任何潜艇均可以对它进行攻击。而新的防卫设施的安置尚要耽搁时日。

卡纳利斯当即采取了行动，用密码对所有在北海与英吉利海峡的德国潜艇发出指令。在荷兰的海军武官，海军上校冯·比洛男爵，接到指令与刻尔克华尔的奥特尔·韦林立即进行联络。

挑选了潜艇B—06号的普里恩艇长来执行这个计划，命令他将船驶到紧靠波莫纳岛最东一端的水面去。这天的夜里天下雨，一片漆黑；雾浓得伸手不见五指。

这艘潜艇的指挥官心中明白：在行驶中，只要稍不小心，就会招致灾祸。英国海岸警备队的小汽艇，十分逼近。他们如果受到哪怕只是一点点的惊扰，也就会在海面上使用他们的探照灯来发现这条潜艇的。当潜艇愈益靠近海岸时，指挥官甚至担心它会撞到礁石上去。普里恩下令将潜艇的发动机关闭，他举起望远镜，细细察看着这条模糊的海岸的轮廓线！在迷雾中，他看到了一个亮光，对呀，这就是约定好的信号——一长、二短、一长。这就是卡纳利斯安排好的信号。

京特·普里恩船长命令将一条折叠橡皮艇下水，由一个水手操纵，去将一个"朋友"从英国救出来。过了不多久，普里恩就和被领到潜艇甲板上来的钟表匠奥特尔·韦林握手了。潜艇一分钟也没有耽搁，潜入了水中。

奥特尔拿出了他的资料，他已经准备好的海图，附有斯卡珀湾各处的完整图形。他指出没有防御的部分的方位。普里恩取过图，随即用话筒发布命令。潜艇在水里行驶，绕过、躲闪开已经探明的斯卡珀湾的水下障碍设施，侵入到东部的出入口。

"鱼雷准备！"普里恩命令道。于是这些致人死命的、长长的、银色的鱼雷发射管的弹膛，就被装填好。每个德国水兵都在自己的岗位上；潜望镜在搜寻它的牺牲品。他们已经进入了斯卡珀湾，他们知道，稍有失误就会使这条潜艇落进其余防潜网的陷阱中，而使他们全体葬身水底。进行这种进攻的经验，德国水手还无此先例。透过迷雾，在潜望镜里显出几艘轻巡洋舰和驱逐舰的巨大舰身。但是普里恩在寻觅着泊在最远那边的巨舰。那就是庞大的战列舰"皇家橡树号"。

引擎停止了。潜望镜里正好现出"皇家橡树号"的整个形状。普里恩作了个手势，在他身边的奥特尔这时乘机在潜望镜里瞄了一下。"预备，放！"普里恩下了命令，而第一批鱼雷向"皇家橡树号"连珠发出。他们听到了一个可怕的爆炸声。而此时第二批鱼雷也已经发射了。潜望镜里这时显出的是"皇家橡树号"在熊熊燃烧，并在英国最安全的港湾里沉没了。

这景象使普里恩整个身心浸沉在愉快之中。他津津有味地看着潜望镜，观察着那些在逃生、在挣扎、在沉溺的英国水手们。可是韦林转身走开了。至于潜艇里的水手们呢，他们个个欣喜若狂，一到潜艇脱离危险区域，普里恩给他们发了酒。在基尔港等着给他们举行盛大的群众庆祝仪式之前，他们自己先举行了庆祝。

二万九千一百五十吨的这艘巨舰，迅速地沉掉了。过去曾经是战果赫赫的查特兰战役里的征服者和她的一千二百名船员面临灭顶，其中只有三百九十六人幸免于死。

尽管韦林在卡纳利斯特工系统里忠心耿耿、默默无闻地做了长期的工作，但是普里恩所得到的荣光，韦林没有份。那些在沉下去的水手正是以前常到刻尔克华尔去的人，他们在他的店里买些小小的礼品送到他们的母亲和女孩子们，而他，韦林就这样地来报答英国人对他的真诚友谊。

他没有被重新分配别的谍工任务。很可能就是这种良心上的谴责，使韦林将一切的感受，都突然对他的上司卡纳利斯倾诉了出来。从另一方面来说呢，韦林的隐退也可能是卡纳利斯的一种更深的计谋，使他能在另一个国家里，用另外的化名来使用这个杰出的人物；或者甚至是用在另一次被纳粹称之为"狼人"的地下间谍战中，这其中的奥妙谁能说得清楚呢？

X 日本美容院

本章人物提示

戈培尔

——纳粹党魁之一，宣传部长

露丝·屈恩

——戈培尔的情妇，德国间谍

卡尔·豪斯霍费尔

——将军兼地理学家，德国间谍

贝尔纳德·尤利乌斯·奥托·屈恩

——教授，德国间谍

奥田音次郎

——日本驻檀香山外交官

德国潜艇会到我们的海岸这里来，有两个美国人预先就料到了。他们警告政府，要作好准备。这两个人就是瓦尔特·温彻尔和库尔特·里斯。在那条潜艇将八个破坏分子送到长岛和佛罗里达之前的几个星期里（本书第八章结尾处曾提到。编者注），在星期六晚报上的一篇引人注目的文章里，描绘了登陆的可能性。

以交友广阔著称的瓦尔特·温彻尔对于日本发动战争的迫切危险，一再提出警告。他在文章里不厌其烦地谈到卡纳利斯用来针对美国所豢养的间谍大军，甚至指出了间谍人数最聚集的地点在何处。温彻尔写道："要警惕敌方在夏威夷的特务们！"夏威夷的特务虽已受到了监视和逮捕，不过为时已晚，注定了珍珠港那场浩劫的发生。

这一章是珍珠港间谍活动的故事，是一场美国失败，日本和卡纳利斯获得了胜利的争斗。然而还没有达到他们在计划中的那种程度。

夏威夷那时发狂似的追求时髦。自动唱机和爵士即兴音乐早就象洪水般地冲掉了美丽的波利尼西亚姑娘歌唱的土著乐曲。不过在檀香山这里出了一件挺新鲜的事。这事，岛上的妇女都已听说过，这尤其使那些远离首都奢华生活的海军人员的太太——美国女郎——极为欣赏。

这就是现在夏威夷群岛因为有了一个完全现代化的美容院而更加大吹大擂其崇尚时髦了。美容院的经理露丝受到人们的普遍欢迎。她在院中设置雅座、建立了一个懂得怎样进行美容的烫发技术和脸部按摩法的部门。数以百计的妇女成天价在露丝美容院那种适宜的环境里消磨时光，既愉快又轻松。这家美容院受到别人欢迎的程度，简直不亚于纽约第五街那些最有名的美容院。

这个特别时髦的场所，成了夏威夷传播新闻的交换所。女士们在这里谈论着谁在城里，谁走啦，谁在休假，谁接到了任务以及船来船往之类的事情。这是岛上生活的主要内容，自然就成为大家谈话的中心内容了。

开设这家美容院时，是在一九三九年德国还没有凶相毕露地要对波兰动武之前。夏威夷群岛上也没人想到过战争；那时，即使在美国，想到战争的人也并不多。但间谍的活动是有连续性的。这种要长时期建立起来的工作，经常是在许多年前的和平期间内就计划好了。

这一次的阴谋诡计不是德国陆军部搞的，其中也没有海军上将瓦尔特·威廉·卡纳利斯的那只无所不在的手在参与。全部功劳都要归于宣传部长约瑟夫·戈培尔。

一九三五年戈培尔做了两年部长后，有一天在部里为他的全体人员举行了一次舞会。这是一种庆祝活动，每个人都为得到纳粹德国新生力量的鼓舞而感到快乐、骄傲。戈培尔本性未改。他从来不否认：如果同一个婚姻上美满的男子对女性所具有的适度的兴趣比较一下的话，那末他对女性的兴趣比那种男子要更大些。他和女人的那种关系是广泛而复杂的，而这一天的傍晚给了他一个新关系的机会。

在场的有他的私人秘书里奥波德·屈恩和屈恩的妹妹——露丝，一个漂亮得惊人的姑娘。戈培尔整晚地和她跳舞，在称心满意的时候，戈培尔会变成一个非常善于交际、极有魅力的人。

他们在一起喝了点酒，成就了好事。只有那些没有头脑的姑娘，才会把和宣传部长发生关系看作一件了不起的大事。

　　纳粹王国里的青年，早就有新的道德标准。对他们来说，有孩子以前，结婚不结婚，无关紧要；发生不正当的男女关系有没有爱情也无关紧要。至于纳粹的领导人，都是天上的神，可以随心所欲地予取予舍。

　　这种暧昧关系的赓续情况不得而知。我们知道的是它的结局。这个宣传部长仓促间决定：露丝非离开德国不可！这是否因露丝的要求太多了，或者她恫吓着要将事情声张出来；抑或是戈培尔太太的干涉呢？总之问题是有趣的，不过与本书的主要内容无关。

　　戈培尔和海、陆军情报部门的人，在实际上，关系相处得不好——他们对他知道得太多啦。露丝·屈恩非离开德国不可，戈培尔得转到另外方面去找办法。在他最亲信的帮闲人物中，有一个人是著名的将军和政治地理学家卡尔·豪斯霍费尔博士的儿子，一个柏林大学的政治地理系的毕业生，并逐渐成为外事人员和外交部长里宾特洛甫间谍组织里的人员。主管这所学校的，便是他们父子俩。豪斯霍费尔本人和他的学校在思想界所享有无与伦比的威望这一点上，他是得到了戈培尔的栽培的。要是戈培尔在豪斯霍费尔权力范围之内要他办些什么事情的话，那是没有多大问题的。

　　豪斯霍费尔将军是第一个将德国和日本拉拢结合起来的人。完全可以，豪斯霍费尔用得着露丝·屈恩这个年轻的女郎。这位曾经访问过日本，早在一九一四年就看到这种可能性的老将军，经常和日本保持着联系。就在最近，他的日本同事们还表示过他们对于白种人男女的需要。这是"奴隶贸易"里的一个新品种。日本政府通过他们的联络员豪斯霍费尔父子，要求白种人帮助日本的特工部门。

日本人实际上需要大量的情报工作人员，而在许多工作中，日本本国的人显然无法使用。豪斯霍费尔告诉戈培尔，不单是对露丝·屈恩，而且她的兄弟、双亲，假使他们为人是谨慎的，有头脑的，只要略微加以基本训练，他都能给他们挣钱的好机会。

不仅名伶世家，搞间谍活动的本领，同样也有继承性。在这个问题上，整个的这一家子人全都明显地具有这方面的才能。这当中，他们的那种家庭背景无疑是很有利的。

做父亲的屈恩博士一八九五年生于柏林，十八岁入伍参加海军，第一次世界大战时是个海军少尉候补生，在帝国的一艘巡洋舰上服役。他所在的这艘兵舰在一九一五年和一艘英国的战列舰进行遭遇战时被击沉，而他在被俘后押往英国。在该国，他很快学会了英语。

战争结束时，他年纪还轻，没有正当的职业，就再次参加了海军，为德意志共和国服务，当了海军上尉。六个月后，德国舰队解散，他被辞退，从海军预备名册里除了名。

于是屈恩只好去过老百姓的生活了，他决定从事医生这个行业。与此同时，他又成为好些盲目爱国和排外的军官组织里的一个成员。

他想过体面的生活，可是并不顺心。同时事实证明医生这一职务他胜任不了。好几家医院都把他辞退了。最后，他只好接受了他的朋友给他在海因里希·希姆莱属下的盖世太保（纳粹德国的国家秘密警察。编者注）谋了一个位置。过了很长的一段时间后，他抱怨盖世太保不应该这样地对待他：他们以前曾许愿答应要给他比如在德国的某个城市里当个警察局长之类的差使；结果非但没有给，反而由于他女儿的原因，将他放逐到夏威夷群岛上来了。

世界刚经过了一个经济萧条的时期。美国的运动员在为奥林匹克作准备；在石油和废钢铁方面，日本人是个好主顾；和平的组织盛极一时。就在这种形势下，一九三五年的八月十五日，有一个德国家庭来到了夏威夷群岛。迁来的这家人，不是通常的那些只顾游览的一些轻佻的人，而是既有教养又漂亮的人物。作父亲的贝尔纳德·尤利乌斯·奥托·屈恩博士，是个科学家，一个端端正正的头发灰色的教授。与他在一起的，有教授的太太弗里德尔·屈恩；他六岁的小儿子汉斯·约阿希姆；和他的女儿露丝。除了里奥波德那个儿子仍在柏林当戈培尔的秘书之外，全家人都来了。那个里奥波德并不是他的亲生子，是他太太的前夫所生。

这个家庭结合得很好，日常间大家相处得很快活。他们住在此地，是因为作父亲的对于研究日本语言感兴趣。屈恩博士对于夏威夷群岛的古代历史也感兴趣。他到处旅行，到早期定居此处的土著们的石头房子里作客。对于夏威夷群岛的地形，他很快就了如指掌了。他爱海岸，喜欢一切水上运动。他的整个家庭里的人也都有这种爱好。他们经常要去游泳，或者呢，去租一条帆船、摩托艇出游。

他的妻子是个普通的家庭主妇，实际上是个极为得力的人手。在别人看来，她不过是一个完全局限于关心家务的家庭妇女，但她却能够探听出、观察到某种具有军事意义的内容。一九三五年至一九四一年期间，作为一个信使两次到日本去旅行的，就是这个女人。有这种利害关系的家庭，有这种没人怀疑的、平平凡凡的家庭主妇的照管，真是三生有幸啊！

体态婀娜、亭亭玉立的露丝姑娘，在英语方面有着长足的进步。她的舞跳得非常好，任何种类的社会事务都参加。她是海军与划船俱乐部里的一个常客，吸引了二十来个男子。他们比她的那个下肢畸曲的情人戈培尔博士那是要漂亮得多了！

在政治问题方面，屈恩博士会声称：就他个人而言是不喜欢纳粹分子的；不过最要紧的他是个德国人，他写了几篇关于早先在这一群岛定居的德国人的文章。这些文章在德国发表了。

接近他们的人和他们的邻居的印象中，屈恩这一家人很怪。在荷兰和德国，屈恩有些很有利的投资。他到岛上来的头三年里，收到通过檀香山一家银行转来鹿特丹联合银行的七万美元。在弗里德尔去日本的短期旅行中，有一次回转时带回了美金一万六千元现款。联邦调查局和美国海军情报部门调查过：在这些时间里，这一家子人收到的钱超过十万美元。无疑的，还收到过更多的钱，只是没查出来罢了。你要是考虑到其中的大量花费，就会知道干间谍的优厚收入肯定不是一般人所能想象的。

开始时，屈恩一家的情报工作，只限于报告一些传闻之辞，一些从海军和商船上人员那里走漏出来的消息。之后，特别是对露丝这种机灵的、富有魅力的和受到别人追求的间谍来说，活动就针对着当官的阶层来进行了。而随着战争的迫近，要求于一个忠实的间谍人员的也就愈来愈多了。

屈恩虽然被豪斯霍费尔将军雇佣给日本人，他无疑还在替海军上将卡纳利斯工作。卡纳利斯已经发现屈恩是个很有价值的人，还应该更大地发挥他的作用。

一切向日本所作的报告，其副本必须同时送交卡纳利斯。屈恩博士是在为两个国家服务。因此，屈恩认为有理由要求更多的钱。再说，他追求社会上高级生活的胃口也更大了。露丝呢？也是一样。

屈恩博士早在一九三九年就打定了主意：他确实需要一个安静的场所来继续进行他对日本语言的研究。他把家从檀香山搬到珍珠港。打发他到这个岛上来，是日本特工部的一个计划。这个计划现在开始加紧执行。露丝在年轻人和美国海军人员的家眷中间，大孚众望。她自己生得非常俊俏，加上她又懂得美容术。在她让大家知道这一点后，当她一宣布要开一家美容院时，几乎所有她的女朋友全都热情支持，并且还保证一定惠顾光临。露丝对此经过了长期的计划，但是也没有预料到会一下子取得那么大的成功。她的母亲，费里德尔也开始把她的许多时间花在美容院里了。她们两个每天将探听到的消息报告给家庭里的头头。这些情报再由德国或者是日本的外交邮袋转递，送出夏威夷群岛。

后来有一天，日本驻檀香山的副领事，矮小狡诈的奥田音

次郎，召见了屈恩博士。奥田音次郎告诉屈恩博士，现在迫切
需要攫取在太平洋的美国海军的情报，包括活动的日期、事
实和人数。他赞扬了屈恩博士以往的工作。但是这一次的差使
他强调地说，性质不同。这将意味着对美国海军的一次致命打
击。日本人将愿意为这些情报付出相当大的一笔钱。

屈恩同意以四万美金的代价接受这一项工作。最后答应先
预支给他一万四千美元，其余的部分保证在"成功"后就付。

和奥田音次郎会谈后不久，屈恩博士就开始带上他的小儿
子每天沿着珍珠港军事设施的地区里散步。小儿子汉斯·约阿
希姆这时才十岁，穿着海军服式的童装。做父亲的给孩子解
说着江边的景物，这个孩子看着美国海军的舰只等等景象迷得
出了神。过了一会，美国的水手们请这个孩子到一艘战列舰上
去，他们在这个奇妙的、巨大的玩具上指点着一些东西，说着
话。屈恩博士是个外侨，是决不允许他登上这样的一条船上去
的。是否可以来个例外呢？屈恩很知趣，他不作此想。所以他
答应孩子一个人上去。

在这些活动之后，屈恩博士拜访了日本副领事奥田音次
郎，说他已经详细拟定了一套信号系统，这套信号系统是为了
传送美国军舰在珍珠港内的数量、类别和通常情况下舰只行动
的情报而设计出来的。这个领事建议将这种密码简化一点，同
意使用这种信号通知日本舰队。

在奥胡岛开勒奥处的卡拉马乡镇上，屈恩博士据有一所小
小的房子。这个地方非常接近珍珠港。屈恩太太买了一架有
十八倍放大能力的巴许—龙勃牌号的望远镜。购买时露丝伴

着她的妈妈，在一旁说什么有了这种望远镜，她们乘上帆船旅游起来该有多好之类的话，用以遮人耳目。一个普通的家庭妇女，购买这种望远镜，理应被认为是反常之举，然而却没人对此有所怀疑。就一般性使用的目的来说，这架望远镜，由于放大的倍数太大，灵敏度特别高，所看到的景象极容易颤动而失真，在使用时通常还需要三角架等部件。

照明信号弹要在天窗里闪射出来。屈恩、副领事奥田音次郎和日本领事馆里的四等秘书森村蓼士仔细拟定了一种极为实用的灯光信号密码。一九四一年十二月二日他们第一次试用了新的信号系统。这一天，日本副领事奥田音次郎收到了在夏威夷水域的美国军舰的数量、类型和确切停泊的方位的一份情报。次日，奥田音次郎的上司，日本总领事喜多名合阿用短波将这份资料发送给日本海军情报机关。

这时，对珍珠港进行险恶的突然袭击的准备，一切就绪。

一九四一年十二月七日，屈恩博士的天窗付之实用了。当日本人攻击美国的舰队时，在华盛顿的和平谈判还没有结束。屈恩博士亲自发射照明信号弹，在头顶上飞越的日本轰炸机接收到所有必须获悉的情报时，他们疯狂轰炸的范围便扩大了。所有的攻击部署，都确切地按喜多、奥田和屈恩所安排的计划进行。

可是在他们的计划里有一个方面出了纰漏。屈恩一家已经稳妥地安排好逃跑的计划：决定只带上钱，其他什么东西都不收拾，走的时候甚至连牙刷也不带。到了日本，根据秘密协议，他们的份下还有美金二万六千元。日本领事已经安排好一条日本潜艇将屈恩一家带走，准备将他们带到东京去。

　　可是，在日本潜艇来到之前，屈恩一家已被当局抓起来了。尽管珍珠港处在灾难和混乱之中，美国情报部的人员还是发现了从贝尔纳德·奥托·屈恩博士先生屋子窗口里射出的闪光。这个教授继续保持着一种傲慢的姿态，一味否认。然而所找到的证据都是对他不利的：一张信号体系的图稿和大笔的钱，其中有些还是日本钞票；还发现了那架高倍数的望远镜和用德文写的报告副本。屈恩博士终于承认了一切。虽然他尽可能的祖护他的妻子和女儿，坚持说一切都是他个人的责任，但是没能包庇得了，他的家庭继续被拘禁着。

　　一九四二年二月二十一日，法院宣判屈恩博士死刑。纳粹分子进监牢，那种超人的样子就看不见啦！屈恩开始惊慌恐惧了。多年以来他服务于德国和日本的情报部门，而现在呢，他提出要求替美国服务了。他们告诉他：美国政府不需要雇佣纳粹的间谍，他不能用这种办法来取得对他的宽恕。屈恩以前常常绝处逢生，而这一次不行啦。他被关在一个精神病院的单间里，死刑的判决书已经签署。

　　他乞求饶命，答应将所知有关轴心国的间谍活动全部交代出来。他说了些什么呢？不知道。当然，他们没答应他什么东西，不过在一九四二年十月二十六日，他的死刑判决，减为五十年苦役。

　　屈恩一家覆灭了，那个留在戈培尔身边当秘书的屈恩的儿子——利奥波德，也没能逃出灭亡的命运，死于俄国前线。弗里德尔·屈恩企图自杀，被阻止了；美丽的露丝，当她的美容院进行拍卖时，没有在场。

[**译者附注**] 上述关于德国屈恩博士的间谍活动，只是日本在夏威夷的间谍活动的一个片段。实际上，日本方面派去的其他间谍及其活动，在当时真相尚未完全暴露。战后这方面的情况不断披露，现将其作为本节的补充。

一九四〇年秋，有一个已入预备役的日本海军少尉吉川猛夫突然奉召回军令部。山口大佐告诉他将被派往夏威夷去。未动身前，令他熟悉美国舰艇方面的知识，并给他起了一个化名——森村正。海军少尉一下子变成了"外务书记森村正"。

一九四一年三月二十七日，"森村书记员"从横滨乘"新田丸"抵达檀香山，次日他就坐上出租汽车到珍珠港"观光"去了。从此他经常出没于大街小巷，特别常到一家日本人开设的"春潮楼"吃饭。老板娘吩咐艺妓好好照顾这位新来的客人。不几天，他沉浸于酒色之中，但醉翁之意不在酒，他的一双锐利的眼睛不时张望窗外的珍珠港，为了亲自体验一下夏威夷上空的气压，他好几次冠冕堂皇带上一位漂亮的艺妓坐游览飞机遨游于夏威夷上空，顺手偷拍了几张地形照片。

后来吉川又乔装打扮成为菲律宾的失业者，设法混入美国军人集会的场所，在那里当厨房杂务工，乘洗涤碗碟时，偷听美国士兵的高谈阔论，从中窃取情报。他为了搞清珍珠港是否布了防潜网，曾经偷偷地潜入禁区，进行了一次突击性侦察。

十月二十三日，军令部的中岛少佐化装成一个撤侨客轮"尤田丸"的招待员光临该地，通过上面提到的日本驻檀香山总领事喜多，将一封密信递给吉川，信上要求吉川对珍珠港及太平洋舰队的九十七个问题作出答复。十二月六日晚七时二十二分（即发动偷袭珍珠港前的十二小时），吉川向东京拍发出最后一份"特急电报"：六日，停泊在珍珠港里的舰艇情况如下："战列舰九艘，轻型巡洋舰三艘，水上航空母舰三艘，驱逐舰十七艘……"。

这份报告和以往一样立即被大本营海军部作为"A类情报"转给正在向珍珠港进发的机动队。吉川自三月份负特殊任务来到这里的二百多天中，共向东京拍发了一百多份及时而又准确的情报。

十二月七日上午，当日本轰炸机将成吨的炸弹倾倒珍珠港美国太平洋舰队时，随着一阵刺耳的警笛声，吉川同其他领事馆人员一起被美方警察拘捕。这位"外务书记"的使命至此结束。

XI 伯利兹大亨

本章人物提示

汉斯·韦泽曼
————德国间谍

柏托尔德·雅科布
————流亡者

亚 兰
————美国情报员

乔治·高富
————号称"伯利兹大亨",德国间谍

在珍珠港大屠杀之前二年,美国海军情报部发现了一本极为罕见的书。这种书以往传进美国的数量,不超过四本,这是一本专为日本特工部"日本巡回兵"的一些特工头目所写的有关日本间谍活动的手册。这些手册由日本海军军官带来,通过私人的传递,交给他们在西海岸的人员。平生致力于清查国家隐患的一位洛杉矶作家，查出了这一值得重视的事件；在几位朝鲜地下工作人员的协助下，他搞到了这本令人极感兴趣的特工手册。这个人就是新闻研究部的约瑟夫·陆斯。

在这本书里，包括从事间谍活动的守则，对于日美战争即将采取的进程作了概括的叙述。顺便提一下，书中很有把握地指出：日美战争的爆发已迫在眉睫。

在露丝·屈恩小姐被日本人造就成为夏威夷岛上的一家美容院店主之前，日本的这本间谍手册里，对于夏威夷，就已经说出了下面这些话：

"占领夏威夷，需要日本海军与陆军的合作，为此，事先必须夺取中途岛为据点。中途岛距夏威夷仅一百十英里，声誉显赫之日本舰队，对此一距离，当可等闲视之。该声誉显赫之舰队，内有我们的 X 型航空母舰，21 型……。

"夏威夷的日本人，约计十五万，内半数为日裔。日本海军之捷报传来，此辈将即使行动，组成志愿军，夏威夷将落在我们掌握之中，殆无疑义。"

真是如意算盘！夏威夷可永远也没有落到日本人的手里。除了珍珠港受到突然的、灾难性的打击之外，美国的情报部门击败了日本第五纵队的所有活动。由于这本将日本战略目的作出直截了当的叙述的间谍手册，美国的情报部门实际上在珍珠港事件前就获得了坦率的警告。

手册不仅对征服夏威夷提供了图解，还细心地说明了夺取巴拿马运河的重要性。事实证明，在每一项计划上，日本人并无多大作为，所以，其全部底蕴，可予披露。对于封闭巴拿马运河的问题，这本间谍手册，写了整整的一章。采取这一步骤的战略重要性，扼要叙述如下：

"巴拿马运河将如何？事属显然，巴拿马距夏威夷六百浬有奇，而离日本约八千浬；故攻击时需有可观之海军力量，实非易事。若在战争爆发时能着手打击并封闭该一运河，则我们可获切断大西洋与太平洋之大功矣！"

西半球的日方特工人员，接到了要他们尽最大努力在整个运河地带组织起一个摧毁不了的间谍网的指令。日本人的策划，其考虑是很深远的。这本间谍手册继续写道：

"日本占有巴拿马运河，于未来之和平，关系非浅；故从各方面而言，即令战争之后，也必须将运河掌握在手。"

世界上没有哪一家的情报部门会将话说得比这更坦率、更直言不讳。对于日本人来说，这次战争是一场牵涉到将来获得霸权地位的赌博。可是他们并不是那种非常精明的赌徒。看来，他们将对手都看作是在睡大觉的人！

巴拿马运河防卫森严，日本人非常清楚。但是德国和日本两国依旧天真地认为：运河和呈狭长地形的巴拿马共和国，是可以通过叛逆、卖国活动而弄到手的。他们指望巴拿马总统（指巴拿马总统阿里阿斯，本书作者撰写本书时其人正流亡于阿根廷。原作者注）的合作，指望贿买警界的首脑和收买第五纵队。然而这一次大战，给敌人的情报机构上了很好的一课，他们显然将叛徒帮助他们的作用，估计得过高了。英国人民与美国人民是收买不了的！这对于东京和本特莱街十四号，是个大大的绊脚石。

德国和日本合作，在运河周围组织成一个牢固的间谍网，在短短的一个时期里，显得庞大、可怕，但结果是它的密码被盟国掌握了。纳粹们所进行的计划，是将潜艇开进加勒比海，使南、北美洲的军备和作战物资的运输陷于瘫痪；而日本人所需的白种人间谍，由卡纳利斯办公室供应。

一九三九年，卡纳利斯将他属下最优秀人员中的一个，交给日方使用于运河地带。这个人的履历，如今已是众所周知。但是在长时期里，他那种阴险的叛徒行径，骗过了每一个人。

这个人的事业，起始于魏玛共和国分崩离析的那些日子里，在那些日子里，柏林出现一家持论公正、很有社会影响的周刊。由于别的报刊逢星期天的夜间休息，所以星期一就看不到报纸。而该报却在星期天晚上编排。所以它取名为《柏林星期一周刊》该报的编者宣称他本人是争取人权的一名战士。面对着正在兴起的纳粹运动，他挺身而出，顽强斗争。纳粹分子业已将他的名字列进他们的"参与一九一八年十一月革命的罪人"的名单里，这位勇敢的记者——汉斯·韦泽曼博士知道：纳粹们有朝一日得势的话，他就得大难临头啦！但是，他坚守着他的岗位。

纳粹上台后，封掉了这家报馆，韦泽曼和那些自由主义者、社会主义者、共产主义者以及教会里的领袖们一样，被关进集中营。

韦泽曼一年后获得释放，侨居瑞士，囊中一文不名，他虽然身受很大磨难，但其意志并未被摧毁。他急于重新开始他的写作生涯。他的一些有身份的朋友，以及他以前的老板和他那份报刊的后台，都在瑞士，正计划创办《时事通讯》——拟译成各国文字，分发世界各国报刊与各民主政府。这个《时事通讯》将揭发纳粹德国重整军备与备战的情况。韦泽曼建议请求德国流亡人士给予帮助。德国的流亡人士遍及全球，许多人在毗邻德国的国家里受到了庇护，他们和国内各种地下组织保持着联系。韦泽曼要把所有这些人联合起来，充分利用他们掌握的各种消息和情报。

流亡人士中有个留着胡子，名字叫柏托尔德·雅科布的小个子，他对于德国的战争机器，有透彻的了解，其详细和具体，使人惊讶不已。由于他暴露了标榜民主的德国政府正在建造秘密的军用机场的事实，所以他早在一九二九年就不得不离开了德国。因为战败的德国进行这种军备活动是对凡尔赛和约的蔑视。他的揭发是有根据的，然而他却被控叛国，逼得他逃亡国外。

这个小个子，是我的老朋友了。他的悲欢沉浮的一切经历，我都知道。此时，他们夫妻两个住在巴黎分层出租的一个小房间里，穷得拿不出咖啡来请客人。他们悄悄地将他们和汉斯·韦泽曼博士合作的故事告诉了我。

一年之前，一九三七年，他们收到了韦泽曼写来的一封信。那时，雅科布两口子住在伦敦，生活很艰难。韦泽曼从瑞士巴塞尔寄来的这封信，不啻是福从天降。所来信件向雅科布提供了一个挣钱过好日子的机会。韦泽曼邀请他的朋友雅科布替他那行将开办的《时事通讯》写文章。

说到这里，柏托尔德的妻子插了进来，生动地描述了他们的困难境况："在伦敦这个大城市里，我们真是毫无办法，已经欠了两个月的房租了。韦泽曼的提议宛如天堂里送来的灵食①。他称柏托尔德是'世界上对于德国秘密重整军备的情况，知道得比谁都多的人'，邀请他担任编辑，周薪十五磅。他要柏托尔德到巴塞尔去，讨论一切细节问题。路费和途中的费用将由韦泽曼寄来。"

为什么会建议给予柏托尔德·雅科布以这样的职位呢？这是可以理解的。在这个问题上，他确实是个专家。他是用一种特殊的方法来获得他那种不同寻常的消息：他阅读大量报刊，订阅所有在法国、比利时、荷兰以及捷克的那些与德国相接的边境地区的德文报纸。那都是些小城小镇和农村里的报纸，而我的朋友则着重于看这些报纸里的广告。他将何处在招工，何处在购买地产，何处在销售水泥，何处在进行建筑，……都记录下来。于是，他就能推断出纳粹所建造的边境要塞是在什么地方；他就能从这些德文报纸上的新闻广告中，告诉你修建新飞机场和工厂是在什么地方。这是他自己的一套独一无二的体系，这种工作方法虽说经常建立在大胆猜测的基础上，但不失为一种正中要害的办法。的确，在这种问题上，他具有一种直觉的鉴别力。多年以来他运用着他的这种能力。

柏托尔德继续说他的故事：

"果然，这笔钱到了，不过数目不够我和妻子同行。我好

---

① 出自《圣经》旧约，出埃及记，第十六章；以色列人漂泊荒野时上帝所赐的食物，得以活命。

不容易地办好出国护照，到达瑞士，我并没有去欣赏著名的风景，因为会面的地点——巴塞尔，它位于瑞士与法、德两国交界的国境线上。

"自从我离开德国以后，我就再没有同韦泽曼见过面。他在火车站迎接我，对我一片诚意。在他的旅社里我们一起进餐。进餐时，他将整个的安排向我作介绍。我将担任军事问题方面的编辑；而他呢，是总编。这家《时事通讯》将会兴旺发达，因为它有力量购买情报消息。在我的账号上有一大笔钱，用以罗致我工作上所需的许多印刷品。我还可以雇一个助手来帮助我进行调查研究。"

在贝托尔德继续说他的故事时，我注意着他的妻子的表情。她看来比她丈夫年轻得多（不过那时的柏托尔德看来很老气）。话虽这样说，她非常瘦，而且显得神经质，在她丈夫同我叙谈时，她常常流露出一种内在的紧张。

"同一天的傍晚，韦泽曼带我到莱茵河边一家很精致的小餐厅里。我很快乐，因为从我流亡异乡之后，这是第一次得到从事我所喜爱的工作的机会。出面请我们吃饭的是资助《时事通讯》的发行人，是两兄弟。那时已经是早春时节，树上绿芽初绽，一片新绿。两个发行人来啦。韦泽曼事先已对我讲过他们的模样，这是两个身材高大、结实的人，不大象文艺界中的人，但却是诚实的、善良的德国商人，有正常的头脑，强烈反对纳粹。

"我们吃了一顿美味可口的饭菜。席上有莱茵河产的名酒。我们讨论了将来的计划。可是我太累，不能进行有条理的思索。大概是酒喝得过量。"

说到这里，他的妻子再次地插嘴说道："这些恶棍用麻醉药药倒了他，将他放进一辆汽车，飞快驶过边境，进入德国。"

"是呀，我最亲爱的。不过别激动啦，现在这一切都已经过去了。"柏托尔德抚慰着她，"我被绑架的事件，全世界的报纸都已经报道过了。我这是在把经过情形告诉库尔特（即本书作者，编者按）呢，……。我醒过来时，昏昏沉沉的，感到很冷。然而我的头脑渐渐地清醒了，理会到出了什么事啦。我是在汽车的后座，坐在两个'发行人'中间，被戴上了手铐，前面开汽车的，是个陌生人，我的朋友韦泽曼下落不明。

"我说话了：'这是怎么回事？'"我愚蠢地问道。

"'闭嘴'，他们中的一个厉声说道。

"'我是在什么地方？'我一面压低了声音探问，一面心里怦怦地直跳。

"'在德国。'回答来了，随之而来的是很痛的一记耳光。"

柏托尔德被逼着回到老地方。他被带到柏林盖世太保的一个总部。肯定是卡纳利斯的人，他们认为，他对德国重整军备方面的所有报道是有来路的；他们要从他的身上，将这个秘密逼供出来。他受到了殴打——我看到过留在他身上的伤疤。

纳粹将他拘留了六个月。雅科布夫人用她所仅剩的钱，给瑞士的警察界打电报，拼命追问她丈夫的踪迹。瑞士政府将韦泽曼加以拘禁，使之成为被绑架雅科布的人质。瑞士政府此举很勇敢，瑞士严厉地提出要将此案提交国联与海牙法庭。这种坚定的行动使柏托尔德获得释放，他被送回瑞士。

"当然罗，我得在一张声明上签字，声明我并没受到任何虐待。他们还告诉我，德国的手，是伸得到我所住的地方——英国来的。说我还是安分守己点好，别再搞我的反纳粹活动为妙。"

汉斯·韦泽曼博士因绑架罪在瑞士受到审判。民主国家里的惩罚是温和的，只判了韦泽曼四年监禁。

法国贝当元帅投降时，我的朋友雅科布一家正住在法国。以后他们逃到西班牙后躲了起来。这以后，就不知他们的下落了。

另外的那个重要人物，韦泽曼，后来又怎么样呢？一九三九年，有个高贵的旅行家，德国科学家海因里希·米勒博士来到了小小的尼加拉瓜共和国。此人不是别人，正是汉斯·韦泽曼博士。他已经服满了他的刑期，自由了。他有了一张新的护照，一张新的出生证和一个新的任务。

瑞士监狱里的劳役，使他变了。他变得消瘦、神色苍白。但此时他已不只是一个冷血的叛徒，他更渴望着要报仇。他已经成为制陶器的人手里的一撮黏土，是海军上将卡纳利斯手里的驯服工具。

韦泽曼被指定为在巴拿马运河地区进行间谍工作的领导人。他为德国和日本效劳，收取双倍的薪俸。他的同党是驻洪都拉斯德国领事馆里的随从克里斯蒂安·星塞尔博士。突然间，公使馆里的领事死于非命，在一个荒凉的山顶上发现此人的遗体。早在几个星期之前负有侦探任务的星塞尔发现这个领事有几个反纳粹的朋友。该领事身遭不测的事故，引起了猜疑，于是星塞尔不得不离开洪都拉斯。在星塞尔前往阿根廷的同时，汉斯·韦泽曼博士就接管了他的管辖范围。这一回韦泽曼控制了哥斯达黎加、委内瑞拉、哥伦比亚和洪都拉斯。就巴拿马运河的、广泛的间谍活动而言，他是当地的一个指挥官。

布宜诺斯艾利斯是德国人的圣堂。大战爆发时，凡是处境危急的德国间谍都赶快躲到阿根廷去，那里会将他们安全地转送到日本去。

不留下一个足以继承他的人，韦泽曼是不走的。他离开时，甚为乐观：掌管加勒比海德国间谍活动的，都是些好手。轴心国的剑，仍然悬在巴拿马运河的头上。

美国的加勒比海防卫司令部花了好些年时间，才追查出这个继承韦泽曼的神秘人物。与此同时，纳粹对盟国在加勒比海的船舶航运，进行了残酷的破坏。沉船事件有时达到十三天里沉没十二艘之多；有一次在一天之内就沉掉了五艘。

美国海军情报部决意迅速采取行动。问题很明显，德国的潜艇事先得到了盟国航运方面的消息。这一侦破任务交给了一个年轻的美国情报员，名叫亚兰。

亚兰乘坐他自己的飞机来到洪都拉斯。他喜爱飞行，早先参加过陆军飞行大队，是个有飞行经验的人。他的计划是和在洪都拉斯首都伯利兹（此城已是以前的首都，编者注）的英国同事们商量，了解他们对运河周围地区的港口间谍活动所掌握的情况。

他在伯利兹的国际性的旅馆里住了没几天。幸好他有高明的技术，他在准备飞回运河去时，发现他的专机受到破坏——发动机的一些零件被调包，换上去的是残次的零件。这一事件使他十分不安，很明显，有人已经知道他的使命，从而试图加以阻挠。

在飞机未修好之前，他是不能走了。此时他回转旅馆，打算在晚些时到英国战时办公室去报告这一破坏事件。

走进旅馆房间，亚兰目瞪口呆了，房间里一塌糊涂：他的手提箱被人兜底翻过，里面的东西扔了一地；房间里写字台装锁的抽屉，已被捣毁。

亚兰给英国情报部门通了电话，要求他们派人来。他认为在这种情况下，房间里最好是有人看守现场。英国特工部里的一个人来了，看到了这种乱糟糟的场面。他们两个站在房间里，都感到他们处在看不见的敌人的包围之中。在紧邻运河的英国领土上，轴心国在明目张胆地活动！他们两个人讨论了当前的这种形势。

亚兰提出建议：喝杯酒。"为了美好地思索"，他说道。他在杂乱无章的行李中取出了一瓶未曾启封的苏格兰威士忌酒，倒了两杯。一会儿，那个英国人手里的杯子掉了下来，人也跌倒在地板上。亚兰急忙赶到走廊里，打电话请医生。医生的诊断是严峻的：中毒。这个英方的人员下肢麻痹，整整地持续了一天。幸运的是亚兰，他的嘴唇还没来得及喝他的那杯酒。

亚兰大为震惊。事情在旅馆里传了开来。土著侍役全都是一样的表情：脸上露出一种淡淡的、暧昧的微笑。亚兰简直要怀疑他们全都是这个阴谋事件的参与者。要说事情真相未弄明白前，侍役们的表情纯属偶然。他逃过了这一关；而那个英国人后来也得到了康复，因为他喝的量很小。

酒，是他在有姑娘们跳着充满挑逗性舞蹈的国际酒吧间里买来的。毒药是否在买酒时已经放进去了？还是在这家旅馆里，翻检搜查他行李的人所干的？这个问题没有时间去解决。但他非得击破这条间谍锁链不可。放毒的人和给潜艇送讯号的那些间谍，无论如何是联系在一起的！所有疑难应立即予以解决。

在一段时间里，亚兰的调查研究，毫无收获。但是他了解到：当地有不少劳工，手头相当宽裕，他也发现了英属洪都拉斯从巴拿马运河招募了许多工人。由于大战，造成了劳动人手的严重短缺，这种事情的本身倒也没什么可怀疑，进行这种劳动力交易的主持者，是一家小小的职业介绍所，由弟兄两个合伙经营，称为高富兄弟公司。当合同上需要一批劳工时，介绍所就招募工人，转送到洪都拉斯去。有十条双桅、三桅的小帆船，组成了这条客运路线的船队，占有者是高富家的另一个兄弟、乔治·高富船长。这个高富船长，是伯利兹最大的企业家，人称伯利兹大亨。

在伯利兹和科隆的酒吧里付得起美元七十五分钱喝上一杯酒，可以料想到喝酒的工人们的收入相当不错。亚兰访问了这些酒吧间，打听出它们的老板就是高富船长。那都是一些俗气的、廉价的娱乐场所，从滑稽戏到夏威夷舞，有不少低级趣味的游艺节目。亚兰还听到些传闻之辞，说这个高富船长为水手们开设了几个下等妓院。

看来，高富的确是个洪都拉斯的大亨。他的企业虽然较为低级，但他是本地的企业。这种人，亚兰认为，犹如小池塘里的一条大鱼。他本能地觉得厌恶。当他听说高富的船在航运时携装油桶的消息，很是恼火。美利坚合众国的缺油情形非常严重，洪都拉斯不应该胡乱糟蹋石油 ①。他将此事报告了巴拿马行政当局与在华盛顿的海军情报部。

高富的一艘船驶进科隆港时 ②，在那里欢迎他的，是一个由运河区海关人员与联邦调查局代表们所组成的代表团。那时是一九四二年四月，在检查时，凡是船上的水手和乘客，一律不准上岸。检查人员为急于要找到某种证据，他们将这条船搜查了几个小时，可是，他们没有找到装有油桶的证据，却找到了一些别的东西：在一个海员的私人物品里，搜查者发现一份可可·索拉海军飞机场计划的复印本。

这名水手受到了逮捕。可是他愤怒地进行抗辩，自称是无辜的。他说，这些纸张是他捡到的，他不知道这是些什么性质的纸张。

真也罢，假也罢，这个水手仅只是一条小鱼而已。联邦调查局的注意力，集中到了他的老板身上。对高富进行了调查，英属洪都拉斯与科隆先后传讯了高富。

---

① 以往，船只在海洋中遭遇风浪时，将大量燃料——石油倾入海中，使船身获得局部性的平稳。

② 科隆港，为厄瓜多尔在太平洋中的火山群岛（科隆群岛）上的一个港口。

高富并不是一个有证书的船长，他说的话不多。他承认，他从前贩过私酒，但是长期以来，已经是安分守法。这便是他申述的内容：他的钱是经营十条帆船以及卡巴列酒馆（一种有歌舞表演的餐馆，编者注）生意的收入。

八个密探花了几个月时间，收集到更多的情况。他们访问了高富的妓院和卡巴列酒馆，和那些姑娘亲切地交谈，给了她们不少金钱，还保证她们不受连累。他们终于了解到：

1. 高富用短波收发报机和德国潜艇通讯；

2. 高富将石油、天然气在黑市里卖给德国人，德国人拿它作为补给潜艇的燃料。

就象售出百货用品一样，高富经营这种买卖很方便。他就在盟方特工部门的眼皮底下，向德国人提供了燃料。为人阴险的高富，在他那个小天地里有权有势，他在当地所雇佣的都是一些头脑简单、见他三分怕的人。他的船只，将燃料油带到了三个世纪前加勒比海海盗们停泊过船只的港口里去。

弗兰克·M·安德罗中将发出了对高富和十九名助手（从海滨的渔夫到卡巴列酒馆舞女）的逮捕令。全体都受到了逮捕，只是他们的罪魁祸首除外。这个私酒贩子、歹徒、贩卖白种劳动力的诡诈的间谍，却不知怎么地让他溜掉了。他原本是个海盗，这时已乘上了他自己的一条船逃走了。

英、美海军部门向海军飞机发布命令，要立即找到这条海盗船。高富的船在驶往阿根廷的途中，被一架美国飞机认出，于是就命令它停下来。但是高富的船不理睬。飞机就滑翔降落到海面上。高富的人都有武器装备，一场海战看来是迫在眉睫了，不过，飞行员警告高富，他已经用电讯将方位通知了洪都拉斯，用不了几分钟的时间，就会有更多的飞机飞来。高富到底是个精明的贩子，他投降了。他被押送到巴拿马监禁起来。不久，加勒比海就撵走了德国人的潜艇。

XII 金丝雀的秘密

本章人物提示

恩利克·卢尼（即海因利希·奥古斯特·吕宁）

　　——德国间谍

蕾贝卡

　　——古巴女招待

这个厚颜无耻、无法无天的企业家，伯利兹大亨，还有着别的副业。英、美的情报部门逐步探明了他的秘密活动的全部真相。

美国联邦调查局和G2——军事情报处对住在古巴的一个人早就有所怀疑了，这个人使用的是一张洪都拉斯的护照，确实是一个流亡人士，但是他的行动举止，具有德国特色。伯利兹的事件发生之后，人们一提到洪都拉斯，就会想到高富船长，美国的情报人员自然要问："这张洪都拉斯护照和高富船长两者之间，有什么关系呢？"这一点，开始时并没有什么可以继续推敲的，纯属是预感而已。但是不管怎么说，没过几个月，这种预感变成事实：这个人也是一个在西半球的重要特务。

这个持有洪都拉斯护照的人，名叫恩利克·卢尼，从证件上看是个犹太人，出生在洪都拉斯，而他的经历中很长一段时间是住在鹿特丹（荷兰港市，编者注）的。荷兰沦陷后，他很快就逃回到他出生的美洲大陆来，并且在自我介绍中，声称他是失去了所有一切的流亡者。

流亡者的他，穿越过整个的中美洲。一面向各种流亡者援助委员会请求帮助，接受临时的赐舍；一面声称不需多少时间，自己就能够重振家业。

卢尼是个高大、结实的人，有一张不受欢迎的、洋洋自得的脸。浓浓的眉毛，嘴唇上面有一点小胡子。抛在脑袋后面的头发，一直垂到颈际。他由于长期逗留荷兰，说话时带有荷兰口音，因为他的西班牙语确是说得非常好，所以有人误认为他是西班牙人。

有了一张洪都拉斯护照，旅行起来就很方便。在此，我们先将内情说明一下：这张护照是从高富船长的间谍组织那里弄来的，但是却并非由高富他们直接给他。这种护照是汉堡盖世太保检察官保罗·克劳斯搜集的一个项目。克劳斯用他搜集来的这种护照，交给了卢尼，以便让他有个护身符。

读者一定记得：保罗·克劳斯就是本书第八章提到的那个将皮尔·赛包德招募去学无线电谍报工作这一课目的人。卢尼呢，亦是他手下的一个间谍学员。卢尼的真名叫海因利希·奥古斯特·吕宁，他在克劳斯那个罪恶的专门学校里毕业之后，用这个化名来到了新大陆。

吕宁出生于不来梅（联邦德国港市，编者注），他以往的岁月全是在这个地方度过的，有一个妻子和一个七岁的孩子。从前，他受雇从事进出口贸易的工作；后来，德国外贸部决定，需要类似吕宁这种有商业经验的人去干一些"与国民生计有重要关系"的工作，于是在一九三六年，吕宁被外贸部送到多米尼加共和国、美国、巴拿马以及加勒比海地区去进行"研究"工作。在他终于回转德国时，他接到了命令：到汉堡去，为即将来临的世界大战而接受训练。

于是在一九四一年九月二十九日的明媚的早晨，有艘定期邮船"马德里别墅号"停泊在古巴的哈瓦那。这艘船里有许多持有可靠签署的流亡人士，他们及时地逃过了被移送波兰犹太区，关进煤气室毒死的命运。而为了取得他们护照上的签署，他们那些在新大陆的亲属，向古巴的官员们付出了相当可观的钱。夹在流亡人士中，有一个人在表面上看，似乎也是好不容易才逃出来的人。这个人，便是恩利克·卢尼。

他向当局和流亡者委员会作了自我介绍，讲述有关德国的恐怖的生动故事。只是对于身边带着美金三千元一事，他疏忽了，没有提起。他在哈瓦那青年会里一个单调的小房间里住了下来，在言语中暗示他想到洪都拉斯去作一次短途的旅行，探望几个亲戚。他相信他们会给他搞个工作的，或者呢，会帮他在某个事业里站住脚。

他所暗示的内容，是真实的；他确实在伯利兹找到了雇主。虽然，高富船长这个雇主并不是他的什么亲戚。为了在港口间谍活动方面获得高效率的进展，他和高富船长起草了一个计划，这个计划的目的是对通航于古巴至佛罗里达航道上的盟方的船只进行一连串的致命打击。

恩利克·卢尼东飘西荡地旅行了好几个月，会见了高富船长的间谍伙伴和到洪都拉斯暂作停留的韦泽曼博士，过了相当时间才回到古巴。他满脸春风地向流亡者委员会报告他的进度：找到了一个亲戚，一个愿意帮助他的老年的叔叔。卢尼要在哈瓦那开设一家他叔叔所做买卖的支店，一家时髦的妇女服装和特种用品商店。

卢尼搬进哈瓦那的泰南脱·雷地方一个备有考究家具的住宅。他急于要好好享受一番。在希特勒统治下的欧洲他在受尽折磨之后，终于又得到了安全和财富，目前这种境遇，他自然要加以充分的利用。

人们可以在好多家酒吧、夜总会和舞场里碰见他。看来，他的趣味是倾向于到海员们常去的、花费比较低廉的地方。有一天，机缘将他带到了一家名叫纽约的酒吧间。

这个结实的、呆头呆脑的人坐在角落里，听着有趣的伦巴和发疯似的即兴爵士音乐，看着别人跳舞。后来，酒吧间里的一个名叫蕾贝卡的女招待，来到他的桌旁。她是个身材苗条的、高个儿古巴姑娘，也是一个体态轻盈的舞女和不大高明的歌手。她陪伴着水手和少数非船员的顾客们喝酒；她的任务是怂恿他们多喝，以此赚些外快，因为酒帐里的十分之一的钱是归她的。

　　这些献殷勤的事情恩利克是懂的，但是他仍兴致勃勃。他向她谈起他的商店，说明他是个富有的人。如果她能够通宵伴他，他会象王孙公子般地给她钱的。

　　蕾贝卡变成了他的钟情的情妇，同远在不来梅的妻子分开两地的卢尼，得到了安慰。就间谍故事里的常情而言，蕾贝卡是难能可贵的人。恩利克后来终于认清蕾贝卡，她是一个他所结识的最坦率、最诚实的女人。

　　对于他的间谍活动，她到底给了他多大的帮助？不清楚。也可能她甚至于从来都不曾知道过他的所作所为。她不会做作，是个单纯的姑娘。而当他向她探听情况时，她就会天真地将她从水手那里听来的有关船只行动的情报，滔滔不绝地讲给他听，她没有怀疑到卢尼把她讲的作为情报递送给附近的纳粹潜艇或是洪都拉斯的高富船长。

　　汉堡的间谍学校里并没有开设过谈情说爱的课程，它只教过学生如何将低功率的无线电收发报机装配起来。这时，卢尼已经逐步地买好零件，他房间里的无线电装备，逐渐趋于完备。

　　在购买无线电零件的同时，卢尼还买了些比较奇怪的东西：一只鸟笼、鸟食与若干头金丝雀。美国写侦探小说的那些名家里，有个名叫爱勒·斯顿莱·戛纳的，曾经在他所写的一本小说里谈到一个涉及金丝雀的谋杀案。可是他没预料到，有朝一日这种善于鸣啭的金丝雀，会被利用来替近代化的间谍工作服务。

　　是否是海军上将卡纳利斯将这种方法推荐给卢尼的呢？不

知道。这些金丝雀在唱着歌,吱吱喳喳的声音足可掩盖掉卢尼在秘密发报时的滴滴嗒嗒的声响。而且,在房东老太太要来收拾房间时,或者象一般房东老太太所习惯的那样,只是来聊聊天的话,卢尼就有个可以将她关在门外的借口了。他会在锁好的门背后叫嚷着说,他所心爱的金丝雀里面,有一只逃出来了,正在房间里乱飞,他不能马上开门。卢尼请房东太太或者来客等待片刻,将它抓住了就开门。

利用几分钟时间,他充裕地将收发报机藏进手提箱。于是恩利克先生将门打开,手里还拿着一根上面装着小网兜的长杆,装出多少有点气喘心跳的样子,微笑着透口气说:那只鸟儿给抓住了。

长时期里,他单枪匹马地进行着工作;他不知道谁是他可以信任的人。他将自己收集到的和蕾贝卡告诉他的情报,合在一起进行发报。

他的商店当然也要加以照管。看来,他这个作买卖的人很勤勉:每天要给遍及拉丁美洲的各家进出口商号写上二十来封信,打听各种商品情况以及装船运货的可能性,订购小批这种或那种的货物,什么时候可望及时收取?这批货是他等着就要的,它们何时才能从产地的港口起运?由哪条船装运呢?同样,他还要写信给美国的一些商号。这都是些正常的商业方向的问讯,可是,话虽如此,美国的邮政检查人员却细心地察看了他的信件。英国也是一样。

有些事情,美国的邮政检查员知道,而古巴政府却不知道。波士顿的一家著名银行,常常给卢尼送上一笔数额是一千五百元的美钞。这笔钱的帐目属于卢尼以前将某一项专利发明卖给美国公司后所得到的红利。

联邦调查局人员此时对这笔汇款，大感兴趣。他们到华盛顿的专利注册机关里去翻查档案。经过好几个钟点之后，他们就向联邦调查局局长 J·埃德加·胡佛作出报告：美国专利局内所登记的发明家中，并无恩利克·卢尼其人。卢尼所说的全是谎言。

这下子可逮住啦！联邦调查局既然有了牢靠的依据，他们就能够将各种疑点通知古巴政府。

他们通知哈瓦那警局的有以下几点：

1. 在洪都拉斯，未找到卢尼的亲戚；

2. 卢尼可能与巴拿马的间谍圈有关；

3. 联邦调查局掌握着卢尼探听船舶的行动，有极为可疑的信件；

4. 反间谍人员曾侦查到由古巴向纳粹潜艇发出的，低功率无线电信号。

古巴的警察穿上他们的雄赳赳的制服，一清早便来造访泰南脱·雷的卢尼的寓所。古巴情报部的福埃斯特上尉问清了卢尼的房间，便重重地敲起门来。这时，还没到七点钟。睡梦里醒来的卢尼慌忙地问是什么人。福埃斯特上尉粗声地命令道："把门打开"。

卢尼听到了这样的脚步声、人声，知道是来了警察。但是时间太早啦，不能玩"金丝雀逃走了"的把戏。穿着睡衣的卢尼只好把门打开。

警方的人员没有费时间去同他讲话，他们迅速地搜查房间里所有的报纸及书本，没收了他的身份证，又搜查了他的床铺和盥洗室，将他口袋里的东西全翻了出来。可是，没找出什么疑点。

卢尼装出非常愤慨的样子："你们得将搜查的原因说清楚，我马上去报告我的领事，太无法无天了！你们甚至连一张搜查证也没有！"

这时，他们出示了搜查证，请他穿上衣服跟他们一起到他的特种用品商店里去，那里也是要搜查的地方。

卢尼火冒万丈。他宣称要打电话给洪都拉斯的领事。可是他发现领事馆此时尚未办公。

这就没办法，只好乘上警局的汽车一起到他的店里，他继续表示抗议："你们控告我犯的是什么罪呀，福埃斯特上尉？你们在我房间里没抄到什么东西，在我店里也抄不到什么的。"

"我们会弄清楚的"，这个上尉说道。"要是一切都正常，你用不着自寻烦恼。"

他们对商店继续进行搜查。警局里的人小心地不去碰坏任何货品。尽力搜查的结果，并没发现什么犯罪的东西。卢尼的身份问题就澄清了。看来，联邦调查局所指控的罪状，只是一种不幸的误会。

但是就在警察快要离开时，上尉建议到地窖里去看看。卢尼的神态大为慌张，他保证地窖里也没什么东西。然而他们还是下去了，看到了一些备用的无线电零件。接着就找到了装着收发报机的手提箱。

联邦调查局猜得对，哈瓦那确实是个在搞现行间谍活动的地点。

古巴的监狱是个很不舒服的地方。现在，卢尼恢复了他的平静，在厚厚的石墙里面写着东西。他懂得，这场赌博已经输啦。他的供词很清楚，很全面。

他一开始就供出了他的德国籍的真名实姓，率直地承认往来于佛罗里达与古巴之间的不少船只被鱼雷击沉的事，是他干的。他招认了他和在巴拿马、洪都拉斯的间谍之间的联系；说出了从前在汉堡所受过的训练。他在德国的家庭是受到海军上将卡纳利斯的正式津贴的，而付给他的那些一千五百美元的款子拨自一笔基金。这是卡纳利斯在大战之前储存在一家波士顿银行里的基金。吕宁请求将他在古巴所剩的钱交给他的妻儿，因为他的家属对他的这种犯罪的工作是毫不知情的。

他没有什么别的请求。

古巴最高法院的五个法官对他的判决是：在刑场执行枪决。吕宁表现得很庄重，他宣称他信奉纳粹主义，是个德意志的爱国分子。他认为他的死亡不过是小事一桩，正同大战中死掉一个士兵一样无足轻重。

吕宁被带到具有二百年历史的西班牙式的卡斯提洛·普林西帕城堡。他要求在死前和蕾贝卡见一面。这一请求连同他的领事在最后关头还向古巴总统巴蒂斯塔提请宽大发落他的恳求一起被拒绝了。

清晨，吕宁平静地要求来一杯橘子汁和一支雪茄。这些东西他都得到了。有两个牧师、一个官员和八个人将他拖到刑场。在经过这古代城堡的走廊时，他看见了准备收他尸体的棺材——一口粗陋的、灰色的木质棺材。

亲眼目睹的人们说，当时的吕宁，脸色变得极其苍白。他步履蹒跚地转向那个官员问道："在古巴，灰棺材是葬女人的，对吗？不是说，男子汉是不葬在深色的棺材里的？"那个官员将视线朝下，未作答复。他问这个问题时声音很响，大家都听到了。

到了院子里后，吕宁被领到墙壁那边。一个班长要将他的眼睛蒙起来，但是他镇定自若地说道："没关系，我用不着这个。"

士兵们举起了他们的来福枪；牧师将十字架递过来，让吕宁吻它；"放！"然后，这执行的命令声冲破了晨曦。

吕宁结束了性命。在古巴的历史上，以间谍活动罪名执行死刑的，还是第一次。

蕾贝卡等在卡斯提洛城堡外面。她跟随装着棺材的大车，到达扑特尔坟地。第二天早晨，她在这个间谍的坟墓上，放置了一只廉价的花圈。

XIII　纳粹间谍网在丹麦

本章人物提示

霍斯特·冯·普夫卢格哈通

　　——德国在丹麦的间谍头子

马克恩·配维恩

　　——德国间谍

埃勒·邦托必达

　　——丹麦律师，纳粹分子

恩斯特·格吕贝尔

　　——插到丹麦海军上将家去当司机的德国间谍

恩斯特·弗里德里希·沃尔韦贝尔

　　——贝利亚的最能干的特工之一

　　在海军上将卡纳利斯造就的间谍里，有一颗明星。历史上将认为，就间谍的组织工作而言，再也没人能比得上卡纳利斯；就间谍的个人而言，再也没人能比得上霍斯特·冯·普夫卢格哈通了。诸如高富船长、杜克蒂安小姐、屈恩博士和玛塔·哈丽这批人和他比起来，都会显得相形见绌。

　　值得为这个人写一本书，而不是一章。而实际上谁都不会比普夫卢格哈通本人更能从这样一本书里获得更大的乐趣。他是个自私自利的人，而具有讽刺性的是，从表面上看是个优秀人物。你可以认为这个颞部的浅黑头发正在转为灰白、约摸五十五岁的人，象一个教授、象一个外交官、也象一个科学家——什么都象，就是不象间谍。他是一位妇女界崇拜的人物，其风度无与伦比，身边簇拥着好些女士，她们中极大多数都是他手下的间谍。

　　除了德、英、法三国语言之外，他能说三种斯堪的纳维亚的语言。卡纳利斯很早就与他认识，在第一次世界大战时，他们在西班牙结成了兄弟般的情谊，一起干那些卡纳利斯所设计的五花八门的工作。他出身名门，父亲是杰出的普鲁士历史学家、普鲁士王室的官方权威。普夫卢格哈通正是最纯粹的普鲁士传统的继承人，一位风华正茂的德国青年贵族，推崇战争和军国主义是他的信条。

　　普夫卢格哈通又是一个海军界的人物，一九一八年遣散时，他的军阶是海军少校。威廉皇帝在一九一八年逊位后，哈通拒绝效忠共和国。他组织了那种将法律抓在自己手里的、不妥协的自由团，暗杀了许多革命人士。列宁的朋友、德国共产党创建人罗莎·卢森堡的被杀，就是一个应该由普夫卢格哈通个人负责的事件。他开枪将她打死后，就与他同伙一起将她的尸体扔进陆军部所在地本特莱街正对面的兰德韦尔运河里。而卡纳利斯，就在本特莱街的德国陆军部里。

普夫卢格哈通遭到了逮捕，以谋杀罪受审于法庭。法官对他却宣判无罪释放。这个法官后来在希特勒上台后成为最高法院的法官。然而共产党员们并未将这一件残酷杀害他们所敬爱领袖的事轻易忘记；他们发誓要为她报仇，筹划了一次报仇雪恨的行动，可是，弄错了目标。一九二一年在美因河畔法兰克福城有一颗炸弹向一辆汽车扔去，被炸得血肉横飞的人，不是霍斯特·冯·普夫卢格哈通，而是他的兄弟。

虽说已经被判无罪，但普夫卢格哈通却已是打上了谋杀犯的烙印。他发现在魏玛共和国里，到处都有危险，于是他移居国外，起先到荷兰，随后到瑞典。但是无论是在德国或者是在国外，他还是抱住他那固执的雄心，用"复仇的战争"来反对盟国和魏玛共和国。

直到一九三〇年瑞典警察的手拍到他身上以前，他一直是默默无闻的。这时他正住在斯德哥尔摩群岛中的萨尔茨乔倍登附近的他的时髦别墅里呢。逮捕他的是警察长官托斯腾·泽德尔斯托勒姆。这是个热心反对纳粹的人，在稍后的几年，还处理了赫赫有名的"和平人士"——格丽泰·凯宁一案。普夫卢格哈通的罪名是从德国走私武器。

加尔玛港附近停泊着几条瑞典水上警察局的船只。这些警船准备凭借着明亮的月光，猎取从爱沙尼亚与芬兰来的贩私酒船只。因为瑞典禁酒令修改后，使私贩酒精、烧酒成为一种大为有利可图的生意。

瑞典水上警察在这一次逮住的船里所发现的并不是一桶桶

的酒，而是一舱簇新的机枪与左轮枪，加起来共有好几吨重。

警方要追查这批武器的来龙去脉是不难的：那是德国的纳粹送给瑞典以门克上校为首的纳粹组织的，而受委托安排这桩买卖的就是海军少校冯·普夫卢格哈通。

这批武器，准备对瑞典民主政府进行暴动时使用，普夫卢格哈通的参与其事得到了证实，于是，他被驱逐出境。

由于在审判中揭露了他和纳粹之间的关系，所以他是不能平安无事地回到民主的德国去的；普夫卢格哈通就飘泊到更远的挪威去。可是有关他的人品，挪威警方已得到过通知。在警局的档案里，有他的一份份档案记录的副本。他们就令他尽快地离开该国，他答应了。但在离开之前，遇到了两个和他发生共鸣的幽灵般的人物：一个是维德肯·奎斯林——这个名字，将在全世界的语言里变成"卖国贼"的代名词；另一个则将成为奎斯林的未来的警察总长"约那斯"，别名"朱达斯·李"。普夫卢格哈通将他们两个的名字通知了卡纳利斯，作为可以信任的人。

现在，普夫卢格哈通指望的，就是哥本哈根了。他在德国陆军部里的朋友们业已给他安排了个舒适的职位；他将是著名的《柏林证券交易新闻》驻丹麦的记者。这个杀人犯、间谍与私贩军火的家伙，摇身一变，成为一个驻在国外的记者。和所有别的记者一样，他被吸收为"外国记者俱乐部"的一个成员。本书作者曾经在这个俱乐部里，不那么愉快地同他打过交道。

希特勒取得政权后，卡纳利斯就搬进一间更为显赫的办公室里；而霍斯特·冯·普夫卢格哈通则通过秘密的途径，接到了重要的任命——被委任领导斯堪的纳维亚的全体谍工人员。当然，是不公开的职务。

起先，他的助手不多，但是他发现：要想在北方国家的漫长海岸线上，有足敷应用的人手，那他就应该在这种罪恶的事业里，雇佣更多的间谍。到一九四〇年时，他的麾下，已经有了七百五十名人员。若是将他们编排一下的话，从海港的领航员、船老板，到渔夫、灯塔管理人员都有。瑞典、挪威和丹麦海岸旁边的任何一个渔村里，都有替普夫卢格哈通工作的间谍。普夫卢格哈通在德国驻上述各国的许多领事馆里，安设了强有力的观测仪器；他付钱给特工人员，弄到了瑞典南部的那些防御工事的照片。沿着波茨尼海、斯加格莱克湾和卡特加特海峡这些航路上行驶出去的船只，能够瞒过普夫卢格哈通和他上司卡纳利斯的船只，一艘也没有。

在此期间，有好几千德国流亡者逃到丹麦来。丹麦政府委派管理这批人的官员是丹麦的外侨组组长——马克恩·配维恩，此人恰恰是普夫卢格哈通下属的间谍。他因此收到了普夫卢格哈通的数以千计的克郎。他将流亡人员们传讯召来。在传讯中，马克恩·配维恩紧紧追问他们在德国的亲属和政治上的伙伴的情况，而传讯记录的副本，则由普夫卢格哈通送往柏林。

后来，在一九三八年，海军上将卡纳利斯建议普夫卢格哈通对某一位律师作一次拜访。海军上将认为这个律师是个优秀的、有希望的主顾。这个人和政府与上层社会有来往，可以加以利用。这个人叫埃勒·邦托必达。他名气很大、精神充沛，而面相呢，难看得吓人。这个律师对于大笔的金钱很感兴趣，他看在钱的份上，可以将别人办不到的事情巧妙地办到。在法庭上，这个律师发挥了他那机灵而巧妙的辩护，使丹麦的那些穷凶极恶的罪犯，免于坐狱。现在这些人都在听命于他的使唤。普夫卢格哈通若是想干些大胆妄为的事，那末只有邦托必达知道，什么事应该交给哪些人去办。

他们谈话后没几个星期，邦托必达为他的有钱主顾的利益，申请给予法人团体的证明书。于是"大陆无线电公司"开张，在哥本哈根市中心凡斯特堡还设立了一个漂亮的办公室。这家大陆无线电公司经营单一的、但是有利可图的商品——荷兰与美国的无线电收音机。公司执行抵制德货的政策，不经营德国的德律风收音机。对那些偶或前来的顾客，公司的管理人强调说明：他们是决计不和希特勒做生意的。

当然，真正的顾客知道的内情就多些了。因为真正的顾客所得到的是送交斯堪的纳维亚各国港口间谍的德律风收发报机。这些收发报机利用收音机的外壳伪装，是用小船经由弗里西恩群岛与吕根岛附近各站偷运进丹麦来的。

邦托必达给普夫卢格哈通的无线电公司推荐了两个卓越的电子工程师：基尔和兰博夫。对于他们两人，即使是最困难的技术问题，也只是雕虫小技而已。这两个人确实非常灵巧，他们将通往俄国贸易代表团去的电话电缆里穿了孔将电线引了出来，因为这个代表团的办公场所，恰好就是在这家无线电公司所选中的同一幢大楼里。

将近六个月里，纳粹的特工部门一直在偷听俄国贸易代表团的电话。大陆无线电公司自然就不在乎小生意，而且干得津津有味。这是一家有名望的、体面的公司，所进口的无线电，完全使顾客满意。可见，它的技术人员很有本事。他们的本事，大到已经搭上了通到哥本哈根流亡者俱乐部的电话线。这个俱乐部里的有些成员，与德国地下共产党有着定期的接触。那些地下工作人员将偷运进来的违禁印刷品与情报，用隐蔽的办法，在纳粹的占领区内传播。

普夫卢格哈通肆无忌惮地搞了不少阴谋。由于有马克恩·配维恩身在警察界，每当要发生麻烦时，他照例会事先获得警告；所以，他格外地感到安全。然而，麻烦的事情照样还是发生了。

通过窃听电话的特工活动，他知道了丹麦的多数党——社会民主工党（原著如此，编者注）——掌握着对他来说是危险的证据，与德国在斯堪的纳维亚全体特工人员有关；该党已拟将这一揭发材料的抄本，分送他们在瑞典与挪威的姊妹党。

这下子普夫卢格哈通就行动了，使出全身的解数。他通知邦托必达将其手下的人提供使用。邦托必达就将从前的那些歹徒、强盗纠集了一批。这时，这帮匪徒，已经在形势的驱使下，被拉进以弗利兹·克劳逊为首的丹麦纳粹党里去了。这帮丹麦纳粹分子被派遣到罗森纳恩的丹麦社会民主党的机关办公室去抢劫，得到通知的警察局头头配维恩保证在这一天晚上不在该地附近派出警察。

　　这帮匪徒原本是一批罪犯，并不是有经验的间谍。他们弄不清所需要的是哪种文件，所以就将所有的文件尽可能地用车子装走。

　　当然，办公室被他们弄得一片混乱。社会民主党很怀疑这一桩深夜盗劫的事件和他们正在寻觅的上述文件有关。而且他们已怀疑到那个证券交易新闻报的记者。可是目前还不能将他驱逐出境，因为这涉及对丹麦的邻国的冒犯。所以丹麦人审慎地压下了怒气。他们的推理是这样的：窝藏一个著名的间谍比用他去换一个无名之辈的间谍要强。邦托必达在他那个社交圈子里，悠然自若，并未受到审查；但马克恩·配维恩和他的上司，警察局长安德烈阿斯·汉森，现在肯定已受到了怀疑！

　　普夫卢格哈通把文件弄到手后又感到十分安全了。他抓紧时机地去实现他那些更为大胆的阴谋。他将手下的一个间谍，派往博尔恩霍姆岛。这个岛吸引着全世界的旅游人士，是个避暑胜地，也是一个具有战略重要性的地点。

　　大战虽已开始。但是大战的这一个时期，是属于"静坐之战"（当时人们形容欧洲西线无战事之谓。译者注）的时期，在生活上尚不受影响。博尔恩霍姆岛是政府里的达官贵人的夏季别墅所在地，这批人对面临的德国的侵略处于麻木不仁的状态。

　　在该岛最大城镇吕纳的一张地方报纸上，有一天登出一则广告：丹麦海军上将蒂尔克的夫人，需要一名汽车司机。她那从前的司机，遭遇了一件不幸的事故。

　　那次的事故很自然，看不出里面有什么名堂。其实呢？里面的好些内幕只有普夫卢格哈通明白。那名汽车司机的不幸遭遇是怎么会发生的，他同样也十分明了，前来应征这个位置的新司机，又将是谁呢?

前来应征的，是个身穿白色法兰绒衬衫的青年。他被太阳晒得通红，象个运动员。自称是个学生，要在暑假挣些工资付学费;他是从施勒斯维希来的，名字叫恩斯特·格吕贝尔。海军上将夫人雇用了这个年轻人。不久，她认为他很聪明，当她的私人秘书比当司机更合适，于是，他就担任了海军上将蒂尔克的私人秘书。

海军上将和他的夫人当然不会知道，这个应征来的青年在做着将海军上将的机密报告私下复写为两份的事情。他摘要地记录了瑞典和丹麦的舰队实力，以及斯堪的纳维亚的飞机生产情况，对海上布雷的地位绘出草图。最后，他还详细地观看了英国与丹麦特工部门代表所举行的那些会议的报告书，其内容是关于粉碎德国海军谍报活动方面的事。这可不是什么微不足道的事呵! 摊在普夫卢格哈通的谍报员面前的，就是所有的这些文件。

大战所投下的阴影在延伸，丹麦开始害怕会受到侵略。普夫卢格哈通属下的港口间谍们不断地发射鱼雷攻击数以十计的万吨巨轮。没有偏见的丹麦国王、勇敢的克里斯蒂安十世，希望对国内的间谍活动，加以肃清。在这时，俄国特工部门发起了对德国间谍的打击。尽管在场面上，俄国人仍旧是纳粹德国的盟友，实质上则是在和纳粹德国进行艰巨的斗争。

劳伦蒂·贝利亚的最能干的特工人员中，有个秃顶的、生得结结实实的人，名叫恩斯特·弗里德里希·沃尔韦贝尔。说来奇怪，他在大陆无线电公司与俄国贸易代表团所寄寓的这幢大楼里，也租有几个房间。这个沃尔韦贝尔，无论从哪一点看，都是Ａ·赛罗工程公司里的一个工程师。有一次，他在无意之间听到了从大陆无线电公司房间里传出来的德国话，心里突然一亮，得到了某种启发。他的非常敏感的耳朵，正是在这些方面很有用处！于是他将那粗拙的拇指按在下唇上摩挲，这是他在思索从这家无线电公司里分支出来的电话线的问题。接着他的猜疑得到了证实——他看见普夫卢格哈通走进他们的办公室！就是这个普夫卢格哈通随便他在什么地方出现，他不会将他认错的。

沃尔韦贝尔立即对这家无线电公司里分支出来的电线进行查看和整理，哎哟！奇怪，一查之后，他的技师们发现了偷听俄国贸易代表团的那条电话线！沃尔韦贝尔看到了这种戏剧性的情景，如果听凭这种三角游戏继续下去的话，将会变得更为有趣。至于他本人是不会受到损害的，因为沃尔韦贝尔严格避免使用电话。

不久，俄国所拥有的证据，已足以将丹麦境内的德国特工组织摧毁。由于纳粹的港口特工人员对俄国的船舶航运方面正在进行间谍活动，从感情上来说，俄国人强烈地希望将德国间谍一举全歼，然而，俄国人所处的外交地位使他们很为难。同德国之间的虚假友谊，使他们不能采取类似召请警方人员那种过火行动，为此，派出一名信使到莫斯科去向贝利亚请示。

贝利亚采取了温和的政策，他考虑到苏维埃国家对于新结交的朋友一定要守约，可是一种考虑周到的骗术是可以采用的。

英国特工部门派驻丹麦的代表，虽说是个有经验的、狡猾的和老练的人，然而他究竟是单枪匹马，而对手却有七百五十名。沃尔韦贝尔将情报放到英国人的线路上去，于是，情报就从这里出去了。

英国人发现这家无线电公司的真相时，确实感到惊愕。他们不知道这些线索来源于苏联方面；他们急于想拉拢苏联，于是就将他们的情报作为表示友谊的礼物，告诉了苏联人。英国人也许在想，俄国人是否知道他们的纳粹盟友正在对他们搞间谍活动呢？在这种情形下，贝利亚和沃尔韦贝尔肯定会忍耐不住哈哈大笑了！俄国人对英国人这种好意的姿态表示赞赏，当然他们对英国人所提供的情报并没有什么好赞赏的。对于这两个在未来结成同盟的国家，这确实标志了真正合作的开始。

英国人就将这些反对纳粹的证据交给了丹麦人。奇怪得很，丹麦的那个受贿赂的警察头头不曾察觉。在一次突击搜捕的行动中，在丹麦的七百五十个纳粹间谍中，有三十个，落进了陷阱。其中竟包括了普夫卢格哈通。

警方专家评论这个将电话线引出来的工作是：十分干净利落，通常不易发觉。对于马克恩·配维恩和邦托必达两人的证据，足以使人对他们倍加痛骂。警局里的人发现了在普夫卢格哈通和这个律师之间订有一条密约——同意在间谍活动中相互提供协作，在间谍活动的历史上，象这样厚颜无耻的密约，是史无前例的。

　　配维恩提出了反戈一击的证据，但是这已经救不了他，判决书已经下来，将这批纳粹间谍分别判处一年到八年的徒刑。作为一个间谍组织的头头，普夫卢格哈通判刑最重——八年徒刑。

　　这一次的审判，时间是在一九四〇年初，三个月之后，德国就要入侵了。恐惧气氛笼罩了丹麦，丹麦人非常害怕德国会对他们报复，他们甚至情愿对这些间谍全都给予特赦，允许他们离开这个国家。

　　只有普夫卢格哈通一个人竟拒绝了这一建议。他宁可留在监狱里。这种古怪的动机后来得到了解释：就在这个监狱里，监禁着几个俄国特工人员；普夫卢格哈通舍不得放弃这种天赐良机。他可以在监狱的铁栅里，作好对沃尔韦贝尔报仇的准备。对于间谍活动的癖好，已成为他这个人的第一本能。再者，他深信他的监禁期将会迅速宣告结束。他估计对了，三个月之内，纳粹的部队侵入挪威和丹麦。一九四〇年的四月九日，普夫卢格哈通得意地嘲笑着别人，这一天三辆德国军用汽车向哥本哈根监狱驶去。汉曼·海因利希·希姆莱神气十足地走进监狱，与他的朋友普夫卢格哈通一起露面了。普夫卢格哈通此时不仅得到了自由，而且官运亨通，他穿上了希姆莱给他带来的一身新制服，成为一名党卫军的上校，他们驱车奔驰在被占领的哥本哈根的寂静的林荫大道上，普夫卢格哈通尝到了甜头。

　　现在，需要这个特工首脑到新的战场上去了。他被派往罗马尼亚，对付俄国人在普洛耶什蒂油田的间谍活动。他在比萨拉比亚设置了一支无形的纳粹间谍队伍。同时，他本人在该国亲纳粹的、荒淫无耻的上层社会里，也公开地进行了工作。他的新幕僚里的一个杰出人员，是个六十岁的女人。她，就是在第一次世界大战时控制着这一地区的、声名狼藉的杜克蒂安小姐。这些，都是伦敦警方作出的正式报告的内容。普夫卢格哈通变成了个巴尔干专家，针对俄国，他组织了大规模的反间谍工作。

当罗马尼亚接受俄国的停战条款时，俄国人开列的在罗马尼亚的德国战犯名单上，第一个姓名就是普夫卢格哈通。可是这只狐狸已经逃之夭夭，一架福克—武尔夫式飞机将他安全地送到了柏林。在柏林，他留在卡纳利斯的身边，作为一个私人参谋。

然而，贝利亚并未将他忘掉；俄国人在等待着……

XIV   破坏之王

本章人物提示

恩斯特·弗里德里希·沃尔韦贝尔

　　——德国优秀共产党员、有"欧洲秘密客"之称

杨·瓦尔丁

　　——沃尔韦贝尔的战友

维克托·里支斯塔特

　　——瑞典爱国者

　　沃尔韦贝尔是谁？这个将丹麦的纳粹集团揭发出来，使普夫卢格哈通身陷囹圄，而他自己与他的政府却并没有牵连进去的间谍，又是个何等人物呢？他，恩斯特·弗里德里希·沃尔韦贝尔是个有本领的人——他的本领之大，使他被称为"欧洲秘密客"。几乎大陆上所有各国的警察当局追踪了他足足十年，而十年中他都轻而易举地战胜了警方人士，使他们所作出的最大的努力，都显得是那么狼狈和尴尬可笑。

　　就丹麦事件而言，说明了他也占了卡纳利斯的上风。虽然卡纳利斯知道沃尔韦贝尔这个人，是一个将他自己比拟为当代罗宾汉 ① 的德国优秀共产党员。事实上卡纳利斯对于沃尔韦贝尔的情况，拥有大量的材料。对于这个人，虽有关于他的大量的报告——不过还是抓不到他，卡纳利斯想方设法要抓到他。

　　恩斯特·弗里德里希·沃尔韦贝尔生于汉堡，是个德国人。他深深地了解他的同胞。他在少年时代的生活，是典型的德国无产阶级的艰苦生活。兄弟姊妹很多，父亲是个酒鬼。家庭贫困，他时受饥饿，为了摆脱那种阴郁、悲惨的生活境地，当他还是一个孩子的时候，他就私自出走，到海上去谋生。渴望着冒险的他，在一艘开往南美洲去的船上当了水手，不久他就成为工人运动中的活跃分子。第一次世界大战时，他在海军里服役，成为罗莎·卢森堡领导的革命组织斯巴达克团里的一名成员。

　　就是他，沃尔韦贝尔第一个敢于在帝国的军舰上升起红旗。在他之前，若有这种企图的人都遭到了枪杀。他因此而受到了人们的赞扬，成为"沿江沿海"地区的英雄人物。革命期间，他仍旧是个杰出的共产党员。结果，他被选为德国国会里的共产党议员。

　　搞立法主义的这种行当，不配他的胃口；他的天性是要求直接参加行动。那种穿戴整齐，坐在议会里发表演说的玩意，不是他干的。于是，沃尔韦贝尔回到了海上。

---

　　① 罗宾汉，英国古代传说中劫富济贫的绿林好汉。

　　他搞了个出奇的冒险行为，又一次使他出了名。他发动船上的水手反抗船长。起义人员监管着这条船，将它从北海开往摩尔曼斯克。这些起义的青年共产党人要将这条船作为礼物，送给新生的共产主义工农国家。

　　他们并无海图作为依据，却抵达了目的地。这段航程，在航海驾驭方面要具有高超的技术。列宁对于这一事件，虽然感到为难，但还是表彰了他，予以充分肯定，并委任沃尔韦贝尔为国际海员工会的主席。这个工会的分会遍布全球，其所属的海员会员，可称之为苏联特工部门的第一批交通员。

　　沃尔韦贝尔在船上当水手，到过中国、日本、法国、意大利以及美洲。他在全世界各地漫游，并未遭到意外事故。由于对世界上重要港口进行探听和搞共产党活动，他一再受到逮捕，逮捕已成为家常便饭。"一帮无赖，"他会对朋友这样说道，"那些家伙，他们又把我逮住了。"一经释放，他又重操旧业。

　　到希特勒掌权时，由谁来接手主管对怀有敌意的德国进行间谍工作，沃尔韦贝尔当然是个最合适的人选了。他是俄国反间谍机构的西欧司司长。在此以前，他的头衔是"共产国际西欧局书记"。

　　设立总部的地点，他选择了哥本哈根。我们已经提起过，他所扮演的角色，是挂名的 A·赛罗工程公司里的工程师。非常吸引人的畅销书《夜遁》的作者，杨·瓦尔丁，就是在这个公司里工作的。他在书里描画了沃尔韦贝尔是怎样使用他那个秘密总部的，描写出这个公司的生动画面：

　　"在四楼，占有一整排七个房间，这个工程公司呈现一派生意兴隆的气氛。轮流留在那里值班的有打字员、警卫和翻译人员，共计二十名。担任警卫的有斯堪的纳维亚人、拉脱维亚人和波兰人，备有自来水钢笔式的武器，笔里充贮着催泪毒气；墙内装有报警器，明显的一点是完全看不见电话；一切消息均由信差递送。除正面的这间办公室之外，西方局分设在六个房间里。……而这仅仅是共产国际与苏联的国家政治保安局布置在哥本哈根的九个机关中间的一个而已。"

沃尔韦贝尔的伪装，花样众多，哥本哈根的工程师只是其中之一。他的化名极多。警局的档案里，在他的项目下，列有一大堆各式名称。从安东开始，有司拨林、塞默尔、温特尔、舒尔策、米勒、安徒生以及马蒂瓦。他那种神出鬼没的本领，令人不可思议。

任何时候，他的仪表和体态上的特征鲜明。他不是一个魁伟的男子汉，事实上，身高不满五呢，体重二百磅。杨·瓦尔丁称之为一个短矮粗壮的人，稀疏的头发向后梳去，盖住了秃顶部分，一双笨拙的手，一张厚实的嘴；粗俗的脸部似有一种病人的气色，挂在脸上的是十分阴沉的表情。这种表情，显示出权力、耐心、无情和不信任。可是这个人的相貌上真正显著的是一双眼睛——眯成两条细纹，看不见一点眼白，一霎也不霎地在闪闪发光……当沃尔韦贝尔说话的时候，总是那么慢条斯理的，并带有发脾气的口吻。他给别人的印象是：他是个从来都不着急的人，他是个无所畏惧的人，是个阅历很深、见过世面的人，是个对事深思熟虑、不存侥幸的人。

他每天虽然至少要喝十瓶啤酒，但也毫无醉意；他从来没有一个固定的寓所或者任何一种象"家"的地方。然而对他来说，助手也罢，爱人也罢，女人总是有用处的。在他的许多女人里，一个人也没有出卖过他。他的罗曼史是放荡的，因为他是个滥施爱情的信徒。他引用法国大革命时代的伟大领袖丹东和马拉作为他的先例，他解释道："革命需要大批的妇女。"

沃尔韦贝尔以自己能为斯大林效劳而自豪，以自己是个无产阶级而更感到骄傲。他对理论无兴趣，"要是这种关于革命的书少写一点的话，用不着等到现在，普天下的革命早就发生了。"他常常是这样说的。可是，虽说他在气质上是个虚无主义者，但对斯大林和劳伦蒂·贝利亚却是完全服从，听从他们的指挥，而别人呢，他是不买帐的。要是将他隶属于别人，那是完全办不到的。

他在丹麦工作了好些年，称心如意。于是，普夫卢格哈通硬是挤了进来。普夫卢格哈通将钱贿赂给警察局的头头马克恩·配维恩，弄到了丹麦警方秘密记录报告的抄本，自以为这一手干得很漂亮；谁知沃尔韦贝尔却比他略胜一筹，他雇佣了警局里的打杂女工作为他的谍报员。

当普夫卢格哈通侦察、窥伺俄国在波罗的海的航运时，沃尔韦贝尔用直接的行动进行反击。在西班牙内战中替法西斯一方装运粮食、武器的德国船只，离开丹麦之后，一艘都没能够到达伊比利安半岛。船里的用煤，掺进了 T.N.T. 炸药（即梯恩梯炸药，编者注），于是在海洋上发生了爆炸。这些船只在离开哥本哈根之前，都详细检查过安全措施，唯独这种在煤里掺进炸药而引起爆炸的原因，从来没有被识破过。

丹麦被侵占后，有艘德国的军用运输船——"马里昂号"，从丹麦驶往被侵占的挪威。船上的四千个纳粹士兵，全部没能到达他们的目的地。燃料中又一次地掺进 T.N.T. 炸药。后果是令人毛骨悚然的：在沉没后的几天里，渔人们的网里拖上来的竟是被溺毙的德国兵的尸体。瑞典马尔默的德国领事给瑞典的渔民们出价，每具尸体七十五美分。

对于这些爆炸事件，德国人总是归罪于沃尔韦贝尔的。侵占丹麦一年之后，德国人在哥本哈根审讯了沃尔韦贝尔的几个助手。一九四一年七月七日，在兰德斯莱登举行审判，对沃尔韦贝尔的六名助手分别判处了总数五十九年的监禁。不过，这组织的领导人，主要人物沃尔韦贝尔却缺席了。法院宣称他犯有炸沉德国船十六艘，意大利船三艘和日本船两艘的罪行，对他加以通缉。就这样，那二十一条轴心国船只的毁灭，记在他的帐上了。

纳粹分子恨透了沃尔韦贝尔。好些年来，卡纳利斯和盖世太保的办公室登报悬赏，希望捉拿沃尔韦贝尔，不论死活都行。可是沃尔韦贝尔在哪里呢？却是很难发现。而当你发现他的时候，这只鸟又早已飞掉了。

那个曾纠缠过皮尔·赛包德，训练过海因利希·奥古斯特·吕宁的汉堡盖世太保首脑克劳斯，想出了一个绑架沃尔韦贝尔的计划。克劳斯认定有一个确切知道在何处能找到沃尔韦贝尔的人。这个人在德国的一个集中营里，身体衰弱，毫无生气。他的名字是罗伯特·克雷布斯，但更为别人熟悉的名字是杨·瓦尔丁。克劳斯将瓦尔丁从集中营里释放了出来，诱使他参加盖世太保。对于这种雇佣，瓦尔丁本人有过生动的描写。

瓦尔丁与克劳斯 ① 一起来到了哥本哈根。

瓦尔丁从前是个受信任的共产党员，他知道沃尔韦贝尔所属人员的每一个藏身之处，陷阱看上去已准备好，甚至还没有动手，纳粹分子就已经乐得想笑了。在一个黑夜里，纳粹匪帮们已经在丹麦波罗的海海岸的赫尔辛格港口附近的岸上埋伏好，沃尔韦贝尔的总部就在附近，他应该经过这里，他会被制服而塞进一辆盖世太保的汽车，被带到德国去。普夫卢格哈通在所有的细节方面都已经安排好，不会有警察来干涉。但是事前没有想到的一个花招是那个新参加盖世太保的杨·瓦尔丁业已巧妙地向他从前的老板沃尔韦贝尔发出警告。埋伏着的德国人，反而被沃尔韦贝尔的几个部下，在看不见人影的街道上结结实实地揍了一顿。次日，恩斯特·弗里德里希·沃尔韦贝尔乘坐飞机，返抵莫斯科，而不是汉堡。杨·瓦尔丁这方面呢，他逃掉了。他经历了很多危险，最后来到美国。过了些时间，在美国的陆军部门工作。

挪威和丹麦沦陷后，沃尔韦贝尔将党组织迁往比较安全的瑞典境内。据报告，他住在斯德哥尔摩的斯图累普兰附近的一所公寓里，除了深夜他从不出门；除了他最亲近的同事，连偶然能碰到他的人也没有。

话虽如此，夏季里在波罗的海的一个荒无人迹的岛上，他

---

① 挪威解放后没几天，克劳斯在奥斯陆的大街上被捕。

还是出现了。在这里露营的是经过特别挑选出来的一些青年共产党员，在他们的面前，出现了一个名叫"安东"的人。这个人的瑞典话说得不太好；混杂很多丹麦话，德国口音很重。他给青年们开了一门课，叫做间谍工作初阶，传授对船舶、大楼、桥梁与铁路进行爆破的基本方法。讲课中安东漏出了这样的话，说他在中国游历时，曾经在朝鲜人那里学到了一些花样。朝鲜人使他懂得怎样将 T.N.T. 炸药塞进一支香烟里去，又怎样用这种香烟炸掉日本人控制的桥梁。当安东看到他的学生们业已领会了这门课程，于是就象来时那样，神秘地消失了。

有人在被占领的挪威境内瞥见过他一眼。但是，仅此而已。奎斯林的警察找不到他的踪影，装载铁矿石的瑞典货轮受到俄国潜艇的攻击而在波罗的海里沉掉了。纳粹分子完全肯定：这种沉船事件的幕后人物，是沃尔韦贝尔。

过了短短的一段太平日子后，芬兰北部地区著名的基吕纳铁矿里的一个监工，有一天被吓得目瞪口呆。他发现，在矿山仓库里，一袋袋排好的五百磅炸药不翼而飞了。

于是，追缉沃尔韦贝尔的工作重新开始，而且进行得非常紧急。

警察局抓了一个藏匿 T.N.T. 炸药的人，他将这种烈性炸药贮藏在斯德哥尔摩家中的地窖里，因此被人揭发；但是，此人并非沃尔韦贝尔，与沃尔韦贝尔也没有任何关系，这是个不列颠人，名字叫 C·E·列克曼，而且是英国商业代表，曾经就瑞典的铁矿写过一份权威性的工业调查报告。他被控犯有图谋炸毁吕勒奥和奥克塞勒松德矿砂装船设备的罪名，判了八年监禁。在监狱里，他的身体垮掉了。四年后，英国人为他大力说项，使他获得了释放。

真正要缉拿的、要加以报复的仇人沃尔韦贝尔，却仍旧没有找到。实际上他这时正在奥斯陆的马路上散步呢。他身穿一套纳粹制服，扣上一枚卐字饰针，看起来真是万无一失，靠了这种巧妙的伪装，他正主持着一批已由滑雪人员带进挪威的炸药的处理工作。一部分将用在奥斯陆铁路终点站的纵火活动上，另一部分将用以炸毁发电厂和在北方的海军设施。此后，沿奥斯陆到卑尔根铁路线的车站，发生了七十五次爆炸。

正是由于搞爆炸活动达到了出神入化的程度，恩斯特·弗里德里希·沃尔韦贝尔才赢得了他的称号："破坏之王"。这倒不是说这些工作全都是他本人亲自去干，而是表明了他那种了不起的组织能力，建立了一个搞间谍破坏活动的核心。举例说，单是在瑞典，按瑞典的警方估计，他至少有五十名助手。虽然不时地会逮捕到其中的某些人，然而整个核心组织可从来没有受到过兜捕。

对于使用人手这方面，沃尔韦贝尔在很大程度上是依靠了以前的共产党员。但是党里的官员，对他可无用处。他依靠的是一般党员。他嘲笑那些官员，称之为"印度莫卧儿帝国的皇帝"，他认为要他们搞间谍破坏活动时，这些人就变得完全无能。

能够引人注目而效果很小的活动，沃尔韦贝尔是不屑搞的。他奚落有些共产党领导不是等待时机去搞间谍破坏活动，却是去印刷地下报刊和传单。他命令所有忠于他的共产党员们——就象他所说：一切"有勇气的人"，参加到纳粹党里去，在纳粹党里形成一个第五纵队。

逐渐地，共产党的地下工作者终于领略到这种战术的含义，沃尔韦贝尔受到了他们的高度尊敬。他们开始将他称为"小列宁"。这种称号对喜欢标榜自己的沃尔韦贝尔是一种满足。但是使他更高兴的是，在反抗纳粹运动里的共产党员都已变成了劳伦蒂·贝利亚和他的俄国特工部的无价之宝的间谍了。

当然，这些间谍的伤亡是大的——因为卡纳利斯和盖世太保在他们自己的党里安插了极好的反间谍组织。然而沃尔韦贝尔觉得，人员的牺牲同他们不断取得的成就比起来仍是非常值得的。当然，这就需要他去招募新的破坏人手，要他经常到欧洲的那些首都去旅行。杨·瓦尔丁叙述道，在这种旅行中，当他看到共产党里的官员，不是积极地工作，而是在用演说的腔调讲话、空谈理论时，他就会变得怒不可遏了。一九三七年的一天，瓦尔丁在巴黎遇到了他。当时，他非常愤慨。按瓦尔丁所写的，沃尔韦贝尔说道：

"我已经到各处都看过了。我跟你说，这个巴黎是个宝库。我在这里一个星期里所学到的东西，比在纳粹德国的三年里还要多。我们在德国的同志，不是饿死，便是被打死。而这里呢？林荫大道的那些咖啡馆里，有着很多的逃兵……。我要将这些畜生赶拢来，——不管他是老几，我要把他们送到德国去。那儿对他们更合适。"

从一九三三年起，沃尔韦贝尔就是个经常要逃亡的人了。他一面受到缉拿人员的追逼，一面不知疲倦地继续工作，从不休假，永不停顿。

"智者千虑，必有一失。"有些认为保险的事却隐伏着危险。报道出来的话，会令人惊奇：结果并不是沃尔韦贝尔本人，而是他助手里的一个人栽了跟斗，留下了性命攸关的痕迹。

从劳伦蒂·贝利亚那里来了命令："不能让装有弹药、铁矿矿石的船舶从瑞典、挪威、丹麦等国，运往德国去。"因此，这个间谍团体非得扩大不可，需要有更多的人手。沃尔韦贝尔为形势所迫，在戈登堡港口城市任用了相当有名望的共产党员。

破坏的策划顺利地进行了好几个月。一个瑞典的电报报务员，主持一台短波收发报机将船舶离港的情报通知俄国或盟国潜艇。不幸的是，这个居住在戈登堡的人不得不依赖着整整的一大批助手。在他们之间有个人是从前支援西班牙共和国战斗的领导人，叫作维克托·里支斯塔特。这个处境非常安全的人忽然间惊惶失措了，在突如其来的冲动下，他到港口附近戈登堡的仓库里去看看藏在那里的 T.N.T. 炸药。这是个愚蠢的行动，类似这样的轻率的行动，在沃尔韦贝尔的组织是严格禁止的。对他进行不断监视的警察，那天正好盯着他走进了仓库。他们发现了装在袋里的二百二十磅 T.N.T.，并附有基吕纳铁矿的标签。

里支斯塔特和他的同伙——电报报务员，都受到了逮捕，定为间谍罪，判处三年徒刑。瑞典的警察作了进一步的调查，T.N.T. 炸药的袋子上查出指纹的痕迹。一个星期之后，在瑞典北方的铁矿里，突然地逮捕了五名工人。

其中有个名叫 G·赛达的工人，叛变为政府方面的证人。他拿出几个作为样品的炸药外壳，表演将这种外壳藏匿在运送铁矿石船上紧靠锅炉的地方。这样，到时候就会自然而然地发生爆炸。

赛达也供出了他和破坏之王"安东"预约在下一次见面的时间。他获得了释放。在紧邻矿山的一个铁矿工人的家里他将和他的头儿见面。警察立即出场，逮捕了化名为"安东"的沃尔韦贝尔。

这以后的几天里，大约有二十个他的部下受到了围捕。

这种场面沃尔韦贝尔以前是碰到过的，他极为镇静。那个矿工的家里并无炸药，他迅速地作出了分析，结论是：毫无物证。而瑞典的法庭是一定要有物证的。沃尔韦贝尔对警察局长托斯滕·泽德尔斯特勒姆作了个简单的手势，悠然自得地说道："我是个苏联公民。"

瑞典人当即认识到，这种局面决不象以前所想的那么简单了。这不比一个没有国籍的流亡人员。一个苏联公民的背后，是有着有力靠山的。在斯德哥尔摩的俄国全权公使亚历山大·科龙塔夫人，被要求对此加以确认，她证实了沃尔韦贝尔的公民身份。于是瑞典人就决定，这一件事最好是慢慢处理，要办得细致而周到才行。当代最大的破坏分子现在落在他们的手里，可是犯罪的证据呢？全然没有。在丹麦，轮船被炸掉了；在挪威，潜艇设施和飞机场受到了破坏；从瑞典启程的装运铁矿石的船只覆灭在大海里。然而，没有一件罪行是在瑞典的土地上。要是说沃尔韦贝尔参与共犯的话，也没有确实的物证。

当然，丹麦的纳粹当局是得到德国扶植的，暴躁的德国官员要求将他引渡；挪威的奎斯林和他的警察总长朱达斯·李 [①] 也这样的要求。可是瑞典人是不敢将一个苏联公民送到虎口里去的。

现在，劳伦蒂·贝利亚开始紧张活动了。他发动整个的苏联外交部来营救沃尔韦贝尔。斯大林个人也出面要求释放沃尔韦贝尔。

在等待结果的同时，俄国公使馆里的人员川流不息地到监狱里去探望沃尔韦贝尔，送钱、送饮食。瑞典人决定，要在既不得罪俄国人又不激怒纳粹这两者之间，想出一种权宜之计的办法来。

由瑞典的司法部提起公诉，这个沃尔韦贝尔从前在瑞典居留的期间，使用的是一张假护照和一个假名字。非法入境。总之，这一点是不能宽大的！他们通知纳粹，沃尔韦贝尔将因此被控告和接受瑞典法庭的判决，在此以前谈不到将他引渡到德国去，至于对挪威奥斯陆奎斯林傀儡政府的要求，瑞典人甚至连加以答复的话都没有。这个轴心国一心要绞死他的沃尔韦贝尔，结果被判处十八个月的徒刑，在这个民主国家里一个比较舒适的监狱里服刑。

沃尔韦贝尔非常愉快地和苏联公使馆里来探望他的朋友们握手，说道："我出狱时正好赶上到柏林去欢迎我们的苏联

[①]　朱达斯·李在挪威解放后畏罪自杀。

军队。"

瑞典的法院宣称：对于此案审判的记录，将予以秘密保管五十年。他们认为这是一种最好的办法了。

卡纳利斯知道了沃尔韦贝尔暂时不能够和自己作对，稍微有些满意。突然，他的那种幻想又破灭了。

沃尔韦贝尔在囹圄之中，这无疑是事实。但是仍有某种怪事在瑞典中部的一个小城镇——克列尔波发生。克列尔波有二万居民，一个火车站、一个汽车库和一家旅馆。当地人极大多数是农民和附近的达列卡利亚森林里的人，你再也想象不出还有比这里更安谧的地方了。

然后有一天，克列尔波城镇的中心区发生了一连串的爆炸，逃进森林去的居民，回过头来看到了那可怕的火焰在空中直窜起二百呎高。全城镇变成了一片火海；火车站业已粉碎无遗，整个克列尔波被震撼得摇摇晃晃。

营救小组发现爆炸起火的地点是铁路上的三节车厢，这时已经被一片熊熊大火包围了。车厢已经烧了好几个小时，怎么也无法将火焰扑灭。铁路上的人员也对之无能为力。城镇里有许多居民受伤与被严重烧伤。

这事件的起因何在？在这个时期里是找不到结论的。瑞典政府解释道，原因是这些车厢中有一辆的轴承由于摩擦而发了热。可是两天以后，事实真相就很明显，已经无可掩饰。事情明摆着，这不是一件普通的火车技术性事故，而是一件牵涉到政治的事件。是一种间谍破坏活动。

燃烧起来的货车是从被德国占领的挪威开往芬兰，途经挪威与芬兰交界的克列尔波镇，当时，希特勒的光景不好的盟友——芬兰，正闹饥荒。德国人声称他们正将粮食送往它的盟国芬兰去。

克列尔波人检查了废墟，发现了炸弹的碎片和几颗尚未爆炸的炸弹，上面有德国制的字样。在已炸毁的车站上发现了货车车皮上的金属标牌，标明的字样是"食品"。这显然有问题了。粮食燃烧起来，不会是这种情形；粮食不会在货车里爆炸，更不会使整个城市遭到毁灭性的损失！

瑞典是中立国，不能准许运往芬兰的武器弹药从境内通过，这将有损于中立的地位，可是为芬兰的民众送去粮食，那就没有反对通过的理由。德国人利用这一点，自以为很妙；然而劳伦蒂·贝利亚的间谍，监狱里沃尔韦贝尔的门生子弟，恰恰就发觉到这种货车里所装载的并非是粮食。他们将驶往芬兰去的许多军需弹药列车中的一节列车加以破坏，用行动来揭露其中的奸诈。事情很清楚：要么是瑞典人怕麻烦，没有在边境对此种列车进行检查；否则就是瑞典人故意将眼睛闭起来。

克列尔波事件里的破坏分子是谁？是谁干的呢？德国人指控的是在芬兰的弗里特里希·埃格，但是埃格提出他"不在犯罪现场的抗辩"[1]；在狂怒中的德国人就指控擅长于搞破坏的沃尔韦贝尔。瑞典对沃尔韦贝尔进行了一次传讯。沃尔韦贝尔大笑，他声明这件事情他是毫不知情——这是无可争辩的事情，

----

[1]　不在犯罪现场的抗辩：法律上的专用术语，被指控者提出自己不在案件发生的时间和地点、不在犯罪现场的抗辩。

他在狱中又怎么能知道呢？

被窃走的 T.N.T. 炸药仍在使用着，在瑞典的小岛上，沃尔韦贝尔教导和训练过的那些夏令营里的青年，已经将课程里学到的内容付诸实践了。

在瑞典历史上最大的海军破坏事件中，沃尔韦贝尔显然并无罪责。这件事出现在克列尔波事件之后的几个月，破坏人员是三个极为时髦的人。他们在船上率领着水手、职员们炸毁了斯德哥尔摩的外港。呆在瑞典监狱里的沃尔韦贝尔又一次地提出了他"不在犯罪现场的抗辩"。可是下命令破坏每一艘驶往芬兰或德国的护航船的人，就是他。

种种的灾祸，并未到此为止。复仇的目标落到了别的一些装载违禁货物的船只：阿达·高戎号、列尔捷伐奇号、加利翁号、露利阿号以及其他为数众多的船只；同时还包括从瑞典通往德国的铁路轮渡码头。

一九四四年下半年，瑞典保险公司宣布：对驶往轴心国所控制的各国的船只，不再办理保险业务。不久之后瑞典政府下令，禁止瑞典船舶在大战期间承运货物驶往轴心国。而沃尔韦贝尔和他的朋友们所要达到的，正是这个目的。

沃尔韦贝尔刑满的时间是一九四四年——略早于俄国军队进攻柏林之时。但是他并未被引渡。释放他时，盟国在军事上的胜利使得瑞典人对德国有可能采取一种坚决得多的态度。瑞典已不再害怕得罪纳粹，因此就允许沃尔韦贝尔返回到莫斯科去。他在莫斯科被委任担负一项新的工作，即要求他今后转向一个新的工作目标——战后的德国。

XV 港口谍影

本章人物提示

鲁道夫·豪斯

　　——德国共产党员

汉斯·许尔利曼

　　——曾为瑞士共产党领导人之一，后被开除出党

海因利希·勒德尔

　　——纳粹党徒

柏屈伦德·斯图阿特·霍夫曼

　　——纳粹间谍

格兰丝·巴巧南·迪恩

　　——底特律纳粹女间谍头目

　　支配波罗的海的争夺战已处于白热化；俄国人进入了爱沙尼亚、拉脱维亚和立陶宛。他们已经推进到东普鲁士边境，连倔强的芬兰人，最后也突然地屈服求和了。海军上将卡纳利斯

通盘考察了波罗的海的形势后，发现波罗的海局势，已经无可救药了。在他主子希特勒跟前，别的部下说话时躲躲闪闪，可是他坦率而不隐讳自己的见解。据被俘德国军官与战犯们说，那时在大本营里，有可能将全部事实真相告诉希特勒的，只有他一个人。所以，有人说，希特勒在作出他的决策之前，总要先听听卡纳利斯的意见不可。这个德国的独裁者，容许别人用教名称呼他的人是数得出来的，而卡纳利斯是其中之一。

一九四四年夏季，卡纳利斯有一大堆的坏消息要报告。沃尔韦贝尔总算是关在瑞典监狱里了；但是却已经有了接班人。按卡纳利斯的报告上看来，是某个名叫鲁道夫·豪斯的上校。他和恩斯特·弗里特里希·沃尔韦贝尔一样，是个德国共产党党员。他将自己的精力集中在这些波罗的海的小国家里，而在波罗的海的那一边呢，则是依靠遍布于瑞典、丹麦等处的沃尔韦贝尔的门生子弟。

鲁道夫·豪斯曾经担任苏联港务检查官多年，目光敏锐。对于欧洲的每个港口，从伦敦到雅典、敖德萨到那尔维克，都受到过他的注意。

豪斯没有做过大使馆里的海军武官，也没有进过海军军官学校。尽管他并未经过正规的军事教育，他还是在论述弗里德里希·恩格斯的革命战略方面写出了一本权威性的著作，还著文分析了克劳塞维茨将军的军事理论，而且在苏联部队里担任过上校。

作者恰好认识鲁道夫·豪斯，而且早在他叫罗伯特·豪斯契尔德时就认识他了。他的父亲是西里西亚的一个贫穷织工。

一九一七年时，十七岁的罗伯特创立了一个德国共产主义青年组织。德国革命后，他接到了在柏林办一家印刷商号的任务，将数以千计的伪造护照供给在共产国际属下的各种党派、分会和私人旅游组织使用。

一九二三年，早期的纳粹分子成帮结队地形成了一种相当于德国三K党的民团组织。谁要是危害这种正在兴起的纳粹运动，他们就要他的命。豪斯受到的委托是：在德国境内，和他们针锋相对地建立起"红色契卡"。这是个敌对的，从事恐怖活动的团体，他们使用种种手段和早期的纳粹地下运动进行战斗。

"红色契卡"在它存在的一个短时期里，影响很大。豪斯契尔德成长为一个优秀的游击队指挥员。可是他的雄心壮志远远不止这一点，这个织工的儿子开始阅读军事理论的经典著作。他成了军事科学的倡导者。尽管他并非科班出身，他给他的共产党朋友们讲解有关破坏、街垒战和游击战的战术。有鉴于他的特长，他被指定为德国国内红色军团的政治委员。

魏玛共和国的警察界里当然听到过这位年轻的军事天才的大名。时局在动荡。在一次警方和武装共产党员之间的剧烈摩擦中，豪斯一只眼睛失明，没能够安然脱身。他被关进监狱，因从事非法武装斗争而受到审判，被判处了十八个月的徒刑。

魏玛共和国的有些法律很稀奇，别人是弄不懂的。它代表了典型的普鲁士伦理道德。出于政治目的的杀人行为，在德国是不算谋杀犯的，目的是高尚的话，罪责就轻。不但刑期短，而且服刑的地点是在军队的要塞里。这种处置称为"道义上的监禁"；这样的人是战俘而不是罪犯。希特勒在一九二三年十一月的"啤酒店暴动"失败后，就是被判处到类似的一个要塞里服刑的。

大体上说，豪斯呆在屈斯特林要塞里是感到愉快的，生活相当舒服，也允许他看书学习。同监的都是些参与纳粹盲目排外的非法组织的普鲁士军官。他和他们交上了朋友，订出了相互教学的计划。豪斯给他们讲授共产主义的原理，军官们给他讲授军事理论。经过多年之后发现，在大战期间有德国高级官吏替苏联工作的事，这是因为鲁道夫·豪斯早在一九二四年就已经使他们转变了信仰的缘故。整个一群信奉普鲁士社会主义的军官，转变为信仰国民布尔什维克主义思想的新学生。其中舍林格尔中尉便是德苏联盟运动的创始人之一。提倡搞德苏联盟运动的人坚持认为，德苏联盟将有利于德国同英、法以及美国作战，以洗雪"凡尔赛的耻辱"①。

鲁道夫·豪斯得到了政治犯所常有的特赦，获得了释放。他结婚后就偕同妻子希尔德一起去俄国。

他渴望到红军学院去学习。可是只学了没几个月就接到了苏联国家政治保安局所派的工作。那就是在委派劳伦蒂·贝利亚去监视流亡中的沙俄官吏的同时，委派鲁道夫·豪斯对共产党内的叛徒事件进行彻底调查。有几百个以前是共产党员的人

---

① "凡尔赛的耻辱"指第一次世界大战后，协约国对战败的德国所订立的和约。该和约于 1919 年 6 月 23 日在法国凡尔赛宫签订，德国割地赔偿巨款，它的殖民地被战胜国瓜分。当时德国人认为此和约使他们遭受了莫大的耻辱。故称为"凡尔赛的耻辱"。

在思想上发生了急剧的变化，变成了反党分子。他们走向反党的极端，到意大利、法国和德国的警局调查团体里去工作，到戴斯委员会①以及所有各种反共、反俄的组织里去工作了。

豪斯在他的工作中仿效贝利亚以往的做法，他故意作出一种强烈反共的姿态。我（指本书作者，下同，编者注）一九三〇年在瑞士苏黎世遇见他时，他正扮演着这种角色。

苏黎世有个名叫汉斯·许尔利曼的著名共产主义者，以往在某一段时间里是瑞士共产党的领导人之一。可是许尔利曼后来渐渐地批判起党的教条和党的战略战术来了。他终于因作为一个反对党的总路线的异端分子而被开除出党。被开除后的许尔利曼办了一份有关经济、社会科学和文化艺术方面的杂志——《战线》。该杂志持论不偏不倚，虽然批判斯大林主义，但对苏联是同情的。

出现在瑞士的鲁道夫·豪斯装扮成一个觉得幻想已经破灭了的激进派人物，在这家杂志里担任助理编辑。当时我不在新闻界，但曾经给这家杂志写过一些书评；就这样我和豪斯相识了。

替共产国际侦查这家杂志而打进它内部来的豪斯，为这家杂志社里上上下下的人所熟悉。他生得高大、漂亮，有一派英姿飒爽的军人风度，给予别人一种正派的、庄严的印象。

过了一个时期，有一次，他到汉斯·许尔利曼家里去，对

①　"Dies Committee"戴斯委员会。美国国会于1939年任命得克萨斯州议员马丁·戴斯为调查反美活动的国会委员会主席。第二次世界大战结束后，该委员会借调查反美活动之名，行迫害进步民主人士之实，成为一个反动组织。

许尔利曼的妻子说明是已经约好和她丈夫在这里见面的。在他等待的时间里，他请她帮个忙，到店里去代他买些东西，说汉斯随时会来的。

在办公室里的许尔利曼对这个虚构的约会一无所知。他的妻子在一个小时后大为惊慌地来了个电话。她从店里回来，发现豪斯已经走了，房间里翻得一片混乱，壁橱和写字台都被撬开。所有的地址、通讯录以及有关许尔利曼的合作者及其在欧洲各国共产党里的反对派朋友们的文件，全部不翼而飞。

希特勒成为德国的独裁者之前的一年，鲁道夫·豪斯再次到德国，领导着德国的 BB 活动。BB 是德文词 Betriebs-Bespitzelung 的简写，意思是"共产党人工业间谍活动"。豪斯的任务是将坚定的共产党员和可靠的产业工人们组织起来侦查出德国的新发明、武器型号、钢材配方等等的情报。对于这种在德国国内所进行的艰巨工作，苏联政府付出了很高代价。为了从事这一项工作，豪斯的公开身份是一个法俄汽油销售公司里的理事。

一九三三年年初，命运又一次地使我和鲁道夫·豪斯发生了联系。那时我在柏林。他从电话簿上知道了我的住处，向我挑战似地提出一个闻所未闻的最荒唐的建议。这种建议的目的何在，直到今天我还猜不出来。他来到了我的公寓里，开门见山地宣布了他的使命。

"希特勒现在掌权了，我们应该尽力反对他。我本人刚从莫斯科来，是偷偷溜进来的。莫斯科现在是我的老家了。我已经将我的五个朋友组成了一个团体，发誓不惜采用纵火、爆破、怠工、破坏等各种手段来和希特勒斗争。你加入算第六个好吗？我们明天七点钟在弗里德瑙碰头。"

他给了我一个地址，我没敢去。那可能是一种新组织起来搞破坏活动的团体，不过也可能是盖世太保搞的伪组织。我记得在苏黎世时豪斯对许尔利曼就是这样搞的。这次很可能是一个对付"反共分子"的圈套。

次日他在给我的电话里表示了他的失望，把我叫做胆小鬼。他不知道我正在出版一种在德国全国范围里分发的地下报纸。我要是个人在这上面冒险，势必要危及地下工作的计划和我朋友们的生命。

几年以后，我在《曼彻斯特卫报》和各种流亡者的报纸上看到了豪斯写的文章。正是为了要探寻出他在什么地方，我给他写了信，由这些报纸转交。

莫斯科清党时，我住在瑞典，接到了豪斯的一封口气极为友好的来信。他邀我到莫斯科去。答应在那里给我找一个养尊处优的住处，在他本人的属下工作。我猜得出这是些什么性质的工作；这是他第二次要求我参加到他的情报部门里去工作。

我谢绝了这个友好的建议，并向他解释了我的困难处境。我的妻子已被纳粹留作人质；我得留在瑞典，催促瑞典和英国政府帮助我使她获得自由。我不能丢掉她不管而跑到俄国去。

和我通了几个月信的豪斯，后来不知为什么停止了回信。我感到奇怪，是什么原因使他和我疏远的呢？其实我应该得到答案。一九三七年的一个早晨，在阅读报纸时我看到了一条官方的公告，声称鲁道夫·豪斯已被处决，因为他是在莫斯科的一个德国间谍，是布哈林、季诺维也夫进行叛国阴谋的一个同伙。

什么！这真是个令人吃惊的消息。不过看来对这种神秘的问题倒是提供了一个解答。这件事使我更其相信我自己的一种见解：最聪明的间谍，是为双方都效劳的间谍。这样可以使人没法确定他是哪一方面的人。为此，对于我拒绝和他合作的事，我越发感到宽慰。

这段插曲我后来完全忘掉了。一年后，我的妻子被盖世太保释放，她到瑞典和我相聚。

第二次世界大战快要爆发的一段短时期里，我渴望着想担任我所在的那家报刊杂志社的国外记者，这种职务使我能遍访全欧洲。我知道欧洲大陆不免要挨到轰炸和受到严重的破坏。我要在这之前到欧洲大陆上去观光一番。我的妻子希达和我一起启程。

伦敦是平静的，没人相信会发生一场战争。担任议员的英国朋友们怂恿我们去出席下院举行的一次会议。那是春天里的一个愉快的日子，是和平时期的最后一个春天。我们漫步穿越城市。走到离议会大厦不到一百步的距离时，有个刚从议会里出来的人认出了我们，身不由己地对我们举手相迎。等到我们把那人的面孔想起来时，那个人已转过身走掉了。

这个出现在伦敦大街上的幽灵，正是鲁道夫·豪斯。他随身带着他那只不离身的公事皮包。这是不会弄错的，这个人就是在苏联作为一个纳粹间谍和托洛斯基分子，并宣称已被枪毙的罗伯特·豪斯契尔德。

要是只有我一个人在场，我可能会认为是自己的错觉。但是我妻子也同时认出确是他，由于他只有一只眼睛，看东西不大方便，加上他走路时的那一种特别的步态，使别人难以忘记。他还是和以往一样：身材高大，象普鲁士军人般地姿态挺拔。不过现在他的装束考究得多了，显然不会再同从前那样，出外时不打领结、而将衬衫领敞开，扮成无产阶级领导人的角色了。

我心里对这一点是没有疑问的：他认出了我们；不过在最后的一瞬间，他想到他在公开的场合下是个已经去世的人了。虽然，我认为他一定知道我是会替他保守秘密的。确实如此，在过了六年之后的今天，当我觉得已是安全的时候，我才吐露我在一九三九年三月的一个早晨在英国下议院的台阶上碰见过他这件事。

看到以为已经死掉的一个人又活了转来，我那时不免大吃一惊。这个欺骗了各国谍报部门的人，是否同样也骗了他自己呢？这种阴谋的复杂性，把我们的头脑都搅昏了。

过后我从波罗的海地方的报纸里知道豪斯用了个新的名字，他又出现了。他和他的妻子乘上俄国的油船，遍访欧洲各个港口，对港口的反间谍特工人员这支无形部队进行检查。对，豪斯并没有死，活得很好。在扫除德国军国主义、间谍活动以及盖世太保施加于波罗的海国家里的各种隐患方面，他在一九四三年、一九四四年、一九四五年间做了巨大的工作。

在第二次世界大战的间谍工作里最有关大局的那个部分，是在国际港口方面进行活动。这并不是夸张其辞；实际的内幕情形，比起能够从嘴里说出来的还要生动得多呢！

就是象鲁道夫·豪斯这样的人，发觉了在沿江濒海地区的救世军分部里潜伏着德国的间谍。这种德国间谍吹吹打打地为拯救海员们有罪的灵魂而大声祈祷；对饥饿的人施舍食物；给一无所有的人供给住宿。通过这些活动，获悉船舶行动的情报。怀着同样目的的德国特工人员，加入了遍布全球的海员传道会。

联邦调查局大体上是在美国境内工作的。在自己国家里做扑灭外国间谍的工作比较简单。象沃尔韦贝尔和豪斯这种人的手是伸得很长的。他们是在敌人的领域里，在陌生的国家里和敌人斗争。有时，象沃尔韦贝尔和豪斯这种完全习惯于同具有阴险奸诈的全套本事的纳粹们打交道的人，也会将西半球港口的纳粹间谍的秘密活动场所向联邦调查局揭示出来。

在美国也有若干海员传道会。新泽西州的霍博肯就有一个。那是个干净、明亮的地方，供给人们以符合卫生要求的食品。那里有的是各国的海员，他们所操语言包括了世界上的几种主要的语言，对这帮海员来说，这里是国际性的活动场所，然而这是一个德国人办的海员福音传道所。虽然那位牧师坚决声明，他是憎恨纳粹的。但当局并不信任赫尔曼·布吕克纳牧师的传道所。

会里的福音传道师会跑到栈房里去劝诫罪孽深重的人们忏悔。其中有一个名叫利查德·瓦内克的。他可能还有些别的名字，但在和比利时、荷兰、挪威、法国、南斯拉夫和希腊的水手们接触时，用的是这个名字。他对于来自被纳粹占领的国家里的水手，格外感到兴趣。

他将一个非常简单的命题放在他们面前：他们是否想和他们的心上人儿、他们的双亲或者他们的兄弟们见面呢？"为什么不回到挪威的家里去呢？"瓦内克问道："为什么不回到雅典去呢？"他问另一个水手道。"当你可以在你的祖国获得一个和平的职业，你又为什么要拿性命放在海上冒险呢？不错，国家是已经被人占领了，而另一方面对于你来说，战争已经过去啦。一到这次大战对所有人都成为过去的时候，你的国家会重新又变得自由的。你可以坐享这种现成的福分呀！"

这种建议通情达理，又很有吸引力。这个福音传道师并知道如何将他们从海路从南美洲送到西班牙、葡萄牙去的方法；更有甚者，为他们会钞买船票。"总之"，他说道，"我们是德国的传教士，给你付回家的路费，其原因就是我们但愿你能够幸福而已！"

瓦内克解释他的这种做法是完全合法的，这些水手既非美国公民，就没人能迫使他们留在美国。如果这些水手离开了商船，在美国呆下去的话，迟早会受到征募的。瓦内克实质上是在替纳粹欧洲的商船召募人手。他答应给他们种种的好处，每天付给他们三美元，直到他们乘船回转家里为止。他们可以住在布吕克纳牧师的传道会里；瓦内克很喜欢这些受他愚弄的人。

港口的地痞流氓中间有许多是从盟国船队里开小差出来的

人，瓦内克同样也网罗了他们的灵魂。可以有把握地说，这些轻信别人说话的水手，还没有一个能回到家乡！这些水手被无情地填补进轴心国海军人员的缺额里，他们在意大利或者西班牙被捕后，就被迫到意大利或者德国的商船和扫雷艇上去干活，而这些船在后来多半被盟国的潜艇用鱼雷击沉。

遵照海军上将卡纳利斯的指令："运往英国的海员，应力加阻止。"瓦内克发动了"中立"的宣传工作。这是在希特勒进攻俄国之前，当共产党还在将局势看成是一次"帝国主义大战"的时候。瓦内克利用了共产党反对这种战争的看法。他的计划非常简单：将自己的人派进共产党控制的海员联合会——美国全国海事联合会里去，尽量使"这是一次帝国主义的战争"的看法深入人心。他们大事宣扬，英国并不比德国好些，两者都是资本主义国家。他们劝诫海员们既不要接受德国，也不要接受英国的雇佣。

因为并没有驶往德国去的船只。所以，这种宣传正好是只适用于对付英国。"中立运动"的实质，就是反对英国的活动。这种阻止船员到大不列颠去的阴谋的目的，获得了部分的成功。纳粹的间谍很巧妙地支持了共产党的反帝中立政策。他们在会议上讲话，叫嚷道："我们要和平，打倒战争——不要替英国人打仗，不要替英国人干活，"而执行党的路线的共产党人为之拍手叫好。

全国海事联合会是养痈贻患吗？不能这样说。那时候他们对和平真是非常热心呢！最后全国海事联合会等到了真相大白的一天；他们发现在联合会里喊得最响、最活跃的会员，原来都是纳粹间谍并因此而被捕。

一九四二年一月，布鲁克林地方的联邦法院审阅了一件著名的美国间谍案。案件包括了在美国的整个纳粹间谍系统。主要人物里有十个是海员，其中七个是在组织工人方面受到推崇的全国海事联合会里的会员。确实，这些人一贯提倡和平，提倡中立，提倡孤立路线。他们的一贯口号是："不要介入战争！""不要把船开到英国去！"

无疑的，联合会是被这些间谍蒙蔽了。话虽如此，事情也得归咎于联合会所执行的暧昧政策。它劝告会员们为安全起见，应该力求在驶往加勒比海的船上，而不是在驶往英国去的船上找差使，这种目光短浅的自私自利的作风，正好使他们自己被纳粹分子玩弄于股掌之中。

以下是渗进联合会里的间谍：

康莱定·奥托·都尔德：海外航线"亚瑟王之剑号"的副事务长，判处徒刑十年；

海因利希·克劳辛："阿根廷号"厨师，判刑八年；

阿道夫·H·瓦利契夫斯基：穆尔——麦考梅克定期航船"乌拉圭号"船员，判刑五年；

海因利希·卡尔·艾勒斯：美国轮船"曼哈顿号"图书馆管理员，判刑五年；

弗朗兹·乔瑟夫·施蒂格勒：合众国定期航船"美国号"高级面包师，判刑十六年；

埃尔温·W·西格勒：合众国定期航船"美国号"屠宰组长，判刑十年。

这些证据清楚地说明了海军上将卡纳利斯的港口间谍网起了不少作用。冒充海员的间谍将新武器和货船到达地点的情报通知纳粹；完备的关于货运与客运的详细一览表送到了卡纳利斯的办公室。纽约港的庞大的间谍组织得到了全国海事联合会的海员间谍的协助。联邦调查局花了一年多时间才发现了这个间谍网，这个间谍网罗致了从高等学校里的女学生直到饱经风浪的水手。为了能将这个间谍集团里的人员一网打尽，联邦调查局作出了巨大努力，其中包括了不少不眠之夜，几百次的调查研究。终于，使法院获得了足以对这些港口间谍、海员间谍，分别判处高达十八年徒刑的证据。这个间谍集团大体上包括有十个海员，以及二十三名男人和两名妇女。对于这批海员，除这些罪名外，法院还宣布他们犯有盗窃"诺登式轰炸瞄准器主要部件设计图"之罪。所有这些赢得共产党赞扬的"极为坚定的左派"的激进的联合会会员，恰恰就是那种往来于美国、西班牙、葡萄牙以及南美各国的纳粹信使。

他们在运送盟国部队、运送租借法案物资的船上工作，在装运"诺登式轰炸瞄准器"到他国去的船上找到了盗窃的机会。他们的真正主子，比首先想到要将海事联合会内部搞乱、从而控制海事联合会的那个传布福音的特务瓦内克的地位要高得多。他们的至高无上的首领就是海军上将卡纳利斯；在美国港口间谍活动中的罪魁则是弗里德里希·儒贝特·杜奎斯南。当皮尔·赛包德替纳粹担任无线电报务员时，杜奎斯南是纳粹推荐给他的一个秘密同事，所以联邦调查局对之极为熟悉。

关于杜奎斯南的传奇性故事，阿兰·海恩德的《通向叛逆之路》一书中，有着详尽的描写。海恩德提到杜奎斯南和诺登公司里一些职工的关系。依据出席法庭的见证人报道，杜奎斯南神态始终很平静、冷漠，完全听天由命的样子。只是对那个使他受到联邦调查局监视的皮尔·赛包德，很动感情。他希望能有朝一日重获自由，以便找赛包德算帐。

杜奎斯南判刑最重，被判处十八年徒刑。

如果卡纳利斯办公室不是那么容易地受到他们的间谍赛包德的骗，要破获这桩海员中间的间谍案件，就还得拖很长一段时间。联邦调查局这下子真是一箭多雕了。

德国的海员传道会，在珍珠港事件后被封闭。虽然诡计多端的瓦内克设法逃到安全的地方去了，但是卡纳利斯在美国港口的这场间谍战中终于失败。

卡纳利斯雇佣了形形色色的间谍，这些间谍戴着种种假面具，使用着各种手段，通常很难看出他们的真相。有一回，在驶离加利福尼亚海岸的一艘小渔船上发现了卡纳利斯的人；有一回，他的人混在从智利马吉兰海峡里出来的船上冒充为海员；其中一个是一家水产贸易新闻的编辑，一个是船老板，一个是火警瞭望塔上的看守；还有一些是在"拉法埃号"上值班的哨兵或者是搬运工人。"拉法埃号"这条船就是从前很有名的那艘豪华的定期航船"诺曼第号"。

停泊在曼哈顿第四十九街码头的"诺曼第号"起火了，弥漫的烟雾一直飘到市里的巴特尔列地方。每个纽约人当即得出了同样的结论——"破坏"。但是拼命想消除战争恐慌心理的政府当局，声明这是一个原因不明的普通事故。

随便哪一个人，他要是碰到象沃尔韦贝克、高富、普夫卢格哈通和鲁道夫·豪斯那样的人的话，他就会知道，象这一类性质的事件里，纯粹属于事故的可能性是很少的。至少在战争期间大多数焚船事件中，总能追查出有一只神秘的手投进了一支塞有炸药的香烟或者铅笔。要登上象"诺曼第号"这种船的甲板，随便哪个搬运工人都可以；如果要当一个搬运工人，只要付出五十美元的工会入会费就行了。对于象瓦内克或者卡纳利斯所雇佣的间谍，这一笔区区之数简直是微不足道。在那时，象"诺曼第号"这种船上的警卫工作，不是由陆、海军和海岸警备队，而是由私人商行和私人雇佣的警卫来担任的。

国会进行的调查，发现这些商行里有一家雇佣了以往是德国的同盟国里的人和白俄来担任警卫。国会汇集的证据也说明了这个商行的副行长就是从前哈巴克公司（美国——汉堡航线）的海运监督。这个人在当局逮捕纳粹德国间谍事件中已经插手了，他替被捕的人缴了总数达美金十二万五千元的保释金。他肯定不是一个反对纳粹的人。"诺曼第号"的被焚虽然和他毫无关系，但上述证据已经足以激怒外侨资产监管委员会采取进一步的行动。

想追查出船只起火的原因是很难的。警察方面没有一个人高兴承认："这是一起破坏事件，我们事先没能加以阻止"。或许这也就是"诺曼第号"失火一案已经归于不了了之的那种神秘案件的原因。

大战期间，美国东、西两海岸的船舶失火事件多得出奇。其中许多起事件里的奥妙原因已经弄清楚了，都不是什么单纯的事故问题。和其他各个港口城市相比，船舶失火之事纽约一地发生更多些，离长岛不远的地方发生了名闻东海岸的极为可怕的爆炸，极可能就是海军上将卡纳利斯的间谍造成的。

干间谍工作的平均寿命是短促的，卡纳利斯须得陆续雇佣人加以补充，而这些人却并不都是很能胜任间谍工作的。有个名叫海因利希·勒德尔的青年，他是希特勒青年团的团员。他设法夺得了一条船，在一九三六年非法进入美国境内，暗地里活动了六年。于是在一九四二年七月二十八日早晨天还没亮时，他将船坞里的一堆木材点上了火。大火蔓延开来，烧着了亨利丁·凯塞尔公司在加里福尼亚州里士满①地方的资产。

勒德尔从他生起篝火的地点逃走，但已经被人看见，将他逮捕。他被判处了三十年徒刑。在法庭上，他供认不讳，他是纳粹党航海小组里的人员。

居住在斯丹敦岛的恩斯特·弗里德利克·莱密茨受到了同样严厉的判处。他年已五十七岁，使用的是一种已经过时的方法。他幻想他的信件能够逃过邮政检查人员的红外线检查，在他和瑞典、葡萄牙等地的间谍通信时用密写墨水写了以下的内容：

"驶往俄国的十一艘船中装有飞机用的马达和二十八门远

---

① 里士满这一地名，世界上与此同名的至少有五处。此处系指美国加利福尼亚州西部的海港，临太平洋旧金山湾东岸，第二次世界大战中这里建立起巨大船坞，成为美国造船业重地。

射程大炮；有一艘船，在甲板上装飞机，甲板下为飞机用的马
达。船上有波音飞机与道格拉斯飞机的零件以及寇蒂斯—莱特
飞机、发动机、轻武器、探照灯和电讯器材等等。"

　　总之，他和多数德国特工人员相比是略为逊色。不象那个
装扮成酒吧间老板的伯利兹大亨，装扮成美容专家的珍珠港的
露丝·屈恩，装扮成新闻记者的普夫卢格哈通。他想出来的
是一种他自以为很巧妙的伪装，他在纽约的斯丹敦岛上当上了
一个防空瞭望员。这种职务使莱密茨能看清驶离斯丹敦岛和驶
离启航港口的护航舰只。他象那些在沿江滨海地区做搬运工人
似地做一些不惹人注意的工作，成为那些江边旅社里的一个
常客。

　　他的妻子利用出租房间的办法赚些外快。她挑中的寄宿人
都是些年轻的水手和做海员工作的人。她象做母亲般地对他们
照顾得非常周到，从他们那里知道了船舶起程的日期。

　　港口的特工人员通常所要求的总是："通知我们有哪些船
正在启航，船上装的是些什么货物；在船上的部队有多少名
额？"他们所得到的秘密消息要用航空信、用密码拍发的电报
或者用向南美洲挂商业长途电话之类的种种办法递送给别的间
谍。而莱密茨则免不了要用一种新发明的密写墨水的把戏，将
他在瞭望中所侦察到的情报写在字里行间。

　　莱密茨雇佣了兵工厂里的一个技师作为他的部下。这两个
人都没有在他们的叛国买卖里捞到多大的好处。莱密茨卖力的
代价是每周美金五十元的薄酬。这就无怪乎在他被捕后，他那
个匈牙利出生的老婆会哭得那么伤心，她痛哭的不是因为他是

个叛徒、卖国贼；也不是为了他被判处了三十年的徒刑。她抽泣着说，他不过是自作自受罢了。使她伤心的是这种丢脸的事情，使得新来寄宿的客人都吓跑了。

布鲁克林濒羊头湾和斯丹敦岛相望，有渡口供联络来往。这个地方是海军上将卡纳利斯的另一间谍用武之地。二十七岁的柏屈伦德·斯图阿特·霍夫曼，他伪装成一名堂堂的美国海军军人，确是最简单、最安全的办法。

法院记录里对柏屈伦德·斯图阿特·霍夫曼的描述是生相漂亮、身高五英尺十一英寸，体重一百九十一磅。他出生于加拿大，但生活中的大多数时间住在美国底特律和芝加哥。他在底特律的一家福特汽车厂里工作，挣的钱很可观。然而霍夫曼嗜钱如命。有一天，在底特律的纳粹间谍集团里的一个间谍找上了他。这个集团的首领是个出身在匈牙利的富有魄力的美人，名叫格兰丝·巴巧南·迪恩。她毕业于伐萨学院，在汉堡著名的间谍学校里受过训练。

这个从一九四二年起就在活动的纳粹间谍集团，取得了很大的成就，他们弄到了福特工厂的作战运输装备设计图。接着就到了霍夫曼应征参加海军服役离开工厂的时间，他担任的角色是变了，但性质仍是一样：从一个工业间谍变成一个港口间谍。这个年轻人不久就将克洛赛·依列海军基地的日常活动作出了报告。

他受海军训练完毕后，被分派到纽约服役，驻屯在羊头湾。从一九四三年六月起，他将航运的情报递送给他的女头目——底特律的美人格兰丝。

联邦调查局接到了一些来自侧面的警告后开始监视这个集团。为了收集到对付这帮人的更多证据，福特公司答应让特工部门里的人到他的工厂里去。他们发现这帮人除了花大钱搞飞机上的马达和坦克的蓝图之外，还忙于在有组织的工人中、在白种工人和黑种工人之间制造摩擦。这种行径虽然并不能够直接提交给法院当作罪证，但是可以看得出，这个底特律的间谍集团显然是想在工人中制造纠纷、激起罢工以及煽动种族仇恨和种族暴乱。

时间将表明海军上将卡纳利斯的间谍是怎样在偷偷地组织反黑人、反犹太人的骚动。凡是能够使战时生产停顿的一切机会，他们都要利用。

间谍集团的首领格兰丝在最后被捕时，她料到自己很可能会被判处死刑，所以就转变立场，将她所知道的一切都供认了出来。其中相当的情节还富有童话色彩。在法庭上，她使人大为惊奇。不过，使人更为惊奇的，还是霍夫曼。

迅即被捕的年轻的霍夫曼在法庭上出现时还穿着他的海军制服。看起来完全不在乎，并且跟着还出现了一些奇怪的现象：他不替自己辩护。他对律师的盘问所作的回答非常可笑；好象简直不明白他自己是在什么地方似地。

法庭上笑声大作，大家怀疑霍夫曼在装聋作哑。但是他本人却完全是一本正经的样子。他承认曾经将航运的消息告诉过底特律的间谍集团，给他们打过电报。问他电报内容时，他说记不得了，又说那是他从报纸上抄下来的。问他是怎样的报纸，他又说，记不得了。

最后，为此请教了精神病专家。经过几个星期对霍夫曼的观案，他们得出的结论是被告"智力不健全"。对底特律间谍集团和海军上将卡纳利斯而言，他的情报十有八九是毫无价值的。

这个滑稽的结果给法院留下一桩未了的公案。一个旁听的人发表了意见："纳粹分子现在连低能儿都要派用场了，这场戏就唱到头啦！"可能也确是这么回事。于是，法院撤销了控告霍夫曼一案。

XVI　祸从天降的爱尔兰

本章人物提示

西恩·罗塞尔

　　——爱尔兰共和军领袖之一

依秀特·贡纳

　　——爱尔兰作家弗朗昔斯·斯图阿特的妻子、纳粹工具

爱尔妮

　　——饭店收款员，德国间谍的联络员

亨利·隆尼堡

　　——德国间谍

斯蒂芬·海斯

　　——爱尔兰共和军领袖之一

安娜

　　——饭店店员，爱尔兰共和军成员

海尔曼·格茨

　　——德国间谍

　　凡是在底特律间谍集团里的人，家里都受到了联邦调查局的彻底搜查。抄出了几百磅经过伪装的亲纳粹的印刷品，以及企图迎合中西部地区孤立主义的宣传品。其中有恶意反犹太人的《扫帚报》；有撷拾三Ｋ党（那时三Ｋ党的活动还很嚣张）唾余的小册子；还有成千上万的传单：大致是那些怀有既忧虑又愤怒的、高傲的母亲们所写的信件的复制印刷品。这些印刷品以十几种杜撰的组织的名义进行散发；而所有的宣传品都坚决主张：美国不得参战！

　　对于这种伪装成爱好和平的面目的恶意宣传，联邦调查局里的人以前见得多了，毫不足奇。但是在底特律的案件里他们还发现了一个以前没有碰到过的题目，这就是好些关于可爱的故土——爱尔兰的信件和小册子。这些白纸上印着黑字的东西，其散发的主要对象，显然主要是寄给美国国内为数众多的美籍爱尔兰人的。这些宣传品宣称：爱尔兰不得参战；爱尔兰人决不取消以往的正义口号：

　　"不要任何国王！不准干涉爱尔兰独立！"

　　这些宣传品在赞扬爱尔兰中立的同时，将英国毫不留情地、信口雌黄地乱骂一通。

　　现在已经明确证实，这些宣传品是德国人设想和撰写出来的。在分发这些印刷品时，德国人巧妙地欺骗了那些和非法的爱尔兰共和军有联系的团体。在爱尔兰的恐怖组织——爱尔兰共和军里，并不是所有成员都甘心与纳粹合作，其中确有很多是真诚地为自由献身的人。他们是永远也不会和法西斯分子合作的。但是其中有一些人由于仇视英国的缘故而被纳粹利用了，甚至变成了领取海军上将卡纳利斯津贴的间谍，这也是一个无疑的事实。

美国国务院在第二次世界大战期间曾经多次对爱尔兰的间谍活动提出抗议。当局指控爱尔兰的间谍调查了美军在北爱尔兰登陆的人数，报道了美军的装备和部队调运等情况。可是这些抗议没有起到作用。

爱尔兰自由邦的领导人艾蒙·德·伐莱拉总统拒绝这种指控。他不相信果真会有这种事情。他觉得这种事情会发生在全世界的其他任何场所，然而不会发生在爱尔兰；爱尔兰人是永远不会做卖国贼的！对于美国的抗议，他答复道："企图从事间谍活动的嫌疑犯，现均已囚禁于爱尔兰监狱之中。此辈总数……系外侨十名及爱尔兰国民二人。以谨慎警惕言之，他国能否有此种成绩，实难以为言。"

这种答复的措词既得体又真诚。然而知道内情的人看到之后不免对此觉得有趣而可笑。按英、美情报部门最保守的估计，敌方在爱尔兰的间谍，一九四四年时至少也有三、四百个。纳粹组织的效能并不因为有十二个领导人被捕而有所降低。

海军上将卡纳利斯在爱尔兰建立间谍组织是有其深厚基础的。远在大战之前他在旅途中经过荷兰时，曾与他的爱尔兰间谍们进行过单独的磋商。之后不久，又和爱尔兰共和军的前领导人举行了会谈，地点也在荷兰。

一九三九年春天的一个晴朗的日子，成千上万的荷兰花园里鲜花盛开。战争看上去还远得很呢！有个脸型狭长、眼窝深陷、发色象胡罗卜那么红的男子，来到了鹿特丹的商业旅馆。此人名叫西恩·罗塞尔。与他作伴的，是蓝眼睛的马克斯·皮尔，模样象德国人。两人在登记时都使用了假名，自称其职业是推销员，固定住所在都柏林。在他们的手提包里，带有纺织品和化工产品的货样；但他们感到兴趣的，是另外的一种货色——炸药。

西恩·罗塞尔——非法的爱尔兰共和军领袖，是来安排如何将大量炸药偷运进爱尔兰，以供给他那个采用恐怖手段的共和军使用。在火车站、在电话间、或者在伦敦的某些码头上偶而将炸弹引爆，那不过是小意思。战争就在眼前。西恩·罗塞尔的势力是不可忽视的，纳粹方面无疑将在更大的规模上予以利用。

具有纳粹突击队员精神的罗塞尔是个挺好使唤的工具。这个激烈反犹太和疯狂反英的人，对纳粹的命令俯首贴耳地坚决执行。安排好炸药后没有几天，西恩·罗塞尔返回爱尔兰，随身还携有搞间谍活动的另一个先决条件——金钱。此种秘密经费使用爱尔兰人的名义，分储在各家银行，组成了军费金库。

马克斯·皮尔关照罗塞尔不能到都柏林德国公使馆里去；他的一举一动事关重大。因为罗塞尔是个受到通缉的人，永远要过地下生活。所以，罗塞尔和德国的公使馆表面上不能直接联系，虽说如此，德国公使馆还是设法协助到爱尔兰来的德国间谍。

公开坚持表示在大战中只查出十二名间谍的爱尔兰政府，

对于德国向爱尔兰空投间谍一事，心里是明白的。德·伐莱拉的政府派遣代表到都柏林诺谌勃兰路五十八号德国公使馆去谈这个问题。德国公使爱德华·黑姆佩尔先生阁下假惺惺地表示不相信："依我看来，他们是英国人。我们一贯主张和爱尔兰保持最亲善的关系，不会搞这种活动的。"

爱尔兰政府软弱无力，而英美报刊不久就抨击了德国这种空降间谍事件，指摘爱尔兰政府。他们认为即使没有查出德国间谍来，至少也应该因此对德国公使馆的秘书提出抗议。秘书亨宁·汤普森少校是海军上将卡纳利斯派遣在爱尔兰的间谍头子。报纸也提出爱尔兰应该将非法的爱尔兰共和军首脑西恩·罗塞尔逮捕归案。对于空降间谍的事情，罗塞尔和汤普森少校两个，比警方人员要清楚得多。

汤普森少校在北爱尔兰的厄斯特尔的英、美部队驻营地和他领导的都柏林总部之间，组织有一个高效率的情报传送系统。他的谍报员带着金钱、宣传品、传单和多半是有关海事方面的情报，偷偷地在爱尔兰自由邦长达六百哩的北部边境地带进出。爱尔兰警方人员为要阻止这种递送情报的间谍活动，费了很大的劲，可是收效甚微。

有一天，朋屈莱湾的渔民们报告，他们在背地里看到荒凉冷静的迦尔威海岸那里有潜艇冒出来。这条水底下的船还肆无忌惮地将他们的渔网都弄坏了。渔民们当然不敢咒骂盟军军舰上的人无能，但是却很小心地进行了监视。他们看到这条潜艇靠拢海岸，卸下一些捆扎好的厚实而巨大的板条箱。爱尔兰警察接到报告就详细进行调查，找到了这些箱子。发现装在箱里的是德国标志、德国型号的枪械：机枪，军用左轮枪，毛瑟枪，弹药和 T.N.T. 炸药；这些都是纳粹潜艇输送给爱尔兰共和军的。警察人员还在迦尔威海岸附近的一个岩洞里查获了隐藏着的一些自动步枪和催泪弹。

追踪纳粹间谍的英方秘密工作人员，发现间谍人员曾经光临过一个家庭，一个在都柏林很有名气、最孚众望的家庭，这就是依秀特·贡纳的家。在五月里的一个寒冷的日子里，爱尔兰的四个侦缉搜查了依秀特·贡纳的家。贡纳是爱尔兰著名作家弗朗昔斯·斯图阿特的妻子，也是爱尔兰社交界里的名流。她是麦克·勃拉德少校的养女，少校则在一九一六年叛乱事件后，已被处决。

爱尔兰警察在这里找到了空降间谍组织的重要物证，虽然这位夫人反对他们检查她个人用品的衣橱，可是四个侦缉员没理睬那种矜持的抗议，他们照查不误，认真地搜查了阁楼、浴室、地窖和厨房里的碗橱，一个角落也没有漏掉。

最后他们要找的东西终于发现了：藏在一个壁橱里的一堆衣服后面的一顶折叠得整整齐齐的德国降落伞；一只工具箱里的一台小型无线电收发报机以及藏在弗朗昔斯·斯图阿特一堆书籍里的一本黑色封面的小小笔记簿，内容就是发报用的密码。来自厄斯特尔的有关英、美航运与部队集结的情报，由下级谍报员交给斯图阿特夫人。于是她操作这个低功率电台将消息通知埋伏在航道上的潜艇，伺机击沉盟国这些输送货物、兵员的船只。

弗朗昔斯·斯图阿特夫人受审于军事法庭，并被判犯有

"危害国家安全罪"。她承认短波发报机是一个纳粹跳伞员交给她的，这人曾经在她家里住了几个星期。但是她拒不说出他的姓名和下落。而她的丈夫呢？面对着依秀特·贡纳的供词，仍坚持认为他们夫妇是清白的。但在审判结束后没几个星期，爱尔兰的收音机里就听到了新的纳粹广播节目，受柏林庇护的作家弗朗昔斯·斯图阿特主持了纳粹对中立国爱尔兰进行广播的工作。

对这个已被发现了的纳粹德国的空降间谍，爱尔兰和英国继续进行追捕：属于职业性的线索都进行了问讯；有可能栖身的都柏林和各个港口都进行了搜查。但是这个跳伞员的踪迹难以寻觅。情报人员的结论是，间谍已经由潜艇接应，离开了爱尔兰岛。

然而，一九四二年的后几个月又获得了新的证据，证明这个德国间谍还在这个国家里潜伏着。特工首脑的时装店所提供的伪装手段相当多，卡纳利斯在爱尔兰的部下又有新的伪装。他们隐藏在都柏林市奥多内尔街一家设备齐全的饭店里。这家最时髦的饭店里竟会窝藏卡纳利斯和爱尔兰共和军的间谍，真是做梦也想不到，在最近两、三个月里，这家饭店有几个新主顾光临。他们每天都来，边吃饭，边坐着看报；吃完，付了些小费就走。他们和别的主顾一样，到出纳员账台上去付账。出纳员在这家饭店里已经工作好几年了，仍是个年轻漂亮的女郎。收钱的时候会有张记录纸夹着送到她手里来；有时在给这些特殊顾客找零钱时，分币里会夹有折起来的纸条。

坐在收款台上的这位年轻女郎爱尔妮，是汤普森少校在德国公使馆的谍报中枢和爱尔兰共和军之间的联络员。爱尔兰共和军里的主张暴力、搞破坏活动的人，将密码情报交给她，由她递交给德国人；再由她将公使馆发出的新指示转交给爱尔兰的间谍。

都柏林的警察界里通常是有爱尔兰共和军里的人的。未来将要发生什么事，他们消息灵通；风声一紧，他们就先知道了。因此有一天奥多内尔街上这家饭店里的漂亮出纳员接到了一个电话，对方说："祝贺您的生日"。可是那天并不是爱尔妮的生日；她一听就明白这是警告，当即和正在店里吃饭的一个间谍迅速离去。警察不久就来此搜查，而间谍们早已遁逸。他们的领袖亨宁·汤普森少校呢，则是个享有外交特权保护的人。

英国人很愤怒，但并不惊异。他们即使能将间谍从英属的厄斯特尔地方驱逐出去，他们还是阻止不了这些人跑进中立化的爱尔兰。这一点他们早就理解到了。这些间谍躲过了奥多内尔饭店这一关，可以预料，他们会到厄斯特尔去避风头的。

间谍头目亨利·隆尼堡是"都柏林—倍尔法斯特"特快列车上餐车里的职工。这个职业使他能够毫不费事地将情报从北爱尔兰带到爱尔兰自由邦里去。可是在这时，他也担起心事来了。尽管对都柏林那个饭店的搜查，警方是失败的，但却是一个不祥之兆呀！他走出车站时，真有些胆怯。果然，厄斯特尔的当局在等着他呢！他被捕入狱了。隆尼堡在被审问时装出一副发愣的样子，扮演着一个守法的、无辜的公民。是呀，他承认，他有时是在奥多内尔街上那家饭店里吃饭的，不过别人，有好几百呢，也是在那里吃饭的呀！

　　问到出纳员账台上那个姑娘偷偷塞给他的东西是否情报时，他惊异地回答："不是的！"他又说道："她可能是给了我一盒香烟或者火柴什么的，你们的侦探就想象到什么间谍的报告。这真是太可笑。"

　　英国当局事实上手里并没有任何物证。不过他们按照惯例搜查了他的手提包和衣着，发现藏在衬料里的一份来自纳粹——爱尔兰共和军间谍组织里的命令。

　　亨利·隆尼堡完蛋了。这个要命的文件是情报工作人员难得有机会查获的；就其直言不讳来说，也是一个杰作。原文是这样的：

　　OGLAIG NA HAIRANN，总司令部

　　都柏林，一九四二年二月六日

　　Dii，情报，北区指挥

　　1. 君一月三十日报告，余已收悉，于此通知。

　　2. 余切望即时获得下述各项报告：

　　（a）君作报告时，美军抵达北爱尔兰之数量。

　　（b）群众中"爱国者"对美军抵达之反应。（余此处所言爱国者一词，系指其最广义之含意。）

　　（c）与该部队进行密切联系之前景如何？

　　3. 君率属下获得亟需情报之模范工作，余正拟作一概述之备忘录；余并拟就北爱尔兰之全部强有力系统及防护人员配置之详细计划，作出具体报告，其中亦应有一从事

生产之工厂名单。

4. 新建之天主教中央党有何进展？内幕如何？

5. 君可否令余迅即知悉目前驻北方之英、美部队总数？

告余以下述问题之大致数字：（a）英军与殖民地军；（b）美军；（c）佐辅之警察武装；（d）北方全部敌方武装力量。

西恩 C—5

这里需要将上面神秘的标题解释一下。OGLAIG NA HAIRANN 是一种用盖尔语表示的爱尔兰共和军的头衔，意思是"爱尔兰的战士"。

爱尔兰共和军经常要求美国同情它，这一次它露出了马脚，它将美国的部队归入于"敌方武装力量"里去了。

这个惹人疑心的奇怪的签名，西恩 C—5，当然是爱尔兰共和军领导人西恩·罗塞尔常用的签名或代号。

对于英、美情报部门，这份文件尽管很有价值，但是其中一点也没有提到尚未被捕的空降间谍是在什么地方；对于这个信奉恐怖手段的政治家西恩·罗塞尔的下落如何，也没有提供出丝毫的线索。

近代间谍史里的西恩·罗塞尔是个传奇式的人物。他几乎能够随心所欲地到处活动。国际博览会期间他访问了纽约；英国领事馆发生的爆炸被认为是他干的。他飘忽地出现在美国的很多城市里，到处发表其反英、亲德的演说，为他所从事的运动募集基金。

西恩·罗塞尔在底特律市以非法募集基金罪被捕，判处美金七千元保释。有些美国的孤立主义者同情他，其中包括俄亥俄州的众议员马丁·L·斯威纳，他将这次逮捕称为："受命于英国的、对一位杰出的学者、战士的肆意迫害。"

和学者、战士相比，这个间谍首脑西恩·罗塞尔更是一个特等的凶手。这个人后来消失了，留下的是一些暧昧的故事。他的朋友们说，英国人终于找到了他的踪迹，在一艘意大利船上抓住了他，带到直布罗陀。后来他试图逃跑时被杀死了。但是英国人否认任何类此的说法，并暗示这种讲他已经死掉的故事是捏造的。谣传中的说法是：罗塞尔之"死"，其真实性的程度并不大于"鲁道夫·豪斯在俄国被处决"；"死亡"的说法是他自己创造的，其目的在于能安全地继续搞他的间谍破坏活动。这种说法不管是不是事实，我们不到大战结束后的若干年时间里，大概是不会知道这个故事的真相的。

西恩·罗塞尔在爱尔兰共和军里的地位，接着就由斯蒂芬·海斯接替。海斯是个爱尔兰的爱国人士，和他的前任一样地强烈仇视英国。不过两者在一个重要的问题上是有所区别：海斯虽然准备和英国人战斗而流尽最后一滴血，却反对和纳粹进行任何合作。从在爱尔兰共和军里的德国间谍所处的境况看来，他们还是撤回去为妙。他们接到了卡纳利斯的命令，要将海斯作为一个有潜在势力的政治领导人来消灭；要想出一条干掉海斯的妙计。

纳粹间谍对爱尔兰共和军新任领导海斯公然进行了绑架。

绑架事件发生在都柏林的一条街上：一个陌生人向海斯冲去，用胡椒粉洒进他的眼睛里，将他推进一辆汽车，绑住了他的双手，嘴里塞进一块手帕，带到都柏林住宅区中的一个小房间里。那房间里有两个人监视着他，厚厚的窗帘将窗子遮得一丝光线也透不进来。

"我在什么地方？"他问道。

看守他的两个人不睬他。

"你们要拿我怎么样？你们是英国人吗？"当然，他一开始想到的是英国人绑架了他，要将他带到英国或者是厄斯特尔的法庭上去。但是他很快就了解到不是这么一回事。

纳粹和爱尔兰共和军里受纳粹雇佣的人已经写好一张供词，要他签名。这是用德国国会纵火案供词的那种浮夸文体写成的文章，足以完全败坏掉他作为一个爱尔兰人领袖的生涯。其后果是：海斯得宣布他是个英国特工部门的情报员，声明他将本人所作报告的副本送给英国，以及宣称组织爱尔兰共和军爆炸活动的人员受到告密一事，也是他干的。

这个供词还陈述了伦敦警察厅侦缉部里的人常和海斯碰头；还有，他海斯还唆使过爱尔兰政府里的两个部长，要他们扑灭爱尔兰共和军。

事情发展到要海斯成为内奸之流卑鄙人物的紧张关头，他背后被枪口指着，威胁他签了字。这张供词后来就被印出来寄给好些显著的爱尔兰爱国人士。纳粹很明白，这张作为实证的供词即使受到人们怀疑的话，那么海斯居然签了字的这种怯懦行径也必将受到谴责的。

爱尔兰共和军的领袖海斯，他心里认为在他签字之后就会将他释放的，但纳粹却还是将他关押了好久。他们无法决定该怎样处置：放了他，他们整个组织会受到他的威胁；但是将他暗杀掉呢，又会增添和警局之间的纠葛。

然而他们终于得到了卡纳利斯的命令：杀掉。站在海斯面前的安娜，从她对他的谈话里，透露出纳粹的意图。安娜是给海斯送饮食的附近饭店里的一个漂亮的红发姑娘，是爱尔兰共和军里的人。她认为他是个真正为爱尔兰自由而奋斗的领导人。从看守人那里听来的话，使她大为吃惊，她就将快要杀死他的消息预先通知了他。他当即决定要为生命而作一次拼死搏斗。他选择了这幢房子里只有两个人看守他的时机，突然将报纸扔到一个看守人的脸上，夺到了他的枪。接着在一场枪战中海斯射中了他们两个，但自己也受到了重伤。满身血迹斑斑的他，设法到达了都柏林市的雷斯明住宅区里的警察所。对于都柏林的警察界，这真是一幕奇怪的讽刺性的场景：被通缉的、非法组织的领袖斯蒂芬 · 海斯，逃到他们这边来了。

在痛苦和濒于死亡的威胁下，海斯的模样已经变得很狼狈了；使人觉得可厌、可笑又复可怜。当他将受到监禁的那所房子的地点告诉警察后就失去了知觉。

几分钟后一支强有力的警察小队来到这个寓所。已身负重伤的两个看守人还在那里，他们不肯不战而降，和警察们相互射击起来。打死了一个警察，打伤了另一个。最后经过了二十分钟的抵抗，这两个人由于失血过多而无法继续战斗，只得投降。

　　警方人员在这所公寓里发现了很多文件、密码本和一台无线电收发报机和一些用德文写给间谍集团领导人的指令。这个领导人是个何等样的人呢？不管你怎么说吧，又让他逃掉了。

　　这个人在爱尔兰不是无名之辈，将降落伞留在依秀特·贡纳家里的跳伞员，就是他。爱尔兰警局的档案里在这个人的名下有着大量的记录。

　　从天而降的这个神秘人物，海尔曼·格茨，过了至少有十八个月的自由自在的生活。在此期间，他成功地避开了爱尔兰的警察局和英国的特工部门。他到爱尔兰自由邦时携有相当于二十万美金的爱尔兰货币，因此组织起一个港口活动的间谍网，对爱尔兰共和军内部的法西斯派、主张恐怖手段的一派提供经费。

　　英国人要是在一九三九年就对格茨在大战中将成为何种角色的情况略有所知的话，他们就决不会将他释放。就在大战开始之前，他因为描绘皇家空军飞机场的草图身入囹圄；监禁了六个月之后移送德国。我们已经看到：没几年后，他出现在爱尔兰。

　　惊魂未定的爱尔兰共和军领袖——斯蒂芬·海斯，请求警察局的保护；他和警察局人员的谈话是很爽快的。爱尔兰共和军的内情，首次获得了透露。由于共和军里过激的、亲纳粹的一翼的领导权已经被海尔曼·格茨抓在手里，共和军从上到下已经发生了分裂。海斯详尽地进行了揭发，将卷进纳粹间谍集团里的爱尔兰共和军人员的姓名、地址说了出来。于是就发出了对这些人的逮捕证。这些人里有几个后来在伦敦因间谍罪而被处绞刑。而最为轰动的是——抓到了海尔曼·格茨。

一经逮捕，格茨很快就变成了一个弱者，他承认他是替卡纳利斯工作的人，也承认了他就是阴谋绑架杀害海斯的人。在全爱尔兰唆使进行间谍活动的主要教唆犯，就是他。

海斯尽管确实表明了他是反对他以前的那些同伙的人，但仍旧免不了要在监狱里过一段日子。他对饭店里的姑娘安娜和其他一些前来探望他的朋友们说，他很高兴能够在监狱里耽搁一个时期。对他来说，监狱比任何一个地方更安全。他沉思着，又说了一些话："即使大战结束，我也不会有太平日子过的。纳粹和爱尔兰共和军不会忘记我出卖了他们；他们对我肯定会穷追不放。"

XVII　间谍的情妇

本章人物提示

安德留·彼阿赛
　　——美军轰炸机尾炮手
海尔薇·妲尔博
　　——挪威人、纳粹女间谍

远处传来的炸弹爆炸的回声，继续在德国前总理官邸里那些华格纳式厅堂里隐隐作响，象是世界末日的雷声一般。这是一九四四年夏季星图谋杀掉希特勒的一颗炸弹。在这当口，似乎卡纳利斯也要倒霉了。

海军上将接到电报时正在巴尔干半岛视察。电报命令他速返威廉街述职。他近来一直在猜想会接到这种电报，心里很怕，但又无法避开；而现在呢，终于来了。

毛病总是要出的。希特勒会原谅他犯的大错误，甚至会原谅他在非洲、意大利和法国所犯的一连串错误，但是这一次发生的这一种事情，是不能宽恕的。

虽然发生了企图结果元首生命的事件，总理府的一切，看起来仍然和平常一样。卡纳利斯走进总理府时，心里大概在想，这一次同希特勒的会见对他的事业具有决定性的影响。要是不能使希特勒的愤怒平息下来，卡纳利斯再走出来时就得成为一个阶下囚了。他振作起精神，走进元首的书房。很可能在最初的一瞥之下，他就理会到，他那个通常表现出神经质的主子，正处于极度紧张之中。

这两个人接触的具体情况，是永远不能加以证实的。据中立国那些外交家报道的是：希特勒说他看见卡纳利斯，觉得很高兴；他知道卡纳利斯是可以予以信任的。他不象别人那样地唯唯诺诺，不是那种害怕触及冷酷事实的、谄媚拍马的人。

希特勒已经知道：事实真相十分险恶；这次大战他已经输掉了。现在可以使用的，只是那种毫不考虑后果的手段。而就是这种手段，也不过是将大难临头的时间拖延一下而已。他说他感到遗憾的是，卡纳利斯坏了他的事；或许最好的办法就是将海军上将在谍报局的领导职务撤掉。

元首的紧张是有充分理由的。新近就有一伙德国官员企图谋杀他：炸弹爆炸的位置很近，足能使他受伤。而他作为全能的情报部门的首脑对这一重大阴谋事先竟毫不知情！

卡纳利斯的答辩，等于是为自己的地位和生命而进行的一场斗争。他向来能把事情说得恰到好处，凭他这种本事，这一次就象他常在以前办到的一样，他重新获得希特勒的信任。他的解释，说得非常动听。他承认他的失职；他承认他本应好好地保卫他的元首的安全；不过，他缺乏这样做的权力。

希特勒的眉毛扬起来了。是谁胆敢阻挠海军上将这样做呢？卡纳利斯继续进行解释：包括被占领国家里的军事地区在内，是在他的统治权力之下；不过在德国国内，他并无权力。盖世太保头子和国内战线新任长官海因利希·希姆莱舍不得将帝国内部的权力分一点给他嘛！责任是在希姆莱和他的盖世太保身上。海军上将公开表白了他对希姆莱的愤慨。

据中立国外交官们说，卡纳利斯嫁祸于人的工作干得很好，因此希特勒心平气和，这么一来他仍保住了他的权力。就事实而言，卡纳利斯的辩解也完全是真情。责任是在于盖世太保而不在海军和陆军的情报部门。陆、海军的情报部门里忙得很，它们监管着德国在全世界的利益。

诡计多端的海军上将对他的主子指出，这是个可以利用的机会。来个公开的声明将他免职，就会有助于欺骗敌人，使他不为别人注意。这一来，他就能有机会执行一项久已盼望的计划了。

盟军在法国、荷兰、比利时的登陆，已证实了欧洲人民是全心全意地站在盟军一边的。他们冒着巨大的危险，掩护盟军的跳伞员、谍报员以及从事地下工作的破坏人员。卡纳利斯想将他的特工人员逐步潜入这些在目前还受德国"保护"的国家里的地下运动里去，在这些地下抵抗运动有机会帮助盟国的解放部队之前，就将它们摧毁掉。

希特勒同意了他的请求。于是老一套地从"中立国方面"传出了这种报道：卡纳利斯失宠了，被撤职了。可是卡纳利斯并没能骗过英国、俄国和美国的特工部门。

卡纳利斯拼命想使别人忘记他的另外一个动机是显而易见的。他曾经追捕过无数的盟方情报人员，将很多国家里的无辜人民判处死刑，他也时常将自己的间谍人员作为牺牲，他的活动使数以千计的海员葬身鱼腹。而现在呢，时势变了，原先受他凌虐残害的人可能有朝一日要找他算帐。一想到德国战败后他个人的结局，这个冷静的、足智多谋的超级间谍也感到胆战心惊了。他看到这种场面很快就会出现，所以在种种的理由下，他请求公开将他撤职。希望在盟方起草战争罪犯名单时，他已经消声匿迹而被人遗忘了。不过对于他来说，要退隐的话，时间已经太晚了。

将欧洲的地下运动镇压下去，日益成为纳粹的当务之急。地下活动的力量，业已成长到难以想象的程度。法国的马基组织①，将降落到地面上来的英、美飞行人员送回到英国基地，只需要四十八小时；在南斯拉夫，为数不多的游击队战士已经解放了该国的大批地区；丹麦存在着一条地下铁路可以稳当地将盟军方面在逃的战俘护送到中立国瑞典，他们到瑞典后就由盟方的飞机运到英国、冰岛和他们所希望去的任何地点。

海军上将卡纳利斯决意要让这些在反抗的被占领国，尝尝他的厉害。现已获悉他所干的详细情况。从参与这种活动的几个局中人的报告里，可以看出卡纳利斯的战术。

---

① 马基组织，指第二次世界大战期间法国抗击德国法西斯军队的游击队或其成员。

　　这些局中人中间有一个是堪萨斯州的空军上士安德留·彼阿赛，是一个第一流的尾炮手。他飞行执勤三十一次，第三十二次就是事故发生的那一次，他在由一百架轰炸机组成的轰炸大队里的一架飞机上，将所携带的那些重量在一吨以上的炸弹向柏林埃克纳郊区的弹药厂投去。飞行途中他们遇到了一大群战斗机，而在柏林上空时，德国猛烈的高射炮火形成一片火网。

　　机身遍体疮痍。但是驾驶员仍操纵着它飞到了丹麦的北海地区。这时，形势很清楚，他们的唯一出路就是在丹麦的一个小岛上试行紧急着陆。这将意味着在一个纳粹的集中营里遭受长期的监禁，但除此以外再也没法可想了。

　　他们安全地降落在一块耕地上。发动机的声音一停，几乎立即有十来个丹麦人聚集到飞机的周围来。

　　飞行员所操美国方言、所说的保证以及他们认为自己倒了大霉的咒骂，所有这些使丹麦人认出他们是真正的美国人。丹麦人立刻对他们热情地欢呼说："欢迎你们来到丹麦！"

　　他们说的是丹麦话，机组人员一个也听不懂。可是友谊的声调和姿态是一望而知的，随即有一个会说几句英语的丹麦人自告奋勇地来帮助这些美国人，告诉这些飞行员应躲到附近的一所房子里去。同时，为了保证不让纳粹利用这架空中堡垒，丹麦人放火烧掉了这架飞机。

　　这个尾炮手安德留·彼阿赛对我叙述了他们是怎样穿梭般地从一个农民的家里转移到另一个农民的家里，从一个教堂里转移到另一个教堂里。丹麦的地下工作人员供应了他们的一切需要：将他们装扮成当地的渔民；给他们以极为可口的食物；教给他们一些粗浅的丹麦话；最后还替他们弄到了冒牌的丹麦出生证件和身份证。有个地下工作的战士对彼阿赛说："德国人太愚蠢了，你们这些军人是丹麦人还是美国人，他们是弄不清的。"他们很轻易地到达了哥本哈根附近，然后得在该地等些时间找机会逃出国境。他们的行程持续了几个月；每个飞行员所走的路径是不同的，各人过着不同的生活。可是他们的全体人员将会在中立国瑞典的某个地方会面。

为什么会有那么多的英美飞行员从纳粹的手指缝里溜掉呢？纳粹分子的心里是明白的。海军上将卡纳利斯为了和帮助盟国飞行员的丹麦爱国人士斗争，设立了一个专职的情报科。

盟方的反间谍人员听到了纳粹特工机构新设部门的风声，知道了他们所"委任"的角色是谁。这个专职的纳粹单位里的头头，是个女的，也是个很聪明的，有能力的女间谍。很多人都受过她的欺骗，安德留·彼阿赛也将成为她的牺牲品。安德留萍踪飘泊，已经成功地从日德兰半岛抵达哥本哈根。在哥本哈根他等着别人用船将他偷渡送出国境。种种的具体问题都应该很谨慎地安排；为了避免冒险，彼阿赛每晚歇宿在不同的家庭里。即使是这样做了也还不能认为什么危险都没有了，因为纳粹分子常常会对一个地段来一个突击搜查，核对居民身份证的。他们相当了解，丹麦这块地方搞起怠工破坏活动来的技术是高明的（丹麦保持有破坏活动的世界纪录，平均每八个小时发生一起破坏事件），要对付这些难以驾驭的反抗活动，需要采取严厉手段。

纳粹的这种搜查使安德留·彼阿赛的处境复杂化，这个尾炮手在丹麦陷住了。如果他被捕，那是会被枪毙的。然而丹麦人都是些了不起的东道主，安德留不但没有危险，他的地下生活的日子还过得很满意。在他那些极为诚恳的保护人中间有个使人神魂颠倒的高个子女郎，名字叫海尔薇·姐尔博。她使他想起了在堪萨斯老家的一个姑娘。海尔薇是个聪明、很有诱惑力的金发美人，永远是那么使人心神怡然。尽管地下工作的规矩清楚地规定禁止和任何个人发生经常的接触，安德留仍是常常去看她。

海尔薇开设了一家专营改制的妇女服装店。这家店很小，可是做出来的生活很雅致，而且地段很好，是在哥本哈根市中心——桑格尔市场三十号。在这种情形下彼阿赛大白天里到那里去看她，不只是表现了他的脸皮厚，更多地是说明了他是个愚蠢的一个勇夫而已。可是在他的想象中，认为他这时的丹麦话已经熟练得可以混过纳粹人员的检查了；纳粹们是不大懂丹麦话的。晚上呢，他会到她那个舒适的、有两个房间的寓所去作客。当然，这种行径又是违犯规则的。

海尔薇的年龄显然比安德留大——这个飞行员仅二十一岁呢。然而这个迷失在外国、处于危险中的安德留却急于要抓紧他的生活，因此他就和这个三十六岁的女子一起搞些风流韵事。

在她那令人陶醉的寓所里，有种种的惊人秘密。海尔薇·姐尔博藏有罗斯福总统、丘吉尔首相、斯大林元帅和艾森豪威尔的像；在这里——一个被占领的国家里，她还藏着一面美国国旗。当她扬扬自得地拿给他看的时候，安德留几乎感动得流泪。这些人像和这面国旗确实是些危险物品，要是这种纪念品被发现了的话，这个女郎至少要关十年监牢。而且作为极度狂热的表现，他们俩口子还收听着伦敦的、莫斯科的广播，收听着美国在英国的电台广播。

海尔薇是个豪爽的丹麦爱国女郎，积极帮助着搞怠工破坏活动。她告诉他说，从出生的地点来说她是个真正的挪威人。她从奎斯林统治的挪威逃出来之后，在此地生活。警察方面认为她是一个对政治毫无兴趣的寻常的丹麦女人。作为流亡人员，显然，他们两个是有着很多共同点的。

海尔薇问了许多有关美国的问题。在许多情节上，她也好奇地打听他具体是怎样逃亡的？帮助他的是哪些人？在安排他到瑞典去的船只的又是哪些人？空军上士彼阿赛并没记得很多人的名字，他是个外国人；丹麦人的名字记起来很困难，发音也说不准。他所能提出来的只有两个名字：拉申和安德森。而这个国家里叫这种名字的人多得数不清。海尔薇从来也没硬要他说，时常迅速地转换话题。

终于到了这一天：安德留要走了，一切都已准备停当。他和海尔薇一起过了最后的一夜，他们充满了感激的情意。尽管时间是那么的短促，他们已经有了相互的了解。他们相互许诺在战后再相会。于是，时间到了，伤心地分了手。

安德留·彼阿赛穿着平民衣着走上了去瑞典的路，没几个星期后，安全抵达英国。他在那里将逃亡的全部详细情况告诉了盟军的情报部门。当然啦，他问起了他那些伙伴的情况。

可是其他的伙伴一个亦没有逃出来。他们已经被关在监狱里了，而安德留能够逃出来这件事，使人大为惊奇。有一张丹麦报纸报道了这些逃亡人员的被捕。和他们一起被捕的有十二个地下工作者。

盟方情报部门开始从事实经过来进行推断。唯有安德留一人脱逃，其中有何奥妙？他那个勇敢的女主人真是个地下工作者吗？是否可能是故意让他逃走、以便能够查出他的途径呢？没有一个地下工作者会冒被捕的危险去将盟方领导人的肖像藏起来的。他的生命，代价是很高的；决不会做出这种事情来的。单单为了保藏一面受禁止的美国旗，不值得一个人去冒那种本人被判徒刑、同志们生命受到威胁的危险。

英国人和美国人决定要调查海尔薇·妲尔博这个案件。情报人员访问了在伦敦坎因斯东宫的挪威流亡政府。这座建筑里有扇门上写着：挪威政府司法部。英、美的官员问挪威人是否对一个名叫海尔薇·妲尔博的挪威公民有什么材料？妲尔博吗？没有！关于她的材料一点也没有。但是挪威的官员们答应要将此事追究到底。

从一九四〇年四月起，就有"地下航船"在支持着英国和挪威之间的持续联络。通过这些航船，将这一个紧急查讯的问题交给了在挪威国内的地下工作者。

要打听这方面的事情，挪威的地下工作者有着他们的技巧的。在奎斯林的警察、司法部门里，没有一个人是真心诚意站在维德肯·奎斯林少校一边的。穿着"赫特"（挪威奎斯林突击队员）制服的挪威情报人员搜集到了一些情况。虽然没有确定的答案，却已有了个极好的开端。

他们的报告里提到了某一个在挪威奎斯林警察界和丹麦的纳粹警察界之间担任联络官的人，名字叫马克恩·配维恩。配维恩也就是在一九三九年普夫卢格哈通间谍案里被捕的那个党羽。最近发现他在奥斯陆的大陆饭店和挪威的盖世太保以及奎斯林的警界人士会晤。

和他在一起的有个三十五、六岁的女子，名叫格丽泰·琼逊。不过从所询相貌特征上看，和海尔薇·妲尔博对得上号。

化名为彼得曼的马克恩·配维恩现在又活跃起来了。在丹麦被占领之前，他曾经替卡纳利斯和普夫卢格哈通工作，从事破坏活动。如果假设配维恩参与了布置陷阱以对付美国飞行员和帮助他们的搞地下工作的朋友的话，这是很符合逻辑的。

挪威的一个反间谍人员曾经在"剧院咖啡馆"里看到过他们俩：配维恩和那个女的。这个主角值得核对一下。这个反间谍人员获得了伦敦方面的进一步指令，要他到哥本哈根去作进一步核实。

通常情况下要这样跑一趟是不可能的。但是这个反间谍人员作为奎斯林政府里的雇员到哥本哈根去旅行一次是办得到的。他穿的是一身纳粹的制服，是奎斯林警察局里的人，有他的特权。过了没几个星期他向伦敦报告，那个格丽泰·琼逊和海尔薇·妲尔博是同一个人。

这个消息所包含的文章就多了。它首先说明了海尔薇·妲尔博为纳粹服务已有多年，是海军上将卡纳利斯特种情报组里的一个明星人物，而其中最重要的是发现了那个在普夫卢格哈通麾下的头牌间谍马克恩·配维恩已重新开始了活动。看来他并未死心，和在斯堪的纳维亚被占领前一样，他一直在替纳粹占领者服务。

他和海尔薇·妲尔博的关系，多少要比一个女朋友的关系亲密些。在他由于作为纳粹间谍被捕一事发生时，他的前妻企图服毒自杀。她没有死，但是生了好几个月病；痊愈之后被配维恩无情遗弃。配维恩选了海尔薇做她的后继人，不过他们从来没有办过合法的婚姻手续。

配维恩的间谍罪在一九三九年的审判中判了两年半徒刑。地方检察官揭露了他的真名是彼得曼，父亲是德国人，他是用伪造身世的办法混进丹麦行政部门的。他一九一八年时参加过芬兰对俄国的战争，在战争中芬兰孟纳海姆元帅曾多次授予勋章。他长期以来就是个暗藏在丹麦的纳粹党徒。

确定了这些事实之后，地下工作里的人立即得到了警告。由跳伞员带来了消息：配维恩和妲尔博正在地下组织内部搞活动；由于他们的缘故，导致了美国飞行员的被捕，导致了许多丹麦爱国人士的死亡。

丹麦人做起事来是直截了当的，对于出卖和极度奸险的人，惩罚只有一种。一九四三年十二月，配维恩自觉处境非常安全，可以坐在一辆公家的狄恩斯特—奥托牌德国汽车里，由他的司机驱车在哥本哈根市里行驶。在他身边坐着丹麦的"玛塔·哈丽"，这个女人最近揭发了帮助美国人的五个丹麦爱国人士，从而使那五人均被枪毙。

丹麦的那些搞怠工破坏活动的人，决不是那种从事暗杀的刺客。不过在有些时候，为了锄奸，当一当刺客也是必要的。我们还是称他们为秘密战争里的游击队战士好。马克恩和海尔薇正驱车沿着哥本哈根一条林荫大道驶去时，同他们并肩行驶的汽车里的人向他们这辆汽车开了三枪。马克恩·配维恩终于被杀，迷人的海尔薇受伤。

纳粹分子为此大怒，他们抓了一批人质作为报复。但丹麦全体人民知道了这些最卑鄙的奸细、叛徒得到了他们的应有下场之后，无不欢欣鼓舞。

海尔薇·妲尔博不敢到普通的民间医院去治伤，她匆忙赶到德国的陆军医院里。一九四四年一月痊愈之后逃到了挪威，替挪威的盖世太保工作，就是替维德肯·奎斯林本人做些工作。一九四四年二月，奎斯林将她派去瑞典，使用了一张冒名的护照。她在那里的任务是考察挪威的流亡人员在干些什么以及挪威的流亡政府在瑞典的订货和储藏在瑞典的是些什么物资？她也被授权建立一个有五个可靠的人所组成的工作组。

瑞典的警察是有能力的。他们发现了这一个情况，逮捕了她手下的五个人。不过海尔薇本人还是漏了网。

挪威和丹麦的地下工作者都在找她，盟方的特工部门在提防着她，而她的影踪似乎已经消失。谣传她和马克恩·配维恩的前领导人普夫卢格哈通发生了接触。普夫卢格哈通这时是纳粹在罗马尼亚的间谍首脑。

海尔薇所做的事情，目的很明确，她有她自己的信条。她履行她的间谍职责是因为她爱上了配维恩，因为她喜欢冒险，以及因为这种工作意味着是金钱来得容易。她的目的完全象一个商人。而结果呢，也就是因为爱钱导致了她的灭亡。

她一定知道：在斯堪的纳维亚，人人都在搜寻她的踪迹。虽然如此，在她没能到哥本哈根去作一次小小的远征，以便把配维恩藏在旧保险箱里的东西弄到手里之前，她是不愿意离此而到德国或罗马尼亚去的。保险箱里有钱和珠宝之类的东西，类如叛徒犹大出卖耶稣而收到的三十枚银币 ①。他们除了将丹麦爱国人士送到刑场和绞刑台上所搜刮到的钱财之外，并没攒积起一笔巨款。在这保险箱里的，是一些价值不高的首饰和将近一万二千个克朗，相当于美金三千元。

据猜想，她并没打算在哥本哈根多耽搁几天，可能不超过一天吧！但是丹麦这个国家的人民是懂得怎样去消灭这个不共戴天的仇人的。当海尔薇刚踏上哥本哈根的土地五个小时，地下工作人员就知道了她在什么地方。盟方特工部从短波里收到了这条消息。

第二天清晨，丹麦的所有报纸上对她的结果登了一条三行字的报道："有个名叫海尔薇·妲尔博的挪威公民被人击毙，袭击者不知是何许人。事件发生的地点是在桑格尔市场附近，也就是她开设的小小的、平平常常的专营服装店里。"

到此，她结束了她的生命。在她的一生中，没有任何美好的事物，也没有真正的爱情。这样的说法并不过份：在第二次世界大战中这两个极为危险的间谍、极其卑贱的罪犯，在盟军

---

① 《圣经》新约：加略人犹大，耶稣的十二个门徒之一，他用三十枚银币的价格出卖了耶稣；并率众前来，以与耶稣亲吻为暗号把耶稣捉走。

战士的手里得到了他们应有的、公正的惩罚。

　　出殡的日子是在一九四四年三月十三日，一个送葬的人也没有。可是还是给了她一个最后的照顾，将她葬在马克恩·配维恩的旁边。

XVIII　玩具娃娃通信记

本章人物提示

玛丽·华莱士

　　——美国老寡妇

凡尔伐莱·迪金逊

　　——玩偶商店女老板、日本间谍

　　如果有谁预言在第二次世界大战期间女间谍起不了什么作用的话，那么他这种预言是欠考虑的。在第一次世界大战里，已经证实了妇女们具有搞间谍工作的优秀才能。由于认识到这点，引起男人对此采取了戒备的姿态。再也没有一个将军会把他即将执行的进攻计划放在自己的口袋里了；迷恋于情场中的官员也不会将秘密的文件留在旅馆的房间里。而不论哪位女士如果提出过多的问题的话，军人们自然而然地会对她起疑心。

　　但是日本特工部并未因此就放弃使用女性间谍，他们认为那样做的话理由不足，所以日本人在很大的程度上仍然依靠着她们，不论是在哪里弄到的白种女性工作人员。从事间谍工作的女性，在芬兰，格丽泰·凯宁是个很好的代表。在丹麦，是海尔薇·妲尔博；在珍珠港，是露丝·屈恩；在纽约，则是一个引人注目的五十五岁的老寡妇。

揭开这一幕的时间是一九四三年的下半年，地点是俄亥俄州斯普林菲尔特城，从那儿坐火车到纽约要十三个小时才能到达。那个地方有个著名的世家，姓华莱士。玛丽·华莱士太太从来不懂什么间谍之类的东西，比起变幻的政治来，她对永恒的艺术所感到的兴趣要更高些。有一天早晨，她收到了从阿根廷寄来的一封信，上面盖有布宜诺斯艾利斯的邮戳。信封四缘红白蓝三色环绕，是封航空信。这封信不是寄给玛丽·华莱士的，而是寄给：

　　阿根廷　布宜诺斯艾利斯　奥希琴斯街 2563 号
　　依耐兹·洛彼兹·德·墨里娜里太太收

这封寄给阿根廷某个不相识的人的信，怎么会跑到玛丽·华莱士信箱里来的呢？她一怔，接着将手里的信翻了个面，看到在信背面封面上写着的回信地址：

　　俄亥俄州　斯普林菲尔特城　东哈埃街 1808 号
　　玛丽·华莱士寄

信封上的字是用打字机打的，而除了阿根廷邮戳之外信上还有一个纽约中央邮政总局的邮戳，日期是在一个月之前。

　　这件事显然是怪了：华莱士太太从来没有寄出过这封信，她在阿根廷也没有一个姓德·墨里娜里的朋友呀！在拉丁美洲任何地方，她事实上一个人也不认识。

　　她拆开信看了这封信的内容。这封信是用她的名义写的，内容却使她更加莫名其妙。签名是玛丽·华莱士，信纸也象是她自己用的信纸，但却明摆着是骗局。

　　这封信怎么会回到她手里的呢？她再次检验了信封，看到了西班牙文的邮戳："已迁，未留新址，退原处。"

　　事情很清楚，这是有人用玛丽·华莱士的名字写信给阿根廷的德·墨里娜里太太，这位西班牙太太已不在收信处地址，这封信就退到被断定为发信人的玛丽·华莱士手里了。这就真的触怒了她啦：是谁胆敢用她的名义、伪造她的签名？好生无礼！

　　再说，信里的文字错别字很多，这样的英文水平使华莱士小姐引为莫大耻辱。她大为愤慨地读了这封信。行文是很奇怪的，内容如下：

亲爱的朋友：

　　您大概会奇怪我是怎么的啦，那么长时间没给您写信。我们这一个月左右的时间糟透啦。我那么宠着的小侄子生了个恶性瘤，没指望了。所以我们全都灰心丧气，在干些什么都不知道了。他们给他在头上照 X 光，希望能抑制住它。但是一点也没有给我们带来顺利治愈的希望，甚至连安慰也没有。我十分消沉。

一个月前您要我将我的搜集品告诉您。我在一个手工艺术俱乐部作过一次演讲，讲到了我的玩偶和小人像。新的玩偶我只有三个，是三个可爱的爱尔兰玩偶。这三个玩偶里一个是背上有一张渔网的老渔翁，另一个是背着木柴的老太婆，第三个是个小男娃。

看起来，人人都欣赏我的演讲，我这些日子里只是想着我们生病的孩子。

您信上说您曾经给萧先生去过一封信，他撕了您的信，您是知道他生过病的。他的汽车坏掉了，不过现在已经修好。我看见过一些靠近他家里的人。他们都说萧先生不久就要恢复工作了。

我希望我的信不至于过于忧郁。这些日子里我能写给您的东西不多。

这次的短途旅行是"妈妈"有事所以由我来，在此以前我起草了她的所得税报告。这也就是我"为什么"在学打字的原因。

这些日子里看起来人人都在忙，街上塞满了人。

好久没给你们写信，请您代我向你们家里的人问好。

您的忠实的
玛丽·华莱士

再者"妈妈"要到路维尔去，不过因为我们担心的缘故，我们现在心里可以不管这个路维尔计划了。

华莱士小姐弄不清楚啦，因为信里的有些内容很使人吃惊。她的侄儿生了严重的瘤病，这是事实。她在斯普林菲尔德一个手工艺术俱乐部里，就她所收集的玩具小偶像发表演讲，这也是事实。但是她并没有爱尔兰的玩偶呀；而在这封信寄往阿根廷时，她肯定不在纽约。尤其是，她的信件全是用手写的，从来不用打字机。

玛丽·华莱士想起，是有那么一个人对她和她爱搜集玩具小偶像的习惯开过玩笑。她看不出这里面有什么要报告警察局的理由；不过出于气愤，她将这封信交给了斯普林菲尔特的邮政当局，想知道玩这种无聊把戏的真正目的是什么。

斯普林菲尔特的邮政局长将此信转送给联邦调查局。

这封信在华盛顿进行了仔细的研究。信太奇怪了，不会没有问题，也不象是一场恶作剧。信件的内容没有引起邮件检查官的疑心。因为他可能认为这仅只是一种文法修辞上的错误，信里的内容也完全可以被解释为没有什么危害性。可是联系此信发生的情况，冒充的回信地址，使这件事变得有问题了。华盛顿有一个情报人员对这封信的真相作了个全面的假设。他的假设可能完全错误，但是这件事情是值得调查的。

情报员B的假设是这样的："新的玩偶"是对新近在太平洋使用的战舰的密码用语。他揣摩着这个爱尔兰的渔翁是指一艘航空母舰，因为这艘航空母舰上是盖有安全网的；背木柴的老太婆大概代表一艘上层用木料建造的战舰，而小男娃这个玩具娃娃可能是指一艘新的驱逐舰。

这个将信撕毁的萧先生被解释为美舰"萧号"。这艘驱逐舰在珍珠港偷袭事件中几乎被毁掉，刚修好，在檀香山新装上舰首，现在在夏威夷群岛和旧金山之间航行。

至于"再者"里的话，这个情报员有个广泛的猜测，认为指的就是那艘早就出海的美国巡洋舰"路易斯维尔号"，它所在的区域是个严加防范的机密。从"再者"里的话看来，是表示无法供给所需的情报。

邮政检查员不相信这种盲目的分析。不过这个案件一经着手，就必须进行细致的分析，于是，所有有关系的材料就都放到华盛顿联邦调查局的办公桌上了。

为了问清情况起见，访问了玛丽·华莱士。她将一切有关她收集玩偶方面的事告诉了情报员 B，包括她所收集的玩偶新近增加了几个，她曾经为此而到纽约去旅行了一次，在靠近第六十二街的麦迪逊大街的一家美国的精选玩偶商店买了几个玩偶。她谈到经营这家商店的是个和她气性相投的女人，她们闲聊过一会，时间不算少，等等。

"您有没有和掌柜的谈起过家里的事情呢？"情报员 B 问她。

"嗯，谈起的，谈过一些，"玛丽·华莱士承认。"迪金逊太太是个很厚道的人。她卖给我的一个玩偶很便宜。她的搜集品非常漂亮，都是真品。"

"关于您侄儿生病的事情有没有提到过呢？"

"提到的，我无意间提到过的。你想，迪金逊太太讲到她丈夫死前的几个月时，深感悲伤，那就使我心里想到了我们那个侄子的处境了，他的病情很危险。"

可是这还不能算是足以对迪金逊太太起诉的证据。知道她收集玩偶以及她侄子生病的人，华莱士小姐至少还可以举出十个同样的例子。玩偶商店在许多线索中间，仅是一个线索。情报员 B 有将它们全都核对一下的兴趣。他现在更加确信，这是一封罪恶的书信了。他从前在译码室工作过很长时间，足能鉴别这种材料。写信人的拼写这么蹩脚是奇怪的，然而不管其中有很多错误，看来这封信还是一个美国人写的。

玩偶引起了他的好奇心。他理会到信里的暗示，只有熟悉玩偶这一行才能懂得它的含意。于是他决定在手工艺术俱乐部里的玛丽·华莱士的同伴当中，以及嗜好玩偶的团体、收售玩偶的商人等人物中去进行侦查。

既然已经在斯普林菲尔特，那末不妨就首先从玛丽·华莱士曾经发表过演说的手工艺术俱乐部开始。可是在这方面他没搞到什么线索。俱乐部里的人似乎对俄亥俄州斯普林菲尔特以外的世界都不知道，和阿根廷有关系的人一个也没有。这件事看来难办了，不过情报员 B 是个勤勉的工作人员，有的是时间。他深知这一封信决不是孤立事件；他吩咐邮检人员将涉及玩偶贸易的、玩偶搜集的每一封信检出来；那怕是那种一般情况的商业信件也都得截留下来，送到他那里去研究。他要对玩偶的买卖往来获得一个清楚的概念。

于是时间到了，要去看看在纽约麦迪逊大街上的玩偶商店。

这家商店是很有名的，老主顾当中有许多人是电影明星，是一家为有钱人开设的、经营讨人喜爱的玩偶，以及古物收藏品的很有气派的商店。店里用的信笺上端印着：

凡尔伐莱·迪金逊商店
专营古代、外国、各地特色玩偶

　　商店里的货物都是些珍品，没有一个玩偶的价格是在五十美元以下的。美国开国年代里的玩偶，每个要卖五百美元。这家商店显出一种介于手工艺博物馆和（牵线）木偶展览会之间的外貌。有维克多·雨果时代从巴黎来的瓷美人，有玛丽·安东尼时代的精致小人像，有美国边疆地区的呆头呆脑的玩偶，有荷属新几内亚土著给孩子做玩具的、雕刻粗犷的木质偶像。在一个架子上放着施色精致的中国圆脸娃娃，厨窗里陈列了彩色斑烂的大批玩偶、玩偶马、黏土塑捏成的动物以及儿童们玩的小家具，陈列得非常漂亮。

　　店主人凡尔伐莱·迪金逊身高不到五呎，是个小个子。她活泼、俊俏，很能吸引人；因视力衰退，戴着眼镜，虽说年已五十，但是一点也看不出她有那么大的年纪。

　　联邦调查局人员来到了她的店里，没问什么。他们装成一些顾客，随时注意一下周围的情况；他们在店里徘徊、观赏，但是什么也没有买，得到的是一般印象。他们发觉的是：这个小个子太太生得这般俊俏，体重一定不会超过九十五磅。

　　工作人员接到命令，不要操之过急。首要的是应该先调查一下凡尔伐莱·迪金逊的背景情况，这将加深或者消除对她的怀疑。华盛顿的联邦调查局从西海岸处收集到一些履历资料。那里对她更熟悉，因为到一九三七年她丈夫去世的那年为止，她一直是个住在加利福尼亚州的人。

她出生的地点是加利福尼亚州的萨克拉门托市。在斯丹福大学读过书，婚前的姓名是马尔维娜·布吕歇尔。这个姓氏说明她可能是和曾与拿破仑作战的普鲁士将军布吕歇尔有着亲缘关系。她并无犯罪记录，但在美日协会会员名单里有她的名字，直到一九三七年她离开西海岸时仍是该会的会员。她去世的丈夫以前在旧金山的办公机构，和德国、日本的领事馆就在同一幢大楼里。这仍旧可能是种单纯的巧合，谈不上对迪金逊太太有什么可以怀疑的地方。

他们了解到这个凡尔伐莱一度做过银行里的办事员，也曾经在加利福尼亚果品公司里工作过。这两个单位的雇主在报告中对她赞扬备至。

她和她丈夫经常在皇帝谷居住，这是个日侨聚居的中心地点。有精明的做生意头脑的迪金逊太太在日、美之间做过好几年捎客，在她的顾客里有几个是日本的海军军官。不过这全都是些在珍珠港事件前的事情了，不能认为是非怀疑不可的线索。

丈夫在去世前的几年里为心脏病所折磨，为支付医药费，使他们对医生和医院负了债。但是她似乎处置得很好。

丈夫死后她守寡，她迁往纽约。一九三七年圣诞的季节里她在勃洛明达百货公司的玩偶部里工作。第二年她在麦迪逊大街上开设了自己的专业性商店。

她在这里赚了很多钱。顾客们成群地光顾她的店铺，而她迪金逊太太的人品也引起了别人的关注。她是那种力图振作勇气的脆弱的小女子，有时她会提到自己的不幸，对人说："自从丈夫死后，生活对我是没有什么意义了。"她这种话，说得凄楚动人。她为人正直，受到老主顾们的尊敬，知道她不会将赝品、次货卖出来的。

凡尔伐莱和合众国所有四十八州里收集玩偶的人都有联系，经常有事要出门，有时到西海岸去看她的好莱坞顾客。

联邦调查局里的人静悄悄地监视了几个星期，接着果然找到了疑点，他们发现这家玩偶商店邮寄到远方的收藏家那里去的、包扎妥善的装玩偶的盒子里，在薄薄的、精致的衬纸里，藏有小张的草稿纸。那上面谈的是玩偶方面的事，用的是一种娃娃的语言。这或许是玩偶贸易里的一种语言，但也可能是密码暗语，谁能肯定呢？

与此同时，凡尔伐莱的神态开始显得心神不定了。她发现在她的店里有些陌生的顾客荡来荡去，所提出来的问题说明他们连一个法国玩偶和一个德国玩偶之间的区别也不懂得。是不是她受到了警察的注意呢？有点不对头。自从她接到领导人命令以来已经有几个月了，没有从阿根廷来的信件——要是她在阿根廷的朋友已经被捕的话，会出些什么事呢？要是她写给那女人墨里娜里的信落在别人手里的话，会怎样呢？

凡尔伐莱老是梦魇，不过她力图让自己恢复平静。她觉得一切都安排得如此干净利落，严丝合缝，不可能对她有什么危险。

如果寄往阿根廷的那封信，没送到南美洲的间谍那里，信就可能在阿根廷毁掉。这些拉丁美洲国家肯定不会替一封无法投递的信操心。而要是这封信被检查员截住的话，那么他们会逮捕的人，是一个在俄亥俄州斯普林菲尔特的"乡下女人"。她很清楚：如果出了什么毛病，她早就被捕了。

然而凡尔伐莱的噩梦并没消失。不管怎么说法，一批古怪的顾客跑进她的店里来了！他们想干什么呢？她心头惊慌，再次想办法要使自己能镇定下来。

这些人一定是和她竞争的别的商店里派来的探子。有一个新英格兰商人，她就从他那里抢过来好几个好莱坞的主顾。一定是他，这个不义之徒。他曾谴责过她掉换玩偶的服装，伪造一些古代的玩偶。他说得不错，对于她干的勾当，他是知道些情况的。但是另外那些收集玩偶的人是永远不懂得其中的奥妙的。她卖出去的玩偶，真假都有，价钱又贵，这确是个赚钱的买卖，不过，离开她想积蓄十万美元的目标还远着呢。她必须继续干下去。

她还是睡不着。有一天她半夜里从床上起身，穿上衣服和拖鞋走进小厨房里。她查看着当天的晚报，端详着证券交易一栏。她的股票又上涨了，这是个安慰。她喝了咖啡，想出一个计划。

可以托店里的助手阿尔玛留在店里照料，她自己到西海岸去。联邦调查局如果在这段时间里动手抄查她的商店的话，她会得到消息，那就不回来了。她将骗阿尔玛说，她去的地方是佛罗里达或者加拿大。目前她需要的是时间；许多事情，时间长了就会解决。她一定要去见一个从前的日本海军军官。他现在在俄勒冈州波特兰市进行操纵，会帮她的忙。要是都出了毛

病，她下一步可以到墨西哥去，日本潜艇会接她从墨西哥逃往
其他地方。但是她自己又忖量，是不是所有这些可怕的不测事
故，只是她的想象呢；因为直到现在为止，并没有出过什么
事，而且将来也不会出什么事情的。不过，动身的事情她应该
保密。这是不得不谨慎的。她分析，那天早晨这些看橱窗陈列
品的人，不可能是穿便衣的警察，因为他们极为和蔼，穿的衣
着是做警察的人永远买不起的。她认为自己过于敏感。

　　她终于睡着时，天色已然微明；在可怕的梦魇中醒来，吓
出一身冷汗。她一面穿衣裳，一面就决定为了提防在这次旅行
中真的有人盯梢起见。什么行李都不带。

　　迪金逊太太乘出租汽车到玩偶商店，阿尔玛已经在店里
了。她打发这个姑娘拿一张支票到银行里去取一笔使她商店足
以维持二、三个星期的款子。她对这个姑娘说，她的兄弟，布
吕歇尔先生，会时常来照看一下店务的；需要的话，他会来帮
助她的。她跟她道别，给布吕歇尔先生寄出了一封简短的书
信，在麦迪逊大街上一下子钻进一辆出租汽车里，向周围瞟了
一眼。她看到有一辆汽车盯在后面。

　　这是怎么回事？是她倒底被人家发现了吗？可是，怎么会
发现的呢？怎么会呢？麦迪逊大街上的汽车有好几百辆，她再
次想对自己的恐惧付之一笑。然而她不想碰碰运气，她吩咐司
机将汽车驶往第三十四街萨克思百货公司。

　　萨克思百货公司里有座天桥，你用不着走出门口就可以走
进另一家名叫琴贝尔的大商店里去。好多层铺面和众多的出
口，如同迷宫一般。没人能盯得住她的行踪的。她在人群里消

失，走进琴贝尔商店，下楼梯到了底层。底层是和地下铁路的隧道相接的。通过这条隧道，她到达宾夕法尼亚车站，心里在想，她所注意到的一个男人，样子很可疑。这时，任是哪一个看起来都觉得是危险可疑的了！她的神经简直受不住啦！她没有停下来买票，而是走进大门，往下一班开出的火车走去。

发觉这是辆开往费城去的列车后，她向列车乘务长付了车费，计划由费城那里继续去芝加哥，然后到俄勒冈州的波特兰。

到了波特兰，她马上到她的联络人的工作地点、一家中国饭店去。她的心沉下去了，看到饭店窗盘上，放着两盆种着仙人掌的花盆，这是"已经关闭"的讯号。覆灭的眼睛在瞪着她呢！要在加利福尼亚找到一些别的联络人的机会是微乎其微的，她的日本朋友极大多数都已经搬走或者是已经遭到了拘留。这次的长途旅行一无所获，而且使她比以前更暴露了。

过了几个星期后她回到纽约，仍旧将希望寄托在联邦调查局没有发现她的罪行上。她最后的一颗定心丸是：如果她已经被人发现了的话，早就完啦！

直到现在，她还是太太平平的。这种情况当然完全说明不了什么问题。迪金逊太太还想再看看风头。

更要紧的是，邮政检查员们又截住了看来有问题的三封谈到美国初期的、法国的玩偶的信件。这些信件发信人的签名不是迪金逊太太或者玛丽·华莱士太太，而是三个不同的名字。追查结果证明，是迪金逊玩偶商店里的三个顾客的名字。联邦调查局这下子就急忙追查信件的来路，查到了打印这些信件的打字机，证实了是分属于三家旅社的打字机：一家在芝加哥；一家在旧金山；一家在洛杉矶。

迪金逊太太心里认为她在百货公司里兜了一圈就摆脱了联邦调查局的盯梢，但是她错了。从一个城市到另一个城市，联邦调查局盯得她相当牢。他们在迪金逊太太写出玩偶信件时所歇宿的每一家旅馆里都弄到了证据。寄往南美洲去的信里，有玛丽·华莱士那封信里的那些打印上的错误。发信人在要钱和请求"回答"时的神经之紧张跃然纸上。凡尔伐莱和他们那帮里其他人之间的关系被切断，她正在哀求帮助。

情报员 B 的预感，准确得惊人。第一封信里所提到的爱尔兰玩偶代表军舰。这个贩卖珍贵玩偶的商人，是美利坚合众国里的日本女间谍中一个极危险的人物。

联邦调查局延长了等待的时间，希望抓到她的同伴们，希望能将凡尔伐莱玩偶匣子里的真相通知南美洲的那些政府。

最后，迪金逊太太被逮捕了。当时她到纽约的一家银行里去，她在那里有一只寄存储蓄的保险箱，内有美金一万八千元现钞。她掌握着这笔现款准备在急需逃跑时使用。联邦调查局里的人跟踪着她走进了地下室，在地下室里他们宣布她已被逮捕，没收了这笔间谍活动的资财。这个小个子寡妇和这些人争吵起来了。她挣扎着，试图夺路逃出地下室。

迪金逊太太以日本间谍罪被捕。查到了更多的钱和值钱的东西，总数达美金四万元。这笔数目大致相当于她欠美国国库的未付的所得税。没收了她另外的帐款。估计她从间谍工作里所得到的报酬将近美金六万元。

开庭审判她的时间是一九四四年七月。一个美国妇女由于从事间谍活动而可能要被判处死刑的案件，这是第一次。

迪金逊太太被捕时穿着一件整洁的、褐色苏格兰呢子上衣，头戴一顶蓝色的小帽。在妇女拘留所的六个月时间，没能使她变样；她显得冷漠、苍白。她的律师想争取时间，希望能将开庭的时间拖延到大战结束。他声称被告在拘留期间患病。但是法院调查的结果是：她的心理状态正常。而事实上她的体重在监禁期间却增加了二十五磅。

地方检察官总结了这一案件。他揭露了这家在麦迪逊大街上的商店是怎样被用来作为间谍活动的极好的场所的。被告与日本海军军官们有联系。有她用玩偶语言写的四封密码信件为证。"玩偶们说了话"，地方检察员道，"而我们终于弄明白了他们的语言。"

这个女间谍想拒绝别人要她按指纹印，她羞惭地躲避摄影人员。她用她那高嗓门解释、辩护，力图将罪行减轻。她的眼睛闪着光，瘦弱的喉头在颤抖。在确实的证据面前，她知道否认犯罪是不可能的，但是她试图使法庭相信：她这种情报是没多大价值的。她承认她使用了狡猾的手段逃过了邮政检查规则，可是对合众国真正有危害性的情报，她是不送出去的。她做这种事情的原因呢，完全是为了贪财。

"是的，"她承认，"我是贪财的。我丈夫生的病，把我的全部储蓄都花掉了。而我是个上了年纪的人，孤苦零丁，无依无靠。我在为我将来的日子担心。为了使我的晚年不受生活的煎熬，我就努力搞钱了。"

"我深信别人是永远也查不到我身上来的，"她继续说，以为这就能减轻她的罪行似的。她相信，使用顾客的名字会是一种很安全的伪装；她相信，她那种巧妙的密码是解释不出来的，就象我们已经看到了的那样。她的全部罪行要是真的能隐藏起来的话，那么她也就不会被判十年徒刑了。可是，有一个细节出了差错，这就是那个阿根廷的日本间谍搬走了。

在这个交易里，日本人本来应该通知迪金逊太太的，可是日本人在履行契约中对规定他们应做到的事漫不经心；这一纰漏，促使迪金逊太太落进联邦调查局的手里。

XIX　天皇的走卒在纽约哈莱姆区

本章人物提示

A·泰开斯

　　——日本豢养的种族沙文主义者

罗勃脱·奥倍第·乔丹

　　——柏林和东京共同豢养的种族沙文主义者

　　距正在拍卖的 V·迪金逊太太开的那家精致的玩偶商店仅六十个街区，就是纽约市的哈莱姆区 ①。一九四〇年春，就在这个被遗弃的贫民窟的一间肮脏、狭小的办公室里，有两个有色人种——一个是黑人，一个是菲律宾人，正在讨价还价地进行谈判。这两个家伙都是狂热分子，他们所讨论的是将他们两家的力量联合起来对付白种人（特别是美国人）的可能性。

　　促使他们会谈的是矮小的日本中根仲少佐（即少校军衔，

---

① 哈莱姆区，美国纽约市的一个黑人居住区。

编者注）。

　　他们都是他们自己那个团伙里的首脑，又都希望在联合之后仍旧当头头，并且对于自己所拥有的权力与金钱都是寸步不让。因此，两个人合不拢，联合行动也就难以搞下去。

　　那个黑人最后向菲律宾人建议妥协，划分势力范围，菲律宾人可以在黑人教会团体里与黑人士兵中进行工作。这一协定和日本人提出的计划大相径庭，但却不失为这两个法西斯组织在激烈的讨价还价后的一条出路。

　　这两个刚愎自用的头头，一个就是罗勃脱·奥倍第·乔丹，是黑人区"埃塞俄比亚和平运动"的黑人领袖，另一个出生在菲律宾的Ａ·泰开斯博士，是"东方世界和平运动"的领袖。泰开斯博士的别名有米玛·得·古士曼、Ｐ·曼那萨拉、Ｍ·雅玛麦妥以及顾博士等等。总之，泰开斯博士的化名有十九个，对于这一连串化名无须怀疑，泰开斯博士用这样多的化名自有道理。

　　一九〇〇年七月六日出生在菲律宾三宝颜（菲律宾的民答那峨岛港口，编者注）的泰开斯博士前额宽阔，双目深陷，是个美男子，唯一的缺点是上嘴唇太厚了些。一九一八年他来到美国，服役于美国海军与海岸守卫队，直到一九三〇年由于品行不端，受到有损于名誉的退伍处理为止。就是为了这一点，他放弃了他的真名米玛·得·古士曼而采用了泰开斯博士这个名字。

　　他的政治生涯起始于一九三〇年，一个日本海军军官邀请他参加了一次黑龙会的集会。黑龙会是日本在海外的极端大国沙文主义组织。在这里所宣讲的是他生平第一次听到的教义："世上的有色人种必须毁灭白种人。"对于这个怀恨在心的、失业的菲律宾人来说，这种论调非常配胃口。

当时还是在和平时期，日本已经将他们针对白人世界的间谍机构调整完毕。他们没有要泰开斯博士充当日本的间谍，而是要他在新的基础——希特勒种族沙文主义的基础上将黑人组织起来。一旦战争爆发，这个组织就绪的团体将成为日本手里的有力武器。

日本人的庞大计划是将在美国的数以百万计的有色居民集结起来担负第五纵队的使命。他们将成为他们的黑人领袖手里的盲从的工具，一声令下，便能制造出各式各样的动乱来。希特勒在《我的奋斗》一书中曾经强调过种族暴乱的可能性，他声称只要他认为需要的话，就可以在象美国这种"熔炉"里，随时发动一次种族暴乱。日本人正在应用这一理论。

这个组织有大量资金可供支配。泰开斯博士邀请黑人们"移民"到日本去，或者到日本去旅游（这些"日本的客人"会受到特工的训练）。他向每一位到日本去观光或者移民的人提供美金一千到六千元不等的资助。志愿前去的人很少，虽说如此，不断上当受骗的也有好几百人。

该组织所唱的高调，其标题是"东方世界和平运动"——东方，意味着非白种人的世界，在纽约、圣路易斯、印第安纳波利斯、堪萨斯城、辛辛那提、匹兹堡、费城、芝加哥和底特律都设有分支机构。

所召开的黑人群众大会通常都选在破旧的场所，会场里吵吵嚷嚷、醒里醒龊、烟雾腾腾。会议到会人数众多，在正式讲话之前，来上一段音乐节目，一种杂七杂八的赞美诗以及闹哄哄的爵士音乐，而"星条旗歌"——美国国歌是从来不唱的。于是讲话的人站了出来，他们是泰开斯博士或者某个来自圣路易斯总部的人，有时惠予光临讲话的还有到美国来访问的日本人。在这些集会里黑人们听到的都是些地地道道的高级策反言论。演讲的人夸夸其谈地讲到仇恨、破坏。专心听讲的听众听得似醉似痴，听到演讲人宣称："我到这里来的目的，就是要促进美、日两国黑人之间的国际团结"，便热烈地喝采欢呼。演讲的人在唤醒他们的原始感情，逐步激起他们对白种人的厌恶、对美国的仇恨。他喊出来的口号响彻整个烟雾弥漫的大厅："日本向你们表示，日本与你们在一起，共存共亡。美国的黑人，要摆脱骑在你们脖子上的白种暴君，要摧毁白种人优越的谬论，这是最后一次的机会啦！"对于这样的建议，听众们鼓掌拥护。在这种群众声势的笼罩下，即使有持有异议的人参加会议，他们也只得保持沉默。

如果泰开斯博士不是会议的主讲人，那么通常由他来当这种会议的主持人。会议主席在闭幕词里所强调的是"东方世界和平运动"已经是一个拥有十万成员的强大组织了。

战争爆发后，泰开斯博士声称这次战争是"黑种人争取自由的好机会"。他压低声调，用命令的口气向人们提出忠告："船在沉啦！去吧！趁早离开美国这条沉船，不然就晚啦！"

泰开斯博士成为一个鼓吹种族仇恨的角色，他为日本和德国朋友效劳。他出外时带上一个保镖、一个秘书，另外还有一个最亲密的伙伴（一个以前当过厨师，名叫乔治·A·格罗兹的菲律宾人）一起进行巡回演讲。他那种具有危害性的宣传的背景就是日本特务机关。日本特务机关新设一个部门来从事这种破坏士气的实验，一种他们认为史无前例的实验。只有第一次世界大战时，一个被称为"秘密的侵略者"的德国人弗朗兹·冯·林特仑在美国工人运动内部组织罢工、叛乱的活动才可以与之相比。现在这个可疑的有色人种的组织，进一步负有搞罢工和种族战争的任务了。

这一对菲律宾煽动家，泰开斯博士和乔治·格罗兹，在他们周游全国的旅途中，有一次来到了阿肯色州的一个靠近布利柴维尔的小镇上，镇上有一所黑人的教堂。这位卓越的客人，泰开斯博士，要求举行一次即兴演讲，当地人很高兴地同意了他的要求，教堂里座无虚席。听众里有一些认为在种族之间应该增进相互了解的白人，听到泰开斯博士的讲话很感兴趣。他所宣讲的是个通常引起争议的问题。泰开斯是个谨慎的人，小心翼翼地对他的听众进行探测，压低了日本人传授给他的高调。可是接下去是格罗兹站起来讲话了。格罗兹是个粗鲁、坦率的人，他对着听众们叫嚷道："这个世界是有色人种的世界，参加我们的队伍，让白种人一下子见鬼去吧！"在教堂这种地方用这种方式讲话是难得看见的，要加以挽救也晚了。教堂里的白种人深感不快，有几个人对演讲者大声叱责。白人与黑人之间出现了暴力冲突，召来了警察。警察还没有到来之前，双方已经开枪火并，闩上了门不许任何人出去。泰开斯博士见势不妙，打碎了教堂一扇玻璃窗逃之夭夭。格罗兹则呆在那里直等到警察来临，将他抓了起来。格罗兹以"无政府工团主义"论罪，判刑六个月。

第二次世界大战期间，发生过好几次种族骚乱的大事：底特律大街上的巷战，费城白人工会抗议铁路雇佣黑人的罢工，以及分散于南方各地的骚乱。人们将许多事情归咎于雇主、工会、房荒，不自觉地贬低这样的一种事实：轴心国花了几百万美元，其目的正是要煽起这样的种族骚乱，这只是他们破坏备战的力量、力图瓦解军队中士气的部分策划而已。将优厚的报酬付给象泰开斯和黑人区里的纳粹分子奥倍第·乔丹这样的人，就是要他们去煽出民族分裂的火苗来。

泰开斯博士履行与乔丹之间的协议，办了一所自己的教堂，名称叫"新时代胜利教堂"，在这教堂里的黑人传教士，谁要是对泰开斯活动持反对立场，他就会受到恐吓、打击并被驱逐出去。

泰开斯活动的特点是处处跟政府当局作对，他的胆子越来越大，已经敢于向别人保证日本人取得胜利后，会解放美国的黑人，甚至还说什么日本答应给他们以所需要的武器等等。由于他约制自己不搞犯禁的活动，所以也就没有人来打搅他。要是日本人答应给他武器的话，他的党徒就用不着到别处去搞武器了，党徒中的一伙积极分子已经在作内战的准备。他们购买武器，盗窃武器，将武器运送到圣·路易斯市场街的阿格斯大厦总部，由总部将这些武器分派给分布在全国各地的团体。泰开斯已经暗示过：在日本人支持下，由巴拿马运河入侵美国领土的黑人武装革命已经安排好了。

日本人要这个具有十万名成员的组织尽可能地搞分裂和破坏活动，给他们的使命是，在自己的工作岗位上、在自己的办公室里、到政府的粮食配给部门去闹事，以及到每个公共场所去制造出大大小小的纠纷、动乱。全国各地都成立了制造摩擦和闹事的这种组织。

美国联邦调查局调查到最后，终于积累起足够的证据，逮捕了这个有十九个化名的泰开斯。可以对他进行起诉的罪名有一大串，从扰乱公共秩序到贪污盗窃巨额款项（搞这个日本—黑人组织也是一种发财的生意经，头头随意私自挪用组织的经费等）。

由于间谍活动的证据不足，对泰开斯没有进行间谍或叛国罪起诉。尽管联邦调查局在他的办公室里搜到了有关飞机、潜艇、水雷以及其他军用器械的图纸，但是那些都是些平平常常的东西，是一些常见的、公开散发的新闻照片，起诉的主要罪名是伪造汇票。

逮捕了这个"和平运动"的领导人，亲日的黑人运动一下子寿终正寝。总之，极大多数的美国黑人都不再理睬这个泰开斯了。

美国迅速地处理掉她的一个敌对分子，显示了她的威力，但是暗地里在进行败坏部队士气活动的邪恶势力，还没有受到揭露。日本人这时正大力支持黑人中间的第二号法西斯组织——以罗勃脱·奥倍第·乔丹为首的黑人区的埃塞俄比亚和平运动。我们已经知道，泰开斯原先是想和埃塞俄比亚和平运动合作的，他曾和乔丹举行过成效不大的会谈。现在乔丹的对手不存在了，他就急忙收编泰开斯手下分散在各处十去八九的残部。在这以前，乔丹的活动只限于在美国部队里服役的黑人，对几百名从部队里回来度假的黑人士兵发表演讲，他唾沫横飞地说：

"一到时机成熟，我们要将麦克阿瑟送回地狱里去。在东条将军领导下的日本人，一定会以和平的名义赢得和平。"

早在大战发生之前，乔丹已经是哈莱姆区里的一个狂妄的煽动家了。地方检察官在他最终被捕之后，提供了他的许多演讲记录。我们不妨将检察官所宣读的几个记录里的叛逆内容摘录一些：

"日本人正在解放有色种族……"

"矮小的东方有色人种很快就要统治全世界了。轴心力量必定会取得胜利……"

"所有给了中国人的好处，天皇也会给黑种人的。日本已经给了中国以一种新的文化，新的生活和新的机会。"

哈莱姆区里听信这个法西斯分子的话，当然是一小撮而已，但是大多数人对乔丹的所作所为采取姑妄听之的态度。讲话结束时，他教导这些兵士道：

"士兵小伙子们，当你们到那边去时，枪口朝下，伸开手臂和黄种人或黑种人拥抱在一起，然后掉转你的枪口。"

"掉转你的枪口"原是第一次世界大战时共产党人的一句口号，由列宁提出，无产阶级要将帝国主义战争转变为阶级战争。纳粹和日本间谍利用这个同样的口号，不过是希望将这次战争转变为一场巨大的种族战争而已。

我们记得第一次世界大战时，德国人出于自身利益的考虑，明智地允许列宁与他的革命战友坐在一节密封的车厢里穿过德国，去推进俄国的革命。鲁登道夫将军认识到俄国的无产阶级革命会给战争中的德国带来好处。日本人与海军上将卡纳利斯也想用这条计策，企图利用有色人种的不满，掀起敌方的国内暴乱和军队中的叛乱活动。

乔丹教导他的听众：

"现在回到你们的岗位上去，悄悄地干起来吧！"听众中若有人斥责他是第五纵队，他会傲然反击，象希特勒和戈培尔那样自命不凡，虚声恫吓：

"不错，我是第五纵队。把我关到集中营里去，我就称心如意了。至于那些胆敢将我关进去的人，当新秩序建立时我要砍掉他们的脑袋。"

哈莱姆区的听众里经常有联邦调查局的成员在场。他们听得怒气冲冲，忍无可忍，认为最好不要让这个吹牛大王继续胡说八道。由于上面不准去碰他，因此甚至在这个"黑人希特勒"事实上已经犯了侮辱国旗的大罪时也没有难为他；那次他在讲道中大大吹捧了一番日本人之后，戏剧性地指着悬挂在讲台背后的美国国旗，尖声叫嚷道：

"它就挂在这里，这就是我们要保卫的旗帜！"

听众们感到紧张，这是一种危险行为，因为不管士兵们已经受到乔丹的多大的影响。他们历来是为这面旗帜战斗，为这面旗帜牺牲的，但是这个疯子已经失掉所有的警惕性，他叫

嚷道:

"撕掉它! 把它撕下来!"

人们不约而同地离开了会场。

乔丹仍旧逍遥法外。司法部门的沉默使得他更加胆大妄为。乔丹和乔·麦克威廉的"基督教动员会"有密切接触。他向他们解释为什么黑人不该和德国人、日本人打仗。"我们干嘛要跟德国人、日本人打仗呢?"他说道:"希特勒擦亮了我的眼睛,我信仰他的纯种思想。我们是有色的纯种。我对每一个黑种士兵说,你要是打算为美国而牺牲,你的墓碑上面就该刻上这样的铭文:

一个为维护白种人的优越,

跟黄种人打过仗的

黑种人,

长眠于此。"

一阵死也似的寂静之后,是一种轰然的喝采声。利用所有的集会,这个黑人所采取的立场和白人法西斯分子是一致的,那就是为轴心国利益效劳。

乔丹从前还在珂林神父的"基督教阵线"和纽约昆士兰地方的意大利法西斯分子集会上发表过演说。在黑人群众中,他鼓吹屠杀犹太人,他是法西斯主义的代言人。

联邦调查局收集一大堆对他起诉的证据,终于将这个哈莱姆区里的煽动家,连同他那一串白人特务、日本间谍以及他手下的黑人部属给予一网打尽。逮捕后查出乔丹接受日本军部里一名叫俾加田的高级军官的指示行事,他那个"埃塞俄比亚和平运动"得到一个日本盖世太保，即"保皇团"（Ho-Kohu-Dan）的资助。

这个"黑人希特勒"的履历，不同寻常。他的出生地是英属牙买加，是个英国的子民，一九一四年他离开牙买加到英国利物浦。在日本邮船会社所属的一艘船上当了好几年舵手，因此他的足迹遍历全球。一九四〇年他访问过中美洲的哥斯达黎加（可能他就是在这个地方碰到本书前已述及的韦泽曼博士和船长高富等）。同年访问了法国、日本和最后的重要一站——德国。

希特勒虽然将黑人归之于"劣种"，但并不轻视利用黑人为纳粹服务的作用，柏林和东京因之而豢养了乔丹。

开庭审判哈莱姆区法西斯分子时有一个惊人的场面，乔丹旧日的对手泰开斯博士，他作为政府方面的证人出庭作证。泰开斯声称他在狱中回顾了自己的一生，认识到"我本人在供词中说过在这次战争中我是亲日的。我有过这样的思想使我深感内疚。我今后再也不会有这种思想了。"人们对这种突然的思想转变自然有些怀疑。但泰开斯极其诚恳地继续说道："我真诚地相信菲律宾人的上策是摆脱受日本这样的有色种族的统治。目前我的故乡，菲律宾群岛已经受到了侵略。我已经看到了日本人的统治意味着什么。我过去的所作所为完全是错误的。"

泰开斯的倒戈给乔丹以重大的打击，这是乔丹一案的一个新的契机。泰开斯补充了有关乔丹和日本特务勾结、运输武器方面的证据，也提供了关于乔丹的士兵组织方面的不可抵赖的罪证。

　　哈莱姆区的领袖被判处十年监禁，不过由于他的叛逆行为和军事设施、装备并无直接关系，所以没有按间谍罪判刑，而是按照侮辱国旗的尊严和破坏部队士气判的罪，要是他再滑得远些的话，死刑就有他的份了。

　　法庭公判时有许多黑人在场，案件判决后一位非白种的部长发表意见道："我们多年辛苦建设的东西，就是被他这种人搞垮的，判了他的罪，谢天谢地。"

　　美国的黑人是忠于美国的，在这第二次世界大战中再次得到证实。象在我们国家以往的历次战争里一样，他们作出了无私的壮烈的牺牲。

　　哈莱姆区的"希特勒"被判罪之后，在哈莱姆区的黑人教堂的礼拜会上念的是一篇新的祈祷文，它体现出忠诚、谅解，对人类前途预示希望的祈祷：

　　　　一切种族的圣父，
　　　　一切种族的赐与者，
　　　　请听，
　　　　这是我们在祈祷。

　　　　愿自由普降大地，
　　　　世间人皆为兄弟，
　　　　愿全人类都尊崇您，
　　　　天长地久永无尽期。

XX　在阿拉伯半岛的活动

本章人物提示

弗朗兹·冯·巴本

　　——纳粹战犯、间谍头子之一

乔治·派夫洛

　　——贝利亚政治保安局枪手

里昂尼达·考密洛夫

　　——贝利亚政治保安局枪手

海·阿明

　　——巴本的爪牙，纳粹扶持的阿拉伯傀儡

赫勃脱·塞缪尔

　　——英国驻巴勒斯坦的官员

拉希特·阿里

　　——伊拉克傀儡总理

　　上帝晓谕摩西：派出你的人，去搜索迦南①的土
地……

　　"于是摩西派他们去搜索迦南的土地，指示他们……
到山岭里去，看看那是怎么样的地方：居民是强壮的，还
是柔弱的；人数是多，还是少；土地是肥沃的，还是贫
瘠的……"

　　"四十天之后，到那地方去搜索的人回来了。"

——《圣经》旧约

　　几千年以后，又出现了这种指示，但是给予指示的不是摩
西，而是一个狂热分子。这个人表面上还是个天主教徒，实质
上他已皈依纳粹主义异教，他将当前德意志帝国的创始人奉为
自己的上帝。而这个帝国的历史已有一千年了。这个将自己的
总部设立在古代圣地附近沙漠地带的人，可以说是那种新宗教
的最初的传教士。摩西以前派人侦察过迦南地方，这个人所做
的也大致相仿。他的目的是要将阿拉伯人组成一支反英、反美
和反对近东巴勒斯坦犹太人的十字军。

　　他是个可怜相的先知，毫无气派。无论是怎样梳洗修饰，
看上去还是那么邋遢相。尽管他一度还担任过德国总理以及希
特勒内阁的副总理。他缺乏那种能够装潢希特勒和戈林门面的
学者风度。

　　他就是臭名昭著的弗朗兹·冯·巴本。在第一次世界大战

---

　　①　迦南为《圣经》中所说上帝赐给亚伯拉罕的地方，现在的巴勒斯坦西部。

时他是派到美国搞间谍破坏工作的首脑，是个公开的间谍活动家；随后他擢升为总理；之后他出任驻奥地利特使，并出卖了这个国家。最后他竟作为德国的一名大使被塞进土耳其。虽说全世界的外交人士都知道他的底细，土耳其没有办法阻止，只能接受他。这个冷血动物般的敌人的间谍本应早该加以逮捕。

巴本是卡纳利斯派遣到穆斯林世界的代理人。他的间谍网从伊斯坦布尔伸展到开罗；从阿勒颇（属叙利亚）、大马士革、德黑兰伸到阿富汗和印度。巴勒斯坦、埃及、伊拉克、波斯、叙利亚、沙特阿拉伯和土耳其都是他的活动领域。他现在要着手酝酿一场种族战争，要挑拨穆斯林反对英国。为了轴心国在近东的利益，他不这样做才怪呢。

巴本的装备非常充裕，单是用于谍报活动的预算经费一项，每年就高达三百万美元，另外还有与此相当的款项供他在政界、外交界进行贿赂之用。

弗朗兹·冯·巴本住在土耳其的阿加斯·巴沙·卡多西宫殿般的德国大使馆里，对面就是伊斯坦布尔的现代化的国际饭店。从他居住处的窗口可以看到这个拜占庭帝国的壮丽古城、培拉的蓝色清真寺，以及远方的、在多次战争中成为战略要地的博斯普鲁斯海峡中的天蓝色的海水。

一九四〇年，冯·巴本先生肩负重任来到土耳其。那位海军上将需要有关中东机场的情报和同盟国飞机到达次数以及乘客名单的副本，命他在六个国家船坞周围组织海港间谍活动。海军上将在动身之前还亲自交给他一笔特别经费，供他在这个新地区使用。阿拉伯人对德国马克和形形色色的东方货币没有兴趣，甚至美钞也不要，巴本尽力使用黄金，只有黄金才起作用。

黄金从德国外交邮袋里运来，慷慨地付给阿拉伯和土耳其的官员；付给在叙利亚、伊拉克、和巴勒斯坦的阿拉伯领袖。可是贝利亚的苏联特工人员也将黄金带进波斯，英国也用大量黄金装备了它的特务机关。盟方的特工人员注意着冯·巴本对阿拉伯人的那种贿赂显得过火的活动，感到好笑。

在土耳其，巴本比任何人更受到严密的监视。一当他离开大使馆，总是有盟方特工人员盯梢。即使坐火车乘飞机也有人跟踪。他有一名专职的保镖，但追踪他的人却多得多，其中包括土耳其的安全警察以及英、美、苏联的情报人员。

众所周知，冯·巴本在第一次世界大战期间是"黑人汤姆"被害事件的指使者，是德国的破坏大王、间谍头子。他想用讲究礼节的外表隐瞒他终身从事的那种令人憎恨的职业是徒劳的。他指使他手下的一帮人去干种种肮脏勾当：组织谋杀，用麻醉剂害人，将他们的尸体扔进博斯普鲁斯海峡。他虽然自己并不动手，但是他那满身的血腥气是永远也擦不掉的。

他在土耳其的第一件事就是搞对苏联的间谍活动。德国人占领了克里米亚，冲进乌克兰，占领了敖德萨和基辅以后，强夺达达尼尔海峡就将成为当务之急。这将迫使土耳其象第一次世界大战时那样，站到德国方面来参加战争。巴本搜罗对他有用的人，并将他们叫到大使馆里来，带他们走进装有地板门的

大使的书房。这种地板门用一个电钮加以控制，它既可以作为
紧急出口，又可以处置有威胁性的人物于死地。给巴本写传记
的人以及好多来访送情报的人都看到过这种伪装得很好的地板
门。巴本邀请那些俄罗斯穆斯林和鞑靼人替他工作。这些在俄
国革命时逃出来的、对苏维埃制度怀恨在心的流亡人员，就参
加了在俄土边境和乌克兰的间谍活动，甘心充当冯·巴本的
走卒。

　　这些流亡人员受到贝利亚的苏联国家政治保安局的严密监
视，他们接受巴本雇佣后没过几小时，俄国人便知道了巴本的
计划。

　　贝利亚知道打击边界间谍活动的首要办法是肃清间谍。但
他决定将被占的苏联领土上的特务暂搁一旁，而先把矛头直接
指向伊斯坦布尔的特工总部。

　　既然土耳其是中立国，俄国人在莫斯科与伊斯坦布尔之间
来往就没有多大困难。土耳其人永远不会忘记，在第一次世界
大战之后，多少年来苏联人是他唯一的朋友。近二十五年中的
俄土关系极好，这是个有利因素。两名敢作敢为的俄国人飞往
伊斯坦布尔，在飞机场会见了领事馆人员，后者向他们保证，
一切都已准备就绪。

　　这两个认真的青年人就在博斯普鲁斯海峡边的一家低级旅
店下榻。他们喜欢呼吸新鲜空气，到老远的地方去散步。他
们日日夜夜地外出散步，有时一起走，但大部分时间是各走
各的。

　　他们都穿着深颜色的不惹人注意的衣装。这种和夜色调

和的衣服，即使在白天也不起眼。这两个人具有敏锐的观察力，虽然他们从前从未到过土耳其，但是他们很快就已经能够勾划出巴本进进出出的那些曲曲折折的街道的地形图。他们盯巴本的梢，盯到土耳其外交部或者盯到巴本和土耳其法西斯集团在夜间秘密开会的地方。这两个穿深色衣服的人员名叫乔治·派夫洛和里昂尼达·考密洛夫，都是贝利亚政治保安局里的枪手。

有一天早晨，难得不坐车的巴本和他的妻子、保镖，还有一位阿拉伯朋友一起在阿塔图克林荫大道上散步，在阳光照耀下，博斯普鲁斯海峡的海水金浪闪烁，远处镏金的清真寺的尖塔闪闪发光。东方艳丽的光辉跟肃穆的现代建筑形成鲜明的对比。突然响起了可怕的爆炸声，巴本跌倒在地，他的妻子昏了过去。又是一声爆炸，附近的窗棂玻璃震成碎片。过路的人冲进出事现场，汽车停驶，人们尖声叫嚷，一片混乱。尸体倒在血泊中，但巴本本人和他的妻子、随从却没有受伤，因为炸弹是在距离他们十七码的地方爆炸的。死了的只是些不相干的人。投掷炸弹的罪犯被逮了起来。

这是一场轰动一时的审判。各国外交使节都到场了。对于在法院里的许多人来说，被告是他们心目中的英雄。

"你们谋杀巴本大使是受谁的主使？"土耳其起诉人提出询问。

"没人主使"。他们两个一口咬定。

"你们的炸弹是从哪里得来的？"

"我们自己制造的。"

　　土耳其法院在暗地里对俄国被告是同情的，然而法院必须避免卷入国际间纠纷。土耳其的中立地位岌岌可危。

　　这两个俄国人公然拒绝交待任何进一步的内容。他们根本不承认是受贝利亚的派遣，也不承认和苏联有关，听凭法院判处。

　　由于巴本没有受到损害，判不了他们两个的死刑。法院判了每人十六年零八个月的监禁；他们不能指望比这个更轻的判决了。但是审判后过了两年零五个月，土耳其和纳粹德国断绝关系，摆脱了已不存在的约束后，他们驱逐了特务头子巴本，并释放了这两个俄国人。

　　要是这颗炸弹炸死了这个到头来在德国被美军俘虏的冯·巴本，那么这个道貌岸然的坏蛋以后的许多特务勾当就搞不成了。

　　不过现在让我们从头讲起。海军上将卡纳利斯的命令是要巩固德国在达达尼尔海峡的地位。从前德国的威廉皇帝曾经梦想搞一条柏林——巴格达铁路。他的继承者希特勒，同样醉心于这种帝国主义美梦。希特勒要求采取步骤削弱近东、中东各国，从土耳其到巴勒斯坦，从外约旦到阿富汗和缅甸各地取得立足点。

　　纳粹以朋友的面目出场。冯·巴本使当地的阿拉伯领袖们相信他是伊斯兰的保护人。巴本手下的特务在伊拉克人民中宣称德国是穆斯林的朋友。伊拉克人在好些年以后才发现这是一句谎话。

　　巴本答应对土耳其沙文主义集团作出种种的让步：巴勒斯

坦将会划给他们；……不错，对于其他的民族，他也作出了类似的承诺，但是他的诚意只不过是一些空话而已。他负责建立了象"都兰语族人"之类的秘密会社，以金钱、走私武器和无线电台供给参加该会社的成员；雇佣土耳其法西斯分子作为间谍，进行反土耳其政府和反对苏联的活动。

巴本故技重施，将以前用于奥地利的一套办法用来组织土耳其的傀儡政府。他给予傀儡们所需要的一切，从金钱到T.N.T 炸药一概具备；他资助他们的报纸；为收买他们，他是舍得花钱的。他按照所获情报的价值付出丰厚的报酬。他给当地法西斯分子武器，以报答他们所提供的关于黑海、博斯普鲁斯海峡船舶吨位的情报；用黄金来酬谢他们送来的航空公司的乘客名单。这种交易条件使他们心满意足。

海军上将卡纳利斯认为时机已经成熟了。他的秘密法西斯会社"灰狼"和"都兰语族人"待遇优厚，装备精良。警官和将军们已经被拉进组织成为内奸。推翻土耳其政府的时候到了！新政府将象从前在西班牙的佛朗哥一样，得到了德国飞机和军队的支持。卡纳利斯认为这是在征服中东、近东方面的一个楔子，伊拉克的石油将落在德国的手里。

但就在卡纳利斯考虑要动手的时候，同盟国的谍报机关也采取了行动，当土耳其政府接到了警告并且看到了证据。整个谋反集团被粉碎了。那些塞满黄金和武器的土耳其法西斯分子被关进了监狱。在这帮乱糟糟的五光十色的集团里，有恐怖分子，有将军，有刺客，还有新闻记者。只是少了一个人，他就是冯·巴本。

这件事至少使土耳其人看到了希特勒的真实意图，德国情报局又吃了一次败仗。土耳其政府政治态度愈来愈倾向同盟国。巴本的地下工作在惨重的失败中收场。他被召回柏林。

巴本在德国外交部里心神不定地过了些日子。报纸上说他已经被抓起来了。那可是太夸大了，巴本离开完蛋的日子还远着呢。他在本特莱街十四号呆了三个钟头，强调柏林一点也不了解问题的困难性。他竭尽全力地说明他的失败并不严重，黑海和博斯普鲁斯海峡船舶情报不是已经充分提供了吗？他手下的特务还在巴勒斯坦、伊拉克、叙利亚和波斯有成效地活动着。要是现在将他免职，整个系统就会土崩瓦解。总之，除了中立国土耳其之外，还有别的事情可忙呢。

在第一次世界大战里，冯·巴本原是卡纳利斯的上司。现在角色颠倒了过来，巴本竟象绵羊似的站在卡纳利斯的面前，卡纳利斯对他过去的上司没有特别客气。不过，巴本还是个能派用场的人，卡纳利斯决定给他另一个机会，命他返回近东，到巴勒斯坦去，要他继续担负起将仇恨和混乱带给穆斯林世界的历史性任务。

他们以不同寻常的方式编制好他们的计划：策划煽动叛乱、进行征服的蓝图，将登记在巴本特务花名册里的名字存进档案，指定好未来担任泛阿拉伯运动的领导人的角色。这个人要成为阿拉伯半岛上的奎斯林，并且搜罗更多的阿拉伯人充当卡纳利斯的特务。

在巴勒斯坦有个为德国工作过多年的人，他是耶路撒冷的

大"穆甫典"①名字叫海·阿明，被选定的人就是他。他将成
为德国统治东方的挂名领袖。

拥有二百名阿拉伯人扈从保护的海·阿明，隐居在神圣的
奥马清真寺。这个清真寺座落在所罗门王的神庙的遗址上，俯
瞰着耶路撒冷犹太会堂的饮泣墙。这饮泣墙是多少世纪来犹太
人天天来此，为他们受苦难的人们进行祈祷的场所。

海·阿明以公职人员的身份，取得英国给予年薪六百英
镑；再者，由他所控制的宗教捐献，每年是六十万镑；最后，
他还从德国和意大利那里取得年薪。这个年刚四十出头的人，
差不多已经升到一个拥有无限权力的阿拉伯领导人那样高的地
位了。每一次的阿拉伯阴谋，每一次的暴乱和武器走私都受到
他的唆使，都是卡纳利斯办公室里的产物。在人们的印象里，
阿拉伯世界里还没有一个人象他那样对人民掌握着那么大的权
力，以及如此仇视同盟国，对同盟国搞破坏活动。

这位暴君之所以能获得自由，他得感谢受他迫害的一个
人——一个犹太人。这真是件令人值得深思的事。一九二〇
年，海·阿明作为一个英国特务机关人员，因从事反对土耳其
的间谍活动而被土耳其政府逮捕法办，送上法庭。但是法庭对
这个案子不予受理。那时海·阿明仅是一个青年学生。后来他
突然倒戈，煽动阿拉伯人对巴勒斯坦的犹太人和英国采取敌对
行动。他的这种行为没有得到宽容，被判处了十年徒刑。他宣

---

① 穆甫典（Mufti），阿拉伯文音译。为伊斯兰教法典说明官，平时穿法衣。其职责为
对各种诉讼提出正式法律意见，作为判决的依据。其条件为精通《古兰经》等教法著
作，现在一些伊斯兰国家及地区仍有此职。

称自己因宗教信仰而受到迫害。他急忙逃到外约旦躲了起来。

赫勃脱·塞缪尔子爵主持英国驻巴勒斯坦的政务时，这位犹太政治家相信：赦免敌对的领袖是符合英国的自由主义传统的；他认为，缓和的处理能使他们与当局和解，可以消除阿拉伯人对犹太人的恶感。

子爵发现被判决的逃犯海·阿明是巴勒斯坦最有势力的家族中的一员，他的弟弟又是宗教团体的领袖，是当时统治耶路撒冷的伊斯兰教的"穆甫典"。

考虑到这些因素，塞缪尔子爵在他发布的第一批政府法令中，就有赦免逃犯的条款。海·阿明得到大赦之后，回到了巴勒斯坦。但他并没对英国表示感谢，继续摆出一副圣人遭难的样子。

意外的幸运降临到这个归来的逃亡者身上。他刚回来，他那位担任穆甫典的弟弟就死了。各主要家族都想争夺这个官职。塞缪尔子爵一贯坚持以和解为原则，他主张以选举方式产生穆甫典。

海·阿明因此成为候选人，尽管他摆出被冤枉的姿态，但是选举的结果他只得了一个第四名。令人大为惊异的是那位英国子爵却没有通过在阿明前面的三名，大家所觊觎的"穆甫典"职位落到前流亡者头上。塞缪尔子爵确信英国授予他的好处将赢得友谊。可是在这桩事情上，英国的殖民政策却犯了错误。

穆甫典一向属于纯宗教性的职务，而阿明却是一名既危险又精明的政客，他的野心是既要做阿拉伯人精神领袖，又要做政治上的领袖。

阿明掌握了一个基金的支配权。该项基金来自什一税、教堂拥有的财产、遗产和其他收入，总共年收可达六十万英镑之多。阿明将这笔基金用来提高自己的政治地位。他作为基金的管理人，对所有清真寺和其中的宗教圣职人员、教师都具有无上的权力。所有这些人都从属于他。薪金的多少，教义的内容和政治性分支机构的设立都得听他支配。

海军上将卡纳利斯很快就认清了这位大"穆甫典"的价值，海·阿明对搞秘密组织有些经验。第一次世界大战期间，他在英国特务机关里受过的训练对他是有用的。卡纳利斯把他看成为一个完美无缺的合作者。海·阿明将能使整个阿拉伯世界武装起来反对同盟国，将会重新兴起一支十字军，而海·阿明、巴本、卡纳利斯将是这支十字军里的伊斯兰将军。

这个计划非常适合海·阿明的野心。这位大"穆甫典"于是就通知在耶路撒冷召开会议，自任为最高执政和执行委员会主席。

参加这个会议的是一帮陌生的、并没有什么代表性的人。代表中包括墨索里尼从利比亚派来的"阿拉伯人"，土耳其法西斯集团的成员以及巴本在伊拉克、波斯和叙利亚的爪牙。海·阿明在会上作了个坦率的原则性宣言，主题是要在巴勒斯坦、伊拉克和整个阿拉伯半岛掀起叛乱。德国外交部，卡纳利斯以及当时墨索里尼的殖民部都在背后支持他这样做；他们给他武器、弹药、并派特务、军事顾问协助他；给他的经费也极为慷慨。

　　会议一结束，代表们四散离去。接着是动荡不安的局面席卷巴勒斯坦，绑架、纵火、盗窃、抢劫、大屠杀等事件层出不穷。这种混乱状态当然不是自发的，罪魁祸首就是这个大“穆甫典”。与此同时，港口和红海各个口岸受到海·阿明的爪牙的监视，一份份报告向柏林和罗马送去。

　　在开始几年里英国对穆甫典的恐怖统治并没有加以干涉，最后，英国政府除了逮捕他已别无选择余地。

　　海·阿明并没有等着让人来抓，他避开了英国警方，他化装为一个贝督因人①，乘上一艘汽艇逃亡到法属叙利亚，在那里他仍旧搞他的反英活动。

　　法国不敢将他引渡给巴勒斯坦，怕他们管辖下的阿拉伯人对此示威抗议。

　　第二次世界大战爆发时，海·阿明主动离开叙利亚，来到伊拉克。伊拉克却给这个罪犯以特许居留的权利，因此遭到英国政府的正式抗议。伊拉克政府在答复英国的抗议中保证海·阿明不从事政治活动。我们马上会看到这种保证，不过是一句空话。叛乱活动使伊拉克的形势岌岌可危。

　　伊拉克的油田早已被纳粹控制，卡纳利斯的特工人员在这个国家里成群结队，他们的工作由海·阿明监督管理。现在德国急于夺到从海法到巴格达的石油通道，攫取伊拉克的石油，

---

　　①　贝督因人，指在阿拉伯半岛和北非沙漠地区从事游牧的阿拉伯人。贝督因，在阿拉伯语中意为住帐幕的，以别于定居务农的阿拉伯人。

要迅速发动一场叛变来建立一个傀儡政府。海·阿明经常和冯·巴本以及卡纳利斯的私人信使进行会谈，阿明坚持他还需要时间和更多的武器和黄金。

巴格达的旅馆和大使馆，忽然间也变成了最热闹的世界谍报活动的中心。城市里到处是搞阴谋的人，到处看得到身穿白色法衣的阿拉伯人。人们没有办法认清谁是值得信任的，谁是搞叛乱方面的人。接待游客的旅馆里住满了阿拉伯人。在旅馆的酒吧间里，一方面是当地乐队演奏着阿拉伯音乐，另一方面公开出卖情报。海·阿明已经潜入巴格达，他小心翼翼地不让别人知道这一事实，以便在时机成熟时，公开露面领导这场叛乱。

在这种紧急的形势下，亲英和亲轴心的双方都在加紧工作。支持英方的阿拉伯领导人——法克里·贝·那许毕是海·阿明的死对头。他拥有相当多的一批信徒。他得知海·阿明已经潜入巴格达的消息后，便进一步查究内幕。有一天早晨他在街上走路时遭到暗杀，凶手们混进了数以千计穿白袍的人群里，没能抓住。谁能认出这批杀人犯呢？海·阿明躲在山里听到这个强有力的和见识广博的对手的受害消息，当然是喜形于色了。

伊拉克的高级军官忙于参加纳粹使馆邀请的宴会。酒席上，餐巾的折层里早已巧妙地夹进了一叠叠五英镑票面的钞票。

半年之后，海·阿明聚集了由几个伊拉克军官率领的一支二万五千人的军队，发动了军事政变。一万八千个阿拉伯人劫掠了巴格达，杀害了犹太人和外国人，放火焚烧店铺，占领了政府机构。

由海·阿明和卡纳利斯选中的傀儡总理是个名叫拉希特·阿里的人，他用枪口逼着政府原首脑阿部杜尔·依拉辞职。阿部杜尔·依拉马上乔装改扮逃往波斯湾，然后前往巴勒斯坦。

伊拉克处于一片混乱之中，巴格达谍影重重。在这关键时刻，来了英国军队。英国人及时平息了叛乱。叛乱分子的首脑，海·阿明又躲进山里去了。英国政府悬赏二千英镑捉拿这个穆甫典，但是他又溜掉了。他已经将他的红胡子和头发染成黑色，早在追捕者到达之前就逃走了。

他再次扮作一个贝督因人逃到现在称为伊朗的波斯。仍旧想执行卡纳利斯的命令：推翻政府，煽动叛乱。不过他没有开展活动的机会了，因同盟国吸收了上次伊拉克的教训，俄国和英国的军队迅速进驻波斯，肃清了纳粹的间谍组织。他们悬赏捉拿海·阿明的价格已高达一万英镑，但还是找不到这个首恶分子。他受到日本公使馆的庇护，最后由他的同伙冯·巴本将他救出。于是他又到了土耳其，突然出现于伊斯坦布尔的街头。

虽然在土耳其没有多少事情可做，但他还是干了许多坏事，煽动许多阿拉伯人去反对英国，后来又跑到了沙特阿拉伯。

在沙特阿拉伯，他试图争取国王支持他，但是国王正与同盟国谈判一桩石油交易，立即拒绝了他的建议。

　　正当麦加挤满了前来朝圣的穆斯林时，海·阿明也到达了麦加。突然发生了企图暗杀国王的事件。国王的警察逮捕了一个凶手———一个醉鬼。麦加当局将这看作一个地方性事件，没有查出这一暗杀事件和当时正在麦加的海·阿明二者之间有什么联系。然而伦敦的《每日快报》对此作出了敏锐的分析，写道：

　　"策划暗杀伊本·沙特国王的阴谋的地点，并非在麦加城里的那些闷热的庭院里，而是在威廉街上那间冷冰冰的铺着瓷砖的房间中。"

　　面临这种情况，海·阿明感到还是走为上策。沙特阿拉伯这个地方的气候太热了。那个倒霉的酒鬼被判终身监禁。于是蓄着红胡子的阿明又回到叙利亚。

　　叙利亚是法国的保护国。自法国沦陷后，德国就占领了叙利亚，占领了三个机场，大约有五百架飞机。波斯暴动失败以来，叙利亚已经变成逃亡的阴谋家们安稳的避难所。现在叙利亚既然已落入纳粹手中，穆甫典在这里已无事可做。

　　他到了阿尔巴尼亚。一九四一年他继续西行，到墨索里尼那儿去作客。访问意大利后没有多长时间，报纸上就登载了这个缠着头巾的大胡子海·阿明在德国总理府站在希特勒身边的相片。

　　他带着随身的扈从和全副仪仗队，在柏林豪华的旅馆里度假。不过这种出风头的时间不长，这个大胡子穆甫典不愿闲着，他要将旗帜在每个英国统治的城市里升起。为了商讨这种计划，海·阿明在柏林和罗马之间作了几趟愉快的旅行。

卡纳利斯决定要海·阿明在德国、意大利与已经被占领的希腊建立强有力的无线电台对阿拉伯世界进行广播，广播范围要遍及巴勒斯坦、伊拉克、叙利亚、波斯一直到缅甸和印度的边界，唆使阿拉伯人背叛同盟国。

海·阿明留在柏林，在他参谋机构的周围，结集着一群阿拉伯难民和流亡政客。他本人则住在柏林郊外一所没收来的、从前原是属于犹太人的舒适的住宅里，偶而还参与对阿拉伯师团或者是几个德国师团的检阅，向德国军队致以希特勒式的敬礼。他每天都发表他的广播讲话，将阿拉伯人称作"我的人民"，鼓动他们要为反对同盟国而战斗到底。他说：

"现在，轴心国人民正在为阿拉伯人民的自由而战斗。如果英国人、美国人赢得了这场战争，那末犹太人就将统治世界。反过来说，如果轴心国打赢了，那末阿拉伯世界就可以得到解放。轴心国正在帮助我们，我们要为轴心国的胜利而战斗。"

可是，听了他那么多广播的阿拉伯人，并没有挺身而出，投入他所号召的圣战。

在北非的隆美尔元帅被同盟国军队击败后，形势每况愈下，海军上将卡纳利斯深感烦恼。他建议海·阿明乘飞机到阿拉伯半岛，用伞兵空降到伊本·沙特国王的领土上去，在那里他可利用他的个人影响，组织一次阿拉伯的军事叛乱。

但是海·阿明拒绝接受这一任务。他还记得国王与他谈话时无意之中讲过的一句话："朕国内若查出第五纵队，必处以割舌之刑，"他让卡纳利斯明白，他不想扮演近东的鲁道

夫 · 赫斯。他并说："用降落伞空降有损毛拉①的尊严。"他还要坐待良机。

这样一来，卡纳利斯在近东唤醒阿拉伯世界来反对同盟国的活动，停顿了很长时间。

一九四五年五月八日，在《纽约先驱论坛报》载有一则美联社的报导：海 · 阿明及其同伴两人与两名德国官员乘德机一架，在瑞士伯尔尼机场着陆。德国官员被拘留，穆甫典及其同伴被驱逐出境。

海 · 阿明最终被法军逮捕，引渡到英国。

---

① 毛拉，意为穆斯林的神学家。

XXI　"进军德里"

本章人物提示

萨巴斯·甘地拉·菩斯
　　——印度卖国贼

杰玛特·优素福·可汗
　　——印度爱国者

甘地
　　——印度圣雄

尽管海军上将卡纳利斯苦心经营的叛乱以失败而告终，日本人却并不引为前车之鉴而丧失信心。事实上日本人反而跃跃欲试，因为正是德国人失败之处，日本人倒可以露一手。他们所选择的地区不是穆斯林地区，而是印度和马来亚。不过日本人搞的花样也无非是卡纳利斯的本特莱街所发明的翻版而已。

有一支派遣在马来亚瘴气弥漫的怡保地区的一万人的印度部队，同日本军队进行了一场拚死的战斗后，有些人虽是打过缅甸战役的老兵，可是有许多人在都颜—马鲁的丛林之中被俘。他们亲眼看到了难以形容的恐怖场面，看到了日本人的残酷。这对善良的印度人来说是难以忍受的。许多印度俘虏死于酷刑拷打，残存下来的被投入监狱，每天口粮只有一把米。俘虏的人数由于饿死而不断减少，非人的折磨只有身强力壮的人才能支持得了。

一九四三年年底，盟国空军已对日本进行空袭。日本人对这些印度俘虏企图加以利用，向他们宣传同日本人友好。日本人对他们说，日本人是雅利安人的朋友（一种为种族主义提供的伪证，认为印度属雅利安种族。编者注）只要他们加入日本军队就可以将他们释放。俘虏们对这种诱惑不予置理。其中有一伙企图越境，结果受到无情枪杀。

剩下来的俘虏知道，他们确已身处绝境；他们在集中营这样的环境里是活不长的：要么拚死一逃，要么被迫参加日本军队。

但是这些厄运注定的人得到了意外的解脱。一天早晨，一个矮胖结实的戴眼镜的人访问了怡保的俘虏营地。战俘们正在为几个死去的同伴举行葬仪。这个缠着白头巾的威风的印度客人也参加了仪式。后来，他用本国语言对战俘们讲话。他的讲词证明了他受过良好教育，并且是一个有说服力的演说家。

"我是萨巴斯·甘地拉·菩斯"，他自我介绍，"我是来拯救你们的性命的。你们是否要象那些不幸死去的同伴那样呆在这里等死呢？当我们国家里最好的子弟都象囚犯那样地被糟蹋掉，印度还有什么希望？当我们国家里最好的子弟都愿意为英国效劳而死，印度还有什么希望？依靠祈祷和甘地的绝食是挽救不了印度的。自由决不能指望别人送上门来，自由必须靠战斗来获得。

"我已组织了一支新的印度军队，驻地在缅甸。这支军队将成为印度的解放者。我们必须接受日本的援助。因为象我们这个国家如欲获得自由，非接受外援不可。英国和日本一宣战，我们就知道和谁联合，才有助于我们的事业。这次战争将要使印度从英国的枷锁下解放出来。参加我的军队吧！和我们的日本朋友并肩作战，解放印度吧！有色人种争取自决的时刻已经到了！如果你们作好了选择，参加我的队伍，我有权给你们自由。你们可以自由选择；是愿意为印度的解放服务呢，还是扮演英国俘虏这种可耻角色在此地等死。你们自己明白，在这个集中营里你们中间能幸免于死的是不会多的。跟我走吧，举起印度自由旗帜的人，就是我。"

印度俘虏参加到菩斯一边的并不多。他们尽管在过去和现在都对英国采取严厉的批判态度，但这一点丝毫也不促使他们对日本的统治怀有什么好感。中国的遭遇在印度人的心目中记忆犹新大约有五十个战俘接受了菩斯的建议，这是一种保全自己性命的行为。他们当即获得释放，得到了相当好的衣着、食品以及少量的金钱。

菩斯和这些人谈话，询问他们的家庭情况和军事经历，询问他们所知道的关于英国军队的集结情况。经过了六个星期的初步训练，他从中选出了十二个人担任特别任务。

这个作为印度第一组特工人员的十二个人，由日本情报局负责其经济开支并加以训练。他们被送进日本间谍学校，学习了仿效德国的传统课程。在菩斯的严密监视下，他们在一年左右的时间里，接受了操作无线电台的训练，学习了对密码的翻译和破译，又学习了海港和工业间谍活动的原理以及独立选择谍报目标的原则。

一九四四年二月，他们乘上潜艇离开槟榔屿，准备在俾路支斯坦海岸的某地登陆。为他们执行任务所需的装备也一概发给了他们。出发之前他们对菩斯宣誓效忠。菩斯庄严地对他们强调说，他们所肩负的是解放印度的重要使命，他们是在为光荣的事业而冒险。还有，他们将得到特别优厚的奖赏。在新印度政府中他们保证会取得高级的职位。

指定给他们的任务，包括：毁坏某个工厂、破坏铁路系统，以及把针对甘地不抵抗主义运动、针对英国统治的"革命的宣传品"在印度国内广泛散发。

这十二个人知道他们在进行粉身碎骨的冒险。甚至就登陆而言，也是危机四伏。日本潜艇在途中发现了九艘英国商船就掉转航向追逐。商船进行自卫用深水炸弹还击，这一下几乎将潜艇击中。同时潜艇还遭到英国飞机和英国军舰的追击，好不容易才逃脱。

这是一九四四年三月十七日的夜晚，天色昏暗，没有月光，企图将这十二个间谍乘坐的两只可以折叠的橡皮船在俾路支斯坦海岸的一个偏僻地点登陆。橡皮船放了下来，潜艇副艇长命令他们用绳子将橡皮船拖到靠近海岸几哩的场所。由于潜艇的速度太快，使不稳定的橡皮艇翻掉了一只，落水的人差点儿淹死。

日本艇长大怒，这只沉到海里去的橡皮船，里面装载有他们需要用的器材，包括微型无线电台在内的种种装备。另一只橡皮船划到靠近沉船的地方，营救他们的伙伴，让他们攀登上来。这就使小船装载过量，没过多少时间他们就一起掉进水里，在水里拚命挣扎。最后才由潜艇将他们一一救了上来。

过了几天之后，他们准备再一次登陆。这一次是将他们拖到了离岸不到四哩的地方。日本官员告诉他们无法再靠近海岸了，否则英国海岸防卫部队会发觉他们的活动。几艘备用的橡皮船放下海去，随着波涛起伏在海上。倒霉的是他们发觉了这些备用的橡皮船已经不能使用了，海水从又长又大的裂缝里灌进船里。

这十二个人的使命一开始就遭到重大的失败，他们似乎又面临被重新关进集中营去的危险。日本长官怒气冲冲，他粗鲁地提出要抓几条海上渔船，将船上的渔夫杀掉，然后由他们驾驶这种渔船登陆。这十二个人表示异议。认为这种行径会被人发现，英国当局会向上级报告的。他们终于说服了日本长官，让潜艇再巡航一个星期，印度人利用这段时期修补这些损坏的橡皮船。

三月二十四日那天实现了登陆的计划。他们登上新修好的橡皮船，划行了四哩路程。在曙光里，他们看到了面前是一段寂静的海岸。他们拖着船，涉水登岸。这个远征队的领导人名字叫杰玛特·优素福·可汗，从前是英国所属的印度军队里的军官。他和他的伙伴们在踏上本国的土地后就立刻召开了一个秘密会议。他们在潮湿的沙滩上坐下，清晨的空气仍冷得凛冽刺骨，可是当他们听可汗的讲话时，越来越激动。

他向他们开诚布公地提出问题：他们在被俘之前是些什么人，是英国—印度军队中的士兵；他们之中是没有一个人愿意做叛徒的，这一点有谁要争辩吗？他们中间有谁已经忘记了他们死去的同伴，有谁已经忘记了他们曾经亲眼看到的日本人的残忍，有谁已经忘记了他们经历过的形将饿毙的境地？他提出一个建议，要求全体来表决。他的建议是，他们去向当局自首，将他们的遭遇报告当局。

这些人一边听着，一边心里怦怦地跳。他们不敢彼此互相看望。是不是他们当中已有人甘当叛徒？菩斯使印度人反对印度人的计谋是不是已经得到成功？印度人难道愿当傀儡和间谍将国家出卖给日本人？而日本人关心的仅是如何击败英国，苏联和美国。日本人的本性会象宣传品上说的那样改变吗？从某些方面看来，他们的表决，不象是十二个人的表决，而是一次印度人全民投票。我们为了获得自由是否必须将自己出卖给日本人？印度的未来将是怎样一个局面？每个人心里都清楚，印度的境况越来越糟。当他们考虑着他们国家的未来时，所有的人都沉默着。

投票的方式是民主的。谁要是愿意继续遵守执行派遣任务，可以不用投票。只要他心口如一不出卖同伴就行。可汗发给每人一张白纸，要他们写上"同意"或"反对"来表明对印度叛徒菩斯是拥护或反对。

杰玛特·可汗公布了投票结果，十二票都是"反对"。他们是一条心，都支持英国。这些所谓的间谍破坏分子顿时间高兴得哈哈大笑起来。他们精神抖擞地向最近的印度村落走去，这是属于卡莱脱州巴什尼县的一个村落。他们在地主面前作了自我介绍。说明他们是怎么来的和他们的意图后，这位地主对于他们的经历非常同情，招待他们吃喝，并且向卡拉奇地区报告了他们的情况。这一伙人被送到了军事大本营。

他们终于到达了德里。在德里他们详细地报告了他们的经历，和他们所经受过训练的课程。交出了无线电台装置和T.N.T炸药。他们也交出了日本人供给他们的金钱，加上一些准备他们在紧急需要时使用的，锁在一只小首饰盒子里的若干钻石。

主持审讯的军事当局向他们接连提出一连串的问题：在印度谁是菩斯的同伙？日本间谍学校里有没有德国教官？他们的无线电通讯网的是哪一种密码？泰国境内有哪些间谍？

这十二个人尽可能地回答了这些问题。英国人第一次了解到这一个地区里间谍活动的情况，并从中取得了许多军事上的有利之处。现在这些所谓的间谍开始工作了。英国谍报部门给了他们以必要的装备。他们向缅甸发出无线电短波，输送出有关美军驻地的假情报；输送出某些船只离港的假情报。日本的潜艇若是按这种秘密情报准备来配合行动的话，就会遭到同盟国军舰的伏击而遭沉没。

这十二个人必须假戏真做。为了装得更象些，其中有一些人被"逮捕"起来，没逮捕的则继续工作。这是道道地地的反间谍的表演，他们搞得非常成功。

菩斯对他们下达了一个又一个的命令，要他们将金刚钻石变卖现钱，创办一份反英国的报纸。这份报纸办了起来，另外一些菩斯手下间谍也来参加办报这件事，并且就象苍蝇见血般地吸引着印度的极端主义分子。英国谍报部门满有兴趣地监视着这份报纸的进展。报纸对英国的抨击愈厉害，菩斯和他的日本主子就愈高兴。那些评论文章实际上是一个机灵的英国新闻记者的手笔，他们可一点儿也不知道。这份报纸瞒过了日本人，这是肯定的；甚至也瞒过了圣雄甘地，因为甘地一贯坚持他的非暴力的思想，对这张报纸所提倡的恐怖主义政策也不断地加以强烈的谴责。甘地大声疾呼地批评了这张宣扬暴力的激进报纸。

对于甘地的偏见，日本人非常清楚，然而他们在想方设法利用这种偏见，从而利用甘地为他们的目的服务。他们想了许多阴谋诡计来笼络这个与菩斯完全不相同的甘地。日本人通过某一个人的个人接触去影响甘地。这个人就是在苏华格兰的甘地家中居住多年的日本和尚海深方丈。这个日本和尚熟悉梵文，他口宣佛号、周历街巷地诵经晨祷。他是个非常文雅，非常虔诚的人。他具有美好的品德，受到甘地的尊敬。甘地经常说："倘使日本人也象海深方丈，日本人一定是善良的人民"。日本人正是希望在甘地的心坎中有这种想法。事实上海深和尚是个坚决赞同支持日本战争集团的人，而这种意见他却从来没有向甘地提起过。他当然希望英国战败，日本统治印度。英国当局因之在甘地家中逮捕了这个和尚。

但是真正的印度叛徒却是萨巴斯·甘地拉·菩斯。做卖国贼的人开始出场往往是很体面的——就象他们在挪威、巴勒斯坦、法国和印度所表现的那样。但是他们的信徒并没有多少。例如挪威的维特肯·奎斯林，他的群众从来没有超过全国人口的百分之一。那个大"穆甫典"（上章所述）就更少了，而菩斯呢，则完全是孤立的。这些叛徒们在他们主子面前趾高气扬，夸张他们的力量和影响。他们的经历通常都是落得当一名特务头子的地步。他们都挂着独裁者或者总理的头衔起家，到结果只落得成为一个低贱的告密者的下场，甚至主子们不让他们亲自作主，而要他们从属于柏林或东京的间谍机关，作为一名走卒去办事。

菩斯扮演的是自封的"自由印度政府"的首脑，代表的是一个没有领土的政府，没有士兵的军队。他的扮演虽然十分可笑，可是，他的活动充满奸诈。

和这次大战中大多数卖国贼一样，菩斯是个精明的政治家，他受过一定的教育和有着很好的经历。菩斯具有擅于搞阴谋的天才，他愿为付出最高代价的主子效劳，他致力于走一条最容易攫取权力的途径。他的战斗口号是"进军德里"。人们估计他手下叛徒军队有三十万，事实上他能指挥得动的从未超过六万人。招募兵员的情形多少有些象上述那十二个不得力的谍报人员一样，招募来的人的忠诚谈不上真心二字。后来又派来了日本官员对他们加以监督，强化纪律，以防止再出现象以前那十二个人搞的那种欺骗勾当。

年方四十的菩斯具有一段光辉的历程。他生于孟加拉一个在英国行政部门担任高级职务的官僚家庭里。年轻的菩斯被送进英国剑桥大学深造，在校中是个优等生。回到印度后，就象他父亲一样，被授予一个高级文官职位。但是他的雄心不小，参加了圣雄甘地的运动，并协助甘地组织起第一次伟大的抗英运动，甘地很欣赏这个年青人的才能，请他当他的秘书。

但是他们两人在气质上是不同的，他背叛了甘地的和平立场。他叫嚷要暴力革命，要采取恐怖手段，要用破坏活动来反对英国的一切。

菩斯作为一个危险的煽动分子，被关进监狱，这使他在民众中间的声望大增。释放后被选为加尔各答市市长。他用市长的身份替被关押的印度共产党人说情。他突然宣布他的社会立场，说他自己是一个激进的社会主义者。他期待俄国人来帮助拯救印度。他秘密地参加共产党和激烈地谴责法西斯主义和纳粹主义。他宣称"他们的种族思想与有自豪感的印度是不相容纳的，"认为"希特勒的暴政连英国人也自叹不如，"可是他的这一结论很快就自相矛盾。

许多极端的共产主义者与他们自己的党脱离了关系，投入了法西斯的怀抱。菩斯也这样做了。他们将原有的理想丢得干干净净。对他们来说，最要紧的就是攫取权力。

当时俄国对于印度的解放远不如对即将到来的欧洲战争那样的关心。菩斯没能从这方面取得援助，所以他必须从其他方面去寻觅。他与纳粹建立了接触。英国当局开始发觉这个印度领导人和戈倍尔的纳粹宣传部之间的勾勾搭搭。他们怀疑菩斯对某些团体所进行工作，其目的是使这些团体靠拢德国谍报机构，但是由于缺乏确切的证据，还不能进行控告。

　　不久之后，菩斯因从事反英破坏活动被捕，但是没有监禁多少时间，就因健康原因而加以释放了。这是英国的老毛病。他们释放了耶路撒冷的大"穆甫典"，到头来穆甫典使他们奔波于伊斯坦布尔和巴勒斯坦之间，忙得不亦乐乎。就在战争的中期，他们释放了本国最重要的法西斯分子奥斯华尔特·摩斯莱。不过，历史证明，只有一个强大的人民，才敢于对其可怕的敌人施以宽容。

　　毫无疑问，菩斯是个死不悔改的人。一九三四年到一九三五年间他奔走于柏林、罗马、维也纳等地，谒见希特勒和墨索里尼，洗耳恭听和谨慎地执行他们的指示。他跟着他主子的步伐也写了他的《我的奋斗》。他将此书冠以《印度的奋斗》的标题，他对墨索里尼在埃塞俄比亚的大屠杀，表示衷心拥护；对志愿参加和海尔·塞拉西皇帝的军队并肩作战的印度人，痛加辱骂。在柏林期间，菩斯改变了他原先的宗旨，丢弃了他的亲俄情感，变成一个信仰"种族意识第一"的人了。

　　菩斯在这一次欧洲之行中所达到的最高成就是建立了"德印协会"。这个新成立的团体的名誉会长不是别人，正是海军上将卡纳利斯。卡纳利斯与菩斯作了长时间的会谈，他对菩斯心目中的那个独立的印度表示热烈赞同。

　　给这个身穿东方长袍，外貌庄严的菩斯作柏林导游的向导却是一个使人心醉的姑娘。她是个"希特勒青年团"团员，名叫茵吉褒格。她引导菩斯参观了在后来被炸毁的柏格蒙博物馆，国家影剧院和波茨坦名胜。她和菩斯交谈着关于雅利安人种最优越的纳粹理论。印度毕竟是雅利安种的发源地呀！这种想法使菩斯很高兴。印度应该属于雅利安轴心国集团。这个崭新的口号，将会加速争取自由的斗争。当然，将这种意识灌输给他的这位北欧姑娘显然是奉卡纳利斯的指示而同他谈这方面的主题的。而关于这一点，那是决不会提到的。

纳粹让菩斯在泽森和帝国大厦电台对东方发表广播演说。他直截了当地谴责英国，宣称成立雅利安轴心。他表示要和日本友好。

在印度，支持菩斯的人和菩斯手下的头头们听到了菩斯的这种新政策简直无法相信。同日本友好，这真是不可思议。菩斯是不是希望印度成为另一个中国？他们惶惑不解，疑虑重重。可是菩斯是明明白白这样讲的呀！

菩斯在广播中向印度、印度支那、阿富汗、泰国和伊朗播讲他新发现的雅利安主义。他赞扬海·阿明的工作。阿明这时恰好和菩斯一样，也在搞电台广播，这两个人曾经在柏林会面，并一起讨论过怎么样将种族政策向本国的民众进行灌输。

他们两人的会谈情况是值得介绍的。他们会见时礼仪备至，以致彼此一时间不知用什么辞句来恭维对方好。首要的问题是要决定用什么语种交谈。菩斯不会讲阿拉伯语，海·阿明也不会讲印度语。这两个憎恨英国的人，此时只得将就用英语交谈。叛徒无所谓祖国。他们在种族战争的问题上取得了一致性的意见，都向对方保证要相互援助，承认对方是自己的同盟者。交谈中突然冒出一个细节问题：那位穆斯林领袖很自然地要求象在他自己管辖的地区里那样地到印度去视察那里的穆斯林。但是心里持异议的菩斯对此采用了外交官的手法，坚持这种细节性问题可以留到以后去解决，说什么目前要解决的是团结问题。这一个令人不快的阴影不能不产生作用，他们所达成的积极的协议只不过是交换交换情报而已。会谈结束，菩斯回到印度。

菩斯与纳粹有联络，这无疑是人所共知的了。但尽管是这样他仍被选为印度国民会议议长。甘地表示异议，但是他的反对意见被搁置在一边。菩斯争取无条件的独立的呼声唤起了群众的热情。他也直言不讳地对甘地的那种过时的神秘主义表示厌恶。他强烈主张立即"摊牌"，采取"直接行动"。他的演讲极受群众欢迎。英国宣布了这位强有力的领导人菩斯受纳粹雇佣的罪状，但是没有人愿意相信，他们认为这是英国人的卑鄙手段。而事实的真相不久终于摆在印度民众的面前了。

菩斯[①]预言战争即将来临。"这一次的大战将是我们的机会。战争要以一千万或二千万人生命为代价。革命并不比战争更坏。没有战争和革命就不会有进步。我是在解放印度，即使也要付出一千万或二千万人生命的代价也在所不惜。"

接着是一九三九年，第二次世界大战开始了。菩斯迅速地去了一趟柏林，在那里重新会见了戈倍尔一伙和海·阿明，由卡纳利斯办公室布置他今后采取的步骤。要他去为反对英国统治印度而作战，要他去削弱甘地的影响。伟大的预言家甘地，他强调的是对英国人民并不怨恨，只是反对他们的政府而已。甘地激烈反对对印度具有野心的日本，警告日本休想在英国的

---

① 菩斯于一九四五年第二次世界大战结束前猝然死亡。

战败中捞到好处；而菩斯则是用另一种腔调对他的信徒们演讲道："轴心国会给我们独立，让我们参加到日本军队里，把英国从印度赶出去。"

一九四三年，菩斯在东京谒见东条首相。然后由一艘日本潜艇将他送到使英国遭受可耻惨败的地点——新加坡。菩斯打起"自由印度"的旗帜招兵买马，和在泰国、缅甸的一些叛徒缔结了联盟。他的口号仍然是"进军德里"。

他自以为是印度的救世主。"我，你们的领袖，有几百万磅大米准备海运到闹饥荒的印度去，可是我们那个狠心的死敌——英国，不让我们海运。他们宁可让你们挨饿，也不让你们接受由我们在日本的朋友和结盟的同伴们捐献出来的救济物资。"但是所有这些连篇累牍的大声疾呼以及散发出去的煽动性小册子都没有起什么作用。凡是叛徒总是要受到国人的唾弃的。对于盎格鲁—撒克逊族性格并不了解的纳粹分子，他们也不了解东方人的心理。穆斯林世界和佛教徒世界是不会为了金银财宝而出卖自己的。

四年来的失败，使得菩斯的信心稍微打了些折扣，然而他还是继续在缅甸发出每日广播，并对印度人民重播老调。

"据我了解，一个国家在没有这样或那样方式的外援的条件下赢得自由，历史上是没有这种先例的。"菩斯为他的叛国罪行辩解。他要求印度人民对他谅解，因为他的动机是好的。他表白道："我并没有被日本收买，我只是认为日本和印度有共同的利益而已。"

对于当时拥有二十万台收音机的几亿印度人民来说，这种来自缅甸的广播又有什么用呢？菩斯的声音未蒙印度人民垂听，在印度人民心目中，菩斯已被判定是一个叛徒和间谍。

菩斯所干的事业虽然使轴心国失望，但他也多少为轴心国间谍组织效过犬马之劳。由他建立的一个海港间谍组织，使日本得以击沉英国护航队中的舰只。随着时间的流逝，菩斯所自夸的他在人民群众中间的影响，消失得干干净净，轴心国特工组织对菩斯的事业已经失去了希望。但是他们还是继续豢养着他。这就充分地说明了菩斯本身的存在价值究竟有多大。菩斯的事我们就说到这里为止。

XXII 美国的密码是怎么落到德国的手里的

本章人物提示

瓦泰勒·肯特

    ——美国驻伦敦大使馆掌管密码的秘书

安娜·伏尔考甫

    ——沙皇时代某海军上将的女儿，德国间谍

肯特夫人

    ——泰勒·肯特的母亲

伊阿·罗斯·麦克法兰

    ——巴尔的摩新闻评论员

是什么样的力量促使耶路撒冷的穆甫典变成一个轴心国的间谍的呢？是什么样的力量使一个人去当间谍的呢？是爱国主义、爱情、金钱还是人的冒险精神？是憎恨吗？所有这些动机都可能起作用的。其中憎恨这一种动机，被法西斯经过一番浇铸，并赋予了时代感，加上阶级的或种族的极端歧视，以这种憎恨感为动机，变成了纳粹分子狂热追求的信条。

海·阿明对英国的仇视，促使他一味蛮干。菲律宾人泰开斯博士和纽约哈莱姆区的"希特勒"——乔丹，他们满脑子是对白种人的愤恨。在他们心中郁积起来的憎恨，一受到纳粹种族理论的煽动就产生了一种狂热。

而同样的情况也发生在美国的一个白种青年身上。他的事件是一幕悲剧，比社会学里随便什么条文都更清楚地显现出，种族仇恨（本章所涉及的是纳粹的反犹太主义）在一个美国的模范青年身上所产生的后果。

泰勒·肯特是个身材修长、品行好、修饰整洁的青年。他小时候喜欢棒球和足球运动，受过良好教育。他上过普林斯顿大学，后来又就读于巴黎的索尔蓬大学、西班牙的马德里大学以及美国首都的华盛顿大学。他父亲曾经是个有成就的职业外交官，母亲是个富于感情、和蔼可亲的寡妇。对她来说，儿子的遭遇是一个沉重的打击。她不了解这种事情的前因后果，所以她不肯相信事实。她所认定的仅仅是他是她的儿子，她给予他以全部的爱怜和温情。这位守寡的肯特夫人深信她的儿子是个正人君子。

肯特是个独生子，生于中国东三省。当时他的父亲在东三省的美国外事机关里供职。他逐渐成长为一个漂亮、可爱、有出息的少年。二十岁时，他就进入美国外交界了。象他父亲一样，先是在美国驻莫斯科大使馆工作，随后于一九三九年十月到驻伦敦的美国使馆担任掌管密码的秘书。

这正是大战即将爆发的前夕。在那种紧张的日子里，担任掌管密码的秘书的，只有绝对可靠的人才能充任。泰勒在工作上非常称职，他受到大家的称赞。他已经学会了好几种外语，其中包括俄语、法语、德语和意大利语。

对于可能发生的世界大战，泰勒深为关注。为了想了解在这种紧张时期里的政府政策的动向，他到伦敦后不久就开始参加政治性的集会。泰勒憎恨战争，他听取的是英国国内那些主张避免战争的团体所表示的见解。那些团体里的成员，并不是内维尔·张伯伦的亲密朋友。对于张伯伦出使慕尼黑的悲剧也并不赞赏。不，他们完全是另外的一帮人。肯特听到的是葛丽泰·凯妮，这位风靡北欧的美丽的和平使者的迷人歌声，他听到的是纳粹们鼓吹着的和平宣传。他开始参加群众运动，参与英国法西斯分子摩斯莱的小型内部会议。他见到过国会议员H·M·拉姆西，拉姆西和摩斯莱是一路货，也是一个激烈主张反犹太的人。

上述的英国法西斯团体与英—德联谊会有联系。英—德联谊会这个组织包含有类似前海军上将巴雷·杜姆维尔勋爵那种主张亲德的显赫人物。这位后来受到幽禁的巴雷勋爵曾经担任过英国海军情报局局长。

泰勒·肯特听到的是"犹太人应对即将爆发的战争负责"这种恶意宣传。那是一些大家都知道的老调：欧、美的犹太人和财阀们贪心不足，要发战争财；世界上的银行都被犹太人操纵了，他们早就作好了战争的策划。

泰勒在美国大使馆里的表现一直很正常，偶而也发表过一些使同事们感到惊异的反犹太的言论。工作却一直是做得很好的。

于是，第二次世界大战开始了。战争爆发后不久，一九四〇年五月十八日，一个伦敦警察总部的代表来拜会美国大使约瑟夫·P·肯尼迪，告诉了他一个令人烦恼的消息。大使简直不敢相信他的话，这可是非常棘手的问题。他们让大使了解到，由于泰勒和一些以反犹太宣传作为掩护、实质上可能是在进行亲德活动的人与团体保持可疑的联系，业已成为伦敦警察厅的注意对象了。

警察厅告诉大使，泰勒和一个名叫安娜·伏尔考甫的姑娘非常接近。她是个英籍俄国人，她的父亲曾经是前沙皇的海军上将。这个为摩斯莱法西斯团体服务的姑娘，不久就要加以逮捕。

由于俄国革命而定居在英国的伏尔考甫小姐是个受人欢迎的姑娘，她在伦敦社交界里结识了相当多的朋友。

第二次世界大战爆发后，伏尔考甫小姐的活动引起了伦敦警察厅的注意。警方认为她有一条同德国往来的渠道，在向轴心国频送情报。泰勒·肯特和安娜·伏尔考甫的频繁接触以及和她所熟悉的一个集团里的人员接触，已经受到了伦敦警方的监视。

警方还了解到肯特和伏尔考甫有一辆两人共同使用的汽车，他们也确实认为安娜·伏尔考甫是从肯特手里取得保密情报的。这位警方的代表告诉肯尼迪大使说，他迫切要求对肯特所居住的房间进行搜查。

在这种指控面前，大使只得撤销肯特的外交豁免权，他授权伦敦警方搜查泰勒的寓所，答应给以全力合作。肯尼迪大使希望这是一件他们完全搞错了的案子，他和另一个美国官员陪同伦敦警方一起，作为搜查的见证人。

搜查人员到泰勒的寓所，房间里放着安乐椅，午后阴沉的光线从气窗里射进来，壁炉里装的是煤气发生器。这都是些通常的景象，并无可疑之处，不过警方终于找到了他们要找的东西。

据警方人士与美国国务院所透露的材料，知道泰勒私自占有复印的大使馆资料，总数超过一千五百份。他还新配好两把开启大使馆资料室和密码室的钥匙。搜出这个证据后，泰勒承认他自己之所以要配这两把钥匙，是考虑到如果一旦被调离密码秘书职位而仍在大使馆里供职的话，那末他仍旧可以跑进密码室去。证据还有呢，搜出了反对英国战争行动的印刷宣传品；警方最后还发现他拍摄的两张大使馆文件的照相底片，警方认为这是泰勒的同党干的，目的是将它翻印后送往德国去。

美国国务院直率地阐明："英国警察当局已经断定在这些搜到的材料里，其中有些已经落到一个外国列强的间谍手中。"美国国务院后来又揭露了这个外国列强就是德国。国务院里的人也将情况告诉了肯特的那位受到惊骇的母亲，包括：关于从泰勒房间里搜查到的文件进行检验的结果，说明泰勒已经开始按内容将文件资料分门别类地加以整理。文件实际上包含有大使馆与罗斯福总统、美国国务院有关的每一个专题的全部电讯和书信往来。

国务院承认，这些文件资料"包括有大使馆所收集到的情报的综合电讯报道的底稿。这些电讯如果不从大使馆拍发，必须要经过英国当局检查的。"其中还包括"对德国有利"的情报。

对于美国驻伦敦的大使馆，这是一次极大的打击，事件的揭露令人惊心动魄，肯尼迪大使脸色刷白，非常激动地责问英国警方人员：

"你们为什么不早点通知我？"

英国的官员的解释是，在透露这种真相之前，他们先要掌握全局，把整个间谍网调查清楚。事情是这样的：从美国海底电缆里每天都有电讯送来，伦敦警察厅怀疑有人用某种方法将这些电讯转送到柏林。他们所怀疑的人就是那位美国大使馆掌管电讯、密码的秘书。他们盯他的梢，盯到安娜·伏尔考甫的住处，而安娜本来就是个受到怀疑的对象。随着泰勒和这个姑娘之间的友谊的增进，两个人都变得粗心大意了，开始约会在城里共进午餐。在吃过午餐之后，安娜·伏尔考甫并不马上回家，而是乘上公共汽车先到伦敦一条小街上的一家小照相馆里去。

伦敦警察厅的推断是她将泰勒译好的电讯留在这家照相馆里，照相馆的老板则将它摄入微型胶卷。对于这家照相馆里在搞些什么活动，他们作了严密的调查。没过几天，便逮捕了伏尔考甫小姐和那个与罗马保持直接关系的摄影师。原来在这之前的好几个月里的英美外交方面的秘密文件都已经送到罗马，并由罗马传送到柏林去了。而那一段时间里美国大使馆对于这种情况一无所知。

泰勒被革职，并以触犯公职人员保密法规，立即遭到逮捕。他请求英国将他送回美国去受审判，但给他的回复是：他必须先在英国服刑七年。刑满后遣送回国。回国后还可能再次受到起诉。

他的同谋伏尔考甫小姐被判十年徒刑。但是当她认识到她所做的工作大大有利于德国时，她觉得心满意足了。因为这所有一切都发生在法国处于生死存亡关头的四十天里，而在这紧要关头，美国大使馆里却一份电报也发不出去。华盛顿与伦敦之间电讯往来全部停止。因为轴心国已完全掌握密码破译的手段，原来的密码无法再用了。而为代替这套密码重新编制一套密码，至少需要几个星期的时间。

在纽约，肯特的母亲为她的儿子哭泣着。她断然认为，她的孩子决不会有渎职的行为，这一定是人家完全搞错了。几年过去了，她对于儿子的信念始终不变，实际上她为她儿子申辩发动了一场旷日持久的运动，以致肯特案件成为美国的一个政治问题。肯特夫人给国会议员、教会领导人、民主党议员等写了几百封信件，要求他们为她的儿子主持公道。她认为关押在威脱岛上的她的儿子是无辜的，英国法庭判处她儿子的是莫须有的罪名。她要求在美国对他审判，这正好符合美国反犹太的势力和英国法西斯朋友们的心愿。她的呼吁由于他们的支持而声势大增。他们将年青的泰勒看成是个无辜受难的人。

就他们的看法，泰勒案件是丘吉尔与罗斯福所策划的一大阴谋，说他们两人都要求把这个年轻小伙子清除掉。另外，还有谣言说泰勒·肯特对于内幕情形知道得太多了。同情肯特的人宣称：拍发的电报都是些表明丘吉尔要将美国拖进战争里去的令人震惊的文件，是对于签订秘密协定、承担义务的控告。所以泰勒成为他们心目中的英雄，他们将泰勒案件，看成为"同自己密切有关的"案件。

一向不主张参战的美国孤立主义者，以及罗斯福与丘吉尔的政敌，他们认为进一步的追究可能会发现这两位政治家之间有秘密盟约，那就能对罗斯福这位总统有所揭露。特别考虑到一九四四年是总统的选举年，罗斯福就得对孤立主义的势力作出决定性的让步。以往反对战时租借法案的国会议员也认为肯特案件正中下怀，他们也为肯特辩护，并将此案提交最高法院。

肯特夫人声称她的儿子是个爱好和平的人，说她的儿子为了不让人家把美国拖进战争中去，才抄写了这些电文。更何况他曾经将这种消息给他的朋友们看过（在这些朋友中就有英国国会议员拉姆西，他是个亲法西斯的反犹太分子，也被政府拘押，直到一九四四年才加以开释）。

一九四四年秋是美国总统竞选年，而这案件无疑就是政治上的导火线。可是情况变得复杂起来，弄出了好些证据，使人们看起来似乎肯特夫人所指控的"秘密协定"确有其事。丘吉尔和罗斯福可能在相互之间作了保证，事实真相将在十一月份大选之后公布。

这两个国家的首脑果真是在隐瞒事实吗？肯特夫人不弄清真相决不罢休。她提供旅费给一个公正的调查员到英国去了解有关儿子的事实。这个人名叫伊阿·罗斯·麦克法兰，是巴尔的摩这个地方的新闻评论员。

伊阿在伦敦遇到了美国前驻丹麦公使的儿子约翰·布赖安·欧文。欧文对肯特一案是很熟悉的，他所知道的材料绝对可信。这位新闻评论员说服了欧文，要欧文到美国去看望肯特夫人，给她讲真实情况。可是这至关重要的会晤再也办不到了，这是因为欧文抵达美国后没有几天，便死在格林威治村他所住的房间里，死因是服用了过量的安眠药。在他服用过量的安眠药、丢掉性命前，他本可以先到华盛顿去和肯特夫人见面的。这果真是一件偶然的死亡事件吗？据警方的分析是自杀，而传闻认为这是"政府当局"为摆脱这个危险的见证人所选用的一种手段。美国国内的法西斯分子狂热地宣扬这种说法。秘密仍旧没有揭晓。

肯特夫人和诸如象美国反犹太分子杰拉德·L·K·史密斯这样的人，公开宣称他们是肯特的辩护人，对欧文之死作出种种的推测。肯特母亲希望她能打赢这场官司。政治方面的神秘色彩，欧文之死的巧合，都是对她有利的。但是有人已经决定不能再让这种不负责任的、诽谤性的谣言继续沸沸扬扬。他们采取了决定性的步骤，使肯特夫人的希望归于破灭。

美国国务院和肯尼迪大使公然出面讲话，对此案作了全面报道。案件的公布使所谓签订密约、对肯特的陷害以及对欧文的谋杀之类的谣言，一下子就吹得烟消云散。

就罗斯福总统的一生经历来说，一九四〇年五月的一个夜晚，也是个最心神不定的时刻。白宫紧急召见肯尼迪大使。肯尼迪大使向总统禀告的是：美国所使用的密码现在已经失效了；美国的一切代号和密码体系都没法使用，机要联络系统已经全部暴露。

情况尤其严重的是，美国国务院和白宫所拟定的八个月内的对所有问题的考虑及决策均被德国、意大利和日本所探悉了。

美国外交界还从来没有发生过如此难堪的丑闻和受到如此严重的打击。卡纳利斯的间谍机关破译美国官方的电讯密码已有八个月之久。卡纳利斯分子几乎弄到了世界各国的大使馆、公使馆的电讯。一个年轻人将整个美国的密码系统完全敞开；提供了许多秘密和今后的外交政策方面的至关重要的计划的线索；一下子将重要的统计数字、生产数据以及战时租借法案的航运情况全部暴露。

英美反间谍的秘密情形也被卡纳利斯所在的本特莱街所破译。美国原先的电讯密码系统早就有针对性地防备着被卡纳利斯所破译，如果泰勒·肯特不提供有关情况，他们是破译不了的。

各国政府拍发给各个大使馆和公使馆的急电，是经商业电缆由各国的电报局送递的。因此这种电文对于在电报局的任何人都是近水楼台，很容易搞到手。卡纳利斯可以轻而易举地在每个电报局里安插一个事务员，这个事务员就可以将电文的抄件送往柏林卡纳利斯的谍报机关，让那里的德国人将电文破译出来。

象所有其他国家一样，美国也使用着几种密码，有简单的，也有比较复杂的。其中专供高度机密使用的是一种"保险码"。对于所有这些密码，包括"保险码"在内，肯特全都懂得。

叛逆的行为一经发觉之后，美国被迫立即放弃使用密码。这就导致美国和其他国家的联络体系中断，例如和中国的联系就中断了一个月之久。而往事却难以弥补。

这位密码秘书也许对于他闯的大祸从来就不曾有过充分的认识，甚至在后来对他指出时，他也还是无动于衷，听不到一句悔恨的话。

记者采访了肯尼迪大使，向他了解泰勒背叛美国的原因。肯尼迪试图分析这个问题。在一九四四年九月五日由亨利·J·泰勒发表于《纽约世界电讯报》一篇文章中引述了这位大使的谈话：

"我并不认为他是为了金钱而干出这种事来。我对这种行为只能作这样的解释。他老是主张反犹太，看来已经形成了他的一种极端反犹太的复杂心理。我相信这种情况就是驱使他在伦敦作出那种行为的动机。肯特被逮捕时，我问他你怎么居然会背叛你自己的国家，这对你的母亲会产生什么影响，你想过吗？肯特竟毫无表示。"

"他唯一的答复是具有强烈反犹太感情的长篇议论；除了对他母亲这一点之外，没有任何悔恨的表示。至于谈到他本身。他告诉我的是：'请你忘掉我这个人吧。'"这位大使忽然间停止了他的叙述，垂下了他的头说道："这是个悲剧啊。"

肯特夫人为她的孩子流下辛酸的眼泪。在她悲哀绝望之际，一个名叫杰拉德·L·K·史密斯的美国人，也是一个赫赫闻名的亲法西斯、反犹太、孤立主义派的党派人物，发表了题为"本世纪最耸人听闻的事件"的文章，对肯特事件进行答辩，将肯特捧成杰出的美国英雄，说他是个坚持正义的殉道者。肯特夫人当然是赞成这种见解的。

杰拉德·L·K·史密斯希望美国公众相信，年轻的泰勒·肯特是为了不让美国卷入第二次世界大战中去，才揭露罗斯福总统和丘吉尔首相在租借法案方面的秘密交易。他声称肯特并没有背信弃义，并没有盗窃官方文件；所以，他和所有的亲法西斯孤立主义派人士一样，是一个真正的爱国者……

肯特案件是美国历史上最悲惨的事件之一。青年人可能会听信那些温文尔雅、高唱爱好和平的政治家们的说教，那些人用上帝的名义、美国的名义、爱国主义的名义，以及用所有各种最高尚的理想的名义告诉青年，说什么美国的民主已经被出卖给从外国移居到美国来的人、犹太人和共产党人了。对于这些青年来说，肯特案件是个活生生的教材。

关于肯特案件我们还将听到更多的消息，例如在一九四五年五月，肯特夫人聘请法律顾问向美国行政法院提出诉讼，要求补发他儿子从被捕以来的薪金和国外生活津贴。肯特将在一九四七年刑满释放，引渡回美国接受庭审。支持肯特的人们无疑将利用这个机会大做文章了。

XXIII 假难民

本章人物提示

约瑟夫·约翰·梵荷文

———比利时饭店服务员，后成为纳粹间谍

爱伦堡

———德国军官

埃贝哈特·冯·斯托雷尔

———德国驻西班牙外交官

维利·寇尼希

———德国产科医院院长、流氓

尤琴·铁默曼

———从比利时逃到伦敦的假难民，纳粹间谍

总的说来，泰勒·肯特的运气还算不错。比起其他人来，英国人待他是很客气的。

战争，使伦敦成为一个各民族汇聚的城市。在这里，能够看到穿着所有同盟国国家军服的人——有加拿大的、墨西哥的、巴西的和挪威的——以及来自各国的护士所穿的端庄而整洁的白色护士服。每天涌进这个城市里来的，还有难民。其中有很多人都是从欧洲大陆冒着很大的风险乘小渔船逃亡到这里来的爱国志士。他们一概要受到极其严密的盘问，他们所叙述的经历都得经过各国流亡政府的核对，并且由他们在本国从事地下工作的爱国志士们送来的情报加以证实，想随便跑进这个国家里来是不行的。

然而逃过伦敦警察厅的盘问和监视的冒牌爱国志士、伪装的难民还是有的。对于来自欧洲的难民，英国显示出真心诚意。逃亡来此的欧洲地下工作人员，受到亲如兄弟般的接待；英国人民的好客使他们感到温暖。纳粹很快就认识到在难民问题上玩把戏不失为一种新的特工手段。卡纳利斯决定要利用英国人的好心肠，于是就有几十个难民偷偷地溜进伦敦，这些难民的"逃亡"计划是在办公室里制订的，执行这种策略需要分外的机灵和谨慎。

有个一向很爱国的比利时人，今年二十七岁，名字叫约瑟夫·约翰·梵荷文。他和他国家里其他人一样，对德国人没有好感。但是作为一个布鲁塞尔市四海饭店里的模范服务员，他得隐藏起心里的敌意，去伺候那些在这里举行官方宴会的傲慢的德国长官。由于某种原因，他受到其中一个长官的宠信。有一天，他那位主顾——打扮时髦，名字叫爱伦堡的德国副官，告诉他说有一个办法可以给他的家庭里搞到些肉。他说："你到营地的军需官那里去，找一个名字叫海因利希的人，随后对他提起我的名字，他就会给你香烟，给你肉的。"

被占领的比利时当时正处于饥馑之中；纳粹德国疯狂地掠夺比利时。他们征用毛毯送往对俄作战的前线，攫取渔船、手推车、衣着、庄稼和牲畜。这个国家几乎被掠夺得干干净净。梵荷文家里的父母双亲已经有好几个月没有吃到肉了。在这种境遇下，梵荷文对这位副官的好感油然而生。他依照他的指点，真的在营地里拿到了几包肉食品和一打盒装纸烟。

第二天这个服务员到德国副官那里很恭敬地向他道谢。爱伦堡放声大笑，并问他想不想在今后能经常取得这种礼物。他又告诉他，这类东西他可以继续去拿，只要他肯承担将一些东西在黑市上销售的任务就行；而黑市销售的收入，两个人对分。

副官答应同梵荷文对半分成，自以为是很慷慨了。他对他的小卒保证道："我们德国人一向待人公平合理的。"梵荷文变成了黑市市场上的食品供应商，在副官的怂恿下，交易额愈来愈大。

干了几个月的黑市买卖，这位德国副官从这方面大概捞到了五万法郎，他动身到巴黎去，给他那个在德国的姑娘买了一件貂皮大衣和几件式样最新的时装。可是他的行为引起了德国谍报机关的怀疑。一个副官从哪里搞来这么一大笔钱的呢？卡纳利斯手下的人有些诧异。他们猜测，八成儿是这个副官卷进间谍活动里去了，于是就着手调查。

爱伦堡被召去，受审有关钱财方面的问题。这是一场具有军事法庭气氛的审讯，主持人是他的上级指挥官，两个谍报人员和一个盖世太保长官。他们直截了当地问他："你是不是在替英国人工作？是不是和法国地下组织马基有联系？"

突然受到逮捕的爱伦堡，他两只脚都在发抖。这下子可能要就地正法了。面对这个问题，他垮了。他一面郑重地说明他永远也不会背叛他的祖国，一面承认从黑市里搞钱的罪行。这是他那种倒霉的爱情驱使他干出这种事的。他对慕尼黑的某一个舞女爱得要命，需要送贵重的礼品给她。

对爱伦堡的间谍案就此告一段落，对他的惩罚，仅仅是将他调往对俄作战的前线去。至于那个可怜的小人物约瑟夫·梵荷文，还蒙在鼓中，直到有一天的早晨突然被逮捕为止。有三个男子汉到四海饭店来找他，将穿着黑色服务员工作服的梵荷文押到盖世太保的司令部里。

他们对他说，有关他搞黑市买卖的情况他们都已经掌握了。审讯他的是个名叫汉斯·荣格劳的长官。他粗暴地对这个比利时人说道："你干的是盗窃军粮，我们可以按盗窃军粮的罪名将你枪毙。"

梵荷文哀求他们饶命，他结结巴巴地说道，他做这种勾当一直是糊里糊涂的。"我不过是个可怜虫"，他对纳粹分子说道："那个德国副官叫我怎么做，我就怎么做。"他恳求给他改过的机会，今后他们要他怎样做，他就怎样做。

约瑟夫·梵荷文这个小人物就是在这种环境驱使下成为间谍的。对于德国人来说，将这个面有菜色、微不足道的服务员处以死刑并没有什么好处，而德国倒很需要在好些危险地区里安插他们的间谍。因此纳粹分子搞出了一个计划。在梵荷文被捕后没几天，报纸通告栏里登载出将这个四海饭店服务员称作是黑市市场里的臭奸商、盗窃军粮的贼骨头的通告。报纸还报道，在正要逮捕他的时候，这个奸徒失踪了。现在正在对这个人进行全国性的通缉捕拿。

与此同时，一辆德国汽车载着梵荷文驶往巴黎。他在巴黎忙于看望搞地下工作的熟人，给他们看比利时的剪报，说明他自己是在逃命。这样一来，法国的地下工作者误认为他是个从纳粹手里逃亡出来的人，收留了他，并对他加以照顾，将他迅速而安全地从一个收容所转移到另一个收容所。最后在专门搞汽车轮胎走私的一伙人的帮助下，偷偷地越过了比利牛斯山。梵荷文于是就径直向德国驻西班牙马德里的大使馆走去。

在马德里的德国大使馆里，梵荷文受到大使埃贝哈特·冯·斯托雷尔先生的接见。斯托雷尔对自己所兼职进行的谍报职务一直是兴趣十足的。以前我们也已经提到过他，第一次世界大战时，他在西班牙所担任的也是同样的职务，那时他还是卡纳利斯的上司呢。

斯托雷尔以措词巧妙、能说会道闻名。外交宴会和茶会上，他的高谈阔论往往引起哄堂大笑。上层社会里的妇女对他十分敬慕。贝当元帅当年担任法国驻马德里大使时，他和贝当元帅是亲密好友。斯托雷尔本人还认识墨索里尼和希特勒。

这位大使用法语非常和善地跟这个胆怯的服务员谈话。梵荷文向这位高级官员汇报时紧张得几乎透不过气来。大使请他安静一下，别紧张，还赞许他干得非常出色，并恩赐他进行短期的休假。大使馆给了他度假的钱。至于他下一步的任务是什么，柏林不久就会通知的。

在这段时间里，梵荷文将他和法国地下组织在一起时的经历，写了一份详细的报告。报告里提供了他所接触过的法国地下工作人员的名单。大使发现梵荷文的报告写得很及时并很重要，那里面梵荷文揭示了曾经帮助被迫降落的同盟国飞行人员回到英国去的人，又提供了关于秘密电台的报务员的实况。大使将这份报告送给卡纳利斯，并且附上他自己大力推荐梵荷文的话。

新的指令按时下达。梵荷文被派到英国去负责操作一台秘密的无线电发报机。间谍任务的项目，等他到伦敦后会交给他的。梵荷文因此受到了复杂的无线电操作的训练。

道路是曲折的。梵荷文先乘上一艘西班牙船只，和船里的人一起将橘子运到瑞典。到了瑞典后，他就离开了这条船，以比利时和法国逃亡者与地下工作人员的名义出现在英国驻斯特拉文根的大使馆里。英国人因为这个人的经历很丰富，听得很仔细。他取出他的比利时身份证，叙述他根据剪报编出来的故事。这位从德国人手里偷出食品分给他的饥饿的同胞的服务员的行为，多少是有点英雄色彩的，为此德国人悬赏要他的脑袋，当然就顺理成章了。梵荷文告诉英国人，他的夙愿就是到英国参加自由比利时军队。

比利时的流亡政府经过与英国的磋商之后，也和英国一样对这个新兵作出了高度的评价。于是在邮政飞机里给他安排一个座位，载他飞到英国。

　　然而伦敦警察厅对这种故事并不欣赏。他们觉得这个人的经历未免太顺利了、太凑巧了。还有一点令人犯疑的是，这个人怎么会所有证件样样俱全呢？他们处理过许许多多难民方面的问题，极大多数的难民都是诚实的爱国志士。但是你不能将一个人的诚实，看作是理所当然之事。

　　那位德国驻西班牙的大使曾经给梵荷文一个在伦敦的地址，要他去和一个开设在伦敦东区的小酒店的老板接头。他在伦敦过了没几天，就向那个地方闲逛过去，信步走进了这家小酒店，喝了些啤酒。他尽量装出随随便便的样子向别人打听一个名字叫皮尔逊先生的人。

　　他们回答他说，这里没有皮尔逊先生这个人。他一定是找错了地方。但是正当他准备离开小酒店时，有个人轻轻地拍拍他的肩头，邀请他再喝一杯。

　　这个人说他认识皮尔逊先生。他将梵荷文引进一个光线幽暗的小棚间里去一起喝啤酒。就在那里他在梵荷文耳旁轻声地说道，给你的命令是在比利时海员中间做工作。于是梵荷文要想办法到一条比利时商船上去当一名水手。

　　事实情况是，皮尔逊先生这个姓氏只不过是一个代号，并无其人。那家小酒店多年来是当作"情报信箱"使用的。这种情况伦敦警察厅已完全掌握。但是他们却并不将它加以封闭，这样做的理由是非常高明的，因为既然是间谍都要到这家小酒店里来接受指令，那末新来的间谍也就无所遁形了。

　　梵荷文在小酒店接头后，同样也没有人去打扰他。直到他和比利时海员一起工作了三个月后，他的间谍生涯才宣告结束。他和他的几个帮手，突然被捕。梵荷文在温特华兹监狱中被判处绞刑。他临死之前将一切都招供出来，恳求对他的死刑缓期执行。他哀求英国政府理解他之所以充当间谍是被迫的。但是他们并没有对他改判。

凡是装扮成难民的间谍，几乎是没有一个能够逍遥法外的。理由很简单，跑进一个新的国家，他会受到比一个普通公民更严格的审查。尽管间谍接受过避免落进各种圈套的巧妙训练，结果难免仍要暴露，只不过是时间上的迟早而已。

"难民"间谍中最突出的是维利·寇尼希一案。寇尼希是个极其无耻的流氓，为了金钱什么事都干得出来。他四十五岁，个子较小，身高不足五呎半，在表面上看来很诚恳，面露笑容，彬彬有礼，但是他那种模样，使人一看就觉得讨厌。

寇尼希这个臭名昭著的德国人，在希特勒掌权之前，是一家产科医院声名狼藉的院长。他还有个秘密的副业——搞了一个打胎的"作坊"。他以奸污少女为嗜好，并反而以耻为荣。他曾多次被捕。在希特勒上台之后，便从德国逃了出来。

寇尼希来到了美丽的捷克西部波希米亚的首府——布拉格（今捷克首都）。他收入微薄，常常囊空如洗，日子不大好过，为此他前往每一个难民援助委员会去请求帮助。他写了些题为"性改良"的小册子，捉摸怎么同一些上了年纪的有钱妇女厮混。这方面他是有诀窍的，女士们对他很感兴趣，觉得他是个讨人喜欢的人。有一位妇女甚至被他弄得神魂颠倒，竟向他提出求婚。

可是，寇尼希觉得用结婚来进一步发展他的事业的办法过于缓慢。他迫不及待，不惜采取犯罪而致富的行径。有一天晚上他诱奸了一个漂亮的捷克姑娘，又偷了她的钱包。警方接到了这件刑事案件的报告，逮捕了寇尼希，判了他一年监禁并予以刑满后驱逐出境的处罚。

于是，寇尼希必须另找避难地点。他选择去瑞典，于是又在瑞典混日子。寇尼希缠住了难民援助委员会，在他们面前悲叹自己的不幸遭遇。在行乞方面，他另有绝招：他对这个国家里的每一位牧师或者教士进行个人访问，那些人出于对他的怜悯，很少有不给他一张五克朗的钞票的。

然而瑞典警方发现他的品行似乎有问题，他们从捷克弄到了他的犯罪记录，因此确定他是个不受欢迎的人，将他驱送到挪威。不过他在挪威只耽搁一星期，又被挪威人送回瑞典，挪威人对他也不敢领教。

对社会工作者来说，这是个典型的社会问题。一个处于困境的人，一个受到警方追缉的难民是理应得到帮助的。每个国家里都有心地善良、讲究博爱的人。卫理公会一位牧师愿意向寇尼希提供去土耳其的旅费。在土耳其，据说女孩到十三岁就成熟了。这对于象寇尼希这种邪恶的人，自然是理想的环境。

这位牧师将这个难民请来谈这个问题，态度非常温和、仁厚。"我理解你的问题"，他安慰难民道："别担心今后的事，在土耳其你会更幸福的。明天我会给你准备好船票，另外还有一点儿钱。你将在那里重新开始生活。"

寇尼希向牧师表示了他的感激之情。驱逐出境的命令使他感到烦恼。到土耳其去看来是一条很好的出路。可是世间的事往往会功败垂成。寇尼希犯了个极大的错误，他的公文包竟遗忘记在牧师家里。牧师的妻子将它打开来看看是谁的东西时，不看则已，一看之下，竟使她的手好象被烙铁烫了一下，马上就摔开了。这么不堪入目的东西竟会落到敬畏上帝的牧师家里来了！原来，塞满在公文包里的都是些春宫和淫秽的小册子。寇尼希暴露了他的职业——非法贩卖淫书。

牧师取消了他的提供帮助的诺言。寇尼希现在别无选择，只能让他们将他驱逐到他从那里来的国家——捷克。

经过了六个月，这件事几乎大家都忘记了。这时有个矮小肥胖的捷克公民顺顺当当地进入瑞典。他穿着镶着毛皮的大衣，抽着名贵的雪茄，住在斯德哥尔摩的高级旅馆里，自称为培德里克·雅德尼。他的情况别人不摸底细，只知道他从旅馆里打过几次电话，在房间里接待过一些来访的客人；全部的情况就是这些，看来是个商人。

这个人其实就是维利·寇尼希。他已乔装打扮，脑满肠肥，现在他口袋里有的是钱，已经是个间谍机关里的人了。不久就有人每隔一天寄给他一封其中装有美金二百元的邮件，在斯德哥尔摩邮局待领。他在难民头上打出了一个新主意，要将难民们组织成巨大的间谍网。他说，冒点风险在所难免。他邀请了三个难民到他的旅馆里来，向他们推出他的计划。他说他在捷克一家报馆工作。他需要有关德国航运方面的情报。他要了解关于瑞典的博福斯式双筒高射炮运往德国去的数量，以及关于瑞典与德国、俄国之间的贸易实况。

　　寇尼希对他的客人故弄玄虚。比如说，他是给哪个国家办事的问题，他就从来没有明确地说明过，只是暗示他们，那是一个为俄国、法国和捷克谋利的混合组织，被邀请来与他合作的难民都弄不懂到底是怎么回事。而没等他们弄清这是什么组织，他们就和寇尼希一起被瑞典当局逮捕了。

　　瑞典警方发现寇尼希有密码，有制造双筒自动高射炮工厂的地形图纸，以及工业生产的统计数字。这就是以难民身份从事工业间谍活动的证据：间谍罪。

　　话虽如此，瑞典当局还是向这个罪犯提出一个建议，其内容是这样的：如果寇尼希彻底坦白并且招出主使人的姓名，那么对他就只是驱逐出境，不再加以惩罚；要是他坚持一言不发，那么就将他作为间谍关进牢狱。

　　寇尼希权衡取舍之余，决定彻底坦白。交代的部分内容是保密的，并且要保密二十年。但是有一点内容却被泄漏出来：寇尼希的老板是捷克警方的一个长官；这个长官在寇尼希最后一次从瑞典驱逐回捷克后，雇用他干间谍工作。尽管寇尼希向瑞典政府坦白了，但这个案件还是个谜。瑞典政府弄不懂，捷克为何对瑞典搞间谍活动，其动机又是什么呢？

　　捷克沦陷之后，寇尼希的那个警方长官，背叛了他的国家，成为叛徒。他原先就是卡纳利斯谍报机关里的人员，间谍工作已经搞了多年，因此寇尼希案件真相大白；矛盾得到了解释。原来，寇尼希是在给捷克和俄国人办事的幌子下进行工作的，而实际上他那些关于瑞典工业和斯堪的纳维亚各国航运业的情报是被人直接送到柏林去的。

招供后的寇尼希被驱逐到芬兰。在芬—俄战争的艰难期间，他试图逃往爱沙尼亚，但却被俄国人抓住。此后他的命运如何，就没有人知道了。

虽然一开始就碰了钉子，海军上将卡纳利斯仍然制定雇佣假难民间谍工作的策略，这种方法看上去对英国特别适用。英吉利，那雄伟的岛的地位早已变得更为重要了。美国军队已经驻扎在岛上；组织突击队出击的基地也在大不列颠；编队的轰炸机也从这里起飞；各路部队的补给也积聚在英吉利。这就迫切需要有数以百计的间谍渗透到这个岛上去，为卡纳利斯办公室获得战局进展的情报。卡纳利斯的间谍必须削尖他们的脑袋加紧活动。他给潜伏在英吉利的联络员的指令是：为渗入英国的间谍创造条件。因为事实证明单枪匹马的间谍活动效果不佳，进展又慢，形势要求他更大规模地展开间谍活动。卡纳利斯预感到希特勒和德国的末日即将来临，已经顾不上周密的考虑了。

同盟国方面的谍报机构在估计卡纳利斯要搞的花样。他们对那些带有英雄色彩从欧洲大陆逃亡出来的人，采取更加警惕的态度，对即使有地下工作者加以证明的人，他们也不匆匆就作结论。他们对什么都不相信。

一九四三年，伦敦警察厅的一个长官不动声色地听到这样的一个故事。讲这个故事的人是从比利时逃出来的爱国志士，名叫尤琴·铁默曼。他坐在这位长官的办公桌前面，叙述他简单的身世。这个青年人出生在奥斯坦德，讲得一口流利的英语，那是他以前在轮船上当服务员时学会的。他从事比利时的地下工作已经有几年了，受到地下工作领导人的信任。

比利时流亡政府欢迎这位乘上小渔船横渡海峡来到英国的青年，向英国有关当局为他担保。

那位警察厅长官对这位青年所显示的勇气虽很敬佩，不过他仅是默默地注意，不在脸上流露出来。与此同时，他仍尖锐地对他进行盘问。

尤琴是和他一起逃跑的另外三个人的发言人。他们的冒险经过，其胆量之大是伦敦警察厅从来不曾听到过的。当尤琴和其他三位同伙将要被送到德国去做奴隶劳工之际，他们都打算逃跑。这种逃跑的计划地下工作的领导人是知道的，并且还热情地给予帮助，他们替这些青年收集了食品和御寒的衣服，让他们带走。

他们四个人都熟悉国境边界的情况。他们抵达一个沿海的小村庄，一路上没发生什么意外。在那个小村庄里，有一只为他们准备好的渔船，船里藏有供他们乔装改扮用的捕鱼人的衣着。出海还没多远，他们就受到在海港进行常规巡逻的纳粹分子的检查，检查结果，认为他们四个确是在作日常出海捕鱼的渔民。

北海海面波涛汹涌。显然，为他们准备好的这只小船，是经不起赴英国途中的风浪的。所以尤琴和他的朋友们决定将这只小船驶往沿海的一个小岛上。在那里改扮渔民，住了三个星期一点也没有受到别人的干扰。他们每天抽出两个人到附近的村子里去闲逛，探寻有没有一条可以让他们乘到英国去的船只。探听的结果是令人沮丧的。没有这种可能性：成千艘的比利时渔船已被德国人征用，留下来的小船都得向纳粹政权登记。

但是这四个人并没放弃他们的计划。他们的乡邻在为他们找一条大致可以符合条件的船，同时还给他们这些冒风险的人送食品，送钱，所有善良的爱国志士都在庇护着他们。最后找来一艘建造于一九一〇年的小渔船，全长仅十八呎。这艘船的船底已经受到腐蚀，引擎也很陈旧。

他们需要汽油，需要粮食，可是他们没有配给券。最要紧的是还要有一个罗盘仪和关于纳粹在海面布置水雷方面的资料。他们不择手段地将所需的东西一一弄到手。汽油是从德国军营里偷来的；粮食是渔民们捐赠的；布雷区方面的情报是渔民们出海捕鱼的过程中收集到的。最后，在一个多云、昏暗、寒冷的夜晚，这艘小船出航了。

这些青年没有人具有受过航海训练的经历，可是他们却都懂得如何操作驾驶。尤琴当这艘船的船长，派给其他几个人职责是：一个照管马达，一个掌舵和一个升帆。布雷区是在领海区三哩之外的水域里。在这三哩海域之内，渔人们可以自由往返，但是，当他们还在领海海域里就被纳粹鱼雷艇上的人喝令停船，吓得他们惊慌失措，脸色发白，幸好那天天色昏暗，纳粹分子没能觉察到他们那种吓得脸色苍白和紧张的神态。鱼雷艇上下令搜查他们的船，没查出有什么搞破坏的证据。在纳粹放过了他们之后，这四个小伙子还要装出是在夜间捕鱼的样子。纳粹还一直在监视着他们，达四个小时之久。当然啰，他们不能将船头调往英国方向。第二天早晨，德国的巡逻飞机又给他们发出信号，命令他们不准越出三哩海域。他们只好再次抛锚停船，又花了一天时间假装捕鱼。

这一天的晚上，尤琴决定冒险行事。他们再度向海中驶去。为要穿越出布雷区，他们不得不将船开得非常缓慢，一面试图默记布雷区的详细情形，以便将它报告给英国人。

到了下一天的早晨，他们离开比利时海岸已经有一大段距离，不过离英国的海岸还远着呢。这艘旧船显然在漏水，所以他们得经常使用水泵将水排出去，而他们所准备的汽油本来就少，这就迫使他们依靠风帆。可是，不是整天有风，虽然天气挺好。

到了晚上，风来了，而且风势汹汹，来的是可怕的北海风暴。他们正担心这条破旧的船难以抵挡这样大的风暴时，果然锚链断裂，主帆毁损，巨浪涌上甲板。最糟糕的是，海风的风向是在将他们向比利时海岸方面吹、向纳粹占领区那里吹过去，而他们却只能随波逐流，听天由命。

眼看要被逮捕和枪杀。幸亏后来风向变了。但这不过是暂时的安慰而已，他们可能不会死在纳粹手里了，但是将会葬身鱼腹；这艘小船已经倾斜过三次，每次都象出现奇迹一样地恢复到正常状态。这可能是尤琴事先的考虑，他在舱底安放了用于压舱的实心铁块，竟然产生了效果。他们用一根长长的绳索将自己的身体与桅杆系在一起。每次因颠簸而被甩出船外时，还能够重新回到甲板上来。

船里灌满了海水，水泵也损坏了。盛淡水的瓶子已经砸碎，而吃的东西除了几只罐头之外，全部泡在海水里了。风暴肆虐了四天，他们挣扎在死亡线上。在艰辛的时间里，他们还看到几枚漂流在海上的水雷，其中有一枚漂过他们的小船时，相距只有五码。

当风暴终于停止时，这四个由于日夜苦斗和过度疲劳的青年已经半死不活，然而他们振作起精神开始修理损坏的小船。他们最怕的是，这艘船将被冲向德国海岸一带去，可是，因为没有仪器，没有海图，他们现在究竟在什么地理位置上，他们也无从判断。

接着他们又吓了一跳，在头上有一架轰炸机在盘旋。他们认为这一定是在对他们进行侦察。这要是德国飞机，那就完蛋了。他们提心吊胆，直到看到机上有英国皇家飞行队的红白蓝圈的标志——一架哈德森型号的轰炸机——才快活得手舞足蹈。

他们迅速地做了一面白旗，把它挥动着，发出 SOS（国际通用求救表示）的信号。飞机用灯光回复，给予救援。一小时之后，他们被一艘由飞机指引前来的英国驱逐舰救了上去。舰上招待他们吃饱、穿暖、好好休息，直到他们抵达英国。

他们的经历引起了轰动，比利时流亡政府很快就让尤琴·铁默曼在政府的刚果部里担任职务。他们提供了德军布雷区的情报很有价值。尤琴成了英雄。他和那些经常到比利时俱乐部里去的老同志见了面，这些老同志也是从比利时逃出来的爱国志士。大家都夸奖他是他们中间最勇敢的人。

可是有一天，当铁默曼在比利时俱乐部逍遥自在地向几个新来的朋友讲述他那英雄般的逃亡故事时，来了一个不速之客。这个人走到房间门口犹豫了一下就停下来，他盯着铁默曼看了很长时间，可是，铁默曼并没有发觉他。这个人原是比利时部队里的一个军官，他认出了尤琴·铁默曼，他记得铁默曼以前给布鲁塞尔盖世太保当过翻译。这位军官马上转身离开直向伦敦警察厅走去。

第二天清晨六点钟，铁默曼的房间突然受到搜查。搜出了一架携带方便的收发报机，这种无线电设备，可以象皮带那样束在腰上。还有晶体管与其他无线电设备，以及一瓶密写墨水和进行密写的专用纸张。在铁默曼的一只抽屉里，还有四百七十五美元和四十七英镑十先令。

这个间谍逃过了英吉利保卫人员的审查一关；他将美国军队的调动和比利时刚果部的布置情况报告德国人。他和卡纳利斯在葡萄牙、西班牙和法国的间谍保持信札往来，将英国的军火、飞机场，以及海军军事设施的位置告知他们。

伦敦警察厅在铁默曼的信件里，发现有一条指令要铁默曼"在那些如公共汽车上、火车上、公共场所里，人们最无拘无束、高谈阔论的地方去同英国群众接触。"

这一场惊险的逃亡的安排，是海军上将卡纳利斯默许的。当然，海上那场风暴可能将他们统统淹死，不论是正直的还是奸诈的人。事情的奥妙之处就在于铁默曼的三个伙伴，他们倒确实是忠诚的爱国志士，而卡纳利斯为何安排他们逃出他的虎口？这可能是要用这三个人的身份来掩护铁默曼这个间谍，使他能够千方百计地逐渐钻进英国内部，但他最后仍未逃出受绞刑的命运。

XXIV　戴高乐的特工在非洲

本章人物提示

亨利·克伯夫勒

　　——法国特工

吉恩·斐罗（后化名为莫立斯·麦西埃）

　　——法国特工

李耐克

　　——德军上尉，监工

舒尔茨

　　——纳粹派在非洲的间谍

　　这是在第二次世界大战处于转折关头的一九四三年。法国瑞士交界处朱罗山区里阿尔萨斯地方的一个古典式的村庄的上空，钟声在清澈的空气里回荡，这是召唤农民们到教堂去做礼拜。原来，圣诞节已将来临了。纳粹分子对于不要去干扰当地的宗教活动这一点是有足够认识的，这个宁静的地方看起来确实没有什么战争的气氛。

小个子、黑头发、在稚气未脱的脸庞上生有一双活灵眼睛的亨利·克伯夫勒，今年二十一岁，是阿尔博斯村上的天才音乐家。他禀性温和，象大多数阿尔萨斯人一样地沉默寡言。他为唱诗班作风琴伴奏时，在古老的圣歌里常掺和一段自己创作的变奏，有时还将当时禁止演奏的《马赛曲》也掺和到主旋律里去了。这种演奏很合教友们的心意。

有一天，做礼拜的常规仪程突然中断。教堂外面的道路上传来了纳粹党徒的摩托车、汽车的轰鸣声，他们在追捕某个地下工作的领导人。哪一天才能重见光明？教友们默默地在为法国的解放而祷告。

接着在教堂里好象有些不大对头，赞美诗唱到一半时风琴伴奏声停止了。大家都在东张西望地盯着演奏风琴的楼厢看。但是经过了这小小的一阵不安之后，赞美诗的歌声继续响起，只是没有风琴伴奏而已。

在楼厢里的亨利·克伯夫勒的两只手从琴键上滑了下来，他惊异地看到出现在他面前的是他的同班同学吉恩·斐罗。曾被纳粹分子判处死刑而逃亡英国的他，现在又出现了，真是神出鬼没，简直是从天上掉下来似的。

吉恩说："别耽误时间啦，快出去找个说话的地方"。吉恩和亨利沿着专为风琴手用的又陡又狭的扶梯下来后离开了教堂，他俩没有时间重叙旧情。吉恩迅速地说明来意。"我从戴高乐将军那里来，亨利，你的处境非常危险。"

"是不是纳粹分子发觉了我帮助季劳德将军逃走的事？"

"不是那件事。"吉恩急忙说。

亨利这个有才华的年轻风琴手，是第一批对戴高乐将军效忠的人。从事地下工作已经有三年了。这种兼差的地下工作使他不知度过了多少个不眠之夜，并经历了许多风险。

亨利组织过德国流亡者越境逃到法国，他引导集中营的奴隶劳工、越狱战俘和失事的盟国飞行员抵达安全地区。这种冒险工作他已搞了几年。由于情况的需要，这种人员流动的方向倒过来了，数以百计的盟国特工潜入德国。与此有关的一批人逐步成为一个组织严密的向导网。亨利·克伯夫勒的表现非常出色，所以将亨利·季劳德①将军从德国的科尼克斯坦堡垒中营救出来的任务由他担任。这个小伙子带领将军在科尼克斯坦和瑞士之间安全地通过了二百英里路程。营救季劳德将军的全部内幕，现在还不能公开，但是亨利作为向导利用边防童子军和地下组织马基，通过崇山峻岭，他的熟练组织工作成绩，确是一个具有历史意义的事实。

亨利这个风琴手是那个地区里地下工作的一个关键性人物。就是为了这个原因，吉恩·斐罗特地来通知他的。亨利曾经帮助过比利时人、荷兰人、挪威人——各种国籍的人——从纳粹的手里逃出来，但是这个秘密已经暴露了。吉恩告诉他，特务尤琴·铁默曼已在英国就擒（见上章）。这个特务并不清楚亨利的名字，但他知道比利时人的逃走是通过亨利所提供的

---

① 亨利·季劳德将军原为北非法军总司令，后与"自由法国"的戴高乐将军谈判，在 1943 年联合组织法兰西民族解放委员会与戴高乐将军并任首脑。

那条地下通道的。可以肯定地说，他已经向纳粹分子报告过这个信息，因此对亨利来说，还是尽快逃走为妙。于是，两个小伙子默默地握手道别，吉恩突然来临又突然消失了。

亨利感到不能再耽搁时间，决定当天下午就告别本村。当他在把一些必需的东西捆扎起来时，听到一辆汽车沿着公路开来。他当即从他那小屋窗子里跳出来，想骑自行车逃走，可是已经来不及了，车内的盖世太保们已经包围了他，将他带到第戎指挥部。

汽车在路上行驶的几个小时里，亨利一声不响。他在考虑怎样才能自卫，能编造些什么借口。末了，他松了一口气，想出一条妙计。他怀着信心地莞尔而笑，对当前的困境觉得并没有什么了不起。

盖世太保设在第戎的监狱，以前是一座阴暗古老的堡垒，那城堡，形势非常险峻。亨利被带到了一个德国上校面前。

"帮季劳德逃走的原来就是你！"上校咆哮道："就是你，是吗？你还是承认的好，别浪费我们的宝贵时间。认罪吧！"

亨利站在上校面前感到很疲倦的样子，于是就很随便地在近旁一张椅子上坐了下来。

上校用德语喝道："站起来！你这条猪。"一个副官括了亨利一记耳光。可是他微笑着仍然坐在椅子上。亨利说："先生们，这件事你们既然已经知道，又何必问我呢？不错，我能够帮助季劳德将军逃走，这使我极感荣幸。"

这个回答使德国人愕然无言。他们已经作好了长期审讯的准备，而这种行若无事的供认却打乱了他们的计划。救出季劳德将军的人可能并不是他？这位上校在对比着两种相反的可能性，不知怎么办才好。他对亨利坐下的问题也不提了。他以不大肯定的语气说："那么好吧，是怎么干的，说出来吧！"

亨利坐在椅子上，脸上现着天使般的微笑说道："我来告诉你吧。容易得很。我那时带了这一把小刀子……"，亨利一面从口袋里抽出一柄小刀。一个盖世太保手底下的人起了疑心，掏出了他的手枪。"我就用这把小刀割……"。

亨利语无伦次地讲述他的故事以分散他们的注意力，刹那间他一下子用小刀横切开他的手腕，顷刻血流如注。上校和他的底下人急忙去找医生。当他被紧急送进第戎医院时，已处于严重失血状态。

过了几天，亨利的病情虽然还没有脱离危险，但是已经可以寻找机会逃走。他医院里的一位护士私下将他隐藏起来。他生了三个月的病，得到了爱国人士的关怀和照顾。他的朋友吉恩经常获得有关亨利的情况报告。他病愈之后的一个月，这位神出鬼没的朋友便来拜访他。尽管亨利强调他身体健康已完全复原，可是他脸色苍白，身体仍很虚弱。

吉恩向亨利表示歉意："我要是早知道你还是病得这么厉害，那我是不会给你带来新的任务的。"

"喔，我没问题，请告诉我能干些什么。这种时候，可别让我再做一个病号，还是让我去战斗吧"。

于是亨利被派往非洲，他要在那里独立进行工作。他的工作是极为艰巨的。他必须改名换姓弄到新的证件。他必须打进法西斯组织内部，扮演内奸的角色。这个任务对亨利来说谈不上喜欢两字，他感到做这种工作，自己还太年轻些。但是他非常激动，因为这表明了戴高乐将军对他的高度信任和评价。

吉恩作了一些概括的介绍，指出非洲的情况是遍地阴谋，到处是两面派，在非洲做地下工作，必须单独进行，而且十分危险。在那里能够相信的人不多。正同广阔无垠的沙漠地带从来找不到遗体一样。吉恩在摩洛哥的卡萨布兰卡和塞内加尔的达喀尔地方有几个友好人士的秘密地址，但是除非在万不得已的情况下，才能使用。

要亨利做的是，针对卡纳利斯在北非洲的机构，进行一场单枪匹马的战斗。德国休战委员会的势力已渗入整个非洲，秘密的机场正在建造。

德国为了达到它的特殊目的要建立一条联结奥兰、库伦、贝沙尔、塞哥、直达塞内加尔的达喀尔之间的铁路。他们逼迫法国用最快速度建成这条横贯撒哈拉大沙漠的铁路。纳粹还在梦想利用西非的海空基地侵入西半球。

为建成这条铁路正在艰苦劳动的是一万名奴隶劳工以及一度妄自尊大的外国军团里的士兵。纳粹急需从法国补充一万名以上的法国工人。劳动队伍密集在铁路沿线各地，劳动条件的恶劣难以用言语形容，每天要劳动十个、十二个、十四个甚至是十八个小时。人的生命还及不上铺设这条铁路的钢材重要。监工们用鞭子抽打进度慢的劳工。为保护这条铁路，在铁路沿线修筑了飞机场，在载重汽车行驶的公路上设置了油库，达喀尔作为潜艇基地加强了防务。亨利的任务就是对这条铁路的进展情况作出报告。

亨利听了这些情况介绍，他简直不知所措了。在纳粹控制的地区，工作该从哪里做起呢？他甚至不知道怎样才能获得到非洲去的入境许可证。戴高乐将军虽然答应在经济方面给予充分支助，但是并没有提出什么具体办法。

这个青年人想到可以用混进志愿劳工队的办法进入非洲，但是维希政权规定：要参加非洲劳工队，只能在本人的户口所在地报告登记，并且需有当地政府的证明信。对于亨利来说，要他返回故乡阿尔博斯是冒险行径，可能会落到纳粹分子的手里。不过别的办法没有了，只好走这条路。他打算依靠几个老朋友给他弄一个冒名的证件。就在他回到阿尔博斯的当天，由于对故乡的不胜眷恋，居然在几条主要街道上溜达起来。恰好被一个纳粹军官看见，而且认出了他，立即向他开枪。三颗子弹射进他的身体，两颗击中头部。这个年青人当场牺牲。他的坟墓上鲜花堆得象一座小山，其中包括戴高乐将军用空降送来的花圈。然而这么多的鲜花没法让这位年轻勇敢的志士复活。

但是战事紧急，没有更多的时间来向英雄表示哀悼，亨利的好友吉恩，他志愿接受了这一任务。两个月后，他化名为莫立斯·麦西埃前往阿尔及利亚最炎热的地方——库伦·培赫。他身上穿着军团的制服，成为几千个修筑铁路的劳工中的一员。

这是一种榨取血汗、致人于死的劳动。单是气温就平均高达华氏130度（相当摄氏54.4度）。工人的住处没有帐蓬，直接睡在沙地上或者睡在铁路路基的碎石上。卫生设施根本没有，饮水里含有很多的氯化钙，又脏又臭。痢疾、斑疹伤寒、疟疾和热带的各种疾病猖獗蔓延。劳工们生了病，监工们用棍棒驱使他们上工。更换工地时，劳工队伍整天地长途跋涉，备历艰辛。许多劳工倒毙在途中。他们的同伴连挖个坟墓的时间都没有，只能匆匆地刮掉十五吋深的一层叶子，将遗体埋进去了事。

莫立斯·麦西埃的命运和其他奴隶劳工不相上下。他很清楚：这种处境他是支持不了多久的。劳工队的监工，由军团里的军官充任，他们一抓住开小差的劳工，当即加以杀害，其野蛮的程度和小说里所描写的一样。麦西埃这一队的监工是个在外国军团里混了二十年的李耐克上尉。他生于德国，他对劳工的残酷暴虐比其他监工更凶。

莫立斯仔细地观察着这个讲起法国话来怪腔怪调的德国上尉，觉得他有点不对头。他经常外出，据了解是驾驶私人飞机到北非大城市——卡萨布兰卡、奥兰、埃尔·海基勃等地去。

军官们是用不着徒步行军的，更用不着做工的。劳工们恨之入骨的这个李耐克，他以饮酒消磨时光。他酒喝得愈多，受他管辖的劳工的日子就愈难过。

他监管的劳工们从来没有踏进过他所住的帐篷，这里面有什么秘密呢？帐篷里接待过的那许多客人，又是谁派他们来的呢？莫立斯对此起了很大的疑心。

单调的、无休止的、强制劳动致人死命的筑路工程在继续进行。莫立斯，他现在和其他伙伴一样，仅仅是一名奴隶劳工。他没有机会去进行委派给他的任务。他感到自己在艰苦生活的折磨中，体质已渐渐地垮下来，他在想，难道他也要象成千已经死亡的奴隶劳工一样，死在这条横贯撒哈拉的铁路工地上吗？

有一招对莫立斯很有用处，虽然他讨厌这种令人恶心和羞耻的办法。这是近代特工工作中一种格调最低级的行径。它建筑在德国军官这一阶层的心理状态上。德国军官大都有同性恋的习俗，他们不会被女间谍征服，而会败在男间谍手里，性欲倒错是德国军官的不治之症。莫立斯对他的上尉进行了敏锐的观察，足以确定这个上尉正是这样的一种人。

莫立斯自愿受人污辱的具体情节过于丑恶，恕不描述了。在这里要指出的是，他的这种计谋取得了成功，他成为德国上尉的宠儿。

对这位新交男朋友的繁重劳动，上尉有权予以减轻，于是莫立斯不再干苦活。他被派到工地厨房里去工作，并充当上尉的传令兵和勤务兵。后来又提升为劳动队伍里的监工。

上尉李耐克的口风很紧。他虽认为这个新交的男朋友驯服可靠，但并没有立即加以信任。但是当他知悉莫立斯是阿尔萨斯人（第一次世界大战前阿尔萨斯曾划归德国），讲德国话，并了解到，莫立斯认为自己应该是德国人而不是法国人时，李耐克的最后的一点警惕心就丧失了。

莫立斯带了一个劳动班到沙漠里干了一个星期的活，回来时受到上尉的热烈欢迎。李耐克对他说："现在我俩之间已经很了解了。这新任命就交给你吧。"他请莫立斯正式参加卡纳利斯特务机关。莫立斯装作不愿意接受，经李耐克好说歹说说得他高兴起来，他就不反对了。李耐克叫这个年轻人到卡萨布兰卡去和德国在非洲间谍机关里的一个名叫舒尔茨的领导人见面，讨论今后行动计划。舒尔茨是个军需官。舒尔茨不是他的真名。凡是在卡纳利斯机关里比较著名的人物都使用一个代号或假名，这是为了防范将来被人揭发或遭到报复。

莫立斯在卡萨布兰卡阿尔法旅馆里见到了舒尔茨。他们在阳台上一面呷着开胃酒，一面俯瞰着拥挤不堪的、带有异国情调的街市，没有谈起他们见面的目的。最后，舒尔茨请莫立斯跟他到自己的房间里，以便防止别人偷听他们之间的谈话。舒尔茨的态度很坦率，他说李耐克非常热心地推荐莫立斯——但是他本人却怀疑这位年轻人是否适宜于这个工作，甚至考虑是不是可以加以信赖。

莫立斯辩护道："我倒并不期望您根据别人一句随随便便的话就信任我。你们可能担心我会把你们的使命叛卖给戴高乐或者是该死的英国佬。你们的小心谨慎，我是理解的。但是我想到一个办法，可以证实我的一片忠心。"

舒尔茨倾听着他的表白，实际上早已被这个小伙子直率而有条有理的态度所说服了。莫立斯接着说道："这就是我的想法：如果我是戴高乐特务机关的人，我要做些什么呢？我会拼死命去侦察德国在非洲的飞机场、横贯撒哈拉的铁道、海军设施以及非洲和其他国家之间的地下电台。这至少是我的看法，假如我是那种人的话。然而，实际上我并不是法国特务而是一个德国的侦察员。我想到的一个再好不过的办法是让我也和那些法国间谍那样，把注意力集中在相同的目的上：侦察德国基地，去和他们中的可疑分子交朋友。简单地说，就是做间谍工作。或许我能够抓到几个戴高乐派出来的人。我甚至还可以伪装成为他们中间的一分子，打进非洲的法国地下组织，使你们获得广泛详尽的反间谍活动的报告。"

"按照这个办法，你们就可以使用我了，用不着让我知道你们任何计划。你看，我除了每月给你们写报告之外，就没什么秘密可以泄漏的了。"

在这一桩买卖里，舒尔茨拨给莫立斯五万法郎，并给他买好了下星期去达喀尔的飞机票。

莫立斯的第一件事是回到他的朋友李耐克那里，向他汇报他和舒尔茨作出的安排，因为李耐克对事情的进展很关心。

李耐克上尉对他的男朋友的成绩极为高兴。这个德国上尉是个具有矛盾性格的人。对于在他管辖下的人来说是个疯狂的纳粹分子，野蛮残忍，但是在同性恋爱和友谊方面却是温柔而多情。他极其贪财。为了捞钱，他将奴隶劳工们用以遮风避雨的帐篷卖掉，不顾劳工们夜晚露宿在沙漠上受冷风的吹刮。他对他的男朋友的慈善心肠，也同样出于贪婪的动机。

"现在我可以向你公开身份"，李耐克说："你一定知道了，我也是在为舒尔茨工作的。对我来讲，这是一种副业。但我没有充分的时间去调查研究，因为这条该死的铁路使我忙得不可开交。我向上级送去的报告是按件计费的，你如果供给我一些资料和不论什么内容的调查总结，我就可以多拿些钱，当然，我和你平分。"

莫立斯一听，感到实在是没有比这再妙的事了。他为了完成所担负的秘密任务，这正好是突破口。他故意装得不大在乎的样子，回答他说，他很高兴和他合作，不过要李耐克告诉他，他需要的是哪一类资料。

李耐克告诉他，他们正在搜索那些使用短波向欧洲拍情报的法国间谍。法国间谍所使用的是流动式的无线电收发报机，活动的地点在达喀尔附近。

"可是无线电工作我不大懂啊！"莫立斯表示为难地说："要搞这种工作，我就得和德国从事无线电设备方面的人接触，以便接受他们对我的指导才行。"

渴望抓到法国无线电特工人员来取得奖金与晋升的李耐克，急忙向他的朋友保证，这件事他能办到。

莫立斯用这个策略取得了达喀尔地方纳粹秘密无线电台的报务人员地址，和递交给他们的介绍信。

就这样，他到了达喀尔。按照他和舒尔茨的商定，他装成是个戴高乐分子的样子。搞这种伪装，他自然是驾轻就熟的。他和他所信任的戴高乐派地下工作人员见了面，然后和达喀尔的一伙纳粹无线电谍报人员混在一起，向他们提供有关法国地下组织方面的有价值的材料来赢得他们的信任——这当然是法国地下组织专门给纳粹准备好的情报。李耐克和舒尔茨两人都非常满意，写出了很动听的报告，送呈海军上将卡纳利斯。

没多长时间，莫立斯就成为一个有才能的无线电间谍了。他负责向南美发布指令。他发出的第一批电报中有一份的内容是这样的：

"调查美国设在哥伦比亚、委内瑞拉的空军基地以及经由那里去西非的班机；飞机类型，飞行日期。"

与此同时，美国联邦调查局和英法谍报机关也收到了同样的消息，因为莫立斯将它交给了他在达喀尔的秘密朋友。

莫立斯发送给同盟国的另一份电报，内容是海军上将卡纳利斯所提出一个问题："你们能不能替我们从智利大学生中挑选一批合适人员去美国接受航空训练？"

莫立斯成为同盟国里极为重要的一个谍报人员。过去在达喀尔的同盟国特工人员长时期难以完成的任务，现在莫立斯仅在几个星期内就完成了。无线电反间谍工作变成了一个双向的通道，因为达喀尔是纳粹分子接收从美洲转发来的情报的收报中心。纳粹间谍用小功率无线电台，将电讯从美国发到墨西哥；然后从墨西哥发到哥斯达黎加，再从哥斯达黎加发到阿根廷，这样一站一站传送的情报，最后传到达喀尔，而莫立斯所担任的就是这些电报的收报员。现将其中可以公开的选出数例如下：

"运河区不准我国人士进入。有迹象说明，可以收买驻巴拿马的某领事……"。

"智利的托尔登号在此装货开往美国"（此船后来受到一艘潜艇的伏击而沉没）。

"我们将在不引起旁人怀疑的情况下，弄沉英国的大型武装船只二到三艘……若对这一工作感到兴趣，希望能开支一笔钱，船沉后付款，不须预付。……"

这对于美国联邦调查局，海军情报机构和伦敦警察厅来说，无异是极其宝贵的礼物。可是莫立斯的有价值的情报突然间中断了。这倒并不是有人对他起了疑心，而是李耐克上尉感到寂寞了，他要他的男朋友回到他身边去。莫立斯只得遵命回去，而召回他的官方指示是说，横贯撒哈拉铁路的修建工程进行得不顺利，许多奴隶劳工逃的逃，死的死。再者，物资供应跟不上，短缺钢材数千吨。卡萨布兰卡水泥厂得将全部生产出来的水泥调装船只运到法国去，因为法国的纳粹分子正在构筑数以千计的防御工事以防盟国的入侵。

莫立斯被指派协助重新组织修建铁路的工作。可是他很不愿意做这项工作。气候严重地影响了他的健康，他仍然患有以前做苦工期间得的疾病。何况，在任职范围内，他已经完成了任务。

他再次说服了李耐克。他说："我们需要更多的工人，你如果授权给我，我将回法国去，再招募一万名工人或者尽我力量所能地弄到多少就多少。依我看在非洲是招募不到多少工人了。"

李耐克知道要按计划招募一万名工人是不可能的。他说道："你如给我招来三千名，我认为你已经将工作做得很好了。"

莫立斯被批准去马赛，一去就再不见影踪了。不久，化名为莫立斯的吉恩，在里斯本访问了英国驻葡萄牙的大使馆。他的报告对于阻止纳粹在达喀尔的罪恶活动，很有用处，而铁路的修建工程几乎已处于停顿状态。非洲解放后，纳粹间谍李耐克和舒尔茨，因敌特罪行终于被枪决。

XXV 赛马俱乐部的赌客

本章人物提示

斐德里珂·门德尔

　　——军火大王

玛丽嘉·露克

　　——女歌星

希尔特嘉德·芙丽克

　　——女歌星

尤金纽·莫雷尔

　　——墨索里尼好友，内阁副首相

卢迪格·冯·斯泰亨堡

　　——奥地利法西斯组织头目

海蒂·琪丝勒

　　——捷克女明星，后为好莱坞明星

尤金·莫里埃尔

　　——意大利新闻界官员

　　卡纳利斯派遣手下的人到西班牙和葡萄牙的各个角落搜寻那个突然失踪的莫立斯·麦西埃。自莫立斯溜跑后，给德国人留下的是一连串的苦果。纳粹在非洲的为非作歹注定了他们要遭到严重的失败。关于选择特工人员方面，同盟国所选用的数量虽少但经过仔细挑选和严格训练，避免不可靠的人混入的危险，而卡纳利斯所起用的数以千计的特工人员和副手，却不能被鉴别出他们每个人都是可靠的。

　　由于纳粹间谍系统存在这种致命的弱点，卡纳利斯经常严厉地惩罚背叛者。他要他的手下人知道，死刑是对背叛上级领导的人不可避免的惩罚。那些安全无恙脱逃的背叛者危害了他的整个间谍系统，为此，莫立斯必须受到惩罚。

　　海军上将千方百计要追捕莫立斯，于是派了一个最机灵的女特务到里斯本去探索莫立斯的下落，于是在里斯本为那个法国血统的年轻小伙子布下了浪漫色彩的鱼饵，鱼儿肯定会上钩，这是海军上将一贯的信念。

　　卡纳利斯派出的人物是一位著名的歌星，是战前柏林歌舞场中至今仍负盛名的少数艺坛明星之一。那时她是每周上演的匈牙利歌剧的女主角。她的名字叫玛丽嘉·露克。她有一副有魅力而迷人的好嗓子，曾演出一批剧目，包括从莱哈（匈牙利轻歌剧作曲家，编者注）到吉伯利和沙利文（前者为英国剧作家，后者为英国作曲家，二人常密切合作。编者注）所创作的许多歌剧。

　　在纳粹德国，她拥有几百万的广播听众。她的歌声用长波播送到全欧洲，用短波播送到拉丁美洲。每星期一柏林广播电台播送她唱的歌曲，这是众所周知的节目，然而听众却不知道这些歌声的播放全是唱片录音。她本人已有好几个月不在柏林了，因被派遣到里斯本担负追踪莫立斯的"特别任务"。

她在葡萄牙首都用化名掩盖她的真面目。有时称曼丽，有时自称魔姬或丽勃琳。她自认为她是一个勇敢的波希米亚人，这是因为她有过一段曲折的经历，她当过马戏团演员，在维也纳又当过舞台演员，她和许多卡纳利斯的手下人的最大不同点是，她并不隐瞒自己的观点，相反地却公开宣称她拥护纳粹政权。到头来，她在法西斯独裁政权下发迹了。

玛丽嘉·露克游览了葡萄牙棕榈海滩及埃什图尔的夜总会。这夜总会以大赌场闻名于世，该赌场向旅游者炫耀那里是英国皇族常来之地，也有拉美各国的外交人士在这里消磨他们的假期。同时，也是德国人、俄国人、美国人、意大利人、法国人和土耳其人聚会之所。它又是卡纳利斯的盖世太保，以及贝利亚和英美间谍机关人员到此狩猎的区域。

玛丽嘉有一位年轻的女旅伴，名叫希尔特嘉德·芙丽克，也是柏林广播电台的一位歌星，希尔特嘉德会操一口流利的葡萄牙语。

这两位歌星不仅外貌十分动人，而且善于交际。她们迫切希望多交些朋友，为此，她们不计国籍地同素不相识的人一起跳舞，同外交人员一起喝酒。自然，她们将同她们所认识的新朋友的姓名向卡纳利斯报告。

但是，尽管她们到处旅游，尽管她们广交朋友，尽管她们住遍了豪华旅馆，尽管她们到处逛游，总之，她们几乎跑遍了整个葡萄牙，结果竟找不到莫立斯的一丝影踪。事实上，卡纳利斯费尽心机地要搜捕的莫立斯，他已乘坐飞机越出了法国境界，到达英国，向戴高乐将军汇报去了。

除了追捕莫立斯·麦西埃之外，玛丽嘉和芙丽克还有其他附带的任务。她们要与在莫桑比克的间谍以及正在西班牙设立间谍网的级别更高的间谍取得联系。

西班牙打着中立的旗号，可是它的法西斯独裁者却抓住任何机会帮助轴心国的事业。当德国广播电台播放玛丽嘉唱的《吉卜赛商人之歌》的时候，而玛丽嘉本人却在西班牙，她正忙着汇集送往海军上将卡纳利斯的情报。虽然这些情报的内容永远不会透露，但是有一个美国人对此作了准确的猜测，并且因此而出了名。此人大名是瓦尔特·温彻尔，就是他，披露了一艘纳粹神秘的船停泊在中立的西班牙北部海岸线的维哥湾的消息。

这是一艘潜水艇，而外表伪装成西班牙渔船。没有人知道这艘神秘的潜艇的使命。它是为了加燃料？还是送特工登陆？或者说不定这里是一个秘密的潜水艇修理站所在地？不管怎么说，英国人发现了这艘潜艇并将它炸沉了。

瓦尔特·温彻尔关于此事写了一份揭露材料，指出西班牙违背了"中立"原则。他写道："德国潜水艇夜间进入维哥海港凯培拉，在那里加燃料、修整和补充食品和淡水……""维哥有两个船坞用于修理被英、美在地中海击坏的纳粹潜水艇。在维哥还有两个纳粹的军工厂，其中有一个厂为德国国防军生产炸弹的外壳。"

温彻尔也指出了德国在法西斯的西班牙所获得的空军基地的位置。玛丽嘉·露克当然要监视甚至干掉进出于这些秘密基地的船只和飞机上的指挥人员。她虽然在追寻莫立斯这件事上失败了，但是，她却成为西班牙和葡萄牙的重要港口的有名的德国间谍。

玛丽嘉想长期地躲过同盟国的间谍机构的监视当然不可能。他们故意不惊动她，以便放长线钓大鱼，结果果然发现有一帮意大利人在帮助纳粹组织一个专管"拉丁美洲事务"的间谍分支机构。

德国谍报局专门设立了意大利分支机构，任命尤金纽·莫雷尔博士为领导人。莫雷尔是欧洲老牌政客之一，也是一个秘密的外交人员。多年以来，他一直是墨索里尼的私人朋友、秘使和理财人。在墨索里尼被捕之后，由于同盟国谍报局的疏忽，他被纳粹救出，于是莫雷尔变成了墨索里尼在伊比利亚半岛上的秘密代表。他的官方的职务是监视意大利人在葡萄牙和西班牙的活动，并报告他们与同盟国的同事们的联系。他手下的间谍为跟踪某些意大利人进出于有名的咖啡厅和餐馆。

温顺而过于殷勤的莫雷尔对自己在倒台的政权下继续供职并不满意。他发现自己可以成为大老板，并胜过墨索里尼。早在第二次世界大战爆发之前，莫雷尔已经参与了巨额军火买卖。现在，他可以利用从前的老关系在退隐后仍保持畅通的捷径，这条途径直通拉丁美洲的一些独裁者，更直接地通向南美洲的大国——阿根廷，也就是住在该国首都布宜诺斯艾利斯的最出风头的新公民、阿根廷的军火大王——门德尔。

间谍活动经常与军火运输和秘密武装有内在的联系。

玛丽嘉、希尔特嘉德和莫雷尔博士他们彼此之间有着微妙的关系，但是把他们联系在一起的主要点，就是搞阴谋活动。而要查他们搞阴谋活动的总根源，那就是来自门德尔建立和握有的阿根廷的最现代化的军火工业。

布宜诺斯艾利斯的灯火管制，使这个充满专横跋扈气氛和一片繁荣的阿根廷首都蒙上一层更为神秘的色彩。这种神秘色彩也笼罩了整个阿根廷，这个国家一直坚持孤立政策并游离于泛美联盟之外。

阿根廷对她的邻国巴西态度冷淡，对美国则更冷淡。至于这个国家较健全的民主选举制度则早已成了过去的事了。

让我们来看一看这一时期布宜诺斯艾利斯的景象吧。在首都郊外，数以百计的新工厂冒着浓烟充分地表明了战争的迹象，但是考尔·弗罗里达区的气氛比以往更热烈欢快，那里的富丽堂皇的商店更加华丽，的的确确就象伦敦一样繁华。在这个城市里可以听到操西班牙语、德语、法语、英语、葡萄牙语和意大利语等各种各样的人。咖啡馆里很拥挤，如同在巴黎那样，人们整天围坐在室外桌边，谈论着发财之道和女人的美貌。而与此同时，在这座城市的某些地方，人们对某些极为严重的政治问题在反复研究讨论后作出解决的办法；有的地方，人们制定了帮助那些拘留在纳粹军舰上的犯人逃跑的计划。

达官贵人以及从西班牙、法国、奥地利和巴尔干到这里来避难的富翁，他们在普莱泽的酒吧间里品尝着各种好酒，私下谈论着最近的政局发展。

布宜诺斯艾利斯是制造与传播谣言、搞阴谋的温床。在当今这场战争的岁月里，它是世界上最活跃的间谍活动中心。

到一九四五年，阿根廷还是一个中立的国家。象其他中立国一样，战争给它们带来畸形繁荣和某种战争的气氛。布宜诺斯艾利斯的通衢大道在灯火管制之下，数以千计的士兵沿街逛游，他们只对最近的革命胜利者表示效忠之外其他一无所事。城市拥塞了各种各样的访问者——旅游者，"科学家"，各国的外交工作人员，受雇佣的宣传人员和形形色色的外国间谍。在很多方面，这里的气氛就同克仑代克城（位于加拿大西北，曾为淘金热之地。编者注）相似。夜总会的舞蹈乐队响亮地奏出狂热的伦巴舞曲。军官是夜总会最受欢迎的来宾。

最近，有一个新来的贵客经常光顾夜总会，他是个高身材，相当漂亮、颇受女人青睐的人。男人们用一种好奇和不信任的眼光扫视着他。他已经成了许多新闻的主要人物了。在他的周围谣言四起，人们通常都对他敬而远之。他穿着便服，并总是看见他陪着一些政府官员。当他一走进夜总会，人们就彼此耳语说："斐德里珂·门德尔来了。"

门德尔这个名字很快就同魔术师般地充满神秘色彩。他才四十三岁，可看上去更年轻些。他操西班牙语带有浓重的维也纳人那种歌声般的语调。众所周知，没有现在这些工业企业的生产，阿根廷的任何一届政府都不能维持下去。

门德尔的最后的官职是"阿根廷经济顾问"。这是个挂名的头衔。无论如何，这么个官衔无法解释他这个人能使阿根廷军火工业在一夜之间兴旺起来，成为军火工业的开山鼻祖。自从美国因它自身的利益拒绝向阿根廷提供任何武器以来，门德尔向阿根廷源源提供了武器。

斐德里珂·门德尔，这位阿根廷的军火大王几乎是阿根廷独裁军官集团（G.O.U.）的精神支柱，这个当政的官员派别性集团是个非民主组织，在三年中，这个组织几乎任免了所有在阿根廷执政的政府官员。

门德尔把自行车厂和汽车工厂变成第一流的军火工厂，并且直接控制着各种权力。对于他认可的将军和党的头目，他就供给他们武器，而掌握了武器的人正是夺取权力和紧紧抱住实权不放的人。

军火大王门德尔在美洲权威人士中名气也很大。在外国人财产保管处的卷宗里，关于门德尔的文件和报告数以百计。门德尔存在美国的大约一百万美元的资金早已被冻结了。

斐德里珂·门德尔受到同盟国谍报机关的严密监视已经有很长一段时间了。以前他的名字是弗里兹，不叫斐德里珂。他那时有一张奥地利的护照，引人注目地穿着象征奥地利独立的红、白、红色彩相间的服装。

他以前是一个欧洲的大军火商，一个贩卖杀人武器的著名人物。他和其他军火商人一样，只认钱，其他一概不管，随便哪一方面都卖。他认识罗马尼亚国王卡洛斯及其内阁成员，和他们做买卖；与此同时，又将武器卖给想推翻卡洛斯国王的罗马尼亚法西斯分子。奥地利法西斯首领卢迪格·冯·斯泰亨堡亲王是他家里的常客。他又是匈牙利已经去世的军需部长朱利叶·哥姆波斯博士家里的常客。他替哥姆波斯博士和豪赛将军的狩猎队提供武器装备。哥姆波斯以爱好射击为名，在他私人仓库里储备了各种武器，从而秘密地将匈牙利重新武装起来。

门德尔常常和墨索里尼一起看足球比赛，他接受过墨索里尼授予他的勋章，是墨索里尼的亲密朋友。作为朋友与朋友之间的关系，墨索里尼常常向他透露一些诸如巴尔干半岛上哪个政府正需要武器之类的消息。对于在巴尔干半岛崛起的任何法西斯团体，只要他们宣布自己是反对南斯拉夫的，墨索里尼就乐于给予财政上的援助。

匈牙利和罗马尼亚历来就相互仇视；保加利亚和希腊也经常发生冲突。他们诉诸于战争，而武器则都是从弗里兹·门德尔那里买来的。要不是因为门德尔捣鬼，巴尔干半岛的局势本来就该比较稳定一些，并少发生一些流血事件。

在西班牙，当一九三六年共和国政府军和法西斯独裁者弗朗哥作战时用的武器也是门德尔供给的。纳粹在德国掌权之前，希特勒的冲锋队（SA）和党卫队（SS）的武器也由门德尔给予装备。

一九四五年，标志着门德尔从事军火事业的第十五个年头。一九三一年他从他父亲手里继承到这一事业的时候，还只有三十岁；规模也很小。这家在奥地利希登堡的工厂，第一次世界大战之前隶属于维也纳的大银行——信用储备银行。随着第一次世界大战的结束，军火工业生意萧条，处境艰难。凡尔赛和约与其他有关条约禁止奥地利和匈牙利生产除猎枪和警察

用的左轮手枪以外的任何武器。由于维也纳这家大银行对这种
小儿科生意没有兴趣，他们率性卖掉了这个工厂。

门德尔的父亲买下的这家工厂顺理成章地传到了他儿子的
手里。善于经营的门德尔证明他是个高明的企业家。他先将这
个工厂改造成为一个处处讲究效率的现代化兵工厂，然后将
精力投入欧洲政治界，从那时起，他越来越倾向于同法西斯性
质的各种民族主义组织联合在一起。他给予由花花公子卢迪
格·冯·斯泰亨堡亲王领导的奥地利国防军以财政上的援助。
斯泰亨堡那帮人当时是反德的，已经是个彻头彻尾的法西斯化
集团了。这种集团必须拥有武器，门德尔就向他们提供军事装
备。墨索里尼在一九三八年之前是极力反对希特勒并吞奥地利
的，斯泰亨堡后来透露，墨索里尼在经济上也支持他为首的
集团。

国际条约束缚门德尔生产大型武器和较新式的武器，不让
他飞黄腾达。门德尔处心积虑要克服这一重大障碍，他和他的
律师们想通过合法途径使条约不起作用。他们找到了一个办
法：门德尔组织起一个从事军火贸易的瑞士控股公司，他聪明
地将几个有声望的英国和法国的工业家吸收进这家公司，而自
己则掌握了这家公司具有控制性份额的股票。这个控股公司可
以规定瑞士著名的军火工厂——索洛图恩工厂制造各种口径的
武器，于是门德尔就从索洛图恩兵工厂取得他所需的一切，并
将这种禁运物资出口转往布加勒斯特、布达佩斯、维也纳、马
德里和布宜诺斯艾利斯。

二十世纪三十年代，军火贸易是赚大钱的买卖。这种非法

贸易，只有各国政府才有权加以禁止，但各国政府却对此装聋作哑。为新的世界大战作准备的武器因此就积聚起来。后来希特勒侵略军在巴尔干半岛的每一个国家里都发现了巨大的武器仓库，武器上都有着希登堡工厂的标志。据估计，门德尔从这项贸易中赚了美金六百万元。

这个发了财的军火制造商对复杂的政治阴谋和其他方面有广泛的兴趣。一九三三年的一天，他看到世界上一位美丽的女郎，一位在捷克影片里的女明星。当时他对他的朋友斯泰亨堡亲王表示："我要跟那个女人结婚。"

她是个富于魅力的女人，年纪又轻，又非常聪明。父亲是维也纳一家银行的经理。门德尔通过他在银行家的一些朋友，设法和她介绍相识，没过几个月就和她结婚了。这个姑娘的名字叫海蒂·琪丝勒，就是后来以海蒂·拉摩名闻世界的好莱坞红星。

不久门德尔就感到烦恼的事情来了。由天才导演麦查迪所导演一部出色的捷克影片《销魂》里有他妻子扮演的角色。在这部具有高度艺术价值的影片里，要出现几个海蒂全身裸体的镜头。虽然这是一部艺术片，但门德尔觉得这部影片有损于他妻子的声誉。他企图将这部影片的全部拷贝都买下来，但是没能办到。有些拷贝已经到了美国，不过其中那些裸体的镜头已经剪掉了。门德尔又出巨资收买那些还在放映的拷贝，但是没有成功。他对他的朋友们说："将军火卖给贫穷的阿尔巴尼亚王国容易，垄断《销魂》却难。"

　　当时欧洲上空密布风暴的乌云，战争迫在眉睫。连奥地利这种平静的国家也感到局势岌岌可危，战争无法避免。奥地利国内的法西斯势力日益增强，门德尔的朋友斯泰亨堡亲王进入奥地利内阁，并升为内阁副首相。他将一份装备奥地利国防军突击队的垄断性军火合同交给了门德尔，要求将他的突击队全副武装起来，可是现代化武器价格昂贵，奥地利负担不起。门德尔向他献计，只有通过巴尔干半岛和多瑙河流域的幕后外交才能办得到。

　　希特勒进军奥地利之前不久，门德尔与斯泰亨堡亲王到意大利驻维也纳大使馆去作了一次访问，在那里与墨索里尼的一个私人代表进行了一次会晤。此人就是尤金纽·莫雷尔博士。莫雷尔那时担任斯蒂芬尼通讯社社长，官衔是新闻专员。

　　门德尔与亲王向莫雷尔建议要买进意大利手里的十万支步枪。这些步枪原是奥地利帝国陆军的财产，当一九一九年，第一次世界大战结束时作为支付赔款，交给了意大利。由于这些步枪的口径与意大利习惯使用的不一样，就只能存放在仓库里睡大觉。这些武器既然对意大利不适用，门德尔与亲王要求将它们削价买回来。他们打算将六万支步枪转卖给匈牙利的军需部长哥姆波斯博士，而将十万支步枪的全部代价转嫁给匈牙利。在匈牙利方面，由于重新武装是非法的，只有付出比这更高代价才能取得这批武器。门德尔和斯泰亨堡亲王实际上不花分文一转手就到手四万支步枪。这些步枪将在斯泰亨堡的突击队里分发。这种步枪是老式的，但是制作的工艺很考究，仍旧有很高的使用价值。

这宗买卖对两方面都有利，第一，意大利的军需部能够卖掉没有用的武器得到现款；第二，这是将奥地利国防军武装起来的一种不花钱的办法。奥地利对付希特勒就有了进行自卫的武器。那时墨索里尼竭力主张保持奥地利的独立，因为他对于德国人未来将控制布伦纳山隘①一事，极为恐惧。

这就是门德尔和斯泰亨堡对莫雷尔，确切的说是通过莫雷尔对墨索里尼所提出的要求。门德尔担保匈牙利付款，奥地利副首相斯泰亨堡担保武器经由奥地利铁路运往匈牙利，绝无他人知悉。他们让莫雷尔明白这项谈判有百利而无一害。

国家首脑之间这种公然无视国际条约的无耻勾当，使人难以相信，然而这有货运凭单为证，又有斯泰亨堡亲王的备忘录为证。奥地利确是在和墨索里尼与哥姆波斯进行交易。

一种不按常规的做法，导致了货运凭单的暴露，这种造化弄人的结果，确实使最有本领的阴谋家也无法预见的。

那是个酷热的夏天，奥匈边境的圣·古特哈尔特小镇上的几个铁路工人，当他们做完工后搭车回家时，他们象往常那样，搭上一节货车回家。他们撬开一节密封的车厢就上了车。

这节密封车厢的标签上写的是"机器部件"，而使他们惊异的是，车厢里装满了成千上万支步枪。欧洲工人是有政治头脑的人。他们看到了其中的问题，将此情况捅给报馆。

---

①　布伦纳山隘，为西欧中南部阿尔卑斯山隘口，是奥地利和意大利边境最重要的山口，山路陡峻，南坡较缓。又是德国南部到意大利东北必经之地，其经济和战略地位极为重要。

　　这一件事成为多年来冲击奥地利政府的最大的政治丑闻。甚至国际联盟也在着手调查，谁在奥匈之间偷运武器。

　　墨索里尼非常担心，生怕被人泄漏出他的秘密。他不能让希特勒知道他在运武器给斯泰亨堡，更不能让捷克知道他在帮助匈牙利重新武装。

　　将全部情况隐瞒起来的弗朗兹·门德尔到处散布他那些听起来似是而非的解释。他指出他握有足够股份的瑞士控股公司是个很有信誉的商号，董事里不是还有好几个英国人、法国人吗？这批武器是瑞士控股公司的，这笔买卖完全符合瑞士法律。可是，奥地利报纸掌握着可以证实门德尔、斯泰亨堡和墨索里尼合伙干的这宗不正当买卖的货运凭单。报纸甚至刊登出弗里兹·门德尔与"领袖"（指墨索里尼）之间的往来信札，但是奥地利副首相不让报纸将它们公诸于世。这个案件不久就被人淡忘了，过了不多时间，希特勒进军奥地利，将以上所说墨索里尼买给奥地利国防军用于防御纳粹的这批武器全部接收了过来。

　　巴尔干的政治阴谋与幕后的外交气氛，对于海蒂·拉摩来说，并不适宜。她婚姻上并不幸福。由于她的丈夫为人残酷无情，她提出离婚，不过这谈何容易。门德尔是个有本事蒙蔽国际联盟的人，奥地利法院肯定会按他的心愿办事。话虽是这样说，但是，海蒂·拉摩还是正式向法院提出离婚。

　　门德尔——海蒂·拉摩的离婚一案成为奥地利报纸上的头条新闻，轰动一时。门德尔的政敌们抓住了这件事，大做文章。可是时间不长，这一案件同样也不再在报纸上出现，渐渐被人们遗忘。海蒂·拉摩离开奥地利前往美国，从此开始她在好莱坞的银幕生涯。

据说，门德尔虽然是个不动情的人，海蒂离开他的时候，他倒非常伤心。而迅速变动着的政治事件，使他无暇顾及私情。

一九三八年二月奥地利首相柯尔特·冯·许士尼格应招前往贝希特斯加登（位于现在西德的东南边境、三面为奥地利领土环绕的深谷中，是一个以旅游为主的小城市。高于此城五百米的上萨尔茨堡就是希特勒的别墅。编者注）同希特勒会谈。会谈中希特勒对这位首相就象对小学生一样，傲慢而无礼。没有几个星期，希特勒就进军维也纳。纳粹的屠杀成性染红了蓝色的多瑙河。

门德尔和斯泰亨堡逃出奥地利，逃到墨索里尼所提供的安全场所，在意大利住了相当长的一段时间。希特勒征服奥地利一事，对墨索里尼是一次沉重的打击。墨索里尼在轴心国里肯定只能坐第二把交椅了。不过他对他的两个朋友是尽力帮忙的，否则门德尔绝不可能将在奥地利的财产弄出来。他的财产，据美国权威人士的估计，约有美金四千万元。

希特勒征用了门德尔所有的兵工厂。说起来难以置信，希特勒确实考虑到同墨索里尼的关系使门德尔收到了一笔现款，汇给门德尔一百万英镑。摆弄姿态、号称受人之惠永记心头的希特勒，他记起了上台之前，他手下的冲锋队的武器是由门德尔供应的；再者，可能是由墨索里尼从中讲了好话，请希特勒对他的朋友予以照顾。还有一点则是：希登堡工厂是属于瑞士控股公司的，不这样做的话，势必引起公司里的法国和英国股东会的不满。在希特勒这方面呢？这种令人意想不到的慷慨行为，可能还有其他内幕。不过事实证明门德尔保全了他在被占领区奥地利国家里大部分的投资。不然的话，他决不可能日后在阿根廷实施他那新的生产计划。

种种迹象说明，门德尔的远大计划在希特勒入侵奥地利之前就有准备。甚至早在一九三八年德奥合并之前，门德尔就将几百万元的美金从奥地利提走。因为法西斯奥地利和纳粹德国都是禁止通货外流的。他这样做就得靠非法的手段。帮助他避开奥地利法律，将现金外流到美国和阿根廷去的是斯泰亨堡亲王。

门德尔在多大的程度上是纳粹的工具；在多大程度上是利用纳粹来提高他自己在金融界的地位，这就很难说了。看起来，他的妙计是，既与纳粹保持接触，但又不让纳粹控制他。

门德尔收到希特勒的汇款之后，前往法国的里维埃拉去过他的优裕生活。之后又从他的别墅里出来工作了一阵子，他将分散在欧洲各地的资金收集起来，并试图从他开设在欧洲的工厂里取得全部资产。他的这种图谋得到了他的朋友，一个奥地利的叛徒、前奥地利外交大臣奎杜·斯密特博士的大力帮助。

在这之后，门德尔居然决定要到阿根廷去作一次愉快的旅行，这是谁也想不到的。他这样的做法是他自己的主意？还是他那些纳粹、法西斯朋友暗示他这么做的？谁也不知道。总之，就考察阿根廷以决定在该地区是不是他继续从事事业的一个好地方来说，他这次旅行机会是正逢其时。

他与一些阿根廷军官、大使馆里的陆军武官是老相识了；以前在维也纳时，他们是他的客人。他们之间的谈话，使他非常满意。他得到的保证是：如果他在阿根廷从事新的军火工业，阿根廷政府是十分欢迎的；政府将授予他阿根廷国籍。

事实上对于"国籍"问题，门德尔从来用不着担心。他在回法国时，身边已经有了新的国籍证件——巴拉圭的——以及巴拉圭驻摩纳哥的蒙特卡洛领事的特许。对一个拥有几百万元身价的富翁来说，要取得这些证件是很容易的（这种证件持有者享有外交上的豁免权和种种旅行方面的特权）。何况他以前曾经将武器出售给巴拉圭总统埃斯特加里波将军。

门德尔回法国后，访问了卢森堡，他在那里与阿根廷钢铁厂的卢森堡股东们办好了专利特许和其他方面一些业务。这个自我表白为"从盖世太保手里逃出来的难民"毫无疑问和德国钢铁制造业也进行过商谈，让他们知道他在阿根廷的计划。在巴黎时，门德尔也会见过维希政府的赖伐尔和其他法国的法西斯分子。

一九三八年十月，门德尔在布宜诺斯艾利斯再次出现，毫无疑问，他这一次真的要开办事业了。他买下了一个畜牧场，将大笔资金从法国和瑞士转移到阿根廷，将一千五百四十镑金锭存进阿根廷的中央银行，并将另外的一千五百四十镑金锭存进伦敦的劳埃德商船协会。末了，还将二百万左右的美金存进纽约市的一家著名银行。

按照过去他在瑞士行之有效的模式，门德尔将他所有资产组成一家控股公司，名叫"阿根廷金融企业股份公司"，他自己并不挂名，但握有公司所授给他的代表权。顺便提一下，这个所谓从纳粹手里逃出来的难民所组织的公司里还包括一个阿根廷纳粹分子的领导人。

门德尔跨进了各个行业：他买下阿根廷一些主要公司的股票和一些牌子老、名气响、经营稳健的商号加以合股；对纺织品、水泥、塑料、合成橡胶和人造丝等工业加以投资。显然他希望从阿根廷的军备工业里发一笔战争财。他也参与了航运业，买下了拉·巴拉他航运公司。将买进的商船卖给日本，这些事实都有文件证明。不过要是没有别的证据，光是这一条仍不足以控告他，因为在这一时期里，许多美国商人也在将石油和废钢铁卖给日本人。

一九三九年到一九四〇年冬天，他访问了纽约和华盛顿，就有关购买大批商船的计划，和华尔街银行界举行了多次会谈。这些商船将具有阿根廷的船籍，就允许将货物运到日本，或者从阿根廷经过葡萄牙，西班牙或被占领的埃塞俄比亚运到德国去。有几个美国方面的代表认为这是企图将德国武器运进阿根廷的阴谋。门德尔很快就发现，巴尔干式的阴谋在这个国家里是行不通的。他的这种建议，受到银行界人士的彻底拒绝。

门德尔很想在阿根廷创办一个独立的钢铁工业，这方面的兴趣比起买商船还要浓厚得多。为了实现这一计划，他需要有美金一亿五千万元的贷款。这个消息一公开，美国的外资管理、外国人产业管理处以及军事情报局对门德尔都开始密切注意起来，门德尔在美国的一切活动都受到他们的跟踪。

在跟踪中，他们还发现门德尔对他已离婚的妻子海蒂·拉摩，显然未能忘情。他一再想法和她接近，但遭到她的拒绝。看起来，显然是某种要与她竞争的潜在意识，使他插手电影业。一九四〇年间，在纽约市第七街七百二十九号，他办了"格罗里亚电影公司"，拍了一部名叫《新酒》的片子，事实证明这是个愚蠢的计划，这是门德尔一生经历中少有的蚀本生意，不过对于他来说，这不过是件小事而已。——他在这方面的全部投资约为美金二十万元。

门德尔到纽约时，他为阿根廷所作的未来计划已经有了相当完整的轮廓。他要将阿根廷重新武装起来，使阿根廷政府得到完整的军事装备，得到它所需要的钢铁和钢铁产品。

联邦调查局和军事情报局了解到门德尔在纽约会见过一个与纳粹来因金属制品厂有联系的纳粹钢铁专家。这个德国人同意帮助门德尔，向他提供专利权和技术人员。他听从那个纳粹专家的忠告，同一家曾经帮助建成德国赫尔曼·戈林工厂和英国的一家钢铁厂的商号签订合同，将他们聘请到布宜诺斯艾利斯去为他要新建的钢厂规划蓝图。

门德尔为开办自行车工厂，在美国购买了机器和材料，包括购进黄铜制品厂和一大批机床。

门德尔纽约之行的最后一个日程是举行了婚礼。他在离开纽约回到阿根廷去之前，和奥地利冯·许尼特男爵夫人结了婚，女方是声名狼藉的林特仑博士的侄女。林特仑是个阴谋家。此人曾协助暗杀前奥地利总理陶尔斐斯。

珍珠港事件发生后，美国的外国人产业管理处对门德尔的肮脏交易比对他的私生活更感兴趣了。当美国政府发现他在阿根廷从事军火买卖，便立即冻结了他在美国的所有资金。联邦办事人员发现他在两家私营银行里有他的资金。资金估价为美金一百多万元的拉丁美洲的股票和一些美国公债帐户，户名是他的阿根廷控股公司。阿根廷政府为使这些资金解冻作出了努力，可是美国政府通知阿根廷政府：美国所看到的门德尔在阿根廷种种活动，甚为可疑。

毋庸置疑，同盟国的谍报机构这时已掌握有关门德尔的无数罪状。尽管他声明他是个"从纳粹手里逃出来的难民"，但他们有充分的证据证实他是个纳粹德国的同路人。没有纳粹的认可，他不可能在财产上具有现在这样的垄断地位，而这不过是部分证据而已。最主要的是门德尔轻率地拍到德国去的一份起决定性作用的海底电报，它落到了同盟国谍报机关的手里。

电报的内容是门德尔关于拉丁美洲计划的蓝图，拍电报的时间是在英军从敦刻尔克撤退之后。就那时的形势而论，人们有理由认为德国将赢得这场战争的胜利，显然门德尔也觉得再也没有必要小心翼翼了。他拍电报向德国赫尔曼·戈林工厂提供最充分的合作，乐意替德国最高司令部在阿根廷生产钢铁和军火。他直截了当地为他在阿根廷的工厂向纳粹德国请求取得著名克虏伯工厂的专利权，也向赫尔曼·戈林工厂提供阿根廷政府的订货单。这些订货单所要达到的目的，正合德国的意图。德国将在门德尔的帮助下将武器储存在阿根廷，以便未来对西半球发动一次进攻。这样一来，在南美登陆的德国陆军的补给就可以在阿根廷取得，不须要经过漫长的运输线去运军火了。

就象美国将英国变成一个进攻欧洲大陆的巨型基地一样，如果门德尔的计划得以实现，德国就会将阿根廷变成一个入侵北美洲的巨大军事基地。

柏林给门德尔回电，要他立即动手干，而这封海底电报也落进同盟国谍报机关手里。

短短的几年里，门德尔凭了他的精明，在他所选定的国家里赢得了实业家、金融家巨头的地位，相当有名声。他从瑞典进口钢材，与智利签订了进口铜材的合同。阿根廷进口这么大量的军需成品物资和原料，以前从来没有人办到过。航运业在战时的重要性，门德尔是知道的，不过美国是不会答应卖船只给阿根廷的。天下什么事都难不倒他，他将阿根廷米哈诺维奇航运公司连同内河轮船全部买了下来。这是个联合阿根廷、乌拉圭、巴拉圭三国，拥有几百万美金资产的垄断运输公司，无疑将大有用处。

门德尔的自行车工厂，实际上是个生产坦克、履带、装甲钢板、汽车发动机、炮塔、炸药和高射炮的工厂。他那些制作民用产品的工厂可以直接转入军火工厂，生产汽车离合器、枪炮、炸药和轻型步枪。

阿根廷国内的新兴军火工业，难免遭受物议。例如一九四一年八月廿七日的《阿根廷行动报》就有题为"门德尔的新自行车厂"的整版附有插图的文章，文中既指出他垄断了自行车生产这一领域，又指出他的工厂可以在四十八小时之内转变成军火工厂。文章还把门德尔称作"赛马俱乐部里的新赌客"。大多数的阿根廷人都懂得，这是一句挖苦门德尔的话。

赛马俱乐部是阿根廷上层社会里最难加入的一个俱乐部。阿根廷上层社会里不管有多少人拒绝和这个军火大王、神秘人物交往，而且一开始都不同意他加入这个俱乐部，但是门德尔不顾他们的反对，终于在新上台的独裁人物胡安·庇隆上校的安排下，还是参加了这个俱乐部。

副总统胡安·庇隆上校是前作战部次长，也是将法西斯主义引进阿根廷"独裁军官集团"（G.O.U.）的领导人。自从新秩序在卡萨·卢萨达开始之后，阿根廷的总统，三个里面有两个是被庇隆上校推翻的。

庇隆的经历是见不得人的，这就无怪乎美国国务院多年来拒绝承认他的政府。一九四〇年他以阿根廷武官身份在智利圣地亚哥时，对智利搞间谍活动。一个智利的陆军中尉卡洛斯·里奥波尔特·海尼齐帮他偷窃了陆军秘密文件和情报，并将情报卖给庇隆。这一间谍案被发现后，庇隆由于外交特权，从智利召回，他的同谋犯却被判十五年徒刑。

门德尔和庇隆这一对知己朋友，建立了他们自己的军火工厂。庇隆的"独裁军官集团"，有权叫总统以及所有象外交部长那样不合他们心意的人下台。由于门德尔的活动，在阿根廷成立了一个独裁政府，并在拉丁美洲的一切事务中反对美国，又在玻利维亚和南美各国煽动叛乱。

一九四三年六月，阿根廷发生法西斯政变，门德尔与庇隆达到了他们权力的顶峰。门德尔的活动不再有任何阻力，所以在政变后没几个月他就买下了一家老牌公司——"鹰舶"，这公司既能制造飞机、滑翔机、客车和货车，又能造武器。埃特尔米罗·法勒尔总统和胡安·庇隆参加了新"鹰舶"厂的开幕式。鹰舶和另一家叫科米泰的工厂又被改造成现代化的兵工厂。

一九四四年前期阿根廷政府将一张数目达到五千六百万比索的订货合同赏给了门德尔，并且答应在第一批交货时，再给他一张两倍于这个数字的订货合同。阿根廷军队所需的一切，从武器、军车到战地食堂，都开始由门德尔供应。在这最大的军需工业领域里，他的事业得到了前所未有的扩展。他还帮助阿根廷搞了个全国性的规划，开办政府直接控制的兵工厂。有一个时期他几乎每天出席阿根廷战争物资委员会的会议。

现在就毋须怀疑了，当年海军上将卡纳利斯和德国总参谋部允许门德尔将他的财产从欧洲取走时，他们并不糊涂，将阿根廷现代化军需计划中，打上《德国制》的标记是不会错的。

弗里兹·门德尔的名字，终于被同盟国列入战犯名单。他对此愤慨地宣称道："这一步不是冲着我来的。这是美国对阿根廷国内工业的兴起和军事力量的增加感到烦恼而已。"

尽管门德尔坚称自己是个"从纳粹手里逃出来的难民"，但是他对于法西斯性质的政府一向是公开表示同情的。关于拉丁美洲的问题，他说道：

"拉丁美洲的国家首脑，都应该是个军人，或者是军人所支持的人。军人喜欢实干，不讲空话。在我的全部经验里，军人不论政治上有什么变化，从来没有取消过一份军火合同。"

海军上将卡纳利斯曾经计划将阿根廷作为攻击美国的基地，他的部下已经在西非达喀尔集结；在阿根廷已经安插了一些内奸。这些先头部队的武器都由门德尔供应。从这一方面来说，门德尔当然是卡纳利斯的阴谋诡计里的一名走卒。

著名的法国记者培地纳断然认为：掌管纳粹地下资金的人，就是门德尔；那些企图在战后逃到阿根廷去的纳粹领导人的秘密资金是由他保管的。

虽然同盟国早已揭露门德尔的勾当，但门德尔从无洗手之意。阿根廷政府虽则在一九四五年终于和轴心国断绝关系，但它仍旧是个独裁政府。联合国在旧金山召开第一次会议之前几天，阿根廷表示愿意参加泛美组织。在这以前的几个星期俄国人攻占了柏林。

为了将工作做得彻底起见，阿根廷政府终于逮捕了这个军火大王门德尔，没收了在他名下的军需工厂，用这种步骤从同盟国战犯名单里，挽救阿根廷的军需工业。当然，门德尔只是暂时被监禁起来罢了。他的工厂，在新的管理机构的管理下，再次开足马力在为阿根廷军队进行生产。

阿根廷基本上没有什么变化，到处是本国的、外国的法西斯分子。尽管战败的纳粹德国在阿根廷这局赌博中是输掉了，但是纳粹的地下组织，"狼人"组织，在这里有个伪装得很好的避难所。门德尔的朋友们仍旧在台上，仍有力量支助这些地下组织。那末，对于至今还没落进战犯委员会手里的，象卡纳利斯这样一个人，何处去寻找庇护他的地方呢？是日本？

是爱尔兰？是德国国内？是西班牙？还是阿根廷呢？卡纳利斯或许又会用他以前用过的化名——关小提琴商人摩塞斯·梅育皮尔？阿根廷多的是法西斯分子，他们是否会给这个当代最大的间谍提供一个避难所呢？他们对此否认。不过这又有谁知道呢？是的，有谁会知道呢？

XXVI 战后魅影

本章人物提示

B5

  ——同盟国某间谍代号

安妮

  ——B5 的情妇

茹彼尔特 · 威尔海默

  ——德国驻阿根廷使馆官员

  碰见过间谍 B5 的人，从来没人怀疑他会是个侦探或者是个间谍，只认为他患有忧郁症，有点疯疯癫癫，充其量亦不过是芸芸众生里的一个喜欢想入非非的人而已。阿根廷的酒和食品，一般地说来还是可以的，但是这个高个子、秃脑袋、爱蓄毛茸茸胡子的美国人却从来不喝酒，同时很检点不上菜馆和酒家。

  他寄宿在一家相当舒适、体面的小公寓里。那里的房客主要是意大利人和不谈政治的德国人。房东是一位年轻的德国寡妇，善于管家，烧得一手好菜。这位美国房客，从不做有损于公寓体面的事。

显然，他是个患有重病不能工作的人，和他同住一幢公寓里的房客都能证实这一点。在早餐时，他会从口袋里掏出一瓶供糖尿病病人食用的果子酱，要一杯热开水来冲调他从另一只口袋里取出的一盒不含咖啡因的咖啡。接着就吃他那特制的白面包，每一片面包都嚼上好几分钟。然后停一阵子，好象在等先吃下去的那片面包消化似的。有些房客总用惊异的眼光瞧着他，甚至在背地里常常嘲笑他的这种生活习惯；这个不幸的病人，每天吃早餐至少要花上一个半小时呢。当他谈起他的病情时，他就精神十足了。对于每一个爱听他说话的人，他真是多么想将他的病情详详细细地说给他听，但是只因为他太急了，反而说不清楚。他用西班牙语、德语或英语向他们解释：他只有几年好活了，而且在这剩下的岁月里，还得严格遵守规定的饮食；他所能做的，只是等死而已。另外，他一定还生了什么喉部感染的疾病。因为他每天要漱五次口，并且每隔一定时间就要用放在他口袋里的喷雾器往咽喉那里喷药。

不过，尽管他是患有忧郁病的病人，他还是比较受人欢迎的。在别人和他谈到某些方面的事情时，就令人觉得他是个相当有趣的人。他马上会讲些他在年轻时的趣话或者有关阿根廷天涯海角的轶事——看来他对阿根廷这个国家非常熟悉。另外，他又是个玩桥牌的第一流好手。

有些房客，对这个"在劫难逃"的人非常同情，也有少数人对他的疾病并不怎么关心，因为从外表上看，他完全是个健康的人。他们一致认为：他的神志不大正常，但是在其他方面却是个很容易相处的人。

间谍 B5 虽说生活方面非常简朴，他的活动却似乎不那么受拘束。他找了许多医生给他治咽喉病和糖尿病，而这些医生则往往是阿根廷的军医。他们供给这个病人以有关阿根廷的军事情报，有关德国凿沉的袖珍战舰"斯倍伯爵号"①上的官兵从阿根廷首都逃跑的情况。其中有些医生还将他送到专家那里去接受 X 光和短波治疗。大家全明白，这些办法治不了糖尿病的。不过一想到这个人是个患忧郁症的病人，再荒唐的治疗他也会去试试的，所以也就用不着奇怪了。他还会去求教于那些形形色色的走江湖的郎中呢！B5 不在乎别人笑他，因为他上门去求教的专家、护士和江湖郎中，对一个名称叫斐德里珂·门德尔的军需工厂的情况比对 X 光要熟悉得多。

这个可怜的病人多年来就这么接受着他那些医生的治疗，这就得支付一笔高昂的医疗费用。好在他在以前健康时攒下了积蓄，现在的雇主有时也给一些补贴，所以，费用么，他还出得起。

实际上，这小公寓里的这位古怪房客多年来就是同盟国方面的一个超级间谍，他一直在向同盟国提供阿根廷法西斯陆军

_____

①　斯倍伯爵（1861—1914），是第一次世界大战时的德国海军中将。曾率舰队与英国交战于南美洲福克兰群岛（即马尔维纳斯群岛）附近海域，兵败身亡。"斯倍伯爵号"系德国以斯倍命名的一艘战舰。第二次世界大战初期，1939 年 12 月 16 日受英舰追击，逃到乌拉圭的蒙得维的亚海港，舰长自杀，舰只自行凿沉，全体官兵由阿根廷拘禁。

和阿根廷新兴军需工业方面的确切而重要的情报。阿根廷的间谍机关和卡纳利斯办公室对这只设在布宜诺斯艾利斯的"情报信箱"也已经找寻了好几年，他们迫不及待地要找出这个把德国—阿根廷的密码破译索引交给华盛顿和伦敦的间谍；要找出这个对门德尔先生一切活动都了如指掌的间谍。

即使是最仔细的间谍，也会在常识方面出毛病的。B5虽然从来没有暴露过自己的身份，一贯非常机灵；但是他在伪装方面不无缺点：他实际上并无正式职业，又是个外国人，人们不禁会产生疑问，他到阿根廷来是干什么的呢？他又为什么不在美国的佛罗里达或加利福尼亚去求医呢？

正是这些小小的矛盾，引起了阿根廷谍报机关对他的怀疑。当然，这不能作为将他驱逐出阿根廷的理由，因为他们一点也没有抓到他漏出马脚的证据呀！和他相熟悉的，都是些有固定职业的人，虽说其中有些人阿根廷独裁政府并无好感，但极大多数都是些对政治不感兴趣的人。他亦罢，他所熟悉的人亦罢，都不象是惹是生非的人。B5如果能够在一些细节问题上注意一些，那么他所从事的秘密工作还可以成年累月地干下去。但是最能干的间谍往往就是在细节问题上出毛病的。

B5对一个女间谍——姑且称之为安妮——非常钟情。这个女间谍对于同盟国的事业曾经有过重要贡献。她这样做，倒不是由于她信仰民主、相信同盟国，而是因为她憎恨她的丈夫——一个和军火大王门德尔很有交情的、阿根廷部队里的高级军官。她丈夫和她结婚是为了她的财产，结婚之后就肆意地用她的钱财去上赌场、去资助纳粹冲锋队。她在她丈夫的眼睛里，只是他的一件摆设而已；他对她并无感情，所以安妮的处境在外表上似乎很称心：她在她的邸宅里请客、应酬、举行宴会，还能从她那拥有地产、身价百万的双亲的手里取得更多的金钱，而内心里却很苦闷，深感寂寞。

在安妮的一个从事部队医务工作的朋友举行的茶会上，安妮相识了B5。初经见面，她就觉得他很合自己的心意，可谓一见钟情。没经多少时间，她就愈来愈被这个温文尔雅而又体贴人的人所吸引。而他呢，她发现他和她在一起时，他就病痛若失，完全忘记了自己是个"在劫难逃"、没有几年好活的病人了。他们俩之间产生了真挚的友谊，双方都觉得离不开对方。随着时间的推移，这种柏拉图式的友谊就成为一种艳情轶事了。这样过了几年，人们听到的传说是：这个美国人要娶她。问题在于她怎样才能与她那个法西斯丈夫离婚，因为离婚这种事情，在阿根廷是很难办到的。

这一对情侣的愿望，未能成为事实。

凡是做丈夫的都爱猜疑。比起其他民族里的丈夫，对于不贞的妻子，血气方刚的阿根廷丈夫们更谈不上容忍二字。这个有谍报官职业背景的特殊的丈夫，他的手段自然要比一般人多。当他一开始怀疑安妮，安妮就受到了跟踪。他们窃听她的电话，并且加以记录。三个月之后，这是一九四四年十一月，安妮和她的美国朋友相约在布宜诺斯艾利斯一家最时髦的旅馆里相会。他们打算讨论离婚的计划以及阿根廷法西斯最近的策划叛乱时，两个便衣和两个穿制服的警察破门而入。他们本来以为他们会在这个房间里看到这对情人的尴尬场面。但他们看到的却是他们两个正规规矩矩地坐在茶桌旁，象是一对久婚的夫妻，这使他们大为惊讶。警方用道德上的名义拘捕了 B5，指控他破坏了别人的婚姻。"好极了"，警察头目说道，"坐在一个旅馆的房间里陪伴一个有夫之妇"！在向波士顿治安保卫署申述时，这个警官的愤慨更升级了："我们阿根廷人是有高尚道德的人；我们不赞成任何方式的自由恋爱。"

安妮流下了伤心的眼泪。这个男子又岂止只是她的情夫，他是她空虚的生命里的全部希望。失去了他，生活还有什么意义呢。

安妮的丈夫不准任何一家报纸报道这件丑事，他设法以外国人不尊重阿根廷的纯洁的高尚道德为理由将 B5 驱逐出境。

B5 连同他那糖尿病人的果子酱、稀奇古怪的药物，从那天之后，就在布宜诺斯艾利斯永远消失了。

外交部门和军事情报部门的领导人研究了他关于阿根廷的报告，发现这些报告在涉及第二次世界大战战后如何对待纳粹的地下活动很受启发。至于 B5，他在阿根廷的任务到此宣告结束。

B5 所作的报道，开始时是在一九三九年。一九三九年十二月十六日，乌拉圭的蒙得维的亚港受到全世界的注意。遭受打击和追逐的纳粹袖珍战舰"斯倍伯爵号"，逃到这个海港里寻求庇护。乌拉圭当局命令他们二十四小时内离开，否则将扣押船舰，禁闭全部舰上人员。

关于"斯倍伯爵号"自行凿沉、舰上的普鲁士海军上将自杀身亡的事，早已公之于众；关于被扣禁起来的舰上全体官兵的未来命运如何，就不大有人知道了。值得注意的是他们中间有相当多的一部分人已经设法从阿根廷的拘留营里逃了出来。据阿根廷的记录，在这被扣押的九百六十五名官兵中并无一人死亡，然而将他们扣押后没多长时间，B5 的报告里说，"斯倍伯爵号"上的在押人数最多只有八百四十五名。每一个受扣押的官兵，全都经过宣誓，保证不离开中立的阿根廷，其中的军官还允许可以随意到外面去走动。但是他们破坏了对阿根廷所作的保证，就象德国破坏了对荷兰、挪威、丹麦、捷克和波兰所作的保证一样。总之，在纳粹的概念里，"宣誓保证"是算不得一回事的。

逃出拘留营的一百二十个人，形成了在阿根廷的第一批德国地下组织。B5 对他们逃出拘留营的详细经过作了报告。之后，那位有胆有识的美国海外记者雷·约瑟夫斯也作了详细报道。在这一百二十个人里有六个是海军上校、二十一个海军少校、三个无线电报务员和二十六个熟练的技师——都是些对海军上将卡纳利斯和他的纳粹间谍机构有用的、有所专长的人。

这个本身在第一次世界大战里逃出拘留营的海军上将卡纳利斯，从阿根廷的十八万有组织的德国人（据一九四〇年纳粹官方公布材料）里组织了相当一批人共同谋划如何使被扣押的德国官兵逃出拘留营的妙计，其规模、手段、胆识，实为近代历史中所罕见。

逃出拘留营的方法真是花样十足。有的在夜里逃，用绳梯翻墙而去。有的在光天化日下逃，他们假装到教堂去做礼拜。

有的兴冲冲地乘上纳粹的潜艇离开了这个国家。有的用一张假护照或一张伪造的阿根廷出生证上的名字留了下来。有的奉命和阿根廷的姑娘结婚，以消除归化的障碍。有的装成是个德国信天主教的难民，要求准许他们进修道院。有几个以职业足球选手的面目出现。有一个变成教堂里的风琴手。他们全都得到海军上将卡纳利斯办事处的直接支持和经济上的帮助。有几个德国国内需要的技术人员，则被安插到西班牙的货船上，给了他们两种交替使用的证件——西班牙和德国的证件。假使同盟国方面要这条西班牙船停船检查时，这些纳粹分子就可以出示他们的西班牙证件。到了西班牙呢，就用他们的德国证件；他们将由纳粹的大使馆负责照管，用德国航空公司的飞机将他们送往柏林。

六个上校都是通过这种渠道被救出拘留营的。他们每个人都指挥着一艘新的潜艇，奉命在阿根廷海域执行任务，负责接受他们在阿根廷国内的人送来的间谍情报。这六个逃出拘留营的军官里有一个名叫雨琴·华登柏格的，他的名字登上了报纸，当时他用鱼雷袭击一艘巴西的商船，最后被迫登陆，成为美国的战俘。

组织潜逃一事，由德国海军武官第脱列希·尼布尔先生和他的上级艾特蒙特·冯·泰尔曼男爵负责。阿根廷有个和非美活动戴斯委员会 ① 相当的、所谓泰保达委员会，揭露了他们送

---

① "Dies Committee" 戴斯委员会。美国国会于 1939 年任命得克萨斯州议员马丁·戴斯为调查反美活动的国会委员会主席。第二次世界大战结束后，该委员会借调查反美活动之名，行迫害进步民主人士之实，成为一个反动组织。

给拘留营里一个海员的信件的抄本:

　　致库尔特·里什夫斯基:
　　　　接到本通知后,须于 1942 年 8 月 20 日(星期四)
十一点到德国之家办公室。届时发信人将交予公文一件。
此一公文于君之未来前途大有裨益且至关重要。
　　　　　　　　　　　　　　　　　　　签名:×××
　　　　　　　　　　　　　　　　　　1942 年 8 月 16 日

　　这件公文的内容,无疑就是给那个海员安排的潜逃步骤。
　　德国大使馆里,有个以刚愎自用的茹彼尔特·威尔海默先
生为首的专职的政治部,主持了有关潜逃的全部进程。一个自
称为"和平鸽"的匿名人士终于搞到了他的材料,揭发了这个
大使馆里的威尔海默先生。这个人倒底是 B5 呢,还是泰保达
委员会里的一个调查人员,现在还不清楚。这个调查员弄到了
威尔海默写给他极其信任的间谍的一封老谋深算的信。泰保达
委员会将此信原文公布:

　　我亲爱的朋友:
　　　　元首肯定了您和您的同事们今年在美洲大陆上所作的
贡献;对于你们的服务,元首表示感谢。元首希望各位在
明年继续运用他的力量、钱财,乃至参照他的奋斗经验,
努力完成所规定的任务。这个任务就是要通过对南美洲各
国的一切革命派别、反对同盟国人士、反犹太分子的尽力

帮助，破坏泛美阵线，以及要尽可能地阻挠对第三帝国主
要敌人的物资供应……。

1943 年 12 月 28 日

这一消息公布之后，阿根廷很快就和纳粹德国公开断绝
了外交关系。但是这决不意味着纳粹的地下活动已经在阿根
廷消失了。一个海外记者、作家库尔特·里斯断然认为：在
一九五四年的初期，已经有四百个左右的德国地下活动基层组
织遍布阿根廷全国了。卡纳利斯的部下可能会在阿根廷这个国
家里，用上一个假名字，依靠他们贮藏起来的珍宝、黄金、美
钞，过上几年潜伏的生活。他们也可能会在阿根廷这个国家里
试图组织一次新的复仇的战争——第三次世界大战。对于使阿
根廷成为德国纳粹主义复活的中流砥柱，他们仍旧是抱有希
望的。

有一点是可以肯定的：那就是卡纳利斯海军上将决不会放
弃他那征服世界的计划。德国已经被打败了二次。战后的德国
现在是一片废墟，它的工业已经被破坏了，人民在遭受饥馑，
年轻的一代死的死，残废的残废。纳粹受到全世界各国的憎
恨，没有人给予同情和宽恕。处境孤立。在这种形势下，象卡
纳利斯这样的人的出路是什么呢？我们必须记住，卡纳利斯不
过是德国容克阶级① 的一个代表而已，掌握德国军事机器的是

---

① 容克阶级——Junker caste。容克，指普鲁士的封建贵族地主。在第二次世界大战
结束之前，德国的政治、军事、经济等各方面，一直是代表着这个阶级的利益的。俾斯
麦、兴登堡、希特勒都得到他们的支持。

德国容克集团。这个心怀仇恨、自命为"超人"的集团将战争视同儿戏，因为发动战争和搞政治阴谋就是他们赖以生存的全部目的。卡纳利斯只是他们的一个代表；他们的本性是决不会改变的。如果卡纳利斯幸而能在德国战败后保住性命，又能逃过被列入战犯的命运，他会不会改弦更张呢？还有其他的那些数以千计的、其灵魂和肉体都隶属于纳粹军事机器的人，又将怎么办呢？唯一的答案是，他们肯定将顽固地与全世界为敌到底。他们为打一场复兴德国的复仇战争是不会罢手不干的。

海军上将卡纳利斯是个一不做二不休的人，这一点是用不着怀疑的。他相信他的事业；他相信德国比他自己的生命、比任何人的生命重要，所以他早就动手筹划纳粹的地下组织。在大战的中期，当他心里明白德国终于将战败时，他召来了他的幕僚，发出第一批指令，组织新的从事地下活动的组织——"狼人"和"党卫队的精锐部队"。

初看之下，你会认为这个海军上将的计划不过是纸上谈兵而已。其实却不然，因为这个海军上将懂得，作为一种思想意识的法西斯主义，在德国和纳粹主义失败后是会保存下来的。西班牙的佛朗哥、阿根廷和墨西哥以及别的一些国家里的法西斯分子还在拿法西斯主义当宝贝呢！战争结束之后，那些战前在美国、英国大声叫嚷支持法西斯主义的人将再次抬起头来。但是对卡纳利斯来说，光是有这些残存的本地的法西斯分子是不够的。他们必须有一个德国纳粹核心力量来加以指示、引导，而核心力量的作用则应该来自一个强大的、具有优越的战略地位的国家里。

海军上将卡纳利斯对于新设的纳粹地下组织的秘密指令并没有被人公布流传过，但是同盟国的特工人员想办法搞到了这些指令，并将它们刊登在几家报纸上。根据这些资料的内容，战后的纳粹地下组织的活动将遵循下列的方针：

（a）将那些有能力的"狼人"领导人员，安插到国外去，经过适当的伪装，要他们为迎接新的纳粹和法西斯进攻而在那里打好基础。

（b）将尽可能多的德国青年移民到国外去，主要是拉丁美洲各国；有可能的话，美国更好。他们将被授与"技师"的资格。诸如农艺师、化工专家、实业家、熟练工人与商业界人士（甚至旅游家）。

（c）侵入社交界。凡以前是欧洲上层社会家族里的人，应以打进西半球上层社交界为目标，渗入拉丁美洲；这些人将在那里委以纳粹地下组织的特殊任务（例如冯·里宾特洛甫就曾经在英国做过香槟酒的推销商）。

（d）创建一支新的第五纵队。

（e）组建新的俱乐部、新的体育协会。

（f）与军火制造商接触（参照与门德尔、西班牙的朱安·麦丘、瑞典的韦纳—格林等人接触的方式）[1]。

（g）组织反对黑人、反对犹太人、反对意大利人以及反对

---

[1] 死亡贩子，德国克虏伯军火厂厂主古斯泰夫·阿弗雷特·克虏伯被美军俘获后，当询问到他战后计划如何时，他说："我希望能重建工厂，再进行生产。"

其他少数民族的种族仇恨运动，以达到法西斯"分而治之"的目的。

一个新的德国总参谋部将不是在战败了的德国，而是在外国的土地上指挥纳粹的地下组织。在第一次世界大战之后，德国的进步人士说过这样一句话："皇帝是完蛋了，不过将军们还在。"现在呢，希特勒是完蛋了，但是纳粹党徒还在。

纳粹潜伏组织这个名字，并不仅仅是一种危言耸听的说法；特工人员们证实了它们的存在，而且坚持要求对它们采取行动。最后还要说一句重要的话，有文件为证。

对于进行这种地下工作的功效，卡纳利斯办公室甚至发过一份长达六十页的备忘录。这份备忘录是盟军在法国缴获的。英国、美国与苏联的军事情报部门以及从事心理战的各种机构都对之进行了仔细的研究。

有关这个备忘录的内容，很少有人透露。要不是在阿尔及利亚出版的法国《战斗》杂志的轻率大意，我们可能到现在还不知道有它的存在呢。一九四四年初，戴高乐将军和他的自由法兰西还没有被美国国务院承认是法国的临时政府时，《战斗》杂志刊登了卡纳利斯的这个文件。自由法兰西揭露这个文件的目的很简单，他们要让全世界知道，卡纳利斯和他的德国人当时正在制订的战后计划是些什么内容。他们希望这个文件会促使美英两国欢迎有一个强大的法国来作为对抗德国的平衡力量。

这家杂志将这份秘密文件的大部分内容都刊登了出来。在此，选译了《战斗》所刊出的该文件部分内容：

德国没能将她的主要敌人和次要敌人区别开来——因为她只想去征服法国，而未采取从一九四〇年六月初就倾其全力地去对付英国……

下一次的世界大战，应能在未来二十五年中发生。在那时，德国必须避免再犯这种错误。主要的敌人将是美国，我们必须在一开始就集中全部力量来对付这个国家。

在美国的工业生产潜力未受任何损伤时，想要去征服俄国是错误的。

为了实现这一计划，要紧的是要掌握从北角①到直布罗陀的欧洲西部大西洋海岸地带，首先须在法国西部、南部有空军基地，在北海海岸和法国的大西洋海岸有海军基地。

从现在起，我们的第一个目标应该是在法国建立经过伪装的独裁政权。使他们看起来是和英美势力有友好关系，而实际上是我们的盟友。

在德国走向征服世界胜利前进的道路中，我们这次战争的失败，只不过是个意外的挫折而已。尽管德国被击败了，我们还是要用未来必胜的精神去鼓励德国人民。

我们业已摧毁了敌人的人力、物力，暂时的失败又算得了什么呢。我们在战后将设法取得经济上和人口方面的优势，甚至会超过我们在一九三九年前所享有的那种优势。从这一点来看，这一次战争是有好处的；这次战争使我们有可能在今后的二十五年里，在更有利的条件下进行另一次战争。俄国人要做

---

① 北角（North Cape）指挪威北部马格尔岛。此岛居欧洲纬度最高之处。

到这一点，还须要用更多的时间来修补我们所造成的破坏。由于我们的对手总是不能团结一致、经常闹分裂，所以我们毋须担心和平条件，这些和平条件和我们自己打算提出来的条款不会有什么差别。

我们必须努力在即将到来的和平中，播下引起他们内讧的种子。我们的敌人已经懂得，一九二〇年那种"要德国赔偿"的方式是既不合理、也不实际。所以，会要我们向我们的敌人提供一些劳动力、归还几件艺术品，再加上我们的那些旧机器；而我们可以一口咬定，他们所说的被我们偷走的东西，大部分都被他们空军轰炸掉了。

我们必须立即开始准备一份关于"毁于英美轰炸"的战利品目录清单。随着时间的推移，事情将不了了之；没等我们做完，我们的敌人就会觉得厌倦了。我们必须组织一个恳求别人怜悯的运动，诱使他们尽可能早些给我们送来生活必需品。最重要的是，对于我们储存在那些中立国里的资产，一定不能放手……

尽管我们暂时失败了，但如能做到这样，这次战争对我们也是有利的；这将为我们未来取得霸权的目标迈进一步。

再说一遍，因为我们的敌人总是不能团结一致、经常闹分裂，所以我们毋须担心和平条件，这些和平条件和我们已经提出来的条款不会有多大差别。

我们必须在即将到来的和平条约里，竭尽全力地播下使他们在将来分崩析离的细菌。

上述种种，就是取得胜利的条件。

这就是有关海军上将卡纳利斯的地下工作——战后纳粹组织的计划书。它对于卡纳利斯本人是否能够苟全性命并没什么关系；要紧的是他的工作得到了保证。他的成千个部下已经接到了命令，他们将在这些命令下进行工作，直到有个新的卡纳利斯坐在海军上将的位置上为止。这是一个力量强大的组织，它足以产生出自己的领袖。

海军上将卡纳利斯这个人的主要价值也就是在这里。作者写这本书的目的是为了要指出从卡纳利斯的活动中，我们该得到什么教训，这就是：没有希特勒、没有其他的纳粹领导人，纳粹主义还将存在下去。要是我们忘记这一点，我们的后代将来就会面临另一场战争，而不得不再去作战了。士兵们将再次在遥远的海滩上、疆场上牺牲。开战的地点可能又是在法国、英国、德国、非洲以及南太平洋——或者可能是拉丁美洲和美国。

卡纳利斯害死了许许多多的人。死者的相貌不同，其数量之多，宛如恒河流沙。但是归根到底他们可以用一张脸谱来作为代表，那就是一对眼睛在盯住你看、缄默无言、面部毫无表情的无名战士的脸庞。

第一次世界大战后，全世界的人们怀念着那些无名的战士。从威斯康星州的巴拉博到英国的利物浦，从德国的奎德林堡到摩洛哥的卡萨布兰卡都树立起对无名战士的纪念碑。这次战争里的无名战士将不需要什么爱国纪念碑。让纪念碑提醒我们不要醉心于去建造凯旋门，不要去对征服他人的英雄们欢呼喝采，而是絮絮地进行祈祷，祈求永远不再发生战争——祈求人类免遭再一次的战争的厄运。

希望免于上绞架的卡纳利斯，看到纪念碑上无名英雄的铭文是会发笑的。然而无名战士的那双锐利的眼睛会死死地盯住他，看得他笑不出来。这是可能的……可能的……可能的……难道卡纳利斯会一直笑下去吗？

卡纳利斯等人的结局
——译者的补充和参考性附录

附录说明

读者读完本书以后，也许对于纳粹德国的间谍头子卡纳利斯和其他有关人物的最后结局，很想有所了解。

卡纳利斯，这样一个杀人不眨眼的战争罪犯，他决计难逃世界人民的审判，并且决不能对他有丝毫的仁慈，历史证明："对敌人的仁慈，就是对人民的残忍。"但出乎人们意料之外的是，卡纳利斯最后是被希特勒处决的。

世界上许许多多的事情的历史真相，往往要经过相当长的时间甚至一个历史时期才会水落石出。卡纳利斯海军上将，正如有"沙漠之狐"之称、希特勒所封的元帅隆美尔的真实死因及来龙去脉，也是在第二次世界大战后的岁月里才逐步公诸于众的。关于卡纳利斯的情况，时隔四十多年的今天，由于大量文献资料的公开及西方专著的出版，例如《卡纳利斯传》、《兵不厌诈》、《第三帝国的兴亡》、《党卫军史》，以及《盖世太保史》等，终于使得我们可以来回答本书原作者在最后数章中所提出的种种疑问，也同时回答了读者可能产生的某种悬念。现将西方国家披露的有关情况加以简略介绍，作为译作的补充和参考性的附录。

由于历史现象是极其复杂的，各种资料常常有其局限性、因而带有片面性，因此本附录仅作参考性线索，以便读者和战史研究者分析和鉴别。这是编者要着重加以说明的。

卡纳利斯正如本书开首所介绍的：他个子矮小、瘦削，面色苍白，面颊骨显得凸出。可以补充说明的还有，他神色紧张而又热情认真，对事守口如瓶、谨慎而自信。口齿稍有不清，表情阴郁；行走时弯腰曲背，两手紧紧背在身后。举止是典型的德国式：彬彬有礼，显得似乎诚恳。那一双蓝色的蛇怪般的眼睛，射出犀利的眼光，似乎要将事情一眼看透。他能操多国语言：英、法、俄、西班牙和意大利语，而且讲得几乎同样的流利。他由希特勒任命为谍报局首脑时，却已满头白发。从那时起他开始了现代史上罕见的传奇般的阴谋活动。

他的确切生年是一八八七年，出身于一个德国富有家庭，父亲祖籍意大利。他在一九〇五年进入基尔海军学院，随后在地中海一艘教练艇上当水手。一九〇六年在一艘现代化巡洋舰"德累斯顿号"上值勤。第一次世界大战爆发时，此舰专门在南美到英国航线上袭击商船，并使英国皇家海军遭受重大损失。最后终于被英国舰队围困在智利东海岸击沉。他和其他船员一起被智利拘留，后来他们收买了一艘渔船的船长，设法逃了出来，返回德国。这以后的事迹在本书中已提到。在一九三二年十月他还不过是一艘战舰的舰长，而到一九三五年元旦，也就是四十七岁生日时，却晋升到海军上将，被正式任命为德国谍报局的首脑。实际上他并不穿海军制服，也没有一艘军舰由他直接指挥。

耐人寻味的是卡纳利斯与其他臭名昭著的间谍相类似，往往具有双重性格，在心理上存在巨大的矛盾。他死心塌地效忠于纳粹党魁希特勒，希望由他建成一个强盛的德国；但当他发现战争扩大而难以收拾，因而非常惧怕德国将遭受毁灭性的灾难时，他参加了反对希特勒的集团。这个集团被人称为"黑色乐队"。在四十七岁时当上了希特勒的谍报局首脑，谁也料不到十年后因背叛希特勒而被处死，以致他与他所希望的世界一起消失了。

关于卡纳利斯的一生，西方许多学者在战后着手研究他那奇特而又难以捉摸的复杂行为，真可谓众说纷纭，有人描述"他是梯尔庇祖弗尔洞穴里的一只灰色狐狸"；有人评论"他是一个毫无顾忌，智力超群的人。"有人直截了当地说"他是最大的叛国犯"，如此等等。美国中央情报局局长艾伦·杜勒斯对他的论断耐人寻味。他说："他是现代历史上最勇敢的人，是个绅士、爱国者，他幻想在欧洲建立一个以英、法、德为轴心的'国家'。"换言之，卡纳利斯幻想在欧洲建立一个类似美国的英、法、德强盛的共同体。后来继承卡纳利斯职位的赖因哈德·盖伦，极其尖刻地抨击卡纳利斯"声名狼藉"，但同时承认他"具有知识分子的特点，并是自十九世纪上半叶以来在军官当中罕见的人物……。"参与反希特勒的另一成员恩斯特·冯·魏茨泽克男爵评论卡纳利斯说："他是无耻的理想主义者和奸诈狡猾的混合体。这在德国尤为罕见。这个人机灵如毒蛇，纯洁如鸽子……他是否有希腊人血统，这我不知道。但无论如何他被认为是个狡猾的奥德修斯（希腊神话中的人物，在特洛伊战争中献木马计，使希腊军获胜——编者注）。连希特勒恐怕都承认这一点，要不然他不会把所有的军事情报都交给这位水兵……，甚至秘密警察也不知道他是怎样的一个人。卡纳利斯有一种套别人的话而不暴露自己的本领。从他那浅蓝色的眼睛里别人看不到他那灵魂深处的东西。人们只能偶而通过很小的缝隙才能窥见他的真实的性格"。

这个神秘人物的真相到底如何？西方书刊是这样陈述的：

当战争即将爆发时，表面上卡纳利斯立即发表战争通报，通知部下三千男女间谍说，德国同英法两国已处于交战状态。并告知这场战斗中所面临的主要对手是英国特工机构。后来又向留下来的一些他的心腹特地补充了几句预言性的推断。他说，"我觉得德国在这场战争中遭受失败，可能是个灾难，但要是希特勒取得胜利，必将是更大的灾难，因此，谍报局不要做哪怕使战争多延长一天的事情。"这些话出自纳粹间谍头子之口，确是耐人寻味的。

"黑色乐队"的阴谋计划分两个方面：国内方面和国际方面。首先，密谋者向柏林进军，逮捕希特勒和解散纳粹党。由波兰向东线进发的装甲师可立即掉头奔向柏林，保卫柏林，堵击党卫军。事变中不会有枪击战，只会迅速而有秩序地在德国帝国内恢复和奉行法制，讲究秩序，保障宗教和生活安定。如果希特勒、戈林、戈倍尔、希姆莱和其他人反抗的话，那就枪毙他们。可是政变能否成功，取决于德国的交战国是否承认它，因为"黑色乐队"的目的首先是双方停火，进而停战。所以必须确定交战各方都能接受的条件。卡纳利斯负责了这次密谋的外交活动，于是他暗地里同英国政府建立起秘密（通过英国谍报局）的联系。所以在今日发现之文献中，他几乎与英国情报局随时在暗中密切联系，就不足为奇了。

当盟军开辟第二战场、在诺曼第登陆之际，卡纳利斯将德军实力、部署、防御工事、军需供应和通讯线路、士气等绝密详细情报供给了英国，从而使盟军总司令艾森豪威尔在登陆日前夕那样消息灵通，为此，他应向卡纳利斯致谢。

关于"黑色乐队"的主要成员，除了卡纳利斯及隆美尔元帅外，还有参谋长汉斯·斯派达尔将军，冯·施图尔纳格尔将军、冯·福肯豪森将军、装甲师司令海因里希·冯·卢特维茨将军以及冯·施威林将军等……

可是由于叛反集团组织庞大，保密性就容易出纰漏，终于被这个集团的死对头党卫队希姆莱等获悉，虽然多次由卡纳利斯设法逃避了危机，但最终因希姆莱向希特勒告密。希特勒前后曾六次遇刺。一九四四年七月二十日在冯·施道芬堡伯爵的谋刺中险乎丧命。为此他大为震怒，命令党工队搜捕所有的密谋者，除隆美尔元帅赐死（逮捕与强迫服毒，许予国葬仪式追悼）外，其余都拘捕起来，由党卫队负责审判。根据材料知悉，共处死密谋者四千余人。盖世太保的记录上被捕者有七千人之多。每当审判一结束，就宣判极刑。希特勒曾经命令，"他们全都该象牲口那样被绞死"。他们确实这样被绞死了。在刑房的天花板上挂着肉钩子，一个个剥去上衣，绑起来，用钢琴琴弦做成一个圈子套在他们脖子上，另一头挂在肉钩子上。卡纳利斯虽然并没有直接参与七月二十日事件，但在谋害案发生后他被捕了。希姆莱搜查到大量的文件与日记，本来卡纳利斯已嘱咐部下焚掉这些证据，可是那个部下却畏罪自杀，未曾将有关证据加以销毁，这正是希姆莱为绞死卡纳利斯所需的全部证据。卡纳利斯被辗转监禁在好几个集中营里，与一些重要犯人关在一起。当美军一九四五年逼近德国南部时，卡纳利斯拘禁在弗洛森堡，在单人牢房里度过了最后的日子。一九四五年四月八日傍晚，即离开欧战结束前二十九天，也就是同盟国方面巴顿将军指挥的坦克纵队已进逼到离该地约一百英里的地方时，卡纳利斯被带到"法庭"，他被指控犯了叛国罪和阴谋杀害元首罪。卡纳利斯再次拒绝承认所有对他的指控，最后他要求作为普通一兵到俄国前线去作战。这个要求遭到拒绝，他被带出去立即处决。在一九四五年四月九日凌晨结束了生命。

卡纳利斯死前，曾遭毒打，鼻子被打破。在即将被处决前关在单人牢房时，他用一只调羹在一根铁管上敲出摩尔斯讯号，用来向监禁在隔壁牢房里的丹麦情报机构首脑伦丁中校发出他将被处死的信息。

四月九日破晓时分，伦丁中校亲眼看见卡纳利斯光着身子被拖向行刑室，他被吊在一个天花板上的肉钩子上。过了一会儿，刽子手认为他已死，将他放了下来。但当发现他仍活着时，他们又重新将他挂起来。处死卡纳利斯总共花了半小时。然后将尸体焚化，骨灰被撒向空中。

在本书的各章节中，特别在第二十章中，提到了弗朗兹·冯·巴本（1879—1969）。他始终追随希特勒，死心塌地地效忠于他。希特勒所以能登上元首宝座，他出了很大的力。一九三八年并吞奥地利，主要也是由他策划。希特勒未上台前，他曾是兴登堡总统的德国总理，兴登堡死后，他失掉靠山。法西斯总头目希特勒窃据了总理宝座后，他却屈居于有名无实的副总理之职。他虽百般奉承希特勒，反遭到野心家斥为"搞政治外行的人"。此后一直受奚落，一九三三年降职为奥地利公使，后来才担任驻奥地利和土耳其的大使。至于早年（一九一五年）在他手下的卡纳利斯却变成了他的上司。到一九四六年秋，在纽伦堡审判战犯时，巴本受审，认为他对于希特勒上台比其他任何德国人都要负更大的责任。此时他已六十七岁，在他那干瘪的脸上，再次表现出争取脱险的老狐狸的狡诈。天下事往往因祸得福，由于他一直不受希特勒的宠爱，始终仅是一名高级外交官员，所以结果他只服了很短的刑期后就被开释。释放后还活了二十多年，到一九六九年九十岁时病故。

近年来，还透露了与本书第一章中的著名女间谍玛塔·哈丽可以媲美的辛西娅（女间谍的代号，原义为月亮女神），若将她同玛塔·哈丽对比的话，玛塔·哈丽则不过是一位粗鲁的、风骚的，而且效率不高的女间谍，她之所以名垂间谍史，主要因为她在第一次世界大战中是一个给德国人当间谍、而被法国人枪决的迷人的舞女。因此，虽声名狼藉，仍博得后世注目。"辛西娅"的品格迥然不同。她是美国公民，一个美国军人的女儿，真名叫艾米·伊丽莎白·索普。她本人勇敢、无畏、果断，具有不可征服的精神力量。她非常漂亮，身材苗条，金发，媚人的大眼睛，很吸引人。她一度曾为英国海军情报局充当得力的情报员。她打入意大利驻华盛顿大使馆，海军武官艾伯托·莱斯海军上将很快做了她感情上的俘虏，使她乘机获得了意大利海军的密码本，她加以复印后送往伦敦，因此使英国皇家海军于一九四一年三月在地中海大捷。

此后英国派她使用同样绝招以获取法国维希政府驻华盛顿大使馆的密码机密。辛西娅知道这次冒险计划要困难得多，也更危险。

当时法国的国土被希特勒占领着，维希当局希望英国也要尝尝亡国的滋味。维希法国驻华盛顿的大使馆正为此目的而奔走。按照盖世太保的模式建立起来秘密警察势力为防止美国参战加紧活动，不惜采用肆意破坏和暗杀等手段。而首要任务是获得维希法国大使馆与欧洲之间"一切"来往函电、私人信件和明码电报。更迫切需要的是破译维希方面的密码电讯的线索。这一新任务要求打入使馆并取得机密，这任务风险很大，因为维希政府已安插好自己的秘密警察，一旦内部发现了间谍，他们会毫不犹豫地加以杀害。当时美国尚未参战，美国联邦调查局或美国警察显然都不会插手营救。

　　辛西娅并不是个仅凭自己姿色去战胜敌人的女间谍。她很明智。她不从众目睽睽的华盛顿着手，而从纽约着手。她先去探望一个英国妇女，那妇女是一位维希法国商人的太太。在那里她获得了对维希法国驻美大使馆的一个完整的印象。辛西娅没有忘记她的掩护身份是新闻记者，因此她向那位妇女了解使馆里谁管新闻事务。

　　"唔，他呀，名字叫查尔斯·布鲁斯，一个确实使人着魔的人。过去是一名战斗机飞行员，军衔上尉，真怪，他竟会到这个大使馆来干不是他本行的工作。不过他很喜欢英国。作为一个现役军官，对维希法国还是忠诚的，但无论如何他是不喜欢德国人的。"那妇女向辛西娅详细地作了介绍。

　　她先打电话给布鲁斯，约定采访时间。为了这一至关紧要的会面，她精心梳装打扮，修饰得一身纯洁无瑕。尽管漂亮、潇洒，衣着却很素雅。她知道法国人很注意女人的衣着。一到大使馆，头一个接待的便是布鲁斯。她的绿色衣服和她的绿色眼珠正相匹配。正当布鲁斯以赞许的目光上下打量她时，她确信她做对了。

　　在见大使之前，这两个人聊了好长一阵，他讲述他过去是飞行员，还说他曾结过三次婚，表明他精通女人之道。两人一见倾心。他指点她如何与大使打交道。建议她装作一名超脱的世界主义观察家。辛西娅暗忖，鱼儿就要上钩了。不是吗，他已在替她出主意了。

　　当她采访时，大使正在生气。大使刚见过美国国务卿赫尔，赫尔指责法国遵循着亲德而不是中立国的政策。

第二天布鲁斯上尉就献给她一束红玫瑰，并请她吃午餐。短短几个钟头之内，布鲁斯就被邀请到她的住处，写就了一个长长的香艳故事的开头。辛西娅决定从这个好色之徒身上搞到机密。

此时英国获悉维希的大使已将盟国护航舰队移动情况通报了德国海军，英国迫切需要知悉究竟递交了什么内容。布鲁斯曾因英国攻击过法国舰队之举表示愤慨，但也对法奸赖伐尔表示厌恶。在他俩会面后两个月之后，大使亨利·海通知布鲁斯，说大使馆将要精简人员，令他返回法国。如果他不愿意的话，只能发半薪。这对他来说是不妙的。因此他希望辛西娅同他一起返回法国。辛西娅马上将此情况与上级联系。英国当局认为这倒提供了一个寻求已久的机会，以便使布鲁斯上钩，将他拖到自己这边来。指示她最后向布鲁斯摊牌时要表明她是个中立国美国的间谍，而不是英国的。要是他同意参加她的工作，会得到报酬。这当然是一场赌博，她对布鲁斯佯称美国财政部是她的幕后老板。

当然，辛西娅猎取布鲁斯时会发生一些争执，然而她最后征服了他。

正当此时，在布鲁斯的办公桌上出现了法国海军部长达尔朗海军上将发来的一份通知的副本，指派他搜集在美国船坞停泊待修的英国军舰和商船的情报。很清楚这是为德国搞的情报。这份通知激怒了布鲁斯，当晚他就拿了它去见辛西娅。他神情冷漠而苦恼，什么话也未说将情报交给了她。如果他如实回复，许多盟国军舰将要遭到德国潜艇的破坏，从而造成重大的损失。

　　布鲁斯为什么要向辛西娅交出这份情报？这其中很大一个原因是出自法国人的自尊心。布鲁斯认为，给德国人当密探真丢人。

　　从此，他成了辛西娅的情报员。

　　英国海军情报局急于获取维希法国的密码，这是为了一方面阻止日本潜艇利用法国占领下的马达加斯加（在印度洋西部），另一方面准备攻占阿尔及利亚和摩洛哥。辛西娅立即向布鲁斯提出取得密码的要求，这使布鲁斯大为震惊，并认为她的老板简直是个疯子，因为密码本由沉甸甸好几大册组成，锁在机要室的保险箱中；而且只有大使和首席译电员才知道数码的组合。尽管任务艰巨，辛西娅明白必须勉力强行。

　　辛西娅同时去争取首席译电员贝诺瓦和接班随员。首席译电员是个即将退休的固执的老头儿，他对辛西娅表示，他要恪尽职守，虽然他为法国被德国占领而忧伤和不赞成攻击中立国美国。他没有告发辛西娅。

　　至于在那个随员身上所做的工作，辛西娅未获成功，反而使情势十分危急。她同布鲁斯作好了应急的准备。

　　很快大使来找布鲁斯，询问为什么辛西娅要贿赂随员，以及他对她有什么看法。布鲁斯显得很冷静，指出辛西娅出身于美国一个有教养的军人家庭；鉴于美国的国际地位，这当儿如果去捅马蜂窝决非审慎之策。何况这个随员是个臭名昭著的造谣者，会损害法国利益。大使同意不去和美国当局横生是非。布鲁斯欣表同意，并乘机说这个随员还正在散布大使和别的女人搞风流韵事。

布鲁斯这一招立刻见效。大使马上下令通知这个随员不再负责机要室工作。这样使辛西娅和布鲁斯摆脱了眼前的危机。可是如何把密码弄到手依然是个问题。两人计议，认为只好采取唯一的办法：夜盗机要室。于是设法弄到火使馆的详图和机要室确切位置。很幸运，机要室位于底层，有一扇窗子，窗外就是草坪。

但是，布鲁斯只能起一个内应的作用，为了撬开藏密码的保险箱，还需要一个善于开取保险箱的撬贼。于是，英国同美国的情报机构进行合作，英国情报机构向美国战略情报局借来一名得力的加拿大撬贼。

布鲁斯以加夜班工作为名，并买通了大使馆的警卫人员，同意让辛西娅在晚上进入使馆，这样一连好几天，使人感到一切都正常的样子。

采取行动的晚上，先将警卫人员喝了掺有麻醉药品的香槟酒，让他熟睡，然后放撬贼进去，由于撬开保险箱的时间过分长久，第一次并未成功。

第二天晚上再次进行，在最紧要的时分，辛西娅同布鲁斯甚至仿效"高棣华夫人"①的策略，脱得一丝不挂，互相紧紧抱在一起。这是辛西娅想出的点子，为的是使那个警卫人员一看到便感到困窘而急促退避。

----

①　高棣华夫人，英国十一世纪考文垂市人，传说她为帮助佃户免除苛税而赤身裸体骑马过市。

　　这一回，保险箱打开了，密码本取了出来，从房间里递给窗外约好的英方人员。按预定计划马上用汽车送到拍照地点，然后在破晓以前将原物送回大使馆。

　　维希法国密码信号不仅对英国，就是对美国都是无价之宝。当时盟国正在实施一项在北非登陆的计划，由于得到这些影印出来的密码副本，则使英、美军对土伦、卡萨布兰卡和亚历山大的维希法国舰队各分遣队的调动情况，了如指掌。这些信息使盟军顺利地在北非登陆，缩短了进攻时期。

　　北非登陆后，美国与维希法国断交，大使馆人员都被拘留，辛西娅和布鲁斯保持联系。一九四四年夏一起去里斯本，一直到巴黎解放后才返回法国。双方都与原有配偶离婚。一九四六年，布鲁斯与辛西娅正式结婚。

集外

〔英国〕Hubert Harrison等　著

本辑收入施蛰存发表于报刊的集外史传译作。按译
作初刊时间排序。

目　次

重要的政治活动正在德国展开 *
〔英国〕Hubert Harrison

注意五月一日，判定这篇报告的准确程度。

对于欧洲的前途极关重要的一些政治活动已在德国展开了。第一，此刻正有一种企图，希望在五月一日能把所有的左翼政党联合成一个庞大的工人阶级的政党。这里所谓左翼政党，实际上是包含着社会民主党与共产党。

当英，美及法国代表们的态度被信为正在加强反对此两党的联合的时候，俄国的军事当局却已允许一千个代表从德国西部到柏林去参加一个社会民主党的大会，以讨论此两党联合的问题。

爱列克·格尼夫克，社会民主党副主席之一，即将离开柏林，应西部占领区社会民主党的邀请，于四月十九及二十日举

---

* 刊于 1946 年 4 月 10 日《活时代》创始号，译者署名安华。——编注

行会议。柯尔特·舒玛尔歇博士，西部占领区社会民主党的首领，此刻正在柏林与东部占领区社会民主党首领乌妥·格罗帝伏尔会谈。

工会运动

第二，这是同一个运动的不同的方式，有一个企图想把全德国的工会联合起来成为一个从柏林统制的总工会。

在另一方面，他们发动了许多次的运动，以阻止一个坚强的统一德国之产生。这些运动，有一部分的动向是在恢复从前的德意志联邦的旧传统，由此而造成一个局面，使德国易于实现联治的政体，而不易于中央集权。

最近有一个德国通的著名外国观察家曾对我说："我敢预言，如果现在这种趋势继续下去，五年或最多十年之后，德国势必成为一个中央集权国家。我以为惟一的办法是：不应当使德国再成为一个中央集权的国家，而代之以一群分离的联邦或甚至一些各自为政的州治。"

少数几个清楚地注视着那些形成新德国的政治势力之交互关系的人，对于这个预言，固然未必敢看得太严重。但是，自从德国战败而被占领之后的几月中，这个现象何以会发展到如此之有可能性呢？因为在那时候，这些运动背后的共产主义还只是一些零碎的势力，而现在，它们却侵淫而达到了统率全德国人民的地位了。

共产主义的传布

这位观察专家给我了这样的解释，他郑重地声明他自己是完全不相干的，他只是列叙事实而已：

第一，在德国，共产主义的传布是有许多理由的。德国人多年以来已习惯于一个统治制度，所以如果用另外一个统治制度来代替他们的旧制度，当然比一个不干涉主义的自由制度更容易些。一个残败的民族对于共产党人的有力的宣传与周密的组织不会有多大的抵抗，况且德人既然是一个欧洲的民族，当然也像其他全欧洲的人民一样地被那风靡于全个大陆的左翼思潮所影响了。这种左翼思潮，就是此次战争的结果，它被共产党所用，比被任何的政党所用，更有好处。

最后，这里的左翼思想，也正与任何地方的一样，是由苏维埃俄罗斯与红军的威名所支持的。

当然，占领德国的四强都在设法把根据于她们自己的民主形式的政治机构装置到各自的占领区里。因此，在英美的占领区里，你可以发现那些原有的银行制度与土地法还照样地存在着，而在苏联的占领区里，一个新的市县银行制度已经建立起来了，工厂委员会已经在工业上发生了可观的权力，土地改革政策已经把农田的分配完全改变过了。这种新政立刻就获得了许多拥护者——工厂委员会里的工人，分得土地的农民，新银行制度里的公务员等等。当初在俄国的共产党，仅仅少许几个梦想家与微弱的红军，居然发展成为一个大势力，可以在一百万万选举权中控制到百分之九十八；而且还形成了一个现代最大最强的军队；也就是用了同样的方法，而这回的只是稍稍修改了一点而已。

四个政党

四个获得承认的民主政党——社会民主党，共产党，公教民主党及自由民主党——都已被允许在俄国占领区内活动。各党都有自己的报纸。但所有的报纸均不受党的拘束。一切在公共集会中的演说者，一切的无线电广播，一切的群众运动，都必须依照俄国当局所定下的规则而行。因此，在报纸上，在无线电播音里，以及在各党的公开演讲者嘴里，都表示着这两大劳工阶级的政党——社会民主党与共产党——之"联合"乃是由于全体人民的要求。虽然对于这种"要求"也有反对者，但他们无法表示于公众，因而人们所得的印像，也就仿佛以为是没有的了。

这两党的联合，会使那些活动而坚决的共产党员获得了整个机构的领导权，虽然他们的党员没有社会民主党那么多。那些反对这种联合的党领袖已经不再为占领军当局所中意，因而也不再是党领袖了。其余的人，因为在一个长久的恐怖与虐刑的生活中过来，人皆变得胆小而畏缩，所以宁可接受提议而不敢再有所反对了。

但是反对两党联合的行动也曾出现过一次。那是在十二月二十一日，在俄国占领区内的共产党为了要求社会民主党同意举行一个联合选举而召开了一个联合会议。社会民主党采取了延宕政策，他们当场就拒绝了同意，说是要等各占领区的社会民主党集合起一个全国性的党大会才可决定。但同时，在俄国占领区内的社会民主党各委员会却已经决定了两党的局部联合了。这完全不是在柏林的党领袖们的决策。

联合德国的情绪

现在，俄国占领区内的两党联合似乎已经是肯定的了。他们正在进行一种活动，使这个占领区成为一个出发点而影响及于全国。工会份子的全区大会中制定了一个标语："各占领区的工人联合起来。"对于那个会议，便这样说："你们在这里是作为德国劳工底代表，在德国首都开会的。"这样，这个仅仅一区的会议就升而为一个联合德国的会议了。

报纸及无线电广播中，此刻正展开一个极大的活动，以促成社会民主党与共产党的全国性的联合。他们所根据的理论是：惟有劳工阶级的联合才能阻止反动政治势力底复活。巴伐利亚与李仑斯威克的那些微弱的保皇党运动，皆被引用来加以攻击，作为例证。

此外，他们又根据于德国国家主义者的立场，所以，共产党的代理主席华尔德·乌尔勃列脱曾对劳工领袖这样说：两党联合是需要来支持普茨丹协定的，由于这个协定，事实已决定了"鲁尔区是属于德国的，因为如果没有鲁尔，德国就没有了经济的生存权。鲁尔是德国的，而且必须始终是德国的。"

共产党的支持

这个"联合运动"当然是受各占领区内的共产党的支持的。在德国西部的工业区内，共产党的势力日趋强大。因此，在全国的联合运动的集会里，都有极可观的成就。

但在另一方面，不论他们对于这件事的情绪如何，其他的占领国都没有好好的计划去反对这个以两个劳工阶级的政党底联合为基础的全国统一计划。法国有一个含糊的计划，他们想使鲁尔区国际化。他们对于在德国建立一个中央政府或组织任何全国性的政党，都一概的反对。然而他们自己又拿不出一个方案来代替中央集权的德国政府。而在这时候，"联合"工作却在迅速地进展。

美国呢？据说是在鼓励州治制度的情绪与组织。迅速地在四个不同的占领区里生长起来的完全不相同的地方行政与经济组织系统，可能使德国分成四个性质愈离愈远的州府。然而这种倾向是为联合国管理德国会议所反对的。因为这个会议所依循的政策是要防止一切歧异的发展，因为它们或许会使将来的德国不可能统一了。

这是在最近的会议中可以看出来的。这次会议中决定了一致的税则与一致的价格，以维持通货，且加强各占领区之间的银行业务及商业。

英国的观点

　　以上所述，是一个在柏林的权威观察家告诉我的情形。从英国官方发出的第一次公开地表示反对两党联合与压制自由讨论的政策的，是在二月十七日，一个德国青年的集会中，一个英国军政府的高级官员的演说。他解释了英国人的民主观念，他特别强调地说：如果没有完全的讨论自由——不论在异党之间或一党之内——民主便无从存在了。

　　　　　　　　——安华译自三月十三日路透社特稿

纳粹法国特务魔王外传 *

〔美国〕Michael Stern

他把两个美貌女人的血肉用厨刀裔割，抛在森林里。他逮捕了戴高乐的侄女。如果好莱坞的大导演要物色一个恐怖犯罪明星及故事，也未必会想像得出这样一个人与他所犯的罪恶。

这是关于那著名的巴黎"盖世太保区"（盖世太保是德国特务名称，法国人把那些与盖世太保合作的法奸称为盖世太保区。）大王盎利·赖封的记述。像纳粹那样的统治势力所给予一个像赖封这样的恶徒的犯罪机会，在历史上恐怕找不出一个更大的来了。

如果好莱坞的导演，要物色一个恐怖犯罪明星及故事，恐怕不会想像得出赖封这样的人与他所干的事情。舞台或银幕上

---

* 刊于 1946 年 4 月 25 日《活时代》第 1 卷第 2 期，译者署名陈玫。——编注

也决不会如实地演映出这样的人物与故事来，因为这两者都太凶恶了。然而赖封的相貌却是一个挺好的恐怖罪犯的典型。

当赖封站在巴黎最高法院的罪人箱里的时候，你就很容易地会觉得他是一切暴徒恶棍的主型。他的脸是肿胀而有斑点的，呈着一种不健康的灰色。检察官特别注意于他那双异常细小的眼睛，深黑色的，闪烁不定的。他说这样的眼睛应该是一个鼠狼的，决不是属于一个人的。

他站在那罪人栏里，身子又高又大，好像塞满在一个桶里。虽然面有病容，可是身体好像很壮健的样子。他的声音，正如他的眼睛一样，是使人吃惊和憎厌的。它是很锐，有点芦管的声音，像尖叫那样地冲出口来，使法庭上的听众都为之惊愕。

"假话！假话！都是假话！这都是警察要破坏我的名誉！"

他说这句话的神气和声音使人都想轰笑。因为他对于人家控诉他的这许多罪状，用这样一句话来回答，听众的轰笑在理应该是一个极正常的反应。然而当时却谁也不笑。

一个名字叫做乔治·克洛特的警察，他曾经到那美丽的芳丹字罗森林中视察过小小的一方地，每一看到赖封的脸就闭拢了眼睛。因为那一小块地方，曾经是两个美貌而有钱的法国女人的最后归宿。她们的血肉被赖封用厨刀一块块的脔割下来抛散在那儿。据说，赖封相信这是处置一个被牺牲者的尸体的最好的办法。

在审判他的时候，最初曾想把他的杀人罪总计一下，不管是为公的，为私的，以及他所应该负责的随便杀人案，可是因为件数多到一千以上，就不再加上去算了。同样的，起先也曾想把他所劫掠的金法郎，珠宝，艺术品总计一下，后来因为这个数字将是一个极大的天文数字，也就中止了。

赖封的态度之最不可思议部份，乃是他始终以为他的一切行为是无可非难的。他把自己看作是一个现代的侠盗罗宾汉。他在法庭上把一些自己所犯的事件讲得好像他简直是一个造福于社会的人物。

四十二年以前，赖封生于法国的洛亚尔省，他的父母在那儿种一片地。他的教名叫做盆利·张倍仑。十二岁上死了父母，他就到巴黎，在他叔父的肉店里做事。他生平第一次跟警察发生磨擦就在这时候。他偷了一百个法郎和一辆脚踏车，逃到勒哈佛尔城外的一个村庄里。在那地方，他加入了一个游行各地的马戏班。没有几天，就被警察抓到，把他送进了一个感化院。他在感化院里一直住到二十一岁，才因为服兵役而被释放出来。

他在第一次世界大战中的军役记录并没有什么特殊；法国军队占领德国的时候，他也在内——所以那是他第一次接触到他后来所崇拜而服从的优越人种。——退任之后，他就到了马赛，在那儿结了婚，生了两个孩子。

每一个水手都知道，马赛是豢养小偷的好地方。但是他不久就发展局面，专偷汽车了。宪兵把他抓住了，判了他两年的监禁与十年的区域禁制（Interdiction de Sejour，禁止在大城市内及其附近居留）。他改名赖封就在这个时候。在这个新的名字之下，他在巴黎附近开了一家汽车行，总算过了几年安分守己的生活。但他在那时就结交了许多本地的警察，当第二次世界大战爆发的时候，他已是警察的头儿了。

但是战事使他的生活脱了节。因为不敢透露他的真姓名，所以他加入了客籍军队（译者按，法国有这样一支军队，收编外国志愿兵的），而在一九四〇年五月，当德军向法国推进的时候，被他自己的联队里把他认为逃兵（按欧洲军制，一个人曾在那一联队受军事训练，即终身属于该番号联队）。当纳粹军队攻进巴黎的时候，他正在弗莱思纳监狱里以一个逃兵的资格坐监。法国当局把一大群囚犯运送到南方去，他也在其内。半路上，这些囚犯发生了一次骚动，有的被当场枪毙了，但也有不少逃脱了。赖封就是逃脱的一个。

此后不久，他跟两个做纳粹间谍的法国人在一起了。赖封知道德国的"盖世太保"是由一批卑琐的专替人打架暗杀的流氓所组织成的，这正好配他的胃口，所以他很容易地找到了他的地位。

盖世太保最初利用赖封来搜索房屋和汽车，因为他本人有过好几年搜索汽车的经验。不久他的自尊心膨大起来，他就进而做卖买人口的生意，他把许多法国人介绍给德方做纳粹特工。这些工作他都做得极有成绩，所以他随即被介绍给一个拉代克上尉，也是盖世太保里的人物。他是负责搜刮法国民间藏金的。赖封给他们侦查出藏金的地方，而由德方给他佣金。纳粹不久就很看重他，因为他们正是需要这样的爪牙。

赖封对于法国的囚犯与监狱知道得很清楚，所以纳粹交给他的第二个工作，就是清理囚犯，那些人可以释放出来，那些人不能释放出来。从这个工作再进一步是很容易的，以后就是由他自己作主来释放囚犯了。在一个被敌人所占领的地方，有释放囚犯之权，这就很显明地表示他有生杀之权了。于是，他在法国首都成为一个极重要的人物。

比爱尔·赖伐尔，另外一个肉店里出身的小屠户，成为常到劳利斯东路九十三号赖封的总部的老客人。现在已被送进监狱的伪巴黎晚报经理乔治·普拉特也是一个熟客人。甚至亨利·希姆莱，赖封的大老板，整个盖世太保的首领，也是一个来光临的人物。赖封的地位日高，曾经被派到北非去替希特勒担任极重要的工作，他也未尝辱命。

当法国沦陷之后，纳粹情报部对于北非的消息感到很困难，赖封带了七十万法郎和三个助手混进了阿尔儿哀，在郊外弄到了一座房子，装置了一架无线电发报机，其一部份器材是装在他那汽车的坐垫里的。他的广播，有好几个月是纳粹方面所得的关于北非的唯一消息。自由法国的情报当局得知了赖封的勾当，就在一个晚上攻袭他的机关。一个部下被杀，而赖封及其余两个部下都漏网了。军事法庭把他宣告了缺席判决：死刑。

回到法国之后，赖封仍替德国做搜刮藏金的工作。但这回，他把大部分搜刮得来的财物放进了自己的私囊。他侦查出某人有钱，就拿集中营来恐吓他们。如果他们还不肯乖乖的缴出来，他就派两个盖世太保党徒直入他们家里去搜刮。刮来的财物由他与那些党徒瓜分，也不再呈报柏林了。后来他又进一步去侵占法国的爱国志士的家，没收其家具。单单从美国大使馆一处，他掠获了好几百万法郎的东西。

赖封很怕这种背叛的行为被盖世太保知道。有一个他的手下，洛求·铁西哀，好像不大可靠，而且喜欢多嘴。赖封就开始做谋杀犯，把铁西哀弄死在别墅路一所房子的地下室里。死者的头颅与指尖都被割去，尸身被抛入赛茵河里。

接着，另外一个流氓，不知为了什么不好说的行动，触怒了赖封。这是一个窑子里的龟奴，名字叫乔赛夫·汤吉，绰号叫做 Phono（译者按：此字义云"声"，盖取其反义），因为他平时不大多说话。可是，有一个晚上，在一家夜总会里，他竟出声了，而且说了太多的话。他跟赖封部下的一个大佐约翰·沙妥尔吵起嘴来，结果是他把一柄刀子通进了沙妥尔的身子。虽然不是一个致命伤，但不久之后，赖封给他报仇了。他把汤吉带进了一家咖啡馆，就在那儿用一颗子弹结果了他。事后他把汤吉的罪状写做"受英国方面津贴的恐怖党人"。这件事情，在公事上虽然没有发生什么问题，但盖世太保当局却有点不舒服起来，他就很快的失宠了。

在这时候，这样快的命运的转变决不能打倒这个贪婪成性的恶棍。因为在法国沦陷区里还有几万万法郎可以被他这样才干的人物去搜刮到，只要他背后还有着盖世太保的淫威。所以赖封还是为了这个目的而努力。

他设法建立一个大功绩，捉到一个对于纳粹极有价值的爱国分子。这是比利时的地下工作首领朗孛莱希。他为了比国，也为了法国，猛烈地在从事种种摧毁德国人的工作。

于是他到鲍尔陀去，带了一批部下袭入朗孛莱希的屋子，把他绑起来送到巴黎的盖世太保总部里。把他毫不伤损地交给巴黎盖世太保的首领鲍梅尔堡上校。这个冷酷的普鲁士军官乐了，因为他捉了朗孛莱希已经两三年了。

纳粹立刻把他们的全副暴虐刑具动用起来，在这些虐刑之下，朗孛莱希受不住了。在法国，比国及德国做地下工作的同志六百余人都在四十八小时之内被逮捕了；朗孛莱希被做死了。

这样大的功绩，使赖封立刻得到了重赏。他被认为德国公民，加入了德国的盖世太保，算是一个正式分子，同时又做了巴黎盖世太保的首领，作为纳粹军事特工的支部。他甚至也取得了一个号码：10474R。

赖封的贪欲，在得意之余，肆无忌惮了。他那一双后来在法庭上摄住群众的哗笑的眼睛，这时开始转向女人身上去了。但是即使女人，不论美的和丑的，他的主要目的也只是在钱。他的地位与权力使他获得的第一个情妇，是一个三十岁的玛格里特·葛尼爱。她把自己的秘密泄漏给他知道了，原来她在一个女朋友奚赛尔·玳里欧家保险箱里藏着价值一千五百万法郎的珠宝和证券。有一天，赖封就把奚赛尔骗到他自己的总部，说是他可以给她买到一件顶好的皮大衣，只要少数的佣金。她信以为真，就如约而去，不幸还带了一个朋友，奥代德·安特丽荷。她们一到之后，赖封的朋友立就跟奚赛尔开谈判。奚赛尔不肯把她的保险箱的暗号说出来。他们就做了她一下。跟着就在她的手提包里搜到了一个纸条，记录着一些数目。奚赛尔承认这就是她的保险箱的暗号。于是他们派了一个人到她家里去开那保险箱。一小时之后，那个人回来了，说这个数字并不是那保险箱的暗号。于是他们把这两个女人剥光了衣服，面对面地绑在椅子上。用一个打着了火的打火机（在法国，火柴极其缺乏）烧她们的脚。再把她们放松来强奸。奸后，又把她们绑起来，又用火来烧她们的脚与乳尖。于是奚赛尔熬不过了，只得说出了她的暗号。

虽然已经弄到了这一大笔钱，但赖封及其徒党觉得这两个女人还是一个威胁，所以他们终于把她们用棍子打死在地下室里，支解了她们的骨头，刮下她们的肉，放在一个厨房里用的轧肉机里挫为细末。骨殖抛在马恩河里，肉末便丢散在芳丹孛罗森林里。赖封对他的情妇解释这两个女友的失踪原由，是为了她们被报告是与英国有往来，所以被押解到德国去了。这常常是对于问讯失踪的一个最好的回答。

也许人们以为这样凶恶的处置这两个女人，未免言过其实。但是这三个暴徒在法庭上都完全承认了这些事实，并且还供出了芳丹孛罗森林里抛散人肉的地点。

赖封的情妇中间有一个薛尔维安·达孛朗特侯爵夫人，一个美丽的巴黎尤物，在赖封所支持的社交界中活动。当赖封被捕以后，当局曾疑心她也是参加那地下室虐刑的一个，但后来就证明与她无关了。这个女人的唯一的名誉是因为她乃赖封情妇中最漂亮的一个。现在她被控为附逆的法奸，坐在弗莱思奈监狱中，不知是不是能使她感到自慰呢。

像赖封这样贪婪的人，有时倒也挥金如土，毫无吝啬。他曾送一部价值五十万法郎的朋特莱汽车给他的朋友鲍美尔堡大佐，完全是无此必要的。他也送了不少礼物给赖伐尔，也是不必要的，因为大家都知道，当法国的命运逐渐好起来的时候，

赖伐尔的命运正在逐渐坏下去。还有那著名的德国电影明星狄
达·巴洛，也是赖封的情妇之一，他给她的玉臂上装缀满了珠
宝。可是现在，这位巴洛小姐却光着两条玉臂，坐在巴黎的一
个牢里等审讯。

　　据说赖封也曾施舍许多钱物给困苦的人。有一个爱特
蒙·特·拉·海伊，生了糖尿病，家里穷得没有饭吃了。赖封
把他从贫民医院中带出来，给他付了医药费，在他的总部里给
他一个小职员的位子，让他可以维持生活。但是，如果当时让
他就死在糖尿病里，也许是优待了他，因为后来他与赖封一同
被逮捕，在将受死刑之前二十四小时忽然死了。这些都是使赖
封把自己看作是一个现代侠盗罗宾汉的事实。

　　纳粹之所以容忍赖封这样自由地胡作胡为，是要向他收取
代价的。赖封必须常常有一些报效，而这往往是几条人命。到
了这时候，德国当局觉得他的组织应该从妄作妄为的暴徒党进
步而为一个较精密的单位。地下工作正在发展开来，所以这些
刽子手也必须加强组织。于是纳粹派了一个新的助手给赖封，
这个人叫作比爱尔·鲍奈。

　　鲍奈是一个高高的，面容很严肃的人，有一条秃纹从前额
一直通到后脑，使他好像一个截了一绺头发的戒行僧人。在
一九三四年，他当警察局的侦探的时候，曾经在史塔维斯基事
件中大出风头，因而声名鹊起。史塔维斯基是巴黎银行界的一
个领袖，他曾用一连串狡黠的欺骗手段诈取了法国许多钱财。
鲍奈找到了史塔维斯基私人的支票簿，从这里头发现了许多法
国政界要人都与这件欺诈案有关系。于是他获得了大名。但不

久之后，另外一个聪明的官吏检举了鲍奈，说他虽然惩办了一部分政界要人，可是他同时也包庇了另外一部分人，而从那些人那里获得了可观的贿赂。于是鲍奈受了处分，被开除出了警察局。他和他的妻子在巴黎近郊安静地住了一时，德国人侵入以后，他开了一个私家侦探事务所，也像赖封一样，他忠实地替德国人服务。当然，他与赖封的合作是极有用处的，所以他就奉了这个使命，与赖封展开了工作。

有了鲍奈的帮助，赖封的机构才有点像一个组织，而不是那么一群乌合之众了。而且，从此以后，赖封的工作，才对于德国人有更大的用处。他们的主要任务，也许是摧残"法国保卫团"——一个使纳粹感到头痛的地下组织。这个抗战运动掩护着英美的降落伞部队，从地下铁道上把盟国飞行员护送出境，制造假的身份证，发行一种地下报纸（它现在已经成为巴黎最普遍的日报了）。

他们所要猎取的这个团体里最重要的人物是查理·凯尔耐。赖封亲自去掩袭一家巴黎的车行，凯尔耐和他的两个助手正在那里使用秘密无线电发报机。他们是法国内地军与在法国境外各军队的连络站。这三个囚犯被解到劳利斯东路的总部里，受到了赖封的特别虐刑，那是火烧手指和脚趾，鞭笞，倒浸在冰水桶里。但这些虐刑都没有逼出口供来，于是又把他们送到福煦路的德国盖世太保总部里去。在这里头，虐刑更为残酷，可是也逼不出抗敌领袖的人名和住址来。于是，在一九四四年三月中，这三个囚犯被绑在柱子上，在罗马城炮台的大院子里被一排枪手打死了。

但是德国的盖世太保虽然查不出法国保卫团总部的地址来，赖封及鲍奈却有办法查出来了。他们是从一个名字叫作马洛干的学生那里得来的消息。这学生本来也是这个活动里一个，被赖封买过来了。那总部原来是在波那巴路六十二号。从外面看起来，这是一家专卖宗教物品的陈旧的小店。一天早晨，鲍奈带了几个帮手悄悄地走进了那小店，把那年老的店主和他的妻子拘捕了。

鲍奈穿上了一条围襕，耽在柜台背后。第一个进来的主顾是一个美丽的十九岁的女学生，她的身份证上所写的名字是葛尼爱——真奇怪，刚巧跟赖封从前的情人同名。那姑娘说了一个暗号，于是鲍奈做了一个手势，两个助手出来把她拖到后间去了。鲍奈很高兴地跟了进去。他已经认出这个姑娘，这是赖封·鲍奈公司的最大猎获物，原来她就是自由法国领袖戴高乐将军的侄女，葛尼维芙·戴高乐。

在审讯赖封与鲍奈的时候，曾经再三研问这位戴高乐小姐的下落。因为在劳利斯东路总部里，戴高乐小姐被他们拷问的那间小屋子里，地上有着一大滩血迹。到底他们怎样处置了戴高乐小姐，谁也不知道，但事实上从此就没有了戴高乐小姐的消息。最后的一个消息是据说戴高乐小姐已被希姆莱要去做人质了。

鲍奈在那小店里守了两天。凡是进来打暗号的人都立刻就拘捕起来，不打暗号的就被特工跟着监视。他们一共抓到了一百四十四个人，全受到了严刑拷问，一部分被做死了，一部分被送进纳粹的集中营。

戴高乐小姐被猎获之后，赖封在德国人那边的地位愈高了。连盖世太保里的工作人员，也不管柏林方面的不满意，都来找他帮忙。有一个名叫莱梅尔的德国特工人员就是其中之一。莱梅尔知道赖封的胃口，他并不亲自找他，他派了一个美丽的采尼珂芙伯爵夫人来替他做说客。赖封立刻就知道在这里可以有许多利益。采尼珂芙伯爵夫人在赖封那儿做了他一礼拜的情妇，就回到莱梅尔那里去，完成了她的使命，莱梅尔也就因此而得到一个更好的地位。

这个采尼阿芙伯爵夫人做了一个德国盖世太保和一个法国盖世太保的情妇，她当然有许多情报可以出卖价钱。最近在她的巴黎住宅里已发掘出许多珠宝，但她本人却已在盟军开进巴黎前一天逃跑了。法国的警察当局告诉我，也像她这一种典型的女人一样，她也是一个使用白面的。

在盟军解放法国以前不久，赖封曾经有一个很大的野心，他想编一个五万人的军团，以阿剌伯佣兵充任之，而由他统率。这些阿剌伯佣兵是法国原有的兵士，当法国崩溃之后，就被德国人关进了集中营。现在赖封想把他们征用出来。这个计划如果成功，他倒可能成为一个小小的政治领袖。但是他的德国老板没有答应他。也许是为了他在纳粹政权中的地位已相当稳固，他们只允许他编一个三百阿剌伯人的大队，给他们蓝色的制服和黑色的佩剑。军官们都穿德国的制服，但他们都隶属于法国的盖世太保。这个阿剌伯大队所残害的人是可想而知的，单单在陶尔杜业一部分就曾惨杀了二百个爱国份子。

因为德国人，至少是打官话的，不信盟军会攻入巴黎，所以他们的爪牙也只好不信。因此赖封和鲍奈这一伙人都在法国解放的时候全部落网。赖封在他的纽莱别墅里，当警察去拘捕他的时候，他正在匆忙地把衣裳收在一个大提包里，其余的人则在巴黎各处抓到的。

他们是在去年（一九四四）十二月间受审的。赖封，当他自己审问人家的时候是冷酷之至的，可是一为阶下囚就改变了他的态度。他说一切对于他的控诉都不是事实，他根本不承认曾用非刑虐害过人民，"也许我曾经打了他们几个巴掌，"他说。

当快要判决的时候，他立刻否认法庭的权限。因为他是一个德国籍的公民，所以应当把他视作战争罪犯。可是法庭上没有承认他的理由。于是他再作第二次的狡辩，因为他已经被阿尔几哀的法庭宣告过缺席判决的死刑，他要求让他先来辩诉这第一件案子。

鲍奈在受审的时候始终一声也不响。

法官与推事费了一小时决定他们的判决。他们两个都被判处死刑，还有六个他们的同党也是死刑。两个二十岁的青年被判无期徒刑。最幸运的是上文讲起过的特·拉·海伊，正当法官要颁发他的死刑执行状的时候，他却先已中风死在狱中了。

十二月二十七日晨，这些人从弗莱思纳监狱中被押解到巴黎南郊的孟脱罗琪炮台。在受了临终涂油礼以后，照例有一杯甜酒和一支纸烟给死犯的，但为了物资缺乏，甜酒就用白酒代替了。这是赖封生平第二次受到物资缺乏的影响。第一次就是因为没有火柴，只好用打火机烧人家的脚。

　　当枪弹结果了赖封的生命的时候，他号哭了。但鲍奈却还是不作一声。一个小首领在临死时叫了一声"法国万岁"。第二天，柏林的广播表示了对于死者的哀悼，说他们是"被谋杀了的爱国者。"

　　　　　　　　　　——陈玫译自 *True* 　一九四五年五月号

齐亚诺日记抄 *

〔意大利〕迦里亚佐·齐亚诺

　　迦里亚佐·齐亚诺伯爵 Cunt Galeazzo Ciano，墨索里尼的女婿，意大利法西斯政权的外交部长，是一个年轻，漂亮，出身于贵族的著作家。他做了八年外交部长，帮助墨索里尼建设法西斯政权，侵略阿比西尼亚，支持佛朗哥，组织轴心国，计划第二次世界大战，终于碰到了悲惨的命运，随着意国的崩溃，在一九四四年一月中，被他的岳父派一排枪手处死了。

　　他留下来的一份日记，从一九三九年一月起，直到一九四三年十二月，是一个极重要的现代史料。它充满了轴心国的内幕故事，以及法西斯政权与纳粹政权之间的种种微妙关系。意大利人憎恨法国人，但尤其憎恨德国人。齐亚诺个人不希望第二次世界大战竟会发生，墨索里尼则希望它再迟几年发生，但希特勒坚持要趁他还年轻的时候就动手，这就决定了轴

---

　　*　刊于 1946 年 5 月 15 日《活时代》第 1 卷第 3 期。——编注

心国的厄运。齐亚诺写这个日记，他自己说，并不是为了希望博取世人的同情，在失败的时候做自己的辩解文书，而是为了要留给人间一个实录。"在这个日记里所写的，"他说，"没有一个字是假的，夸张的或是出于自私的愤怒情绪。"

早已有人知道齐亚诺有这样一份日记，最初，他也常常拿出来给人家看，但后来就秘密起来。德国对于这个日记很注意，一直在企图获得它。齐亚诺死后，他的妻子艾达把这个文件秘密地束紧在身上，在一件米兰农家妇女穿的宽大的裙子底下，偷带到了瑞士。去年在美国，一个六百十六页的英文全译本出版了。（特字尔台公司出版，定价美金四元。）

本刊的篇幅使我们不能译载得更多些。这里只从一九四〇年起抄译了一小部分，只能说是尝鼎一脔而已。

1940

一月十五日——首领终于知道了我们的军事实力，觉得很惨。已经装备就绪的只有十个师团；到本月底可以有十一个师团。其余的多少皆有残缺，有些竟缺少百分之九十二的配备。在这种情形之下，主战实极愚蠢。墨索里尼因感觉到有一种新的胃溃疡症状，精神非常不振。

二月二十八日——首领昨天说："在意大利，至今还有一些罪犯和低能者，相信德国会失败。我告诉你，德国一定打胜仗的。"他这句话如果意在指我而言，我愿意接受"低能者"这个名称，但我想，"罪犯"可不大公道。

从各方面的消息看来，德国确已在准备西线进攻。但这决不会立刻就发生；在戈林的圈子里，他们说是三月底，这是希特勒的迷信月份。

四月二十日——十天不见，我发觉墨索里尼愈加高兴打仗，而且愈加恭维德国了。但他说，在八月底之前，不拟有任何动作，这就是说他要等一切都准备好以及农民收获之后。这样就只有三个月的时间能给我们一线希望了。

五月二十九日——今晨十一时，最高统帅部在威尼思宫中成立了！我不大看见墨索里尼这样高兴过。他总算已经实现了他的梦想：做到战时意大利最高军事领袖。

我们实在一点金属也没有，在这战事的前夕——而这又是一场凶恶的战事！——我们所有的只是一百吨镍而已。

六月十日——今日宣战。墨索里尼在威尼思宫阳台上发表演说。这个新闻并不使什么人吃惊，也没有引起很高的情绪。我很悲哀。我们开始冒险了。望上帝保佑！

九月十一日——开始进攻埃及已决定在明天，连那素来不太乐观的卡尔波尼将军也认为我军推进到马尔萨·马脱罗是很容易的，也许还可能打到亚历山大。

德国空军继续在轰炸伦敦。我们不很知道结果究竟如何。好像不甚可信，因为我们在英国一个情报机构都没有，而德国却有许多。在伦敦一处，即有一个德国情报机关每天用无线电通报至二十九次之多。至少康纳理上将这样说。

九月十四日——进军埃及业已开始。英军正在不战而退。首领对于我军直抵马尔萨·马脱罗，认为是一大胜利。

九月十七日——埃及方面的情形似乎愈来愈好。英军的撤退简直是出乎意外的快。墨索里尼高兴得满脸红光。因为他曾把这次进军的责任完全担负下来，现在他很夸傲他的政策不错。

十月二日——首领对于进攻马尔萨·马脱罗感到很心焦，因巴图格里奥认为在十月里尚不能发动。我把此事告诉格拉齐亚尼，因首领要知道他的意见如何。格拉齐亚尼也主张我们必须到我们的后勤准备完成后，才可发动。如果我们的补给线不够敏捷，我们只好退却。而在沙漠中作战，退却就等于溃散。

十月十七日——巴图格里奥元帅来访，对于我们将在希腊有所发动的事情说了极严重的话。统帅部的三巨头都对此举表示反对。

十月十八日——我报告了首领。他非常震怒，他说他将亲自到希腊去"洗刷那批害怕希腊人的意大利人底使人不能相信的耻辱"。

十月二十七日——阿尔巴尼亚发生了许多冲突。随时可望有军事行动。我把给希腊的哀的美敦书的录本送交德、日、西、匈四国大使，他们都有点吃惊。

十一月六日——墨索里尼很不满意于希腊的情况。敌军略有进展，在开始军事行动的第八天，优势却在他们手里。

十一月八日——首领与巴图格里奥长谈，决定了一些派遣军队的计划。希腊人的进攻已在迟缓下去，而且他们没有后备军。格拉齐从雅典回来，说希腊内政情形甚坏，他们的抵抗都是肥皂泡。据他的报告，希腊外长梅塔克沙穿着睡衣接阅我们的哀的美登书，他当时颇想屈服。但与国王及英国公使会谈之后，他才转变了态度。

十一月二十六日——巴图格里奥，在与首相会谈之后，递了辞呈。

十一月三十日——开内阁会议。首领攻击了巴图格里奥，关于军事行动方面的。首领的论点是：巴图格里奥非但同意进攻希腊，并且还过分热烈。这个事件的政治方面进行得非常圆满，而军事方面却完全错了。"形势非常严重，"首领说"甚至会闹笑话"。

十二月四日——墨索里尼在威尼思宫接见我。我看出他从来没有过的沮丧。他说："没有别的办法了。这是怪事，荒唐，但是一个事实。我们只有请希特勒出来调停，停止敌对行动了。"这怎么成！

宁可开枪打死我，我不愿打电话给里宾特洛甫。我们打了败仗，这还可能吗？

1941

五月十二日——一个很奇怪的德国公报，宣称赫斯已因飞机出事而殒命了。对于这个文件的真实性，我不免怀疑。我甚至怀疑他到底是否已经死了。

五月十三日——赫斯事件的公报，大有伪造的气味。希特勒的左右手，十五年来，掌握着德国最有权力的组织的人物，却坐了一架飞机降落在苏格兰。他逃了，留了一封信给希特勒。据我看来，这是一个很严重的事情：这是英国第一个真正的胜利。起先，首领还相信赫斯是因为要到爱尔兰去发动一次叛变，不幸飞机被迫降落在苏格兰。但到后来，他也同意我的看法，承认此事的特殊重要性。

里宾特洛甫忽然到罗马来。他的神情很沮丧，很紧张。他说有许多理由要和首领及我会谈，但实际上只有一个理由是真的：他要跟我们谈赫斯事件。官方的说明，以为赫斯是由于身心交病而成为幻想和平的牺牲者。他到英国去是为了希望容易促成一个和平谈判。因此，他不是一个奸逆；因此，他不能再发表谈话；因此，凡是一切用他的名义发表的谈话都是假的了。德国人惟恐赫斯的说话将泄露什么使意国不快意的消息，所以赶紧先来掩饰一下。墨索里尼安慰了里宾特洛甫一阵，但事后他对我说，他认为赫斯事件是纳粹政体受到的一个大打击。

五月十四日——同时，在日本，事情也并不如预期的那样发展，在俄国的更糟。里宾特洛甫自己，在首领问了他之后，也避免作肯定的答复。他说，如果史太林不小心些，"俄国会在三个月之内被解决掉"。军事情报处长，根据一个从布达佩斯来的消息，说德国已经决定攻俄，此事将在六月十五日开始。

五月二十八日——罗斯福演说。这是一个很强硬的文件，虽然他的行动计划并不明显。墨索里尼痛骂了罗斯福一顿。他说："历史上从来没有一个国家由一个疯瘫的人领导的。有过秃顶的国王，胖子的国王，漂亮的甚至痴呆的国王，但从来没有一个国王要别人扶掖着到浴室和餐厅里去的。"我不知道这话是不是有历史的正确性，但罗斯福为首领最最敌视的人物，这是毫无疑义的。

五月三十一日——希特勒着人来传说，说他要和首领在最早的可能时间会晤一次：明天或后天。这邀请和邀请的方式都使首领不高兴。"我在生病，也懒得奔走。"他决定后天在索仑纳山道中与希特勒会面。

六月二日——我把我们的一切谈话做了摘要。一般的印象是此刻希特勒还没有准确的行动计划。现在德国的最大希望都在它的潜艇活动上。首领也深信德国会热心接受一个妥协的和平。"他们现在是等胜利等得头痛了。现在他们要一个胜利——一个会带来和平的胜利。"会晤的空气很好。墨索里尼告诉我，在他和希特勒密谈的时候，希特勒曾谈起了赫斯，并且哭了。

九月二十四日——我看到一个关于义国工人在德国受虐待的报告。在某一军营里，几个意大利工人因犯了很轻的罪而被德国军人虐待，鞭笞之外，还唆使警犬咬他们的腿。如果这种报告被意大利人知道，一定会激起事变。

九月二十六日——德国人驱使警犬咬我们的工人的消息，已经被别的方面传给首领知道，他大为震怒："这些事情会在我心里产生一个永久的仇恨。虽然我可以等几年，但最后我一定要清算这笔账。我不能让一个以凯撒，但丁和米凯朗琪罗贡献给人群的优秀民族底子孙被那些匈奴人底猎狗去吞咬。"

十二月八日——里宾特洛甫连夜打来一个电话；他对于日本进攻美国表示非常高兴。他这样的高兴，使我不得不给他贺喜。至少一件事情已经确定了：美国即将加入这个战争，而这个战争也将长久得使美国能把她一切可能的实力都行动起来。

里比亚的局面似乎稍稍好转。卡伐莱洛和李查第上将都告诉我已在进行一个规模宏大的海军行动，以突破盟军的封锁。所有的船舰和所有的司令官都在海上了。求上帝保佑我们！

十二月十一日——墨索里尼在阳台上发表了一个演说，一个投给许多听众的简短而有力的演说。这是一个极其恭维日本的场面。但民众的表示却并不很热烈。我们应该记得，这时是下午三点钟，人民都饿着肚子，而且天气很冷。

1942

四月二十九日——到莎而茨堡（普尔站）。仍是老景像：希特勒，里宾特洛甫，照样的一些人民，照样的欢迎仪式。

感情似乎略外亲热一点。德国人的礼貌常是跟他们的好运道成反比例的。希特勒好像很累，可是挺壮健，坚决，而且多话。但俄国冬季的战事已使他很担心。我第一次看见他有几茎斑白的头发了。

希特勒跟首领谈话，我跟里宾特洛甫谈话，虽然在两间屋子里，开的却是同一张唱片。

四月三十日（续昨）——俄国在油源断绝之后，就会屈膝了。那时英国的保守党，甚至邱吉尔本人，为了挽救他们那残败之余的帝国，也会低头了。里宾特洛甫这样说。但如果顽固的英国决定继续作战呢？还有什么别的办法改变他们的意志？

我问。飞机和潜艇，里宾特洛甫说。

美国是在虚张声势。这个标语是每个大大小小的人物都在一说再说的。据我看来，美国的可能而且即将采取的行动，使他们想起来就有点心慌，所以这些德国人只好闭拢眼睛装做不看见。

希特勒一直在说话，说话，说话。墨索里尼只好听着，这是受罪。因为他的习惯是喜欢让他自己说话的。在第二天，午饭之后，什么话都说完了，希特勒还是滔滔不绝的讲到了一点四十分钟。差不多什么问题都谈到：战争与和平，宗教与哲学，艺术与历史。墨索里尼不由自主的看着他的手表，我心里在想着自己的事情，只有卡伐莱洛，为了表示服从起见，假装着在热忱地倾听。育特尔将军，在强自振作了一回之后，终于在长椅上睡熟了。凯特尔正在摇摇摆摆打瞌睡，但他居然还能撑着他的头。

五月十八日——首领打电话来，叫我通知艾达"绝对不要把她在德国的见闻告诉任何人。"事情是为了国王对他说："整个罗马城里都知道了，在一个德国的医院里有一个被砍光了手指的意大利工人，你的女儿曾经向希特勒作过强硬抗议。"首领对于国王这句话甚为关心，他认为这是利用了一个特殊事件和一个重要的人名来策动意大利人民反德情绪的阴谋。

八月三十一日——昨晚八时，罗美尔进攻了里比亚。这个日期与时间，他选得很好。正当没有人在想到这个进攻，而威士忌酒正在英国人的餐桌上陈列起来的时候。墨索里尼非常之乐观。

九月二日——罗美尔被阻在埃及了，因为缺乏燃料。两天之内，我们的油船被击沉三艘。卡伐莱洛说，这决不致于改变军事行动的进展。

九月三日——罗美尔仍无进展。更糟的是，我们的油船还在继续沉没。墨索里尼心绪很不好。他正在发胃病。昨天请了一位放射学专家检查了一下。情形并不严重，只是胃炎而已，可是很痛很虚弱。昨天，首领发了一个电报给工人们。他恭维了他们一阵，同时猛烈地把另外一群贪污自私的人威吓了一顿。大家都认为他是照例地在对中等阶级而言，但是，恰巧相反，这回他是在攻击农民。

十一月四日——今天看见久违了的卡伐莱洛。他告诉我里比亚的情形。两天以前，罗美尔有准备开始退却的模样，但希特勒一道命令把他钉住在那儿："仰即将胜利或死亡之路昭示部队。"墨索里尼也下了同样的命令给我们的部队。

十一月五日——里比亚前线崩溃了。我到威尼思宫里见了首领。他的脸板着，很疲乏，但还保持镇静。他认为形势很严重，但希望能在富克拉—爱尔—屋答拉一线上抵住英国军队。

十一月八日——清晨五点三十分，里宾特洛甫打电话来通知美军已在阿尔几哀及摩洛哥港湾登陆。他要知道我们预备怎样。老实说，我那时还睡昏昏的无法给他一个很满意的答复。

十一月九日——晚，里宾特洛甫来电话。要首领或我立刻到明兴去。赖伐尔也会来。这是考虑我们对法国的行动的时候。我叫起首领。他不很高兴去，尤其是因为身子尚未复原。他叫我去，他指示了机宜：如果法国准备忠诚合作，他可以从我们这里获得一切可能的援助。如果他们的态度阴阳怪气的话，我们应该采取防患步骤，占领全部自由区，并且在科西嘉登陆。

在明兴车站碰到里宾特洛甫，他很憔悴，瘦了，很客气。赖伐尔当夜可到。

今夜我第一次与希特勒会谈。他一点不相信法国会想打起来。在叛徒中间，他认为只有吉劳德将军是一个有头脑和勇气的人。他，希特勒，将听听赖伐尔的意见。但是无论赖伐尔怎样说，也决不能改变他已定的观念：全部占领法国，登陆科西嘉，在都尼西亚建立桥头堡垒。希特勒并不紧张，也不烦躁，但他并不轻视美国的初步胜利，他准备用他所可行的一切方法来对付这件事情。戈林毫不踌躇地承认北菲的被占领乃是战事开始以来被盟军赢去的第一分。

十一月十二日——德意联军正在法国与科西嘉推进，并未遭遇任何抵抗。法国人简直是无从了解的。我以为他们，至少是为了国旗的光荣起见，多少总有一点抵抗的姿态。竟然毫无。只有法国海军向我们表示他们将继续效忠于维希政府，不愿轴心国占领妥仑。德国方面对此点表示同意，首领当然也只好同意。但是他并不信任这些鬼话。他以为总有一天，当我们睡醒来时，我们会发现妥仑港里已经空空如也。

罗美尔继续从里比亚迅速退却。德意军队间发生了许多摩擦。在哈尔斐亚，甚至双方开火了，因为德军把我们的车辆全都抢去，使他们自己可以跑快些，而让我们的军队被遗弃在沙漠中，因饥渴而死者不少。

图书在版编目(CIP)数据

施蛰存译文全集.史传卷/施蛰存译;《施蛰存译
文全集》编委会编. —上海:上海人民出版社,2023
ISBN 978 - 7 - 208 - 18264 - 6

Ⅰ.①施… Ⅱ.①施… ②施… Ⅲ.①施蛰存
(1905 - 2003)-译文-文集 ②史学-世界 Ⅳ.①I11

中国国家版本馆 CIP 数据核字(2023)第 071161 号

责任编辑 王 蓓
封面设计 今亮后声·王秋萍
版式设计 朱云雁

施蛰存译文全集·史传卷
施蛰存 译
《施蛰存译文全集》编委会 编

出 版 上海人A出版社
　　　　(201101 上海市闵行区号景路 159 弄 C 座)
发 行 上海人民出版社发行中心
印 刷 浙江新华数码印务有限公司
开 本 890×1240 1/32
印 张 33
插 页 19
字 数 682,000
版 次 2023 年 6 月第 1 版
印 次 2023 年 6 月第 1 次印刷
ISBN 978 - 7 - 208 - 18264 - 6/I · 2074
定 价 285.00 元(全二册)